KD244279

마하뜨마 간디의 도덕 · 정치사상 권1
The Moral And Political Writings Of Mahatma Gandhi

문명 · 정치 · 종교 (상)

"Volume 1 and 11 The Writings of M. K. Gandhi © Navajivan Trust,
Ahemdabad-380 014, India 1986. Compilation © Raghavan N. Iyer 1986"
"Volume 111 The Writings of M. K. Gandhi © Navajivan Trust,
Ahemdabad-380 014, India 1987. Compilation © Raghavan N. Iyer 1987"
All rights reserved

Korean translation copyright © 2001 by Somyong Publishing.
Korean translation rights published by arrangement with Oxford University Press.
Through Eric Yang Agency, Seoul.

이 책의 한국어판 저작권은 에릭양 에이전시를 통한
Oxford University Press사와의 독점 계약으로
한국어 판권을 '소명출판'이 소유합니다.
저작권법에 의하여 한국 내에서 보호를 받는 저작물이므로
무단전재와 무단복제를 금합니다.

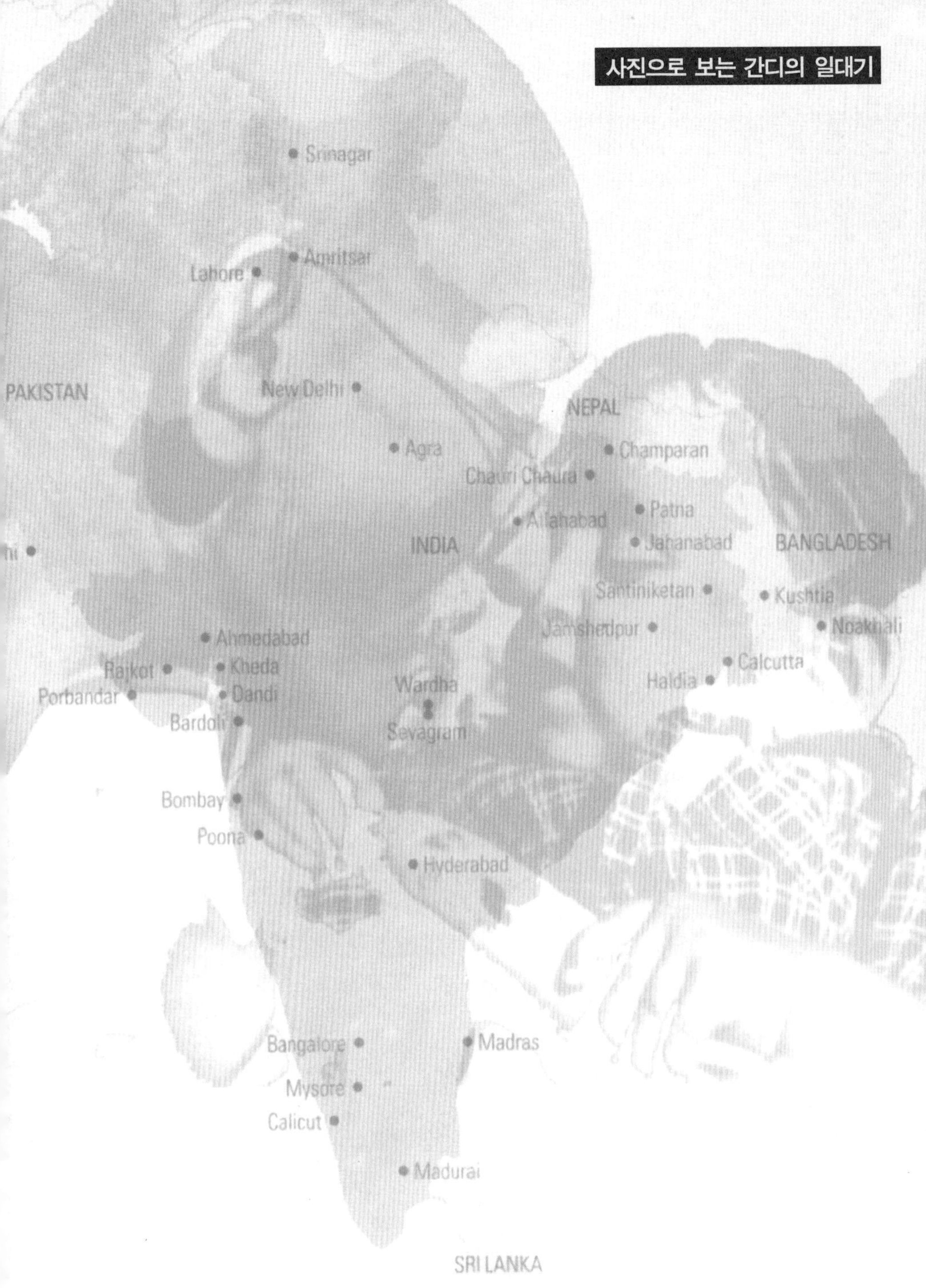
Srinagar
Lahore
Amritsar
PAKISTAN
New Delhi
Agra
NEPAL
Champaran
Chauri Chaura
Allahabad
Patna
INDIA
Jahanabad
BANGLADESH
Santiniketan
Kushtia
Jamshedpur
Noakhali
Ahmedabad
Kheda
Calcutta
Rajkot
Dandi
Haldia
Porbandar
Wardha
Bardoli
Sevagram
Bombay
Poona
Hyderabad
Bangalore
Madras
Mysore
Calicut
Madurai
SRI LANKA

▲ 어린 아이와 함께(년도 미상)

▲ 간디의 아버지, 까람찬드 간디(Karamchand Gandhi)

▲ 간디의 어머니, 뿌뜰리바이 간디(Putlibai Gandhi)

▲ 가장 오래된 사진으로 알려진 일곱 살의 간디(1876)

그는 까람찬드 간디와 뿌뜰리바이 사이의 3남 중 막내였다. 소년시절 어머니와 간디는 참으로 애정 있는 관계를 유지했다. 그러나 그는 친구를 쉽게 사귀지 못했으며, 그로 인해 수줍음이 아주 심했다.

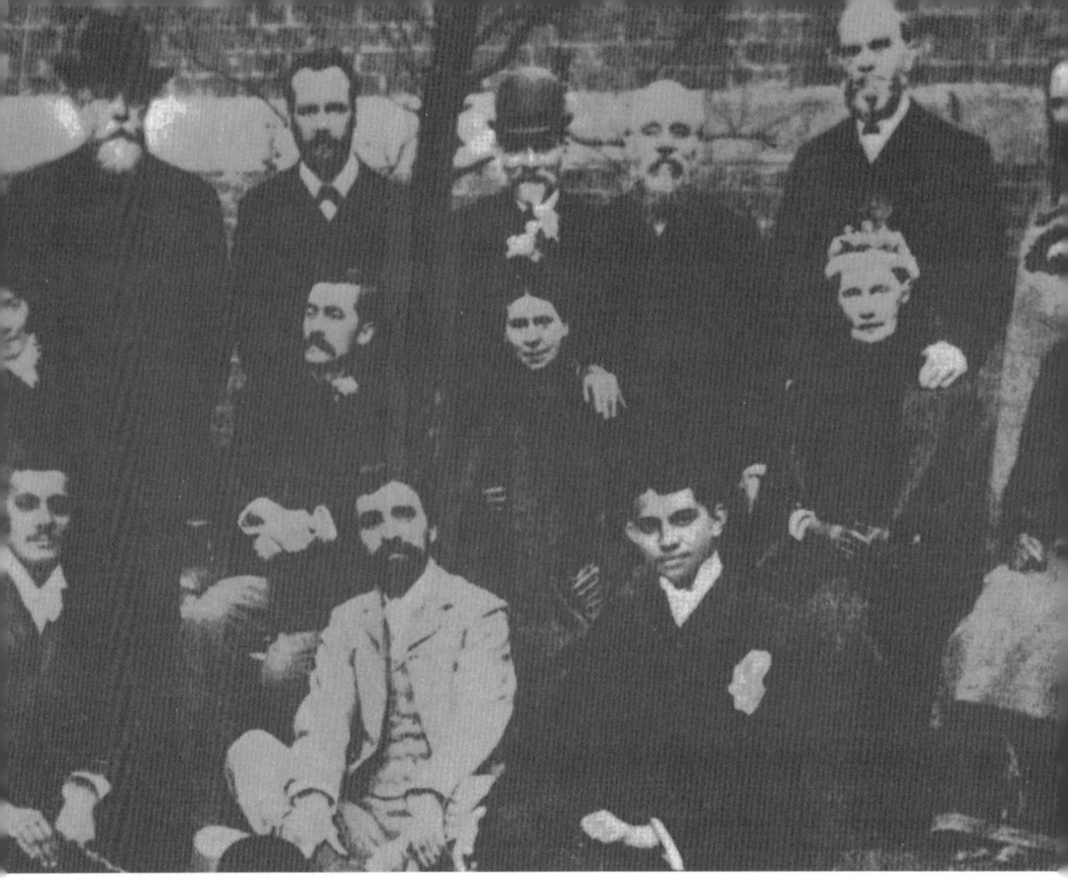

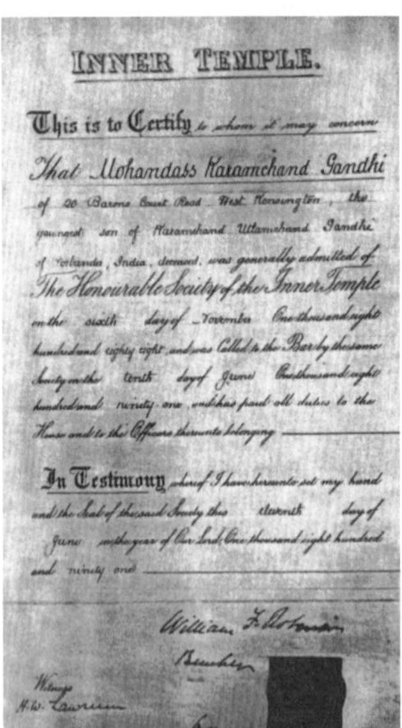

▲ 1890년 런던, 채식주의자협회의 회원들과 함께

변호사 공부를 하기 위해 영국으로 건너가기 전 간디는 어머니에게 육식을 하면서 영국인 흉내를 내지 않겠다고 맹세하였다. 그것이 비록 지속적인 굶주림과 대중의 비웃음을 가져올지도 모른다는 공포가 있었음에도 불구하고……. 그러나 그는 도시 안에 몇몇 채식주의자 단체가 있다는 것을 발견하고서 재빨리 열렬한 회원이 되었다.

INNER TEMPLE.

This is to Certify to whom it may concern
That Mohandass Karamchand Gandhi
of 20 Barons Court Road West Kensington, the youngest son of Karamchand Uttamchand Gandhi of Porbandar, India, deceased, was generally admitted of
The Honourable Society of the Inner Temple
on the sixth day of November One thousand eight hundred and eighty eight and was Called to the Bar by the same Society on the tenth day of June One thousand eight hundred and ninety one and has paid all duties to the House and to the Officers thereunto belonging

In Testimony whereof I have hereunto set my hand and the Seal of the said Society this eleventh day of June in the year of Our Lord One thousand eight hundred and ninety one

◀ 간디의 변호사 등록증(1891)

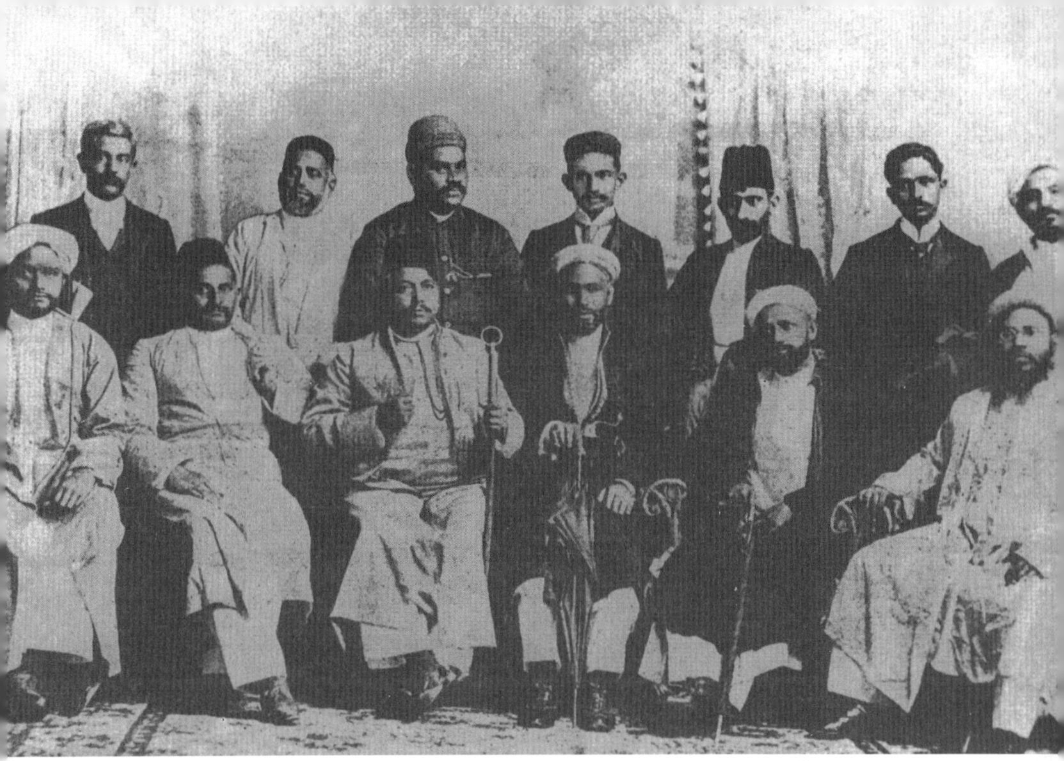

▲ 1895년, 더반, 나탈 인도 국민회의 발기인들과 함께
그의 교육과 직업으로 인하여 간디는 인도인 사회 내에서 지도자가 되었고, 그의 단호함과 정치적 수완으로 금방 명성을 얻었다. 그는 원래 계약이 만료된 후 남아프리카에 남아서 몇몇 자유 인도인들과 함께 1894년 인도인들의 이익을 대변하는 영구기관 나탈 인도 국민회의를 창설했다.

▼ 남아프리카의 보어전쟁(1899~1900) 동안 인도인 위생병부대와 함께 한 간디(중앙)
1899년에 보어인들과 영국인들 사이의 교전이 발발했을 때, 간디는 굳게 대영제국의 편에 섰으며, 300명의 자유 인도인들과 800명의 계약노동자들로 구성된 인도인 위생병부대를 조직하였다. 인도인들은 전쟁 기간 동안의 자신들의 일로 영국인들의 존경을 받았으므로, 종전과 더불어 더 큰 정치적 자유를 얻을 것으로 믿었지만, 그런 일은 일어나지 않았다.

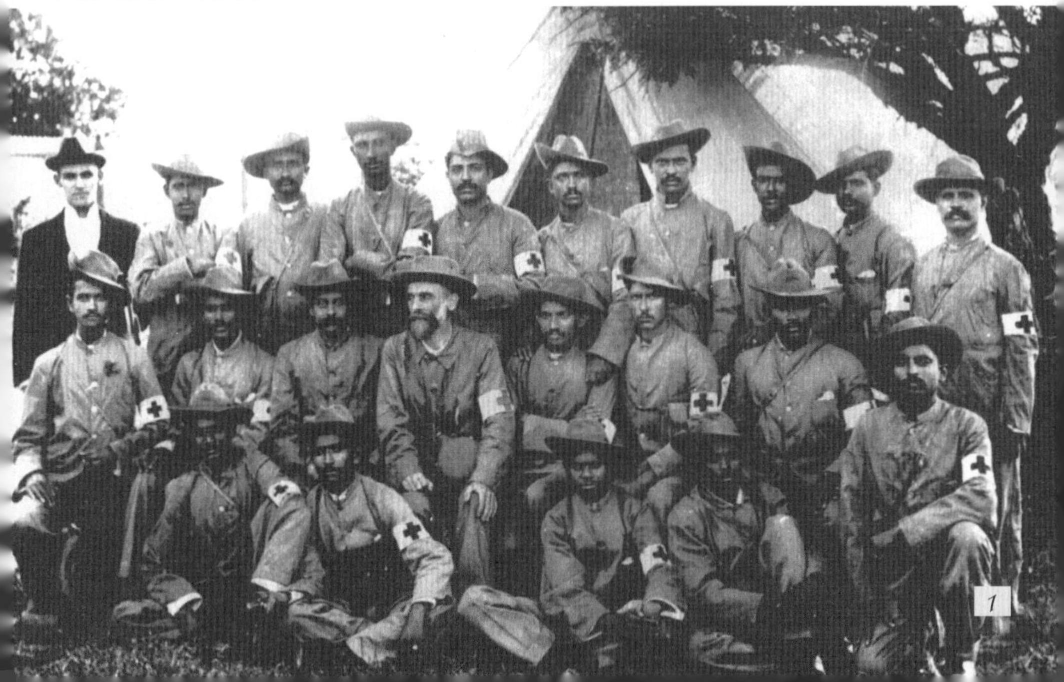

▲ 1906년 남아프리카, 변호사 간디.

M. K. GANDHI.
Attorney.

21-24 Court Chambers,
Corner Rand & Anderson Street.
TELEPHONE No. 194   P.O. Box 6682
TELEGRAM "GANDHI." A.B.C. Code 5th Edition

Johannesburg, 4th April, 1910
Transvaal
(S. Africa)

Count Leo Tolstoy,
 Yasnya Polyana,
  Russia.

Dear Sir,

        You will recollect my having carried on correspondence
with you whilst I was temporarily in London.   As a humble follower
of yours, I send you herewith a booklet which I have written.   It
is my own translation of a Gujarati writing.   Curiously enough the
originalwriting has been confiscated by the Government of India.   I, there-
fore, hastened the above publication of the translation.   I am most
anxious not to worry you, but, if your health permits it and if
you can find the time to go through the booklet, needless to say I
shall value very highly your criticism of the writing.   I am sending
also a few copies of your letter to a Hindoo, which you authorised me
to publish.   It has been translated in one of the Indian languages
also.

                    I am,
                    Your obedient servant,

                    MKGandhi

▲ 톨스토이에게 보낸 간디의 편지(1910.4.4)

▲ 1913년 남아프리카, 구도자(사땨그라히, 진리파지자) 간디.

▼ 1913년 사땨그라하(진리파지)운동 기간의 더반 인도 축구경기장에서 600명 이상이 모인 집회에서 강연하는 지도자, 땀비 나이두

결과적으로 모든 비기독교도들의 결혼을 불법화하기 위해 제안된 법안은, 간디가 남아프리카에서 벌인 저항운동 중 최후의, 가장 광범위한 저항을 촉발시켰다. 뉴캐슬 탄광지역에 사는 대략 5천 명 정도의 인도인 노동자들이 간디의 파업 요청에 응했다. 게다가 여성들이 처음으로 대규모로 동원되었다. 나탈에서 트란스발로 불법적으로 월경함으로써 여러 그룹들이 연이어서 체포되었다.

▲ 1913년 11월 6일. 폴크스러스트 국경에 멈춘 데모참가자들
간디의 구속은 수천 명 이상의 인도인 노동자들을 사따그라하운동에 신속하게 참가하게 하였다. 인도의 부왕 하딩 경은 몹시 차별적이고 불공평한 남아프리카 법에 대한 그들의 싸움에 대해 공공연히 동정을 표현했다.

▲ 1916년 카리치에서 행렬 속의 간디
3월에 간디는 신드(Sind)에서 까라치를 비롯한 도시들과 마을들을 순회했다. 그 지역은 대부분 이슬람교도들이 사는 곳으로 인종적·종교적 화합에 대한 자신의 생각을 촉진시키기 위하여 여행했다. 그는 종종 '인도는 반드시 힌두교와 이슬람의 두 눈을 통해서 보아야 하며, 만약 그렇지 못하다면 부분적인 장님에 불과하다'라고 주장하곤 했다.

▲ 1920년 4월 3~5일, 제6회 구자라띠 문학대회에 참석차 아메다바드를 방문한 노벨상 수상자 타고르를 위한 환영회에서

그 유명한 시인은 간디에게 깊은 존경심을 가지고 있었으며, 간디의 정신적인 자질로부터 영감을 받은 타고르는 그에게 마하뜨매(위대한 영혼)라는 칭호를 주었다. 타고르는 간디에게 비판적이기도 하며, 그가 무심코 외국 혐오의 내셔널리즘을 불러일으키는 것에 대해 의문을 표시하기도 했다.

▲ 1922년 7월 26일 외국산 직물 불매 운동

1920년 영국 당국과의 모든 유형의 협조를 종결하고, 그 자리에 인도의 대안 기관을 설립하기 위해 간디는 비협조운동을 시작했다. 외국산 직물의 문제는 그것이 간디에게 서구의 물질주의를 상징하는 것이며, 게다가 식민지지배자들에 의한 경제·문화적 통치를 의미하기 때문에 특히 중요했다. 불매운동은 영국의 경제적 이익에 타격을 가하고 토착산업을 촉진시키기 위해 고안되었다. 한편 빈번한 공개 소각행위는 외제 직물이 갖고 있는 유해성을 개개인에게서 상징적으로 정화하는 방법이었다.

◄

1922년 차우리 차우라의 폭도에 의한 희생자들

인도 북부지방의 고라끄뿌르 자치구 차우리 차우라의 경찰과 시위 행렬의 무력 충돌 후에 간디는 비협조운동의 즉시 정지를 명하였다. 혼란 속에서 불타는 경찰서를 탈출하려고 했던 22명의 경찰관은 난도질당해 죽었다. 이 끔찍한 사고는 운동 전체의 특징은 아니었으나, 간디는 인도 내 분위기는 더 이상의 운동을 벌이기에는 너무나 폭발적이라는 결론을 내렸다. 간디는 운동을 끝내기로 결정을 내렸지만 구속을 피할 수는 없었다. 세상을 떠들썩하게 한 공판 이후 1922년 3월에 그는 6년형을 선고받았다.

주야로 맹렬하게 생각한 후, 소금에 대한 정부의 세금부과에 항의하는 행진으로 새로운 사따그라하를 시작하기로 1930년 1월에 결정했다. 그가 소금을 이슈로 선택한 이유는 그것이 단지 모든 인도인들에게, 특히 가난한 자들에게 큰 영향을 미치는 것뿐만 아니라 소금에서 나오는 정부 세입이 적어서, 정부의 보복이 심하지 않을 것을 예상했기 때문이다. 이러한 이유로 많은 인도 민족주의자들은 대중 동원은 불가능할 것이고 관심조차 끌지 못할 것으로 믿었다.

▲ 간디는 1930년 4월 6일 단디에서 천일염 덩어리를 집는 것으로 소금법을 위반하는 의식을 행하였다. 소금 행진을 시작한 지 24일 후 최종 목적지에 도착했으며, 모든 인도인들은 단디 해변의 사건으로 꼼짝 못할 정도로 놀랐다. 간디의 간결한 불복종은 현장에 있던 모든 이들에게 반항을 불러일으켰으며, 인도인들에게 전국적으로 가능한 모든 곳에서 소금법을 위반하게 하는 계기가 됨.

▶
1930년 6월 3일 봄베이 와달라 소금창고 급습으로 체포된
사따그라히들
와달라에서 경찰들의 되풀이되는 이런 난폭한 행동에도 불구하고
비폭력에 대한 자원자들의 공약은 확고했다.
목격자들의 보고는
세계적으로 동정과 찬양을 불러일으켰다.

▲ 1931년 8월 국민회의에서 봄베이 자원자들에게 강연하는 간디

▲ 1931년 1월, 알라하바드에서 국민회의 간부들과 회합(사르다르 발라브바이 빠뗄, 마하테브 데사이, 수바스 찬드라 보세, 잠나랄 바자즈, 자와할랄 네루) 독립투쟁의 다음 국면을 구상하고, 헌법에 대해 정부와 타협을 시작할지 결정하기 위해 간디의 석방 이후 의회 지도자들이 알라하바드에 모였다.

▼ 1931년 9월 12일 프랑스 불로뉴에서, 영국 형사들과 사로지니 나이두(중앙)를 동행하고서
유럽 방문 동안 형사 에반스와 로저스는 간디의 안전을 지키고, 구경꾼들이 성가시게 구는 것으로부터 간디를 보호하라는 명을 받고 간디를 수행함

▲ 1931년 랭커셔에서

▲ 1934년 3월 지진이 일어난 직후 비하르에서.
1934년 1월 15일 비하르를 덮친 강력한 지진은 지역을 파괴하고 수천 명의 사람들을 죽음으로 몰았다. 간디는 3~4월에 구호작업을 시찰하기 위해 그 지역을 여행하고, 부상당하고 집 없는 난민들에게 원조물자를 제공했다. 그는 그 재앙이 신의 일이라고 설명했으며, 불가촉천민제도의 죄에 대한 천벌이라고 생각하였다. 라빈드라나트 타고르를 포함한 일부 인도인들은 그의 미신적이고 비과학적인 설명을 비난했다.

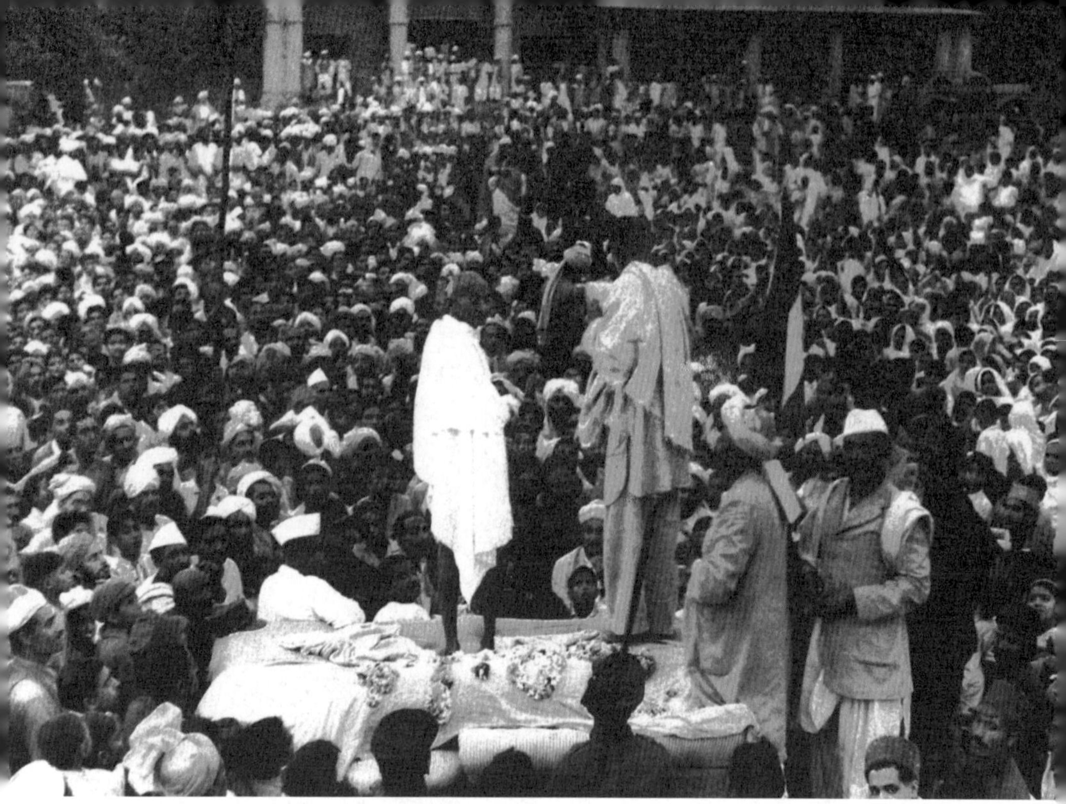

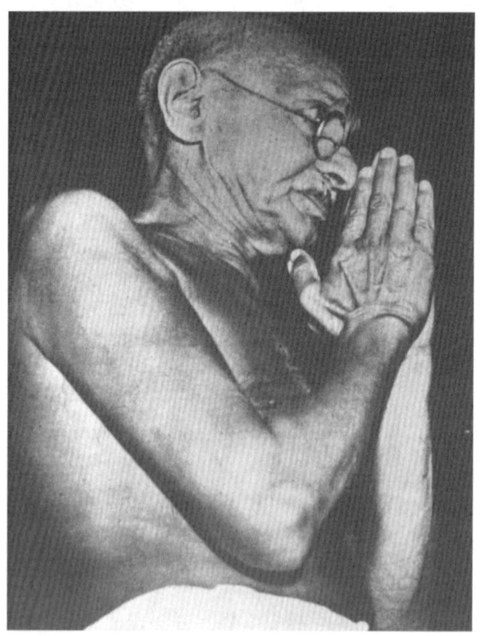

▲ 1938년 10월 서북 변경 지방의 대중집회에서 간디와 칸 압둘 가파르 칸.
간디가 변경 지방을 순회했을 때 수행한 사람은 몸집과 업적에 있어서 모두 거인이었던 압둘 가파르 칸이었다. 그는 힌두·무슬림 일치에 대한 공약과 빠탄인을 순무하는 일에 있어서 초인적인 노력을 기울인 덕분에 변경의 간디로 알려졌다. 그는 비폭력에 대한 자신의 신념을 코란에서 도출해 내었고, 간디와 접촉하기 훨씬 이전부터 그것을 고취시켜 왔다. 시간이 흐르면서 그는 간디의 가장 효과적인 사땨그라히가 되었다. 서북 변경 방문시 그는 간디를 항상 수행했으며, 엄마가 자식을 보호하듯이 간디를 지켰다.

▲ 힌두교의 전통 인사법.
이것으로 간디는 자신의 암살자를 축복했다.

                                        As at Wardha
                                        C.P.
                                        India.
                                        23.7.'39.

Dear friend,

    Friends have been urging me to write to you for the sake
of humanity. But I have resisted their request, because of
the feeling that any letter from me would be an impertinence.
Something tells me that I must not calculate and that I must
make my appeal for whatever it may be worth.

    It is quite clear that you are today the one person in
the world who can prevent a war which may reduce humanity to
the savage state. Must you pay that price for an object
however worthy it may appear to you to be ? Will you listen to
the appeal of one who has seliberately shunned the method of
war not without considerable success? Any way I anticipate
your forgiveneas, if I have erred in writing to you.

                                        I remain,
Herr Hitler
Berlin   Your sincere friend
Germany.
                                        M.K.Gandhi.

▲ 1939년 7월 23일 아돌프 히틀러에게 보낸 간디의 첫 번째 편지, 그러나 전달되지는 못했다.

◀ 제2차 세계대전이 발발함에 따라 1939년 9월 4일 심라의 부왕 린리스고(Linlithgow) 경을 만나러 가는 중 1939년 9월 3일 린리스고 경은 인도의 참전을 선포했다. 이 점에 대해 사전 논의를 받지 못했던 간디와 국민회의는 무척 당황했다. 격노한 네루는 '외국인 한 사람이 한 마디 물어보지도 않고 4억의 민중을 전쟁 속으로 빠뜨렸다'고 썼다.

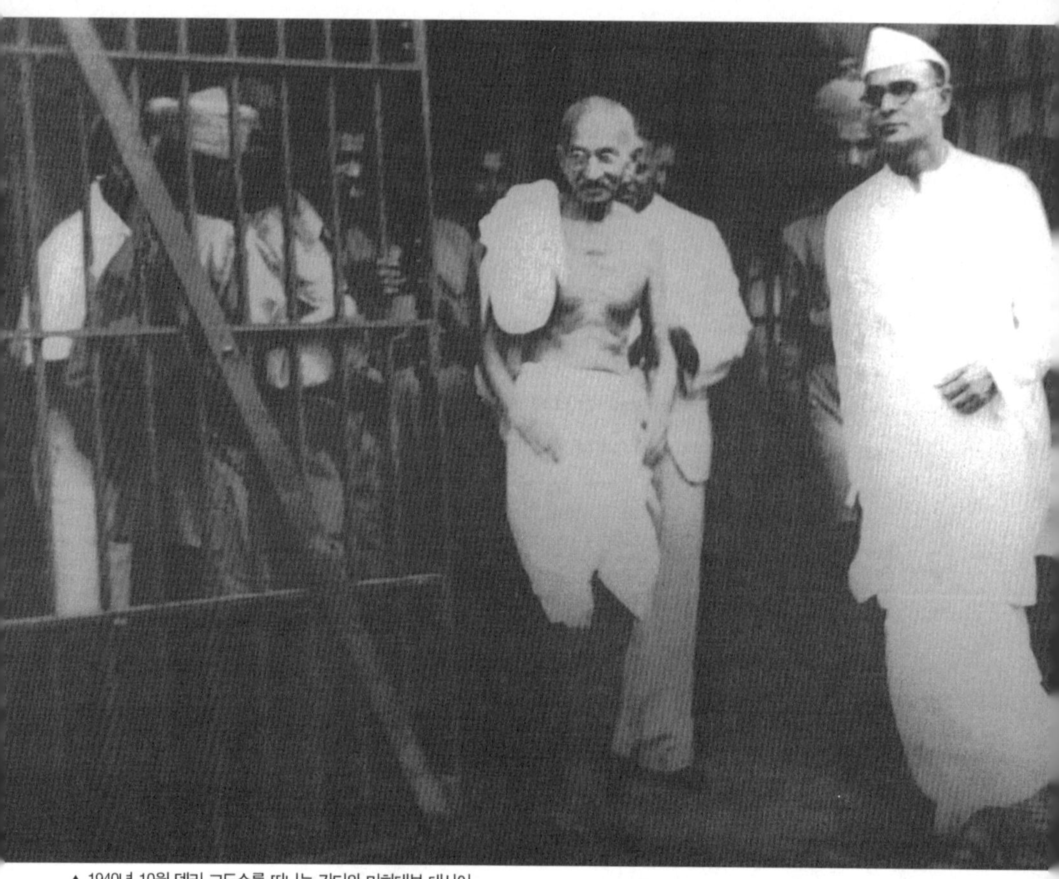

▲ 1940년 10월 델리 교도소를 떠나는 간디와 마하데브 데사이.

독일의 대영제국 침략 위협과 그 침략이 인도에 초래할 결과(독일이나 일본의 인도 침략) 탓으로 국민회의는 영국과의 협조에 대해 새로운 조건을 내걸게 되었다. 조건이란 만일 전후 영국이 인도의 독립을 무조건 선언한다면, 국가를 효과적으로 방어하기 위해 국민회의는 즉각적으로 임시정부에 참여한다는 것이었다. 부왕이 영국의 입장을 분명히 확인해 주기를 거부하자, 국민회의는 간디에게 비폭력저항운동을 재개하자고 했다. 간디는 '일인 사따그라하'를 전개하기로 결정했다. 이는 자유언론에 대한 영국의 전시 제한 규정을 위반함으로써 핵심적인 인물들이 연속적으로 구속당하는 것이었다. 수 주 안에 2만 명 이상의 사따그라히가 투옥되었다.

▲ ‘인도를 떠나시오’ 운동 중의 봄베이의 여성 행렬

간디와 네루 그리고 다른 의회 지도자들은 ‘인도를 떠나시오’라는 결의안이 통과된 다음날 신속하게 체포되었다. 수일 전에 수립된 뉴 캠페인 계획에 따르면, 행군·단식·기도로 하루를 보낸 다음 그 운동을 시작하기로 되어 있었다. 그러나 간디의 체포소식으로 전국 곳곳에서 그 계획이 무산되었다.

하리잔(불가촉천민)을 위한 모금(1944)

▼ 1946년 1월 17일 도시의 폭동 기간에 체포범들을 방문하기 위해 캘커타의 둠둠 교도소 문으로 호위된 간디

1946년 1월의 사건 동안 인도는 대규모 혼란과 폭력으로 소용돌이치기 시작할 것은 영국관리들에 의해 확실히 예견된 듯 보였다. 몇 개 도시에서 아주 경미한 도발로 집단간의 폭력사건이 발생했다. 인도 국민군 무슬림 장교의 재판에 대한 반발로 무슬림들은 캘커타에서 폭동을 일으켰고, 그는 군법회의에 회부되었다. 간디는 평온을 호소하기 위해 그 도시를 방문했고, 그의 비폭력 정책은 '위축되지 않고', 지속될 것임을 전국의 인도인들에게 상기시켰다.

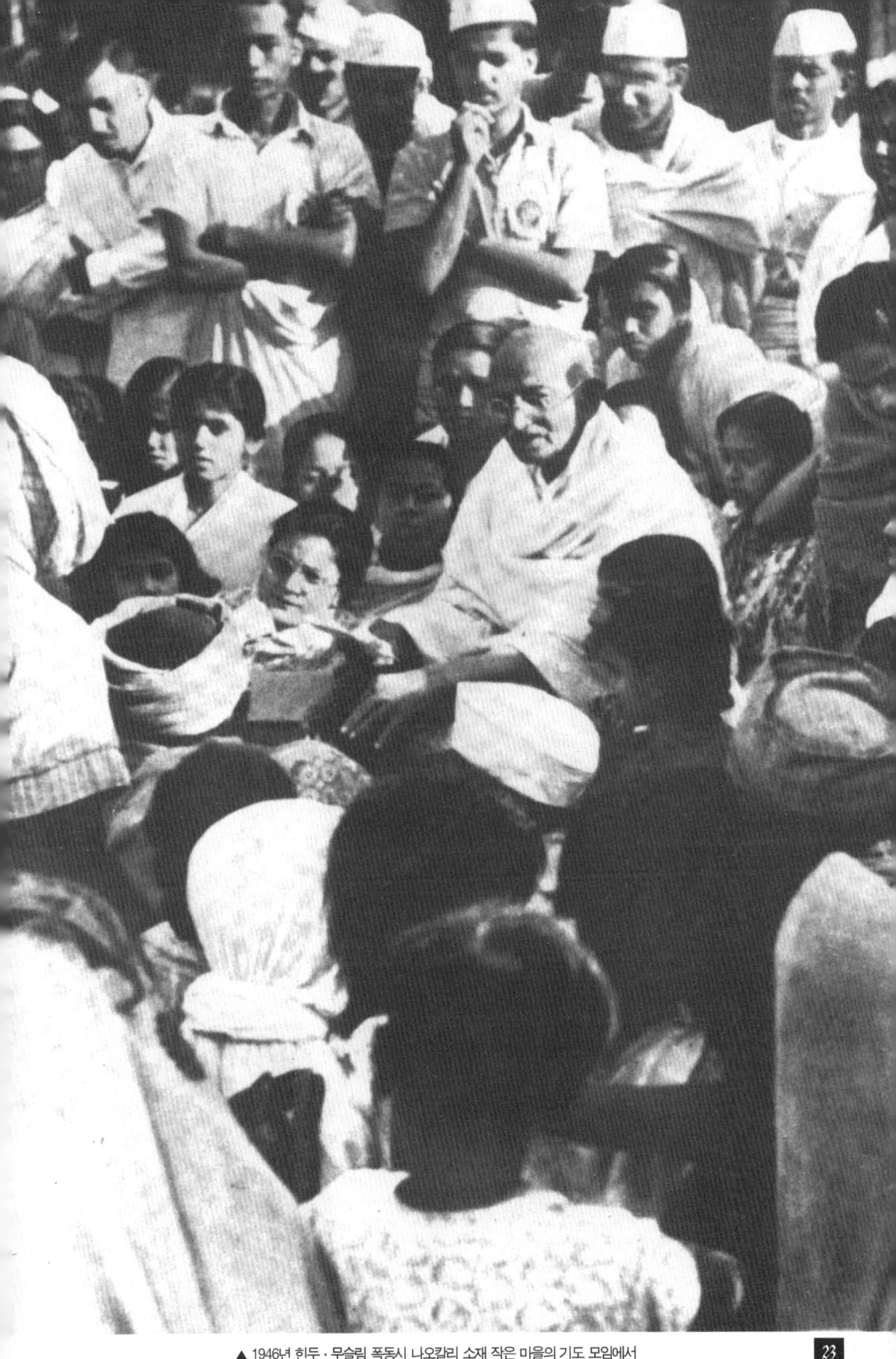

▲ 1946년 힌두·무슬림 폭동시 나오칼리 소재 작은 마을의 기도 모임에서

▲ 1947년 10월 델리, 비를라 하우스에서 매일 열리는 기도 모임의 간디
간디는 델리의 불가촉천민 구역인 방기 거주지에 머물기를 좋아했는데, 난민들의 수가 너무 많아서 부득이 궁전 같은 비를라 하우스에 머물 수밖에 없었다.

▼ 1947년 비하르, 무슬림 소년과 함께

▲ 꽃에 덮인 간디(1948.1.31)

▼ 1948년 1월 31일 장례식 행렬
간디의 시신은 새로운 인도 국기에 덮혀서 델리를 통과한 다음 야무나 강에서 화장됨.

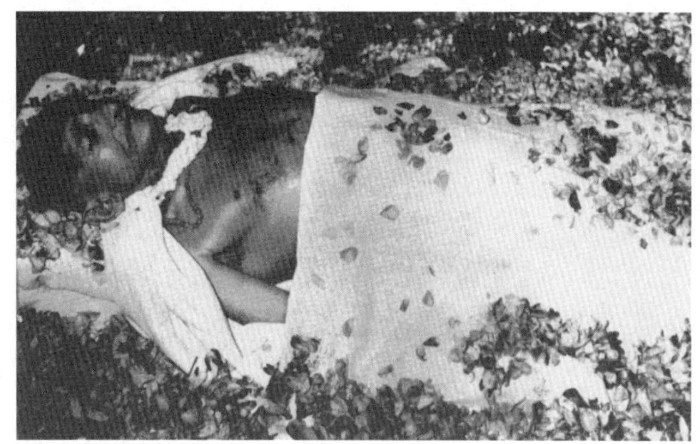

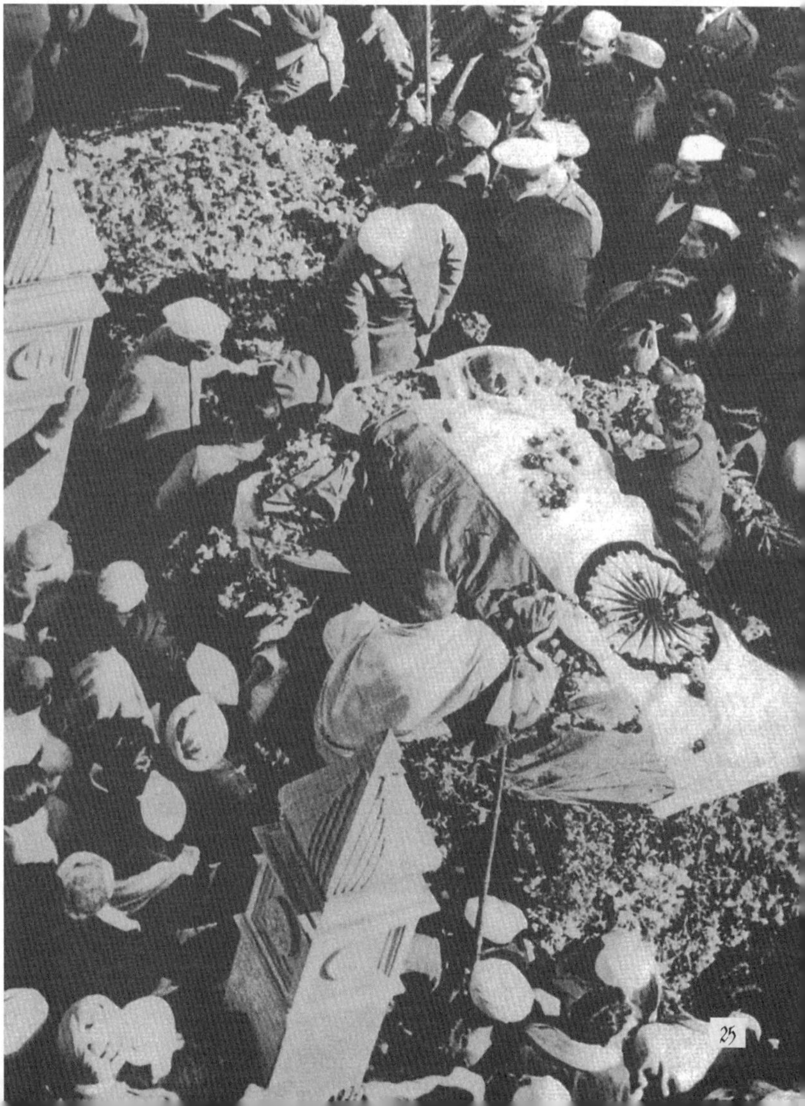

▲ 1948년 1월 31일 델리, 라즈빠뜨를 따라 지나가는 행렬
장례 행렬은 역사의 슬픈 아이러니들 중 하나였다. 20세기 가장 위대했던 비폭력주창자 간디는 79발의 군(軍) 예포를 받았으며,
무기수송 차량이 운구를 맡았고, 영국인 장군이 장례식 전체를 지휘했다.

마하뜨마 간디의 도덕·정치사상 권1
The Moral And Political Writings Of Mahatma Gandhi

문명·정치·종교 (상)

라가반 이예르 편 / 허우성 역

소명출판

약어표기

CWMG 『간디전집(*The Collected Works of Mahatma Gandhi*)』(90권), 인도 정부 출판국.
CW 전집 사무실 공문서 보관소, 뉴델리.
G. 원래 구자라뜨어로 쓴 것이거나 말한 것.
GN 간디 기념관과 도서관, 뉴델리.
H. 원래 힌디어로 쓴 것이거나 말한 것.
Hu. 원래 힌두스따니어로 쓴 것이거나 말한 것.
MMU 이동용 축소 복사 필름, 간디 기념 재단과 박물관, 뉴델리.
SN 사바르마띠 박물관, 아메다바드.
SWMG 『마하뜨마 간디의 연설과 저서(*Speech and Writings of Mahatma Gandhi*)』, 나떼산, 마드라스.

일러두기

1. 영어 원전에는 범어나 구자라뜨어 등이 나올 경우 그 해당 글의 말미에 미주의 형식으로 영어로 설명되어 있다. 한글 역 『마하뜨마 간디의 도덕·정치사상』에서는 미주가 간략한 경우 각주로 처리했다. 「용어해설」에 등장하는 범어나 힌디어에 대한 간단한 설명도 각주로 처리하여 손쉬운 이해를 돕고자 했다.

2. 영어 원전을 번역하는 데 결정하기 어려웠던 문제의 하나는 존칭의 사용 여부였다. 편지에서 상대방이 간디를 바뿌(아버지)로 부르는 경우 비칭체(卑稱體)를 사용했고 그 이외의 경우에는 경어체를 썼다. 연설이나 강연의 경우 모두 경어체로 처리했다. 여기에 'I'의 번역에 어려움이 있었다. 정중한 호칭을 요구하는 집단으로 추정되는 경우에만 '저'를 사용하고 대부분은 '나'를 유지했다. 독자와의 문답을 주고 받는 글은 질문과 답변을 모두 경어체로 처리했다.

3. 주와 용어해설
   원주는 따로 표시하지 않았고 역주는 '(역주)'로 표시했다. 단 원주를 역주로 보충해야 할 경우 각각 '(원주)', '(역주)'라는 말로 갈라서 표시했다. 서양인의 경우 그 인물이 누구인지를 확인할 목적으로만 주를 간략하게 달았다. 인도 근대사나 간디와 관련이 깊은 인물이나 지명에 대해서는 보다 상세한 주를 달았다. 영어 원전 각 권의 말미에 용어해설이 붙어 있는데 내용상 대동소이하다. 그래서 역자는 공통의 용어해설을 만들어 말미에 붙였다.

4. 영어 원전의 편집자는 모든 글에 대해 그것이 최초로 쓰이거나 발표된 장소와 일시를 밝혀 두었다. 그것들이 분명한 경우(주로 편지에 해당)에는 편집자가 괄호 없이 그것을 밝혀 두고 있고, 추정치의 경우에는 [ ] 괄호를 사용하고 있다. 역자도 그것을 따랐다.

5. 범어를 영어 알파벳으로 표기할 때 영어 원전을 따라 일체의 발음 구별 부호를 생략했다.

6. 역자가 교정을 보는 동안 『간디전집(CWMG)』(90권)을 담고 있는 『마하뜨마 간디 전자책(*Mahatma Gandhi E-book*)』(전98권, Mumbai, Gandhi Book Centre, 1999)을 입수했다. 그래서 그 『전집』을 번역 원전과 비교하기도 하고 그곳의 주를 참조하여 번역에 반영하기도 했다. 따라서 번역에서 언급된 『간디전집』은 모두 전자책을 본 것이지만, 전자책이 『간디전집』에 기초한 것이므로 간단히 『전집』으로 표기한다. 각 글의 말미에 『전집』 내의 출전을 밝혔으며, '『전집』 ○:○○'의 형식은 권과 번호를 나타낸다. 다만 『마하뜨마 간디의 도덕·정치사상』 권1, 권2, 권3의 편자 서문에 나오는 출전은 전부 『간디전집(CWMG)』(90권)을 가리킨다.

1. 행동가 간디

간디는 참을 실현하려고 손발을 포함하여 온 몸으로 행동했다. 그는 참의 실현이 단순히 말이나 글에 의해서도 아니고 무행위로 빠질 수 있는 명상이나 선정에 의해서도 아니며, 오로지 민중에 대한 봉사 행위에 의해서만 가능하다고 보았다. 그는 진심으로 봉사하면서 신 또는 아뜨만을 실현하기 위해, 홀로 있거나 집단 속에 있을 때 침묵하고 명상하고 예배하고 기도했다. 간디의 삶은 정중동, 아니 동중정(動中靜)의 삶이다.

간디는 인생의 목적이 민중에 대한 봉사라고 선언하고, 행위에서 무행위를 보고 무행위에서 행위를 보는 사람, 그가 진실한 요기이고 참된 까르마(행동)의 사람임을 믿었다. 증오의 한복판에서 사랑의 삶을 살아갔던 그는 스스로 까르마 요기의 모범이 되었다. 그는 도 닦는다 하고 고행하면서 세상을 버리려는 자에게 세상에 봉사하기 위해서만 세상에서 살아가는 자가 바로 진실한 구도자라 하고, 이 세상이 구도자를 위한 곳이 아니라는 생각은 정신적 나태를 드러내는 것이라고도 했다.

간디의 기도는 우주의 창조자요 유지자요 파괴자인 신으로 향한 기도였다. 간디는 신의 존재를 인간 이성이나 지성을 넘어가는 진리, 우주의 이법, 만물을 감싸는 힘으로 이해했다. 그에게 진실하고 완전한 종교는 하나뿐이지만, 그것이 인간이란 매체를 거치면서 다수가 되고, 모두 일정한 불완전함을 지니게 되었다고 본다. 간디에게는 진리가 곧 신이다. 그는 진리가 모든 인간과 인간이 사용하는 일체의 언어를 무한히 초월하지만 비폭력이 아니고서는 단 한 걸음도 접근할 수 없다고 보았다. 진리가 간디를 포함한 모든 인간을 초월한다는 의미에서, 그리고 인간이 육신을 입고 있는 한 완전한 비폭력이 불가능하다는 의미에서 간디는 기도해야 했다. 그래서 그는 깨달음(묵띠)에 대해 말하는 것보다 귀의(박띠) 안에서 시간 쓰기를 좋아했는데, 박띠는 자기 한계의 고백, 자기포기, 다른 생명과의 일치를 위해 절대자에게 귀의하는 태도이기 때문이다.

간디는 경전의 집필조차 거부했다. 스스로 고대의 위인과 감히 견줄 수 없다는 것도 이유의 하나였지만 세상이 갈망하는 것은 경전이 아니라 성실한 행동임을 알았기 때문이다. "내 인생 자체가 내 메시지"[1](권1, 22번)라고 했던 간디, 그의 글은 모두 자신의 행동에 대한 기술과 설명이었다. 그리고 간디는 진리와 비폭력이 책을 요구하지 않으며 행동만이 가장 위대한 현시이고, 그것들이 실천에 의해서만 보급될 수 있다고 보았다. 자신의 이름을 딴 간디봉사회 회원들에게는 "책쓰기에 바빠서 진짜 일이 손상당하지 않도록 하시오"라고 당부하기도 했다(권3, 93번).

간디는 하지만 진리와 비폭력을 전파하기 위해서는 말과 글이 꼭 필요하다고 보았고, 그래서 말이 많았고 엄청난 양의 글도 남겼다. 그는 사땨그라하 운동을 돕기 위해 주간지를 발행하고, 인도의 방방곡곡에서 연설하

---

1) 『마하뜨마 간디의 도덕·정치사상』

고, 수많은 외국인들과 편지를 주고받았다. 그의 사후 인도 정부가 영어로 출판한 『간디전집』은 98권 5만여 쪽 분량에 달하므로 아주 방대하다. 이번에 번역된 『마하뜨마 간디의 도덕·정치사상』은 『간디전집』의 30분의 1정도에 해당된다. 그가 보낸 편지들의 수신자에는 정치가, 종교인, 법률가, 학자, 교육자, 사업가, 예술가, 노동자, 대학생 등이 포함되어 있다. 여기에 네루, 윈스턴 처칠, 타고르, 톨스토이, 로맹 롤랑도 들어 있다. 간디는 히틀러에게도 편지를 썼지만 배달되지는 못했다.

2. 진리와 세속

간디에게는 세속을 변화시키기 위한 행위를 동반하지 않는 명상이나 수행은 모두 정신적 방탕이고 순결(브라마차르야, 梵行) 계율의 정면 위반이다. 그리고 행위를 위한 적당한 장소는 히말라야 같은 곳이 아니라 봄베이나 캘커타와 같이 세속사가 일어나는 세속이었다. 다음의 한 대목을 보자.

진리의 길을 밟는다는 것 자체가 쁘라브리띠 안으로 들어감을 상정한다네. 쁘라브리띠가 없다면 진리의 길을 밟을 기회도, 밟지 않을 기회조차 없네. 거룩한 『기따』는 여러 시구에서 사람은 단 한 순간도 쁘라브리띠 없이 존재할 수 없다는 점을 분명히 했다네. 귀의자와 귀의자가 아닌 자와의 차이는 다음과 같다네. 즉, 귀의자는 최고선에 시선을 고정시킨 채 쁘라브리띠 안에 남아 있는 자로서 쁘라브리띠 안에 살면서도 결코 진리에 대한 고수를 포기하지 않으며 집착과 혐오를 약화시키는 자이고, 귀의자가 아닌 자는 쁘라브리띠에 탐닉하고, 그의 목적을 추구하는 과정에 거짓 등의 악마적 행위로부터 멀리 떨어져 있으려고 노력조차 하지 않는 사람이라네. 이 세속사는 경멸의 시선으로 보아야 할 것은 아니네. 주님의 비전은 오로지 세속사를 통해서만 가능할 뿐이네. 미혹을 일으키는 세속사는 경멸의 시선으로 봐야 하고 언제나 피해야 할 일이라네. 이것은 나의 확고한 생각이며 경험이라네. (권2, 358번)

이 대목은 간디가 형제라고 부른 동료에게 보낸 편지의 일부다. 간디에게 세속이나 세속사를 떠나 진리를 추구하는 일은 공화나 신기루를 좇는 일이다. 세속에서가 아니라면 진리의 길을 밝을 기회조차, 아니 진리를 언급할 기회조차 없기 때문이다. 우리는 심지어 존재할 수조차 없다. 그래서 세속을 버리는 것은 진리 추구를 아예 포기하는 일이다. 간디는 자신의 이런 생각을 『바가바드 기따』의 가르침으로 뒷받침하기도 했다. 그는 진실한 귀의자란 세속사를 실행하는 가운데 최고선을 실현하는 자라고 했다. 그리고 우리는 주님의 극히 작은 부분이나마 보자면 세속을 떠나서는 안 된다.

모든 종교는 자아실현의 길과 자기에 대한 지식을 가르쳐 준다. 그런데 간디에게는 "자아실현이나 자기 지식은 우리가 모든 유정자(有情者)와 일치되기 전—신과 하나되기 전—까지는 불가능하다. 그와 같은 일치를 완수하는 일은 타인의 고통을 의도적으로 나누는 것, 그 고통을 제거하는 것을 포함한다."(권1, 218번) 유정자와 그들의 고통, 그리고 신을 외면하거나 도외시한다면 개인적 완성, 자아에 대한 지식, 진리추구도 모두 거짓이다. 그리고 무엇보다도 자아완성은 봉사를 통해 얻어진다는 간디의 말을 수용하면 (권2, 25번), 자아가 완성되기를 기다려 봉사하려는 태도는 근본적으로 잘못이다. 봉사 없는 자아완성은 도대체 불가능하기 때문이다.

진리와 세속은 처음부터 같이 가는 것이므로, 정치와 경제 등의 세속과 세속의 역사를 떠난 자에게는 진리도 없고 진리 추구의 역사도 없다. 이것이야말로 간디의 삶이 세상에 소리 높여 선포하는 메시지이다. 묵띠 대신 박띠를! 이 찬송은 완전한 비폭력이 불가능하다는 점을 인정한 위에 이타적 봉사행위를 요청하고 있다. 라마, 부처님, 하느님을 염송하면 소란하고 더러운 봄베이, 캘커타, 그리고 서울을 포함하여 못 갈 곳이 있겠는가. 바로 거기가 유일무이한 진리의 구현 장소가 아닌가!

3. 간디와 석존

간디는 힌두교 신자로 자처하면서도 자신을 이끈 여러 스승의 한 분으로 석존을 주저 없이 꼽았다. 그에게 석존은 인도에서 잊혀진 분이 아니라, 힌두교도 중의 힌두교도, 힌두교 안에 있는 최선의 것에 흠뻑 빠져 있었던 인물, 그리고 잡초가 무성하게 우거져 있는 가르침에 새 생명을 준 인물이었다. 불교가 표면상 인도 외부로 쫓겨났다고 하지만 정신은 인도에 그대로 남아 힌두교도들이 주창하는 모든 원리에 새로운 힘을 부여했다(권1, 165번). 불교가 인도를 떠나 사방으로 퍼져 지구의 표면을 휩쓴 것을 두고, 간디는 자신이 불교도로 오해받을 위험을 감수하면서까지 힌두교의 승리로 부른다고 했다(권1, 176번).

간디에게 석존은 예수나 마호메트와 마찬가지로 공동선을 위해 고통을 자초한 분, 숲에서 숲으로 방랑하면서 극단적인 더위와 추위를 감수하고 수많은 궁핍을 겪은 다음, 자아실현을 성취하고 민중 사이에서 영적 복리의 이념을 전파한 분이었다. 그래서 석존의 자아실현과 진리 추구는 민중의 복리와 불가분의 관계에 있었다. 간디에 따르면, 석존은 자신이 살았던 참담한 시대의 개혁자였는데, 당시 눈 먼 바라문들은 이기적이어서 석존을 거부했지만, 실천적인 대중들은 석존이 자신들의 신앙을 앞장서서 주장하는 분임을 확인하고 그를 따랐으므로, 불교는 "대중의 이름으로 실천되는 힌두교"였다(권1, 171번). 간디는 석존을 비폭력 행동가의 한 사람으로 내세워 칭기즈칸, 히틀러, 무솔리니와 같은 폭력 행위자와 선명하게 대조하기도 했다(권2, 269번). 석존이야말로 진리와 비폭력을 앞세워 당시 부패와 나태에 빠져 있는 바라문 계급을 내치고, 민중에게 지고의 행복을 선물했던 인물이었다.

간디는 당시의 아시아 불교에 대해 경고를 마다하지 않았다. 그 내용은 불교도들에게 결코 단 한 순간이라도 나태하여 이웃에게 부담이 되어서는 안 된다는 것이었고, 이 경고를 무시하는 것은 아힘사 최초의 교훈을 범한다는 것이었다. 간디는 인도의 구도자와 마찬가지로 스리랑카, 미얀마, 티베트에 있는 불교 사원들이 무지와 나태에 빠졌음을 비판했다(권2, 77번). 간디의 눈에 비친 당시의 불교도들은 기아 상태에 있는 민중의 운명에 관심이 없거나, 무지와 나태에 빠져 있어서 자신들의 개조 석존의 가르침을 실천하지 못하고 있었던 셈이다. 이와 같은 무관심, 무지, 나태에 대한 비판은 동아시아 불교 전통에도 분명히 적용될 것이었다.

석존 및 불교전통에 대한 간디의 이해에 따르면, 순결을 지키며 깨닫겠다는 일념으로 줄기차게 선수행하는 자는 자칫 정신적 방탕에 빠질 가능성, 즉 순결 계율을 위반하고 있을 가능성이 아주 높다. 마음공부라도 선정이 아니라, 일을 통해서 곧 오로지 민중에 대한 봉사행위를 통해서만 제대로 된다는 것이었다. 불교의 목적은 흔히 상구보리와 하화중생이란 구절로 표현된다. 그런데 이 구절이 불교도가 가야할 길의 순서를 의미한다면 간디는 동의하지 않을 것이다. 왜냐하면 수행의 이상적인 높이에 도달하기 전까지 봉사하기를 거부하는 것은 그 높이에 도달할 수 있는 가능성 자체를 차단하는 것이기 때문이다. 우리는 실제 봉사에 의해서, 그리고 봉사하며 실수할 위험을 감수함으로써 성장하기 때문이다. 누구라도 겸허한 마음으로 계속 봉사해야 하고, 봉사를 통해 언젠가는 자기완성을 성취할 것임을 소망해야 한다는 것이다.

간디는 열반을 최고선으로 인정하면서도 그것을 소극적인 무행위가 아니라 생동적인 평화로 이해하고, 열반도 애타주의에 연결될 경우에만 의미가 있는 것으로 이해했다(권1, 176번). 열반에 대한 이런 이해는 선정의 탐닉이 순결 계율 위반이라는 그의 지적과 함께 동전의 양면을 이루고 있는 것으로 보인다. 현대의 한국불교가 간디를 별로 내세우지 않고 있는 이유는 민중을 섬기기보다는 고요함이나 구복을 부단히 강조하고 있기 때문일까, 아니면 신이나 아뜨만의 존재에 대한 간디의 믿음 때문일까? 간디가 파악하고 본받았던 석존이 그 분의 진면목에 가깝다면, 우리는 우리의 선불교 전통, 아니 동아시아 불교 전통을 통째로 힐문의 대상으로 삼고, 불교사 전체를 다시 써야 할 것이 아닌가? 우리는 행동가 석존을 선실의 방장이나 종단의 장(長)쯤으로 유폐시킨 다음, 고요와 복 빌기 불교를 실천하고 있는 것이 아닌가? 한국의 불교사에서 간디와의 친화성을 찾을 수 있는 불교도는 동 속에서만 정을 찾고, 세속(생멸)에서만 참을 찾으려고 했던 원효와 만해 등이 아닐까? 간디의 시절보다 오늘날의 민중은 더 깨어있고, 정치는 더욱 치열하게 우리 삶 속에 파고든다면, 우리는 정치, 경제, 사회 현실을 한 순간이라도 도외시할 수 없을 것이므로 이런 질문을 던지지 않을 수 없다.

4. 종교와 정치

간디는 세속에서 정치·종교·경제·법률·문화·교육 등은 서로 얽혀 있다고 보았다. 하지만 그는 영국의 제국주의로부터 조국의 독립을 쟁취하는 일을 사땨그라하의 최우선 과제로 삼았으므로 정치 분야에서 가장 많이 활동한 셈이다. 스스로 성자라고 부르지도 않고 정치가의 기질이 자신을 지배한 적이 단 한 차례도 없다고 했던 간디이지만, 그가 한 모든 일은 자신에게는 정치라고 했고, 인도의 자치(스와라즈)를 얻기 위한 노력조차 해탈하기 위해서라고 했다. 그런데도 간디는 정치를 한없이 성가신 일로 보았고 자신이 정치를 털어 버릴 수 있다면 기뻐 춤출 것이라고 했다(권1, 149번). 그렇다면 그는 왜 그토록 성가신 정치에 깊이 연루될 수밖에 없었을까? 그 이유는 크게 두 가지이다.

첫째, 진리가 삶의 모든 실제적인 측면에 적용될 수 있다는 그의 확신 때문이다. 그는 진리와 비폭력이 사람이 하는 모든 말, 행위와 거래 안에 구현되어야 한다는 신념을 갖고 있었다. 이 신념은 정치적 삶이 반드시 영화(靈化)되어야 한다는 '큰 말씀'으로 표현되었다. 간디는 이 말씀을 자신의 정치적 구루 고칼레에게 배웠다고 한다. 그리고 간디는 "정부의 정치 형태는 영적인 힘의 구체적 표현"이라고 보았고(권1, 27번), 자신의 사명이 정치적인 것이더라도 그 뿌리는 영적이라고 확신했다. 그래서 만일 어떤 종교인이 정치와 역사를 헛것이라고 한다면, 그 종교인의 종교야말로 헛것이라고 해야 할 것이다. 둘째, 정치판을 차마 두고 볼 수 없었던 간디의 불인지심(不忍之心) 때문이다. 간디는 오늘날의 정치가 더 이상 왕들의 관심사가 아니라 사회의 최하층에까지 영향을 미친다고 하고(권1, 135번), "민중이 약탈당하고 있는데 가만히 앉아 있을 수가 없습니다"라고도 했다(권1, 152번).

간디는 자신의 정치참여에 대해 "그것은 오늘날의 정치가 뱀의 똬리처럼 우리가 아무리 노력해도 빠져 나올 수 없게끔 우리를 휘감고 있기 때문이었다"라는 말도 했다(권1, 25번). 그는 1894년 나이 스물다섯 남아프리카에서 공적 생활과 공공봉사에 투신한 뒤로 죽을 때까지 뱀과 같이 자신의 몸을 휘감고 있는 정치, 민중을 약탈하는 정치라는 뱀과 씨름했다. 그 씨름에는 정치도 거룩하게 되어야 한다는 확신과 정치에 대한 불인지심이 함께 작용하고 있었던 것이다.

5. 간디와 함석헌

함석헌(1901~1989) 선생님은 우리가 간디를 배워야 할 이유의 하나로 간디 사상에는 정치와 종교가 하나로 잘 조화되어 있기 때문이라고, 다시 말해 정치 문제를 종교적으로 해결했기 때문이라고 하셨다. 역자가 함 선생님을 처음 뵌 것은 1973년 대학 3학년 때, 박정희 씨의 시월유신 반대 데

모로 용산경찰서 유치장에 붙들려 들어가 29일 간의 구류를 살고 나온 직후 박재순 선배님의 소개로 서울 신촌 봉원동 퀘이커 모임집에서였다. 그리고 1975년 무렵 다른 십여 명의 또래 청년들과 더불어 『바가바드 기따』를 영어 번역으로 공부했다. 『기따』의 시구를 함께 읽고 함 선생님께서 해설을 붙이시는 방식이었다. 선생님께서는 그것을 손질하고 보충하여 『씨올의 소리』에 연재하셨고, 생전에 책으로도 내셨다. 그리고 칠순이 훌쩍 넘어 『간디자서전』도 번역·출판하셨다. 용산 원효로 선생님 방에서 이마에 하얀 머리띠를 두르시고 번역에 열중하시던 모습이 지금도 눈에 선하다. 그런데 함 선생님은 "간디는 간디고, 나는 나야 하지"라는 말로 옮긴이의 말을 끝맺으셨다. 간디가 훌륭하여 배울 데가 많은 인물이지만 우리는 노력해도 그의 길을 다 따라갈 수는 없을 것이다. 그래도 탄식하거나 낙망해보아야 소용없고, 주어진 여건에 따라 당신에게 주어진 길을 가야할 것이라는 취지로 이해할 수 있는 말이다. 그런데 이제 와서 생각해보면 이런 말조차 아무나 할 수 있는 것은 아니다. 누가 감히 진리를 향한 간디의 정직하고 치열한 삶을 바라보면서 교만한 생각 조금도 없이 "간디는 간디고, 나는 나야 하지"라고 할 수 있을까?

역자는 함 선생님을 새삼스레 기억하면서 간디에 대해 그 분이 남기신 글 다섯 편 중 네 편을 골라 1권에 두 편, 2권과 3권에 각각 한편씩을 붙여 해설로 삼으려고 한다. 이 역서의 출판을 계기로 평생토록 진리 구현을 위해 노력했던 간디, 원효, 만해, 함석헌 등의 비교연구도 가능할 것이다. 물론, 단순한 비교연구보다는 제2의 간디, 제2의 원효, 제2의 만해, 제2의 함석헌이 나타나 미물과 뭇짐승에서부터 민족을 거쳐 마침내 전 세계에 봉사하는 자, 그 세계마저도 잘못되면 진리와 비폭력의 제단에 바쳐 제사 지낼 수 있는 자의 출현이 인류의 역사에 훨씬 보탬이 되겠지만 말이다.

6. 비폭력과 문명비판

2000년 하반기부터 학교 수업과 관련된 공부 시간을 빼 놓고는 거의 전적으로 간디 번역에 매달려 왔다. 주로 방학을 이용하며 어느덧 4년 가까이 흘렀다. 법률문서 및 물레와 직조를 설명하는 글 등, 역자에게 아주 생경한 글 안에 있는 전문용어를 정확히 번역해 내는 일, 그리고 셀 수도 없이 많은 문장 하나하나를 형용사나 부사 하나 놓치지 않고 번역하는 일은 결코 쉬운 작업이 아니어서 아직도 오역이나 놓친 단어와 구절이 있을까 봐 불안하다. 하지만 그보다 더 어려웠던 것은 그의 삶과 글을 똑바로 쳐다보는 일이었다. 그것들이 햇빛 내려쬐는 눈밭 같이 눈부시게 정직하기 때문이다.

간디는 우리나라에 종종 왔다. 자서전이나 전기의 형태로 오다가 이번에는 선집의 모습으로 오는 셈이다. 이 선집은 종교적인 가르침을 우리 시대에 발생하는 각종 이슈에 적용·실험한 사례집이라는 의미에서 현대의 경전이라고도 할 수 있다. 하지만 진리와 아힘사 실천에서 그가 보여 주었던 엄격함과 정직함, 그리고 그 실천의 폭과 깊이로 말미암아, 이미 비천함과 경박함의 거의 극치에까지 와버린 이 세상에 그 경전의 내용이 전면적으로 실현되기는 거의 불가능할 것이다.

간디가 실천한 비폭력 강령의 폭과 깊이는, 그가 그 강령은 인간을 넘어가 송아지와 원숭이, 심지어 뱀에게도 당연히 적용되어야 한다고 믿었다는 점에서 분명히 보인다. 간디는 역시 하나의 피조물에 불과한 인간에게 다른 피조물들을 마음대로 처리할 수 있는 권리는 없다고 보았다. 하지만 그는 병든 송아지를 독극물로 안락사시킬 수밖에 없었고, 소 우리에 침입한 뱀을 죽일 수밖에 없는 자신의 처지에 대해 깊이 고뇌하고 인간의 삶에 내재해 있는 근원적인 폭력성을 절감하며, 바로 그 이유 때문에라도 우리는 더욱 겸손해야 한다는 진리를 깨달았다.

간디는 현대문명을 신랄하게 비판했다. 그 문명을 만끽하며 살아가는 우리는 간디의 문명비판을 머리로 납득하기가 어렵고 그 비판 정신에 따라 살아가기는 더더욱 어렵다. 간디는 『힌드 스와라즈』(권1)에서 현대문명에 대해 우리가 참기만 하면 저절로 파멸하고 말 문명이라고 단언했다. 현대문명이 소유와 향유에 대한 욕망을 전제하고 있으므로 가만 둬도 망하고 말 문명이라는 저주에 가까운 말로 그것을 근본에서부터 전복하려고 했다. 이보다 더 무시무시한 말이 있을까? 진리와 비폭력의 이름으로 간디가 퍼부은 현대문명 비판은 하도 신랄하고 혹독해서 네루조차도 이를 외면했을 정도였다. 저주 같은 이 비판을 어떻게 감당해야 할까? 비판 내부의 오류를 찾아내서 그 비판을 거부하든지, 아니면 우리는 그의 소리를 경청하고 우리가 가는 길을 고쳐야 한다. 그것도 아니면 이대로 가다가 망할 수밖에 없다.

7. 선동가 간디

참의 실현! 간디는 참을 위해 목숨 걸었고 수많은 동시대인들을 불러내어 여기에 동참시켰으며 동참자들에게는 이 길을 가는 데 필수적인 인격적 자질을 철저하게 닦으라고 엄중히 요구했다. 많은 정치가, 종교인, 법률가, 학자, 선생 그리고 학생도 간디의 부름에 응하고 개인적 차원의 품성 함양을 요구받았다.

이제 누가 간디의 독자가 될 수 있을까? 아니 누가 간디를 읽어야 할까? 오늘날 우리나라에서 세상에 참을 실현함으로써 세상을 고치려는 사람들 모두, 다시 말해 시민운동가와 자원봉사자를 비롯하여 세상에 봉사하려는 자들은 반드시 간디를 읽어야 한다. 간디의 삶이 보여준 지와 행의 합일,

그리고 우리는 그 합일을 위해 투옥은 물론이고 목숨마저 버리겠다는 각오—히말라야 설산의 하얀 눈 같이 순결하고 태양 같이 뜨거운 각오—만이 시민운동의 개혁성과 지속성을 보장하고, 봉사를 올바르게 이끌어 준다는 점을 통렬히 자각해야 한다. "내 인생 자체가 내 메시지"라는 간디의 말은 이런 각도에서도 깊이 새겨 봐야 한다. 만일 우리가 진리를 믿고 이에 따라 행동한다면 우리의 인생 자체가 세상의 변화와 개혁을 위해 가장 강력한 메시지가 될 것이기 때문이다.

간디는 행위에서 무행위를 찾았고, 생멸의 시간 속에서 진여의 영원을 보려고 했다. 그의 삶과 글은 맑은 마음과 눈으로 조용히 들여다보기만 해도 아주 선동적이어서 사람을 가만 두지 않는다. 그 스스로 참을 실현하려고 온 몸으로 움직인 행동가였기 때문이다. 그가 오늘날에도 선동하고 싶은 사람들은 아주 다양하고 광범위해서, 허위와 폭력 안에서 성찰 없이 무심코 살아가는 사람들 모두를 대상으로 삼을 것이다.

간디는 먼저 국가와 민족을 위한다고 동분서주하는 정치가들에게는, 그들이 명예욕과 물욕 그리고 자만심에 빠지기 쉽다 하고, 정치가란 직업 자체가 진실이란 덕은 지키기 어렵고 허풍떨기는 아주 쉬운 직업이라고 일갈할 것이다. 무슨 값을 치르고서라도 부자 되는 길을 가르치려는 자본주의 경제 관료 및 학자에게는, 그 길이 부익부·빈익빈에의 길, 탐닉과 궁핍에의 길, 사악에의 길이 아니냐고 항변할 것이고, 사업가에게는 부의 축적이 불살생 원리의 정면 위반이라는 말로 가슴팍을 찌를 것이고, 파업 노동자에게는 너희 역시 부자가 되고 싶은 것이 아니냐고 반문할 것이며, 공산주의자에게는 공산사회의 수립 과정이 이미 폭력적이었다고 꼬집어 말할 것이다.

팍스 브리태니커든, 팍스 아메리카나든 강대국 주도의 세계 질서에 대해서는, 그것이 오만, 오류 그리고 무엇보다도 순전한 물리력에 근거한 것이 아니냐고 맨 가슴으로 대들 것이다. '대한민국'이라고 외쳐대는 피 끓는 우리의 애국 청년에게는 진리의 제단 위에 자신과 가족은 물론 조국이

나 민족마저 희생시킬 각오가 없다면, 그 외침은 조급함이나 허위의 소리이기 십상일 것이라고 충고할 것이다.

읽고 글쓰기로 자족하는 글쟁이에게는, 자신과 세상의 변화를 위해서는 지성만이 아니라 심정이 중요하며, 손이나 머리만이 아니라 온 몸을 움직여야 할 것, 그렇지 않으면 세련된 위선에 빠지게 된다고 경고할 것이다. 철학이 동료들과 더불어 있는 일과 그들에게 봉사하는 일에서 우리를 기쁘게 할 수 없다면 철학 공부는 모두 "헛된 짓"이라고 크게 꾸짖을 것이다 (권2, 141번).

실천할 생각도 없는 글쟁이가 글의 스타일이나 미문만을 추구한다면, 그는 속빈 강정에 달콤한 꿀을 바른 것 같이 진실을 이중으로 호도하는 것이고, 결국 자신도 속이고 남도 속이게 된다. 무엇보다도 손과 머리의 분리에 근거한 사회적·경제적 분업을 믿지 않았던 간디에게, 글이나 그림 등에서 진리를 망각하고 아름다움만을 추구하는 일은, 일그러진 개인적 삶의 징표이면서, 동시에 이런 분업 자체를 가능하게 하는 현대문명의 실상, 다시 말해 현대문명에 내재해 있는 허위와 폭력, 그리고 불평등을 감추는 일이라고 보았다.

말과 글로 진실을 호도하여 세상을 기만하는 부류에는 언론인들도 둘째 가라면 서러워할 존재들이다. 이들은 매스 미디어가 휘두르는 폭력에 가까운 힘을 믿고 공명심에 취하여 자신들의 생각을 사실인양 보도하면서, 세상을 어지럽히고 세상 사람들을 속이는 악마적 행위를 수시로 저지르고 있는 것이 아닌가?

세상을 바꾸려는 모든 개혁자는 진리, 비폭력, 무소유, 무외, 일체의 차별폐지 등의 도덕적 자질을 스스로 갖춘 만큼 세상을 바꿀 수 있다는 점을 명심해야 한다. 이런 자질을 일정 수준 이상 갖추지 않았다면 차라리 개혁을 단념하는 편이 낫다. 그렇지 않으면 세상은 더욱 어지럽게 되고 더 큰 혼란에 빠질 것이기 때문이다.

간디는 종교인들에게 고요에의 탐닉 대신 민중을 섬기고 그들에게 봉사하라고 권했다. 하지만 섬김과 봉사는 결코 민중에게 영합하는 것이 아니라, 진리와 비폭력의 잣대로 그들을 추궁·비판·계몽하는 일을 반드시 수반해야 한다. 민중을 질책하고 교육하는 일은 종교인과 비종교인을 불문하고 세상을 바꾸겠다는 모든 이들의 사명이 되어야 한다. 맞아 죽을 각오로 간디가 그렇게 했듯이 ……

우리가 지금 마음속 깊이 불안, 초조, 불만, 어둠을 느끼고 있다면, 이는 아뜨만, 불성, 일심(一心), 주님이 우리를 선동하고 있다는 증거이다. 먼저 참을 향해 선동당하고 다음 순간 남을 선동하면서 평안을 구한다면 그가 참 사람이다. 아, 우리 속의 영원한 선동가여! 인류의 역사상 가장 위대한 선동가들 가운데 한 사람이 여기 있다. 이 사람을 보라!

2004년 가을, 과천 가일 마을에서
허 우 성

마하뜨마 간디에 대한 방대한 문헌들이 급증하고 있음에도 불구하고 그의 핵심적인 글들을 모은 기록문서, 즉 쉽게 구할 수 있으면서도 일관된 기록문서가 지금까지 없었다. 간디는 평생 동안 자신이 편집했던 『인디언 어피니언』, 『영 인디아』, 『하리잔』과 『나바지반』이라는 주간지를 위해 매주 기사를 썼다. 그는 남아프리카, 영국, 인도 및 세계 각지에서 편지를 보내는 모든 사람들에게 답장할 만큼 아주 양심적이어서 하루 최고 70통의 편지를 쓰기도 했는데 이런 일을 40여 년 동안이나 계속했다. 그가 보낸 엄청난 양의 편지가 그의 『전집』이 90권에 달하는 주된 이유이다(인도 정부는 간디 사후 곧바로 『전집』 발간사업에 착수했는데 이제 거의 완료되었다).* 그가 실제로 집필한 책들은 몇 권 되지도 않고, 그것들조차 단편적이고 결론을 분명히 내리지도 않았다. 이 범주에는 『힌드 스와라즈』, 『나의 진리실험 이

---

* 1999년 인도 정부 출판국이 98권에 달하는 『마하뜨마 간디 전자책』을 발간한 것을 보면 이 사업은 완료된 것으로 보인다. 『전자책』은 간디의 육성과 동영상까지 담고 있다. (역주)

야기』, 『남아프리카에서의 사뺘그라하』, 『아슈람 실천 규율』이 있으며, 여기에 『바가바드 기따』, 건설적 프로그램, 건강 관련 소책자들이 추가되었다. 간디라는 인물과 그의 영향력에 대한 대중적 지식의 원천에는 간디 자신의 미완성 자서전과 인기 있는 전기 몇 종이 있는데 이것들은 더러 오해를 낳기도 하였다. 그에 관한 선집들이 꽤 다수 출간된 것도 사실이지만, 대부분은 피상적이거나 단편적이어서 그의 사상의 풍요함을 크게 가리고 있다.

나는 옥스퍼드의 콜(G. D. H Cole)과 플라머나츠(John Plamenatz)를 비롯한 제씨들의 제안을 받아들여 『전집』 두 권이 채 나오기 전인 1956년, 미출간된 간디 저술에 대한 연구를 시작했다. 다행스럽게도 비노바 바베가 스와미나탄(K. Swaminathan) 교수를 설득하여 『전집』의 편집과 출간을 착수하도록 했다. 스와미나탄 교수는 이 부담스런 과업을 기꺼이 수행해 나갔고, 비범한 인내와 주도면밀함 그리고 조심성을 발휘하여 최근 이 과업을 완수해 냈다. 나는 그로부터 큰 도움을 받아서 그의 사무실과 기타 여러 도서관에 있는 방대한 자료를 열람할 수 있었다. 그 덕분에 나는 『마하뜨마 간디의 도덕 · 정치사상』*을 완성하여 1973년 옥스퍼드 대학에서 그것을 출판할 수 있었다.

나는 그 이후 간디에 대한 종전의 선집들이 간디를 아주 잘못 나타내고 있다는 점을 분명히 알게 되었다. 나는 『전집』 안에 있는 수없이 많은 세세한 사항들(그리고 찰나적인 사항들)로부터 간디의 핵심적인 글을 구해내려고 했으며, 그 과정에서 간디 사상의 섬세함과 범위를 정당하게 다루자면 그의 전체 저술에서 최소한 세 권 분량 정도를 끄집어내야 한다는 점을 깨달았다. 포괄적이고, 균형 있고, 쉽게 읽힐 수 있는 선집을 만들기 위해서 『전집』 한권 한권을 세밀히 살펴보아야 했고 아주 엄정한 기준을 적용해야 했다. 그리고 선정된 자료들은 『전집』의 정본에 의존하면서도 소소한

---

* 우연하게도 이 책과 본 역서의 서명이 같게 되었다. 저자명을 밝히지 않는 것은 모두 본 역서를 가리킨다. (역주)

변화가 필요했다. 나는 수록된 글 하나하나에 적합한 제목을 달아주었고, 간디나 그의 동료들이 붙인 원제목은 각 글의 말미에 언급했다. 독자가 선집을 읽어 가는 데에 불필요한 상세한 사항들로 방해받지 않도록 각주는 최소한으로 줄였다. 나는 간디 필생의 업적 전체에서 따온 정선된 글들을 기술적(記述的)인 제목 아래 편집했다. 그것들은 수십 년에 걸쳐 그의 사상이 정련(精鍊)되어 가는 과정을 보이면서도 그의 공약과 관점들의 바탕이 되는 일관성을 보이고 있다.

이 세 권으로 이뤄진 선집*은 인도 및 다른 나라에 살고 있는 다양한 씨알들이 20세기와 그 이후의 미래에 대해, 의미 깊고 주목하지 않을 수 없는 간디의 기여를 보다 완전하고 보다 정당하게 평가하는 데에 도움이 될 수 있을 것이다.

R. N. I.

1983.10.2

감사의 말

『간디전집』(90권)의 사용을 허락해 준 나바지반 출판사에 감사드린다. 이 세 권짜리 선집에 대해 귀중한 제안을 해주신 K. 스와미나탄 교수께 감사 드린다. 이 책을 준비하는 데 관대한 도움을 주신 데 대해 킬리안 코스트와 엘튼 홀 교수께 감사 드리고, 출판을 위해 자료를 준비해 준 루쓰 앨로트와 폴라 켈리께, 그리고 마지막으로 옥스퍼드 대학 출판부 편집진에게 감사를 드린다.

---

* 한글판 선집 『마하뜨마 간디의 도덕·정치사상』은 모두 6권으로 했다. (역주)

마하뜨마 간디*

함석헌

나는 꽃들을 사랑하지만 누가 묻기를 어느 꽃이 가장 아름다우냐 하면 대답을 못하고 "글쎄……" 하고 만다. 여러 가지 책을 감격을 가지고 가장 읽지만 좋은 책을 골라 추천하라면 역시 "글쎄……" 하다 마는 일이 많다. 인물에 대해서는 더욱 그렇다. 그런데 요새 누가 만일 추천을 해달라고 청한다면, 그보다도 청이 오기 전에 내 편에서, 권하고 싶은 것은 간디의 자서전이다. 그것은 물론 내가 그 책을 지금 우리 말로 번역하고 있기 때문이겠지만 또 더 깊이 반성해봐도 그런 것만이 아닌 것이 있다.

나의 간디가 자라고 있다.

어느 사람의 생애는 아니 그럴까마는, 특히 간디의 일생은 마치 큰 나무의 자라나는 것을 보는 것 같다. 날 때에는, 모든 도토리가 꼭 같이 뵈는 도토리 알이듯이, 간디도 각별히 천재적인 점이 보이지 않는다. 그런데 자

---

* 이 글은 『씨올의 소리』 1976년 10월호와 『咸錫憲全集』 7(『간디自叙傳』, 한길사, 1993)에 실린 글임을 밝혀둔다. 또한 옮기는 과정에서 표준어 규정에 의거하여 약간의 수정을 가하였다.

람에 따라 점점 그것이 보통이 아닌 위대함을 보여준다.

태어난 가정 환경도 좋기는 하지만 특별한 것은 없고, 거기 일어났던 일들도 보통 누구나 다 당하는 씨올적인 인생이지 무슨 큰 충격이나 감동을 준 것은 없다.

교육도 그때 인도 사회에서는 중류 이상이지만, 만났던 선생 중에 큰 인물이 있은 것도 아니고, 자기가 천재적으로 해낸 것도 아니었다. 성적은 자기 말대로 뛰어난 것도 아니었고, 처음부터 끝까지 학문적인 사람은 아니었다.

어른이 된 후에도 간디만이 홀로 당했던 무슨 극적인 사건은 없었고, 크게 한 일이 있다면 자기편에서 자진해서 의식적으로 노력해서 한 것이지, 비상한 운명적인 것이라 할 만한 것이 없다. 일생에 파란곡절이 많다면 많았고, 폭풍 속에 자라는 참나무같이 그것과 싸우는 데 따라 그 참나무적인 인격이 드러났지만, 그 기회란 우연히 밖에서 온 것이 아니라 스스로 나가서 만든 것이었다. 말하자면 마라톤 경주자의 당하는 바람이었다. 아니하는 다른 사람에게는 얼마든지 무사태평으로 지나갈 수 있는 일들이었다.

한마디로 해서 간디는 자기를 개발한 사람이다. 이 의미에서 내가 한 것은 누구든지 할 수 있는 일이다 한 그의 말은 그대로 옳은 말이다. 그렇기 때문에 자서전을 읽어 가노라면 꼭 소금을 집어먹는 것 같다. 언제든지 같은 맛이다. 같은 맛인데 싱거운 대목이 하나도 없다. 어떤 위대한 사람의 생애를 봐도 보통 때와 감격스러운 대목이란 것이 따로 있는데, 이것은 매주 연속적으로 게재했던 관계도 있겠지만, 어느 장을 봐도 거기 간디의 전면이 늘 들어 있고, 수식해서 쓰는 문구 한 마디도 없는데, 읽는 사람의 마음을 꼭 잡아버린다. 그것은 쓴 사람이 그렇지 않고는 있을 수 없는 일이다. 내가 소금에 비하는 것은 이 때문이다. 각별한 맛을 내는 것 없는데 싱거운 대목은 하나도 없다. 늘 짜릿짜릿한 맛이다. 한 알 속에 전체가 들어 있다. 그렇기 때문에 자기 스스로 그것을 실험이라고 한다. 그에게는 시간마다가 비상시였단 말이다. 그러니 '참' 아니겠나?

놀랍다, 놀라운데, 놀라운 것을 해서 놀라운 것이 아니다. 놀라운 것이 없는 것을 놀랍게 했다는 말이다. 전쟁을 영웅적으로 싸운 것이 위대하다면 평일의 인생을 영웅적으로 싸운 것은 더 위대, 그야말로 참의미의 위대 아닌가?

내가 간디의 이름을 처음으로 들은 것은 아마 스물이 한 둘 넘어서였을 것이다. 3·1 운동이 있었을 그 당시가 간디가 인도에서 사땨그라하 투쟁을 크게 전개하던 때이므로 우리나라에서도 그의 이름이 사람들 입에 많이 오르내렸다. 그래서 로맹 롤랑의 간디전을 읽은 것이 1924~25년일 것인데, 나는 그것을 픽 다행한 일로 생각한다. 대체로 간디에 대한 내 마음이 일어나기를 그 책 때문에 됐었는데 그가 간디의 요점을 아주 잘 파악하고 있기 때문이다. 이제 오랜 세월이 지나 그 문구는 하나도 기억할 수 없으나 다만 한 가지, 간디는 외양으로는 분주한 정치활동을 하고 있으나 속살은 종교의 사람이다. 낮에는 활동을 하고 밤이면 종교라는 지하실에 내려가 내일의 활동을 위한 힘을 기르고 있다는 의미의 평을 했던 것만은 기억하고 있다.

사람은 나기는 물질적인 존재로 나지만 나중에는 정신적인 존재에까지 올라가야만 한다는 것이 힌두교의 올짬이라면, 인도 민족이 간디에게 마하뜨마라는 칭호를 준 것은 당연한 일이라 할 것이다. 간디 자신은 물론 그것을 아주 싫어했다. 참의 사람인 그가 그런 우상숭배적인 떠들썩을 좋아할 리가 없다. 그러나 역사를 굽어보는 견지에서 한다면 그것은 역시 인도 씨올의 자기 발견의 한 발걸음, 다소 빗나간 점이 있다 하더라도, 나아가는 한 발걸음이라 해야 할 것이다. 간디가 문제가 아니라, 사람을 통해 나타나는 하나님의 모습을 보자는 노력이다. 본다기보다 조각해내는 한 끌질이라 해야 할 것이다. 힌두교의 신앙은 하나님은 이 세상이 타락되어 정의가 무너질 때마다 의인을 건지기 위해 자기가 사람의 형상을 쓰고 온다고 믿어서 그 사람을 아바따르, 곧 화신(化身)이라고 한다. 그들은 간디에게서 그것을 봤던 것이다. '마하뜨마'란 '마하' 곧 '크다'는 말과 '아뜨만', 곧

‘영혼’ 혹은 ‘자아’라는 말을 합해서 만든 말인데 인도 역사에는 여러 마하 뜨마가 있다. 민중에 의해서 불리어진 이름이지 어떤 제도에서 나온 지위가 아니다. 동양 말로는 대성(大聖)이라 해야 옳을 것이다. 간디의 본명은 모한다스인데 마하뜨마에 이르렀으니 m에서 M으로 올라간 것이다. 힌두교에서 인생의 목적이 self(小我)에서 Self(大我)의 발견에까지 가야 한다는 그대로다.

그러면 간디를 마하뜨마에까지 올라가게 한 원동력은 무엇인가? 그것을 그는 ‘참’이라고 했다. 그래서 자서전의 제목을 『나의 진리실험 이야기』이라고 했다. 그 실험이라는 말이 중요하다. 자기 일생을 하나의 실험으로 보는 데 간디의 간디된 점이 있다. 실험하는 사람은 처음부터 하는 일의 목적이 분명히 정해져 있다. 얼마나 많은 사람이 재주도 있고, 의욕도 강하고, 맘성도 착하면서도, 일생을 그저 흐지부지로 없애버리고 마는가? 그것은 목적 의식이 부족해서 그런다. 간디는 그 점에서, 아주 투철하였다. 누가 시킨 것 아니라 스스로 나도 사람 노릇해야 할 것 아니냐 하는 생각이 강했다. 그것은 하면 있는 것이고 아니하면 없는 것이다. 조즉존 사즉실(操則存 捨則失)이라는 것이 그것이다. 어떻게 무엇을 하렵니까 물을 필요없다. 생각하면 된다. 그렇기에 간디는 어려서부터 끝날까지 생각하는 사람이었다. 남이 못하는 놀라운 활동을 했다 해서 그저 쉽게 행동의 사람이라고만 해서는 안 된다. 생각은 없이 하는 행동은 껍데기의 행동이요, 속고 속이는 행동이요, 남을 죽이고 저도 망하는 행동이다. 이 세상은 행동이 부족해서 망하는 것 아니라 생각이 부족함으로 망하는 것이다. 간디의 이루어 놓은 일만 보고 욕심을 내고 스스로 깊이 생각하지 않는 사람은 어리석은 사람이다.

목적이 있기 때문에 믿음이 있다. 간디는 믿었다. 무얼 믿었단 말인가? 이 우주간에는 근본이 선한 의지가 꽉 차 있어 그것이 생물 진화와 인간 역사를 다스리고 있다는 것을 믿은 것이다. 그러나 그 믿음은 세상에 흔한 욕심을 그대로 두고 도덕적으로 제 의무를 다할 생각은 없이, 어떤 마술적인 힘을 얻어 행복한 자리에 가잔 그런 미신적인 것이 아니었다. 그렇기 때문에 그렇게 강하고도 겸손한 신앙의 사람이면서도 소위 말하는 더구나도 인도에는 예로부터 많은 신통력이니 기적이니 하는 것을 한 번도 보여 준 일이 없다. 그럴 뿐 아니라 매양 사땨그라하는 과학이라고 했다. 그랬기 때문에 그렇게 큰 영향력을 대중 위에 가지고 있으면서도 한 번도 그들을 기분에 도취시키거나 탈선시킨 일이 없다. 이 점은 크게 주의할 만한 점이다. 그야말로 씨올을 깨워서 올라가게 하는 참 지도자였지, 역대의 많은 지도자들이 했던 것같이 씨올을 우롱한 사람이 아니었다. 그렇기 때문에 종교의 올짬은 도덕이라고 늘 강조했다.

그 다음 하나 더 말한다면, 그를 몰아 총알에 쓰러지는 순간까지 지칠 줄을 모르고 그저 올라만 가게 한 것은 씨올에 대한 사랑이라는 점이다. 소위 말하는 자선이니, 박애니 하는 그런 것이 아니다. 간디는 자기와 씨올의 구별이 없다. 자기가 곧 씨올이 돼서 하는 것이다. 그래서 아무도 감히 손을 대지 못하는 불가촉민제도를 철폐할 것을 주장했고, 완전히는 못 되었어도 적어도 제도상으로는 평등의 사회를 만드는 기초를 놓아줄 수 있었다. 자서전을 읽어가며 놀랍고도 또 눈물로 감탄하지 않을 수 없는 것은 그저 페이지마다 사건마다, 씨올, 씨올, 봉사, 봉사로 옷의 실밥처럼 무늬가 놓여 있다는 점이다.

5억 인도의 씨올이 어딜 가 보아도 그를 각하, 지도자는 그만두고, 씨니, 선생님이니 하는 소리도 없이, 그저 '바부(아버지)'라 부르니 그 얼마나 좋은가?

간디의 길*

함석헌

이만 했으면

나는 이제 우리의 나갈 길은 간디를 배우는 것밖에 없다고 생각한다.
왜 그런가?

우리는 이제 우리 금새가 뻔해졌기 때문에 이 이상 더 스스로 속일 수가
없어졌다. 이대로는 무슨 재주를 부려도, 몇 번 되풀이를 해봐도, 언제까지
기다려도, 살길이 열리지 못할 것이 분명해졌다.

이만 했으면 일제시대 및 해방 후 10년 동안 우상처럼 기대해왔던 소위
해외지사(海外志士)란 것이 어떤 것이었는지도 환해졌고, 대통령의 독재에
진저리가 나서 젊은 피를 뿌리고 바꾸어 세운 장면 내각의 역량도 인제 이
만 했으면 금새가 드러났고,

4·19 이후 그 좋은 기회를 가지고도 아무 것도 한 것 없이 옥신각신하

---

* 이 글은 『사상계』 1961년 2월호와 『咸錫憲全集』 7(『간디自敍傳』, 한길사)에 실린 글임
  을 밝혀둔다. 또한 옮기는 과정에서 표준어 규정에 의거하여 약간의 수정을 가하였다.

는 데 해를 지어 보낸 민주당의 뱃속도 드러났고,

또 그것을 보고도 아무 혁신도 못하고, 일이 있을 때마다 '책임추궁'이라 '도각(倒閣)'이라 하는 소리만 커다랗게 지르다가 꿰진 풋볼 모양으로 푸시시 하고 마는 야당이란 것도 그와 조금도 다를 것 없는 것이라는 것도 분명해졌다.

사실 4·19 후에 새로 생긴 일이 있다면 그것은 야당이 없어진 일이다. 서로 정권 다툼을 하는 당파가 없단 말은 아니다. 그러나 야당은 그저 싸워서만 야당이 아니요 민중의 받들어줌이 있어야 할 것인데, 오늘에 정말 민중의 받들어줌을 받는 정당이 어디 있나? 민중은 벌써 '그 놈이 그 놈' 이란 판단을 내렸기 때문에 사실상 야당이란 것은 없다.

또 이만 했으면 우리나라에 인물이 정말 없는 것도 드러났다. 4·19의 학생들이 여우를 쫓으려다가 호랑이를 깨워 일으킨 셈이 되어, 만나는 사람마다 붙잡고 '어떻게 할까요?'를 부르는데, 한 사람도 나서서 그들을 지도해보려는 엄두를 내지 못했으니, 인물은 참 없는 것 아닌가? 깡패, 강력범이 매일같이 늘어만 가는데, 그것은 젊은 것들이 불룩거리는 기운을 어디 정당히 쓸 곳이 없어서 그리 되는 것인데, 그 물고 차는 상사마를 그저 무서워만 하고 욕만 했지, 감히 그 놈을 잡아타고 한 번 천리강산을 달려볼 생각을 하는 자가 없었으니, 이 나라에 정말 정치가는 없는 것 아닌가?

젊은이는 갈기고 들부수기도 하지만, 그 실속은 사실을 믿고 싶어하는 것이요, 한 몸을 바쳐 봉사하고 싶어하는 것이다. 갈기고 들부수는 것은 그 신뢰와 봉사의 대상이 없기 때문에 스스로 억제치 못해 하는 것이다. 그런데 그럴 만한 인물이 하나도 없으니 슬프지 않은가?

또 이만 했으면 우리 언론의 힘이 어느 정도인 것도 드러났다. 관이나 민을 가릴 것 없이, 말을 한다면 그저 '반공'이 그 최절정이요, 사실을 보도한다면 그저 이북에서는 어떻게 살기 어렵다는 것이니, 그것으로 민중의 마음이 하나가 되고 높아질 수 있을까? 그보다 높은 이상을 보여주는 것 없이 그저 아니라고만 하는 것이 무슨 힘이 있으며, 이북이 잘못 산다는 것이 무엇이 터럭만큼인들 이남의 잘한다는 증명이 될까? 대체 그런 말을 이북 동포를 정말 동포로 사랑하고 불쌍히 여기는 맘으로 하는 것일까? 그렇지 않으면 무의식적으로라도 우리의 무능 무성의를 가리고 변명하기 위해 하는 것 아닐까? 이북이라면 적국처럼 생각하면서 무슨 통일을 바랄 수 있을까? 개인이거나 단체거나 남의 결점을 선전해서 겨우 제 위신을 유지해가는 것은 부끄러운 일이다. 우리 말이 모두 빈 말이다. 속에 알이 든 것이 없기 때문에 말이 빈 말이다.

왜 우리 자신의 비판을 좀더 아프게 하지 않나? 이북은 공포정치인지 모르나 이남은 부패정치다. 칼로 사람을 죽이는 것과 독가스로 죽이는 것이 무엇이 서로 다를까? 이북에는 잘못된 이념이나마 정치이념이 있다. 여기는 도대체 이념이 없는 정치 아닌가? 그것이 언론인의 죄 아니고 무엇일까?

이만 했으면, 해방 후 열다섯 해가 지나는 동안, 6·25도 겪어보고, 이정권 독재 밑에 신음도 해보고, 4·19도 치뤄보고 새 정부라고 만들어 이만큼 어물어물도 해봤으면, 이제는 이 민족이 어느 만큼 무지무력(無知無力)한 것이 뻔히 드러났다.

이러므로 이것을 이대로 두고는 문제 해결의 희망이 없다. 살길을 열려거든 이때까지 오던 모든 길을 버리고 근본에서 새로 새 길을 시작하여야 할 것인데, 그 새 길을 찾는 것은 간디가 보여준 길을 따라가는 데 있다는 말이다.

간디의 길

간디의 길이란 어떤 것인가?

그와 그를 따르는 사람들이 스스로 부른 대로 그것은 '사따그라하'다, 진리파지(眞理把持)다, 참을 지킴이다. 또 세상이 보통 일컫는 대로 비폭력운동이다. 사나운 힘을 쓰지 않음이다. 혹 무저항주의란 말을 쓰는 수 있으나 그것은 오해를 일으키기 쉬운 이름이다. 간디는 옳지 않은 것에 대해 저항을 하지 말자는 것이 아니다. 반대로 그는 죽어도 저항해 싸우자는 주의다. 다만 폭력 곧 사나운 힘을 쓰지 말자는 주의다. 그러므로 자세히 말하면 비폭력 저항주의다.

그럼 폭력이 아니면 무슨 힘인가? 혼의 힘이다. 사람들이 그를 높이어 '마하뜨마' 곧 위대한 혼이라 부르는 것은 이 때문이다.

혼의 힘을 가지고 모든 폭력 곧 물력으로 되는 옳지 않음을 싸워 이기자는 것이다. 혼, 곧 '아뜨만'은 저(自我)의 힘을 드러냄이다. 간디는 자기의 몇십 년 정치 투쟁의 목적은 저를 드러냄, 곧 하나님께 이름에 있다고 하였다.

인도 사상으로 하면 '아뜨만'은 곧 '브라만'이다. 절대다. 하나님이다. 그러므로 저를 드러냄, 곧 하나님에까지 이름이라고 하는 것이다. 그러므로 간디의 길은 밖으로는 정치인 동시에 안으로는 종교 즉 믿음이다.

간디의 길은 참의 길이기 때문에 아무 꾀나 술책이 없다. 선동이나 선전도 없다. 비밀이 없다. 대도직여발(大道直如髮)이다. 지극히 단순하고 간단한 것이다.

그러므로 누구나 할 수 있는 것이 그 길이다.

그러나 반드시 대중으로 하는 데모도 아니다. 그것은 혼자서도 하는 싸움이다.

인도의 실례

간디를 배워야 한다는 첫째 이유는 우리와 인도의 사정이 비슷한 점이 많기 때문이다. 오늘 우리나라의 문제가 어려운 것은, 이것이 역사적으로 여러 백 년 긴 세월을 두고 지치고 병든 민족이라는 데 있다. 더는 몰라도 적어도 우리는 임진왜란 이래 고난의 길만 걸어온 백성이다. 8년이나 되는 그 참혹한 전쟁을 겪고 나서 그 상처가 회복되기 시작도 못해서 병자호란이 또 있었으므로 그것이 거의 치명적인 상처가 되었다. 그 후에도 내란이 끊일 날이 없다가, 또 양란, 일청, 일로 하는 전쟁을 연거푸 겪었으므로 민중이 건전한 살림을 할 여유가 없었다. 게다가 사회의 지배계급은 밖으로 발전할 아무런 희망이 없고, 빨아먹는 대상은 오직 나라 안에서 있었을 뿐이므로 아랫 백성의 참혹한 모양은 다른 어느 나라에서보다 더 심했고, 그 가운데서 구차하게 살기를 다투어오는 동안에 가지가지의 고약한 성격이 생겨버렸다. 세계 어느 민족에게서도 볼 수 없는 우리나라 독특으로 있는 당파 싸움, 팔자 철학, 앞을 내다보아 큰 계획을 할 줄 모르고 아주 그만그만으로 지나가 버리는 버릇, 뻐젓하지 못하고 구차한 생각, 용기가 없고 아주 비겁한 버릇, 크게 하나를 이루지 못하고 서로 시기하고 음해하는 버릇, 이런 모든 것들이다. 가난과 무지와 타락, 이 세 가지 불행은 하필 우리나라만 아니라 세계 어느 나라에 있어서도 아랫 백성에게 언제나 붙어 있는 것이지만, 우리나라는 그 누구보다도 더 심히 그렇다.

이 점에서 인도는 우리와 같았다. 독립을 잃고 오랫동안 다른 민족의 지배 아래 있는 동안 인도인은 지칠 대로 지쳐서 살자는 의욕을 거의 잃어버린 사람들이었다. 그런데 그 다 죽은 시체 같은 민족에 새 정신을 불어넣어 그것을 하나로 통일하여 그 힘으로 손에 바늘 하나 든 것 없이 순전히 정신의 힘으로 영국의 세력을 몰아낸 것이 간디다. 그러니 배울 만하지 않은가?

나는 어려서 듣던 수수께끼의 하나를 지금도 잊지 못한다. 그것은 이런 것이다. "되선이 망하리라" 하면, "그런들 그러리, 그런들 그러리" 하는 것이 뭐냐? 하는 것인데, 이것은 연자방아를 두고 한 소리다. 그것이 돌아갈 때에 그 중대와 방틀이 비비우며 나는 소리를 '되선이 망하리라'로 새겨들은 것이요, 그 다음 쌀을 붓노라고 풍구를 돌리면 덜커덕덜커덕 하는 소리가 나는 것을 "그런들 그러리, 그런들 그러리"로 새겨들은 것이다. 어려서는 우습게, 재미있게 들었던 소리, 지금에 와 고요히 그 뜻을 생각하면 밤중에 옷깃이 젖는 기막힌 소리지만, 여기 우리의 역사, 철학이 들어 있고 민중의 시가 들어 있다. 그 속에는 낙망·원망·비관, 구차한 소망이 들어 있다. 그리고 이것은 오늘날도 우리 민중의 혈관 속에 흐르고 있다. 이러므로 일이 어려운 것이다. 이것을 뿌리에서부터 뽑기 전에는 새 나라를 기대할 수는 없을 것이다. 그리고 그것은 간디가 인도 민중에게 한 것 같은, 깊은 속의 혼을 불러내는 진리 운동이 아니고는 될 수 없을 것이다.

정치와 종교

그 다음 또 간디를 배우자는 이유의 하나는 그에게 있어서는 정치와 종교가 하나로 잘 조화되어 있기 때문이다. 다시 말하면 그는 정치 문제를 종교적으로 해결했다. 그것이 옳은 길이다.

오늘만 아니라 어느 시대도 역사는 결국 정치와 종교의 싸움이라고 할 수 있지만 오늘날은 더구나 그러하다. 인류가 오늘 당하는 고민은 종교를 무시하고 모든 문제를 정치적으로만 해결하려 했던 결과로 오는 것이다.

본래 맨 처음에 있어서 종교와 정치는 하나였다. 몸과 혼이 하나로 되어 있는 것이 사람이라면 종교와 정치가 하나인 것도 당연한 일이다. 그러나 인간이 안팎으로 발달함에 따라 종교와 정치는 분립하게 되었다. 그러나 본래 하나인 것이 발달로 인해 분립을 하게 되면 거기 유기적인 통일이 있는 것이 당연한 일이다. 그러나 실지의 역사에서는 그렇지 않아 매양 충돌이 있었다. 혹은 종교가 정치까지를 차지하려 하기도 하고 반대로 정치가 종교까지를 차지하려 하기도 했다. 그 어느 때에도 폐단이 생긴다. 먼저 것의 실례는 중세기의 가톨릭이요, 뒤에 것은 19세기의 제국주의에서 볼 수 있다.

과학이 발달하는 것을 따라 물질주의의 인생관이 퍼져나갔고 한편 민족주의가 성해감을 따라, 그것이 한데 합하여 침략적인 제국주의가 유행하게 되자, 종교는 그 사이에 있어서 나라 법의 공인을 얻는 반면 인심의 지배권을 아주 정치에 넘겨주고 순전히 저 세상만을 위하는, 현실을 피하는 종교로 되어 버렸다. 그 결과 인생관은 점점 천박한 것이 되어 버렸고, 마침내는 큰 규모의 살벌적인 전쟁, 학살을 아무 것도 아닌 것으로 여기고 꺼림 없이 하는 세상이 되어 버렸다. 그렇게 한 결과가 이제 와서는 그 물질주의 문명은 그 스스로 문제를 해결할 수 없는 데 빠져버렸다.

그리하여 오늘 사람의 고민은 정치와 종교가 완전히 서로 딴 것이 되어 조화할 수 없이 되어 자아의 분열을 일으킨 데 있다. 오늘의 세계의 문제는 곧 정치와 종교가 얼크러져 반대하는 데서 오는 것이다. 그런데 그 가운데 있어서 간디가 몇백 년 압박 정치에서 산송장이 된 2억의 인도사람을 다른 것 아닌 다만 단순한 가슴속에 있는 단순한 종교심에 호소하여 불러일으켜, 세계에서 가장 큰 제국이었던 대영제국에 반항하여 그 억누르는 힘을 물리치고 자유하는 나라의 기초를 닦았다는 것은 인류 역사에서 크게 주의할 만한 일이다.

앞날의 세계와 간디의 길

간디를 배워야 하는 까닭의 또 하나는 앞날의 세계를 위한 평화 운동에 있다. 이제 인류는 극도로 발달해가는 무기로 인하여 전쟁을 아주 그만두느냐, 그렇지 않으면 전체가 아주 망해버리느냐 하는 위기에 이르렀다. 이제 사랑이니 사해동포(四海同胞)니 하는 말은 몇천 년 전 성인들이 그것을 부르짖던 때와 그 뜻이 같은 정도가 아니다. 이제 세계 평화는 이상이 아니고 눈 앞에서 급한 실지 문제가 되었다. 그러므로 전쟁을 어떻게 없애느냐 하는 것은 모든 나라 모든 민족이 다 같이 가지는 가장 크고 급한 문제다. 아직까지 큰 나라라는 나라들이 각각 제 이익이라는 생각을 떠나지 못하여 믿지지 않으려는 생각 때문에 현재의 지위를 희생함이 없이 일치하는 점에 이를 수 있을까 하여 주저하고 있으나, 문제는 종래 별 수 없이 간디가 열어논 길을 택하는 수밖에 별다른 길이 없을 것이다.

우리나라의 문제는 세계의 문제다. 지금 우리는 세계 역사의 일선이다. 우리만이 유독 남보다 어려운 문제를 짊어지는 것은 지나간 시대의 우리 잘못의 결과이기도 하지만, 지금 문제의 의미는 거기서만 그치지 않는다. 쓰레기를 버리는 것은 으슥한 장소이기 때문에 했겠지만 집 전체의 깨끗 여부는 먼저 그 쓰레기를 치우는 데 있다. 우리는 세계의 하수구라고 나는 언제부터 말하여 온다. 세계의 죄악의 찌꺼기가 몰려나가는 곳이 우리라는 이 나라다. 인류 전체가 살아나기 위하여 시급히 치워버려야 하는 쓰레기 가 우리 연약한 등에 지워진 것이다. 남의 쓰레기까지 맡게 된 것은 본래 우리가 우리 마당을 깨끗이 해두지 못했던 탓이었겠지만, 이제 우리가 전 체에 대하여 가지는 지위는 매우 크게 되었다. 6·25 전쟁은 무엇인가? 그 세계의 쓰레기를 모아다 버린 것 아닌가? 이제 우리야말로 불의의 값을 내 등에 짐으로써 나와 저를 같이 살리자는 간디의 정신이 필요하게 되었다.

이제 나와 너의 구별이 없는 하나의 세계가 되어 가고 있다. 우리가 그 새 시대의 아들이 나오는 산문(產門)이다. 지나가려는 시대의 모든 죄악 모 든 모순의 역사적 찌꺼기를 우리가 싫다 말고 다 받아 내보내야만 또 옥같 은 아들이 우리에게 나올 수 있다.

옛 길 새 길

간디의 길은 결코 새 길이 아니다. 예로부터 있던 길이다. 고도(古道)다. 맨 처음부터 있는 길이다. 공자의 길이요, 석가의 길이요, 예수의 길이다. 그러므로 간디는 자기의 혁명은 곧 맨 처음의 원리에 돌아가는 것이라고 했다. 옛부터 있은 길, 누가 낸 것 아니요 저절로 있는 자연의 길, 하나님 의 길이다. 그렇기 때문에 누구나 그로 말미암아야 한다는 것이요, 또 할 수 있다.

그러나 그것은 새 길이다. 전에 아무도 하지 못했던 새 길이다. 그러므 로 오늘의 길이다. 이웃을 사랑하라, 자기 희생을 하라 하는 말이 전에 없 었던 것은 아니다. 그러나 그것을 감히 단체로서, 나라로서, 해보려고 한 일은 없었다. 개인으로서는 아무리 고상한 도덕이라도 나라에 들어가면 문제가 달랐다. 자기 희생이 개인으로는 다시없이 높은 도덕이나 그것을 국가적으로 하면 죄로 알았다. 그러나 지난날의 도덕·종교의 힘없는 원인이 바로 여기 있었다. 나라라는 이름 아래 얼마나 많은 죄가 행하여졌고 얼마나 많은 선이 말살당했으며 교회라, 하나님이라 하는 이름 아래 개인으로는 도저히 허락될 수 없는 살인이 아름다운 덕으로 찬양이 된 일이 얼마나 많았던가? 이 때문에 개인으로는 수많은 갸륵한 눈물을 흘리게 하는 도덕·종교가 사회적으로는 아주 힘없이 온 것이다. 이제 여기 이 큰 모순의 바위에 큰 쇠망치를 내린 것이 간디다. 인제 저가 수염도 한 대 없는 조그만 알몸에 개짐 하나만을 차고 '사땨그라하' 운동을 나섰을 때 깨진 것은 대영제국이 아니고, 이 큰 인류 역사의 모순의 경계선이었다. 이제 선에 개인과 단체의 차별이 없어졌다. 개인의 경우만 아니라 단체에 있어서도 생명은 내버림으로만 얻어진다는 것이 진리임이 증명되었다. 저 조그만 사람으로 인하여 지나간 날에 인류를 한없이 속여오던 나라요, 교회요 하는 단체라는 우상이 깨어지고 말았다. 진리 앞에 개인도 단체도 없다. 이것은 인류 역사만 아니라 우주 전체의 정신이 자라나는 역사에서 큰 한 걸음을 내킨 것이라 하지 않을 수 없다. 이 우상이 아직은 채 거꾸러지지 않았고, 그 때문에 우리도 이 고난의 짐을 지는 것이지만 그는 이미 치명상을 입었다. 우리가 완전히 해방이 되는 것은 시간 문제일 뿐이다.

간디의 장례식에서 네루는 "이 앞으로 인류가 1천 년을 두고 생각할 일이라" 했다 하지만, 1천 년이 되겠는지, 2천 년이 되겠는지 모르나, 아무튼 인류 앞에 지금 놓여진 길은 간디가 열어놓은 좁고 험한, 그러나 큰 이 참의 길, 평화의 길이다.

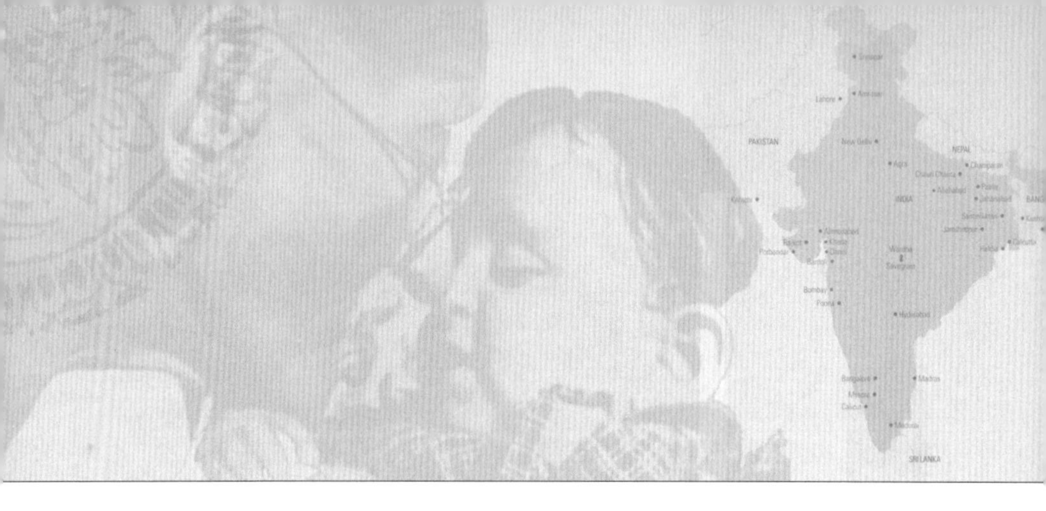

차례

문명·정치·종교 (하)

제1장

서문*

　모한다스 까람찬드 간디는 편안히 앉아 마하뜨마(위대한 혼)라는 칭호를
받아들이기에는 너무나 겸손했고 동시대인들이 선뜻 이해하기에는 너무나
솔직했다. 그는 다른 사람들이 자신과 자신의 이념을 왜곡하고 지나치게
단순화하는 것을 평생 지켜봐 왔다. 그는 끈질기게 자신의 이상을 피력하
고 부연 설명함으로써 관심을 기울이는 사람은 누구나 이해할 수 있도록
했다. 정치 방면에서 간디는 민중의 마음을 감동시켜 그들 자신에 대한 신
뢰, 그리고 사회 변혁에 대해 그 자신이 가진 변함 없는 비전에 대한 신뢰
를 일깨우기 위해 노력했다. 동시에 그는 끈기 있는 동화작용이나 용기 있
는 실험보다 논쟁을 더 선호하는 호전적 빤디뜨들을 회피할 수 있었다. 놀
라운 자기 비평 능력을 통해, 다른 사람들이 보이는 복합적인 반응으로부
터의 자유를 통해 그리고 핵심에 대한 확고부동한 태도를 통해, 간디는 막

---

* 이 '서문'은 편자 라가반 이예르(RAGHAVAN IYER)의 글이다.

강한 힘과 엄격한 도덕성을 길렀다. 때로는 성인으로 숭앙되고 때로는 선동자라는 비난을 받으며 그는 너무도 엄청난 영향력을 행사했으므로, 그 영향력을 평가하기에 아직은 시기상조다. 이미 겪었을지도 모르지만, 간디는 스스로 피하고 싶었던 운명, 즉 자신이 안전거리 바깥에서는 당대의 명물로 여겨지면서도 일상에서는 무시당하는 그런 운명을 결국 피하지 못하고, 자기 정복이라는 숭고한 이미지를, 즉 도전적이고 잊을 수 없는 이미지를 인류에게 남겼다. 이 기억은 앞으로 수세기 동안 역사의 회랑을 아름답게 장식할 것이며, 근대적 삶에 대한 자기 만족을 뒤흔들고 근대적 삶이 갖고 있는 무언의 가정들을 문제삼는 일에 장기간 기여할 것이다.

간디는 복잡다단하게 얽히고 설킨 정치와 종교의 세계 안에서 자유로이 움직였다. 그는 불가능한 세계에 대한 신성불가침의 도그마에 도전하며 단순한 해결책을 용감하게 탐색했다. 간디는 일찍이 현대문명의 음란한 매력을 경험한 덕택에 그 영향이 음험(陰險)하다는 점을 단박에 천명할 수 있었고 그것의 불가피성을 부인할 수 있었다. 그는 스토아적인 수수방관의 자세로 물러서기보다는 이 세상 안에 끈질기게 살아남으면서, 비록 불완전한 개인이라도 정치를 정화하기 위해, 참종교를 예시하기 위해 노력할 수 있다는 점을, 그리고 그렇게 함으로써 상실된 인간성의 의미를 회복할 수 있다는 점을 보여 주었다. 그는 모든 개인 안에 내재된 최고의 가능성을 항상 강경하게 요구함으로써 인간 상호작용의 성격을 고양시키고 그 품질을 높였다.

무심한 독자라면 간디 저서의 범위에 놀랄지도 모른다. 간디는 글의 힘을 알았다(그의 전집은 방대한 책 90권에 달한다). 하지만 그는 포괄적인 논문을 쓰지 않았고 최종적인 이론들을 창안하지도 않았으며, 보통 말하는 문어체의 연마를 거부했다. 그는 대단히 명징(明澄)한 사상가로서 언제나 인류의 도덕적 변모를 위해 헌신한 행위자 곧 까르마 요긴1)이었다. 그는 스스로

---

1) 까르마 요가의 수행자를 의미한다. (역주)

"행위가 나의 영역이다. 그리고 내 빛에 따라 나의 의무로 이해한 것, 그리고 내 길에서 만나게 된 것을 실천한다. 내 모든 행위는 봉사의 정신에 의해서 비롯된다"라고 단언했다.[2]

사상가로서 간디는 엄격하기보다는 유연했다. 남아프리카에서 벌인 투쟁 초기에 사상의 기초들을 닦았던 간디는 그의 파란만장한 삶에서 문제가 발생하는 데 따라 그 사상의 다양한 응용법을 갈고 닦았다. 시중(時中)에 대한 탁월한 감각 그리고 혼이 간절히 원한다면, 그 혼이 필요로 하는 것은 신이 주실 것이라는 확신 아래, 간디는 자신의 선언들의 속도와 범위를 조절하기 위해 투고자들의 질문, 연설 약속들, 그리고 일상사의 요구 사항들을 이용했다. 간디는 준비가 되어 있지 않으면 절대로 다음 발걸음을 떼서는 안 될 것이라고 확신하고, 스스로 납득(納得)하게 되면 메시아라는 외투를 전혀 걸치지 않고 민중을 지도하려고 했다. 그는 재촉당하거나 떠밀려가려고 하지 않았다. 대신 그는 자신의 내적 목소리가 길을 보여주기를 기다렸고, 그 목소리가 침묵을 지킬 때에는 대규모 운동을 정지시킨 적도 종종 있었다. 한 번은 많은 사람들이 조언을 달라고 외치자 간디는 "나는 어둠 가운데 빛을 보기를 노력하고 있다"[3]라고 함으로써 그의 과묵을 간단히 설명했다. 그는 기회주의자가 아니지만 기회를 포착하는 데 과오가 없었고, 편의주의를 취하지는 않았지만 능력 있는 지도자로 봉사했다.

간디는 분파적 숭배자집단의 창시에 대해 아주 혐오했다. 주로 그 때문에 그는 자신의 글이 지니는 의미를 과대 평가하기보다는 오히려 과소 평가하는 경향이 있었다. 그는 마하뜨마라는 칭호를 경멸했듯이 간디주의 같은 관념이라면 어떤 것도 자기 것으로 인정하지 않았다. 그의 자서전 『나의 진리 실험 이야기』가 자신에 대한 유일무이한 설명이라고 하면서도 독자들을 무심히 초대해서 자신을 비상하게 정직한 사람으로, 하지만 자기

---

2) 『하리잔(*Harijan*)』(이하 『하리잔』으로 표기), 1946.3.3.
3) 『암리따 바자르 빠뜨리까(*Amrita Bazar Patrika*)』(이하 『암리따 바자르 빠뜨리까』로 표기), 1924.11.7.

일에 몰두하는 사람으로 생각하도록 만들었다. 간디는 자신을 개척자적인 사회 실험에서 불완전한 표본을 대상으로 삼아 미진한 실험실 연구를 하고 있는 윤리학자로 생각했다. 그는 비범하고 불가능해 보이는 기준을 스스로 제시함으로써 전진해 나간 보통 사람이었음을 강조한다. 간디는 여러 차례 『나의 진리 실험 이야기』를 자서전으로 쓴 것이 절대 아니라고 했다. 그것은 오히려 1920년대 교도소에서 쓴 그의 인생에 대한 일련의 짤막한 수기(手記)로서 출발했는데 나중 책의 형태로 발간된 것이었다. 이들 단편은 그것들 자체로 본다면 매우 섬세한 인격을 그려내고 있다. 하지만 그의 생애 마지막 25년은 물론 다루고 있지 않다. 세 권의 시리즈로 된 이 선집이 증명하듯이 사려 깊은 독자라면 간디의 폭 넓은 편지, 주요 연설 그리고 주간 평론을 참조하여 간디에 대한 더욱 완성된 안목을 얻을 수 있을 것이다.

간디의 도덕적·정치적 통찰은 일련의 일관된 개념들에서 성장해 온 것이다. 그는 그것들이 지닌 뉘앙스를 60년이 넘도록 탐구해 왔다. 간디가 내성의 인간이 아니라 행동인이라는 주장조차 오해를 낳을 수 있다. 간디는 내부에서 출발하여 외부를 향해 일했다. 매일 기도를 통해 반복하여 '내적 목소리'와 의논하고 자신의 동기를 정밀하게 조사하면서 그는 일반적인 결론에 도달했다. 그런 다음 다른 사람의 견해를 조심스럽게 고려하면서 행동 노선을 결정했다. 이와 같이 파악하기 어렵고 정의할 수 없는 과정 — 이것을 간디는 '마음 휘젓기'[4]로 불렀는데 — 자체는, 건설적인 생각과 시의 적절한 행위는 분리될 수 없다는 그의 불굴의 확신에서 나왔다. 행위의 기술(技術)이 사유를 분명하게 하고 수정할 수 있는 반면, 혼을 찾는 성찰은 행위를 정화할 수 있다. 간디는 더 큰 선이 눈에 보이지 않은 경우에도 그 선에 대해 충직(忠直)해야 함을 강조했다. 또한 이때 신뢰에서 솟아나는 견인불발도 함께 강조했다. 그런 신앙을 유지하는 일이 간디에게

---

4) 신들의 바닷물(우유)을 휘저어 감로수를 얻은 신화(samudra manthana)에 빗대어 하는 말. 신들은 그 감로수를 마심으로써 불멸의 존재가 되었다고 한다. 이 신화를 상기시켜 준 이재숙 선생께 감사드린다. (역주)

는 진정한 박띠(귀의)였다. 그는 큰 선에 대해 신앙을 유지하는 것이 반드시 세속사에 있어서 우유부단하게 되거나 미숙하게 되는 것은 아님을 입증했다. 간디는 우리가 세심한 부분에 날카로운 관심을 기울이더라도 당장의 결과에 대해서는 무관심할 수 있음을 입증했다. 사람은 부동의 확신에 기초하여 자신 있게 생각을 가다듬을 수 있고 행동을 재조정할 수 있다. 간디는 그 기초를, 강렬한 탐구와 깊은 명상을 통해 얻어진 영적 진리에서, 사띠(satya)와 아힘사(ahimsa)에 대한 기초적 공약으로부터 발전된 기술(技術)에서, 그리고 자기가 선택한 서약과 희생적 행위에 대한 도덕적 헌신에서 찾았다.

간디는 모든 사람들이 같다고 생각하지는 않았지만 하나의, 초월적 신성에서 비롯된 존재라고 열렬히 믿었다. 간디는 저 신성한 근원을 정의할 수 없음을 인정하고, 그 근원에 대한 가장 훌륭한 표현을 사띠 곧 진리 안에서 찾았다. 신이 진리이고 진리가 신이다. 모든 사람들은 진리의 일부를 알 수 있고 드러낼 수 있기 때문에 (그러지 않고서는 인간이 살아 갈 수 없지만), 신적 존재에 참여한다. 사람이 이런 확신을 품게 되면, 그는 보편적 형제애를 인정하지 않을 수 없게 되고, 진정한 관용과 상호 존중, 그리고 부단한 예의범절을 통해 그 형제애를 실천하려고 한다. 만일 진리가 신이라면 사람은 일정 수준만큼은 성실해야만 한다. 사람은 일정 정도의 내면적 진리 없이 절대로 존재할 수 없기 때문이다. 각 개인은 개인 사이에 불일치를 인정하면서도 진리 안에서 성장할 수 있는 능력과 거룩한 의무를 향유한다.

간디는 자신이 혼신의 힘을 다해 추구하는 인생의 목표가 신을 진리로 추구하고 신에게 봉사하는 일이라고 말할 수 있었는데, 이 말은 조금도 과장이 아니었다. 간디는 해탈(목샤, moksha), 즉 영적 자유를 구하려고 갈망하면서 그것이 위대한 학문이나 설교로는 구할 수 없고 오직 포기와 자제(따빠스차르야)5)를 통해서만 구할 수 있다는 입장을 견지했다. 자제는 행위를 통해 얻어질 수 있었고, 간디가 자신의 일생을 바친 그 행위의 길은 짓밟힌 인간에 대한 봉사였다. 인류에 대한 봉사만이 영적 해방에 필수적인, 무관심적 자기 통제를 낳을 수 있다. 신과 인류를 사랑하는 자들(theophilanthropists)이 세속적인 희망과 공포로부터 자신들을 해방시키면서, 아힘사와 사땨그라하의 사심 없는 구현을 통해 인류의 비참함을 개선할 수 있을 것으로 간디는 믿었다. 간디는 자유가 아나사끄띠(anasakti) 곧 사심 없는 봉사 안에 있다고 느꼈다. 세상에는 세속정치나 외부의 힘에 의존하는 원리들이 존재한다. 그러나 간디는 그런 원리들의 신봉자가 결코 될 수 없다고 확신했다. 정치가 없으면 사회 사업조차 불가능하고, 정치적 사업은 반드시 사회적·도덕적 진보의 용어로 판단되어야 한다. 그 진보는 이번에는 영적 갱생으로부터 분리될 수 없다.

간디는 문명이 도덕의 수월성(秀越性)을 돕는 것이며, 개인과 사회를 진리와 비폭력으로 다가가게 하는 것이라고 보았다. 참된 문명은 자아실현을 돕고 보편적 형제애를 기른다. 간디는 현대문명을 공공연히 비난했다. 그것이 혼을 키우는 수단이 되기보다는 오히려 그것 자체가 목적으로 간주되고 있다고 느꼈기 때문이다. 현대문명이 자랑하는 지적·기술적 업적들은 문명을 도덕적 복리에 대한 진정한 관심으로부터 철저하게 굴절시킨다. 그러한 문명 내부에 있는 '주의(主義)들'과 사회 구조, 과학, 기계는 그 자체로 악은 아니지만, 현대문명에 널리 퍼져 있는 부패의 확산에 능동적으로 참여한다. 다만 참된 문명에서는 그것들 중 많은 것이 존재하지 않을 것이다. 현대문명은 소크라테스적인 의미에서 병을 앓고 있다. 그것이 혼을 가리고 진리를 엄폐하기 때문이다. 톨스토이도 그렇게 생각했듯이 그것은 자유를 가장한 속박이다.

간디는 지구가 인간의 필요를 감당할 만큼 넉넉한 자원을 갖고 있지만 인간의 탐욕을 감당할 수는 없다고 주장했다. 그래서 그는 전 세계의 모든 곳에 사는 사람들이 보다 널리 부를 공유한다면 모든 남녀노소가 적절히

---

5) 이하 tapascharya는 고행으로 번역한다. (역주)

먹을 수 있고, 편안하게 옷을 입고 거주할 수 있다고 생각했다. 간디는 자본주의의 만족할 줄 모르는 소유욕과 공산주의의 기계적 유물론을 함께 경멸하면서 현대문명의 토대 자체를 비난했다. 진정한 문명에 대한 간디의 관념에는, 영적·사회적 책무의 의미가 자연적 상호의존이라는 자발적 의미와 혼융되어 있다. 간디는 나아가서 사회제도와 정치 행위들이 결코 도덕에서 면제된 것이 아니라는 신념, 18세기 이래 줄기차게 침식당해 온 이 신념을 받들었다. 간디는 사회제도가 개인의 심성을 형성하는 도덕적 가치의 가시적 표현이라고 느꼈기 때문이다. 따라서 먼저 그 도덕적 가치에 영향을 주지 않고서 제도를 바꾸는 것은 불가능하다. 현대문명은 여러 악들이 얽히고 설킨 복합적인 조직체이므로, 그 체계 안에서 부분적이지만 점진적으로 개혁하고자 하는 어떤 계획도 항구적인 치유책이 되지 못할 것이다. 간디는 사람이 아니라 체제를 파괴하기를 시도했다. 하지만 그는 개혁자들 스스로 혼을 상실하지 않으면서 '혼 없는 체제'를 파괴해야 한다고 주장했다.

간디는 부정(不正)은 거부하면서도 부정을 저지른 자에게 욕설을 퍼붓지 않아야 한다고 믿었다. 따라서 간디는 인도에서 영국인이 저지른 실수 또는 범죄 행위에 대해서조차 영국인을 비난할 마음이 없었다. 그들 역시 상업적 문명의 불운한 희생자였다고 느꼈기 때문이다. 『힌드 스와라즈』의 주제는 현대문명이 가진 도덕의 부적합성과 사치스런 자만뿐 아니라 현대문명의 반역적이고 기만적인 자기 파괴성이었다. 그는 "이 문명은 반종교이다", "그것이 유럽인을 사로잡고 있으며 그 안에 있는 자들은 반미치광이로 보인다"라고 하는 결론을 내리고 있다.[6] 하지만 그는 "인도의 불행에 책임이 있는 자는 영국인들이 아니라 현대문명에 굴종하고 있는 우리"라고 덧붙였다.[7] 간디에게 있어서 깡패는 위선적인 물질주의이고, 재판관은 집단 환각으로부터 자신을 자유롭게 한 자이고, 형 집행자는 우주를 통해

---

6) 『힌드 스와라즈』 4장.
7) 『힌드 스와라즈』의 구자라뜨어 판의 「서문」(1914.5).

반드시 평형을 이루고야마는 도덕 법칙(까르마)이다.8)

간디는 인류에 대한 자신의 감정을 그저 뒷짐지고 편하게 보존하기만 하지는 않았다. 그는 가난과 더러움을 직접 체험함으로써 깨달았다. 기아선상에서 살아가는 사람들에게 발견되는 절망적인 폭력도 알았다. 하지만 그는 힘차고 분명한 권위를 갖고서 인도의 농민을 여전히 칭송할 수 있었다.

> 당신이 그들에게 말을 건네고 그들이 말하기 시작하는 순간 당신은 그들의 입술에서 떨어지는 지혜를 발견할 것이다. 거친 표면 아래에서 당신은 영성의 풍부한 저수지를 발견할 것이다……. 인도 촌민들의 경우 조야한 껍질 아래 오래된 문화가 숨어 있다. 껍질을 제거하고 만성적 빈곤과 문맹을 없애버려라. 그렇게 하면 당신은 문화의 자유 시민, 문명화된 자유 시민이 취해야 할 모습 중 가장 세련된 표본을 갖게 된다.9)

당대의 문명을 변혁하려는 간디의 열망은 그의 정치사상과 정치 행위 안에 반영되어 있다. 문명이 그 자체로 목적이 아니듯이 정치 또한 그 자체로 목적이 아니다. 간디는 인도 전통을 불러내어 종교와 정치를 나눈 근대의 이분법을 거부했다. 하지만 간디는 '국가존재이유(raison d'état)'라는 관념을 완전히 없애는 일과 정치의 부패 성향에 맞서기를 희망하는 일에 있어서 대다수의 인도 고대사상가들보다 더 멀리 나갔다. 모든 사람들이 일체의 권리 주장을 내버리고 이상적 세계공동체의 '계몽된 무정부 상태'를 실현하기를 원한다고 하더라도, 사람들의 관점·필요·욕구가 서로 다르기 때문에 정치는 필수적일 것이다. 그래서 간디는 우리가 정치를 간단히 배제할 수 없다는 점을 인정하고, 정치의 최고 원리가 강제적인 권력이나 조작적인 권력이 아니라 도덕적 사회적 진보라는 점을 보여줌으로써 정치의 정화를 추구했다.

---

8) 더 상세한 점은 Iyer, Raghavan N., 『마하뜨마 간디의 도덕·정치사상(*The Moral and Political Thought of Mahatma Gandhi*)』(Oxford University Press, 1973)의 2장·3장을 볼 것.

9) 『하리잔』, 1939.1.28.

간디는 국가와 사회에 대한 집단주의적 이론들을 거부했다. 그는 오직 개인만이 양심을, 즉 도덕적으로 정당한 힘을 행사할 수 있다고 논했다. 간디는 자신이 정치적 공직을 맡는 일, 그리고 정치적 공직을 맡은 동지들을 지지하기를 거부하고, 권력을 가족과 공동체 차원의 사회적 행위에서 나오는 부산물로 보았다. 그는 사땨그라하를 통해 가정생활의 규칙을 정치 영역에까지 확장함으로써 종교적 가치를 정치 안에 도입하려고 했다. 그는 인류가 기초적인 연속성을 지킬 수 있었던 것은 가정에서 혼의 힘을 희생적으로 행사한 덕택이라고 여겼으며, 동일한 힘이 보다 넓은 삶의 영역 안에 자각적으로 유지될 수 있다는 점을 확신했다. 사땨그라히(진리파지자) 곧 진리를 맹세한 개인이 정당하게 행사할 수 있는 유일한 힘은, 타인의 과오가 주는 고통을, 그리고 만인의 복리를 위한 고통을 감수할 수 있는 능력이다. 만인에는 가족·국가·세계가 모두 포함된다.

따라서 개인은 언제나 그 자신이 목적으로 대접받아야 하고, 사회제도는 언제나 더 큰 목적을 위한 수단으로 간주되어야 하고 교정 가능한 것이어야 한다. 사땨그라히가 사회정의를 위해 굳건히 서서 건설적인 변화를 시작할 수 있으려면 정치에서 능동적이어야 한다. 그렇게 할 수 없을 경우에는 비협조를 실행해야 한다. 사람은 직접 고칠 수 없는 악에 대해 최소한 동참하기를 거부할 수는 있다. 사땨그라히가 자신이 전에 추측했던 것보다 더 많이 고칠 수 있음을 곧 발견한다고 해도 말이다. 간디는 이해가 충돌할 수 있음을 인정했다. 오히려 그 충돌에서 오는 힘사(폭력)를 완전히 제거하지는 못하지만 제한함으로써 그런 충돌을 해소할 수 있도록 아힘사를 전개해 나갔다. 간디는 한 걸음 더 나아가 권력정치에 내재해 있는 소모적인 탐욕에 의해 오염되지 않기를 바라는 모든 사회적·정치적 활동가들에게 필수적 선결 요건으로서 자발적인 가난을 권장했다. 그는 심지어 소유가 반(反)사회적이라고 주장했다. 그리고 정신적으로 소유를 포기했다는 진지한 망상 아래 실제 그것을 계속 소유하는 것으로는 불충분하다고 주장했다. 소유물은 그것을 필요로 하는 사람들의 처분에 맡겨야 한다고 믿었다. 더구나 공동체가 필수적인 수요를 공급해 줄 것이라고 믿었던 사람들은 참된 자유를 누릴 수 있게 되었다.

간디는 삶의 근원적인 통일을 강력히 믿으면서 공적 영역과 사적 영역, 세속과 성, 그리고 궁극적으로 정치와 종교 사이에 어떤 구획도 거부했다. 간디에게 종교는 영적인 약속이다. 이 약속은 전면적인 것이지만 대단히 개인적인 것이며 삶의 모든 면을 파고드는 것이다. 간디는 신념보다 종교적 가치에 항상 더 많은 관심을 기울였다. 그는 공인된 도그마들에 대해 형식적인 충성을 바치기보다는 모든 종교가 공유한다고 보는 근본적인 윤리에 더 관심이 있었다. 그 도그마들은 종교적 경험을 돕기보다는 오히려 방해하는 것이었기 때문이다. 그는 종교를 어떤 종류의 분파주의와도 관련 맺는 것을 단연코 거부했다. '주의'는 미성숙한 자들에게만 매력이 있다고 생각했다. 간디는 종교를 통해 진리 자체 이외에 그 어떤 것도 추구하지 않았다. 그의 비전에서 각 혼은 신성의 바다에서 진흙탕 안으로 떨어진 물방울 하나를 닮고 있다. 신과의 동족성(同族性)을 경험하기 위해 개개의 혼은 혼에서 진흙을 제거해야 한다. 모든 참종교는 그 교리, 가정(假定) 또는 실천들이 무엇이든지 간에 자기 갱생이라는 희망을 현양(顯揚)하고 있다. 따라서 간디는 모든 참종교는 동등한 것이라고 평가했다. 사람들은 자신의 까르마 아래에서 특정 신앙 안에 태어난다. 간디는 탐구자들에게 신앙의 참의미를 발견하라고 정기적으로 충고했다. 하지만 진리를 서약한 구도자는 다른 사람들을 개종시키려는 행위를 금해야 한다. 그는 차라리 다른 사람들에게 그들 자신의 신앙이 주장하는 내·외적 실천을 고양시킬 것을 격려해야 한다. 특정 전통, 특정인이 무한한 진리를 받아들이는 유일한 그릇이 될 수 없기 때문에 상이한 종교들과 분파들이 발생하는 법이다.

간디는 자신이 마음으로는 기독교도·자이나교도·이슬람교도·불교도임을 인정하면서도 자신의 종교를 수용하는 일에 아무 어려움이 없었다. 특정 종교의 경전이 다른 종교 경전보다 한 개인에게 더 직접적으로 말할 수는 있다. 하지만 그 사실이 기독교의 성경을 받아들이면 회교의 코란을 거부해야 하는 이유는 될 수 없다고 생각했다. 『바가바드 기따』는 간디의 '영적 사전'이었다.10) 하지만 그가 『기따』에 부단히 의지했다고 해서 다른 종교의 경전을 부정한 것은 아니다. 그는 『바가바드 기따』가 인도 전통에서 가장 접근하기 쉬운 경전이라고 생각했다. 『기따』는 신이 완전한 진리를 대표한다는 점에서, 그리고 불완전한 인간이 자신의 길이 무엇이든 그 길이 요청하는 계율을 따를 수 있고 신에게 가까이 갈 수 있다는 점을 확인해 준다는 점에서 보편적 적용성을 지닌다. 간디는 지속적인 도움이 오직 내부에서, 즉 따빠스차르야(고행)를 통해 배운 것에서만 올 수 있음을 느꼈다.

개인이 도덕적으로 사회적으로 그리고 영적으로 성숙하듯이 종교와 종교적 개념들도 인간의 경험을 통해 성장한다고 간디는 보았다. 시간 안의 어떤 종교도 완전하다고 주장할 수 없고 어떤 공식화도 최종적일 수 없다. 그래서 간디는 힌두교의 분파적 불일치와 독단론을 자유롭게 비판하면서도, 힌두교가 자이나교와 불교를 포함한다고 말할 수 있었다. 조금도 생색내지 않으면서 말이다. 간디는 이슬람교도의 형제애를 찬양하였지만 일부 무슬림11) 광신자들의 완고함을 공공연히 비난했다. 그는 기독교를 '박띠 요가의 불타는 길'로서 현양하고, 산상수훈을 그 모범으로 현양했지만 대부분의 신학은 물리쳤다. 그 신학이란 것이 진정 명심해야 할 것과 실천되어야 할 것을 부당하게 설명하고 마는 경향이 있기 때문이었다. 간디는 석존의 메시지에 비춰 힌두교의 가치를 근본적으로 재해석했는데, 이 재해석은 초기 불교 개혁이 퇴폐적인 인도에 끼친 윤리적 영향에 대한 때늦은 대응이긴 하지만 건설적인 것이었다.

이런 신념들이 옳다면 종교에는 궁극적으로 사제가 없을 것이다. 인간

---

10) 『기따용어해설집(*Gitapadarthakosha*)』「서문」(『하리잔반두(*Harijanbandhu*)』, 1936.10.25). (원주) (이하 『하리잔반두』로 표기) 직역하면 『하리잔 형제들』이 된다. (역주)

11) 무슬림도 이슬람교도를 의미한다. 무슬림을 이슬람교도로 통일하지 않고 그대로 두기도 했다. (역주)

의 본성에 기도할 수 있는 능력이 내재해 있기 때문이다. 간디에게 기도와 철저한 귀의(歸依)는 일종의 탄원이다. 가장 고귀하고 가장 순결한 탄원은 내면적 인간의 존재가 외부로 표현되어야 한다는 것이다. 즉, 사람의 신구의(身口意)가 진리나 비폭력이라는 혼의 고갱이를 항상 좀더 완전하게 표현해야 한다는 탄원이다. 사유에 진리가 있듯이 기도에는 신이 있다. 하지만 모든 제한된 개념을 초월하는 신과 진리는 이기적인 간청을 용납할 수 없다. 기도는 설명할 수 없는 본성, 인간의 가장 내밀한 본성으로 향하는 탄원이며, 자신의 존재와 힘의 원천이고, 자신의 능동적 삶의 시금석이다. 정치와 종교가 이론과 실천 사이의 간극을 메우려고 노력해야 하듯, 기도 또한 인간의 참존재와 자신이 드러난 외면 사이의 골을 메워야 한다.

간디는 모든 종교들, 영적인 개조(開祖)들, 모범들에 대해 심심한 존경을 표했지만, 이것들 중 어디에도 어떤 사람에게도 지고의 신적인 완전성을 부여하기를 자제했다. 이런 태도는 신성에 대한 그의 관념에서 나왔다. 신은 어떤 인간에게도 낯설지 않다. 심지어 자신을 자신의 원천에서 떼어낼 위험에 직면한 무신론자에게조차 낯설지 않다. "신을 부정하는 일은 자살하는 것과 같다"고 간디는 믿었다.[12] 신적인 존재가 각 개인 안에 양도할 수 없는 진리의 핵(核)으로서 반영되므로, 신은 가능한 인간 사유의 숫자만큼이나 많은 형상과 공식으로 나타날 것이다. 적어도 개인의 수만큼이나 많은, 신에 대한 정의들이 존재하지만 신은 이 모든 것을 초월한다. 신은 이성과 상상의 경계를 넘어선 존재이므로 설명할 수도 묘사할 수도 없는 존재이며 형상도 특성도 없다. 간디는 신적 존재를 표현하는 데 사용되는 ―자신이 만든 공식까지 포함한― 개념들과 이미지들이 엄청난 진리이긴 하지만 부분적 진리들의 편린으로부터 도출된 것에 불과하다고 여겼다. 이 이미지들은 보조 도구로 인간의 성장을 도울 수도 있다. 하지만 그것들은 도그마로서 분파주의와 폭력을 낳는 일이 많다. 그것들은 보조로서 의무와

---

12) 『마하데브바이니 일기(*Mahadevbhaini Diary*)』(이하 『마하데브바이니 일기』) 권1, 82면.

무집착(다르마와 바이라그야)의 보편 종교를 양성할 수 있지만, 도그마로서는 권리와 특권들에 대한 모진 주장을 강화하는 경향이 있다. 간디에게 신에 대한 모든 개념들은 진리에 봉사하는 데 사용되어야 하는 방편에 불과하다.

간디는 그의 이념들과 이상들이 그것들이 갖고 있는 내재적 단순성 때문에 구체적으로 실현되기가 어렵다는 점을 알았다. 따라서 그는 그에게 조언을 구하는 모든 사람들에게 그것들을 분명히 설명하고 예증을 보여줄 수밖에 없음을 인정했다. 그렇게 하면 다른 사람들은 따빠스를 통해 이념과 이상을 흡수하고 자신들의 경우에 응용해야 할 것이다. 각각의 혼 안에는 영웅과 깡패가 서로 겨루고 있다. 도덕적으로 민감한 개인은 확고부동·인욕·온유·성숙으로 자기 기만을 간파하는 것을 배워야만 한다. 그는 악을 발본색원(拔本塞源)하기 전에 내적 빛이 엄폐되어 있음을 알아야 한다. 결과적으로 "강력한 영성을 가진 사람은 말 한 마디 몸짓 하나 없어도 그를 본 적도 없고 그가 본 적도 없는 수백만 명의 마음을 감동시킬 수 있다."13) 인간은 명상을 통해 순수 사유의 지평을 얻을 수 있는데, 그 지평에서는 사유가 일차적이고 가장 강력한 행위가 된다. 간디는 이와 같이 확신대로 살아가는 길이 이루 형언(形言)할 수 없는 내적 희열뿐 아니라 희생적인 고통을 가져다 줄 것이라는 점을 확언했다.

1947년 78회째 생일, 간디 지지자들은 후하고 애정어린 인사말을 그에게 쏟아 부었다. 그때 간디는 최근 독립하여 급하게 분할된 조국의 폭력과 고통에 대해서만 생각하고 있었다.

나는 신의 목적이 나를 통해서만 성취될 수 있을 것이라고 생각할 만큼 허영심이 강한 사람은 아닙니다. 십중팔구 그것을 수행하기 위해 더 적합한 연장이 사용될 것이고, 나는 강국이 아니라 약소국을 대표하는 일에 더 어울렸을 것입니다. 더 순수하고 더 용기가 있고 더 멀리 내다보는 통찰력이 있는 자가 있다면 그가 신의 최종 목적을 위해 필요하지 않을까요? 내 의지는 신의 의지에 대해 완전한 복종의

---

13) 『영 인디아(*Young India*)』(이하 『영 인디아』로 표기), 1928.3.22.

상태가 되어 있어야 합니다……. 내가 125세까지 살고 싶은 소망을 주제넘게 공개적으로 선언할 수 있다면, 나는 달라진 상황 아래에서 그 소망을 공개적으로 버리는 겸손도 있어야 합니다……. 그 상태에서 나는 야만인이 되어 버린 인간—그가 무슬림이든 힌두교도든 또는 그 누구든—에 의한 대량살육을 속수무책으로 지켜봐야 하는 증인이 되기보다는, '눈물의 골짜기'에서 나를 데려가 달라고 만물을 감싸는 힘에게 도와주십사 하고 기도하고 있습니다. 하지만 나는 울부짖습니다. '나의 의지가 아니라 당신의 의지만이 지배할 것이라고'[14]

간디는 누구든 서약을 지킨다면 그의 행위를 삶의 바퀴에 있는 부동의 중심에 맞출 수 있다고 생각했다. 하지만 그 사람은 먼저 자신의 모든 생각을 관찰하고 심지어 선택함으로써 마음의 모든 일상적인 변덕 속에서 마음을 통제하는 강력한 수단을 먼저 수용해야 한다. 이런 방식에 의해서만 사람은 일편단심이 될 수 있고 자기 자신의 다르마 영역 안에 신념들을 구체화할 수 있다. 간디는 의도에 몰두함으로써 양심이 살아가는 것이 아니라 행위의 올바름에 대해 배려함으로써 살아간다고 느꼈다. 간디는 의도적으로 개인의 영적 해방에서 만인의 집단적인 이익으로 그 강조점을 옮겼다.

간디의 근본적인 확신들은 원대한 차원을 포괄하는 세계관을 이루지만 그 확신들은 증명될 수 없다. "진리는 진리 자체의 증거이고, 비폭력은 그 진리의 지고의 열매이기" 때문이다.[15] 그러나 이러한 이상들이 세상의 칭찬을 겨냥해서가 아니라 혼의 지지를 겨냥하여 성실과 겸손으로 실천된다면, 그것들은 고통스럽지만 확실하게 영적 자유와 극기라는 희열의 상태로 스스로 확증될 것임을, 그 개인이 점차 성숙해 가도록 도울 것임을 간디는 전혀 의심하지 않았다. 간디가 암살자의 총알을 맞은 후 용서의 마지막 몸짓을 하며 '헤이 람, 헤이 람'[16] 하고 속삭였다는 것은 장엄한 일이지만 놀랄 만한 일은 아니다.

---

14) D. G. Tendulkar, 『위대한 혼(*Mahatma*)』 권8, 144~145면.
15) 『나바지반(*Navajivan*)』(이하 『나바지반』으로 표기), 1925.10.11.
16) 번역하면 "오, 신이시여, 오, 신이시여"가 될 것이다. (역주)

간디는 영감을 받은 예언자로 간주되기를 원치 않았다. 그의 형이상학적 전제들은 일체의 신분 차별을 인정하지 않는 인간 유대에 대한 그의 천진한 신앙을 심화했을 뿐이다. 간디는 자신의 엄격한 이념들의 다소 무가치한 모범으로 자신을 간주하는 태도를 집요하게 견지했다. 그런데도 간디는 엄청난 의지력을 발휘하여서, 형이상학과 행위, 이론과 실천을 결합하려는 모든 시도 안에 있는 해방과 변화의 힘을 서약에 대한 평생의 충성을 통해 증명했다. 간디가 암살되기 수개월 전, 소금행진[17]에서 지도적 역할을 맡았던 여류 시인 사로지니 나이두는 20세기의 맥락에서 간디라는 수수께끼의 일부를 다음과 같이 포착하려고 했다.

간디는 그리스도와 함께 사랑이 율법의 완성이란 위대한 복음을 공유했다. 그는 위대한 마호메트와 함께 인류의 형제애, 인류의 평등과 일치를 공유했다. 그는 석존과 더불어 인생의 의무란 자기를 추구하는 것이 아니라 어떤 희생을 감수하고서라도 진리를 추구하는 것이라는 위대한 복음을 나눠 가졌다. 그는 세계의 위대한 시인들과 더불어 인간의 미래는 위대하고, 그것은 결코 파괴되지 않을 것이라는 황홀한 비전, 모든 죄악은 스스로 파멸할 것이지만 사랑과 인간성은 반드시 견뎌나가고 성장하다가 별들에 도달할 것이라는 황홀한 비전을 공유했다. 따라서 오늘 전쟁과 증오로 망해버린 깨진 세계, 새 문명을 추구하려는 깨진 세계가 마하뜨마 간디의 이름에 영광을 돌린다.

간디는 자기 자신 안에서 무(無)이다. 그보다 위대한 학자들이 있다. 부와 권력을 가진 사람들, 그리고 유명한 사람들이 있다. 하지만 그 누가 자기 안에 간직하고 있는 도덕적 자질들—불굴의 용기, 무적의 신앙, 그리고 전 세계를 감싸안는 자비—을 하나의 연약한 육신 안에 결합하고 있을까? 인류에 대한 이와 같은 초월적 사랑은 인종의 한계와 국가의 경계를 뛰어넘어, 빛나는 태양처럼 만인에게 한결같이 풍부한 사랑·이해·봉사를 바친다. 매일 매일—오늘과 어제, 그리고 내일—우리는 우리 자신의 시대에 간디라는 기적에 대해 똑같은 얘기를 한다.

누가 말했던가, 기적의 시대는 지나갔다고? 우리 가운데 육화된 기적을 보여주

---

17) 과도한 소금세에 고통받은 농민을 위해 1930년 78명의 협력자와 함께 아슈람에서 단디에 이르는 400km를 행진하는 비폭력 시민불복종운동. 요게시 차다, 정영목 역, 『마하트마 간디』, 한길사, 2001, 514면 이하 참조 (역주)

는 이와 같은 탁월한 예증이 있는데 기적의 시대가 어떻게 지나가 버렸겠는가? …… 그는 다른 사람처럼 태어났고 다른 사람처럼 죽을 것이다. 그러나 그들과 달리 그가 천명했던 다음과 같은 아름다운 복음을 통해 살아 남을 것이다. 증오는 증오로 이길 수 없다, 검은 검으로 정복할 수 없다, 힘은 약자와 넘어진 자 위에 행사되어서는 안 된다. 이 세상에서 힘에 대한 가장 역동적이고 가장 창조적인 복음인 비폭력의 복음이 새 문명, 앞으로 건설되어야 할 새 문명의 유일하고 참된 토대이다, 라는 복음을 통해 말이다.[18]

---

18) D. G. Tendulkar, 『위대한 혼』 권8, 144면.

제2장

자신과 자신의 사명에 대한 간디의 말

1. 자신에 대하여

1) 성자의 황색 가사(袈裟)

[1921.1.19]

저는 힌두교 사두(성자)를 한 번 만나보기를 늘 학수고대해 왔습니다.[1] 저는 하르드와르 시 꿈브멜라축제[2]를 참관했을 때, 제 마음에 기쁨을 줄

---

1) 사두는 통상 성자로 번역된다. 어원으로 보면 사다나(sadhana)를 실천하는 자를 의미하고, 힌두교 성자를 가리킨다. 사다나는 수행 또는 성취를 의미하므로, 사두를 순 우리식으로 하면 도인이라고 옮겨도 무방할 것이다. (역주)

2) 간디는 1915년 축제를 참관하고, 순례자들을 위한 봉사단에 가담했다. (원주) 하르드와르는 인도 북부 우따르쁘라데슈 주 사하란뿌르 행정구에 있는 도시. 갠지스강 연안에 있다. 고대부터 있던 도시로 현재 인도에서 가장 신성한 힌두교 순례지의 하나이다. 이 도

만한 사두 한 분을 찾기 위해 아카다(akhada)[3]로 불리는 사두의 집회소란 집
회소는 모두 들어가 보았습니다. 저는 어느 정도 명성 있는 사두를 죄다 만
나 보았지만, 실망했다고 말씀드리지 않을 수 없습니다. 저는 사두가 인도
의 영예이고, 이 나라가 살아 있는 한 이 나라는 그들에게 감사할 것이라는
점을 확신합니다. 하지만 저는 오늘날 사두에게서 좋은 점을 거의 찾아볼
수 없습니다. 하르드와르에서 마지막 날, 저는 이 나라의 사두가 참된 사두
가 되기 위해 제가 할 수 있는 일이 무엇인가를 생각하느라 그 날 밤을 고
스란히 새웠습니다. 결국 저는 엄중한 서약을 했습니다.[4] 그것이 무엇인지
를 말씀드릴 수는 없습니다만, 많은 사람들이 지키기 어려울 것이라고 믿
었습니다. 저는 신의 은총으로 여태 그것을 깨지 않고 지켜 왔습니다.

어떤 친구들은 제가 반드시 산야시(포기자 또는 放棄者[5])가 되어야 한다고
저에게 제안한 바 있습니다. 하지만 저는 산야시가 되지 않았습니다. 그때

시에서 꿈브멜라는 12년에 한 번씩 열린다. 꿈브멜라는 가장 큰 힌두교 순례축제. 강변
의 종교축제로 12년마다 4번씩 열리는데 갠지스강의 하르드와르, 시쁘라강의 웃자인,
고다바리강의 나시끄, 그리고 갠지스강, 야무나강, 사라스와띠강이 만나는 알라하바드
에서 돌아가며 열린다. 꿈브멜라 기간에 이들 강에서 목욕하는 것은 육체와 혼을 정화시
키는 공덕이 큰 행위로 알려져 수백만 명이 모여든다. 7세기 인도를 여행했던 중국의 승
려 현장이 축제에 자선금을 내곤 했던 황제 하르샤바르다나와 함께 알라하바드 꿈브멜
라에 참석했다는 기록이 있다. 샹까라는 인도의 동서남북 4곳에 4개의 사원을 건립하여
사두들에게 서로 견해를 교환하러 꿈브멜라에 모이도록 권장했다. 뿌라나에서는 꿈브멜
라에 대해 다음과 같이 설명하고 있다. 신들과 악마들이 함께 유해(乳海)를 휘저어 찾아
낸 신비한 영약인 암리따가 들어 있는 항아리(kumbha)를 서로 갖겠다고 싸웠는데, 싸우
는 동안에 약물 방울이 지구상의 4곳에 떨어졌으며, 이곳이 멜라가 열리는 네 지점이라
고 한다. 이 축제의 특징인 풍요의 제전으로서의 측면은 상서로운 축제 기간에 곡물 항
아리를 강물 속에 담궜다가 꺼내는, 과거에 행해졌다고 하는 전통 속에서도 분명하게 드
러난다. 신성하게 된 이러한 곡식은 풍성한 수확을 위해 뒤에 다른 곡물과 함께 파종되
었다. 『브리태니커 CD EX 백과사전』(한국브리태니커, 2002) 참조. 샹까라에 대해서는 주
12를 참조. (역주)
3) 특정 유파의 사두 중심지.
4) 오직 다섯 종류의 음식만을 먹기로 한 것.
5) Sannyasi. 영적인 삶을 앞세워 이 세상의 걱정거리와 염려를 내버린다. 인도 전통이 제
   시하고 있는 인생의 네 단계 중 마지막 단계, 즉 포기의 단계에 들어간 자를 말한다. 출
   가자, 포기자 또는 방기자(放棄者)로 옮길 수 있다. (역주)

제 양심이 산야시의 길로 나가는 것을 허락하지 않았는데, 오늘도 허락할 수 없기는 마찬가지입니다. 제가 산야시가 될 수 없는 이유가 쾌락에 대한 애착 때문이라고 여러분이 믿지 않으시리라고 저는 확신하고 있습니다. 쾌락에 대한 욕망을 정복하기 위해 제 나름대로 최선을 다해 노력하고 있습니다. 하지만 제가 황색 가사를 입을 만한 가치가 없다는 것은 잘 알고 있습니다. 제가 신구의(身口意)에 있어서, 진리·비폭력·브라마차르야(범행, 梵行)6)를 항상 실천한다고는 말할 수 없습니다. 제가 원하든 원치 않든, 저는 호오(好惡)를 느끼고 욕망으로 동요되기도 합니다. 그래도 저는 마음의 노력으로 집착과 혐오를 자제하려고 하며, 그것들이 몸으로 나타나는 것을 억제하는 데 성공한 편입니다. 진리·비폭력·브라마차르야를 완벽하게 실천한다면, 저는 사람들이 말하는 초자연적 힘들을 오늘 당장 발휘할 수도 있을 것입니다. 자신을 낮추십시오, 그러면 세상이 내 발 아래 엎드릴 것이고, 아무도 나를 비웃거나 멸시하지도 않을 것입니다.

저는 여러분의 차림새를 포기하도록 설득하고자 여기에 온 것은 아닙니다. 제가 '스와미나라야나'파에서 발견했던 정직, 그리고 저를 여기에 초청해 주신 사랑에 대한 감사의 마음이 있다고 해서, 제가 느낀 바를 여러분에게 말씀드리지 않는다면, 저는 임무를 수행하는 데 실패하고 말 것입니다. 따라서 저는 다음과 같이 제 의견을 말씀드립니다. 여러분이 사두의 덕성을 통해 사두의 옷차림에 명예를 가져오도록 해야 할 것입니다. 그렇게 해서 여러분 자신을 빛내고, '스와미나라야나'파를 빛내십시오.

―사두 집회에서의 연설, 바드딸(G.), 『나바지반』, 1921.1.23; 『전집』 22 : 125

---

6) brahmacharya는 주로 범행(梵行)으로 한역되어 왔다. 인생 네 단계 중의 첫째를 이룬다. 동정과 청정, 브라만 공부에 초점을 둔다. 청정행으로도 번역할 수 있다. (역주)

2) 해탈(목샤)을 위한 분투[7]

1921.11.1

새벽이네. 자네의 편지가 내 앞에 놓여 있네. 자네는 왜 자신이 쓴 것에 대해 사과의 말을 하시는가?

내가 쓴 글이나 행위 안에 나도 모르게 이기주의의 요소가 들어갔을 수 있네. 여기에서 말하는 끌레샤(klesha)라는 단어[8]는 어떻게 표현해야 할지 잘 모르겠네만, 조금은 다른 뜻으로 해석되어야 하네. 다른 사람들이 고통을 당하는 것을 보면 나도 괴로움을 느끼네. 우리가 타인들의 고통을 경감해 주지 못할 때마다, 못 견디게 괴로워하는 하는 것이 자비의 본성이네. 사람이 자신의 심리 상태를 묘사할 때 논리는 도움이 되지 못할 것이네. 나는 내 감정에 대해 눈으로 보듯이 상세히 묘사했네. 그 감정이 그리 순수하지 않았을 수도 있네. 해탈을 향한 열망이 그때는 결코 연약하진 않았지만 그 기사를 쓰는 동안의 내 심리 상태를 말한다면 그 안에 해탈로 향한 갈구가 있었네. 사실을 말하자면 나는 해탈을 구하는 한 사람의 구도자에 불과하네. 그러나 금생에는 아직 해탈을 얻기에 적합하지 않네. 내 따빠스차르야(고행)[9]는 충분히 엄혹하지 못하네. 내가 내 자신의 정염(情炎)을 통제할 수 있음은 분명하지만, 그것으로부터 아직 완전히 자유로운 것은 아니네. 나는 내 입맛을 통제할 수 있지만, 혀가 미식(美食)을 즐기는 것까지는 아직 그만두지 못했다네.

---

7) 해탈이란 일반적으로 속박으로부터 해방이라는 뜻이고, 불교에서는 번뇌로부터 해방된 자유로운 심경이 되는 것을 말한다. 인도사상 전반에서 설해지는 이념으로 불교에서도 채용되었다. 종교의 궁극적인 목표를 의미한다. (역주)

8) 끌레샤는 이기적인 욕망의 의미로 한역 불전에서 보통 번뇌(煩惱)로 번역되어 왔다. 그런데 간디는 통상적 의미와는 달리 자비와 같은 의미로 이해하고 있으므로, 번민으로 옮길 수 있을 것이다. (역주)

9) tapascharya 중 tapas는 열을, charya는 행위를 각각 의미하고, 복합어로서 고행을 의미한다. (역주)

감각들을 억제할 수 있는 자는 자제할 줄 아는 자이지만, 감각들이 부단한 실천을 통해 대상을 맛볼 수조차 없게 된 자는 자제마저 초월해버린 자이고, 사실상 해탈을 얻은 자이네. 나는 인도의 자치(自治 : 스와라즈)[10]를 얻는다고 해도 해탈을 위한 분투를 포기하고 싶지는 않네. 그렇다고 해서 내가 이미 해탈을 얻었다는 말은 아니네. 그러니 자네는 내 말에서 많은 결점들을 알아차릴 것이네. 나에게는 스와라즈를 얻기 위한 노력조차 해탈을 얻기 위한 노력의 일부이네. 자네에게 이 편지를 쓰는 행위 또한 같은 노력의 일부이네. 만일 내가 편지 쓰기를, 해탈을 향한 길에 가로놓인 장애물로 여긴다면, 나는 이 순간 펜을 놓고 말 것이네. 그것이 해탈을 위한 나의 애타는 갈구라네. 하지만 마음이란 술 취한 원숭이와 같아 단순한 노력만으로 그것을 통제할 순 없네. 우리들의 행위 역시 잘 되어야 할 것이네.

나는 글 「낙관주의」에서 행동 규칙을 제안한 바 있네. 즉, 약속을 저버린 자와는 모든 거래를 그만두어야 한다는 규칙 말이네. 이것은 무집착의 사람이라는 표시라네. 만일 내년에도 인도의 분위기가 나빠 우리가 여전히 같은 말을 귀찮게 되풀이할 형편이라면, 그것은 무도(無道)한 일일 것이네. 그 경우 나는 먼저 합당한 자격을 획득해야 했기에 침묵을 웅변이라고 간주해 왔다네. 내가 무엇을 하든, 그것은 분명히 나에게 꽤 자연스런 일이 될 것이며, 진리라고 믿는 것 외의 다른 어떤 것에 따라 말하거나 행동하지 않을 것이기 때문이네.

그러나 "오늘 얻은 것을 즐기시오, 내일을 보는 사람이 도대체 누가 있습니까?"라고 하는 것이 방탕자나 금욕주의자의 한결 같은 모토가 되어 있다네.

새해 복 많이 받기를 바라네.

— 마투라다스 뜨리꿈지(Mathuradas Trikumji)에게 보낸 편지(G.),
『바뿌니 쁘라사디(Bapuni Prasadi)』,[11] 38~39면;『전집』 25 : 17

---

10) 스와라즈는 swa는 자기를, raj는 통치를 각각 의미하므로, 자치(自治)로 번역할 수 있다. (역주)

11) 이하『바뿌니 쁘라사디』로 표기. (역주)

3) 천국

전(全) 인도 뻔자브 주 암리짜르 부조수(副助手) 외과의협회 회장이신 가시따 람 선생이 며칠 전 나를 수신자로 한 공개서한 한 통을 『영 인디아』지 편집자에게 보내왔습니다. 그 안의 칭찬과 안부의 말을 빼고 분명한 문법의 오류를 교정하면, 그 편지의 내용은 다음과 같습니다.

나는 브라만이고 의사이며 당신과 같은 노인입니다. 이런 세 가지 자격으로 내가 당신에게 두세 마디 조언을 한다고 해도 무례한 행위는 아닐 것입니다. 만일 당신이 그 조언에서 지혜와 진리를 발견하고, 또 그것이 당신의 상식과 정서에 맞으면, 청컨대 당신 마음 깊이 새기길 바랍니다.

당신은 이 세상의 많은 부분을 보았고 그것에 대해 많이 읽기도 했습니다. 결과적으로 당신은 세상에 대해 훌륭한 경험을 갖고 있습니다. 하지만 가멸자들이 살아가는 이 세상에서 지금까지 그 어느 누구도 자신이 도모했던 과업을 살아 생전에 성취할 수 있었던 사람은 없었습니다. 석존은 그의 고상한 도덕에도 불구하고 인도 전체를 불교로 개종시키지는 못했습니다.

샹까라 아차르야[12]는 높은 지성에도 불구하고 전 인도를 베단띠스트로 만들 수 없었습니다. 그리스도 역시 높은 영성에도 불구하고 유대 나라 전체를 기독교의 울 안으로 들여올 수 없었습니다. 나는 당신 과업의 성취를 생각하지도 않으며, 그 성취에 대해 한 순간도 믿어 본 적이 없습니다. 이와 같은 여러 역사적인 사실들을 앞에 두고도, 살아 생전 당신의 일을 이룰 것으로 믿는다면, 감히 말하건대, 선생님 그것은 한갓 꿈에 불과합니다.

이 세상은 시련·곤란·소요의 장소입니다. 사람이 그 속에 깊이 빠지면 빠질수록 점점 더 안절부절못하게 되고, 마침내 영적 고요와 마음의 평화를 잃게 됩니다. 그러기에 예전의 위대한 혼들(mahatmas)은 세속적인 염려·불안·우려로부터 멀찌감치 떨어져 마음의 완벽한 평화와 참성품을 얻기 위해 노력했고, 그리하여 영원한 행복과 지복을 누렸습니다.

교도소생활은 당신의 삶과 활기에 큰 변화를 가져 왔고 질병은 당신을 많이 쇠

---

12) 샹까라(Shankara) 선생(acharya)이란 뜻이다. 샹까라는 실재의 불이성(不二性)을 강조했던 8세기의 유명한 베단따 철학자. (역주)

약하게 했습니다. 따라서 적당한 때가 오면 당신은 신에 대한 명상을 위해, 그리고 완벽한 영적 평안과 고요 안에서 당신 자아의 실현을 위해, 외딴 동굴에서 고요한 삶을 영위하며 여생을 보내도 괜찮을 것입니다. 왜냐하면 당신 건강이 더 이상 세속적인 우려라는 부담을 견딜 수 있도록 허락하지 않을 것이기 때문입니다. 선량한 장교들의 선의와 자비 그리고 동정심에 대해 당신이 절대적으로 확신하고 있다는 점을 언급하는 일이 도리에 어긋나는 짓은 아니겠지요. 당신이 여러 차례 비난한 바 있는 유럽의 의약과 외과술이 끔찍한 죽음의 아가리로부터 당신을 구해 주었습니다. 영국 장교들은 곤란과 곤궁에 빠진 당신을 도와주었습니다.

'딱할 때 친구가 진정한 친구이다'라는 말도 있습니다. 당신의 생명을 안전하게 해주고 교도소로부터 석방시켜 준 것에 대한 감사의 뜻으로, 이제 당신 편에서 참된 우정을 보여줄 뿐만 아니라, 영국 통치의 진정한 우군(友軍)이 되어야 합니다. 만일 당신이 말과 행위로 그럴 수 없다면, 제발 정치적 행동의 장 안으로 들어오지 마십시오. 그런데도 만일 당신의 쉴 수 없는 혼 때문에 가만히 앉아 있을 수 없다면, 바로 이 땅(bhumi)13)에서, 다시 말하자면 위대한 성자, 성인, 성선(聖仙, rishi)14) 그리고 무니(muni)15)의 모국에서, 당신의 인도인 형제들을 영화(靈化)하는 일을 맡아 그들에게 자아의 참 실현에 대한 교훈을 가르쳐 주십시오. 그렇게 하면 당신은 이 지상의 왕국을 얻는 대신 천국을 얻을 것입니다.

내 의견으론 이 필자는 지극히 진지한 사람이므로, 그 이유만으로 대답을 들을 자격이 있습니다. 대답을 하면서 내 인생의 사명에 대한 몇 가지 오해도 해명할 수 있을 것입니다.

하지만 이 분이 의약에 대한 내 견해에 대해 충고의 말씀을 주셨는데, 먼저 그것에 대해 결론을 내려야겠습니다. 나는 『인도의 자치』16)를 갖고

---

13) bhumi. 여기에서는 단순히 지리적 의미를 지니는 말이지만, 인도 종교나 불교에서는 수행을 통해 도달될 수 있는 경지라는 뜻으로 사용되고, 한역불경에서는 주로 地로 번역되었다. (역주)

14) 실재의 진수를 꿰뚫어보는 자의 뜻이다. (역주)

15) muni의 원뜻은 침묵을 지키는 성자이다. 「용어해설」 참조. 중국인은 무니를 음사(音寫)하여 모니(牟尼)라고 했다. 석가모니(釋迦牟尼)의 의미는 따라서 석가족 출신의 침묵을 지키는 성자인 셈이다. 간디가 인도 전통에서 말하는 모든 도인과 성자를 단번에 거론한 것은 종교에 대한 무제한적인 태도를 드러낸 것이다. (역주)

16) 『Hind Swaraj』의 번역이다.

있지 않습니다. 거기서 내가 제시했던 견해들에 대해 수정할 것이 전혀 없다는 점을 말할 정도만큼은 충분히 기억하고 있습니다. 만일 내가 영국인 독자들을 위해서 영어로 썼다면, 같은 생각이라도 그들의 귀에 좀더 흡족하게 제시했을 것입니다. 원문은 구자라뜨어로 썼는데, 그 이유는 나탈에서 살아가는 『인디언 어피니언(Indian Opinion)』17)지의 구자라뜨 독자들을 위한 것이었기 때문입니다. 더구나 거기에 쓴 것은 이상적인 상태를 가리키는 것입니다. 특정한 조처를 비난하는 것은 곧 사람들을 비난하는 것까지도 포함된다고 생각하는 것은 통상적인 오류입니다. 의약이 종종 환자의 혼을 마비시키는 것은 사실입니다. 따라서 그것이 악으로 간주될 수 있습니다만, 그렇다고 해서 의약을 다루는 사람이 반드시 악한 것은 아닙니다. 내가 그 책을 집필했을 당시 소중한 의사 친구 몇몇이 있었고, 필요할 때 그들의 조언을 구하는 데 서슴지 않았습니다. 필자가 시사한 것처럼, 그런 행동은 의약의 사용에 대한 나의 신념과 일치하지 않았습니다. 대 여섯의 친구들도 매우 유사한 말로 이 같이 말해 주었습니다. 내게 죄가 있음을 자인합니다. 하지만 그것은 내가 완전한 인간이 아님을 시인하는 일입니다. 불행하게도 나는 완전과는 너무나 거리가 멉니다. 그저 완전에 도달하고 싶은 겸손한 열망자일 따름입니다. 완전을 위해 내가 가야 할 길도 알고 있습니다. 물론 길을 안다는 것이 곧 목적지에 도달한다는 뜻은 아닙니다.

내가 만일 완전했다면, 다시 말해 내가 만일 생각에서조차 내 모든 정염에 대해 완전한 통제를 획득했다면, 나는 육신에 있어서도 완전했을 것입니다. 생각을 통제하기 위해 매일 엄청난 양의 정신적 에너지를 소비하지 않을 수 없다는 점을 나는 서슴없이 고백하겠습니다. 내가 이 일에 성공한다면(단 한 번이라도 그럴 때가 있다면), 얼마나 큰 에너지 창고가 활짝 열려 봉사에 사용할 수 있을지를 생각해 보십시오. 맹장염은 생각이나 마음의 질병의 결과라고 내가 주장했듯이, 외과 수술을 받은 일도 또 다른 마음의

---

17) 이하 『인디언 어피니언』으로 표기. (역주)

질병이었다고 시인하는 바입니다. 내가 만일 이기주의로부터 절대 자유로 웠다면, 불가항력적인 것에 몸을 내맡겼을 것입니다. 그런데도 나는 현재 의 이 육신 안에서 살고 싶었습니다. 완전한 무집착은 기계적인 과정이 아 닙니다. 끈기 있는 수고와 기도를 통해 완전한 무집착을 향하여 자라나야 합니다. 감사에 대해 한 마디 드린다면, 나는 매독(Maddock) 대령과 그의 의 료진이 나에게 아낌없이 베풀어주신 후의(厚意)에 대해 여러 번 공개적으로 감사를 표한 바 있습니다. 하지만 매독 대령이 저에게 베풀어주신 친절한 치료와 내가 비난하는 정부 조직과는 아무 관련이 없습니다. 만일 매독 대 령이 유능한 의사였고 그런 의사로서 의무를 수행했다는 이유로 내가 다 이어 주의(Dyerism)[18]에 대한 내 견해를 바꾼다면, 매독 대령은 나를 경멸할 것입니다. 이 정부가 나에게 가장 훌륭한 의료 혜택을 준 점, 그리고 조기 에 석방해 준 점에 대해 정부에게 감사해야 할 하등의 이유가 없습니다. 의료 혜택은 정부가 모든 죄수에게 마땅히 그래야 할 일입니다. 조기석방 은 나를 당혹스럽게 한 일입니다. 나는 내가 건강하든 아프든 교도소 내에 서 내 행동 노선을 알고 있었습니다. 나는 교도소 담 밖으로 나와 비록 건 강을 서서히 회복하고 있지만 내가 가야 할 길을 어떻게 잡아야 할지 확실 히 모르겠습니다.

다음은 편지의 중심 부분에 대해 말씀드릴 차례입니다. 당신의 심중에 일어났던 혼란은 당신이 거명하고 있는 예언자들의 일을 오해함으로써, 그 리고 그들과 나 자신을 당치도 않게 비교함으로써 생겨났습니다. 나는 석 존이 열반에 도달하겠다는 그의 과업을 성취했었는지는 잘 모르겠습니다 만, 불교 전통에서는 그가 성취했다고 말합니다. 다른 사람을 개종시키는 일은, 그것을 거룩한 활동이라고 묘사하더라도 부산물입니다. 기독교 복음

---

18) R. E. H. Dyer(1864~1927)는 1919년 암리짜르에서 일어난 반란을 가혹한 방법으로 진 압한 영국의 장군. 그 결과 그는 지휘권을 박탈당하고 강제 퇴역되었다. 다이어 주의란 무력의 방법으로 대영제국주의를 유지하려고 한 다이어 장군의 태도 등으로 보면 될 것이다. (역주)

서는 예수가 십자가 위에서 자신의 일에 대해 다음과 같이 증언했다고 기록하고 있습니다. "이제 다 이루었다."[19] 그들이 한 사랑의 일은 그들이 간 이후에도 죽지 않았습니다. 사랑의 일 가운데 가장 참된 부분은 영원히 살아 남을 것입니다. 그들의 선교 사업 이후 흘러간 2~3천 년이란 세월은 광대한 시간의 주기에서는 한 점에 불과합니다.

내가 예언자들의 반열에서 함께 언급될 가치가 있다고 생각하지 않습니다. 나는 진리를 좇는 겸손한 구도자입니다. 나는 바로 현세에 자아를 실현하기를, 즉 해탈을 얻기를 몹시 원하고 있습니다. 나라에 대한 봉사는 육신의 교도소로부터 내 혼을 자유롭게 하기 위한 훈련의 일부입니다. 이렇게 생각하면, 내 봉사가 순전히 이기적인 것으로 간주될지도 모르겠습니다. 나는 멸망할 지상의 왕국에 대해 아무 욕망이 없습니다. 나는 해탈, 즉 천국을 위해 분투하고 있습니다. 그 목적을 이루기 위해 동굴의 피난처를 찾아갈 필요는 없습니다. 나는 내 몸에 피난처를 지니고 다닌다는 그 점을 알기만 하면 됩니다. 동굴의 거주자는 공중에 성채를 지을 수 있지만, 자나까 왕과 같이 왕궁에 거주하는 자는 성채를 지을 필요가 없습니다. 사념(思念)의 날개를 타고 세상을 헤매는 동굴 거주자에게는 평화가 없을 것입니다. 자나까 왕은 으리으리한 데서 살더라도 인간 이해를 초월하는 평화를 누릴 수 있습니다. 나에게 구원의 길이란 부단한 수고를 통해 조국에 그리고 조국을 통해 인류에게 봉사하는 일입니다. 나는 내 자신을 모든 생명과 일치시키고 싶습니다. 『기따』의 말을 빌리면[20] 나는 친구와 적수를 가리지 않고 그들과 함께 평화로이 살고 싶습니다. 따라서 이슬람교도, 기독교도, 또는 힌두교도가 나를 경멸하고 증오한다고 해도, 그들을 사랑하고 그들에게 봉사하고 싶습니다. 이것은 아내나 자식이 나를 미워한다고 해도 내가 그들을 사랑하는

---

19) 요한복음 19 : 30. 『공동 번역 성서』(대한성서공회 발행, 1977)를 참조했다. (역주)

20) 『바가바드 기따(*Bhagavad Gita*)』를 가리킨다. 『주님의 노래』. 아르주나에게 베풀어진 끄리슈나의 가르침을 포함하고 있다. 간디는 『자서전─나의 진리 실험 이야기』에서 남아프리카에서 인종차별주의에 대항하며 싸울 때, 『바가바드 기따』를 다 외우려고 했다고 한다. 함석헌은 이 자서전을 한글로 옮겼다. (역주)

것과 같습니다. 그러므로 나의 애국은 영원의 자유와 평화의 땅으로 가는
여정에서 본다면 하나의 단계에 불과합니다. 따라서 나에게 종교 없는 정치
란 없다는 사실을 보여주려고 합니다. 정치는 종교를 보조합니다. 종교 없
는 정치는 혼을 죽이므로 죽음의 함정이 되고 맙니다.

— 「나의 사명」, 『영 인디아』, 1924.4.3; 『전집』 27 : 162

4) 두려움이 없어지는 것

1924.8.21

슈리 간스얌다스(Sri Ghanshyamdas)[21])께,

　신은 나에게 양심의 수호자라는 직책을 부여했습니다. 내가 생각건대
당신도 그 수호자 가운데 한 분입니다. 내 자식들, 여성들, 그리고 잠나랄
지[22])와 같은 성인 몇 분, 그리고 당신까지 포함하여 모두 나를 완전한 인
간으로 만들려고 합니다. 이렇게 생각하면서 내가 어떻게 당신의 편지를
읽고 섭섭할 수 있겠습니까? 사실, 당신이 나에게 항상 이런 식으로 주의
를 주었으면 좋겠습니다.

　당신은 다음과 같은 세 가지 일에 대해 불평하고 있습니다. 첫째, 스와
라즈당에 대한 부패 고발을 용서해준 일, 둘째, 수라와르디(Suhrawardy)에게
추천장을 써준 일, 셋째, 사로지니 데비(Sarojini Devi)를 국민회의 의장으로 선
출하기 위해 노력한 일이 그것입니다.

　우선, 고뇌어린 모색 끝에 우리가 진리로 간주하는 것에 이르게 되면 비
록 세상이 그것을 오류라고 하더라도, 진리만을 말하는 것이 사람의 의무

---

21) G. D. 비를라(Birla, 1889~1983) : 산업인, 방직공장 소유자, 하리잔봉사회 회장.
22) 잠나랄 바자즈(Jamnalal Bajaj, 1889~1942) : 사회사업가와 자선가. 수년 동안 인도 국민
　회의의 재무담당을 맡았다.

일 것입니다. 사람에게 두려움이 없어지는 길은 이것밖에 없습니다. 내가 해탈보다 귀하게 여기는 것은 아무 것도 없지만, 그것이 진리나 비폭력과 갈등을 일으킨다면 나는 그 해탈마저 버릴 것입니다. 위의 세 가지 사항은 진리만을 따른 결과입니다. 내가 이렇게 말하는 것은 당신이 주후(Juhu)에서 나에게 말한 것을 마음에 간직하고 있다는 것을 뜻합니다. 정확한 증거가 없었으므로, 고발당한 그 죄목으로부터 스와라즈당을 방면(放免)해 주는 일 이 내 의무입니다. 만약 당신이 어떤 증거라도 제시할 수 있다면 나는 분명히 검토해 볼 것입니다. 그리고 당신이 허락한다면 그 증거를 공개할 생각이며, 허락하지 않는다면 그 증거를 나만 알고 침묵하고 있을 것입니다.

나는 수라와르디에 대해서는 오직 그의 현명함에 대해서만 증언했고, 지금도 그것을 실제로 경험하고 있습니다.

내가 생각건대, 당신은 사로지니 데비 여사를 두려워할 필요는 없습니다. 나는 그녀가 인도에 훌륭하게 봉사했고, 지금도 여전히 봉사하고 있다는 점을 굳게 믿습니다. 내가 그녀의 회장직을 지금까지 도운 적은 없지만 지금껏 그 자리를 차지하고 있었던 다른 사람들이 그 자리에 적합했다면, 그녀 또한 그 자리에 적합하리라는 점을 진실로 믿고 있습니다. 모두들 그녀의 열정에 매료당했으며, 그녀의 용기를 증언할 수 있습니다. 그녀의 인격에 비난받을 만한 점은 아무 것도 없습니다. 하지만 이 말을 한다고 해서 내가 그녀나 다른 사람이 한 일 전부에 대해 동의한다는 결론을 내리지는 마십시오

신은 이 세상을 생명이 있는 것, 생명이 없는 것, 그리고 선하고 나쁜 것들로 가득 채웠습니다. 현자는 좋은 것만 생각하고 나쁜 것을 모른 채 합니다. 백조가 물과 우유가 섞인 데에서 물은 그대로 두고 우유만을 마시듯이.23)

---

23) 뚤시다스(Tulsidas, 「발라간다(Balakanda)」, 『라마차리따마나사(*Ramacharitamanasa*)』). (원주) 1543(?)~1623. 인도의 성자 · 시인. 그의 주요 저서 『라마 행적의 호수』는 중세 힌두 문학에 지속적인 영향을 주었다. 이 저서는 비슈누의 화신으로서 중요한 구원 중개자로 숭앙되는 라마에 대한 헌신적 사랑 곧 박띠의 종교적 감정을 표현하고 있는 작품이다. (역주)

귀하의 신실한 친구

모한다스 간디

— 비를라에게 보낸 편지(H.), CW 6030; 『전집』 29 : 17

5) 빛을 보려고 노력하면서

1924.11.2

드릴 메시지가 없습니다. 내가 무슨 말을 할 수 있겠습니까? 나는 계속 생각하고 있습니다. 나는 어둠에서 빛을 보려고 애쓰고 있습니다.

— 「벵골인에게 보낸 메시지」,[24] 『암리따 바자르 빠뜨리까』, 1924.11.7;
『전집』 29 : 264

6) 한 걸음이면 족하리

[1925.12.21]

내가 남아프리카를 떠난 후 십 년이 흘렀습니다. 나는 수백 통의 편지를 받았고 또 답장을 보냈습니다. 나는 이 문제를 『영 인디아』지와 『나바지반』지를 통해 백 번이나 반복하여 설명해 왔습니다. 내가 와르다 아슈람[25]에 오자 같은 질문을 받았습니다. 이 일은 나에게 낡은 기억을 상기시켜 주었고 나를 매우 괴롭혔습니다. 그런 질문이 어떤 이에게도 일어나서는 안 된다는

---

24) 비삔 찬드라 빨(Bipin Chandra Pal)이 보낸 전보에 대한 회답.

25) 아슈라마, 원래는 인생의 네 단계를 뜻하는 말이다. 나중 구도하는 처소를 뜻하게 된다. 간디가 자신의 거주지, 즉 비폭력운동의 본부를 아슈람으로 부른 것은 정치적인 일이 동시에 영적인 일임을 의도한 것이라고 볼 수 있다. (역주)

뜻은 아닙니다. 하지만 만약 그것이 일어난다면 사람들은 비노바(Vinoba)에게 가서 질문하고 의심을 풀어야 합니다. 그러나 내가 이렇게 번민에 빠진 이유는 그런 질문을 하는 일이 널리 확산된 병이 되었기 때문입니다. 우리는 그런 질문을 하고 싶은 유혹을 물리쳐야 합니다. 제발 내 말을 제대로 이해해 주십시오. 내가 말하고 싶은 것은 그런 질문이 우리에게 분명 일어날 수도 있지만 자신의 심중에 넣어 두어야 한다는 점입니다.

『기따』를 보면 수천 년 전 꾸루의 땅에 전쟁이 일어났을 때,[26] 아르주나에게 일어났던 의혹들은 끄리슈나 주님의 대답에 의해서 풀렸습니다. 하지만 꾸루 땅의 전쟁은 우리 내부에서 계속되고 있고 앞으로도 영원히 계속될 것입니다. 요기들의 왕인 끄리슈나 주님, 즉 우리 모두 안에 거하시는 보편적 아뜨만인 그 주님은 아르주나 곧 인간의 혼을 지도하기 위해서 언제나 거기에 계실 것입니다. 빤다바[27] 형제들이 대변하고 있는 신을 향한 충동들은 까우라바[28] 형제들이 대표하는 악마적인 충동에 대해 언제나 승리를 거둘 것입니다. 하지만 그 승리를 얻을 때까지, 우리는 신념을 갖고 전투를 계속해 나가야 하고, 그렇게 하는 동안 인내해야 합니다. 이 말은 우리가 사람에 대해서 느끼는 공포심을 철저하게 억눌러야 한다는 것을 의미하는 것은 아닙니다. 그와 같은 공포심이 '누가 신을 창조했느냐?'라는 질문의 형태를 띠게 되면, 우리가 그것을 억눌러야 한다는 것, 그런 질문을 던지는 일이 불경스럽다는 사실을 우리 자신에게 말해야 한다는 것, 그리고 그 질문은 스스로 대답을 조금씩 얻게 될 것이라는 믿음을 가져야 한다는 것을 의미합니다.

신이 우리에게 주신 이 육신이란 틀은 교도소입니다. 하지만 그것은 구원으로 가는 문이기도 합니다. 만일 우리가 육신은 오직 구원이란 목적에

---

26) Kuru는 지금의 델리 근처에 있는 평원의 이름이며 옛날에는 하스띠나뿌라(Hastinapura)라고 불리었다. 『바가바드 기따』의 무대이다.
27) 빤두의 다섯 아들들. (역주)
28) 마하바라따 대전쟁에서 패배한 꾸루의 1백 명의 아들들. (역주)

만 복무하기를 원한다면, 우리는 육신의 한계를 이해해야 합니다. 우리는 하늘에 있는 별들을 붙잡기를 소망할 수 있습니다. 하지만 우린 그것이 우리의 능력 밖이라는 점을 꼭 지적해야 합니다. 왜냐하면 우리의 혼은 새장 안에 갇혀 있고, 그 날개들은 무력하게 되어 그 혼이 날 수 있을 만큼 높이 날 수 없습니다. 우리의 혼은 아주 다양한 신통력을 얻을 수 있지만, 그런 신통력을 좇아간다면 구원을 얻는 일에서 실패할 것입니다. 따라서 지난번 나에게 주신 추상적인 종류의 질문을 피해야만 합니다. 적당한 때가 오면 혼은 충분히 강해져서 그 질문에 대한 대답을 알 수 있게 될 것이라고 확신하면서 말입니다.

그런 추상적인 질문을 논의하는 대신, 우리는 한 시인의 충고를 따라야 합니다. "특정한 목적을 위해서 오늘을 사용합시다. 내일이 무엇을 가져올지 누가 알겠습니까?" 이 구절은 순세파(차르바까, Charvak)[29] 작가가 지은 것으로 보이는데, 그는 이렇게도 말하고 있습니다. "당신이 살아 있는 한 편안히 살아가십시오 돈을 빌려서라도 기[30]를 마시도록 하십시오 왜냐하면 육신이란 한번 화장되면 다신 삶으로 돌아오지 않기 때문입니다." 하지만 앞 구절은 차르바까의 것이 아닙니다. 그 작가는 귀의자였습니다. 그가 우리에게 오늘 하루를 유익하게 보내라고 충고했을 때, 그것은 우리가 오늘 우리 앞에 놓여 있는 의무를 수행해야 한다는 것을 뜻합니다. 우리는 우리가 내일까지 생존해 있을 것인지를 알지 못합니다. 하지만 좀 뒤에 그는 우리가 다시 태어날 것임을 말하고 있습니다. 이 의무는 비노바가 지난번에 설명했던 것, '고통받고 있는 모든 피조물의 비참을 종식시키는 것', 즉 끊임없이 반복해서 일어나는 생사의 굴레를 부수는 것입니다. 이럴 수 있는 유일한 수단은 박띠(bhakti)입니다.[31] 위대한 귀의자였던 뉴먼이란 영

---

29) 차르바까(Carvaka)는 인도 유물론 철학 체계를 가리키지만, 불경에서는 순세파(順世派)로 번역되었다. 산스끄리뜨에서 음역했다면 Cārvāka(짜르바까)가 되었을 것이다. (역주)
30) ghee, 버터 기름. (역주)
31) 박띠는 신에 대한 신애(信愛)의 순종을 가리킨다.

국인은 그의 시에서 '한 걸음이면 족하리'라고 썼습니다.

이 시 반줄은 모든 철학의 요체입니다. 그 한 걸음은 인내를, 불굴의 박띠를 의미합니다. 만일 병자가 일어나 계단을 걸어내려 가려고 하면, 그는 현기증을 일으키며 넘어질 수도 있습니다. 만일 우리가 우리의 한계를 알지 못하고 우리를 넘어서는 지식을 얻으려고 노력한다면, 우리는 그것을 소화해낼 수 없을 뿐 아니라 폭식으로 배탈날 수도 있습니다.

따라서 우리는 추상적인 질문들을 던지는 질병에서 우리를 치유해야 합니다. 오늘 우리는 눈앞의 의무에 주목해야 하고 이런 질문들은 다른 때를 위해 남겨 두어야만 합니다. 오늘 우리가 불렀던 찬송가(bhajan)에 있는 이 행연구(二行聯句)의 시는 우리에게 동일한 것을 가르쳐 줍니다. 즉, "묵띠(mukti)에 대해 늘 말하는 대신 우리는 박띠 안에서 시간을 써야 한다"고 박띠 없이 구원은 있을 수 없습니다. 따라서 의무에 헌신하고 신에 대한 사랑으로 자신의 심정을 채우는 자만이 구원을 얻을 수 있습니다. 구원에 대해 한 번도 생각하지 않고서도 그럴 수 있습니다.

박띠는 더구나 실제적인 일에 있어서 서투름을 뜻하지는 않습니다. 그런 서투름을 낳은 것이 박띠로 불릴 수는 없습니다. 물론 우리가 일을 하는 방식을 보고, 사람들은 우리를 얼간이라고 생각할지도 모릅니다. 참된 귀의자는 실제적인 일에 완전히 주목한다고 해도, 그 일에 박띠의 정신을 불어넣을 것입니다. 그의 행위는 다르마와 언제나 조화의 관계에 있을 것입니다. 『기따』에서 끄리슈나가 뿌르나아바따라(Purnavatara, 완전한 성육화)로 간주되는 것은 바로 이런 식으로 행동했기 때문입니다. 귀의자는 인생의 실제적인 일에 쉽게 주목할 수 있을 것입니다.

와르다 아슈람과 같은 아슈람들은 다르마와 완전한 조화 속에 있는 인생의 길이 어디에서든 우리를 이끌도록 만들어졌습니다. 따라서 나는 이들 아슈람이 나라를 고양시키고 진정한 다르마를 가르치며 확산시키는 도구가 될 것이라는 희망을 늘 품어 왔습니다. 나는 그 희망이 당대에 실현되든 아니면 많은 세대 이후에 실현되든 그 점에 대해 걱정하지 않습니다.

왜냐하면 우리가 자신들을 위해 윤곽을 잡아둔 그 길을 따라 우리의 의무를 계속 수행하고 있다는 것만으로 충분하기 때문입니다. 이를 위해 우리는 브라민[32]의 자질인 진리와 신앙, 그리고 끄샤뜨리아의 자질인 기운과 비폭력, 양자 모두를 기르도록 힘써야만 합니다. 본 아슈람은 거주자로 하여금 이 두 종류의 자질 모두를 기르도록 도와주리라 믿습니다. 물론 나는 다른 아슈람들은 그렇지 못하다는 점을 얘기하는 것은 아닙니다. 나는 본 아슈람이 적어도 어떤 선행을 하리라고 믿습니다.

우리가 만일 진리와 비폭력이 우리에게 특별한 가치를 지닌다는 점을 깨달아 우리 삶 안에서 그것들을 실천한다면, 그리고 우리가 만약 예외를 전혀 인정하지 않는 원리가 존재한다는 신앙을 가진다면, 우리는 적당한 때에 완전한 진리와 완전한 비폭력의 의미를 이해하게 될 것입니다. 내가 설명했던 이런 정신으로 아슈람 거주자들이 의무를 수행하는 사실을 관찰하면서 나는 지난 10일 동안 즐겼던 평화, 그것을 다른 곳에서는 즐긴 적이 없습니다. 그리고 여러분은 내가 이 평화로운 분위기를 떠나 소요로 그득한 땅으로 되돌아가야 하는 지금 어떤 감정에 빠져 있는지를 잘 짐작하실 것입니다. 하지만 내가 어떤 친구에게 말했던 대로, 우리가 이 세상의 소요에 놀라게 된다면 『기따』 공부는 아무 소용도 없었을 것입니다. 우리는 외부환경에서 평화를 얻어서는 안 되고 우리 내면에서 얻어야만 합니다. 그래서 나는 염려하지 않습니다.

— 와르다 아슈람에서의 연설(G.), 『나바지반』, 1925.12.27; 『전집』 33 : 227

7) 자발적인 은퇴

내가 활동적인 일에서 자발적인 은퇴를 하려고 했을 때, 아메다바드[33]

---

32) 브라만 계급에 속하는 사람. (역주)

의 방문을 개인적으로 원하기는 했지만, 무지한 집착 때문이든 공포 때문이든 그것을 내 결정권 밖에 두었다. 내가 만일 그 방문을 위해 예외를 만든다면, 나는 1년 동안 아슈람에 머물면서 하고 싶은 봉사를 할 수 없게 될까 봐 두렵다. 나는 이런 위험을 지난주에야 처음으로 감지했다. 라마끄리슈나 미션은 창립을 축하하고 있었고, 축하회를 맡아달라고 나를 초대했다. 앞으로 아슈람에 쭉 머물기로 지금 결정했는데, 내가 어떻게 그 초대를 거절할 수 있겠는가? 반면, 내가 그 행사에 참석한다면 아메다바드에서 거행되는 갖가지 유사한 경축일에 개최될 다른 많은 행사에 내가 참석해서는 안 될 이유가 있을까? 만일 내가 그런 행사들에 참석한다면, 자신과 평화롭게 지내기 위해 적극적인 일에서 은퇴한다는 내 목표는 상실되고 말 것이다. 하리쁘라사드 박사가 아메다바드의 도로 하나하나에 하루를 할당하여 비로 쓸어 달라고 요청한다면, 나는 분명히 그 일을 나에게 적합한 일로 여길 것이다. 또한 내가 그 일에 착수한다면, 1년 내내 바쁠 것이고, 그렇게 된다면 내가 과거에 있었던 그 자리에 있게 될 것이다.

나를 초청하기 위해 왔던 친구들은 나의 이 말을 듣고서야 납득하며 나에게 자유를 주었다. 나는 이 도시에 모든 노동자들도 동일하게 이해해 주기를 기대한다. 이 나라의 다른 곳도 12월 20일까지 나를 잊어준다면 아메다바드도 나를 잊어줘야 할 것이다. 발라브바이의 허락을 얻는다면 나는 과감해지고 내 서약의 범위 안에 아메다바드도 포함하고자 하는데, 그렇게 해서 어떤 유혹도 느끼지 않고 누구와도 논쟁할 필요도 없을 것이다. 하지만 발라브바이가 그런 자유를 줄 수 없을지라도, 아메다바드 시민들은 나를 그대로 놔두고 어떤 행사에도 초청하지 말기를 바란다.

내가 아슈람에서 다양한 활동을 하고 물레질협회의 일을 공부해보니, 아슈람과 물레질협회, 그리고 『영 인디아』지와 『나바지반』지를 완전히 정당하게 취급한다면, 다른 활동을 위해서는 시간을 낼 수 없다는 점을 깨달

---

33) Ahmedabad. 인도 중서부 구자라뜨 주 아메다바드 행정구의 행정 중심 도시. 봄베이 북쪽 사바르마띠 강가에 있다. (역주)

았다. 만일 내가 1년 동안 이 고요한 일만 할 수 있다면, 나는 봉사에 대한 내 능력이 증대하리라는 점을 확신한다. 아메다바드 노동자들이 이런 내 입장을 이해해 주고 올해는 공공 사업일지라도 도시에 나갈 필요조차 없게 해주었으면 한다.

추신: 위의 문안을 쓴 다음 나는 발라브바이와 논의했고, 그는 서약에 내가 아메다바드까지 포함하는 것에 대해 동의했다. 내가 진실로 평화를 갖기를 원한다면 공공생활에서 은퇴하는 일이 곧 아슈람으로 은퇴하는 것을 의미해야 한다는 점도 그는 믿고 있다. 따라서 나는 아슈람 외부의 어떤 행사를 맡기 위해서거나 활동에 —그 행사나 활동이 아메다바드 내의 것이라고 해도— 참여하기 위해 아슈람을 떠날 수가 없다. 만일 예기치 못한 위급 상황이 발생하거나, 건강을 위해 불가피하게 아메다바드를 떠나 다른 장소로 가야 한다면, 이런 것들은 분명 예외적인 상황으로 간주할 것이다.

—「나를 내버려두십시오」, 『나바지반』, 1926.1.10; 『전집』 33 : 287

8) 왕도(王道)

사바르마띠 아슈람, 1926.2.12

사랑하는 친구에게,

나는 당신의 편지를 규칙적으로 받아 왔습니다. 제발 당신이 내 제자가 될 자격이 없다고 여기지 마십시오. 나는 내 자신이 너무 부족해서 단 한 사람의 제자도 둘 수 없다고 여깁니다. 내가 아슈람에서 나와 함께 사는 사람들을 나의 제자로 여긴다고 단 한 순간이라도 생각하지 마십시오 그들은 모두 나의 동료들입니다. 나는 그들에 비해 연장자일 뿐입니다. 내가 연장자인 것은 내가 그들보다 경험이 많고, 그들이 내 경험을 자신들의 경험으로 이용할 수 있기 때문입니다. 내가 당신에게 말한 왕도에 대해서도 아무 비밀이 없습니다. 그 왕도는 자신에게 부과된 의무를 능력껏 수행하고 모든 봉사를 신에게 봉헌하는 일입니다. 이런 방식으로 수행된 일은 우리 앞에 놓여 있는 난관들을 언제나 제거하고 우리가 잘못할 때마다 그 잘못을 보여 주기도 합니다. 당신은 방금 언급했던 소모임 친구들 사이의 단결을 분명 지속해야 합니다. 그리고 당신은 언제나 내 충고를 들을 수 있습니다.

당신이 당신 자신과 당신의 이웃과 더불어 평안하시고 안녕하시길 바랍니다.

귀하의 신실한 친구

Madame Antoinette Mirbel

100, Rue Brale Maison

Lille

(France)

— 앙트와네트 미르벨에게 보낸 편지, SN 14096;『전집』34 : 13

9) 도그마로부터의 자유

자신을 인도의 평생 친구로 서명한 미국 친구 한 사람이 다음과 같이 적고 있다.

힌두교는 동양의 저명한 종교 중 하나이며, 당신은 기독교와 힌두교를 연구했고, 그 연구에 기초하여 당신이 힌두교도라고 선언했습니다. 나는 당신이 그런 선택을 한 이유를 나에게 들려주시기를 청하는 바입니다. 인간에게 제일 필요한 일은 신을 알고 영혼과 진리 안에서 그를 섬기는 것이라는 점을 힌두교도와 기독교도들은 자각하고 있습니다. 미국의 기독교도들은 그리스도가 신의 계시임을 믿고, 인도의 민중에게 그리스도에 대해 말해 주기 위해 그들의 아들·딸 수천 명을 인도에 보냈습니다. 그에 대한 답례로서 당신은 우리에게 힌두교를 나름대로 해석해 주시고 그리스도의 가르침과 부디 비교해 주시겠습니까? 당신이 이런 호의를 베푸신다면 깊이 감사 드리겠습니다.

나는 몇몇 선교 모임에서 영국과 미국 출신의 선교사들에게 인도인들에게 그리스도에 대해 '말해 주기'를 자제하고, 산상수훈이 그들에게 명령한 인생을 그저 살아갈 수 있을지를 감히 물어본 적이 있었다. 그렇게 한다면 인도는 그들을 의심하는 대신 인도의 아이들 사이에서 살아가는 그들의 삶을 고마워할 것이고 그들이 존재한다는 사실에서 직접 이익을 얻게 될 것이라는 점도 덧붙였다. 이런 견해를 갖고 있으므로, 나는 미국 친구들에게 '답례'로서 힌두교에 대해 '말해 줄' 것이 아무 것도 없다. 특히 나는 개종을 기대하면서 다른 사람들에게 자신들의 신앙에 대해 말하는 사람들을 믿지 않는다. 신앙이란 말하기를 허락하지 않는다. 신앙은 먼저 살아야 하고 그렇게 되면 그것은 스스로 전파된다.

나는 나 자신의 삶을 통해 보여주는 것을 제외한다면, 힌두교를 해석하는 데에 스스로 적합하다고 여기지 않는다. 내가 쓴 글을 통해 힌두교를 해석하지 않을 것이며 그것을 기독교와 비교하지도 않을 것이다. 따라서 내가 할 수 있는 유일한 일은 왜 힌두교도인지를 가능한 한 짤막하게 말하는 일이다.

나는 힌두 가정에 태어나 세습의 영향을 받는다고 믿으며 힌두교도로서 살아 왔다. 힌두교가 내 도덕감이나 영적 성장에 부합하지 않는 점을 알았다면 나는 그것을 거부했을 것이다. 그러나 검토해보니 힌두교가 내가 아는 어떤 다른 종교보다 더 관대하다는 점을 알았다. 힌두교는 신봉자에게 자기 표현을 위한 최대의 영역을 주고 있는 만큼, 도그마에서 자유롭다는 점이 나에게 강한 호소력을 발휘했다. 힌두교는 배타적인 종교가 아니므로 그 신앙의 추종자들에게 다른 모든 종교를 존중하게 해줄 뿐만 아니라, 다른 신앙들 안에 있는 것이라고 해도 좋은 것이면 무엇이든 존경할 수 있게 하고 흡수할 수 있게 한다. 비폭력은 모든 종교에 공통되지만 그 최고의 표현과 응용은 힌두교 안에서 발견된다. (나는 자이나교나 불교를 힌두교에서 분리된 것으로 간주하지 않는다.)

힌두교는 모든 인간 생명의 하나됨만을 믿는 것이 아니라, 살아 있는 모든 것의 하나됨을 믿는다. 내 의견으로 소에 대한 숭배는 박애주의의 발전에 독특한 기여를 하고 있다. 소에 대한 숭배는 모든 생명의 하나됨에 대한 신념을, 따라서 모든 생명의 신성에 대한 신념을 실제 응용한 것이다. 윤회 전생에 대한 위대한 믿음은 그 신념의 직접적 결과이다. 마지막으로 바르나아슈라마(varnashrama)법의 발견은 진리로 향한 부단한 추구의 놀라운 결과이다. 나는 이 글에서 간단히 말한 핵심 사항들에 대해 정의를 내리려고 하지 않겠다. 내 의견으로는 소의 숭배와 바르나아슈라마에 대해 사람들이 현재 품고 있는 생각들은 시원적인 것의 희화화(戱畵化)라는 점만을 말하고 싶다. 호기심이 있는 분은 소의 숭배와 바르나아슈라마에 대한 정의를 『영 인디아』지 과월호에서 찾아볼 수 있을 것이다. 바르나아슈라마에 대해서는 가까운 장래에 다시 한번 말씀드릴 수 있기를 바란다. 나는 이번에는 아주 간단한 스케치를 통해 힌두교라는 울타리 안에서 나를 붙들어 온 힌두교의 출중한 특성들로 여겨지는 것을 언급했다.

—「나는 왜 힌두교도인가」, 『영 인디아』, 1927.10.20; 『전집』 40 : 176

10) 정신이지 문자가 아니다

사바르마띠 아슈람, 1928.1.18

사랑하는 친구에게,

당신의 편지를 받았습니다. 그리고 당신이 보낸 편지들 중에 일부를 나중에 사용하기 위해『영 인디아』지의 파일에 보관중입니다.

제안된 스므리띠(smriti : 기억된 전통)34)에 대해 나는 당신과 같은 견해를 갖고 있는 것은 아닙니다. 당신은 종종 정신보다 문자를 강조하는 듯 합니다. 나는 '영감을 받음(inspired)'이라는 말을 사용할 때 그 말에 전문적인 의미를 부여하지 않습니다. 내가 '영감을 받음'을 느낄 때, 내가 힌두교에 새로운 스므리띠를 주는 데에 아무 주저함이 없다는 점을 당신은 알게 될 것입니다. 내가 그와 같은 해석을 목표로 두고 있음을 당신에게 은밀히 말해 드립니다. 그때까지 나는 기다릴 것입니다.

마드라스에서 당신을 직접 만나뵙게 되어서 아주 기뻤습니다.

귀하의 신실한 친구

Sjt. S. D. Nadkarni

— S. D. 나드까르니에게 보낸 편지, SN 13043;『전집』41 : 143

11) '성스러운 소와 포악한 호랑이'

사바르마띠 사땨그라하 아슈람, 1928.3.12

사랑하는 친구에게,

장문의 당신 편지를 받고 기뻤습니다. 내 아내에 대해 당신이 말한 것과 나의 자서전의 여러 장에서 내가 언급했던 비참한 사건들35)에 대해 당신

---

34) 전승서(傳承書)로 옮길 수도 있다. 슈루띠(shuruti, 天啓書)에는 미치지 못하는 힌두교 문헌을 지칭. 「용어해설」 참조. (역주)

35) 자서전 출판은 1925년이고 이 편지는 1928년의 것이니 3년 정도의 간격이 있다.『간디자서전』에 나타난 잔인하고 비참한 사건들의 사례들이란, 아내에게 가부장적 남편으로 군림하고 정욕에 물든 사랑 때문에 아내를 교육할 수 없었다는 것, 힘을 얻기 위해 육식 실험을 한 것, 도둑질·정욕 때문에 부친에 임종할 수 없었던 일 등일 것이다.『간디자서전』제1부 참조할 것. 함석헌 역,『함석헌 전집』권7, 한길사, 1993. (역주)

이 말한 한 마디 한 마디를 모두 시인합니다. 물론 당신은 내가 내 잔인한 행위를 기억해내는 일에 대해 어떤 방식으로든 자랑스러워한다거나 또는 내가 오늘 그와 같은 잔인한 행위를 저지를 수 있다고 상상하지는 않았을 것입니다. 하지만 만일 사람들이 나를 온유한 평화 애호가로 인정한다면 그들은 내가 한때 사랑하는 남편이라고 주장하는 바로 그 순간에도 철저한 짐승일 수 있었다는 점도 알아야 할 것입니다. 한 친구가 나를 성스러운 소와 포악한 호랑이의 결합물로 기술했는데, 그것은 일리 있는 말이었습니다.

당신이 한때 마땅히 그래야 한다고 여기고 당신의 아름다운 편지를 불태운 일은 애석한 일일 수 있습니다. 당신은 분명히 나에게 무례한 분으로 보인 것이 아니라 가장 자연스럽고 바로 그 때문에 사랑스러운 분으로 보였습니다. 당신의 친애하는 형제와 내가 더 친밀한 관계를 가지고 있었기를 나는 진실로 원합니다. 하지만 나는 당신의 형제를 사랑할 정도로 그리고 그의 순수한 진가를 평가할 정도로만 알고 있었습니다.

귀하의 신실한 친구

Miss Jane Howard

'Rosemary'

50 Pandora Road

Malvern

Johannesburg

(Transvaal, S. Africa)

— 제인 하워드에게 보낸 편지, SN 11967; 『전집』 41 : 312

12) 어떤 원천에서 오는 진리이든

사바르마띠 아슈람, 1928.3.28

친애하는 C. R 씨,

내가 유럽을 방문해야 한다는 제안을 담은 당신의 편지가 왔습니다. 나는 이 여행에 대해 아무 마음이 없고, 그 방문을 성공으로 이끌 자신감이 전혀 없습니다. 하지만 롤랭[36]과의 인터뷰는 여전히 매력으로 여겨집니다. 서양에서 내가 향유하는 모든 평판은 모두 그에게서 온 것이고, 내가 그를 직접 대면하게 된다면 여러 방면에서 미망을 깰 수 있을 것이라고 느낍니다. 우리는 예전에 그랬던 것보다 더 가까워져야 할 것입니다. 나는 우리가 현재 그런 것보다 상대방을 더 잘 알아야 한다는 점을 상당히 중요하게 생각합니다.

이 여행이 건강에 좋을 것이 없다는 말에 전적으로 동의합니다. 어쩌면 괴로움을 당할지도 모르지만, 건강이 이번에 제안된 여행에 고려 대상은 전혀 아닙니다. 건강의 면에서는 인도 중·북부의 고원 휴양지들이 나에게 훨씬 낫습니다.

내가 철수하는 일이 특히 바르돌리에서는 여러 사태를 좀 불안정하게 할 것이라는 점에 대해서도 공감합니다. 내가 없다면 외제 천 불매운동은 한 걸음도 나아갈 수 없음이 분명합니다. 하지만 당신들이 모두 캘커타에 결집하므로, 내가 방문해야 한다는 제안에 대해 위원회에서 논의해 주셨으면 합니다. 나는 내가 배타적인 사람이 되지 말기를, 어떤 원천에서 오는 진리든 그 진리에 도달할 수 있도록 겸손하기를 간절히 바랍니다.

횡령건들에 대해서는 유감입니다만, 나 자신을 괴롭히지도 말고 그 문제들을 논의하지도 말라는 당신의 경고를 받아들이겠습니다.

---

36) Romain Rolland(1866~1944) : 프랑스의 소설가·극작가·수필가. 간디 연보에 따르면 이 편지를 보낸 만 3년 뒤 1931년 말에 스위스에서 로맹 롤랭을 만나게 된다. (역주)

당신이 라마찬드란에 대해 말한 것을 이해합니다. 당신이 그에게 따뜻한 편지를 써서, 그를 당신에게 오도록 일부러 노력하십시오. 그는 일종의 '체띠(Chetty)'[37]이기도 합니다. 왜냐하면 그는 자미아(Jamia)[38]에서 카디의 일에서 놀랍도록 능숙했기 때문입니다.

그런데 당신이 언급한 횡령에 대해서는 짚고 넘어가야 할 일이 하나 있습니다. 공금 횡령자가 500루삐를 당신에게 지불하고 출판한 일에 대해 사과한다면, 당신은 완전히 만족해야 합니다. 그러나 이 말은 무시해도 좋은 비전문가의 견해입니다.

철저한 우유 실험을 행하는 내 공적에 대해 당신은 뭐라고 말하겠습니까? 그것이 문자 그대로 우유와 물의 실험이라고 하는 내 말에 당신이 반했다는 말을 듣고 싶지 않습니다.

귀하의 신실한 친구

— 라자고빨라차리에게 보낸 편지, SN 13123;『전집』41 : 374

13) 동류정신을 만나며

여러 번 논의했던 내 유럽 여행이 금년에는 성사될 수 없다는 점을 매우 섭섭하지만 지금 선언할 수 있게 되었다. 오스트리아·네덜란드·영국·스코틀랜드·덴마크·스웨덴·독일·러시아에 살면서 나를 따뜻하게 초대한 분들에게 내가 할 수 있는 말은 나도 그들 못지 않게 실망했다는 것뿐이다.

어쩐지 나는 유럽이나 미국 방문이 두렵다. 그 이유는 내가 우리나라 사람들보다 이들 위대한 두 대륙의 민중을 불신해서가 아니라, 나 자신을 믿

---

37) 「용어해설」,『전집』어디에도 설명이 없다. 의미 불명.

38) 자미아는 Jamia Millia Islamia의 약자. 자세한 점은 『마하뜨마 간디의 도덕·정치사상』권2, 28번 참조 (역주)

지 못하기 때문이다. 나는 건강이나 관광을 위해 서양에 가고 싶지는 않다. 공개 강연할 생각도 없다. 나는 명사 취급당하는 일을 극히 혐오한다. 내가 대중 연설이나 대중 시위가 갖는 끔찍한 긴장을 견뎌낼 건강을 다시 회복할 수 있을지에 대해 의심스럽다. 만일 신이 나를 서양으로 보낸다면, 나는 그곳 대중들의 마음과 통하기 위해, 서양의 청년과 더불어 차분한 얘기를 나누기 위해, 진리를 제외한다면 무슨 대가를 치르고서라도 동류정신들, 즉 평화 애호가들을 만나기 위해 그곳에 가야 한다.

하지만 나는 아직 서양에 개인적으로 전달해 줄 메시지가 전혀 없다고 느낀다. 내 메시지가 보편적이란 점은 믿지만 아직은 우리나라에서 내가 하는 일을 통해 가장 잘 전달될 수 있다고 느낀다. 만일 내가 인도에서 가시적인 성공을 거둔다면, 그 메시지의 전달은 완전해질 것이다. 내가 내 메시지를 위해 인도가 아무 소용이 없다는 결론에 도달한다면, 내가 비록 그 메시지에 대한 내 신앙을 유지한다고 해도 청중을 찾아 다른 곳으로 가기를 바라서는 안 될 것이다. 따라서 내가 만일 위험을 무릅쓰고 해외에 간다면, 이 메시지가 인도에 의해 아주 완만한 속도이지만 분명히 수용되고 있다는 사실을 내가 믿었기 때문일 것이다. 그 믿음을 비록 모든 이에게 만족할 정도로 증명할 수는 없다고 해도 말이다.

그래서 망설이면서 나를 초청해 준 친구들과 편지를 주고받는 한편, 로망 롤랑 씨를 만나는 일만으로도 유럽에 갈 필요가 있었다고 본다. 일반 방문에 대해서는 내 자신을 믿지 못하기에, 서양의 저 현자를 방문하는 일을 내 유럽 여행의 첫 번째 이유로 꼽으려고 했다. 그래서 나는 그에게 내 어려움을 언급하고 그를 만나고 싶은 욕구를 유럽 방문의 첫 번째 이유로 삼을 수 있도록 허락해 줄 수 있을지를 최대한 솔직한 방식으로 물었다. 그것에 대한 답변으로 미라바이[39]를 통해 그의 고결한 편지를 받았다. 그 편지 안에서 그를 방문하는 일이 첫째 이유라면, 그는 진리 자체의

---

39) 매들레인 슬레이드(Madeleine Slade) 양(1892~1982).

이름으로 나의 유럽 여행을 허용하고 싶지 않다고 말했다. 그는 우리 두 사람의 만남 때문에 여기에서 내 일이 중단되는 것을 허락할 수 없다고 했다. 나는 그 편지 안에서 거짓 겸손 대신 진리의 가장 진솔한 표현을 읽었다. 롤랭 씨가 편지를 쓸 때, 내가 그를 만나기 위해 유럽에 가려는 욕구가 단순히 의례적인 토론을 위해서가 아니라 나와 그에게 동시에 소중한 명분을 위해서라는 것임을 그는 알았다. 우리는 공통 관심사를 촉구하고 의견 교환을 통해 상대를 보다 더 잘 이해할 수 있을 것이다. 하지만 이런 사실 하나만으로 나를 불러들이는 부담을 지기에 그는 너무나 겸손했다. 그래서 만일 진리가 직접 만나기를 요청한다고 그가 느낀다면, 나는 그가 그 부담을 지기를 원했다. 따라서 나는 그의 대답을 내 기도에 대한 분명한 대답으로 받아들였다. 이 방문을 제외한다면 나는 내 속에 아무 명령도 감지하지 못했다.

내가 이 절기 동안 유럽을 방문할 것을 진지하게 고려하고 있다는 사실이 신문 지상에 공표되는 것을 보고—이것은 내 의지에 반대되는 일이지만—나는 대중을 신뢰하게 되었다. 나는 내 결정을 유감스럽게 생각하지만 올바른 결정으로 본다. 유럽으로 가야 한다는 아무런 내적 충동이 없고, 여기서 해야 할 많은 일에 대해 부단한 내적 요청이 있기 때문이다. 그리고 내 절친한 친구의 죽음이 나를 아슈람에 뿌리내리게 하는 것 같다.

그러나 나는 유럽에 있는 많은 친구들에게 다음과 같이 말해 두고 싶다. 즉, 내년에 만사가 형통하면 그리고 그들이 여전히 날 보기를 원한다면, 나는 내가 언급했던 엄격한 제한 아래에서 미룬 여행을 시도할 것이라는 점, 그리고 내가 내 메시지를 전할 준비가 되어 있든 말든 여행을 시도할 것이라는 점을 말해 두고 싶다. 내가 수많은 친구들을 직접 만나는 일은 예사 특권이 아니다. 하지만 이 개인적 설명을 다음과 같이 결론 내리고 싶다. 나에게 만에 하나 서양을 방문할 특권이 있다면, 나는 내 복장이나 습관, 어느 것 하나라도 바꾸지 않고 그곳에 갈 것인데, 기후가 변화를 요구하거나 스스로 부과한 제한 규정이 허락하는 경우라면 그것은 예외이다. 나의 외면적 모습이 내면의 표현이기를 희망한다.

—「유럽 친구들에게」,『영 인디아』, 1928.4.26;『전집』 41 : 526

14) 거짓 겸손이 아니다

사바르마띠 아슈람, 1928.5.1

비단 박사님께,

당신의 편지가 나를 우쭐대게 만듭니다. 하지만 나는 내 교만에 굴복할 수는 없습니다. 비협력자로서 나는 대학 당국(정부와 어떤 방식으로든 관계가 있는데)과 아무 관련이 없다는 점을 제외하면, 까말라 강의에 내 자신이 적합하고 올바른 사람이라고 간주하지 않습니다. 나는 아슈또슈(Ashutosh) 경이 이 강의를 위해 분명히 고려했을 법한 학문적 업적도 없습니다.

당신은 내가 감당할 수 없는 책임을 지라고 하십니다. 나는 건강을 꽤 잘 유지하고 있으며 때를 기다리고 있습니다. 당신은 이 나라가 준비되면 정치 분야에서 내가 이 나라를 지도하는 것을 보게 될 것입니다. 나는 스스로 거짓 겸손이 조금도 없습니다. 분명 내 나름대로는 정치가이고, 이 나라의 자유를 위한 계획이 있습니다. 하지만 때는 아직 오지 않았고, 금생에는 결코 오지 않을 수도 있습니다. 만일 그때가 오지 않는다고 해도 눈물 한 방울 흘리지 않을 것입니다. 우리는 모두 신의 손 안에 있습니다. 따라서 그 분의 안내를 고대합니다.

귀하의 신실한 친구

— 로이(B. C. Roy) 박사에게 보낸 편지, SN 13210a;『전집』 41 : 551

15) 기적의 힘은 없다

사바르마띠 사땨그라하 아슈람, 1928.6.13

사랑하는 친구에게,

당신의 편지를 받았습니다. 내가 갖고 있다는 기적의 힘에 대한 얘기가 어떻게 외국으로 나갔는지 모르겠습니다. 나는 다른 모든 사람들과 같이 동일한 약점, 영향들, 기타 등등에 민감한 보통 가멸자에 불과하다는 점, 그리고 무슨 비범한 힘이 없다는 점만을 당신에게 말할 수 있습니다.

귀하의 신실한 친구

Miss Barbara Bauer

Big Spring, Texas, U.S.A.

— 바바라 바우어에게 보낸 편지, SN 14349; 『전집』 42 : 267

16) 나의 아들들

사바르마띠, 사땨그라하 아슈람, 1928.8.11

사랑하는 올리브께,

당신 자신과 당신이 하고 있는 용감하고 놀라운 일에 대한 상세한 소식을 전해 주는 편지를 감사히 받아보았습니다. 클레먼트와 컴버의 소식을 전해 준 일도 감사했습니다.

당신은 내 자식들에 대해 알고 싶어하는군요. 하릴랄은 장남인데 반항아가 되어 버렸습니다. 그는 심지어 술 마시고 취하기조차 하고, 솔직히 말하자면 그는 내가 하는 모든 일이 빗나갔다는 의견을 갖고 있습니다. 마니랄은 피닉스에 살면서 『인디언 어피니언』지를 관리합니다. 그는 2년 전 결혼하여 아내와 함께 있습니다. 둘 다 행복합니다. 람다스와 데브다스는 나와 함께 있으면서 내 일을 도와줍니다. 람다스는 작년에 결혼했습니다. 데브다스는 아직 미혼입니다. 나는 여기에서 상당히 큰 기관을 운영하고 있습니다. 첨부한 것은 당신에게 그 기관의 구조와 구성을 알려줄 것입니다.

당신이 가족들 중 다른 성원에게 편지를 쓸 때 내 사랑을 전해주시고, 아울러 당신에게도 사랑을 전합니다.

귀하의 신실한 친구
M. K. 간디

Miss O. C. Doke

Kafulafuta, P. O. Naola, N. W. Rhodesia(South Africa)

— 올리브 도크에게 보낸 편지, CW 9226;『전집』42 : 413

17) 지도하라는 부름

[1928.11.1]

나는 여전히 인도를 지도할 수 있지만 인도가 지도 받기 위해 나에게 올 때, 그리고 나라의 부름이 있을 때에만 나는 인도를 지도할 수 있다.

그 전에는 가지 않을 것이다. 대중을 지도할 수 있는 힘을 확신할 수 있을 때까지 나는 나가지 않을 것이다. 그들이 비폭력정책을 추구할 수 있을 정도로 충분한 숫자에 도달한 것을 내가 깨달을 때까지, 그리고 그들을 통제할 수 있을 때가 아니면, 나는 인도를 지도할 수 없다. 하지만 지금은 지평 위에 아무 것도 볼 수 없다. 그렇다고 해서 그 자리를 차지하고 싶어 안달하지는 않는다. 내 후계자의 때에는 가능할지 모르지만, 아마 내 평생 그런 일은 없을 것이다.

나는 이 순간 후계자를 거명할 수 없다. 오늘날 인도를 지도할 수 있는 자가 반드시 있을 것이지만 나는 그를 거명할 수는 없다. 내가 활동하지 않는 것에 대해 수치를 느껴야 마땅하지만, 그런 일이 내 인생에 필요할지 모르겠다. 장차 언젠가 한 사람이 올 것이다. 하지만 지금은 아니다.

―『민군(民軍)가제트(Civil and Military Gazette)』지와의 대담,
『힌두스딴 타임스(Hindustan Times)』,[40] 1928.11.3; 『전집』 43 : 210

18) 내 주검의 재로부터

[파이즈뿌르, 1936.12.26]

68세가 된 내가 무슨 새로운 메시지를 줄 수 있을까? 만일 여러분이 나를 암살한다는 결의안이나 내 허수아비를 불태운다는 결의안을 통과시킨다면 내가 여러분에게 주는 메시지가 무슨 소용이 있을까? 물론 육신을 암살하는 일은 문제가 안 된다. 내 주검의 재로부터 1천 명의 간디가 생길 것이기 때문이다. 그러나 만일 여러분이 내 인생의 목적이 되었던 원리들을 암살하거나 불태워버린다면 어떻게 될까?

―「학생들에게 보내는 메시지」,『하리잔』, 1937.1.16; 『전집』 70 : 256

19) 외골수와 팔방미인

꼬하뜨, [1938.10.22 · 23]

안녕, 브라즈끄리슈나![41]

---

40) 이하 『힌두스딴 타임스』로 표기.
41) 안녕으로 번역한 것은 치(chi)이다. '치'는 chirenjib(힌디어)의 약어. long live, 즉 만수무

자네의 편지를 읽고 나는 자네가 이번에는 어떤 일이 있더라도 꼭 델리에 머물러야 한다고 느낀다네. 자네는 제시된 모든 과업들을 꼭 수행해야할 것이네.

나는 미루뜨[42] 사람들에게 편지를 쓸 것이네.

자네는 S씨에 대해 적절한 것이라면 무엇이든지 할 수 있을 것이네. 내가 F씨에게 편지를 쓸까?

나는 분명 자네에게 나와 함께 사는 것을 허락했다네. 하지만 나와 함께 살고 싶다는 욕망은 집착에서 나왔음을 인정하게나. 라마나 마하르시(Ramana Maharshi)와 오로빈도(Aurobindo)가 외골수이고, 내가 팔방미인임을 단언한다고 해도 소용이 없다네. 외골수이지만 자기의 사명을 이해하고 그것을 추구하는 자는 장점이 있다네. 팔방미인이라고 주장하면서도 오직 실험만 하는 자는 부서진 아몬드 껍질보다 가치가 없다네. 오직 신만이 내가 서 있는 곳을 아신다네. 그들은 깨친 혼으로 알려져 있고 또 그럴지도 모르지만, 나는 단지 열망자에 불과하다네. 여하튼 그들의 추종자들은 그들이 완전한 자아실현을 성취했다고 본다네.

바뿌로부터 축복을

— 브라즈끄리슈나 찬디왈라(Brajkrishna Chandiwala)에게 보낸 편지(H.), GN 2459;
『전집』 74 : 199

강 정도의 의미이거나 호칭 뒤에 붙는 말로 번역하지 않을 수도 있지만 안녕으로 번역했다. (역주)

42) Meerut : 인도 북부 우따르쁘라데슈 주 북서부에 있는 도시. 델리 북동쪽에 자리잡고 있으며 여러 도로와 철도의 교차점이다. (역주)

20) 사색가와 행동가

세바그람, 1945.3.12

안녕, 츠하간랄!

자네가 만일 뿌루쇼땀을 지킬 수 있다면 제발 그를 지켜주게. 그는 바빠 (Bapa)에게 한 통의 편지를 보냈다네. 그것을 보게. 나는 자네에 대한 그의 불평을 이해한다네. 어떻게 해야 하나? 자네의 일로 사람들에게 감명을 주는 것은 자네의 몫이라네. 모든 활동에 참여하는 것은 의심 없이 감명을 줄 것이지만 일이 잘못되지나 않을까? 그것이 내 운명이 아닐까? 지금껏 나는 어떻게 해왔는가? 나는 행동가 겸 사색가이고, 독창적인 견해를 표현함으로써 일종의 만족을 얻을 수 있었다네. 다른 사람들은 그것을 할 수 없다네. 4월에 나는 봄베이에 갈 것이네. 라마는 거기에서 나를 만났으면 좋겠네.

바뿌로부터 축복을

Chhaganlal Joshi

Harijan Seva Sangh

Rajkot

— 츠하간랄 조시에게 보낸 편지(G.), 『삐아렐랄 페이퍼스(Pyarelal Papers)』[43];
『전집』 86 : 71

---

43) 이하 『삐아렐랄 페이퍼스』로 표기. 삐아렐랄은 간디 인생의 후반의 비서이자 전기 작가였다. 간디 전기는 10권으로 이뤄져 있는데, 삐아렐랄이 시작하고 그의 사후 그의 누이동생 수실라 나야르(Sushila Nayar) 박사(간디 생애 후반부의 주치의)에 의해 1982년에 완성되었다. (역주)

21) 단어와 그 의미

마하발레슈와르, 1945.5.31

안녕, 끼쇼렐랄!

자네는 놀라운 일을 했다네. 나는 자네의 서문 아니 자네가 뭐라고 부르던 간에 그것을 쭉 다 읽어보았고, 괜찮다고 느꼈네. 하지만 나는 그런 식으로 쓰려고 했던 것이 아니라네. 나는 독자들과 논쟁에 휘말리기를 원치 않네. 나는 내 저술에 대한 독서지침을 주려고 하네. 자네는 내 저술에 기초하여 썼지만, 지금 그대로 자네 이름으로 출판하는 일이 아마 더 좋을 것이네. 하지만 내가 집필을 마친 후에야 나는 알 수 있을 것이네.

나는 빠리차르야(paricharya : 봉사)를 이해한다네. 그것은 다음과 같은 것이네. 나는 사람과 같이 단어도 성장할 필요가 있다고 쓴 적이 있다네. 그러지 않았던가? 지식이 성장하면 단어의 의미도 확장된다네. 또 확장되어야만 하네. 우리는 왜 비판자의 의미를 고수해야 할까? 그렇다 하더라도 자네가 말하는 것은 언어의 관점에서 옳은 것으로 보인다네. 애석한 일은 내가 언어학자가 아니라는 점인데, 그래서 나는 순간의 충동에 따라 나에게 떠오른 것을 써 보았다네. 이것으로 그만. 산보하러 갈 시간이네.

바뿌로부터 축복을

— 끼쇼렐랄 지 마슈루왈라(Kishorelal G. Mashruswala)에게 보낸 편지(G.),
『삐아렐랄 페이퍼스』; 『전집』 87 : 43

22) 내 인생이 내 메시지다

[마하발레슈와르, 1945.5.30 당일 또는 이전]

간디지,[44] 미국에 있는 흑인에게 보내고 싶은 특별한 메시지가 있습니까?

내 삶은 그 자체가 메시지입니다. 만일 그렇지 않으면 내가 지금 쓸 수 있는 어떤 것도 목적을 달성할 수 없을 것입니다.

인종 관계에서 일어날 수 있는 일에 대해 언급해 달라는 요구를 받았을 때, 간디 씨는 다음과 같이 말했다.

내 신앙은 오늘 밝게 타오릅니다. 과거에 그랬던 것보다 더 밝게. 우리는 골치 아픈 인종 문제의 해결책에 신속히 접근하고 있습니다.

오늘날 낙담할 만한 징후에도 불구하고 인종 문제 해결책이 나올 것이라고 간디는 느꼈다. 그리고 그는 여전히 인권을 충분히 보장받지 못하는 사람들이 사용할 수 있는 최선의 무기는 비폭력이라고 느끼고 있다.

간디는 샌프란시스코 회의 개시에 즈음하여 발표된 자신의 최근 발언[45]을 가리키며, 인도의 자유가 인권을 충분히 보장받지 못하는 모든 다른 민중의 복리와 거의 일치한다는 점을 밝혔다. 그때 그는 이렇게 말했다. "인도의 자유는 지구상의 모든 착취당하는 종족들에게 그들의 자유가 매우 가까이 있다는 것과 그들이 어떤 경우에도 착취당하지 않을 것임을 증명해 줄 것이다."

— 덴튼 제이 브룩스(Denton J. Brooks)와의 대담,[46] 『더 힌두(*The Hindu*)』,[47]
1945.6.15; 『전집』 87 : 17

---

44) '간디지'를 옮기면, '간디 선생님' 정도 될 것이지만, 그대로 둔다. (역주)

45) 『전집』의 간디연보에 따르면, 간디는 본 대회에 즈음하여 4월 17일 언론에 성명서를 발표했다. (역주)

46) 『시카고 디펜더(*Chicago Defender*)』지의 극동 특파원, 1945년 6월 10일자 신문에 인터뷰 기사가 나타났다. 브룩스는 다음과 같이 보도했다. "…… 지난 주 단독 인터뷰에서 …… 간디지는 저녁 기도 이후 한 시간만을 제외하고는 묵언을 하고 있었다 …… 나는 질문을 했고 간디는 그의 대답을 급히 몇 자 적어 주었다."

47) 이하 『더 힌두』로 표기. (역주)

23) 고요하게 일하기

자연요법 진료소, 뿌나 또디왈라가 5
1945년 10월 28일

친애하는 모리슨 부인께,

나는 9월 20일자 당신의 편지를 방금 받아 보았습니다. 그리고 당신 편지에 동봉된 것을 한줄 한줄 탐독했습니다. 여기에서 우리가 미라바이로만 알고 있는 슬레이드 양은 ─ 그녀 자신도 그렇게 불리기를 원했습니다만 ─ 그녀가 숭배하고 사랑하던 히말라야 분지에 있습니다. 그곳은 하르드와르에 가까운 곳으로, 유명한 순례지이고 거대한 갠지스강이 관통해 흐르는 곳입니다.

당신의 녹십자 기획은 나에게 강하게 호소해 옵니다. 그 안에 뭔가 나에게 새로운 것이 포함되어 있기 때문은 아닙니다. 당신의 결의문은 간결하고 요점이 있습니다. 따라서 나는 그 결의문에 서명하고 싶은 강한 유혹을 느낍니다. 하지만 나는 그 유혹에 저항해야 합니다. 녹십자협회는 이 저항에 대해 나를 용서해 주시길 바랍니다. 만약 나를 포함한 사람들이 결의문에 서명하지는 않더라도 조용히 그리고 효과적으로 일함으로써 더 큰 도움이 될 수 있다는 사실을 협회가 인정한다면, 쉽게 용서해 주실 것입니다.

비록 내가 서명을 보내지 않더라도 가능한 한 당신의 활동들에 대해 가끔 나에게 알려주시기를 바랍니다. 내 인생에서 수년 동안 당신이 말하는 '10가지 금기 사항'을 강조해 왔고, 이웃으로 하여금 같은 것을 하도록 권유해 왔다는 사실을 아신다면, 당신은 그 점에 대해 관심을 가질 수도 있고 즐거워할 수도 있을 것입니다. 나는 '숲 속에 영'이 있음을 오랫동안 믿어 왔기 때문입니다. 숲이란 말을 이중적인 의미로 사용했지만 말입니다.[48]

---

48) 여기에서 숲은 영어 the wood의 번역어인데, 보통 말하는 숲과 곤란 또는 위험을 지칭

귀하의 신실한 친구

Mrs. M. H. Morrison

Hon. Secretary

The Green Cross Society

41 Asmuns Place, London N. W. 11

— 모리슨 부인에게 보낸 편지, 『뻬아렐랄 페이퍼스』; 『전집』 88 : 469

24) 행위가 나의 영역이다

어떤 친구가 자서전을 지난번에 그만둔 곳에서부터 다시 시작할 것을, 그리고 한 걸음 더 나아가 아힘사 과학에 대해 책을 쓸 것을 제안해 왔다.

나는 결코 자서전을 쓴 적이 없다. 내가 쓴 것은 진리에 대한 내 실험을 진술한 일련의 기사들이었는데, 나중 책의 형태로 출판되었다. 그 이후 20년 이상이 흘렀다. 그 사이에 내가 행한 일, 숙고한 일을 연대기적으로 기록한 것은 없다. 그런 일을 하고 싶지만, 그럴 만한 여유가 있는가? 현재의 난국에도 『하리잔』지의 출판을 의무로 여기며 다시 시작했다. 이 일을 감당하는 것도 어렵다. 그런데 내가 어떻게 진리에 대한 실험의 나머지 부분을 최신판으로 만들 시간을 얻겠는가? 만일 그것을 쓰는 일이 신의 뜻이라면, 그 분은 내 길을 분명히 보여주실 것이다.

아힘사 과학에 대해 책을 쓰는 일은 내 능력 밖의 일이다. 나는 학술적인 저술에 적성이 있는 사람이 아니다. 행위가 내 영역이고, 나의 빛에 의해서 내 의무로 이해한 것, 그리고 나에게 닥쳐오는 일을 실행한다. 내 모든 행위는 봉사정신에서 출발한다. 아힘사 자체가 진실로 우리가 다룰 수

하는 것으로 보인다. (역주)

있는 과학이라면, 그리고 아힘사를 과학으로 체계화할 수 있는 사람이 있
다면 그 누구든 그것을 체계화하도록 하자. 투고자는 나의 무능을 감안하
여 세 사람을 제시했는데, 이 과업에 적합한 순서대로 말한다면, 슈리 비노
바(Shri Vinoba), 슈리 끼쇼렐랄 마슈루왈라(Shri Kishorelal Mashruwala), 슈리 까까
까렐까르(Shri Kaka Kalelkar)의 순이 될 것이다. 첫 번째로 거명된 자는 그 일
을 할 수는 있지만 하지 않을 것으로 알고 있다. 그의 매 시간이 모두 그의
일을 하도록 정해져 있고, 경전[49]을 짓기 위해 그의 시간에서 단 한 순간이
라도 떼어내는 일을 신성모독으로 간주할 것이다. 나는 그에게 동의할 수
있다. 세계는 경전을 갈망하는 것이 아니다. 세계가 진실로 갈구하는 것, 앞
으로 늘 갈구해야 할 것은 성실한 행동이다. 이 갈망을 완화할 수 있는 사
람은 경전을 정밀하게 구성하는 일에 시간을 사용하지 않을 것이다.

슈리 끼쇼렐랄은 이미 독립적으로 책을 써 왔다. 그의 건강이 허락하는
한, 그는 저술활동을 계속 할 것이다. 그의 저작을 경전으로 부르는 일이 옳
지 않을지 모르지만 그것(경전)과 매우 유사한 것이라고 할 수 있을 것이다.
하지만 현재의 건강 상태로는 그가 그 부담을 떠맡을 것 같지 않다. 그리고
나는 절대로 그에게 부담주지 않을 것이다. 슈리 비노바와 마찬가지로 그
역시 자기 시간을 한 순간이라도 낭비하는 것을 허용하지 않는다. 그는 대
부분의 시간을 다양한 친구들의 개인적 문제를 해결하는데 바친다. 하루가
끝나면 그는 완전 녹초가 된다.

슈리 까까사힙은 슈리 타까르(Shri Thakkar)와 같이 구제할 길 없는 유목민
이다. 이제 막 그는 국어들 또는 지역 언어들의 보급과 발전을 특별 관심
사로 삼았다. 만일 그가 경전을 짓기 위해 한 순간이라도 할애하기를 원한
다고 해도, 나는 그 행동을 막을 것이다.

사정이 이러하니 현재로서는 문제가 된 책에 대한 요구는 없다는 결론을

---

49) 샤스뜨라(shastra)의 번역어이다. 이것을 산스끄리뜨로 남겨둘까도 생각해 보았지만, 경
전이란 말이 우리에게 아주 익숙한 말이고 의미전달에 있어서도 문제가 없다고 보아서
『마하뜨마 간디의 도덕·정치사상』에서는 모두 경전이란 말로 번역하기로 했다. (역주)

내릴 수 있을 것이다. 내가 살아 있는 동안 그런 종류의 책은 완성되지 않을 것이다. 아힘사에 대한 책이 있어야 한다면 그것은 내가 죽은 다음 비로소 사람들이 쓸 수 있을 것이다. 그런 경우에도 나는 아힘사를 완전히 해명하는 일은 실패할 것이라고 경고하고 싶다. 지금까지 어떤 사람도 신을 완전히 기술하는 일에 성공을 거둔 경우는 없었다. 아힘사도 마찬가지다. 내가 오늘 하는 일, 오늘 옳다고 하는 것을, 내일 역시 내가 행하거나 믿을 것이라는 점에 대해 나는 그 어떤 보장도 할 수 없다. 오직 신만이 전지(全知)이시다. 육신의 옷을 입은 인간은 본질적으로 불완전하다. 인간이란 신을 본떠 만들어졌다고 묘사될 수도 있지만, 그가 결코 신일 수는 없다. 신은 불가시(不可視)의 존재로서, 인간의 눈이 미칠 수 있는 범위를 넘어서신다. 따라서 우리가 할 수 있는 모든 일은, 우리가 신의 사람으로 여기는 사람들의 말과 행위를 이해하기 위해 노력하는 것밖에 없다. 그것들이 우리 존재 안으로 완전히 스며들도록, 그것들이 우리 심정에 호소하는 만큼 그것들을 행위로 옮기도록 하자. 어떤 학문적인 책이 이보다 더 도움이 될까?

—「두 개의 요청」(G.), 『하리잔』, 1946.3.3; 『전집』 90 : 1

2. 성자인가 정치가인가?

25) 성자인가 정치가인가?

친절한 친구 한 사람이 『동양과 서양(*East and West*)』지 4월호에서 오려낸 것을 보내 주었는데, 그것은 아래와 같다.

간디 씨가 성자라는 평판을 듣고 있는데, 그의 내부에 있는 정치가가 때로 그의 결정을 지배하는 것으로 보인다. 그는 하르딸(보이콧)을 크게 사용해 왔고, 그의 지도 아래 하르딸이 당대의 공통 문제에 대해 교육받은 자와 교육받지 못한 자를 통합하는 강력한 정치 무기가 되어 왔다는 점을 부인할 도리는 없다. 하르딸에 단점이 없는 것은 아니다. 그것은 직접 행동을 가르치는데, 그 직접 행동이 아무리 강력하다고 해도 일치를 위해 작동하는 것은 아니다. 간디 씨는 스스로 아힘사, 불상해라는 최고의 명령을 준수하고 있다고 절대로 확신하는가? 잘리안왈라 바그[50]의 총격 사건을 기념하자고 하는 그의 제안은 화합을 증진할 것 같지는 않다. 그것은 우리 정부가 본심은 드러낸 비극적 사건이지만, 쓰라림에 대한 기억을 간직할 만한 가치가 있을까? 우리는 영문도 모른 채 죽어간 사람들의 혼을 축복하기 위해 미망인들과 고아들을 도울 수 있는 평화의 전당을 건립함으로써 그 사건을 기념할 수는 없을까? 세계는 정치꾼과 술수가들로 그득하다. 이들은 애국의 이름 아래 인간의 내면적 감미로움에 독을 탔고, 그 결과로 우리에게 전쟁과 반목, 그리고 잘리안왈라 바그가 도살장이 되고 만 것처럼 파렴치한 학살이 있게 되었다. 석존이나 그리스도가 설교했듯이, 우리는 보다 더 큰 공생(共生, symbiosis)을 위해 노력하고, 세계와 함께 숨쉬고 번영할 수 있게 해야 하지 않을까? 간디 씨는 그와 같은 운동을 위해 사도가 될 운명을 가진 것으로 보인다. 하지만 상황이 저항과 집단 결속을 고양할 길을 찾도록 그에게 요구하고 있다. 그는 하지만 세계를 통일하는 더 큰 사명을 받아들일 수 있을 것이다.

이것이 인용문 전체이다. 나는 자신에 대한 비판이거나 내 방법에 대한 비판에 주목하지 않는 것을 규칙으로 삼고 있다. 단, 거기에 주목함으로써 내가 과오를 인정하고 비판받은 원리들을 더욱더 강화할 필요가 있을 때는 예외이다. 이 인용에 주목하는 이유는 두 가지이다. 내가 소중하게 견지하고 있는 원리들을 더 해명하기를 희망할 뿐 아니라, 내가 알고 있는 비판자에게, 그 인격의 뛰어난 아름다움으로 오랫동안 존경해 온 비판자에게 경의를 표하고 싶기 때문이다. 비판자는 내 안에서 정치가 속성을 본 것을 유감으로 생각하며 내가 성자가 되기를 기대하고 있다. 나는 금생에는 '성자'

---

50) 암리짜르 대학살이 일어난 장소. 원래 바그는 정원을 뜻하는 말이지만, 잘리안왈라 바그는 트라팔가 광장만한 움푹한 흙마당이었다. 요게시 차다, 『마하트마 간디』, 429면 참조. (역주)

라는 말이 배제되어야 한다고 생각한다. 성자란 단어는 거룩한 말이므로 어떤 사람에게도 경솔하게 적용되어서는 안 되고, 나 같은 자에게는 더욱 가당찮은 칭호이다. 나는 오직 진리를 향한 겸손한 구도자임을 주장할 뿐이고, 나의 한계를 알고 있고, 실수도 하고, 그것을 서슴없이 인정하는 사람이며, 과학자처럼 삶의 어떤 '영원한 진실들'에 대해 실험하고 있음을 솔직히 고백하는 사람이다. 그러면서도 자신이 과학자라고 주장할 수 없는 사람이다. 왜냐하면 방법에서 과학적 정확성에 대한 분명한 증거를 제시할 수도 없고, 현대과학이 요구하는 실험의 분명한 결과도 보여줄 수 없기 때문이다. 내가 성인임을 부인한 것은 비판자의 기대를 저버리는 일일 것이다. 하지만 나는 내 속에 있는 정치가가 단 한 차례의 결정조차 지배한 적이 없었고, 내가 정치에 참여하는 듯이 보여도 그것은 오늘날의 정치가 뱀의 똬리처럼 우리를 휘감고 있어서 우리가 아무리 노력해도 빠져나올 수 없기 때문이라고 대답할 것이다. 그가 이 대답을 듣고 유감을 철회하기를 바란다. 따라서 의식적인 면에서 나는 1894년 이래 줄곧 정치라는 뱀과 씨름해 왔다. 그런데 새롭게 발견한 사실이지만, 무의식적인 면에서 보면 나는 분별의 시기에 도달한 이래 쭉 그런 싸움을 벌여 온 셈이다. 그 싸움에서 나는 다소 성공을 거두기도 했고 씨름을 계속하기를 원한다.

아주 이기적이지만 나는 나를 감싸고 윙윙 소리를 내며 노호하는 폭풍 안에서 평화로이 살고 싶었다. 그러면서도 나는 종교를 정치에 도입함으로써 친구들과 더불어 실험을 해왔다. 종교란 무엇인가를 설명해 보자. 내가 다른 모든 종교보다 분명히 높이 평가하는 종교는 힌두교가 아니라 힌두교를 초월하는 종교이다. 그것은 사람의 본성 자체를 바꾸는 종교이며, 우리를 내면적 진리에 꽉 붙들어 매어 두고 늘 정결케 하는 종교이다. 그것은 인성 내부의 불변의 요소로서 어떤 값비싼 대가를 치르고서라도 자신을 완전히 표현하려고 한다. 불변의 요소는 우리 혼이 자기 자신을 찾아내고 그 창조주를 알아낼 때까지, 그리고 그 혼이 자신과 창조주 사이의 진정한 조응(照應)을 인정할 때까지 우리를 철저하게 동요하게 만든다.

나는 바로 그 종교적 정신에서 하르딸을 떠올렸고, 인도를 각성시키고 교육받은 자를 함께 묶어주는 것은 문자에 대한 지식이 아니라는 점을 보여주고 싶었다. 1919년 4월 6일 하르딸은 마치 마법같이 전 인도를 밝혀주었다. 자신의 잘못을 자각한 정부의 귀에 공포를 속삭여 댄 사탄이 일으킨 4월 10일의 정부 개입이 없었다면, 인도는 상상조차 할 수 없이 높은 위치에 도달했을 것이다. 그런데 사탄은 정부에 대해 극도의 불신을 품고 있었던 민중을 분노하게 만들었다. 하르딸은 거대한 민중에 의해 진정한 종교적인 정신으로 받아들여졌을 뿐 아니라, 일련의 직접 행동들의 전주곡으로 간주된 것이었다.

그런데 내 비판자는 그런 직접 행동을 개탄하고 있다. 그가 "그것이 일치를 위해 작동하는 것은 아니다"라고 말하고 있기 때문이다. 나는 그의 말에 반대한다. 이 지구상에서 직접 행동 없이 달성된 것은 아무 것도 없다. 나는 '수동적 저항(passive resistance)'이란 단어를 거부했다. 그것은 불충분할 뿐만 아니라 약자의 무기로 해석되어 왔기 때문이다. 남아프리카에서 스뫼츠 장군을 제정신으로 돌아오게 한 것은 효과 만점의 직접 행동이었다. 그는 1906년 인도의 열망에 반하는 가장 무자비한 적수였다. 그는 1909년 그 법령에 대해 남아프리카가 트란스발의회가 두 차례 통과시킨 법령의 폐지를 용납하지 않을 것이라는 점을 내세워 몰리경[51]에게 그것을 절대 철회하지 않을 것이라고 말했다. 그런데 그는 치욕의 법령을 1914년 남아프리카 연방 법령집에서 제거하여 때늦은 정의를 수행했으며, 그때 그는 그 일에 대해 자랑스러워했다. 더욱 좋은 것은 8년 간 지속된 직접 행동은 일체의 쓰라림도 남기지 않았고, 오히려 스뫼츠 장군에 대항하여 완강하게 투쟁을 벌인 인도인을 남겼으며, 이들은 1915년 동아프리카에서 그의 깃발

---

51) 애스퀴스 H(erbert) H(enry) Asquith, 1st Earl of Oxford and Asquith, Viscount Asquith of Morley라고도 함(1852~1928). 영국의 자유당 출신 총리(1908~1916). 1911년 상원의 권한을 제한하는 의회법(Parliament Act)을 입안했으며, 제1차 세계대전 초 2년 동안 영국을 통치했다. (역주)

아래 정렬하여 그의 휘하에서 전투하게 되었다. 참빠란에서 해묵은 불평거리를 제거한 것도 직접 행동이었다.

우리를 괴롭히는 법적 무자격이나 불평거리가 제거되면 우리는 기뻐할 것이다. 그런데 그것을 제거하지 못하고 무력하게 순종하는 일은 일치를 만들지 못할 뿐 아니라, 약자를 괴롭히고 화나게 하며, 때를 노려 폭발할 준비를 하는 셈이다. 그러나 나 자신을 약자와 한 편으로 만들어, 약자에게 직접적이고 결연한 행위, 단 비폭력적인 행위를 가르쳐 줌으로써, 그 약자로 하여금 강하다고 느끼게 하고 물리력에 도전할 수 있는 능력을 갖게 한다. 그는 투쟁을 위해 마음을 다잡고, 자신감을 회복하고, 치유책이 자신 안에 있음을 알아 더 이상 복수심을 품지 않으며, 그가 치유하려고 하는 잘못을 교정하는 일에 만족하는 마음을 배운다.

그것은 내가 감히 잘리안왈라 바그에 대한 건의서를 제출하려고 했던 것과 같은 노선을 따른다. 위에서 언급한 『동양과 서양』지에 게재된 저 글의 필자는 마음에 떠오른 적도 없었던 제안을 내 것으로 치부하고 있다. 그는 내가 '잘리안왈라 바그의 총격 사건을 기념'하기를 원한다고 생각한다. 흉악한 행위에 대한 기억을 영속화하는 일보다 내 생각에서 멀리 떨어진 일은 없다. 감히 말하건대 우리는 본래의 권리를 회복하기 전에 이런 비극을 반복하게 될 것이다. 나는 무고한 죽음에 대한 기억을 소중히 간직함으로써 비극에 대해 우리나라를 대비하게 할 것이다. 미망인과 고아들은 도움을 받아 왔고 지금도 받고 있다. 하지만 우리가 만일 무고한 피로 거룩하게 된 땅을 확보하여 그들을 위한 적절한 기념탑을 건립하지 않는다면, 우리는 '영문도 모른 채 죽어간 사람들의 혼을 축복'할 수 없다. 내가 도울 수만 있다면, 그것은 추악한 행위를 상기시켜 주는 물건으로 이용되지 않고, 무장하지 않는 채 무력하게 죽는 편이 더 낫다는 것, 폭압자로 죽는 것보다 희생자로서 죽는 편이 더 낫다는 사실을 우리에게 고취하는 데에 이용되어야 할 것이다. 무고한 죽음을 목격한 우리가 배은망덕하게도 그들에 대한 기억을 간직하기를 거부하지 않았다는 점을 미래 세대들이 상기할 수 있도록 하고 싶다. 진나 부인이 소액이나마 기금에 바치면서 말한 바와 같이, 기념물은 적어도 우리에게 살아 갈 수 있는 명분을 줄 것이다. 우리는 어떤 정신으로도 기념물을 건립할 것이고, 그 정신이 결국 기념물의 성격을 결정할 것이다.

석존과 그리스도가 가르쳤다는 '더 큰 공생'은 무엇인가? 석존은 두려움 없이 전쟁을 하면서 원수의 진지까지 진격해 갔고 교만한 사제들을 굴복시켰다. 그리스도는 환전상을 예루살렘의 교회에서 쫓아내고 위선자와 바리새인들 위에 천국의 저주를 퍼부었다. 둘 모두 치열한 직접 행동이었다. 하지만 석존과 그리스도는 벌을 주면서도, 그들의 모든 행위 배후에 놓칠 수 없는 온유함과 사랑이 있음을 보여 주었다. 그들은 대적을 향해 손가락 하나 올리지 않을 것이다. 하지만 그들이 몸바쳐 살아온 진리를 바치는 대신 자신들을 기꺼이 바칠 것이다. 만일 석존의 사랑이 가진 지고(至高)의 주권이 사제를 굴복시키는 과업에 충분하다는 점이 증명되지 않았다면 그는 사제에 저항하며 죽었을지도 모른다. 그리스도는 제국 전체의 힘에 도전하면서 십자가 위에서 가시 면류관을 쓰고 죽었다. 그리고 만일 내가 비폭력적 성격의 저항을 벌인다면, 나는 내 비판자가 거명한 위대한 스승들의 발자국을 단순하고 겸손하게 따라갈 따름이다.

마지막으로 위 인용문의 저자는 '집단 결속'에 대해 시비하면서, '세계를 통일하는 더 큰 사명'을 받아들이라고 했다. 나는 같은 지붕 아래에 있는 그에게 내가 그보다 더 세계 시민적이라고 말한 적이 있다. 나는 여전히 그 말을 포기하지 않을 것이다. 만일 집단의 결속을 이뤄내지 못한다면, 나는 결코 전 세계를 통일하지 못할 것이다. 톨스토이는 만일 우리가 우리 이웃에 대한 비난을 그만두면, 세계는 우리에게서 아무 도움을 받지 않더라도 괜찮을 것이라고 말했다. 그리고 만일 우리가 가장 가까운 이웃을 잡아먹기를 중지함으로써 그들에게 봉사한다면, 이렇게 올바르게 조직된 집단들의 원주(圓周)가 점점 확장되어 마침내 전 세계의 원과 동일한 폭을 가지게 될 것이다. 그 이상은 어떤 인간이 노력하더라도 얻을 수 없다. "내 육신에서 그러하듯 우주에서 그렇다(yatha pinde, tatha brahmande)"라고 아주 옛날 미지의 현자(리시, rishi)가 처음 말했을 때, 그 말이 진실이었듯이 오늘날 역시 진실이다.

— 「성자도 아니고 정치가도 아니다」, 『영 인디아』, 1920.5.12; 『전집』 20 : 96

3. 나의 사명

26) 노동자와의 일치

[1925.8.8]

내가 이 거대한 강철 공장을 방문할 수 있게 된 것을 매우 기쁘게 여깁니다. 나는 1917년 참빠란의 농민들에게 봉사하려고 노력했던 바로 그 해부터 여기에 와야겠다는 생각을 쭉 해왔습니다. 에드워드 게이트(Edward Gait) 경이 그 당시 비하르를 떠나기 전 이 공장을 꼭 보아야 한다고 말했습니다. 그러나 모사는 재인(在人)이요 성사(成事)는 재천(在天)이라는데, 신은 나에게 다른 식으로 처분하셨습니다. 나는 이곳을 방문하려고 여러 번 시도했었습니다.

여러분이 아시다시피 나 자신이 노동자입니다. 나는 스스로 청소부, 직공(織工), 물레질하는 사람, 농민, 그리고 기타 등등으로 불리는 일을 자랑스럽게 여깁니다. 그리고 나는 내가 이런 일들을 오직 태연하게 생각한다는 점을 부끄럽게 여기지 않습니다. 나 자신을 노동 계층과 동일시하는 일은 하나의 기쁨입니다. 노동 없이는 우리가 아무 것도 할 수 없기 때문입니다. '노동이 기도'라는 의미의 위대한 라틴어 격언이 있습니다. 유럽의 가장 유명한 작가 중의 한 분은 사람이 일하지 않으면 먹을 자격이 없다는 말을 했습니다. 노동이란 말은 여기에서 머리로 하는 노동을 의미하는 것이 아니라 손으로 하는 노동을 의미합니다. 동일한 생각이 힌두교에도 관통하고 있습니다. '노동하지 않고 먹는 자는 죄를 먹는 자이고, 실제 도둑이다.' 이것은 『바가바드 기따』 내의 구절이 지닌 문자 그대로의 의미입니다. 따라서 나는 나 자신을 온 세계의 노동자와 일치할 수 있다는 사실을 자랑스럽게 여깁니다.

인도에 존재하는 인도인이 벌이는 최대 사업은 아니지만 최대 사업들 중 하나를 방문하여 그 공장의 실정을 공부하는 것이 나의 야망이었습니다. 하지만 나의 활동들 중 어느 것도 일방적인 것은 없습니다. 내 종교가 진리와 비폭력에서 시작하고 또 끝나는 것이므로, 내가 노동자와 일치를 이룬다고 해도 그것이 자본가와 나와의 우정에 갈등을 야기하지는 않습니다. 그리고 나를 믿어 주십시오 35년 간의 공적 생활 동안 내가 겉으로 자본가의 반대편에 속한 것으로 보일 수밖에 없었지만, 자본가들은 결국 나를 그들의 진정한 친구로 받아 주었습니다. 나는 내가 자본가들의 친구로서, 즉 따따 가문의 친구로서 여기에 왔다고 아주 겸손하게 말할 수 있을 것입니다. 그리고 여기에서 만일 내가 여러분에게 따따 가문과 나의 관계가 어떻게 시작되었는가에 대한 짤막한 얘기를 들려드리지 않는다면 배은망덕한 사람이 되고 말 것입니다.

남아프리카에서 내가 우리의 자긍심을 회복하고 우리의 지위를 유지하기 위한 시도로서 그곳의 인도인들과 함께 투쟁하고 있을 때, 제일 먼저 도움을 준 사람이 고 라딴 따따(Ratan Tata) 경이었습니다. 그는 아주 대단한 편지와 함께 2만 5천 루삐짜리 수표라는 풍성한 기부금을 보내주었고, 필요하다면 더 보내겠다는 약속까지 했습니다. 그 날 이래로 나는 따따 가문과의 관계에 대한 선명한 기억을 갖게 되었습니다. 여러분과 함께 있었던 일이 나에게는 얼마나 유쾌했던 일인가를 충분히 짐작하실 수 있을 것입니다. 그리고 내일 여러분과 작별할 때 무거운 마음이 될 것이라고 말한다면 그것을 믿어주십시오. 많은 것을 보지도 못하고 떠나가야 하는데, 겨우 이틀 동안 여기에서 여러 일들을 실제로 공부했다고 말하는 것은 주제 넘는 일이기 때문입니다. 이 위대한 사업을 배우고 싶어하기 전에 나는 과업의 크기를 잘 알고 있습니다.

나는 위대한 인도 공장에게 그것에 합당한 크나큰 번영이 있기를 바라고, 또한 위대한 사업이 언제나 성공하기를 기원합니다. 위대한 가문과, 그들의 배려 아래 여기에서 일하는 노동자들 사이의 관계가 아주 우호적인 성격을 띠기를 내가 기대해도 될까요. 아메다바드에서 나는 자본가들과 노동자들과 함께 많은 일을 했습니다. 그리고 나는 자본과 노동이 서로 보충하고 서로 도와야 한다는 것이 내 이상이라고 항상 말해 왔습니다. 그들은 일치와 화합 속에 살아가는 큰 가족이어야 합니다. 자본가들은 노동자들의 물질적 복리만이 아니라 도덕적 복리에 대해서도 배려해야 합니다. 자본가들은 노동 계급의 복리를 자신들의 수중에 맡은 수탁자입니다.

수많은 유럽인과 인도인이 여기에 살고 있지만 서로 행복한 관계를 이루고 있다는 이야기를 들었습니다. 그 정보가 말 그대로 사실이길 바랍니다. 여러분 쌍방이 위대한 사업과 연관되어 있다는 것은 여러분의 특권이고, 여러분은 우정과 선의 속에서 함께 살아가는 구체적 사례를 인도에 제시할 수 있을 것입니다. 여러분은 여러분이 일하고 있는 이 거대한 공장의 지붕 아래에서만 상호간에 최선의 관계를 가질 것이 아니라, 여러분의 우정을 공장 외부로까지 확장해나가길 바랍니다. 여러분 모두가 형제 자매로서 살고 일하기 위해 여기에 왔다는 점을 깨닫고 상대방이나 자신을 절대 열등한 존재로 간주하지 마시기 바랍니다. 만일 여러분이 이런 일에 성공한다면 여러분은 바로 축소판 스와라즈를 가지는 것입니다.

나는 스스로 비협조자라고 말했고 시민불복종자(civil resister)라고도 부릅니다. 이 두 단어는 다른 많은 영어 단어가 그렇듯이 부정적 의미를 가지게 되었습니다. 하지만 나는 협조하기 위해 비협조하는 것입니다. 나는 24캐럿 이하의 금붙이 같은 잘못된 협조라면 그 어떤 것에 대해서도 만족할 수 없습니다. 내가 비협조한다고 해도, 심지어 마이클 오도여(Michael O'Dwyer) 경과 다이어 장군에게조차 호의적이 되는 것을 막지 못할 것입니다. 비협조는 아무도 해치지 않습니다. 그것은 악과의 비협조, 즉 악을 행하는 자와의 비협조가 아니라 사악한 제도와의 비협조일 뿐입니다.

나의 종교는 악을 행하는 자도 사랑하라고 내게 가르칩니다. 그리고 내 비협조는 내 종교의 일부일 따름입니다. 남의 귀에 듣기 좋게 이런 말을 하는 것은 아닙니다. 나는 내 인생에서 진심에도 없는 말을 하는 잘못을 범한 적이 결코 없습니다. 내 본성은 심정으로 곧장 가는 것입니다. 가끔은 그렇게 하는 일에 잠시 실패하기도 하지만, 나는 진리가 궁극적으로 사람들로 하여금 진리 자체를 듣도록 하고 감지할 수 있도록 한다는 점을 알고 있습니다. 이런 경험을 나는 자주 겪었습니다. 따라서 여러분들 사이의 관계가 아주 절친한 것이어야 한다는 내 바람은 내 심정 깊숙한 데서 오는 것입니다. 여러분이 악과 굴종에서 인도를 구원하는 일에 도움이 되고, 인도가 평화의 메시지를 외부세계에 주는 일에 도움이 되기를 나는 마음속 깊이 기도합니다. 인도 안에 있는 인도인들과 유럽인들 사이의 이 만남은 특별한 의미를 지녀야 하고 그런 의미를 지닐 수 있도록 해야 합니다. 평화와 선의를 지구상에 널리 확산하기 위해서는 우리 양측이 함께 살아가는 것 이상의 방도가 있겠습니까? 따따 가문에 봉사하면서 여러분은 인도에 봉사할 것이고 그리고 여러분이 단순히 공업을 위해서라기보다 더 고상한 임무를 위해 여기에서 일한다는 점을 깨달을 수 있도록 신이 허락해주시기를 바랍니다.

— 잠세드뿌르, 인도인협회에서의 연설, 『암리따 바자르 빠뜨리까』, 1925.8.14;
『영 인디아』, 1925.8.20; 『전집』 32 : 169

27) 인류를 위한 봉사

미지의 많은 미국인과 유럽인 친구들과 우정을 즐기는 것은 나의 명예입니다. 우정의 범위가 점점 확장된다는 것, 특히 미국에서 확장된다는 것을 알게 되어 기쁩니다. 1년 전 북미 대륙을 방문해 달라는 따뜻한 초청을 받아 즐거웠습니다. 동일한 초청이 재차 왔습니다만, 이번 초청에는 그 사람들이 힘을 배나 쓰고 있고 모든 비용을 전부 부담하겠다는 제의가 포함되어 있었습니다. 그때 그랬던 것처럼 지금도 그 친절한 초청에 응할 수 없습니다. 그것을 받아들이는 일은 매우 쉬운 일이지만, 나는 그 유혹을 물리쳐야 합니다. 인도의 지성인들에게 내 위상을 확고히 해두지 않는다면 저 위대한 북미 대륙에 무엇을 효과 있게 호소할 수 없을 것이라고 느끼기 때문입니다.

나는 나의 근본적인 입장이 진실하다는 점에 대해서는 추호의 의심도 없습니다. 하지만 나는 대부분의 인도 지식인들을 움직이지 못하고 있음을 알고 있습니다. 따라서 내가 인도 식자층으로부터 유리되어 있는 한 미국인과 유럽인들로부터 조국을 위한 효과적인 도움을 얻을 수 없을 것입니다. 내가 전 세계의 맥락에서 무엇인가를 성찰하려는 것은 사실입니다. 나의 애국은 인류 전체의 선을 포함합니다. 따라서 인도에 대한 봉사는 인류에 대한 봉사를 포함합니다. 하지만 내가 서양으로부터 도움을 얻기 위해 인도를 떠난다면 나의 궤도를 이탈하게 될 것임을 압니다. 나는 인도라는 작은 연단에서 서양에게 말하고, 서양에서 얻을 수 있는 도움으로 당분간 만족해야 할 것입니다. 만일 내가 미국이나 유럽으로 간다면, 오늘 느끼는 약한 상태에서가 아니라 강한 상태에서 가야 할 것입니다. 약함이란 내 나라의 약함을 의미합니다. 인도 해방의 구도 전체가 내부 힘의 발현에 기초하기 때문입니다. 그것은 자기 정화의 계획입니다. 따라서 서양 민중은 전문가들을 제쳐놓고 인도의 내면을 공부함으로써 인도의 운동을 가장 잘 도와줄 수 있습니다.

　그들 전문가들이 인도에 온다면 마음을 연 채로 진리추구자에 어울리는 겸손의 정신으로 오게 하십시오 그러면 혹 그들은 미화된 모습 대신 실상을 보게 될 것입니다. 그런데 내가 만일 미국에 간다면 진실하고자 하는 강한 욕구에도 불구하고 나는 저 미화된 모습을 제시할 것입니다. 나는 말이든 글이든 언어의 힘보다는 생각의 힘을 더 믿습니다. 내가 대변하려고 하는 운동이 생명력을 지니고 있고 그 위에 신의 축복이 있다면, 그 운동은 내가 몸소 세계의 다른 곳에 가지 않더라도 전 세계에 퍼질 것입니다. 여하튼 지금 내 앞에 아무 빛도 보이지 않습니다. 외국으로 가기 위한 내 길을 분명히 볼 때까지 나는 인도에서 끈기 있게 뚜벅뚜벅 걸어가겠습니다.

　미국 친구는 초청을 강하게 요구하고 내가 고려해야 할 많은 질문을 던졌습니다. 나는 그 질문들을 환영하며, 이 칼럼을 통해 대답할 기회를 갖게 되어 기쁩니다. 그는 말합니다.

　　당신이 지금이나 나중에 여기에 오기로 결정하든 아니면 오지 않기로 결정하든, 나는 당신이 다음 질문을 고려할 만한 것으로 여길 것으로 믿습니다. 그것들은 오랫동안 내 마음에서 집요하게 성장해 왔습니다.

그의 첫째 질문은 다음과 같습니다.

　　전 세계, 특히 영국과 미국을 새로운 의식에까지 고양하는 것이, 당신이 인도를 돕는 최선의 방도가 되는 시기가 도래했다고 보십니까? 아니면 오고 있다고 보십니까?

　나는 그 질문에 대해 이미 부분적으로 대답했습니다. 내가 전 세계를 새로운 의식에까지 고양하기 위해 인도 외부로 나갈 그 날이 언젠가는 올 것이지만 아직은 도래하지 않았습니다. 하지만 그 과정은 지금도 완만하지만 간접적으로, 무의식적으로 움직이고 있습니다.

오늘날 어디에서 살든 전 인류의 이익은 떼어낼 수 없을 만큼 서로 얽혀 있으므로 어떤 나라든 가령 인도 같은 나라도 다른 나라들과의 현재의 관계에서 멀리 떨어질 수 있습니까?

나는 어떤 나라든 단 일 초라도 고립된 채 존재할 수 없다는 점을, 위의 필자와 더불어 믿고 있습니다. 스와라즈를 확보하기 위한 현 계획은 고립이 아니라, 만인의 이익을 위해 완전한 자기 실현과 자기 표현의 위상을 얻는 것입니다. 속박과 무력감이라는 현재의 위상은 인도나 영국만이 아니라 전 세계를 해치는 것입니다.

당신의 메시지와 방법은 본질적으로 세계 복음인 것으로 보이는데, 그 복음의 힘은 여기 저기, 많은 나라에 있는 공감하는 혼들 안에서 발견해야 할 것이 아니겠습니까? 혼들은 그럼으로써 서서히 세계를 개조합니다.

만일 내가 어떠한 교만 없이 적절한 겸손으로 말할 수 있다면, 내 메시지와 방법은 본질적으로 참으로 전 세계를 위한 것입니다. 그리고 그것이 이미 상당한 그리고 날마다 증가하는 남녀 서양인들의 심정에서 놀라운 반응을 이미 얻어 왔음을 알고 있으며, 나는 아주 크게 만족하는 바입니다.

만일 당신이 당신의 메시지를 오직 동양의 언어로만 증명한다면 그리고 오직 인도의 위급한 상황에 국한시켜 증명한다면, 비본질적인 것이 본질적인 것과 혼돈될 수 있는 심각한 위험이 있을 것이 아닙니까? 인도의 극단적인 상황에만 적합한 어떤 면모들이 보편적인 의미에서 긴요한 것으로 오해될 수 있지 않겠습니까?

나는 필자가 지적한 위험을 알고 있습니다만, 그것은 불가피한 일로 보입니다. 나는 매우 불완전한 실험의 한가운데 있는 과학자의 위치, 즉 커다란 결론과 그보다 더 큰 필연적인 결과를 이해 가능한 언어로 예측할 수 없는 과학자의 위치에 있습니다. 따라서 나는 실험 단계에서 오해받는 실험을 해야 하는 위험을 감수할 수밖에 없는데, 그런 오해는 과거에도 있었고, 아마 여러 곳에서 지금도 오해를 받고 있을 것입니다.

당신은 미국(여러 잘못에도 불구하고 살아 있는 민족들 중 아마 잠재적으로는 가장 영적이라고 할 수 있는 나라인데)에 와서, 당신의 메시지의 의미를 동양문명의 언어만이 아니라 서양문명의 언어로도 세계에 말해야 하지 않겠습니까?

일반 사람들은 내 메시지를 그 결과를 통해 이해할 것입니다. 따라서 여하튼 당분간 내 메시지를 가장 잘 들을 수 있는 지름길은 메시지 스스로 얘기하게 하는 일입니다.

가령 당신의 영감을 추종하는 서양인들은 물레질을 설교하고 실천해야 합니까?

서양인들이 물레질을 설교하거나 실천하는 일이 반드시 필수적인 일은 아닙니다. 만일 그들이 공감해서이건, 훈련의 목적이건, 또는 촌락산업이라는 물레의 본성을 유지하면서 물레를 더 나은 도구로 만드는 일에 그들의 비길 데 없는 창의력을 적용할 목적이건, 물레질을 설교하거나 실천할 수 있을 것입니다. 하지만 물레의 메시지는 물레의 원주보다 더 광범위합니다. 그 메시지는 단순성과 인류에 대한 봉사의 메시지, 타인들을 해치지 않고 살아가며 부자와 가난한 자, 자본가와 노동자, 왕자와 농민 사이에 단절할 수 없는 유대를 창조하는 메시지입니다. 그런 크나큰 메시지는 당연히 만인을 위한 것입니다.

철도, 의사, 병원, 그리고 현대문명의 다른 모습들에 대한 당신의 비난은 본질적이므로 변경할 수 없는 것입니까? 우리는 먼저 기계 장치를 영화(靈化)하고, 현대의 삶이 갖는 조직화되고 과학적인 생산력을 영화하기에 충분할 만큼 커다란 영혼을 발현시켜야 할 것이 아닙니까?

철도 등에 대한 나의 비난은 그 비난이 타당한 한에서 진실하지만, 그것은 현재의 운동에 거의 관련이 없거나 아무 관련이 없는데, 운동이 당

신이 언급한 제도 중 어느 것도 무시하지 않기 때문입니다. 현재의 운동
에서 나는 철도나 병원을 공격하지 않습니다. 하지만 이상 국가에서는
그것들이 있을 자리가 거의 없거나 전혀 없을 것이라고 생각합니다. 현
운동은 당신이 원하는 바로 그런 시도입니다. 하지만 그것은 기계를 영
화하려는 시도가 아니라—그것은 나에게 불가능해 보이므로—기계 배
후에 있는 사람들 사이에 인간적인 정신이나 인도적인 정신을 도입하려
는 시도입니다. 만일 그것이 가능하다면 말입니다. 소수의 손에 부와 권
력을 집중시키고 다수를 착취할 목적으로 기계를 조직하는 것은 전면적
으로 잘못된 것이라고 나는 생각합니다. 금세기에 벌어진 기계 조직화의
대부분은 그런 부류의 것입니다.

　물레운동은 기계를 배타와 착취의 자리에서 추방하여 그 적절한 자리에
두려는 조직적인 시도입니다. 따라서 나의 구도 아래에서 기계를 책임지고
있는 사람들은 자신이나 소속 국가만 생각할 것이 아니라 인류 전체를 생
각해야 할 것입니다. 따라서 랭커셔 사람은 인도나 다른 나라를 착취하기
위해 그들의 기계를 사용해서는 안 되고, 반대로 인도의 촌락에서도 면화
를 옷감으로 바꿀 수 있는 수단들을 고안해야 할 것입니다. 나의 구도에서
는 미국인들도 그들의 발명술을 사용하여 지구상의 다른 종족들을 착취함
으로써 자신을 풍요하게 만들려 해서는 안 됩니다.

> 미국이 처해 있는 것과 같은 아주 우호적인 상태에서라면, 수백만 인도 민중들
> 의 혼이나, 모든 지역의 모든 사람들의 혼을 해방시킬 수 있도록, 목적과 권력, 용
> 기와 자선을 향하여 최선의 인간 의식을 맑게 하고 진화시킬 수 있지 않겠습니까?

　그것은 분명 가능합니다. 미국이 인간 의식 중 가장 좋은 부분의 진화를
추구하기를 나는 희망하지만, 아직은 때가 아닌 것 같습니다. 인도가 자신
의 혼을 발견하기 전에는 거기에 도달할 수 없을 것입니다. 미국과 유럽이
인도의 어려운 길을 그들이 할 수 있는 범위 내에서 쉬운 것으로 만드는

것을 보게 된다면, 그것보다 나를 기쁘게 하는 일은 없을 것입니다. 그들은 인도의 길에 대한 유혹을 철회함으로써, 그리고 인도가 자신의 촌락에서 고대 산업을 부활하려는 시도를 고무함으로써 그렇게 할 수 있습니다.

모든 나라에서 나 같은 사람들이 당신에게 감사의 뜻을 표하고, 당신을 따르기를 간구하는 데 그 이유가 뭡니까? 주로 다음과 같은 두 이유가 아닐까요. 첫째, 전 세계를 통해 다음[52] 단계의 기본적인 필요가 새로운 영적 의식이기 때문입니다. 이 영적 의식은 일반 사람들의 생각과 감정에 있어서 모든 평등한 신성에 대한 자각, 만인의 일치와 형제애에 대한 자각입니다. 둘째, 널리 알려진 그 누구보다 당신에게 이런 의식이 있고 다른 사람들 안에 그것을 환기시킬 수 있는 능력이 있기 때문이 아닐까요?

당신들의 평가가 진실이기를 바랍니다.

그것은 세계적 필요입니다 — 그렇지 않습니까? — 그 세계적 필요에 대해 당신은 신이 인간에게 하사할 수 있는 대답들 중 최선의 대답을 갖고 있습니다. 인도에서만 어떻게 당신의 사명이 완성될 수 있을까요? 내 팔이나 다리가 기운을 듬뿍 얻어 내 몸의 균형을 크게 깰 정도가 된다면, 그것은 건강 일반에 도움이 될까요, 아니면 편애를 받아서 기운을 듬뿍 얻게 된 지체(肢體)가 그 지체의 항구적인 최적의 상태를 유지하는 데 도움이 될까요?

내 사명이 인도에 국한해서는 성취될 수 없다는 점을 나는 잘 알고 있습니다. 하지만 내가 나의 한계를 인정할 만큼 겸손하기를, 그리고 인도 자체에서 실험의 결과를 알 때까지 제한된 인도 무대를 당분간 고수하기를 바랍니다. 이미 답변한 대로 나는 인도가 자유롭고 강하게 되어 세계의 개선을 위해 자발적이고도 순수한 희생물로 자신을 바칠 수 있기를 바랍니다. 순수한 개인은 가족을 위해 자신을 바치고, 가족은 촌락을 위해, 촌락은 지역을 위해, 지역은 주를 위해, 주는 나라를 위해, 나라는 전체를 위

---

52) 의심이 있지만 원문대로 인용한다.

해 자신을 바치는 것입니다.

나는 당신의 메시지에 대한 깊은 존경심과 함께, 당신 자신의 비전과 영감을 오직 또는 주로 인도만이 아니라 세계에 맞도록 조절함으로써 이득을 얻게 될 것이라는 점을 주장하고 싶은데요

나는 위의 주장에 상당한 힘이 있다는 점을 인정합니다. 하지만 내가 서양을 방문하는 일이 나에게 보다 넓은 관점을 주지 않을 가능성은 높습니다. 왜냐하면 나는 내 비전이나 영감이 최대의 것임을 보이려 노력해 왔기 때문입니다. 하지만 방문이 그 관점을 실현할 수 있는 새로운 방도를 발견하게 해줄 수는 있을 것입니다. 만일 그럴 필요가 있다면, 신이 나에게 길을 열어주실 것입니다.

평균적 개인이 가진 혼의 힘 ― 자기 내부에 있는 거룩한 영혼과 자기 주변의 만물로부터 그가 이끌어 낼 수 있는 최선의 영감을 용기 있게 표현하는 일 ― 은 중요한데, 그만큼 인도나 다른 곳의 정부 형태도 중요합니까?

평균적 개인이 가진 혼의 힘은 어떤 경우에도 가장 중요한 것입니다. 정치 형태는 영적인 힘의 구체적 표현일 따름입니다. 나는 평균적 개인이 가진 영혼의 힘은 정부의 정치 형태와 분명히 구별되고 동떨어진 채 존재한다고 믿지 않습니다. 따라서 나는 하나의 민족은 결국 그 민족에게 마땅한 정부를 갖게 된다고 믿습니다. 달리 말하면 자치 정부는 자기 노력을 통해서만 올 수 있습니다.

개인 안에 있는 이 혼의 힘을 정화하고 발현시키려는 기초적 필요는 가능하다면 먼저 몇 사람에게서 시작되어 다수의 사람으로 신성한 전염처럼 확산되는 것이 아닐까요?

정말 그렇습니다.

당신은 인도에 있는 그런 혼의 힘이 충실하게 발현한다면 인도의 자유를 보장해 줄 것이라고 가르치고 있는데, 그건 그렇습니다. 혼의 힘은 평화나 전쟁의 이슈를 포함하는 모든 정치적·경제적·국제적 조직체를 모든 곳에 설립하게 되지 않을까요? 인도에서 전개된 인간 문명의 모습이 세계의 다른 지역에서 전개된 모습에 비해 아주 우월한 것이 될 수 있을까요? 지금은 온 인류가 이웃이 되었는데 말입니다.

나는 앞의 단락에서 이 문제에 대해 이미 대답했습니다. 나는 이미 인도의 자유가, 전쟁과 평화에 대한 세계의 관점을 혁명적으로 바꾸어야 한다고 주장했습니다. 인도의 무능력은 전 인류에게 영향을 미칠 것입니다.

나보다도 아니 그 누구보다도 당신은 이런 문제들에 대해 어떻게 답변을 해야 하는지를 더 잘 알고 있습니다. 나는 당신의 복음에 대한 내 간절한 신앙을, 그리고 미국과 온 인류가 직면한 시급한 문제들을 해결하는 데에 당신의 지도력에 대한 갈구를 주로 표시하고 싶었습니다. 따라서 당신이 영감을 주듯 개략적으로 말한 방향대로 진행해 가던 인도가 서양세계가 따라오기를 기다리면서 그 진전을 정지하는 것처럼 보일 때가 온다면(또는 올 때), 우리 서양인은 당신의 시간 중 몇 달 동안만이라도 당신이 몸소 여기에 오시기를 간곡히 당부하는 바입니다. 당신이 이런 점을 기억해 주신다면 고맙겠습니다. 당신이 만일 우리를 불러 가르쳐 주시면 우리(눈에 띠지 않게 온 지구에 흩어져서 살아가는 당신의 무수한 추종자)는, 새롭고 고상하며 세계적인 영(靈)연방을 발견하고 실현하는 일에 우리의 삶을 당신의 삶에 참여시킬 것입니다. 이것이 내 자신의 감정입니다. 그와 같은 영의 연방에서는 형제애, 민주주의, 평화, 혼의 진보에 대해 인류가 품어 왔던 해묵은 꿈이 인도·영국·미국 등 모든 지역에 살아가는 일반인의 일상생활에 특징을 부여할 것입니다.

나는 세계 무대에서 지도력에 대해 자신감을 가질 수 있기를 희망합니다. 나는 자신에 대해 거짓 겸손을 부리고 싶지 않습니다. 내가 내면의 소리를 느꼈다면, 이와 같이 진심어린 초청에 대해 한 순간도 기다리지 않고 당장 응했을 것입니다. 하지만 내가 고통스럽게 의식하고 있는 한계 때문에 내 실험이 불완전한 단편(斷片)에 제한되어야 한다고 느끼고 있습니다.

단편에 진실인 것은 전체에 대해서도 진실일 가능성이 있습니다. 내가 원하는 방향으로 인도가 진전되다가 정지한 것으로 보이지만, 외면상 그럴 뿐이라고 생각합니다. 1920년에 뿌린 작은 씨는 아직 없어지지 않고, 깊은 뿌리를 내리고 있을 것입니다. 이제 곧 당당한 풍채의 나무가 될 것입니다. 그러나 내가 지금 어떤 망상 아래 헛수고를 하고 있다면, 나의 미국 방문이 일시적으로 가져다 줄 수도 있는 인위적인 자극도 그 씨앗을 재생시킬 수는 없을 것입니다. 그것이 나의 우려입니다. 나는 전 세계의 도움을 열망하고 있으며 도움이 오는 것이 보입니다. 이와 같은 다급한 초청은 도움이 오고 있음을 보여주는 많은 표시들 중의 하나입니다. 초청은 우리를 정결하게 하고 기운을 북돋우는 강력한 큰물 같이 올 것입니다. 하지만 나는 초청이 우리에게 오기 전에 우리가 그것을 받을 자격을 미리 갖춰야 한다는 점을 알고 있습니다.

—「미국 친구들에게」, 『영 인디아』, 1925.9.17; 『전집』 32 : 261

28) 심정 속의 동굴

나에게 '나의 다르마'를 지적해 주는 많은 친구들이 있는데, 그들이 그렇게 해주니 행복하다. 그들이 자유로이 나에게 글을 쓴다는 사실은, 사랑의 증거이고 그들의 말이 내 마음을 아프게 하지 않을 것이라는 점에 대해 그들이 자신 있다는 증거이다. 그와 같은 편지 한 통이 막 도착했다. 투고자들은 그들이 살아가는 지역에서 잘 알려진 구자라뜨 노동자들과 지도자들이다. 독자는 그 편지가 나를 염두에 두고 지체 없이 쓰여진 것임을 알 것이다. 따라서 나는 몇몇 구절을 제외한 나머지를 여기에 옮긴다.

비록 좋은 동기에서 그 편지를 썼고 한 눈에 조리 있게 쓴 것임을 알 수 있지만, 나는 이 친구들의 충고를 따를 수는 없다.

우리의 성전들은 더할 나위 없이 명료한 말로, 우리 자신의 다르마를 따르는 데 큰 덕(德)이 전혀 없다고 해도 그것을 따르는 것이 낫다고 말한다. 다른 사람의 다르마 안에 우월한 덕이 있는 것처럼 보일지 몰라도, 자신의 평범한 다르마를 따르다가 자신의 생명을 잃는 편이 더 낫다. 다른 사람의 다르마를 따르는 것은 위험하다. 오늘날 사람들이 내 견해를 수용하지 않는다는 이유만으로 내가 나의 다르마의 장을 떠날 수 있을까? 비협조라는 생각은 내가 처음 낸 것이다. 그때 나는 그것이 어떻게 수용될지 알지 못했다. 나는 내가 다르마라고 믿고 있던 것을 실행에 옮겼고, 다른 사람으로 하여금 나를 따르도록 초대했다. 상당히 많은 사람들이 그 생각에 이끌려 왔다. 지금 그들이 그것에 대해 매력을 잃었다고 해도 나와 무슨 상관이란 말인가? 그 때문에 내 다르마를 포기해야 할까? 만약 그렇게 한다면 나는 봉사라는 나의 이상을 더럽히게 될 것이다. 비협조의 효용성에 대한 나의 신앙은, 비협조가 수태되는 순간에 가졌던 신앙의 모습 그대로 남아 있다.

밀물과 썰물은 자연의 법칙이다. 우리가 왜 밀물에는 자만에 차서 우쭐해하고 썰물에는 낙담해야 하나? 키를 통제할 수 없는 자는 방향을 잃을 것이다. 내 손은 그것을 단단히 붙잡고 있으므로 나에게 그런 공포는 없다.

카디에 대한 민중의 사랑은 감소하기는커녕 오히려 증가했다. 맹목적인 숭배는 이지적인 사랑으로 바뀌었다. 생산되는 카디의 품질은 날마다 향상되고 있는 것 같으며 수요도 증가하고 있다. 정부와 별개로 진행되는 공공사업들 가운데 카디운동만큼 활발한 것은 없다고 생각한다. 이것은 수적으로 증명될 수 있다. 물레질과 카딩(소면, 梳綿)이 몇몇 장소에서 중지된 것은 사실이다. 하지만 그것들은 지난 4년 동안 어느 때보다 잘 조직되어 있다.

오늘날 힌두·무슬림 문제는 도공의 돌림판 위에 있는 진흙덩이와 같다. 전지전능한 존재만이 어떤 종류의 질그릇이 나타날지 아실 것이다. 하지만 전대미문의 대중적 자각을 고려해보면, 현재의 전개는 비록 고통스럽지만 놀랄 일이 못된다. 모든 더러움이 표면으로 떠올랐으며, 우리가 목격하고 있는 것이 그것이다. 오늘날 아무리 설득해도 힌두교도들과 무슬림들이 일을 하지 않고 있지만, 상황의 압력으로 그 일을 조만간 할 수밖에 없을 것이다. 그들은 하나가 되는 길 이외에 다른 선택이 없다. 그러므로 나는 그 점에 관해서는 염려하지 않는다. 만일 운명이 우리에게 서너 차례 전투를 하도록 명령한다면 그렇게 하자. 세계의 연대기를 보면 이것이 그와 같은 전쟁의 첫 사례는 아닐 것이다. 형제들은 때로 서로 싸우지만 다시 하나가 된다. 우리 위에 평화의 시대가 도래한다면 전쟁은 야만적으로 보일 것이다. 하지만 오늘날 싸움은 문명화된 것으로 간주되고 있다.

불가촉천민제도가 거의 사라지기 직전에 있다. 그 제도의 혼은 죽었다. 우리가 보고 있는 것은 오직 해골일 따름이다.

스와라즈를 위해 벌이는 우리의 투쟁이, 우리 사이에 불일치를 낳았다고 해서 낙담할 필요는 없다. 이런 일은 자유를 찾았던 모든 나라에서 일어났다. 우리의 의무는 그것을 간파하고 치유책을 찾는 일이다. 이런 것을 보고 낙담한다면 이는 우리가 비겁하다는 증거이다.

인도에서 패배를 인정한 사람이 미국을 위해, 우리나라를 위해 무엇을 줄 수 있을 것인가? 미국이나 유럽의 친구들이 나를 존경한다고 해도 내 눈을 멀게 할 수는 없다. 우리가 서양의 도움을 간청한다고 해서 얻을 이득은 아무 것도 없다. 서양에서 보증서를 얻어 돌아오는 일은 조국과 나에게 치욕이 될 것이다. 유럽이나 미국에 가야 할 이유가 지금 내겐 없다. 저들 대륙의 지도자들이 단순히 나를 만나기를 원하거나 나에게 무슨 말을 듣고 싶어한다고 해도, 그런 사실을 믿어서는 안 될 것이다. 내가 그런 나라들의 일부 사람들 사이에서 명성이 있다고 해도 그런 사람들의 목소리는 일반 대중에게는 거의 아무 영향력이 없다. 그 사람들 역시 나처럼 실제 할 일은 아무 것도 없기 때문에 공중 누각을 건설하고 세상의 개선을 위한 계획을 짜고 있는 것으로 보인다. 내가 진리와 비폭력에 헌신하는 한, 나는 그들의 사랑을 유지할 것이다. 하지만 독자들은 이런 일부의 사람들이 서양의 권력 통제권을 보유하고 있지 않다는 것을 알아야 한다. 내가 어떤 힘을 갖고 있든 그것은 우리나라에서 가장 잘 증명될 수 있을 것이다. 멀리서 보는 언덕은 아름다워 보인다. 내가 인도를 떠나면 나는 나의 진실한 영역에서 벗어나게 될 것이고, 세계 어디에서도 나의 자리를 차지하지 못할 것이다.

내가 아프리카에 있다고 해도 아무 것도 할 수 없을 것이다. 이 문제에 있어서 나는 아르주나[53] — 평생 다뤄온 활과 화살을 쥐고 있었지만 까바(kaba)와 같은 자[54]에게 빼앗기고 말았던 바로 그 아르주나 — 와 같은 곤경에 처해 있다. 나의 주님 끄리슈나는 지금 내 옆에 계시지 않는다. 전사는 원치도 않았던 전투에서 자신의 이름을 알릴 것이다. 전투를 찾아 외부로 나가는 사람은 도박꾼일 것이다. 나는 내 인생에 단 한 번의 도박도 한 적이 없다고 말할 수 있으리라. 나는 내기에 건 돈을 위해 싸울 때에도 지고 말았는데, 그것은 나를 위해 다행한 일이었다.

만일 이 나라와 지도자들이 나를 지겨워한다면 나는 히말라야에 들어갈 것이다. 히말라야라고 하지만 다발라기리 산들을 가리키는 것이 아니라 내 마음속의 히말라야를 말한다. 히말라야에서 동굴을 찾아 거기에서 살아가는 것이 더 쉬울 것이다. 그것조차 내가 구하러 나서지 않을 것이고, 나를 찾아 올 것이다. 귀의자는 스스로 신을 찾아 나서지 않는다. 그렇게 한다고 해도 그는 신의 눈부신 광휘를 견딜 수 없을 것이다. 따라서 신은 스스로 당신의 귀의자에게 내려오셔서 그들이 숭배했던 그 모습으로 나타나신다. 나의 신은 내가 당신의 도래를 초조하게 기다리고 있음을 알고 계신다. 그 분에게서 오는 단 하나의 표시라도 나에게는 충분하다. '하리는 가느다란 실로 나를 묶었다. 그리고 그가 당기는 대로 따라간다.' 이렇게 미라바이는 노래했다. 나는 미라바이의 사도이다. 그래서 나는 대명사의 성(性)에 필요한 변화를 가한다면, 나 또한 이 노래를 부를 수 있을 것이다. 나는 그와 같이 하리가 실로 당기실 것을 위해 언제나 준비태세를 갖추어야 할 것

---

53) 『기따』의 주인공이다.

54) 아르주나가 여인들을 인드라쁘라슈타로 호송하는 동안 그를 급습하여 강탈했던 노상 강도. 이 사건은 끄리슈나 사후에 일어났다. 『전집』 권33, 323면 주 참조 (역주)

이다. 그러므로 나는 늘 실을 길게 늘어뜨리고, 고향을 향해 출발할 준비가 항시 되어 있어야 한다는 점을 '나의 배회하는 마음'에게 상기시켜 준다. 고향이 내 마음속의 동굴이든 미지의 어떤 나라든 그것은 문제가 안 된다. 내가 은퇴하는 장소가 어디든 그 분은 거기 계실 것이다. 따라서 나는 아무 것도 두려워하지 않는다.

만일 각 구역(taluk)의 노동자들이 그들이 일정한 양의 카디를 팔 수 있음을 나에게 보장한다면 나는 당장 모든 구역에서 카디 상점을 낼 것이다. 상세한 정보를 얻길 원한다면 카디협회에 편지를 써야 한다.

—「나의 다르마」(G.), 『나바지반』 1925.12.20; 『전집』 33 : 223

29) 인류의 형제애

1929.3.9

회장님과 친구 여러분, 저는 이 연설의 일정 부분까지는 힌두스따니어로 말하고자 합니다. 그리고 여러분은 영어로 말씀하실 것이므로 나는 처음에는 영어로 간단히 대답하고 그 다음 힌두스따니어로 하게 해주십시오 이렇게 따뜻하게 환영해 주시고 여러분의 애정어린 말씀에 대해 감사를 드립니다. 여러분이 저에게 주신 모든 칭찬의 말을 지금 제 것으로 받아들일 수도 없고, 소화할 수는 더더욱 없습니다. 저는 여러분이 친절하게 언급하신 것들 중에서 두 가지만 분명히 말씀드리겠습니다. 첫 번째로 말씀드리고 싶은 것은 제 사명이 인도인의 형제애만이 아니라는 점입니다. 제 사명은 단순히 인도의 자유가 아닙니다. 비록 그것이 실제로 분명 제 인생과 시간의 전부를 빼앗아 가더라도 말입니다. 하지만 인도의 자유를 실현함으로써 저는 인류의 형제애라는 사명을 실현하고 수행해 나가기를 원합니다. 제 애국은 배타적인 것이 아니라 만인을 포용하는 것입니다. 저는 다른 국민들의 곤경을 짓밟거나 착취하는 애국은 거부합니다. 내가 생각하는 애국이 만약 모든 경우 예외 없이 항상 인류 일반의 가장 광범위한 선과 일치하지 않는다면, 그것은 무가치한 것입니다. 제 종교와 거기에서 도출되는 애국은 모든 생명을 포용합니다.

저는 인간으로 불리는 존재들과만 형제애를 나누고 하나가 되고 싶은 것이 아니라, 모든 생명 심지어 땅 위를 기어다니는 벌레와도 하나가 되고 싶습니다. 저는 땅 위에 기어다니는 미물과도 하나가 되고 싶습니다만, 이 말에 충격을 받지는 마십시오. 우리는 하나의 신에게서 온 공통 자손이며, 그리고 사실이 그러하다면 각양각색의 모습으로 드러나는 일체의 생명이 반드시 하나일 것입니다. 따라서 여러분이 제 사명을 인류의 형제애라고 기술하면서 저에게 주시기로 했던 모든 영예를 무리 없이 제 권리로서 받아들일 수 있을 것입니다. 여기에서 오는 논리적인 귀결이지만, 여러분이 이미 언급했듯이 자연스레 불가촉천민제도를 언급할 수도 있습니다. 불가촉천민제도가 힌두교의 중대한 오점이라는 점을 저는 수도 없이 자주 말했습니다. 세상의 모든 종교가 오늘날 생존을 위한 경주에 몰두하고 있습니다. 그 경주에서 힌두교가 망하든지, 불가촉천민제도가 뿌리째 뽑혀 아드바이따[55] 힌두교의 근본 원리가 실생활에서 완전히 실현되든지, 인도는 양자택일을 해야 한다고 저는 생각합니다. 당신이 언급한 여러 가지 일 중, 이 두 가지 일 이외에 제가 오늘 인정하거나 받아들일 수 있는 것은 아무것도 없습니다. 제가 눈을 감고 이 육신이 화장터의 불꽃에 맡겨진 이후에라야 사람들은 제 일에 대한 평결을 선언할 것인데, 그때까지는 아직 시간이 충분히 남아 있습니다.

여러분은 친절하게도 저에게 미얀마의 토착인에게 충고를 좀 해달라고 부탁하셨습니다. 제가 여러분에게 무슨 충고를 하기에는 전적으로 부적합하다고 고백해야겠습니다. 여러분의 위대한 전통에 대한 제 연구는 피상적

---

55) 不二論. (역주)

일 따름입니다. 저는 어제 두 모임에서 당신들에게 사랑과 존경을 표했습니다만, 그와 같은 사랑과 존경의 표현에 있어서 다른 사람에게 조금도 양보하고 싶진 않지만, 여러분이 현재 안고 있는 문제에 대한 제 연구는 더더욱 피상적입니다. 저는 모든 사실들에 대해 알고 싶습니다. 저는 미얀마의 모든 관련 당사자들을 만나고 싶고 여러분의 심정에 가까이 가고 싶습니다. 제 심정은 여러분을 받아들이도록 열려 있지만, 저를 불러야 할 사람은 여러분이고, 그 부름은 결코 헛되지 않을 것입니다. 제가 여러분에게 잠정적이며 부분적인 충고라도 해줄 정도로 제 앞에 충분한 자료가 있음을 알게 된다면, 저는 여러분의 뜻대로 할 것입니다.

— 랑군, 대중 집회에서의 연설,『암리따 바자르 빠뜨리까』, 1929.3.10;
『영 인디아』, 1929.4.4;『전집』 45 : 189

30) 보편적 메시지

1937.6.11

사랑하는 친구에게,

지난 5월 20일자 당신의 편지에 대해 감사를 드립니다. 사람이 살아가는 모든 부문에서 단 하나의 예외도 없이 진리와 비폭력을 통하지 않고서는, 이 지상의 모든 사람들에게 구원은 없을 것이라는 이 메시지를 빼놓고는 당신에게 줄 것이 없습니다. 그리고 이것은 거의 반세기 이상의 부단한 경험에 기초한 말입니다.

귀하의 신실한 친구
M. K. 간디

Daniel Oliver, Esq.

Hammana

Lebanon, Syria

— 다니엘 올리버에게 보낸 편지,『삐아렐랄 페이퍼스』;『전집』71 : 394

4. 주의들

31) 주의 주장들과 분파를 넘어서

나는 부왕을 불신하는가?[56]

운영위원회의 빠뜨나(Patna) 결의안과 당신을 일치시키는 일은 린리스고(Linlithgow) 경[57]에 대한 불신을 드러내는 것이 아닙니까? 당신은 그의 성실함을 믿는다고 고백했으면서도 말입니다.

본문에 전혀 없는 것을 당신은 결의안에서 읽어 냈군요. 나는 부왕(副王)의 성실성을 의심하지 않습니다. 린리스고 경과 같이 자신의 말을 중시하는 부왕을 만나 본 적이 없습니다. 그와 함께 얘기하는 것은 유쾌한 일입니다. 그가 매우 심사숙고해서 말하기 때문입니다. 따라서 그의 연설은 언제나 간명하고 핵심을 찌릅니다. 비록 우리가 서로 동의할 순 없지만 서로 가까워졌다고 한, 지난번 만남에 대한 제 진술을 그대로 고수하려고 합니

---

56)『전집』권78, 44면에 따라 소제목을 단다. (역주)

57) 린리스고(Victor Alexander John Hope, 2nd marquess of Linlithgow, 1887~1952) : 영국의 정치가. 최장기 인도 부왕(副王, 1936~1943)으로 봉직하면서 제2차 세계대전 중 영국군 주둔에 반대하여 일어난 인도의 반영운동(反英運動)을 진압했다. 인도의 농업 문제에 관한 영국왕실위원회(1926~1928)와 인도개헌특별위원회 의장으로서, 인도가 안고 있는 문제에 직면하여 1936년 윌링던 경의 후임으로 부왕에 임명되었다. (역주)

다. 우리는 수일 동안 얘기를 계속할 수도 있었지만, 그렇게 했다고 해도 그 주제에 대해 변죽만 울릴 뿐, 서로 일치하지 못했을 것입니다. 나는 독자적으로 말하고 있으므로 어떤 핸디캡도 없었습니다. 그는 명령을 받고 말하고 있었으므로 심각한 핸디캡이 있었습니다. 그가 받은 지시 사항 바깥으로 나갈 수 있는 어떤 권위도 없었습니다. 그리고 우리는 아주 좋게 헤어졌습니다. 하지만 내 경우에는 여러 번의 모임을 기대했습니다. 그 결의안은 국민회의의 입장을 의심 없이 분명히 밝힌 것이고 나 자신의 입장도 대변하고 있습니다. 만일 영국 정부가 탈퇴의 권리를 가지고 있는 진정한 의미의 자치령 지위를 참으로 의도한다면, 그들은 국민회의의 입장을 수용하는 데 전혀 어려움이 없을 것입니다. 불행하게도 제트랜드(Zetland) 경의 회견은 인도의 미래를 결정하는 것이 인도가 아니라 영국이라는 점을 보여주고 있습니다. 이와 같은 유형의 자치령은 존재한 적도 없습니다. 영국 정부가 더 이상 인도를 잡아 둘 것이 아님을 분명히 보여 준다면, 그들이 직면한 모든 난관들은 새벽이 오기 전의 어둠처럼 사라질 것입니다. 난관들은 모두 그들이 만든 것이기 때문입니다. 그들은 본질적으로 착취하고 있습니다. 부왕에 대한 불신의 문제는 없음을 당신께서 알아주시길 바랍니다. 사건들은 원래의 자리를 찾아가야 할 것이었습니다.

주의에 대한 공포[58]

간디주의(Gandhism) 같은 것은 존재하지 않고, 당신이 대변하고 있는 것은 전혀 새로운 것이 아니라고 당신은 말합니다. 나는 무슬림이고 간디주의 안에 이슬람의 영광의 빛을 봅니다. 나는 신학도로서 간디주의에 힌두교의 장관과 기독교의 활동력이 충분히 자세하게 설명되어 있음을 봅니다. 그것은 또한 동양 전체의 순결의 철학을 상당한 정도로 포함하고 있습니다. 내가 인도 과거사의 기록을 찾아보았지만 나는 당신의 교의를 찾을 수 없습니다. 그것은 왜 새로운 것이 아닙니까? 당신과 그것을 믿는 우리

---

58)『전집』권78, 45면에 따라 소제목을 단다. (역주)

를 위해서 왜 그것을 간디주의라고 부르지 못합니까?

나는 주의에 대해, 특히 주의가 고유명사 뒤에 붙을 때 전율을 느낍니다. 당신이 나에 대해 말하는 것이 전부 타당하다고 해도 그것은 새로운 분파를 만들지 않을 것입니다. 내 노력은 새로운 분파를 피하는 것일 뿐 아니라 낡고 피상적인 분파들도 없애는 것입니다. 아힘사는 분파를 극도로 혐오합니다. 아힘사는 통일하는 힘이고 다양성 속에 일치를 발견합니다. 당신이 말하는 모든 것은 아힘사에서 도출할 수 있습니다. 새로운 숭배 대상을 만드는 것은 아힘사에, 즉 내가 실시하고 있는 실험 자체에 위배되는 것입니다. 따라서 간디주의가 존재할 여지가 없음을 이해해 주시길 바랍니다.

여성과 일[59]

당신은 '여성이 가정을 버리고 그 가정을 지키기 위해 어깨에 라이플을 지도록 부름을 받거나 설득당하는 일은 남녀 모두에게 치욕이다. 그것은 야만으로 복귀하는 것이고 종말의 시작'이라고 말했습니다. 그런데 농장이나 공장 등에서 일하는 수백만의 여성 노동자들은 어떻습니까? 그들은 가정을 떠나 한 집안의 일손이 되기를 강요당합니다. 당신은 산업제도를 폐지하고 석기시대로 되돌아가시렵니까? 그것이 야만으로 복귀함과 종말의 시작이 아닌가요? 당신이 꿈꾸는 신질서, 여성을 노동하게 만드는 죄악이 없는 신질서는 어떤 것입니까?

만일 수백만 여성들이 가정을 떠나 한 집안의 일손이 되기를 강요받는다면, 그것은 잘못입니다. 하지만 어깨에 라이플을 지는 것보다 큰 잘못은 아닙니다. 노동에 내재적으로 야만적인 것은 없습니다. 여성이 집안을 돌보면서 그들의 땅에서 자발적으로 일하는 데에는 야만이란 것은 없습니다. 내가 상상하는 새로운 질서에서는 만인은 그들의 능력에 따라 일할 것이고, 그들의 노력의 대가에 따른 적절한 보상을 위해 일할 것입니다. 신질

---

59) 『전집』 권78, 45면에 따라 소제목을 단다. (역주)

서에서 여성은 시간제 노동자일 것이고, 그들의 일차적인 기능은 집안을
돌보는 일일 것입니다. 나는 라이플이 신질서에서 항구적인 모습이라고 간
주하지 않으므로, 남성에 있어서도 라이플의 사용은 점차로 제한될 것입니
다. 그것이 계속 사용된다면 이는 필요악으로 묵인될 것입니다. 하지만 나
는 의도적으로 여성을 그런 악으로 오염시키지는 않을 것입니다.

로마 문자[60)

문맹의 대중에게 로마 문자를 가르치면 어떻습니까? 이는 우르두어와 힌디어 사이
에 존재하는 논쟁을 제거할 것입니다.

힌디어와 우르두어 대신에 로마 문자를 가르치는 것은 본말이 전도된
것입니다. 우리 아이들은 힌디어와 우르두어 문자를 먼저 배워야 합니다.
어려운 문제들은 무시하거나 외견상 쉬운 대안을 제시함으로써 해결될 수
있는 것이 아닙니다. 마음들이 쪼개져 있다면 로마 문자가 그것들을 묶을
수는 없습니다. 그것은 또 하나의 부담이 될 것입니다. 두 문자의 학습이
적어도 국어라는 난문을 해결하는 데에 가장 좋고 가장 쉬운 방법입니다.
그 학습은 미래 세대의 성인이 될 힌두교도와 무슬림 소년·소녀들에게
힌두사상과 우르두사상을 열어 줄 것입니다. 로마 문자는 적절한 때, 가령
우리의 소년·소녀들이 영어를 배울 때 익히게 될 것입니다. 그리고 그들
중 일부는 반드시 영어를 배울 것입니다.

어떻게 시작할까?[61)

국민회의는 일치를 시끄럽게 요구하고 있습니다. 하지만 그 일치를 얻기 위해서는
힌두·무슬림 동료의식, 카스트 사이의 무차별, 상대방과 외국인에 대한 증오심을 품

---

60) 『전집』 권78, 46면에 따라 소제목을 단다. (역주)
61) 『전집』 권78, 46면에 따라 소제목을 단다. (역주)

지 않음, 그리고 협력 등의 원리들을 반드시 준수해야 합니다. 이런 원리들은 마이크를 통해 청중들에게 전달되지만 그것들에 따라 행동하지는 않습니다. 국민회의 의원들의 임무가 무엇인지 말해 주십시오. 나는 거기에 가담하여 조국을 위해 나의 온 힘을 마지막 한 방울까지 쏟아 붓겠습니다.

다른 사람이 무엇을 하고 있는지 아니면 무엇을 해야 할지에 대해 마음을 쓰지 마십시오. 자선은 내 집에서 시작되는 법입니다. 당신의 자선은 당신 자신에서부터 시작하십시오. 모든 카스트와 종교적 차별 또는 인종적 차별을 당신의 마음에서부터 제거하십시오. 상대방이 힌두교도·무슬림·하리잔·영국인, 그 누구든 당신에게 그러하듯 진실하시길 바랍니다. 적어도 당신에 관한 한 어려움은 해결될 것이고 다른 사람이 당신을 본받게 될 것임을 알게 될 것입니다. 당신의 심정에서 일체의 증오를 꼭 제거하십시오. 그리고 당신의 이웃을 당신 자신처럼 사랑함에 있어서 일체의 정치적이거나 다른 목적이 있어서는 안 된다는 점도 분명히 해두십시오.

세바그람. 1940.3.12.

— 「질문란」, 『하리잔』, 1940.3.16; 『전집』 78 : 51

32) 주의와 추종자들

1945.7.16

안녕, 샨따!

어제 자네의 편지를 받았다네. 아침 기도 후에 이 편지를 쓰네. 자네의 답장은 세바그람으로 보내게.

자네는 공산주의자가 되고 엄마가 되는 일에 어린아이처럼 미쳐 왔다네.

어떤 아슈람이 너를 배척했는가? 그 아슈람은 어디에 있는가? 누가 너를 배척했는가? 많은 공산주의자들이 여기에서 나와 함께 지내고 있다네. 이와 같이 자네도 지낼 수 있을 것이네. 자네도 알다시피 자얀띠가 나와 함께 지낸다네.

내가 많은 불평을 들어왔지만 그런 불평에 근거하여 행동한 적이 없다는 점을 자네는 알아야 하네. 나는 그곳의 서기와 편지를 주고받는다네. 그는 편지들을 출판하기 위한 허락을 요청해와서 그것을 허락했네. 그가 그것들을 출판했는지의 여부는 모르지만.

운영위원회는 아무 조처도 취하지 않았네. 그 사안에 대해 숙고할 시간이 없었다네.

만일 자와할랄지가 공산주의자들에 반대한다면, 그들은 모두 가만히 앉아서 곰곰이 생각해야 할 것이네. 그는 당내에서 온건한 입장을 취하고 있지만 무가치한 것에 대해서는 어떤 것도 용납하지 않을 것이네. 나 자신도 최종 결론에 이를 수는 없었다네. 나는 상당히 많은 불평을 들어왔네. 나는 그것들을 본부 사무실에 보냈다네.

자네는 생각도 없이 편지를 썼네. 자네가 편지 쓰기 전에 마음을 가다듬고 생각해 본다면 공산주의자의 명분을 도울 수 있을 것이네.

자네는 공산주의와 공산주의자를 구별하는 법을 배워야 한다네. 그 이외에도 마르크스와 레닌은 서로 대변하고 있는 것이 다르며, 스탈린은 또 다른 것을 대변하고 있다네. 스탈린의 추종자들은 다시 두 집단으로 나눠져 있다네. 간디와 간디주의는 서로 다르고, 간디주의자들은 앞의 둘과 또 다르다네. 그와 같은 차이는 언제나 있고 앞으로도 있을 것이네. 성숙하지 못한 사람들은 자신들을 이들 중 하나와 일치시킬 것이지만.

바뿌로부터 축복을

— 샨따 빠뗄에게 보낸 편지(G.), CW 4287; 『전집』 87 : 409

33) 무주의의 주창자

무수리, 1946.6.7

안녕, 라메슈와리!

나는 라뜨나마이데비를 잘 알고 있네. 자네가 그녀를 수용하는 일에 대해 어떤 반대도 없다네. 누가 간디주의자인지 나 자신도 모른다네. 간디주의는 나에게 무의미한 말이라네. 하나의 주의는 한 체계의 주창자를 따라가네. 나는 그런 주창자가 아니므로 어떤 주의의 원인이 될 수 없다네. 어떤 주의가 형성된다고 해도 그것은 오래 가지 못할 것이네. 그리고 오래 간다면 그것은 간디주의가 아닐 것이네. 이걸 제대로 꼭 이해해야 하네.

나는 자네의 일을 좋아하네. 그것은 깔끔하고 깨끗하네. 발리까 아슈람을 설립한 자는 자네이고 자네가 그것을 운영하고 있네. 만일 라뜨나마이데비가 자네에게 완전한 만족을 줄 수 있다면 나는 매우 기뻐할 것이네.

바뿌로부터 축복을

— 라메슈와리 네루에게 보낸 편지(H.), CW 3110;『전집』 91 : 170

영향과 읽은 책

1. 나라싱 메타

34) 바이슈나바[1]의 이상(理想)

참된 바이슈나바는
타인의 고통에 마음이 움직이는 자;
고뇌에 빠진 이를 도와주고
그것에 대해 아무 자만심도 느끼지 않는 자,
세상의 만인을 존경하고,
그 누구에 대해서도 험담하지 않는 자이다.
신구의(身口意)에서 자제하고,
자신의 어머니를 두 차례 영광되게 하는 자이다.

---

1) Vaishnava : 비슈누 신 귀의자. (역주)

그는 평등하게 보는 눈을 가진 자로 모든 갈망에서 자유로운 자이며,
다른 사람의 아내는 그에게 어머니이다.
그의 혀는 거짓을 말하지 않고
그의 손은 다른 이의 부에 절대로 손대지 않는다.
미혹(모하, moha)과 미망(마야, maya)이 그에게 아무 힘을 행사하지 못하고
상주(常主)하는 비집착이 그의 마음을 지배한다.
라마의 이름에 맞춰 황홀하게 춤추고
그의 인격 안에 현존하는 존재를 내놓고는 순례의 중심지가 따로 없다.
탐욕과 교활함이 없는 자,
분노와 욕망을 제거한 자.
나라사잉요[2]는 말한다. 그와 같은 자에게 존경을 바침은,
자신의 조상들 중 일흔 한 세대에게 해탈을 가져다 줄 것이라고.[3]

나라싱 메타가 묘사한 바이슈나바에 대한 징표에서 우리는 그가 다음과
같은 사람임을 안다.

① 고뇌에 빠진 사람을 구제하는 일에 언제나 적극적인 자
② 그런 일을 함에 있어서 전혀 자만하지 않는 자
③ 만인을 존경하는 자
④ 누구에 대해서도 험담하지 않는 자.
⑤ 말을 자제하는 자
⑥ 행위와
⑦ 생각을 자제하는 자
⑧ 만인을 동등하게 대하는 자
⑨ 욕망을 내버린 자
⑩ 그의 처, 하나의 여성에게 충직한 자

---

2) 나라싱 메타(1414~1979), 구자라뜨 지방의 성자 시인.
3) 이 시는 아슈람에서 일상적인 기도문의 일부였다.

⑪ 언제나 진실하고

⑫ 불투도(不偸盜)[4]의 규율을 지키는 자

⑬ 마야의 영역을 넘어서는 자

⑭ 결국 일체의 욕망에서 자유로운 자

⑮ 라마의 이름을 언제나 염송(念誦)하는 자

⑯ 그 결과로 정화된 자

⑰ 아무 것도 탐하지 않는 자

⑱ 교활에서 자유로운 자

⑲ 욕망의 충동에서 자유로운 자

⑳ 분노에서 자유로운 자

바이슈나바교도 중에서 최고인 나라싱은 여기서 비폭력에 높은 지위를 부여하고 있다. 이것은 자신 속에 사랑이 없는 자는 바이슈나바교도가 아님을 의미한다. 진리를 따르지 않는 자, 모든 감관을 통제할 수 없는 자는 바이슈나바교도가 아니다. 나라싱은 사람이 베다를 공부하거나, 바르나아슈라마를 따르거나, 나룩풀 씨앗의 염주나 띨락(tilak)[5] 표시를 하는 것만으로 바이슈나바교도가 되는 것이 아님을 그의 쁘라바띠얀(prabhatiyan : 귀의의 노래)를 통해 가르치고 있다. 이것들은 모두 죄악의 기원이 될 수도 있다. 위선자조차 염주를 감고 띨락 표시를 하고 베다를 공부하고 입술로 라마 이름을 욀 수 있다. 하지만 그는 인생에서 진리를 따를 수 없다. 위선을 포기하지 않고서는 고뇌에 빠진 사람들을 도울 수 없고, 신구의(身口意) 안에서 자제할 수도 없다.

나는 모든 사람들이 이 원리들에 주목하라고 권유한다. 내가 안뜨야자(Antyaja : 불가촉천민)에 관한 편지를 계속 받고 있기 때문이다. 모든 사람들은 내가 만일 민족학교에서 불가촉천민을 배제하지 않는다면 스와라즈운동은

---

4) 훔치지 않음. (역주)

5) 남녀 힌두교도가 종교적 표시로서 얼굴에 붙이는 빨간 점. (역주)

연기 속에 사라질 것이라고 충고한다. 만일 내가 내 안에 참된 바이슈나바 교도의 징표를 일부나마 가지고 있다면, 신은 불가촉천민을 버려야만 얻을 수 있는 스와라즈를 거부하는 기운을 나에게 하사하실 것이다.

다른 계급이나 다른 집단의 일원에게 개방된 장소에서는 불가촉천민이 배제되어서는 안 된다는 취지의 결의안은 내 것이 아니라 상원 전체의 것이다. 나는 그 결의안을 환영한다. 만일 상원이 그것을 통과시키지 않았다면, 아다르마(adharma : 非法)의 죄를 짓게 되었을 것이다.

결의안은 새로운 것이라곤 아무 것도 제시한 것이 없다. 그러나 유사한 취지를 가진 것이 기존의 학교에서 실제 작동하고 있다. 바이슈나바교도들이 존중하는 단체인 국민회의도 그와 같은 결의안을 통과시킨 바 있다. 그들은 결의안에 반대하지 않았다. 하지만 그들은 이와 같은 종류의 결의안에 협력한 것에 대해 나를 비판하는데 그것이 오히려 나에게 영광을 돌리는 것임을 나는 깨닫고 있다. 그 논의들의 핵심은 다른 사람이라면 다르마를 범할 수 있을는지 몰라도, 특히 나는 그래서는 안 된다는 것이다. 이것이 나를 기쁘게 한다.

나는 우리가 안뜨야자를 불가촉천민으로 보아서는 안 된다는 점, 이는 다르마가 요구하는 바임을 알리려 노력해 왔다. 우리는 반대로 행동하면서도 비법의 죄를 범하고 있다는 점을 낡은 베일 때문에 알지 못한다. 그와 같은 베일 때문에 영국 통치가 그 자체의 사탄주의를 보지 못하듯이, 우리들 중 일부는 우리를 묶어두는 노예제도의 쇠사슬을 볼 수 없다. 나는 그런 사람에게 끈기 있게 도리를 설명하는 것이 나의 의무라고 생각한다.

하지만 위선과 궤변을 참을 수 없다. 『구자라띠』지에서 마하라자슈리[6]와의 회담에 대한 기사와 그에 대한 논평을 읽었다. 이 두 가지가 나를 많이 괴롭혔다. 신문에 보도된 견해들에 대해 나는 거의 언급하지 않았다. 사실 나는 신문을 거의 읽지 않는다. 하지만 『구자라띠』지는 널리 읽히는

---

6) 고스와미 슈리 고꿀나트지 마하라자(Goswami Shri Gokulnathji Maharaj), 봄베이 바이슈나바교도들의 종교 지도자.

신문이며 그것은 영원의 다르마(sanatan dharma)의 참된 본성을 제시하고 있
다고 주장한다. 그래서 나는 그 신문에서 불공정의 요소를 조금이라도 발
견할 때면 고통을 받는다. 친구 하나가 마하라자슈리와의 대담과 그에 대
한 논평 기사를 신문에서 오려 보내 주었다. 나는 이 둘 안에 고의적이든
아니든 아다르마를 다르마로 증명하려는 시도를 보았다. 다음에 그것이 무
엇인지를 설명할 것이다.

— 「바이슈나바교도들에게」(G.), 『나바지반』, 1920.12.5; 『전집』 22 : 40

35) 바이슈나바교도의 다르마

나는 위대한 바이슈나바교도인 나라싱이 그의 시에서 노래했던 참된 바
이슈나바교도의 미덕에 대해 주목한 바 있다. 그리고 마하라자슈리와의 대
담에 대한 논평에 대해 느끼는 고통을 표했다.

나는 그 논평에서 다르마의 의미를 결정하려는 시도를 본 것이 아니라,
악행의 고수(두라그라하, duragraha)와 나에 대한 공격을 보았다. 나 역시 악행
의 고수와 타인에 대한 공격의 죄를 범한 것은 아닐까? 분명 그랬을 것이
다. 이 말의 사실 여부는 독자가 판단할 일이다. 우리가 대담을 시작하자
마자 마하라자슈리는 나에게 경전 해석에 있어서 이성은 아무 할 일이 없
다고 말했다. 그것이 나를 괴롭혔다. 나의 견해로는 이성이 이해할 수 없
거나 심정이 수용할 수 없는 것은 경전이 될 수 없다. 그리고 다르마를 그
순수한 모습대로 따르고 싶은 사람이면 누구든 이 원리를 받아들일 수밖
에 없다고 생각한다. 만일 그렇지 않다면, 우리는 우리 다르마를 범할 위
험에 직면하게 될 것이다. 만일 우리의 관계들 중 하나라도 사악한 것이
있다면, 그 관계를 복종으로 환원하기 위해 힘을 사용해도 괜찮다는 취지
로 『기따』가 이해되고 있다고 들었다. 실제 그렇게 하는 것이 우리의 다르

마라고 생각한다. 라마가 라바나를 죽였으므로, 우리가 라바나로 간주하는 사람을 죽이는 것이 다르마일까? 『마누법전』이 육식을 허용하고 있으니, 바이슈나바교도는 자유롭게 육식을 해도 괜찮을까? 나는 학자(샤스뜨리)7)의 입에서 그리고 산야시라고 자처하는 사람들의 입에서, 우리가 아플 때는 쇠고기도 먹어도 된다고 하는 말을 들었다. 만일 내가 이런 온갖 경전 해석들을 받아들인 나머지 내 친척을 파멸시키기도 하고 영국인을 죽이라고 충고하고, 아플 때 쇠고기를 먹었다면, 나는 지금 어디쯤 있을까? 그런 때에 이성과 심정이 함께 다르마라고 수용한 것만을 내가 받아들였기 때문에 나는 구원을 받은 것이다. 그리고 나는 모든 사람들에게 같은 일을 하라고 충고했다.

이런 이유로 베다를 공부하면서도 행위로는 다르마를 거역하는 사람들이 한낱 공론가일 뿐이라는 것, 그들은 스스로 헤엄쳐 건널 수도 없고 다른 사람이 건너는 일을 도와줄 수도 없다고 고행하는 성자들은 말해 왔다. 그러므로 나는 입으로만 베다를 외고 그 주석을 암기하는 자들에 대해 감동해 본 적이 없고, 그들의 학문에 경탄하는 대신 나의 모자란 지식을 더 큰 가치를 지닌 것으로 소중히 여긴다.

내가 이런 견해를 갖고 있었으므로 마하라자슈리가 경전의 의미를 결정하는 원리를 공표했을 때, 나는 고통을 느꼈다. 하지만 그의 솔직함은 나를 기쁘게도 했다. 그는 내가 경전을 거스르고 있다고 주장하면서도, 무슬림·파시·기독교도·유태인과 여타 사람들이 가는 학교로부터 안뜨야자를 배제하는 일은 온당치 못한 일이라고 최종 평가했다. 수많은 세속적인 활동을 위해 돈을 주고, 도박과 그 외 유사활동에 돈을 낭비하는 바이슈나바교도들은 종교적인 이유로 반대 행위의 배후에 숨을 수도 없었고, 다른 사람들과 더불어 안뜨야자를 받아들이는 민족학교에 기부하는 것을 거부할 수도 없었다. 만일 그들이 안뜨야자가 다니는 학교에 자신들의 아이들

---

7) 이하 대부분의 경우 학자로 번역한다. (역주)

을 보내기를 원치 않는다면, 그들을 강요할 필요는 없다. 이것이 마하라자 슈리가 내린 실용적인 결정이었다.

하지만 마하라자슈리를 둘러싼 학자들은 나를 낙심시켰다. 그들에게는 솔직함이 전혀 없었고, 자신들의 견해에만 완강하게 집착했다. 학자 바산뜨람이 우리에게 그와 같은 사례 하나를 『구자라띠』지에 실어 주었다.

나는 그에게 그리고 『구자라띠』지 편집자에게 공공 일꾼의 의무란 대중적 흐름을 따라가는 것이 아니라, 흐름이 잘못된 방향을 향할 때 올바른 방향으로 지도하는 것이라고 정중하게 말씀드리고 싶다.

나는 경전을 모르고 경험도 없지만 고집은 세다. 이렇게 주장했다고 해서 내가 바이슈나바교도로서 자격을 상실했다는 것은 아니다. 바이슈나바교도인지 여부의 시험은 도덕적 행위에 달려 있는 것이지, 토론이나 영리하게 연설하는 재주나 경전의 의미를 결정하는 데에 있는 것이 아니라고 생각하는 한, 나는 내 주장을 포기하고 싶지 않다.

누군가가 불가촉천민제도의 실행을 죄악으로 간주하는 것이 서구의 관념이라고 말한다면, 그것은 죄를 미덕으로 만드는 일이다. 아카 바가뜨(Akha Bhagat)[8]는 서양식교육을 전혀 받지 않았지만, 시(詩)에서 다음과 같이 말했다. "접촉하면 오염된다는 생각은 사족(蛇足)과 같다." 우리의 악을 제거하는 노력을 다른 종교에서 비롯된 영감에서 오는 것이라고 보며 그 악에 매달리는 행위는, 순전한 광신적 행위이며 다르마를 타락시킬 것이다.

불가촉천민제도의 실행은 경멸을 전혀 품고 있지 않다는 논의가 있어 왔다. 영국인들은 우리에 대한 그들의 태도와 관련하여 유사한 논의를 편다. 그들이 우리를 멀리하고 '토박이'라고 하면서도, 경멸할 뜻은 없다고 한다. 우리를 열차 안에서 다른 칸을 이용하도록 제한하면서도, 그것은 전적으로 '위생의 편의'를 위한 것이지 그 과정에 아무 악의가 없다고 한다. 이것이 영국인의 주장이다. 불가촉천민이 무심결에 그들 몸에 접촉했다고

---

8) 17세기 신비주의 시인.

해서 바이슈나바교도들이 그들에게 욕설하고 때리는 것을 나는 본 적이 있다. 그런 행위를 다르마로 묘사하는 일은 순전한 위선, 아니 죄다. 바라문이 길에 나왔을 때 불가촉천민에게 그들의 얼굴을 벽 쪽으로 돌리라고 명령하는 일은 교만이다. 우리가 사용한 접시 위에 남아 있는 음식이나 썩어버린 것들을 그들에게 주는 일은 비열한 행위이다. 그와 같은 행위의 기원은 불가촉천민제도의 실행에 있다.

나는 목욕과 청결한 옷을 입는 일이 안뜨야자를 정화하지 못할 것이라는 주장을 이해할 수 없다. 안뜨야자는 그 심정에 오물이 있는가? 아니면 그는 인간으로 태어나지 못했는가? 안뜨야자는 동물보다 더 비천한가?

나는 개방적이며 솔직한 마음을 지니고, 고결하고, 지식이 있고 신을 사랑하는 많은 안뜨야자를 본 적이 있다. 나는 그러한 안뜨야자가 전폭적인 존경을 받을 가치가 있다고 본다.

더럽거나 분뇨를 운반하고 난 이후 목욕하지 않은 안뜨야자를 접촉하기를 거절하는 것은 이해할 수 있다. 안뜨야자가 아주 청결한데도 접촉하기를 거부하는 것은 아다르마의 극치이다. 안뜨야자가 아니면서도 지독하게 더러운 자들을 많이 보았다. 분뇨를 운반하는 자 중에 기독교 신자들이 많이 있다. 변을 제거하는 일을 돕는 일은 의사의 의무 중 일부이다. 우리는 이들과 접촉하는 것을 죄라고 간주하지 않는다. 하지만 우리는 아무 학위도 없고, 그럼으로써 죄를 짓고, 바이슈나바 다르마에 오명을 가져다 주는 의사들을 경멸한다.

학자 바산뜨람과 『구자라띠』지의 편집인은 불가촉천민제도를 바르나아슈람(varnashram)[9]과 동일시한 것으로 보인다. 내가 볼 때, 후자는 불변의 보편적인 다르마이고, 사회적 합의일 뿐 아니라 자연(Nature)과 조화를 이루고 있는 다르마다. 그것은 힌두교의 순수한 모습이다.

불가촉천민제도의 실시는 힌두교의 오점이다. 이는 아마 쇠퇴기에 잠정

---

9) 사회를 네 계급으로, 삶을 네 단계로 조직하는 일. (원주) 'varnashrama'로 표기되기도 한다. (역주)

적인 편의로서 도입되었을 것이다. 불가촉천민제도는 보편타당성의 원리에 근거한 것도 아니고, 경전 안에 지지 기반이 있는 것도 아니다. 그것을 정당화하기 위해 인용되는 시구들은 삽입된 것이다. 하여간 그런 구절들의 의미에 대해 이견들이 존재하는 것이 사실이다. 바이슈나바교도의 말 중에 불가촉천민제도의 실행을 다르마의 일부로 묘사하는 말은 한 마디도 없다. 그 제도는 매일 사라지고 있다. 그것은 기차 안에서, 정부학교에서, 순례지와 법원에서 준수되지 않고 있다. 크고 작은 공장에서 사람들은 완전히 자유롭게 안뜨야자와 접촉한다. 바이슈나바교도들에 대한 나의 요청은, 그들이 접촉을 죄라고 여기면서도 안뜨야자와의 접촉을 용인하고 있으니 그것을 의도적으로 그리고 도덕적 행위로 받아들이라는 것이다. 『기따』도 동일한 것을 말한다. "가령 브라민, 개, 안뜨야자, 이 모든 것을 같은 눈으로 보는 사람에게 만물은 같다"라고 '나라사잉요'는 그의 시에 바이슈나바교도라면 만물에 대해 평등의 눈을 가져야 한다고 말한다. 따라서 바이슈나바교도들이 안뜨야자에 대해 모든 접촉이 금지된 자들로 보는 한, 그들은 안뜨야자에게 평등의 태도를 유지한다고 주장할 수 없을 것이다.

— 「바이슈나바교도들과 안뜨야자」(G.), 『나바지반』, 1920.12.12; 『전집』 22 : 54

2. 신지학

36) 신지학, 내버림, 무신론[10]

나는 영국에 가서 거의 2년이 다 지나 갈 무렵 신지론자 형제를 만났는

---

10) 함석헌 역, 『간디自敍傳』(『함석헌전집』 권7), 한길사, 1976, 116~119면 참조

데 모두 독신이었다. 그들은 『기따』에 대해 말했다. 그들은 에드윈 아널드 경의 번역, 『천상의 노래(The Song Celestial)』를 읽고 있었는데, 그들은 원전 강독에 나를 초청했다. 나는 이 거룩한 시를 산스끄리뜨나 구자라뜨어로 읽은 적이 없었으므로 수치를 느꼈다. 따라서 나는 그들에게 내가 『기따』를 읽어 본 적이 없었다는 얘기, 하지만 그들과 함께 기꺼이 읽겠다는 얘기, 그리고 비록 내 산스끄리뜨 실력이 빈약하지만 번역이 어디에서 의미 전달에 실패했는지를 알 수 있을 만큼 원전을 이해할 수 있기를 바란다고 애기하지 않을 수 없었다. 나는 그들과 함께 『기따』를 읽기 시작했다. 『기따』 2장에 다음과 같은 시구가 있다.

감각기관의 대상들을 생각하는 자에게는
그것들에 대한 집착이 생기며
집착으로부터 욕망이 생기고
욕망으로부터 분노가 생긴다.

분노로부터 미혹함이 일어나고
미혹함으로부터 기억의 착란이 일어나나니,
기억의 착란으로 해서 지성의 파멸이 오며
지성이 파멸되면 그는 망한다.[11]

이 시구는 내 마음에 깊은 인상을 남겼고 지금도 내 귀에 쟁쟁하다. 이 책은 무상(無上)의 가치를 지닌 것으로 나에게 충격을 주었다. 그 날 이후 그것에 대한 인상은 부단히 성장하여 오늘날 그것을 진리(Truth)에 대한 지식에 있어 최상의 책으로 간주하게 되었다. 그 책은 의기소침한 순간에는 헤아릴 수 없는 도움을 주었다. 나는 거의 모든 영역본을 읽어보았는데,

---

11) 2 : 62~63; 길희성 역, 『바가바드 기타』, 현음사, 1988, 53면. 본 역자가 사용하고 있는 영어 원전 내의 영역을 산스끄리뜨 원문과 『간디의 바가바드 기타(The Bhgavad Gita According to Gandhi)』(Berkeley, 2000) 내의 영역과 대조하면 간디의 역이 상당한 의역임을 알 수 있다. (역주)

에드윈 아널드 경의 것이 가장 좋았다. 그의 책은 원문에 충실했고 번역의 냄새가 나지 않았다. 비록 『기따』를 친구와 함께 읽었지만, 당시에는 그것을 공부했다고는 말할 수 없다. 수년이 흐른 다음에 비로소 매일 읽는 책이 되었다.

그 형제들은 나에게 에드윈 아널드 경이 지은 『동양의 빛』이란 책을 추천했는데, 그때까지 아널드 경을 『천상의 노래』의 저자로서만 알았다. 그 책은 『바가바드 기따』를 읽을 때보다 더 큰 관심을 갖고 읽었고, 일단 읽기 시작하자 멈출 수가 없었다. 그들은 한 번 블라바츠키 사택에 나를 데리고 가서 마담 블라바츠키와 베전트(Annie Besant)[12] 부인에게 소개해 주었다. 베전트 부인은 당시 신지학회에 가입했는데, 그녀의 개종을 둘러싼 논쟁을 흥미진진하게 지켜보았다. 친구들은 나에게 협회에 가입하도록 충고했다. 하지만 나는 다음과 같이 말하면서 부드럽게 거절했다. "나는 종교에 대한 보잘것없는 지식을 가지고 어떤 종교단체에도 소속되기를 원치 않습니다." 두 형제들의 권유로 마담 블라바츠키가 지은 『신지로의 열쇠 (Key to Theosophy)』를 읽은 기억이 난다. 이 책은 힌두교에 대해 지적 호기심을 자극했고, 선교사들로부터 기인된 '힌두교가 미신으로 가득 차있다'는 관념을 바로 잡아 주었다.

---

12) 베전트(1847~1933) : 영국의 여성사회개혁가. 런던 출생. 조모와 어머니는 아일랜드계였다. 1873년 이혼한 후 여성해방운동에 참가하면서 버너드 쇼의 영향을 받아 페이비언 사회주의자가 되었으며, 사회개혁가 C. 브래들로와 함께 맬서스 인구론을 선전, 신맬서스주의자로 유명해졌다. 1889년 종교적 신비주의자인 H. 블라바츠키의 학설에 심취하여 신지학(神智學)회에 가입하고 신지학과 관련된 연설과 저술활동을 하였다. 1893년 인도로 가서 1907년부터 국제신지학회 종신 회장으로 재직하면서 베나레스 중앙힌두대학을 설립하였으며, 인도의 사회 개혁과 교육 향상을 위해 힘을 기울였다. 인도의 여성운동가 S. 나이두도 그녀를 도와 활약하였다. 제1차 세계대전 직전부터 인도의 정치운동에 등장하여 B. G. 띨락 등과 인도의 자치운동을 추진하였다. 1916년 경에는 자치연맹 (Home Rule League)을 창설하기도 했다. 1916년 회의파대회에서 회의파의 재통일과 무슬림연맹과의 제휴를 실현하는 데 노력하여 다음해 의장이 되었다. 그 뒤 간디 등과 의견이 대립되어 정치운동 일선에서 물러섰다. 두산 사이버 및 조길태, 『인도사』, 민음사, 1994, 493면 참조. (역주)

그 무렵 채식주의자 기숙사에서 맨체스터에서 온 선량한 기독교도 한 사람을 만났다. 그는 나에게 기독교에 대해 말해 주었다. 나는 그에게 라즈꼬뜨 기억을 들려주었다. 그는 그것을 들으며 괴로워했다. 그는 말했다. "나는 채식주의자이고, 술을 마시지 않습니다. 많은 기독교도들이 육식을 하며 음주를 합니다, 그것은 분명합니다. 육식이든 음주든 성경이 명하는 것은 아닙니다. 제발 성경을 읽어보십시오." 나는 그의 충고를 받아들였고, 그는 성경 한 부를 나에게 주었다. 나는 그가 성경을 판매했던 일, 그에게서 지도, 성서 색인, 다른 보조물을 담은 성경 판본을 구입했던 일을 희미하게 기억한다. 성경을 읽기 시작했다. 하지만 구약을 통독할 수가 없었다. 「창세기」를 읽었다. 그 다음 부분을 읽으면 언제나 졸렸다. 하지만 내가 읽었다는 것을 말할 수 있게 하기 위해서 최소한의 관심이나 이해도 없이 아주 어렵게 다른 편들을 꾸준히 읽어 나갔다. 「신명기」는 읽기가 싫었다.

그런데 신약성서는 다른 인상을 주었다. 특히 산상수훈은 내 심정에 똑바로 다가왔다. 나는 그것을 『기따』와 비교했다. 특히 "내가 너희에게 이르노니, 악에 대적하지 말라. 누가 너의 오른쪽 뺨을 때리면 왼쪽 뺨을 내어놓아라. 누가 너를 걸어 고소하여 네 속옷을 가지려고 하거든 겉옷까지도 주라"13)는 구절은 나를 한량없이 기쁘게 했고, "물 한 잔 얻어 마시면, 근사한 음식 한끼 대접하라"고 한 샤말 바뜨14)를 상기시켜 주었다. 내 젊은 마음은 『기따』의 가르침, 『동양의 빛』 그리고 산상수훈을 통합하려고 노력했다. 종교의 최고 형식이 포기라는 점이 나에게는 아주 매력적이었다.

성경 읽기는 다른 종교 스승들의 삶을 공부할 욕구를 돋우었다. 한 친구가 칼라일의 『영웅과 영웅숭배』를 추천해 주었다. 나는 예언자로서의 영웅

---

13) 「마태복음」 5 : 39~40. (역주)
14) Shamal Bhatt(1718~1765) : 구자라뜨 시인. 간디는 어릴 때부터 그의 2행 연구(聯句)를 흥얼거렸다고 한다. (역주)

에 관한 장을 읽고 예언자들의 위대함, 용감 그리고 엄혹한 삶에 대해 배웠다.

나는 그 당시 종교에 대한 이와 같은 만남에 도달하고는 더 이상의 진전이 없었는데, 시험을 위한 독서가 다른 것을 위한 시간을 거의 남겨 두지 않았기 때문이다. 하지만 나는 내가 종교 서적을 좀더 읽고, 모든 주요 종교를 알아야겠다는 점을 마음에 새겨 두었다.

어떻게 해야 무신론에 대해 좀더 알 수 있을까? 모든 인도인은 브래들로(Bradlaugh)의 이름과 그의 소위 무신론을 알고 있다. 나는 그에 대한 책을 좀 읽었는데 그 제목은 잊어 버렸다. 그것은 나에게 아무 영향을 주지 않았다. 나는 무신론의 사하라 사막을 이미 건너왔기 때문이다. 세상의 이목을 끌고 있었던 베전트 부인은 무신론에서 유신론으로 전향했는데, 이 사실이 무신론에 대한 혐오감을 강화시켰다. 나는 그녀의 책 『나는 어떻게 신지론자가 되었는가』를 읽었다.

브래들로가 죽은 것은 이 무렵이었다. 그는 노동자 묘지에 묻혔다. 나는 런던에 거주하는 모든 인도인이 참석한다고 믿었으므로 장례식에 참석했다. 서너 명의 성직자들도 그에게 최후의 경의를 표하기 위해 참석했다. 장례식에서 돌아오는 길에 우리는 역에서 열차를 기다려야 했다. 군중에서 무신론의 신봉자로 보이는 듯한 한 사람이 성직자들 여럿 중에 한 사람에게 야유를 퍼부었다. "자, 나리, 당신은 신의 존재를 믿으시죠?" "그래요" 하고 그 착한 사람은 낮은 목소리로 대답했다. "지구의 둘레가 2만 8천 마일이라는 점에 동의하시죠. 그렇죠?" 하고 그 무신론자는 의기양양하게 미소지으며 물었다. "그렇습니다." "당신이 믿는 신의 크기와 그가 어디에 있을지를 제발 나에게 말 좀 해주시오." "글쎄요, 우리가 알기만 한다면, 그 분은 우리 두 사람의 심정 모두 안에 있을 것이외다." "아니, 아니, 나를 아이 취급하지 마시오"라고 그 신봉자는 의기양양하게 우리를 쳐다보며 말했다.

그 성직자는 겸양의 침묵에 빠졌다.

이 얘기는 무신론자에 대한 나의 혐오감을 더욱 강화시켰다.

—「종교와의 만남」, 『나의 진리 실험 이야기』 20장(G.); 『나바지반』 1926.4.18;
『전집』 44 : 「자서전」

37) 신지학과 참종교

빤츠가니, [1946.7.17]

간디지 자이쁘라까슈가 동참할 것입니다. 나는 그에게 반대하지 않을 것입니다. 1942년 나는 미지의 바다를 향해 나간다고 말했습니다. 그때 나는 민중을 알지 못했습니다만, 지금은 무엇을 할 수 있고 무엇을 할 수 없는지를 압니다.

루이스 핏셔 당신은 1942년 당시에는 폭력이 발생할 것이라는 점을 몰랐습니까?

간디지 그렇습니다.

핏셔 만일 헌법제정의회(Constituent Assembly)가 실패한다면 당신은 시민불복종운동을 전개하지 않을 것입니까?

간디지 그때까지 사회주의자들과 공산주의자들이 누그러지지 않는다면, 전개하지 않을 것입니다.

핏셔 그런 일은 일어나지 않을 것 같은데요.

간디지 인도의 공기에 이렇게 많은 폭력이 난무한다면 나는 시민불복종에 대해 생각할 수가 없습니다. 오늘날 어떤 카스트 힌두교도들은 불가촉천민들에 대해 공명정대하게 행동하지 않습니다.

핏셔 어떤 카스트 힌두교도들이란 국민회의 의원을 의미합니까?

간디지 그렇게 많은 수의 의원은 아닙니다. 불가촉천민제도를 심정에서 추방하지 못한 자들이 좀 있습니다. 그것이 비극입니다……. 무슬림들 역시 부당하게 취급당하고 있다고 느낍니다. 정통 힌두교도의 집에서 무슬림은 같은 카페트에 앉아 식사하는 것이 허용되지 않습니다. 이것은 거짓된 종교입니다. 인도는 거짓으로 종교적입니다. 그것은 반드시 참종교를 얻어야 합니다.

핏셔 당신은 국민회의에서 성공하지 않았습니까?

간디지 아닙니다. 실패했습니다. 하지만 성공을 거둔 것도 조금 있습니다. 하리잔들은 마두라 소재의 사원을 비롯하여 많은 거룩한 사원에 들어갈 수 있고, 사원에서 카스트 힌두교도들도 예배를 드릴 수 있습니다.

핏셔 어떤 사람들은 힌두·무슬림 관계가 개선되었다고 하고, 또 어떤 사람들은 악화되었다고 합니다.

간디지 진나와 다른 무슬림 지도자들은 한때 국민회의 의원이었습니다. 그들은 힌두교도들의 거만한 태도에서 위기를 느껴 그곳을 떠났습니다. 최초의 지도적 의원들은 신지학회 회원들이었습니다. 나는 애니 베전트 부인에게 많이 끌렸습니다. 신지학은 블라바츠키 부인의 종교이고, 최고의 힌두교입니다……. 교양 있는 무슬림들은 신지학회에 가담했습니다. 나중에 국민회의 의원이 증가했고, 힌두교도의 거만한 태도도 심해졌습니다. 무슬림들은 종교 광신주의자들이었지만, 광신주의는 광신주의로 대답할 수는 없습니다. 나쁜 행실은 사람을 불쾌하게 합니다. 국민회의 안에 있던 탁월한 무슬림들은 혐오를 느꼈습니다. 그들은 힌두교도들 사이에서 인류의 형제애를 찾지 못했습니다. 그들은 이슬람이 인류의 형제애라고 말합니다.

하지만 실제로 그것은 무슬림들 사이의 형제애입니다. 그러나 신지학은 인류의 형제애입니다. 힌두교도의 분리주의는 국민회의와 무슬림연맹 사이에 간극을 만드는 데 일정 부분 기여했습니다. 진나는 사악한 천재입니다. 그는 자신이 예언자라고 믿고 있습니다.

핏셔 그는 변호사입니다.

간디지 당신은 그를 잘못 본 것입니다. 나는 1944년에 가졌던 18일간의 그와의 회담을 증거로 제시할 수 있습니다. 그는 실제 자신을 이슬람의 구원자로 간주하고 있었습니다…….

핏셔 하지만 진나는 냉정합니다. 그는 깡마른 사람입니다. 그는 우기는 사람이지 명분을 가르치지 않습니다.

간디지 그가 깡마른 사람이라는 점에는 동의합니다. 하지만 나는 그가 사기꾼이라고는 생각하지 않습니다. 그는 소박한 심성의 무슬림교도들에게 마법을 걸었습니다…….

핏셔 1942년 진나는 나에게 당신이 독립을 원하지 않았다고 말했는데…… 당신이 힌두 통치를 원했다고 말했습니다.

간디지 그는 완전히 틀렸습니다. 그것은 터무니없는 소리입니다. 나는 무슬림·힌두·불교도·기독교도·유대인·파시교도입니다. 그가 내가 힌두 통치를 원하고 있다고 말하는 것은, 나를 모르고 하는 소리입니다. 그는 진리를 말하지 않으며, 속임수를 쓰는 변호사처럼 말하고 있습니다. 미치광이만이 나에게 그런 비난을 할 수 있습니다. 나는 무슬림연맹이 헌법제정의회 안으로 들어갈 것으로 믿습니다. 하지만 시크교도들은 거부했습니다. 그들은 유대인과 마찬가지로 고집쟁이입니다…….

핏셔 18일 동안 진나와 함께 있으면서 당신은 무엇을 배웠습니까?

간디지 그가 미치광이라는 점을 알았습니다. 미치광이는 때때로 그의 광기를 털어 버리고 합리적일 때가 있습니다. 그와의 회담을 한 번도 후회한 적은 없습니다. 나는 배우지 못할 정도로 너무 완고한 적도 없습니다. 나 자신의 실패 하나 하나가 모두 디딤돌이 되었습니다. 진나가 미치광이이므로 그와는 아무 진전도 이룰 수가 없었습니다. 하지만 많은 무슬림들이 회담 중의 그의 태도 때문에 진저리를 쳤습니다…….

—루이스 핏셔와의 대담 보고, 루이스 핏셔,『마하뜨마 간디의 일생』,
472~473면[15]

3. 바가바드 기따

38) 『기따』와 비폭력

한 친구가 다음과 같이 물었다…….[16]

그런 의혹들이 앞으로도 계속 일어날 것이다.『기따』를 좀 공부해 본 사람이라면, 자신들의 능력을 한껏 발휘하여 그런 의혹들을 해소하고자 노력해야 할 것이다. 내가 한 번 해보겠다. 하지만 나는 사람이 최후의 수단으로 그의 심정의 명령에 따라 움직여야 한다는 점을 말하지 않을 수 없다. 심정은 지성에 앞서는 것이다. 처음에는 원리가 수용되고 그 후에 증명이

---

15) 『전집』에서 확인 불가능. (역주)

16) 여기에서 편지는 번역되지 않았다. 투고자는 『기따』의 1장과 11장이 『기따』가 비폭력을 가르친다는 견해를 지지하지 않는다고 논했다.

따른다. 영감은 그것을 정당화하는 논증들에 앞선다. 그 때문에 사람의 행위는 지성을 인도한다고 말한다. 사람은 그가 원하는 대로 또는 이미 행위한 일에 유리하도록 논증을 찾아낼 것이다.

따라서 『기따』에 대한 내 이해가 모든 이에게 용납될 것이라고는 나는 기대하지 않는다. 이런 상황에서는 내가 어떻게 『기따』에 대한 해석에 도달했는지를 묘사하고, 경전의 의미를 확정할 수 있었는지에 대해 내가 추종했던 원리들을 설명하면 충분하리라고 생각한다. '내 의무는 투쟁하는 것이고 나는 결과에 집착하지 않는다. 죽어 마땅할 원수들은 이미 죽었다. 내 역할은 그들을 죽임에 있어서 그저 수단이 되는 일이다.'

내가 『기따』를 처음 알게 된 것은 1889년이었다.[17] 그때 내 나이 스물이었다. 그때는 다르마의 원리로서 비폭력의 의미를 아직 충분히 이해하지 못하고 있었다. 사랑하면 원수의 마음도 얻는다는 원리를 처음 배운 것은 '원수에게 물과 좋은 음식을 주어라'라는 샤말 바뜨의 2행 연구(聯句)에서였다. 그 시구에 담겨 있는 진리는 내게 깊은 감동을 주었지만, 아직 모든 피조물에 대한 자비의 원리를 제시해 주지는 않았다. 영국으로 떠나기 전 인도에 살았을 때에 나는 이미 고기를 먹은 적이 있다. 또한 뱀과 그 비슷한 피조물을 죽이는 것이 사람의 의무라고 믿었다. 나는 빈대와 다른 벌레를 죽인 것을 기억한다. 한때 전갈을 죽인 적도 있다. 그러나 지금 나는 독이 있는 피조물조차 죽여서는 안 된다고 생각한다. 그 당시 나는 우리가 영국인들과 싸울 수 있을 만큼 우리 자신을 훈련해야 한다고 믿었다. 나는 '영국인이 우리를 통치하는 것이 놀랄 일인가?'라는 말로 시작되는 시 구절을 읊조리곤 했다. 내가 고기를 먹은 것은 장차 있게 될 이 싸움에 대비하여 훈련하기 위한 것이었다. 이런 생각들이 내가 영국으로 떠나기 전에

---

17) 여기부터는 최근에 한글로 번역된 『평범한 사람들을 위해 간디가 해설한 바가바드 기따』(이현주 역, 당대, 2001) 「머리말」에 그대로 실려 있다. 나와 달리 읽은 부분도 있지만, 대체로 좋은 번역이라고 생각되어서 역자가 미처 생각지 못했던 좋은 번역어가 있으면 바로 따온 것도 있다. 그런데 오역이 눈에 보여서 안타까웠다. 서로 다른 영어본을 보아서 그랬을까? (역주)

품고 있었던 것들이다. 육식과 다른 죄에서 나를 건져 준 것은 내가 어머니와 한 약속을 생명을 바치고서라도 지키려 했던 나의 바람이었다. 진리에 대한 내 사랑이 난관에서 나를 여러 번 건져 주었다.

내가 권유를 받아 『기따』를 읽게 된 것은 두 사람의 영국인과 접촉하게 된 무렵이었다. '권유를 받아'라고 말한 것은 내가 그것을 별로 읽고 싶지 않았기 때문이었다. 두 친구가 『기따』를 함께 읽자고 했을 때 나는 오히려 창피했다. 우리의 거룩한 책에 대해 내가 아무 것도 모른다는 생각이 나를 비참하게 만들었다. 그 이유는 내 자만심 때문이었다고 생각된다. 나는 도움을 받지 않고 『기따』를 산스끄리뜨로 읽을 만큼 그 언어에 능통하지 못했다. 두 영국인 친구들은 산스끄리뜨에 대해 전혀 까막눈이었다. 그들은 아널드 에드윈 경의 탁월한 번역판을 나에게 주었다. 나는 곧 그 전체를 통독하고 그것에 매료되었다. 그 날부터 오늘까지 2장의 마지막 19행은 내 마음에 깊이 아로새겨져 있다. 나는 열아홉 행 안에 다르마의 본질이 들어 있다고 생각한다. 그것들은 최고의 지식을 구현하고 있다. 그 안에 주창된 원리들 역시 변할 수 없다. 그 속에는 최고 수준의 지성도 번뜩이고 있다. 하지만 높은 목적을 위해 단련된 지성이다. 그 안에 담긴 지식은 경험의 결실이었다.

이것이 『기따』와 나의 첫 만남이었다. 그 날 이래, 나는 여러 번역본과 주석서를 읽어보았고, 많은 강좌를 경청했다. 하지만 처음 읽었을 때의 그 인상은 여전히 남아 있었다. 위에서 말한 2장의 끝에 열아홉 행은 『기따』를 이해하는 데에 열쇠가 된다. 나는 심지어 한 걸음 더 나아가 『기따』의 다른 시구에 이들 19행의 의미와 반대되는 것이 있거든 거부하라고까지 충고하고 싶다. 하지만 겸허한 사람이라면 어떤 것도 거부할 수 없을 것이다. 오히려 다음과 같이 생각할 수 있다. '오늘 다른 행들이 이 행과 일관되지 않아 보이는 것은 나 자신의 지성이 불완전하기 때문일 것이다. 시간이 경과하면 나는 그것들 사이의 일관성을 볼 수 있을 것이다.' 그는 자신과 다른 사람들에게 그렇게 말할 것이고, 문제를 그 정도로 해둘 것이다.

경전의 의미를 이해하기 위해서는 우리에게 잘 훈육된 도덕적 감수성과 경전이 말하는 진리를 실천하는 데에 경험이 있어야 할 것이다. 수드라가 베다를 공부하면 안 된다는 금지 명령은 완전히 터무니없는 것은 아니다. 수드라, 달리 말하면 도덕교육이 없는 자, 감각도 지식도 없는 자는 경전을 전적으로 오해할 것이다. 어른이라고 해도 준비 없이 난해한 대수학의 문제를 이해할 만한 사람은 아무도 없다. 그러한 문제를 이해하기 전에 반드시 주제의 요소들에 대해 공부해야 한다. '아함 브라마스미(Aham Brahmasmi)'18)라는 말이 음탕한 사내의 입에서 어떻게 울릴까? 무슨 의미를, 아니 어떤 왜곡된 의미를 거기에서 읽어내겠는가?

그런 까닭에 경전을 해설하려고 하는 자는 반드시 먼저 그의 삶에서 규정된 훈련을 준수해야만 한다. 이러한 훈련을 기계적으로 준수하는 것은 힘이 들 뿐만 아니라 공허하기조차 하다. 경전은 우리에게 구루가 있어야 한다는 점을 핵심 사항으로 본다. 하지만 이 시대에는 구루가 드물다. 따라서 학식 있는 현자는 귀의의 정신으로 흠뻑 젖어 있는 서책들, 토속어로 쓰여진 서책들을 규칙적으로 공부하라고 권한다. 하지만 귀의의 정신이 없는 자, 신심조차 없는 자는 경전의 의미를 풀이할 자격이 없다. 학식 있는 사람들은 제멋대로 경전에서 외견상 깊은 의미를 읽어 낸다. 하지만 그들이 제공하려는 것은 경전의 진정한 의미가 아니다. 경전의 진리를 수행하는 일에 경험이 있는 자들만이 그 경전의 참의미를 풀이할 수 있을 것이다.

그렇지만 보통 사람을 안내하는 원리들도 있다. 진리에 위배되는 경전 해설은 결코 옳은 것이 아니다. 진리라는 원리 자체가 갖는 타당성에 의문을 표하는 자들에게 경전은 아무 의미가 없다. 그런 자들에게는 경전이 평범한 책보다 나을 것이 없다고 말하는 편이 좋다. 아무도 경전에 관한 논의에서 그를 만족시킬 수는 없을 것이다. 반면 경전 안에서 비폭력의 원리

---

18) '나는 브라만, 절대자이다'라는 의미로, 아드바이따(不二) 베단따의 중심 가르침이다.

를 발견하지 못하는 사람이라면 누구든 위험에 빠지게 될 것이다. 하지만 그의 경우에 희망이 없는 것은 아니다. 진리가 긍정적인 가치라면 비폭력은 부정적인 가치이다. 진리는 무엇인가를 긍정한다. 비폭력은 충분히 있을 수 있는 일을 금지한다. 진리는 존재하지만 허위는 존재하지 않는다. 폭력은 존재하지만 비폭력은 존재하지 않는다. 그렇다고 해도 우리에게 최선의 다르마는, 오직 비폭력만이 존재할 수 있다는 사실이다. 진리는 그 자체가 증명이지만, 진리가 맺는 지고(至高)의 열매는 비폭력이다. 비폭력은 진리에 필수적으로 포함되어 있다. 하지만 비폭력은 진리가 명백한 것처럼 명백하지는 않으므로, 우리는 경전을 믿지 않더라도 경전의 의미를 발견하려고 노력할 수 있다. 그러므로 비폭력정신만이 경전의 참된 의미를 가르쳐 줄 것이다.

고행(tapascharya)은 진리 실현을 위해서 꼭 필요하다. 진리를 구현했던 어떤 성자는 폭력이 판치는 가운데 비폭력의 여신을 세계에 현시했다. 그리고는 다음과 같이 말했다. “폭력은 미망에서 오고, 조금도 쓸모가 없다. 비폭력만이 참이다.” 비폭력을 실현하지 않고 진리를 실현할 수 없다. 범행(梵行 : brahmacharya), 불투도, 무소유의 서약들은 비폭력을 위해 중요하고, 그러한 서약들은 비폭력을 자기 자신 안에 실현하게 한다. 비폭력은 진리의 생기(生氣)이다. 비폭력이 없으면 사람이 아니라 짐승이다. 진리추구자는 이 모든 것을 그가 추구하는 아주 초기에 발견할 것이다. 그러면 그는 경전의 의미를 이해하는 데에 어떤 경우에도 어려움을 겪지 않을 것이다.

경전 안에 있는 어떤 본문의 의미를 확정하는 데에 준수해야 하는 두 번째 규칙은 문자에 매달려서는 안 되며, 경전의 정신, 즉 경전의 의미를 전체 맥락에서 이해하도록 노력해야 한다는 것이다. 뚤시다스의 『라마야나』는 가장 위대한 저작 중의 하나인데, 그 이유는 순결, 자비, 신에 대한 귀의의 정신을 담고 있기 때문이다. 아내를 구타하는 사내에게는 불운이 기다리고 있다. 왜냐하면 뚤시다스가 그의 책에서 수드라, 무지몽매한 사람, 짐승과 여성은 벌을 받아야 한다고 말했기 때문이다. 라마는 시따에게 절대로 손을 댄 적이 없으며, 한 번도 마음에 상처를 준 일도 없었다. 뚤시다스는 통상적 믿음을 표명했을 뿐이며, 아내를 구타하고 그 행위를 자신의 시를 빌어 정당화하는 짐승 같은 남편이 있으리라고는 결코 생각할 수 없었을 것이다. 뚤시다스 자신도 당시의 풍습을 좇아 아내를 구타했을지도 모른다. 그렇다고 해도 그러한 풍습은 비난받아 마땅한 일이다. 여하튼 그의 『라마야나』는 아내를 구타하는 남편을 정당화하기 위해 쓰여진 것이 아니다. 그것은 완전한 남자의 성격을 드러내기 위해서, 요조숙녀(窈窕淑女) 가운데에서 가장 고상한 여인 시따에 대해 우리에게 들려주기 위해서, 그리고 바라뜨(Bharat)19)가 보여주는 이상적인 귀의의 태도를 묘사하기 위해서 쓴 것이다. 그 작품에서 나쁜 습관을 옹호하는 듯한 부분이 있다면 무시되어야 한다. 뚤시다스는 지리를 가르칠 목적으로 귀한 책을 쓴 것은 아니었다. 따라서 우리는 그 안의 지리학적 성격에 대한 잘못된 발언을 모두 부정해야 한다.

이제 『기따』를 검토해 보자. 주제는 브라만의 실현과 그 실현 수단이다. 전투는 가르침을 위한 좋은 기회일 뿐이다. 원한다면 우리는 시인이 전투를 좋은 기회로 삼은 것은 전투를 도덕적으로 잘못된 일로 보지 않았기 때문이라고 말할 수 있다. 『마하바라따』를 읽었을 때 나는 상당히 다른 인상을 얻었다. 브야사는 전쟁의 공허함을 묘사하기 위해 지극히 아름다운 서사시를 썼다. 까우라바 형제들의 패배와 빤다바 형제들의 승리는 도대체 어떤 의미가 있는가? 승리자들 중에 몇 사람이나 살아 남았는가? 그들의 운명은 무엇이었던가? 빤다바 형제들의 모친인 꾼티의 운명은 무엇이었던가? 야다바 종족에 대해 오늘날 어떤 흔적이 남아 있는가?

『기따』의 주제가 전투를 묘사하고 폭력을 정당화하는 데 있는 것이 아닌 만큼, 이런 것들에 중점을 두는 것은 아주 잘못된 것이다. 더구나 만일

---

19) Bharata라고도 함. 라마는 다샤라타(Dasharatha)의 아들이고, 바라뜨는 다샤라타의 이복 동생이다. 여기서 말하는 귀의는 바라뜨가 라마 대신 왕이 되기를 거부한 것을 가리키는 것이므로 아버지에 대한 아들의 귀의를 말한다. (역주)

『기따』 내의 몇몇 시구가 『기따』가 비폭력을 주장한다는 관념과 화해하기 어렵다면, 『기따』 전체의 가르침은 폭력의 주장과 화해하기는 더욱 어려울 것이다.

시인이 자신의 작품을 지을 때, 작품이 함축할 수 있는 모든 의미에 대해 선명한 개념을 지니는 것은 아니다. 훌륭한 시가 작가보다 위대할 수 있는 것, 그것이 작품이 갖는 아름다움의 본질이다. 시인이 영감을 얻는 순간 발하는 진리, 그 진리를 시인이 자신의 삶에서 좇는 경우를 자주 볼 수는 없다. 따라서 수많은 시인들은 자신들의 시가 가르치는 것과는 어긋나는 삶을 산다. 『기따』의 전반적인 가르침이 폭력이 아니라 비폭력이라는 사실은, 2장에서 시작하여 18장에서 마감되는 논의에서 분명해진다. 그것 사이의 다른 장들도 동일한 주제를 제시하고 있다. 사람이 분노, 무지한 사랑과 증오에 내몰리지 않는다면 폭력은 불가능하다. 반면에 『기따』는 우리가 분노에 무력해지도록, 그리고 세 개의 구나[20]가 영향을 미치지 못할 경지에 도달하기를 원한다. 그와 같은 사람은 결코 분노를 느끼지 않는다. 아르주나가 화살을 겨냥하며 시위를 귀에까지 힘껏 당길 때마다 새빨개지던 그의 두 눈동자가 지금도 눈에 선하다.

그렇다면 아르주나가 싸우기를 완강하게 거부하는 일은 비폭력과 무슨 관계가 있었던가? 사실 그는 과거에 자주 싸웠다. 그의 지성은 지금 무지의 집착에 의해서 갑자기 흐려졌다. 그는 친척을 죽이기를 원치 않았다. 그렇다고 사악한 사람까지 죽이지 않겠다고 말한 것은 아니었다. 슈리 끄리슈나는 우리 모두의 마음 안에 거하시는 주님이시다. 그는 아르주나의 순간적인 눈멂을 이해하신다. 따라서 그 분은 이렇게 말씀하신다. "너는 이미 폭력을 범했다. 지금 네가 현자 같이 말한다고 해서 비폭력을 배우는 것은 아니다. 이미 길을 나섰으니 너는 그 일을 끝마쳐야 한다." 시속 60킬로로 달리는 열차로 여행하는 승객이 갑자기 여행에 싫증이 났다고 해서

---

20) sattva(明性), rajas(動性), tamas(暗性)를 지칭.

기차 밖으로 뛰어 내린다면, 그것은 자살 행위에 지나지 않는다. 그가 여행 자체의 허무함 또는 기차 여행의 허무함을 진실로 자각한 것은 아니다. 아르주나는 그와 비슷한 처지였다. 비폭력을 신봉하는 끄리슈나는 아르주나가 한 일을 제외하고는 어떤 충고도 해줄 수 없었을 것이다. 그러나 이 사실에서 『기따』가 폭력을 가르친다거나 전쟁을 정당화한다는 결론을 내리는 것은 온당치 못하다. 그러한 결론은 여러 가지 유형의 폭력이 육신을 유지하기 위해 불가피하다고 해서, 다르마가 폭력에만 있다고 주장하는 것만큼이나 온당치 못한 일이다. 반면에 분별할 줄 아는 지성을 지닌 사람이라면 폭력을 통해 존재하는 육신으로부터 구원을 위해 힘쓸 의무, 즉 해탈로 향해 힘쓸 의무를 가르칠 것이다.

드리따라슈뜨라는 누구를 대표하는가? 마찬가지로 두르요다나, 유디슈티라, 아르주나는 각각 누구를 대표하는가? 끄리슈나는 누구를 대표하는가? 그들은 역사적 인물이었던가? 『기따』는 그들의 실제 행위를 기술한 것인가? 전투가 막 시작되려는 찰나에 아르주나가 아무 경고 없이 질문을 던지는 일이 가능한가? 끄리슈나가 그에 대한 대답으로 전체 『기따』를 암송하는 일이 가능한 일인가? 그렇다면 미망을 이미 제거했다던 아르주나는 『기따』에서 배웠던 것을 망각하고, 『아누기따(*Anugita*)』[21]에서 그의 가르침을 반복한 것이다.

두르요다나와 그의 지지자들은 우리 안에 있는 악마적 충동을 대변하며, 아르주나와 그의 편은 신을 향한 충동들을 대변한다고 나는 믿는다. 전투의 장소는 우리의 육신이다. 삶의 문제들을 경험으로 아는 시인 겸 성자는 우리 안에서 영원히 진행되는 갈등에 대해 충실하게 서술하고 있다. 끄리슈나는 우리 모두의 마음속에 살면서, 방안에서 째깍거리는 시계처럼 순수한 마음(치따, *chitta*)으로 자신의 고동소리를 속삭여 주는 주님이시다. 마음에 있는 시계의 태엽이 만일 자기 정화라는 열쇠로 감겨져 있지 않으면,

---

21) 『기따』의 후기. 『전집』 권33, 88면. (역주)

내재하는 주님은 분명히 존재하시겠지만, 째깍거리는 소리는 더 이상 들리지 않을 것이다.

나는 『기따』 내에 폭력이 전혀 들어 있지 않다고는 말하지 않는다. 『기따』에서 가르치는 다르마는 비폭력의 진리를 아직 깨치지 못한 자가 겁쟁이처럼 행동하는 것을 의미하지 않는다. 타인을 두려워하고 소유물을 축적하고 감각적 쾌락에 탐닉하는 자는 누구든 폭력의 방법을 강구하여 싸울 것이 분명하다. 하지만 그 이유로 폭력이 다르마로 정당화되는 것은 아니다. 다르마는 오직 하나만 있을 뿐이다. 비폭력은 해탈을 의미하고, 해탈은 사뜨냐라야나(Satyanarayana)22)의 실현을 의미한다. 그러나 다르마는 어떤 경우에도 겁에 질려 도망가는 일을 묵인하지 않는다. 우리 이성을 당혹스럽게 만드는 이 세상에 폭력이 언제나 있을 수 있다. 『기따』는 폭력에서 벗어나는 길을 제시한다. 하지만 우리가 겁쟁이처럼 단순히 도망치는 것으로는 거기에서 벗어날 수 없다고 말한다. 누구든지 달아날 준비가 되어 있는 자는 차라리 죽이거나 죽는 편이 나을 것이다.

투고자가 인용한 구절들이 설명을 듣고 난 다음에도 이해되지 않는다면, 나는 어쩔 수 없다. 그 누구도 전능한 신이 우주의 창조자요 유지자이며, 파괴자라는 점, 그리고 당연히 그래야 한다는 점에 대해 의심하지 않을 것이라고 나는 확신한다. 창조하신 분이라면 파괴할 권리도 지니시는 것이 마땅하다. 그렇다고 해도 그 분은 죽이시지 않는다. 왜냐하면 신은 아무것도 하시지 않기 때문이다. 신은 지극히 자비로우신지라, 태어난 모든 피조물은 언제고 죽는다는 당신의 법을 깨뜨리지 않으신다. 만일 그가 상상과 변덕을 좇기로 한다면 우리가 있을 곳은 어디인가?

―「『기따』의 의미」(G.), 1925.10.11; 『전집』 33 : 50

---

22) 진리 모습의 신.

39) 근본적인 원리들

뱅갈로르, 1927.7.2

슈리 산또지 마하라자께,

저는 당신의 질문들을 조심스럽게 마음속에 간직하고 있었으며, 신의 은총을 받아 지금 대답하겠습니다. 이 대답과 함께 질문까지 동봉하므로 그것들을 기억해야 할 수고를 하실 필요는 없고, 저 역시 베끼지 않아도 됩니다. 제가 순차적으로 번호를 매겼으므로, 아무 혼란이 없을 것입니다.

① 『기따』의 가르침은 그대로 실행하려고 하는 사람만이 올바르게 해설할 수 있고, 해설의 올바름은 가르침을 좇아 살아가는 일에 있어서 거두는 성공에 비례할 것입니다. 『기따』는 학문적 전문 서적으로 지어진 것이 아닙니다. 그것은 심오한 서적일 수도 있지만, 제 소견으로는 심오함의 실현은 가르침을 얼마나 성실하게 실행하느냐에 달려 있습니다. 저는 로까만야 띨락과 샹까라 선생의 주석들을 읽고, 가능한 한 이해하도록 노력했습니다. 저에게 그들의 학문에 대해 판단을 내릴 만한 자격은 없습니다. 만일 제가 제안한 관점을 우리가 수용한다면, 학문의 깊이에 대해 개인적 소견을 표명해야 하는 문제는 일어나지 않을 것입니다. 『기따』는 베다와 우빠니샤드의 핵심을 다루고 있으므로 이들 둘과 연관되어 있습니다.

② 『기따』는 우리가 평등(samatva)의 경지를 닦아야 한다는 것을 가르치며, 그 행위를 실행하는 방법에 대해 가능한 모든 방식의 논의를 통해 설명하고 있습니다. 그 방법이란 지(知 : jnana)를 동반한 신애(信愛 : bhakti) 즉 보상받을 생각 없이 모든 유정자에게 봉사하는 것입니다.

③ 『기따』에 따르면 신이 주신 유산은 우리가 자아실현을 이루도록 도와줍니다. 유산을 얻었다는 표지는 자신의 집착과 혐오를 감소하는 것이고, 그것을 성취하는 방법은 주님에 대한 신애를 가르치는 것입니다.

④ 저는 과거에 살았던 우리의 거룩한 저자들의 가르침을 읽고 이해해 보았습니다만, 제가 보기에 견해상 차이는 없습니다.

⑤ 브라만 한 사람과 방기(bhangi)[23] 한 사람이 전갈에 쏘였다고 합시다. 의사가 브라만을 돌보기 위해 도착했고, 다른 의사를 부르기 위해 사람을 보냈습니다. 먼저 당도한 의사는 도와달라고 울부짖는 방기에게 눈길 한 번 주지 않았지만, 의사와 브라만은 그의 울부짖음을 듣고 있습니다. 만일 브라만이 평등의 눈으로 모든 존재를 바라보는 것을 배웠다면, 그는 방기를 먼저 치료해달라고 의사에게 요청했을 것입니다. 만일 제가 의사였다면, 방기에게 달려가 상처에서 독을 빨아내고 제가 아는 온갖 수단들을 사용했을 것입니다. 그런 다음 저는 브라만이 필요하다면 그에게 봉사했을 것입니다. 그리고 다른 일을 돌봤을 것입니다. 만물에 대해 평등의 눈을 닦는다는 것은 평등한 관심으로 세계에 있는 모든 사람들에게 봉사한다는 것이기 때문입니다.

⑥ 어떤 사람들은 주님이 『기따』에서 우리가 친족을 죽이는 일을 허용하는 것을 가르치고 있다고 하지만 그것은 전혀 사실이 아닙니다. 아르주나는 그가 정당한 명분이라고 믿고 있던 것을 위해 싸울 준비가 되어 있고, 친족과 타인을 분별하는 집착과 약점에 뒤덮였을 때, 주님은 그의 무지와 약점을 치유해 주셨습니다. 만일 아르주나가 자신의 적수가 친족이든 타인이든 아무도 죽이기를 원치 않는다고 항의했다면, 끄리슈나는 어떤 대답을 하셨을까, 이 질문에 대해 우리는 추측할 수밖에 없습니다만, 『기따』는 직접적인 대답을 주기 위해 쓰여진 것이 아니라는 것이 제 소견입니다.

⑦ 저는 영원한 베다적 다르마 안에는 보편성과 자유주의의 위대한 정신이 있다고 생각합니다.

⑧ 어떤 것이 가장 중요한 종교 저작일까, 하는 질문에 대해서는 스스로 대답해 보는 길밖에 없습니다. 저에게는 『기따』입니다. 그러한 저작들이

---

23) 불가촉천민 중에 하나, 자세한 점은 말미 「용어해설」을 참조할 것. (역주)

갖는 특성은 그것들이 다루는 주제에 달려 있습니다. 예를 들어 일부의 저작들은 행위의 규범을 제시하고, 또 다른 일부의 저작들은 신성의 본질을 공표한 다음 그것을 설명합니다. 이것들 이외에 다른 것에 대한 질문이 있다면, 저는 그것을 이해할 수 없을 것입니다.

⑨ 여러 종교가 명하는 행동 규범들 사이의 차이점은 시대에 따라 변화하고, 지식과 자유주의정신이 성장하면 차이점은 감소할 것입니다.

⑩ 이 질문은 ⑨번 질문과 관련이 있습니다만, 보다 더 자세히 설명하면서 이 질문에 답해 보겠습니다. 코란, 기독교 성경, 베다 그리고 다른 저작에서 보이는 행위의 실천과 양태는, 그때 그곳에서는 최선이었다고 믿어야 할 것입니다. 이성에 비추어 우리 시대에서 수용할 수 없다면, 그것들을 바꾸거나 완전히 내버리는 일은 우리의 의무입니다. 오직 근원인 원리들만이 불변입니다.

⑪ 우리는 타인들에 대해 행동하고, 그들의 신앙을 이해할 때, 그들을 우리 자신으로 간주하는 원리를 따라야 합니다.

⑫ 종교 저작들에 대한 수많은 해석들 중에서 어느 것이 희석되지 않은 순금 같은 진리를 대표하고 있는지를 결정하는 일은 거의 불가능에 가깝습니다. 그런 까닭에 『기따』는 종합(사만바야, samanvaya)이 최선이라고 설득력 있게 주장해 왔습니다. 오로지 신만이 완전한 진리를 대표합니다. 따라서 불완전한 사람은, 나의 진리가 나에게 귀중하듯 다른 진리도 그들에게 귀중하리라는 점을 겸허하게 받아들여야 할 것입니다. 따라서 모든 사람들은 자신의 길을 좇아야 하며, 다른 사람들은 그런 일을 방해해서는 안 됩니다. 그렇다면 사람들은 경험상 자신에게 가장 적합해 보이는 길을 자발적으로 따라가야 할 것입니다.

⑬ 우리는 경험이 있으면서 완전한 청정행을 하는 사람을 만날 때까지, 자신의 성전으로 받아들인 종교서가 명하는 행위와 훈련의 규칙을 준수해야 하고, 규칙적으로 읽고, 그것에 대해 성찰하면서 종교서의 가르침을 실행에 옮겨야 할 것입니다. 이것도 못하는 자는 무지한 자입니다. 행위에서

청정을 지킬 수 없는 자들은 신 안에서만 보호자를 찾을 수 있을 것입니다. 저는 이런 부류의 사람조차도 종내는 구원을 받는다는 『기따』의 보장을 믿습니다. 말은 분명히 의미가 있습니다. 하지만 그것들이 자체의 생명을 지니고 있듯이 의미에도 성쇠(盛衰)가 있습니다.

⑭ 제가 그 문제를 이해하기로는 윤회전생(reincarnation)에 대한 믿음이 없다면, 세계가 정의로 다스려진다는 것을 증명하기는 거의 불가능할 것입니다. 더구나 우리 영혼은 시간의 거대한 순환에서는 순간에 불과한 단 하나의 생의 기간 동안 세계에 대한 경험을 가질 수 없을 것입니다. 저는 윤회전생에 대한 신념이 갖고 있는 진리에 대해 매 순간 직접적인 증거가 있다고 말할 수 있습니다.

⑮ 덕과 죄는 빛과 어둠, 행복과 고통, 진리와 허위가 존재하는 것과 같은 방식으로 존재합니다. 하지만 존재와 비존재의 범주 너머에 불가지, 불가설의 실재가 존재하듯이, 덕과 죄 너머에 어떤 것이 존재하는 데 우리의 육신은 그것에 대해 전혀 경험이 없습니다. 불교 경전, 니야야와 상키야 철학파의 저작들은 바꿀 수 없는 것은 아니지만, 이것들 역시 제각각의 관점에서 이해되고 수용될 수 있습니다.

⑯ 인간의 이론 전개 능력의 발전을 위해서 올바른 영향력이 필수적임은 분명합니다. 그것을 과학적으로 말한다면 모든 사회는 그 시대를 위해 문제를 제기하고 해결합니다.

⑰ 폭력은 해칠 의도를 가지고 신체적 행위, 말 또는 생각(身口意)으로 피조물을 해치는 것을 의미하고, 비폭력이란 어떤 피조물이든 해하지 않는 것을 의미합니다. 베단따 문헌에 제시된 비폭력 교의는 제가 보는 한 옳은 것으로 보입니다. 하지만 베단따 가르침을 제가 올바르게 이해했는지 스스로 말할 수 없고, 베단따에 대한 공부가 심오하다고 주장할 수도 없습니다.

⑱ 청정행(brahmacharya)을 준수할 수 있기 위해서는 마음, 말과 몸을 도덕적으로 부단히 순결하게 행위해야 합니다. 따라서 청정행의 수행자(브라마차리)는 쾌락에 탐닉하는 가장들이 하는 일과 정반대가 되는 것을 수행해

야 한다고 대략 말할 수 있습니다. 우리 마음속의 욕망들은 먹는 음식과 긴밀하게 관계가 있습니다. 하지만 우리의 음식이 순수하고 양이 적은데도 그와 같은 욕망들이 일어납니다. 따라서 올바른 음식이 청정행의 준수에 크게 도움이 되지만, 그것으로 충분하지는 않습니다. 가장 순수한 음식은 자연적으로 성숙한 과일입니다. 그것도 혼자 먹을 때입니다. 이 점에 대해서는 아무 의심도 없습니다. 만일 미각이 통제된다면 청정행의 준수는 퍽 쉬워질 것이라는 점이 중요한 일입니다. 지식이 마음과 관계하고, 음식은 물질인 육신과 연결되어 있다고 말할 때, 우리는 두 가지 잘못을 범하고 있습니다. 살아 있는 사람의 육신은 전면적으로 불활성(不活性)의 것은 아닙니다. 마음은 육신과 긴밀하게 연결되어 있고, 경험에서 배우는 것도 그렇습니다. 빛이 태양과 그러하듯이 말입니다. 사체란 마음이 떠난 육신입니다. 그와 같은 사체로는 먹지도 마시지도 못합니다. 그러므로 마음이 육신을 통해 먹는 것입니다. 그리고 사실을 말하자면 이와 마찬가지로 마음이 지식을 얻는 것은 육신을 통해서입니다.

⑲ 우리의 모든 혼은 보편적 혼 안에 거주하는데 그 혼이 신입니다. 보편적 혼을 알지 못하여 자신을 다른 피조물에서 분리된 것으로 간주하는 피조물을 우리는 지바(jiva : 개인적 혼)라고 부릅니다. 보편적 혼은 그것이 만물 안에 거한다 해도 직접적으로 경험할 수 없습니다. 바로 이 점이 보편적 혼의 미(美)이고 기적이며 마야(maya : 幻)입니다. 인간이 애써서 도달해야 할 참된 목표는, 마야를 건너 만물의 유일 근원이신 보편적 혼을 아는 일입니다. 그것은 우리 이성이 보통 이해할 수 있는 방식으로 그렇게 경험될 수 있는 사물이 아닙니다. 그렇다면 그것을 경험할 수 있는 방법은 존재합니까? 자신 안에 '나'를 망각하고 자신을 무(無)로 낮출 수 있는 능력이 있는 자라면 누구든 이 보편적 혼을 일별(一瞥)할 수 있을 것입니다. 다른 사람으로 하여금 그것을 보게 할 수는 없지만 말입니다. 그와 같은 사람은 일별만으로도 너무 황홀하여 완전히 넋을 잃게 되어 그 안으로 합일하게 됩니다. 그는 합일에서 오는 그 지복(至福)을 누구에게 기술하고 싶은 욕구

도 필요도 느끼지 않습니다.

⑳ 저는 경전의 저자들이 보여준 모든 제안들을 결합함으로써 제 자신을 위한 것을 찾았습니다. 따라서 어떤 길을 수용할 수 있을지 말하는 일은 무척 어렵습니다. 상까라는 저에게 귀한 존재입니다. 라마누자, 마드바, 발라바 그리고 다른 사람들 모두 저에게 귀중합니다. 하지만 이들 모두에게서 섬세하고 미묘한 것을 맛보았습니다만, 그 어느 것도 제 허기를 충족시킬 수는 없었습니다.

㉑ 이 문제에 대한 답변은 앞에 나온 문제들에 대한 답변 속에 포함되어 있음을 이제 알 수 있을 것입니다. 야즈나(yajna : 제사), 다나(dana : 보시), 따빠스(tapas : 고행)는 필수적인 의무들입니다. 하지만 그렇다고 해서 이 시대에 그것들을 수행하는 방식이 예전과 동일해야 한다는 것을 의미하는 것은 아닙니다. 제사와 보시 등은 영원한 원리들입니다. 그러한 원리들이 실행되는 사회적 실천이나 구체적 형태들은 시대와 시대, 나라와 나라에 따라 변할 수 있습니다. 제가 볼 때 이 나라와 이 시대에 지고의 제사는 물레질입니다. 이 나라와 이 시대에 해탈을 추구하는 구도자의 올바른 보시는, 나라에 봉사하기 위해 그가 육신·지성·소유물을 비롯하여 그가 가진 일체를 바치는 일입니다. 그와 마찬가지로 이 나라와 이 시대를 위한 올바른 고행은, 식량부족이나 기근으로 굶주리는 무수한 불가촉천민들과 여타 민중의 고통에 대한 고뇌로 [자신을] 태우는 일에 있습니다. 이들 세 가지 중요한 의무를 수행하는 자라면 누구든지 분명 정화될 것이고, 아르주나에게 있었던 신의 우주적 형상에 대한 비전도 가지게 될 것입니다.

㉒ 사구나(saguna)와 니르구나(nirguna) 등은 순전한 무지와 다름없는 불완전한 지식을 표현하려 하는 인간의 말에 속합니다. 사실상 신은 우리의 묘사를 넘어섭니다. 그를 니르구나로 부르는 일조차 그를 표현하려는 시도인데 이 시도는 아주 허망한 것입니다. 그렇지만 신은 그 자신의 귀의자들의 종이기 때문에, 일천 개의 형용어구가 아니라 무한수의 형용어구로 표현될 수 있습니다. 이들 형용어구 모두가 개개 헌신자의 관점에서 그에게 적용

될 수 있기 때문에, 그것들 모두를 용인하는 것은 그 분이 가지신 지고의
자비입니다. 따라서 그 분이 일체의 육신, 일체의 감각기관, 다른 모든 것
으로 존재한다고 해도 잘못된 것이 아닙니다. 이렇게 해서 우리는 그를 표
현하는 데에 있어 우리의 무능을 고백할 수밖에 없습니다.

㉓ 저의 단식과 다른 엄혹한 시련의 감행은, 신을 직접 대면하고 싶은
욕구에서 비롯된 것임을 참으로 겸손하게 말씀드리고 싶습니다. 제가 단식
한 것은 답변하는 과정에서 표현한 것처럼, 음식을 일체 먹지 않으면서도
신의 편린이나마 보고 싶어서였습니다. 하지만 사람은 강제로 단식할 수는
없습니다. 사람이 단식을 하자면 그에 적합한 자격을 갖춰야 합니다. 그 적
합한 자격을 갖추기 위해 저는 항상 분투하고 있습니다. 제가 이번 생에 그
런 자격은 얻을 수 없을지도 모르고 불명예로 죽을 가능성도 있지만 말입
니다.

이것으로 당신의 목록에 들어 있는 질문들에 대해 전부 대답했습니다.
이외에 다른 질문이 있다면 주십시오 이 답변들의 일부 또는 전부 안에
일종의 확신이 있음을 느낄 수 있으실 것입니다. 부디 그것을 주제넘음이
나 자만으로 받아들이지는 말아 주십시오 제가 한 일을 글로 적지 않았다
면, 이는 허위를 범하는 일이 되었을 것입니다. 그것은 거짓 겸손을 통해
저의 참된 신념을 숨기는 일이기 때문입니다. 따라서 당신이 제 확신에서
무례함을 발견하더라도 저를 너그러이 용서해 주시기 바랍니다.

존경하는 말라비야지 마하라자께서 여기 계십니다. 저는 온갖 종류의
종교 문제들에 대해 그와 논의했습니다. 당신의 바람에 대해서도 그에게
전할 것입니다.

당신의 신실한 친구
모한다스 간디

— 산또슈 마하라자에게 보낸 편지(G.), SN 12323;『전집』39 : 156

40) 봉사의 복음

[1927.10.23]

『기따』교실의 개소를 선언하면서 마하뜨마지는 학생들에게 아침 4시에 기상하고『바가바드 기따』를 매일 규칙적으로 읽기를 권했다. 그는 그들이『기따』공부를 매우 진지하게 시작하기를 몹시 바라고 있다. 만일 그들이 산스끄리뜨를 읽을 수 없다면『기따』의 따밀어 역을 좋아할 수도 있을 것이다. 단 영어 번역은 안 된다. 영어로 옮긴 것은『기따』의 참의미를 전달할 수 없기 때문이다. 그는『기따』에서 제3장이 중요하다고 말했다.

『기따』는 까르마 곧 행위의 복음, 박띠 곧 신애(信愛)의 복음, 그리고 즈냐나 곧 지식의 복음을 포함합니다. 인생은 이들 셋이 조화를 이룬 전체여야 합니다. 하지만 봉사의 복음이 모든 것의 기초입니다. 나라에 봉사하길 원하는 자에게 행위의 복음을 선언하는 장에서 시작하는 일보다 더 필요한 일이 있겠습니까? 그 장에 접근할 때에 반드시 아힘사(비폭력), 사땨(진리), 브라마차르아(청정행), 아빠리그라하(무소유), 아스떼야(불투도)라는 다섯 가지의 필수도구를 갖추어야 합니다. 오직 그럴 때에만 여러분은 올바른 해석에 도달할 수 있을 것입니다. 그런 다음 여러분은 그 안에서 힘사가 아니라 아힘사를 찾기 위해 읽을 것입니다. 그러나 오늘날 많은 사람들은 거기에서 힘사를 찾으려 합니다. 필수도구를 갖추고『기따』를 읽으십시오 그러면 전에는 결코 깨닫지 못했던 평화를 갖게 될 것임을 보장해 드립니다.

— 학생들에게 한 연설, 티루푸르, 『힌두』1927.10.25; 『영 인디아』, 1927.11.3;
『전집』40 : 186

41) 자기 포기

1928.1.7

『바가바드 기따』 9장은 달콤한 장으로 사람들이 달콤하게 노래 불러왔다. 그 장은 우리와 같이 내면적인 고뇌를 겪어온 사람들에게 위안을 준다. 우리 모두는 사악한 욕망으로 동요한다. 주님은 9장에서 귀의하는 모든 자들에게 그와 같은 욕망에서 자유롭게 해줄 것을 보증한다. 『기따』가 쓰여졌을 때 이미 귀천의 차별이 바르나아슈라마(varnashrama) 안에 나타났고, 어떤 부류의 사람들은 다른 사람들에 비해 천한 사람으로 간주되었다는 사실도 9장에서 알 수 있다. 하지만 우리는 어떤 사람을 다른 사람들에 견주어 귀하다거나 천하다고 말할 수 있을까? 사악한 욕망에서 완전히 자유로운 사람은 다른 사람을 고발하는 손가락질을 할 수 있을 것이다. 이런 점에서 우리 모두는 평등하다. 그리고 9장은 사악한 탐욕에서 자유를 얻는 불패(不敗)의 방법을 지적하고 있는데, 그것은 바로 주님을 향해 자신을 완전히 포기하는 일이다. 우리는 이와 같은 사실에서, 그 포기가 더 이상의 노력을 기울이지 않고 그것 자체로 우리에게 악을 정화할 것이라는 결론을 내려서도 안 된다. 만일 자신의 의지에 반하여 자신의 감각기관에 의해 쾌락의 대상으로 끌려 다니던 자가, 여러 쾌락에 대항하여 부단히 투쟁하고 눈물을 흘리면서 신에게 도움을 청한다면, 주님은 그를 괴롭혀 왔던 사악한 욕망에서 그를 분명히 자유롭게 하실 것이다.

거기에 또 다른 생각이 떠오르지만 우리는 그것을 내일 성찰하려고 한다.

또 다른 생각이란 자기 포기가 자신의 죄를 속죄하는 방법이라는 점 또한 설명해 준다. 그런 속죄는 단식으로 되는 것이 아니라, 박띠 곧 자기 포기로 된다. 나는 단식의 유용함을 충분히 알고 있지만 거기에는 한계도 있다. 단식은 결코 죄를 속죄할 수는 없고, 반대로 죄를 덮어두는 데 도움이 된다. 죄인은 죄를 범한 자이지만, 빠빠요니(papayoni)는 죄 자체에서 태어난 자이므로 모든 죄인들 중 가장 사악한 자이다. 이 개념이 누구의 머리에서 나왔는지는 말할 수 없지만, 모든 사람들은 주님에 대한 완전한 순종을 통해 자유가 확보된다. 속죄는 박띠가 된다. 단식은 때로 심정을 박띠로 채우기 위한 수단으로 필요한 것처럼 보일 수도 있다. 언제 그것이 필요할지는 모든 사람들이 스스로 결정해야 할 것이다. 참된 수단은 박띠인데, 박띠는 자신을 지워버리는 무(無)로 낮추는 것을 의미한다. 만일 우리가 이렇게 할 수만 있다면 과거에 아무리 많은 죄를 범했다고 해도, 그 죄는 우리가 자유를 얻는 길을 방해하지 못한다. 이 장에서 언급된 철저하게 사악한 자들은 바로 우리 자신과 다름없다. 우리의 심정에서 온갖 방식의 죄를 범하면서 세상에 존경받을 만한 사람인양 돌아다니는 우리 모두가 죄인이다. 그러나 9장에서 주님은 우리에게 보증해 주신다.

14장은 세 가지 구나에 대한 기술을, 15장은 최고의 원인(原人, Purushottama)에 대한 기술을 각각 담고 있다. 나는 30년 전 드루몬드[24]의 책을 읽은 적이 있는데, 그는 물질계의 규칙들이 정신계에도 적용된다는 사실을 여러 예를 들어 확립한 바 있다. 우리는 그런 사실이 세 가지 종류의 구나로 이뤄진 이 세계 안에서 증명되는 것을 본다. 세 구나뿐만 아니라 다른 많은 성질이 존재한다. 세 구나는 많은 성질들 중 주요 부분들이다. 이 셋을 초월하는 자는 최고의 원인과 하나가 된다. 이 세상에 오직 하나의 구나만으로 존재할 수 있는 사람은 태어난 적이 없었다. 높은 정도의 사뜨바 구나(明性)를 타고 태어난 자라고 해도 어느 정도의 따마스 구나(暗性)와 라자스 구나(動性)를 포함한다. 예를 들어 물은 그것이 얼음일 때는 돌덩이와 같다. 하지만 끓어서 증기가 되면 하늘로 올라간다. 얼음일 때는 상승할 수 있는 힘이 없지만, 증기가 되면 높이 높이 올라간다. 최고의 힘은 증기의 모습으로 나타난다. 그리고 마지막으로 더 이상 증기로 머물지 않고 구름이 되

---

24) 헨리 드루몬드(Herry Drumond) 박사, 『영적 세계의 자연법과 세상에서 가장 위대한 것(The Natural Law in the Spiritual World and The Greatest Thing in The World)』의 저자. 『전집』 권41, 92면. (역주)

어 비의 모습으로 세상에 유익을 준다. 하지만 만일 증기가 얼음이 된다면 그것은 죽은 것 같이 조용할 것이다. 얼음 역시 그 용도가 있다. 녹은 얼음은 강의 모습으로 흘러내린다. 그것은 홍수도 일으키지만 염려할 것은 없다. 태양이 없다면 물조차 증기로 바뀔 수 없다는 것은 증명된 사실이다. 그러나 그 사실은 물이 다른 것의 도움이 없다면 아무 일도 할 수 없음을 나타낸다. 내가 말하고자 하는 요지는 증기가 해탈의 상태를 가리킨다는 것이다. 증기는 해탈의 모습으로 세상에 이익을 준다. 우리는 두 장의 의미를 이런 식으로 이해해야 한다.

—『기따』에 관한 담론(G.), 『마하데브 데사이의 일기』(필사본);『전집』 41 : 107

42) 무집착

『기따』를 읽고 곰곰이 생각하고 그 가르침을 좇아온 지 이미 40년이 넘었다. 친구들은 『기따』에 대해 내가 이해하는 것을, 구자라뜨 주민들에게 제시해야 하다는 바람을 표현해 왔다. 나는 『기따』를 번역하는 일에 착수했다. 학문의 입장에서 번역을 시도하기엔 자격이 없다. 하지만 가르침을 따르는 데에는 나는 상당한 자격을 갖추었다고 할 수 있다. 번역이 이제 출판되었다. 『기따』의 많은 번역본들은 산스끄리뜨 원문도 함께 담고 있다. 이 번역에서는 원문을 일부러 생략했다. 모든 사람들이 산스끄리뜨를 안다면 나는 그것을 포함시켰을 것이다. 하지만 모든 사람들이 산스끄리뜨를 배울 수는 없다. 더구나 산스끄리뜨가 들어 있는 염가판들은 많이 있고 쉽게 구할 수도 있다. 따라서 나는 산스끄리뜨 원문을 빼내어 책의 크기와 가격을 줄이기로 결정했다. 이 판본은 도입부가 19페이지, 번역이 187페이지로 되어 있어 주머니에 넣어 쉽게 가지고 다닐 수 있도록 하였고, 1만 부를 인쇄하였다.

나의 바람은 모든 구자라뜨 사람들이 이『기따』를 읽고 곰곰이 생각하고 가르침을 실천하는 것이다.『기따』를 쉽게 성찰할 수 있는 방법은 산스끄리뜨 원문을 참조하지 않고 의미를 이해하도록 노력한 다음 그것을 실행해 보는 일이다. 가령,『기따』의 가르침을 사악한 사람이 그가 친척이든 남이든 가리지 않고 죽여야 한다는 식으로 해석하고, 그들의 부모나 친척들이 사악하다면 그들 역시 죽여야 할 것이다. 하지만 실제로 그들은 그렇게 할 수 없을 것이다. 독자가『기따』에서 파괴를 명하는 곳을 읽게 된다면, 그는『기따』가 다른 형태의 파괴를 염두에 두고 있다고 자연스레 생각하게 될 것이다.

『기따』는 거의 매 쪽마다 우리와 남을 차별하지 말라고 충고한다. 이것은 어떻게 가능할까? 우리는 반성을 통해 무집착의 정신으로 모든 행동을 수행해야 한다는 결론에 도달할 것이다. 바로『기따』1장에서 우리는 아르주나가 우리와 남이라는 어려운 문제에 직면한 것을 본다. 모든 장에서『기따』는 그와 같은 구분이 왜 잘못이며 해로운 것인지를 명백히 한다. 나는『기따』를 아나사끄띠요가(Anasaktiyoga)[25]라고 불러왔다. 관심 있는 독자는『기따』에서 무집착이 무엇인지, 그것을 어떻게 기를 수 있을지, 그 특성이 무엇인지 등을 배울 수 있을 것이다. 나는『기따』의 가르침에 따라 살려고 노력하는 마당에 현재의 투쟁을 회피할 수 없었다. 친구가 전보에서 나에게 말한 것처럼, 이 투쟁은 나에게 성전(聖戰)이다. 성전이 투쟁의 형태로 마지막 단계에 들어갈 즈음 이 책이 출판되었다는 점은 나에게 길조가 아닐 수 없다.

—『바가바드 기따』(아나사끄띠요가)(G.),『나바지반』, 1930.3.16;『전집』 48 : 464

---

25) 사심 없는 행위의 요가. (역주)

43) 『기따』의 정신

1930.9.29

친애하는 자매에게,

나는 답장을 두 통 보내야 하네. 첫째, 사띠스 바부의 질문이네. 『기따』 2장에 나오는 전투를 말 그대로 해석한다면, 그것은 분명 물리적 충돌이라네. 하지만 나는 『기따』의 정신이 전투를 정신적 갈등으로 해석하도록 유도한다는 점에 대해 조금도 의심이 없다네. 내가 이 점에 대해 의심하는 순간, 『기따』는 더 이상 나에게 거룩한 경전이 될 수 없다네.

당신이 잘 지내기를 바라네. 비노바와 의논한 다음 산스끄리뜨를 배우고 싶어하는 소년들이 있다면 그들을 와르다에 보내주게. 츠호뗴랄은 지금 수감 중이라네. 따리니가 아주 작게나마 개선되는 것을 보니 매우 기쁘네. 따리니, 차루, 아룬 그리고 다른 사람들에게도 내 축복을 전해 주게. 고대 인도의 암자(tapovana)와 같은 것들이 오늘날도 존재할 수 있다네. 그것은 전부 우리의 고행에 달려 있네. 고행의 모습은 분명 다를 수 있다네. 우리 선조의 업적에서 한 걸음 더 나가는 것이 우리의 의무라네.

바뿌로부터 축복을.

— 헤마쁘라바 다스 굽따(H.), GN 1671; 『전집』 50 : 146

44) 『기따』의 종합

1932.3.31

자네에게 아무 소식이 없어서 마침내 자네 부인 따라마띠[26]에게 편지를

---

26) 뜨리꿈지의 처. (역주)

썼다네. 그런데 뜻밖에 나는 어제 자네 편지를 받고 기뻤다네. 자네 체중이 빠진 일을 가지고 걱정하지 않는다네. 다른 면에서 자네 건강이 좋아야 할 텐데. 기후의 면에서 보면 나시끄[27)가 훌륭한 곳이지. 어디로 가든 편지를 규칙적으로 보내주게. 나에게 편지 쓰기가 다른 사람에게 편지 쓰는 일에 방해가 된다면, 자네가 꼭 편지를 써야 하는 자들에게 자네 소식을 나에게 전달해달라고 요구하게. 여기 정부 당국자들과 나 사이의 상호이해가 있어서 나는 교도소 동료 누구에게든 편지를 쓸 수 있다네. 무슨 말인고 하니, 그 수감자가 나에게 답장할 경우 그 답장은 그가 보낼 수 있는 제한된 편지 통수에 포함되지 않는다는 것을 의미하네.

…… 수감자는 외부세계에 대해 생각조차 말아야 한다네. 까르마 요가는 교도소에서 그의 의무가 된 일을 수행하는 것을 의미한다네.

'무집착의 태도로 귀의한다' 등의 시구28) 안에 부디(buddhi)라는 단어는 분명 상키야 곧 지식의 길을 의미하는 것은 아니라네. 여기에서 그것은 요가부디(yogabuddhi)라는 말의 의미를 가진다네. 이 요가부디에 대해 주님은 '이렇게 나는 지식의 태도를 제시했다. 이제 행위의 태도에 대해 들어보아라' 등의 구절에서 설명하기로 약속한 바 있다네. 다시 말해 만일 비교가 꼭 필요하다면 그것은 까르마 요가와 박띠 요가 사이에서 행해져야 할 것이네. 즈냐냐 요가, 까르마 요가, 박띠 요가를 서로 비교하는 대신 『기따』는 이들 셋의 종합을 노리고 있다네. 이들 중 하나라도 완벽하게 실천하기 위해서, 우리는 다른 둘도 함께 실천해야 한다네. 즉, 이 셋은 나눌 수 없다네. 셋 중에 까르마 요가의 우월성에 대한 지적이 있긴 하지만, 그것은 단지 그 안에서 기만당할 위험이 적기 때문이라네. '여기에는 어떤 노력도 헛되지 않고 재앙도 내리지 않는다'29)는 등의 구절이 그것이라네. 우리가 공부하려는 책의 일반적 취지를 먼저 파악해야 한다고 나는

---

27) 마하라슈뜨라 주에 있는 도시명. (역주)
28) 『바가바드 기따』 11 : 49.
29) 『바가바드 기따』 2 : 40.

믿네. 달리 말하자면 그것에 대한 우리의 생각은 독립적이어야 한다네.

재생(再生, rebirth)에 대해서는 의심의 여지가 전혀 없네. 우리의 몸은 매일 조금씩 달라져 7년 후면 전체가 달라지게 되네. 모습이 같은 것으로 남아 있으므로 같은 몸으로 보일 것이네. 만일 육신이 7년마다 변화한다면, 우리가 죽음이라고 알고 있는 것이 완전한 절멸을 의미한다고 생각해야 할 이유가 조금도 없다네. 아뜨만은 육신과는 다른 것이므로, 육신이 파괴될 때 그것이 파괴되지 않을 것임이 분명하다네. 그렇다면, 죽음으로 발생하는 모든 일은 상태의 변화일 따름이라네. 상태의 변화가 가능하다면, 육신의 변화가 불가능하겠는가? 하지만, 우리가 만날 경우에만 이 주제에 대해 완전히 논의할 수 있을 것이네. 그 동안, 확실한 결론에 대한 자네의 의심을 스스로 제거할 수 있기를 바란다네. 이것을 위해 자네가 궁금한 어떤 것이라도 물어도 좋다네.

나는 내가 스므리띠를 쓸 수 있을 것이라고는 생각하지 않는다네. 내가 쓰거나 말하는 것은 일정한 체계에 일치하여 생각된 것은 아니라네. 나에게는 진리로 향하는 추구의 과정에서 발생하는 매 상황에 대처할 수 있을 정도의 힘밖에 없다네. 다시 말하지만 나는 학자가 아니라네. 오직 경전을 쓸 수 있도록 제대로 배운 사람만이 스므리띠를 쓸 수 있다네. 이 제안은 끼쇼렐랄이 나에게 먼저 한 것이라네. 나 역시 능력만 있다면 그런 책을 분명 쓰고 싶다네. 하지만 신이 나에게 주신 어떤 힘이든 올바르게 사용할 수만 있다면 다행일 것이야.

우리 셋은 잘 지낸다네. 세 번째 사람은 마하데브라네.

— 마투라다스 뜨리꿈지에게 보낸 편지(G.), 『바쁘니 쁘라사디』, 105~107면;
『전집』 55 : 213

45) 문제의 해결

1932.5.10

우리의 의무가 무엇인지 결정할 때 여러 문제가 일어날 수 있습니다. 하지만 『기따』의 가르침을 검토할 때 우리는 아르주나의 문제가 무엇인가를 고찰하는 것만으로 충분할 것입니다. 만일 선생이 자신에게 주어진 질문의 범위를 넘어선다면, 그는 올바른 대답을 한 것이 아닙니다. 질문자가 자신이 던진 질문에 집중하고 있어서, 다른 일에 귀기울일 수 없기 때문입니다. 논의가 질문자의 이해력을 넘어설 수도 있고, 그렇게 되면 그는 실증을 낼 수도 있습니다. 더구나, 무관한 이슈들에 대한 논의 때문에 해답이 자칫 실종될 수도 있는데, 이것은 땅에 심은 곡식이 때때로 그 주위에 자라나는 잡초 아래 묻히는 일과 같습니다. 이런 관점에서 아르주나에 대한 끄리슈나의 대답은 완벽합니다. 1장을 떠나 2장으로 가면 우리는 그 장이 아힘사의 순수정신으로 호흡하고 있음을 발견하게 됩니다. 우리는 슈리 샹까라가 신의 가장 완전한 아바따르(Avatar : 化身)라고 믿거나 주장하면서, 단어의 의미를 사전에서 찾을 수 있듯이 우리 마음에서 일어나는 모든 문제에 대한 간단한 대답을, 샹까라의 말에서 얻을 수 있다고 기대해서는 안 될 것입니다. 그렇게 간단히 대답을 얻을 수 있다고 해도 이는 우리를 해칠 수 있습니다. 어떤 사람도 더 이상의 진보나 새로운 발견을 위해 노력하지 않을 것이기 때문입니다. 결국 인간의 이성은 퇴화하고 말 것입니다.

그러므로 모든 시대의 사람들은 그들 자신의 노고와 고행(따빠스차르야)을 통해 그 시대의 문제를 해결하도록 노력해야 할 것입니다. 따라서 우리는 『기따』와 같은 고귀한 작품 안에 분명히 표현되어 있는 원리의 도움 아래, 전쟁이나 다른 이슈에 관련하여 이 시대에 발생하는 여러 문제를 해결하도록 노력해야 합니다. 하지만 우리는 그와 같은 도움도 무시할 수 있습니다. 고행을 통해 배운 것에서만 우리는 진정한 도움을 얻을 수 있을 것입니다.

아유르 베다는 수많은 약초와 식물의 특성을 기술하고 있습니다. 우리는 그런 기술들을 지침으로 삼을 수 있습니다. 하지만 그렇게 책에서 얻은 지식은 소용이 없습니다. 아니, 만일 그와 같은 약초와 식물의 성질들이 실제 경험의 검증을 받지 않을 경우에는 오히려 짐이 될 수 있습니다. 그것과 동일한 방식으로 우리는 인생의 수많은 난제들에 대해 해결책을 모색해야 합니다. 만약 당신이 나에게 이 주제에 대해 질문이 있으시다면 주십시오.

— 편지(G.), 『마하데브바이니 일기』 권1, 146~147면; 『전집』 55 : 430

46) 영적인 사전

와르다 세가온, 1936.9.24

까까사힙은 이 용어사전의 서문에서 이 책을 12년 전부터 준비해 왔으며 지금까지 요건을 충족시키지 못하다가 왜 오늘 출판되었는지 설명했다.

용어사전은 내 이름으로 출판되었던 번역에 조금이라도 관심 있는 자라면 누구든지 반드시 필요할 것이다. 그것은 『기따』를 배우는 학생들에게도 유용할지 모른다. 만일 그들이 용어사전(빠다르타꼬샤, Padarthakosha)에 있는 풀이보다 다른 것을 좋아한다면, 그것을 책 안에 써넣어야 한다고 제안하는 바이다. 그렇게 함으로써 그들은 다른 수고 없이도 맘에 드는 용어사전을 갖게 될 것이다. 그리고 만일 학생들이 그들이 선택한 풀이를 나에게 보내준다면 감사할 것이다.

『기따』를 공부하면 할수록 그 독창성에 대해 더 잘 알게 된다. 나에게 있어 그것은 영적인 사전이다. 내가 해야 할 일과 해서는 안 될 일에 대해 확신할 수 없을 때마다 사전에 의지하게 되는데, 지금까지 나는 후회해 본 일이 없다. 그것은 진정 여의주30)이다. 처음 우리는 하루 한 구절을 독송

---

30) 까마데누(Kamadhenu)의 역어이다. 직역하면 '욕망의 소'가 될 것인데, 뭐든 소원 성취

하고 그 다음에는 두 구절, 다음에는 다섯 구절, 그 다음에는 하루에 한 장을 독송했는데, 2주만에 완전 독파했다. 지난 몇 년 동안 우리 중 일부는 7일 만에 완전히 독송할 수 있는 자도 있었다. 주일의 특정한 날에는 특정한 장을 독송하는 소리가 오전 4시 30분에 들렸다. 매우 소수이긴 하지만 일부는 18장 전부를 암송했다. 아침 기도 시간에 매주 다음 순서대로 『기따』를 독송해 나갔다.

금요일	1장, 2장	화요일	13장~15장
토요일	3장~5장	수요일	16장, 17장
일요일	6장~8장	목요일	18장
월요일	9장~12장		

이 계획표 배후에 약간의 협의가 있었다는 점을 말해 두기로 하자. 우리가 경험한 바에 의하면 이런 순서는 본문의 이해를 촉진할 수 있다.

경전 독송이 금요일에 시작되는 이유를 물을 수도 있다. 그 이유는 간단하다. 상당한 기간 동안 한 번 완전히 독송하는 데 14일이 걸렸다. 나는 예라브다 교도소에서 7일 독송을 생각했고, 어느 금요일에 실행에 옮겼다. 그날 이래, 독송은 금요일에 시작되었다.

내가 여기에서 완전 독송을 언급한 이유는 두 가지이다. 하나는 『기따』에 대한 헌신이 우리들 중 일부의 사람을 이 시대에 적합한 인물로 만들었는지를 보여주기 위해서이고, 다른 하나는 독자에게 『기따』 공부를 독려하는 길을 보여주기 위해서이다.

하지만 우리는 단순히 『기따』 독송만으로 만족하지 않는다. 『기따』는 영적인 사전이다. 그것은 혼의 주름을 곧게 펴주는 놀라운 힘이고, 고뇌하는 자의 귀의처이고, 마비 상태를 일깨위주는 자이다. 『기따』에 대해 이와 같은 신앙을 가지고 있는 자만이 『기따』 독송에서 도움을 얻을 수 있다.

해주는 소라는 뜻으로 의역하여 여의주로 했다. (역주)

『기따』의 의미를 이해하지 않고 진행되는 독송이 사람에게 유익하다는 점을 말하려고 하는 것은 결코 아니다. 길들여진 앵무새도 충분한 노력을 기울인다면 『기따』를 암기할 수 있도록 지도할 수 있다. 하지만 그런 일은 앵무새에게도 조련사에게도 조금도 덕이 되지 않는다.

『기따』는 살아 있고, 생명을 주고, 불멸하는 어머니이시다. 우리에게 젖을 주시는 어머니는 언제고 궁지에 빠진 우리를 버리실 수 있다. 어머니가 자식을 위험에서 보호하는 일에 실패한 예를 수도 없이 보았다. 그러나 어머니 『기따』의 도움을 구하는 자는 아주 큰 위험에서도 자신을 구할 수 있다. 그녀는 늘 깨어 있고 아무도 낙담하게 하지 않으신다. 하지만 어머니는 우리가 요구하지 않는다면 간단한 음식물 한 가지라도 주지 않으실 것이다. 어머니 『기따』 역시 우리가 구하지 않는 한 아무 것도 우리에게 주지 않으실 것이다. 어머니는 자신의 날개 아래 누구라도 받아들이기 전, 그를 혹독하게 시험하고 전면적인 헌신을 기대하신다. 헌신도 무미건조한 것이어서는 안 된다. 그녀는 일편단심의 헌신을 원하신다. 따라서 그녀는 소유물 전부를 그녀에게 바칠 각오가 되어 있지 않은 자들을 돕기를 단호히 거부하신다.

물리학도는 미친 듯이 탐구할 때 비로소 그 과목에 대한 통찰을 얻는다. 석사학위와 학사학위를 받은 자들은 주야로 책을 읽고 돈을 쓰고 자신들의 신체적 피로까지 감수한다. 그와 같이 노력하는 자들 가운데에서도 첫 시도에서는 오직 소수만이 성공한다. 실패한 자들은 낙담하지 않고 재차 시도하는데 오직 시험에 통과한 이후에라야 쉴 수 있다. 그리고 그 결과는……?

『기따』라는 감로수를 마시기를 원하는 자들은 위에서 말한 것보다 더 큰 노력이 있어야 한다. 하지만 몇 사람이나 감로수를 함께 마실 수 있을까? 감로수를 마시고 싶은 자 중에서 몇 명이나 부단히 노력할 준비가 되어 있을까? 내가 제시한 방식대로 『기따』에 헌신적인 사람들의 수는 미미한 정도이다. 하지만 『기따』가 모든 우빠니샤드의 핵심이라는 점에 대해서는 우리 모두 동의한다. 힌두교도라면 그것에 대해 무지해서는 안 된다. 현재 모든 종교의 가치가 평가절하되어 있지만, 지금은 그 이유에 대해 깊이 들어갈 계제가 아니다. 호소문에서 이 책의 출판에 즈음하여 내가 하려고 했던 모든 것은 구도자의 관심을 『기따』라는 보배로 이끄는 일과, 그것을 어떻게 잘 사용할 수 있는지를 제안하는 일이다. 용어사전이 열매를 맺기를 바라면서.

모한다스 까람찬드 간디

― 서문(G.), 『기타빠다르타꼬샤』, iii~iv면; 『하리잔반두』, 1936.10.25;
『전집』 69 : 510

47) 인내의 필요성

[1946.1.22 이전]

『기따』에 다음과 같은 시구가 나옵니다.[31] …… 만일 만사가 정해진 법칙대로 진행된다고 해봅시다. 그런데 당신이 신에게 기도한다면, 그 분이 관여하여 당신을 위해 그 법칙을 파기해 버릴까요?

그 의미의 근본은 '당신의 뜻이 이뤄져야지, 제 뜻이 아닙니다'라고 해야 합니다. 신의 법칙을 절대로 방해해서는 안 됩니다. 하지만 바로 그 법칙에 따르면 모든 행위는 결과를 가진다고 합니다. 아버지는 아이를 위해 기도하면서 의지를 신에게 바칩니다. 법칙은 하나의 인격처럼 움직입니다. 모든 행위가 효과를 가지므로, 이 기도는 예측할 수 없는 결과를 낳을 것입니다. 당신은 내가 쓴 것을 실행에 옮겨야 합니다. 각 행위의 총합은 하나의 결과입니다. 여러 힘들의 평행사변형을 그려보십시오

---

31) 원자료에 어떤 시구인지 불명. 『전집』 권89, 283면. (역주)

즈냐냐, 까르마, 박띠, 이들은 모두 병행되어야 하지 않습니까? 당신이 신을 모른다면, 어떻게 박띠가 있을 수 있습니까? 당신은 그 분에게 당신의 까르마를 줄 수 없습니다.

그런 식으로 말해서는 안 됩니다. 만일 당신이 아무 일도 없고 소위 박띠도 없다면 결국 한편으로 치우치게 될 것입니다. 당신은 당신이 기도를 바치는 그 분을 알고 있습니까? 나는 모릅니다. 그 분은 나에게나 당신에게나 알려져 있지 않습니다.

그렇다면 우리는 누구에게 기도를 해야 할까요?

신에게, 우리가 모르는 그 분에게 해야 합니다. 우리는 그에게 기도를 하지만 그 분을 항상 아는 것은 아닙니다.

하지만 경전은 그가 알 수 있는 분이라고 말하고 있습니다.

그 분은 알 수 있는 분이므로 우리가 그를 추구합니다. 아마 십억 년이 걸릴지도 모릅니다. 당신은 믿지 않을지라도 계속 기도해야 합니다. '저의 불신을 도와 주십시오'라는 구절이 성경에 나옵니다. 하지만 당신이 그와 같은 질문들을 던지는 것은 온당치 못합니다. 당신은 무한한 인내와 내면의 갈망을 지녀야 합니다. 내면의 갈망은 그런 질문들을 모두 불필요하게 합니다. '믿음을 가져라. 그러면 완전한 사람이 될 것이다'라는 간단한 구절도 성경에서 온 것입니다. 『기따』에도 이와 비슷한 구절이 많이 있습니다.

주위의 자연을 둘러 볼 때, 나는 자신에게 오직 한 창조주, 유일신이 계실 터이며 그 분에게 기도해야 할 것이라고 스스로 말합니다.

그것은 이론 전개입니다. 신은 이성을 넘어 있습니다. 그러나 당신의 이성이 당신을 충분히 지탱한다면, 나는 더 이상 할 말이 없습니다.

—「질문들에 대한 답변」, GN 3230;『전집』89 : 387

4. 소크라테스와 소로

48) 소크라테스의 지혜

1932.2.29

소크라테스라 불리는 현자가 아테네에서 산 적이 있었네. 그런데 진리와 선에 대한 사랑을 퍼트린다는 그의 비상식적인 관념들이 당국자들을 불쾌하게 만들어, 그는 사형선고를 받았다네. 당시 그 나라에 살던 사람들은 가끔 사약(死藥)에 의해 처형당하기도 했다네. 미라바이 같이 소크라테스도 독약 한 잔을 마시라는 요청을 받았네. 여기서 우리의 목적은 재판에서 소크라테스의 변론 중 결론 부분의 실체를 논의하는 일이네. 우리는 모두 거기에서 도덕적 교훈을 얻을 수 있네. 소크라테스를 수크릿(Sukrit)이라고 불러 보세. 아랍인들은 그를 소크랏(Sokrat)으로 알아 왔네.

수크릿은 다음과 같이 말하네. "착한 사람은 이 세상에서도 다음 생에서도 어떤 위해도 받을 수 없다는 것이 나의 부동의 신념입니다. 신은 절대 착한 사람들과 그들의 친구들을 내버리지 않습니다. 나는 누구도 때가 아니면 죽지 않는다는 점도 믿습니다. 나는 사형선고를 벌로 생각하지 않습니다. 내가 죽을 시간, 금생의 고통에서 구원받을 순간이 왔습니다. 그 때문에 당신네들은 사약을 받는 형을 선고한 것입니다. 나는 사약을 받는 데에 나의 선(善)이 있다고 확실하게 믿습니다. 그래서 나는 처벌자, 즉 나에게 사형 판결을 내린 자에 대해 분노를 느끼지 않습니다. 그들이 나에 대해 호의를 갖고 있지 않을 수도 있습니다. 그러나 그들은 나를 해칠 수도 없습니다."

"나는 원로 회의에 하나의 청이 있습니다. 만일 내 자식들이 선의 길을 버리고 악의 길을 따르거든, 그리고 그들이 부를 사랑하는 사람이 된다면, 나를 벌하듯이 내 자식들을 벌하십시오. 내 자식들이 위선자가 되거나 자신의 모습 아닌 것을 보이려고 하거든 그들을 벌하십시오. 만일 여러분이 그렇게 해준다면, 자식들과 나는 여러분이 정당하게 행동했다고 믿을 것입니다."

이것이 자식들에 대한 수크릿의 요청이네. 그에게 형을 선고하기 위해 소집된 도시의 원로들은 비폭력의 법칙을 몰랐네. 따라서 그는 앞에서 말한 것과 같은 요청을 한 것이고, 그럼으로써 자식들에게 경고하고 아버지로서 그들에게 무엇을 요구하고 있는가를 말하고, 자신의 선행에 관련하여 도시의 원로들이 처벌하는 일에 대해 그들을 부드럽게 꾸짖고 있다네. 수크릿은 자식들에게 자기의 발자취를 따라야 한다고 제안함으로써, 아테네 시민들에게 보여준 길은 자식들을 위한 것이라는 취지를 말한 것이고, 만일 그들이 그 길을 따르지 않는다면 처벌받아 마땅한 자로 취급받아야 한다는 점까지 말했네.

나는 이번 주 아무 일도 하지 않겠다고 결심했지만, 그 생각대로 할 수 없었네. 여러 책을 뒤척이다가 소크라테스의 연설을 보게 되었고, 그 책에서 무엇인가를 보낼 의도로 책을 폈는데, 그 안에서 위에 요약한 세계적으로 유명한 구절이 눈에 띄었네.

바뿌

—「죽음, 한 친구」(G.), MMU / I과 II(마이크로 필름); 『전집』 55 : 77

49) 소로를 읽고

캠프 하르도이, 1929.10.12

친애하는 친구에게,

당신의 편지를 받고 놀랐지만 한편으론 기뻤습니다. 그렇습니다. 당신의 책[32]은 채식주의에 관해 내가 본 첫 영어책이었는데, 그것은 채식주의에 대한 내 신념을 유지시켜 주는 데에 아주 큰 도움이 되었습니다. 생각해 보니 내가 소로의 책을 처음 알게 된 것은 1907년이거나 수동적 저항 투쟁이 한창인 때였습니다. 한 친구가 나에게 시민불복종에 대한 소로의 에세이를 보내 주었습니다. 그것은 나에게 깊은 인상을 남겼습니다. 나는 당시 남아프리카에서 편집하고 있던 『인디언 어피니언』지의 독자를 위해 그 글의 일부를 번역하였고, 신문을 위해서는 그 글의 상당량을 발췌했습니다. 그 에세이는 너무나 설득력이 있었고 진실했으므로 나는 소로에 대해 더 알고 싶었습니다. 그리고 그에 대한 당신의 전기, 그의 '월든' 그리고 여타 짤막한 에세이를 알게 되었는데, 나는 아주 즐겁게 모든 것을 읽었고 다대한 이익을 얻었습니다.

귀하의 신실한 친구

Henry S. Salt, Esq.
21 Cleveland Road
Brighton(England)

— 헨리 S. 솔트[33]에게 보낸 편지, SN 15663; 『전집』 47 : 274

---

32) 『채식주의를 위한 변명(*A Plea for Vegetarianism*)』.
33) 1851~1939. (역주)

50) 소로와 시민불복종

와르다, 1935.9.10

친애하는 꼬단다 라오께,

내가 시민불복종(civil disobedience)이라는 생각을 소로의 글에서 얻어 왔다는 주장은 잘못된 것입니다. 남아프리카에서 벌인 정부 당국에 대한 저항은, 내가 시민불복종에 대한 소로의 에세이를 입수하기 훨씬 전의 일이었습니다. 하지만 운동은 그 당시 수동적 저항으로 알려져 있었습니다. 그것이 불완전했으므로 나는 구자라뜨어를 사용하는 독자들을 위해 사땨그라하(satyagraha)라는 말을 새로 만들었습니다. 나는 소로의 훌륭한 에세이의 제목을 보고 난 이후부터, 우리의 투쟁을 영국인 독자들에게 설명하기 위해 그의 용어를 사용하기 시작했습니다. 하지만 나는 시민불복종이란 말도 이 투쟁의 완전한 의미를 전달하지 못한다는 점을 알았습니다. 그래서 나는 시민저항운동(civil resistance)이란 말을 채택했습니다. 비폭력은 언제나 우리 투쟁의 핵심이었습니다.

당신의 부탁대로, 한 부를 피어슨 씨께 보냅니다. 당신이 잘 지내시기를 바랍니다. 마하데브는 지금 봄베이에 있습니다.

귀하의 신실한 친구
M. K. 간디

Sjt. Kodanda Rao

— 꼬단다 라오에게 보낸 편지, GN 6280; 『전집』 67 : 620

5. 러스킨

51) 러스킨과 교육

1932.3.28

존 러스킨은 위대한 작가이고 교사이며 종교사상가였다. 그는 1880년 경에 죽었다.[34] 아슈람의 대부분의 거주자들은 그의 책 한 권[35]이 나에게 큰 영향을 미쳤고, 내 인생에 중대한 변화를 사실상 순간적으로 초래하도록 고취한 것이 바로 이 책이었다는 점을 알고 있으리라고 생각한다. 그는 1871년 공장 노동자들에게 보내는 월간 편지를 쓰기 시작했다. 나는 톨스토이가 쓴 글에서 이 편지들에 대한 예찬을 읽은 적이 있다. 하지만 지금까지 그것들을 구할 수가 없었다. 나는 건설적인 활동의 영역에서 진행된 러스킨의 일과 수고를 다룬 책 한 권을 영국에서 가지고 왔다. 그것을 여기에서 읽고 있다. 이 책은 앞에서 거론된 저 편지들에 대해서도 언급했다. 그래서 나는 영국에 있는 러스킨의 여제자에게 편지를 썼는데, 그녀가 바로 저자였다. 그녀는 가난하여 나에게 월간 편지를 담은 책들을 보낼 수가 없었다. 어리석음 때문인지 아니면 가식적인 예의 때문인지 나는 비용을 청구하는 편지를 아슈람에 쓰라고 그녀에게 요청하지 않았다. 저 착한 여성은 내 편지를 비교적 형편이 괜찮은 그녀의 한 친구에게 보냈다. 이 친구는 『스펙테이터』지의 편집자였다. 나는 영국 체류 때 그를 만나기도 했다. 그는 이 편지가 실린 4권의 책을 나에게 보내 주었다. 나는 첫 부분을 읽고 있었다. 이 편지에 표현된 생각들은 아름다우며 우리의 생각과 비슷한 데도 있었다. 그래서 외부인은 내가 글에서 주장하고 아슈람에서 실행

---

34) 실제로는 1900년이었다.
35) 『이 최후의 사람에게(*Unto This Last*)』이다.

하려고 했던 생각들을 러스킨의 편지에서 훔쳤다고 생각할 수도 있을 것이다. 독자들이 '훔쳤다'라는 말의 의미를 이해할 수 있으리라고 기대한다. 삶에 대한 어떤 생각이나 이상을 다른 사람에게서 빌린 것인데도, 자기 자신의 생각으로 제시한다면, 훔쳤다고 하게 된다.

러스킨은 많은 문제를 이야기했다. 여기에서 그의 생각들 중 몇 개만 언급해보자. 사람들은 보통 아무리 적은 교육이나 아무리 잘못된 교육이라고 해도 교육을 받지 않는 것보다는 낫다고 믿지만, 이것은 순전한 잘못이라고 러스킨은 말했다. 우리는 참교육만을 위해 노력해야 한다는 것이다. 그런 다음 그는 모든 사람들에게 세 가지 일과 세 가지 덕성이 필요하다고 말한다. 누구든 그것들을 기르는 데 실패한다면 인생의 비밀을 알지 못할 것이다. 따라서 이들 여섯 가지가 교육의 기초를 이뤄야 한다. 소년이든 소녀든 모든 아이들은 맑은 공기, 깨끗한 물, 깨끗한 땅의 특성을 배워야 하고, 공기·물·땅을 맑게 그리고 깨끗하게 보존하는 방법과 더불어 그것들이 주는 이익을 배워야 한다. 마찬가지로 그는 세 가지 덕성인 감사·희망·자선을 언급했다. 진리를 사랑하지 않고 선이나 미를 인정할 수 없는 자는 자기 자만으로 살아가는 것이며, 영적 지복을 조금도 모른 채 살아가는 것이다. 이와 유사하게 희망을 품지 않은 자, 다시 말해 신의 정의(正義)에 대해 신념이 없는 자는 심정에서 즐거울 수가 없을 것이다. 그리고 사랑이 없는 자 곧 아힘사정신이 없는 자, 모든 유정자를 자신의 일가친척으로 간주할 수 없는 자들은 삶의 비밀을 결코 알지 못할 것이다.

러스킨은 놀라운 언어로 이런 생각들을 매우 상세히 설명했다. 나는 내가 장차 아슈람의 모든 식구들이 이해할 수 있는 언어로 그것들에 대해 쓸 수 있기를 바란다. 오늘은 위에서 말한 간략한 개요만으로 만족하려고 한다. 하지만 한 가지만은 지적하고 싶다. 즉, 러스킨이 영국 독자를 겨냥해서 다듬고 완성한 영어 산문을 통해 말했던 것은, 우리가 우리의 소박한 언어로 논의했던 것, 그리고 우리가 실행으로 옮기려고 했던 것과 같은 아이디어였다. 내가 여기에서 비교하는 것은 두 언어가 아니라 두 필자이다.

내가 러스킨의 자유분방한 언어구사에 필적할 수 있으리라고는 기대하지 않는다. 하지만 장차 우리 말과 글에 대한 사랑이 보편화되고, 러스킨과 같이 우리들의 언어에 마음과 혼을 바쳐서, 러스킨의 영어처럼 강력한 구자라뜨어를 사용할 때가 올 것이다.

—「교육에 대한 성찰들」(G.), MMU / II(마이크로필름); 『전집』 55 : 194

6. 마치니

52) 마치니의 애국

이탈리아가 하나의 국가로 등장한 것은 최근이다. 1870년 이전의 이탈리아는 작은 공국들로 이뤄졌는데, 각 공국에는 하급의 우두머리가 있었다. 1870년 이전에 그것은 오늘날의 인도나 까티아와드와 같았다. 비록 민중이 동일한 언어를 말하고 동일한 성격을 가졌다고 해도, 그들은 작은 공국에 각각 충성했다. 오늘날 이탈리아는 하나의 독립된 유럽 국가이고, 민중은 독자적인 국민으로 간주된다. 이 모든 것이 한 사람의 업적이라고 할 수 있다. 그는 바로 조셉 마치니이다. 조셉 마치니는 1805년 6월 22일 제노아에서 태어났다. 그는 매우 훌륭한 성품의 소유자이고, 너무나 인격이 훌륭하고 애국적이었으므로, 그의 탄생 백 주년을 기념하기 위해 전 유럽에서 성대한 준비가 진행중이다. 그는 전 생애를 이탈리아에 봉사하였고, 그의 넓은 도량으로 만국의 시민이 될 수 있었다. 모든 나라가 위대하고 일치 속에 살아갔으면 하는 것이 그의 부단한 열망이었다.

마치니는 불과 13세의 나이에 놀라운 지성을 보였다. 그가 보여 주었던 위대한 학식에도 불구하고 그는 애국심에서 책을 포기하고 법률 공부에 착수해서, 자신의 법률 지식을 가난한 자를 위해 무료로 봉사하기 시작했다. 그는 이탈리아 통일을 위해 일하고 있던 비밀 조직에 가담했지만, 이탈리아 공국들의 왕자들은 곧 이 사실을 알고 그를 수감했다. 교도소에 있을 때에도 조국을 해방시키기 위한 계획을 계속 진행시켰다. 그러나 결국 그는 이탈리아를 떠나서 마르세이유에서 살아야만 했다. 하지만 이탈리아의 왕자들은 그들의 영향력을 행사해 그 도시에서도 그를 추방해버렸다. 그는 이곳 저곳으로 도망 다닐 수밖에 없었다. 하지만 낙담하지 않고 이탈리아로 편지를 몰래 계속 보냈고, 그 편지들이 서서히 민중의 마음을 움직일 수 있었다. 그 과정에서 그는 큰 고통을 겪었으며 생명조차 자주 위험에 빠졌지만 개의치 않았다.

그는 1837년 드디어 영국에 갔다. 거기에서 큰 고통을 겪진 않았지만 혹독한 가난에 시달렸다. 그는 영국에서 그 나라의 위대한 지도자들과 접촉하고 그들의 도움을 구했다.

마치니는 1848년 가리발디와 함께 이탈리아로 돌아왔고, 자치의 이탈리아 국가를 설립했다. 하지만 교활한 인간들의 계략 때문에 그것은 오래 가지 못했다. 그리고 마치니는 다시 한번 조국에서 도망가야 했지만 그의 영향력은 줄어들지 않았다. 그가 뿌려 놓은 통일의 씨앗이 살아 남았으므로 비록 마치니가 추방되었지만 이탈리아는 1870년 단일의 통일 국가가 되었고, 빅토르 엠마누엘이 왕이 되었다. 마치니는 조국의 통일을 보고 크게 만족했지만, 귀국이 허용되지 않자 변장한 채로 들어가기도 했다. 한 번은 경찰이 그를 체포하러 온 적이 있었는데, 그는 마치 문지기처럼 그들에게 문을 열어주고 그들을 따돌렸다.

이 위대한 분은 1873년 3월에 돌아가셨다. 원수들은 이제 그의 친구가 되었고, 민중은 그의 참된 가치를 인정하게 되었다. 8만 명의 사람들이 그의 장례행렬에 참가했다. 그는 제노아 시의 가장 높은 장소에 묻혔다. 오늘날 이탈리아와 유럽 전체가 마치니를 숭배한다. 그는 이탈리아에서 가장 위대한 사람들 중에 한 분으로 꼽힌다. 그는 경건하고 종교적인 사람으로, 이기와 자만에서 항상 자유로웠다. 가난은 그에게 하나의 장식품이었다. 그는 타인의 고통을 자신의 것처럼 여겼다. 전 세계를 보아도 단 한 사람이 생전에 마음의 힘과 극단적인 헌신을 통해 조국의 향상을 이룩한 예는 매우 드물다. 그가 바로 마치니이다.

—「조셉 마치니-놀라운 일생의 행적」(G.), 『인디언 어피니언』, 1905.7.22;
『전집』 4 : 323

7. 톨스토이

53) 톨스토이와 단순성

사람들은 적어도 서양에서는 톨스토이 백작같이 재주 있고 박학하고 금욕주의적인 사람은 없다고 믿는다. 현재 여든의 나이에도 불구하고, 그는 아주 건강하고 근면하며 정신적으로 기민하다.

톨스토이는 러시아의 귀족 가문에서 태어났다. 부모는 거부였는데, 그 부를 모두 상속했다. 그는 러시아 귀족으로 청년 시절 크림전쟁에서 용맹하게 싸움으로써 조국에 크게 봉사했다. 그는 당시 다른 귀족들과 마찬가지로 세상의 온갖 쾌락을 향유하고, 첩을 두고, 술을 마시고, 흡연에 크게 중독되었다. 하지만 전쟁에서 학살과 유혈을 목격하자, 그의 마음은 자비로 넘쳤고 생각은 달라졌다. 자신의 종교를 연구하기 시작했고 성경을 읽었다. 예수 그리스도의 삶을 읽었는데 이것은 그의 마음에 깊은 인상을 남겼다. 그는 당시 러시아어 번역의 성경에 만족하지 않고, 성경의 원어인 히브루어를 배우면서 성경 공부를 계속했다. 자신 속에 글쓰기의 위대한 재능을 발견한 것도 이 무렵이었다. 그는 전쟁의 사악한 결과에 대해 아주 인상적인 책을 썼다. 그의 명성은 유럽 전역으로 퍼져 갔다. 민중의 도덕을 향상시키기 위해 그는 소설 몇 작품을 썼는데, 이 소설들에 필적할 만한 책은 유럽에서 거의 찾아볼 수 없다. 이 책들 전부 속에 표현된 견해는 매우 진보적이었으므로, 그는 러시아 성직자들을 불쾌하게 만들었고 파문당했다. 그러나 그는 이 모든 일에 개의 치 않고 계속 노력하여 그의 생각을 알리기 시작했다. 그의 저작들은 자신의 마음에도 커다란 영향력을 미쳤다. 그는 부를 포기하고 가난한 생활을 시작 했다. 그는 이후 오랫동안 농민처럼 살았으며 자신의 노동으로 생계를 꾸려 나갔다. 그는 모든 악을 포기하고, 매우 간소한 음식을 먹고, 모든 살아 있는 생명을 생각·말·행동으로 더 이상 해치지 않겠다고 마음먹었다. 그는 모든 시간을 선행과 기도에 바쳤다. 그는 다음과 같은 사항을 믿었다.

① 이 세상에서 사람은 부를 축적해서는 안 된다.
② 어떤 사람이 우리에게 아무리 많은 악을 행하더라도 우리는 그에게 선을 베풀어야 한다. 이와 같은 것이 신의 계명이고 율법이다.
③ 어떤 자도 싸움에 가담해서는 안 된다.
④ 정치력을 행사하는 일은 죄악이다. 왜냐하면 그것은 이 세상에 있는 많은 악으로 인도하기 때문이다.
⑤ 인간은 창조주에 대한 의무를 수행하기 위해 태어났다. 따라서 그는 자신의 권리보다 의무에 더 많은 주의를 기울여야 한다.
⑥ 농업이야말로 인간의 진정한 직업이다. 따라서 거대 도시를 수립하는 일, 공장 기계를 돌보기 위해 수십만 명의 사람들을 고용하여 대다수 사람 들의 무기력함과 가난을 착취함으로써 소수의 사람을 부에 뒹굴게 하는 일은 신의 법에 위배된다.

그는 많은 종교와 고전에서 다양한 예화를 끌어옴으로써 이런 견해들을 아름다운 글로 옹호했다. 오늘날 유럽에는 톨스토이의 삶이 보여주는 길을 수용한 사람이 수천 명이나 된다. 그들은 세속의 재산 전부를 버리고 매우 단순한 삶을 산다.

톨스토이는 여전히 매우 정력적으로 집필하고 있다. 자신이 바로 러시아인이지만 노일전쟁과 관련하여 러시아를 혹독하게 비판했다. 그는 전쟁에 대해 매우 신랄하지만 감동적인 편지를 러시아 황제에게 보냈다. 이기적인 장교들은 그를 아니꼽게 보았다. 하지만 러시아 황제를 비롯하여 다른 이들은 그를 경외했다. 그와 같은 것이 그의 선함과 거룩한 삶이 가진 힘이어서, 수백만 농민들은 톨스토이가 자신의 소망을 말하자마자 그것을 실천할 준비가 되어 있다.

—「톨스토이 백작」(G.), 『인디언 어피니언』, 1905.9.2; 『전집』 4 : 361

54) 톨스토이와 보복하지 않기

S. S. 킬도난캐슬호, 1909.11.18

아래에 번역된 편지36)는 약간의 설명이 필요하다.

톨스토이 백작은 러시아의 귀족이다. 그는 인생의 쾌락을 한껏 맛보았고, 한때 용감한 군인이었다. 유럽의 작가들 중 그에 필적할 자는 없다. 그는 많은 경험과 연구 끝에 세계가 추종하는 정치적인 정책들이 아주 잘못되었다는 결론에 도달했다. 주요 이유는 우리가 복수한다는 점인데, 이것은 우리 인간에게 어울리지도 않고 모든 종교 교리에도 배치되는 것이다. 그는 상해(傷害)를 상해로 갚는다는 것이 자신에게도 적에게도 해롭다고 믿었다. 그에 따르면 우리는 우리에게 상처를 준 자가 누구든지 그에게 보복해서는 안 되고, 대신 사랑으로 보답해야 한다. 그는 악을 선으로 갚는다는 원리를 충실하게 따랐고 이 일에 조금의 타협도 없었다.

---

36) 여기에 게재하지 않는다.

톨스토이가 악을 선으로 갚는다는 말을 한 것은 사실이지만, 고통당하는 사람이 고통을 제거하려고 해서는 안 된다는 것을 의미한 것은 아니다. 그는 오히려 우리의 잘못이 우리 자신에게 고통을 초래한다고 믿는다. 우리가 억압자의 폭정에 굴복하지 않는다면 억압자의 노력은 실패하고 말 것이다. 일반적으로 말한다면 아무도 나를 순전히 재미로 발길질하지는 않을 것이다. 그가 그러는 데에는 깊은 이유가 있다. 내가 반대해 왔으므로 그는 그의 의지 앞에 나를 굴복시키기 위해 발길질할 것이다. 발길질에도 불구하고 내가 명령 수행을 거부한다면 그는 발길질을 그만둘 것이다. 그가 발로 차든 말든 나는 상관이 없다. 내게 있어 중요한 것은 그의 명령이 부당하다는 점이다. 노예제도는 부당한 명령에 굴종하는 것이지, 발길질당하는 것에 있지 않다. 참 용기와 인간성은 발길질을 발길질로 갚는 데에 있는 것이 아니다. 이것이 톨스토이 가르침의 핵심이다.

아래에 번역한 편지는 원래 러시아어로 쓴 것이다. 톨스토이 자신이 영역하여 『자유 힌두스딴』지의 편집자에게 답장으로 보냈다. 편집자는 톨스토이와는 다른 견해를 가지고 있었으므로 편지를 신문에 싣지 않았다. 그것을 내가 입수했는데 한 친구가 그것을 실어야 할지 여부에 대해 나에게 물어왔다. 나는 그 편지가 마음에 들었다. 내가 본 것은 편지의 사본이었다. 나는 그것을 톨스토이에게 보내 신문에 싣도록 허락해달라고 했다. 동시에 나는 그 편지가 톨스토이 자신이 쓴 것이지를 물었다. 그의 허락을 받아서 편지의 영어본과 구자라뜨어 번역본을 『인디언 어피니언』지에 싣게 되었다.

톨스토이의 편지는 나에게 아주 소중한 것이다. 누구든 트란스발 투쟁의 경험을 향유한 자라면 그 편지의 가치를 금새 알아차릴 것이다. 소수의 인도인 사땨그라히(진리파지자)들은 트란스발 정부가 보유한 총의 힘에 사랑으로, 즉 혼의 힘으로 맞섰다. 그것이 톨스토이 가르침의 중심 원리이고, 모든 종교적 가르침들의 핵심 원리이다. 쿠다 이슈와르(Khuda-Ishwar)37)는 순전한 폭력이 도저히 대적할 수 없을 정도의 힘을 우리의 혼에 불어넣어 주셨다. 우리는 트란스발 정부에 대항하여 그 힘을 사용했는데, 증오와 복수의 일념에서 그런 것이 아니라 단순히 부당한 질서에 저항하기 위해서였다.

사땨그라하가 얼마나 행복한 경험인지를 아직 모르는 사람들, 불꽃 주위를 파닥파닥 날아다니는 나방과 같이 현대문명이라는 거대한 허위의 올가미에 붙잡혀 있는 자들, 이들은 톨스토이 편지에 금방 관심을 가질 리 없다. 그런 사람들은 하던 일을 잠깐 중지하고 반성해 보아야 한다.

톨스토이는 인도에서 백인을 몰아내지 못해 안달하는 인도인에게 간명한 해답을 주고 있다. 우리가 영국인의 노예가 아니라 우리 자신의 노예라는 것이다. 이 사실을 우리 마음에 깊이 새겨야 한다. 우리가 원하지 않는다면 백인은 여기에 머물러 있을 수 없다. 만일 모든 인도인들이 무기를 사용하여 영국인을 몰아낼 생각이 있다면, 인도인 각자는 유럽이 무기를 사용하여 무슨 귀한 이득을 얻었는지를 생각해 보아라.

누구든 인도가 자유롭게 되는 것을 보면 행복해질 것이다. 그러나 그 자유를 얻을 수 있는 방법에 대해서는 사람 수만큼이나 많은 견해들이 존재한다. 톨스토이는 사람들에게 간명한 길을 보여주고 있다.

톨스토이는 이 편지를 힌두교도에게 보냈다. 바로 그 때문에 그가 편지에서 힌두교 경전으로부터 여러 사상을 인용하고 있다. 하지만 그와 같은 사상들은 모든 종교 경전에서 발견될 수 있다. 그러한 사상들은 힌두교도·무슬림·파시교도들 모두에게 수용될 수 있다. 종교적 수행과 교리는 다를 수 있지만 윤리적 원리들은 모든 종교에서 동일해야 한다. 그러므로 나는 모든 독자들에게 윤리에 대해 생각해 보라고 권하고 싶다.

내가 톨스토이의 모든 사상을 전부 수용한다고 생각해서는 안 된다. 나는 그를 나의 많은 선생들 중 한 분으로 모시고 있다. 하지만 나는 그의

---

37) 신의 이름. 간디는 이 이름의 신이 무슬림신이면서 동시에 힌두신이라고 믿어서, 힌두·무슬림 갈등을 종식시키기 위해 1909년 남아프리카에 있을 때부터 사용했다고 한다. (역주)

사상 전부에 동의하는 것은 아니다. 나는 그의 가르침의 중심 원리를 전적으로 받아들일 수 있고, 그것이 아래 편지에 개진되어 있다.

편지에서 그는 어떤 종교에 대해서도 미신을 용서하지 않았다. 하지만 힌두교나 다른 종교에 대해 자부심이 있는 신자라면 그의 가르침에 반대하지 않을 것이다. 그가 모든 종교의 근본 원리들을 수용한다는 사실만으로 우린 충분하다. 흔히 있는 일이지만, 반(反)종교가 종교인 체 하면 참종교가 고통을 당한다. 톨스토이는 이것을 반복하여 지적하고 있다. 우리가 어떤 종교에 속하든 우리는 그의 사상에 단단히 주목해야 할 것이다.

나는 번역을 하며 가장 소박한 구자라뜨어를 사용하려고 노력했다. 『인디언 어피니언』지 독자들이 소박한 용어를 선호할 것이라는 점에 유의했다. 구자라뜨 지역에 사는 수천의 인도인들이 톨스토이 편지를 읽기를 바란다. 어려운 단어는 그와 같은 많은 사람들에게는 지루한 읽을거리가 될 수도 있다. 모든 점을 염두에 두었지만, 보다 소박한 말이 없는 경우에는 조금 어려운 단어들도 때때로 사용되곤 한다. 이 점 독자들에게 사과 드린다.

M. K. 간디

—「어느 힌두교도에게 보낸 편지」에 대한 톨스토이의 서문,
『인디언 어피니언』, 1909.12.25; 『전집』 10 : 158

55) 톨스토이의 가르침

위대한 톨스토이는 여든 셋이라는 익은 나이에 육신의 틀을 벗어 버렸다. '육신의 틀을 벗어 버렸다'라고 하는 것이, '그가 죽었다'고 하는 것보다 더 진실한 표현이다. 톨스토이의 혼은 죽지 않을 것이기 때문이다. 그의 이름은 영원히 불멸할 것이다. 오직 먼지로 이뤄진 육신만이 먼지로 돌아갔다.

톨스토이는 전 세계에 걸쳐 유명해졌다. 그는 한때 직업 군인으로 이름을 날렸음에도 군인으로 알려진 것이 아니고, 작가로서 위대한 평판을 듣고 있지만 위대한 작가로서 알려진 것도 아니며, 엄청난 부를 소유하고 있지만 귀족으로 알려진 것도 아니다. 세상은 그를 선량한 사람으로 알고 있다. 인도에서라면 우리는 그를 마하리쉬(maharshi : 대성선)나 파끼르(fakir : 탁발승)로 묘사했을 것이다. 그는 자신의 부를 내버리고 안락한 삶을 포기하고 단순한 농민의 삶을 받아들였다. 자신이 설교한 것을 스스로 실천한 것이 그의 위대한 덕이다. 따라서 수천 명의 사람들이 그의 말과 가르침을 충실히 따르고 있다.

우리는 시간이 흐름에 따라 톨스토이의 가르침이 점점 높은 평가를 받을 것이라고 믿는다. 그 가르침의 토대는 종교였다. 기독교도로서 그는 기독교가 최선의 종교임을 믿었다. 하지만 그는 다른 어떤 종교도 비난하지 않았다. 그와 반대로 그는 진리가 모든 종교에 의심할 여지없이 현존한다고 말했다. 동시에 그는 이기적인 사제들, 바라문들, 물라(Mulla)들이 기독교와 다른 종교의 가르침을 왜곡하고 민중을 오도했다는 점도 지적했다.

톨스토이는 모든 종교가 혼의 힘을 폭력보다 본성상 우월한 것으로 생각하고 있다는 점에 대해 아주 분명히 확신했다. 그리고 그는 악은 악으로서가 아니라 선으로 보답해야 한다고 가르쳤다. 악은 종교의 부정이다. 반종교는 반종교에 의해서 치유될 수 없고, 오로지 종교에 의해서만 치유될 수 있다. 종교에는 자비 이외에 다른 것이 들어갈 여유가 조금도 없다. 종교인이라면 그의 적수에게조차 불운을 빌어서는 안 된다. 따라서 만일 사람들이 종교의 길을 따르기를 늘 원한다면, 오직 선만을 행해야 할 것이다.

위대한 톨스토이는 『인디언 어피니언』지에 이와 같은 이념들을 표현했는데, 그는 만년에 여러 부의 『인디언 어피니언』지를 잘 받았다는 내용의 편지를 간디 씨에게 보냈다. 편지는 러시아어로 쓰여졌다. 우리는 이번 호에 영역에 기초한 구자라뜨어 번역을 실었으며, 이것은 읽을 만하다. 그가 거기에서 사땨그라하에 대해 말한 것은 모든 사람들이 곰곰이 성찰할 가치가 있다. 그에 따르면 트란스발 투쟁은 세상에 흔적을 남길 것이며, 모든 사람들이 거기에서 배울 바가 많다. 그는 사땨그라히들에게 용기를 북돋우고 그들에게 신의 정의를 보증해 주었다. 신의 정의가 통치자에게서 오는 것이 아니라면 말이다. 통치자들은 자신들의 세력에 도취된 나머지 사땨그라하를 달갑게 여기지 않을 것임이 분명함에도 불구하고 사땨그라히들은 인내를 가지고 계속해서 싸워야 한다. 더구나 그는 러시아의 사례를 들면서 군인들이 거기에서도 매일매일 그들의 직업에 등을 돌린다고 말하고 있다. 이 운동은 현재 손에 잡힐 만큼 분명한 결과가 없지만 종내 크게 일어날 것이고, 러시아는 자유롭게 될 것이라는 점을 그는 확신하고 있다.

우리가 수행하고 있는 과업에 대해 톨스토이와 같이 위대한 분이 축복하셨다는 것은 상당한 고무가 된다. 우리는 금일 자로 발행되는 본지에 그의 사진을 게재한다.

—「위대한 고 톨스토이의 죽음을 애도하며」(G.), 『인디언 어피니언』, 1910.11.26;
『전집』 11 : 193

56) 비폭력에 대한 톨스토이의 견해

사바르마띠 아슈람, 1926.3.11

사랑하는 친구에게,

당신의 편지를 받았습니다. 유럽을 방문하여 내가 모르는 많은 유럽 친구들을 만날 수 있기를 진정으로 바랍니다. 하지만 나는 당분간 인도를 떠나서는 안 된다고 느낍니다. 유럽으로 가는 길이 분명해졌다고 느낄 때, 나는 유럽으로 가기를 망설이지 않을 것입니다. 그때까지 우리는 서신교환을 통해 만나야 합니다. 현재는 앤드루스 씨나 다른 사람을 보낼 수도 없습니다. 앤드루스 씨는 멀리 남아프리카에 가 있습니다. 그는 다음달 돌아오지만 일감이 잔뜩 그를 기다리고 있어서, 그는 여러 달 동안 바쁠 것입니다.

톨스토이의 글이 나에게 강한 영향력을 주었다는 점은 명백합니다. 그는 비폭력에 대한 내 사랑을 강화시켜 주었습니다. 그는 나로 하여금 사물을 그 전보다 더 분명히 보게 해주었습니다. 이런 일을 표현하는 방식은 모두 그 분 고유의 것입니다. 동시에 우리 사이에 근본적인 차이가 있다는 점, 그리고 차이점이 늘 존재한다고 해도 내가 여러 일에 대해 그에게 항상 감사를 느끼는 것과 비교한다면 그 차이점은 아무 것도 아니라는 점을 나는 알고 있습니다. 내 애국심은 개방적이고 인도에 대한 내 사랑은 늘 커지지만 그 사랑은 나의 종교에서 비롯된 것이므로 결코 배타적이지 않습니다.

귀하의 신실한 친구

―편지, SN 19353;『전집』 34 : 119

57) 톨스토이의 가장 위대한 기여

사바르마따 아슈람, 1928.4.20

사랑하는 친구에게,

당신의 편지를 받았습니다. 당신의 말을 거절하지 않고 액면 그대로 받아들이겠습니다. 나는 다음과 같은 단 하나의 문장을 보냅니다.

나는 톨스토이가 내 인생에 끼친 가장 큰 공헌은 어떤 희생을 감수하고서라도 자신의 고백을 실행에 옮기려고 부단히 시도하는 데에 있었다고 생각합니다.

안부를 물어주어서 고맙습니다. 지금은 좋은 것 같습니다.

귀하의 신실한 친구

─ 존 헤인즈 홈스에게 보낸 편지, SN 14287, 『전집』 41 : 489

58) 톨스토이의 영향

사바르마띠, 사땨그라하 아슈람, 1928.9.7

사랑하는 친구에게,

당신의 편지를 받았습니다. 나는 톨스토이의 말이든, 다른 사람의 말이든 그것을 인용할 때마다 꼭 그들의 이름을 밝혔습니다. 그리고 나는 다른 저자들을 자주 인용하지 않았다고 기억합니다. 그 이유는 내가 그러고 싶지 않아서가 아니라 내 독서 정도가 형편없는 데다가, 읽은 것을 다시 생산하는 능력은 그보다도 못하기 때문입니다.

내가 순결 서약을 한 것은 톨스토이의 글을 상당히 읽고 난 다음이라는 점에 의심의 여지가 없습니다. 그리고 내 인생이 『기따』의 가르침에 근거한다는 말은 대체로 옳지만, 톨스토이의 글과 가르침이 순결에 대한 내 결정에 아무 영향을 주지 않았다고 맹세할 수는 없을 것입니다.

이만 하면 만족하시리라 여깁니다. 언젠가 당신의 주요 질문들을 『영 인디아』지에서 다루고 싶습니다.

귀하의 신실한 친구

Dhan Gopal Mukerjee

─ 단 고빨 무께르지에게 보낸 편지, SN 14378; 『전집』 42 : 510

59) 자제에 대한 톨스토이의 견해

[1928.9.10]

현재 내 심정으로는 어떤 날도 어떤 축제도 참가하고 싶지 않습니다. 얼마 전『나바지반』지 혹은『영 인디아』지의 독자가 나에게 다음과 같은 질문을 해왔습니다. "당신은 기일(忌日, 슈라다)에 대해 쓰면서 우리 선조들에 대한 제사를 지내는 올바른 방법은 그들의 덕을 상기하고 그것들을 구현하는 것이라고 말씀했습니다. 그래서 당신은 당신 선조들의 기일을 어떻게 보내는지 질문해도 되겠습니까?" 나는 어릴 적에는 기일을 준수했습니다. 하지만 지금은 그들이 돌아가신 날조차 기억하지 못한다는 점을 서슴없이 말씀드립니다. 지난 여러 해 동안 나는 기일을 지킨 기억이 없습니다. 그와 같은 것이 나의 마음을 언짢게 합니다. 그것은 내 매력이거나 혹은 어떤 친구들이 믿는 대로 커다란 무지입니다. 우리가 그 날의 매 순간 우리 목전의 과업에 주목하고 그것을 가능한 한 질서정연하게 처리한다면, 그것으로 충분하다고 믿습니다. 따라서 우리는 톨스토이와 같은 인물들에 대한 기억을 축하하듯이 선조들의 기일도 축하합니다. 만일 하리쁘라사드 박사께서 나를 어쩔 수 없게 만들지 않았다면, 나는 아마 십일인 오늘 아슈람에 아무 축제도 벌이지 않았을 것입니다. 나는 그 날을 까맣게 잊을 뻔했습니다. 나는 톨스토이 서적을 수집하는 사람들인 알메르 모드(Aylmer Maude)와 그 외 사람들로부터 석 달 전에 편지들을 받았습니다. 그들은 나에게 탄생 일백 주년 기념에 즈음하여 글 하나를 보내서 전국이 오늘에 주목할 수 있도록 해달라는 요청을 해왔습니다. 여러분은『영 인디아』지에 게재되었던 알메르 모드 편지의 발췌문 혹은 전문(全文)을 읽었을 것입니다. 그 이후 나는 이 일에 대해 까맣게 잊고 있었습니다. 이번 기회는 나에게 마침 좋은 기회입니다. 하지만 내가 그것을 잊어버렸음을 깨달았다고 해도 별로 미안한 생각은 들지 않았을 것입니다. 그렇지만 본 청년회 회원들이 아슈람에서 오늘을 축하하자고 제의했을 때, 나는 그것을 좋은 기회로 환영했습니다.

내가 닷따뜨레야와 같이 세상에 많은 사람들을 구루로 받아들였다고 말할 수 있었으면 좋겠습니다만, 그런 입장에 있지는 않습니다. 반대로 종교 문제에서는 내가 여전히 구루를 찾고 있는 중이라고 말해 왔습니다. 날마다 성장하는 나의 신념은, 구루를 찾는 데에도 특별한 자격이 있어야 한다고 말합니다. 특별한 자격을 갖춘 사람이라면 굳이 찾지 않아도 구루는 옵니다. 하지만 나는 그런 자격이 없습니다. 나는 고칼레를 내 정치적 구루로 말해 왔습니다. 그는 정치 분야에서 구루에 대한 내 모든 기대를 충족시켜 주었습니다. 나는 그의 견해나 가르침의 적합성에 대해 한 번도 의심을 품거나 문제를 제기한 적이 없습니다. 정치 분야에서는 고칼레가 구루이지만, 종교 문제에 있어서 내가 구루라고 부를 수 있는 사람은 아무도 없습니다.

그런데 나의 인생에 크나큰 영향력을 끼쳤던 사람이 세 사람이 있었다고 말하고 싶습니다. 그들 중 첫 자리는 라즈찬드라, 둘째 자리는 톨스토이, 셋째 자리는 러스킨입니다. 내가 톨스토이와 러스킨 두 사람 중에 한 사람을 선택해야 하고, 내가 두 사람의 삶에 대해 더 많이 알게 된다면, 나는 누구를 선택해야 할지 알 수 없을 것입니다. 하지만 나는 현재는 톨스토이에게 첫째 자리를 주렵니다. 나는 다른 사람들처럼 톨스토이에 대해 많이 읽지 않았고, 그의 저서 중 많은 것을 읽지도 않았습니다. 그의 여러 저작 중 나에게 가장 큰 영향력을 준 것은 『천국이 네 안에 있다』입니다. 제목은 하느님의 나라가 우리 심정 안에 있다는 것을, 그리고 우리가 그것을 외부에서 찾는다면 어디에서도 찾을 수 없다는 것을 의미합니다. 나는 그 책을 40년 전에 읽었습니다. 그 당시 나는 많은 문제에 대해 회의적이었고, 때로 무신론적 생각까지 즐겼습니다. 나는 영국에 갔을 때, 폭력의 신봉자로서 폭력은 믿었지만 비폭력은 전혀 믿지 않았습니다. 그 책을 읽은 후 비폭력에 대한 신념이 생겼습니다. 나중에 그의 다른 저작을 읽었습니다만, 그것들이 나에게 무슨 영향을 끼쳤는지에 대해 말할 수 없습니다. 그의 삶 전체가 나에게 어떤 영향을 끼쳤는지에 대해 말할 수 있을 따름입니다.

나는 그의 인생에서 두 가지 중요한 것을 보았습니다. 그는 설교한 것을 실천했습니다. 그의 단순함은 비범한 것이었습니다. 그가 외면적인 단순성을 지닌 것은 사실입니다. 하지만 그것은 단순히 외면적인 것이 아닙니다. 그는 귀족 가문에 태어나 인생에서 즐겨야 할 모든 것을 소유하고, 부와 소유물이 그에게 줄 수 있는 모든 것을 수중에 갖고 있었습니다만, 청년이 한창일 때 인생의 항로를 바꾸었습니다. 그는 온갖 쾌락을 즐기고 인생이 줄 수 있는 모든 달콤함을 맛보았지만, 그와 같은 삶의 방식의 공허함을 깨닫자마자 그것에 대해 등을 돌리고, 인생의 마지막까지 그의 새로운 확신을 굳건히 지켰습니다. 그래서 나는 나의 메시지 중에서 톨스토이가 이 시대에 진리의 구현자 자체라고 확언한 바 있습니다. 그는 진리를 아는 대로 타협 없이 따르려고 노력했으며, 그가 진리로 믿었던 것을 감추거나 희석시키려고 하지 않았습니다. 그는 그가 진리라고 느낀 것을 공언했는데, 그러면서 그 진리가 민중의 기분을 상하게 할지 기쁘게 할지, 막강한 권세의 황제가 그것을 환영할지의 여부에 대해서는 고려하지 않았습니다. 톨스토이는 당대의 위대한 비폭력 주창자였습니다. 나는 서양에서 톨스토이만큼 비폭력의 대의명분에 대해 많이 그리고 효과적으로 쓴 저자를 알지 못합니다. 나는 한 걸음 더 나아가 인도를 포함한 다른 곳에서 톨스토이만큼 비폭력의 본성에 대해 깊이 이해하고, 비폭력을 성실하게 추종하기를 노력한 사람을 알지 못한다고까지 말할 수 있습니다.

나는 현 사태에 불만을 느끼고 있습니다. 나는 그것을 좋아하지 않습니다. 인도는 의무의 땅(karmabhumi)[38]입니다. 이 나라의 성자와 현자들은 비폭력 분야에서 지상 최대의 발견을 했습니다. 하지만 우리는 유산만으로 살아갈 수는 없습니다. 우리가 계속해서 그 유산에 뭔가를 보태지 않는다면 그것은 곧 사라지게 될 것입니다. 고 라나드 판사는 이 점에 대해 우리에게 경

---

38) 향락의 땅(bhogabhumi)과 대조된다. 『전집』 권43, 6면 참조 (역주).

고했습니다. 우리는 스스로 도취되어 베다와 자이나교 문헌에서 인용한 깊은 얘기를 하거나 위대한 원리들을 발표하여 세상을 놀라게 할 수 있습니다. 하지만 민중은 우리의 성실성을 믿지 않을 것입니다. 따라서 라나드는 유산에 무엇인가 보태야 하는 일이 우리의 의무라고 했습니다. 우리는 유산을 다른 종교사상가들의 저서와 비교해야 합니다. 그리고 만일 비교의 결과, 우리가 새로운 것을 발견하거나 어떤 주제를 비춰주는 새로운 빛을 발견하게 되면 그것을 거부해서는 안 됩니다. 하지만 우리는 이 일에 실패했습니다. 우리의 종교 지도자들은 사유에 있어서 언제나 일면적입니다. 그들의 말과 행위 사이에 아무 조화가 없습니다. 톨스토이는 민중이나 자신이 소속되어 일하고 있는 사회를 기쁘게 할지 여부와 관계없이, 명백한 진리를 큰소리로 분명히 말했던 사람인데, 그런 사람이 우리에게는 없습니다. 그것이 비폭력의 우리 땅이 처해 있는 안타까운 처지입니다. 우리의 비폭력은 무가치합니다. 우리는 비폭력의 최고 상한선을 여하튼 벌레, 모기, 벼룩을 박멸하지 않는 일, 또는 새와 동물을 죽이지 않은 일에서 보고 있습니다. 이 피조물들이 고통을 당해도 우리는 상관하지 않습니다. 우리가 그들의 고통을 가중시키더라도 상관하지 않습니다. 반대로 우리는 누구든 고통받고 있는 한 마리의 피조물을 해방시켜 주거나 해방시키는 일을 도와주면 그것을 극악무도한 죄로 여깁니다. 나는 이런 것이 비폭력이 아니라고 이미 글을 쓰기도 하고 설명하기도 했습니다. 내가 톨스토이에 대해 말하는 기회를 이용하여, 그것이 비폭력의 의미가 아니라는 점을 반복합니다. 비폭력은 자비의 바다를 의미하고, 타인에 대한 악의의 아주 작은 흔적조차 우리에게서 털어 내는 일을 의미합니다. 그것은 무기력함이나 심약함이거나, 무서워 도망치는 일을 의미하지 않습니다. 반대로 그것은 마음의 단호함과 용기, 결연한 정신을 말합니다.

우리는 이런 비폭력을 인도의 식자층에서는 찾아볼 수 없습니다. 그들에게 있어 톨스토이의 인생은 영감의 원천이 되어야 합니다. 그는 믿는 바를 실천하기 위해 열심히 노력했고, 자신이 선택한 길을 한 번도 포기한

적이 없습니다. 나는 그가 비폭력이라는 지팡이를 발견하지 못했다고 믿지 않습니다. 그 자신은 물론 그것을 발견하는 데에 실패했다고 말했지만 그것은 겸손입니다. 그가 지팡이를 발견하지 않았다고 말하는 비판도, 나는 동의하지 않습니다. 혹자는 톨스토이가 언뜻 본 비폭력 원리에 근거하여 철저하게 행동하지 않았다고 단정할 수도 있습니다. 그 말에 아마 나는 동의할 수 있을지도 모릅니다. 그러나 살아 있는 동안 비폭력 원리에 철저하게 따라 살 수 있었던 자가 이 세상에 단 한 사람이라도 있었습니까? 나는 이 육신 안에서 살아가는 누구도 완전한 비폭력을 준수하는 일은 불가능하다고 믿습니다. 육신이 살아 있는 동안 일정 정도의 이기주의는 불가피합니다. 이기주의가 지속되므로 우리는 육신을 유지합니다. 따라서 육신의 삶은 폭력을 불가피하게 수반합니다. 어떤 사람이 이상을 실현했다고 믿는다면 그는 곧 실패할 것이라고 톨스토이는 말했습니다. 이상의 실현을 믿는 순간부터 그의 추락은 시작될 것입니다. 우리가 어떤 이상을 향해 더 다가가면 갈수록 그 이상은 후퇴할 것입니다. 우리가 이상을 찾아 전진할 때, 우리는 한 단계 한 단계 올라가야 함을 깨닫게 됩니다. 단숨에 모든 단계를 올라갈 수 있는 사람은 없습니다. 이러한 견해가 정신의 나약이나 비관주의를 함축하는 것은 아니며, 그 안에는 분명히 겸손이 있습니다. 그래서 우리의 성자와 현자는 해탈(목샤)의 경지가 철저한 공(空 : emptiness)의 경지라고 했습니다. 해탈을 갈망하는 자라면 그와 같은 공의 경지를 닦아야 할 것입니다. 신의 은총이 없다면 그 경지에 도달할 수 없습니다. 공의 경지는 우리가 이 육신으로 살아가는 한 하나의 이상(理想)으로 남아 있을 뿐입니다. 톨스토이가 이 진리를 분명히 보고, 자신의 지성으로 그것을 파악하고 그 이상을 향해 여정을 출발하는 순간, 그는 새로운 지팡이를 찾았습니다. 그는 그것을 묘사할 수는 없고, 발견했다라고밖에 말할 수 없었을 것입니다. 하지만 만일 그가 그것을 발견했다고 실제 말했다면, 그에게 인생의 진보는 끝났을 것입니다.

톨스토이 인생에 보이는 이와 같은 외관상의 모순은 오점도 아니고 실

패의 표시도 아닙니다. 그 모순은 관찰자의 실패를 의미합니다. 에머슨은
어리석은 일관성이 쩨쩨한 마음들의 도깨비라고 말한 바 있습니다. 우리가
우리 인생에 아무 모순이 없음을 보여주기 위해 살려고 한다면, 우리는 완
전히 실패하고 말 것입니다. 그런 방식으로 살아가려고 노력할 때, 우리는
어제 행위한 것을 기억해 낸 다음 오늘의 행위들과 조화시켜야 할 것입니
다. 그와 같은 억지스런 조화를 유지하려고 노력하면, 우리는 허위에 호소
해야 할지도 모릅니다. 최선의 길은 그 순간 진리로 보이는 것을 따라가는
길입니다. 우리가 매일매일 진보한다면, 다른 이들이 우리 안에 모순을 본
다고 해도 우리가 왜 그것을 염려하겠습니까? 실제로는 모순으로 보이는
것은 모순이 아니라 진보입니다. 그런 맥락에서 톨스토이의 인생에서 모순
처럼 보이는 것은 실제 모순이 아니라 우리 마음의 망상일 따름입니다. 사
람은 자신의 심정 내부에서 얼마나 투쟁하고 있는지, 또는 심중에서 벌어
지는 라마와 라바나의 전쟁에서 어떤 승리를 쟁취할지는 자신만이 알고
있습니다. 방관자가 그것을 알 수 없음은 분명합니다. 만일 그 사람이 조
금이라도 비틀거린다면, 세상 사람들은 그 사람 안에는 아무 것도 없다고
생각할 것입니다. 물론 이것은 최선의 경우입니다. 따라서 우리는 세상을
저주해서는 안 됩니다. 성인들은 세상이 우리에게 욕설할 때 즐거워해야
하고, 세상이 우리를 칭찬할 때는 두려움으로 벌벌 떨어야 한다고 말합니
다. 세상은 세상이 행동하는 것 이상으로 행동할 수는 없습니다. 세상은
악이라고 본 것을 책망해야 합니다. 그러나 우리는 위인의 인생을 검토할
때마다, 내가 설명한 바를 명심해야 할 것입니다. 신은 그 위인이 마음에
서 싸웠을 수도 있는 전투와, 성취했을지도 모르는 승리의 증인이십니다.
이러한 전투와 승리가 그에 관한 실패와 성공의 유일한 증거입니다.

  그렇다고 해서, 여러분이 여러분의 약점을 덮어버려야 한다든가, 약점이
산과 같이 클 때에 그것이 모래알같이 작은 것으로 생각해야 한다는 것을
말하는 것은 아닙니다. 내가 말한 것도 다른 사람과도 유관합니다. 우리는
타인의 단점이 히말라야와 같이 거대하다고 해도 겨자씨만큼 작은 것으로

보아야 하고, 겨자씨 같이 작은 우리의 약점을 히말라야 같이 큰 것으로 보아야 합니다. 우리 안에서 아주 작은 도덕적 일탈을 자각하거나 또는 의도적이든 아니든 허위의 유죄를 범한 것으로 볼 때, 우리는 불꽃 속에 갇혀 불타는 것 같이 느껴야 합니다. 뱀에 물리고 전갈에 쏘이는 일은 대수롭지 않습니다. 그것을 치료할 수 있는 사람은 많습니다. 하지만 허위나 폭력에 쏘였을 때 우리를 치료할 수 있는 사람이 있습니까? 신만이 홀로 그러실 수 있습니다. 그 분은 우리가 진지하게 노력할 때에만 치료하실 수 있습니다. 따라서 우리는 우리의 단점에 대해 경계해야 하고 그것을 그 극단에까지 확대해야 합니다. 그래서 세상이 우리를 힐난할 때 세상 사람들이 비열하기 때문에 우리의 잘못을 과장했다고 생각해서는 안 됩니다. 누구라도 톨스토이에게 그의 약점을 지적해 주었다면—톨스토이는 자기 반성에 있어서 무자비했으므로, 그런 경우가 거의 없겠지만—그는 그 결점을 엄청나게 크게 확대했을 것입니다. 톨스토이는 자신의 결점을 딴 사람이 지적해 주기 전에, 자신이 먼저 그것을 확대하여 보고 그가 생각하는 가장 적절한 방식으로 회개했을 것입니다. 이것이 선함의 표시입니다. 그래서 나는 그가 저 지팡이를 발견했을 것으로 생각합니다.

톨스토이의 저서와 삶에는 다른 사람의 주목을 끄는 일이 또 하나 있습니다. 그것은 곧 '생계를 위한 노동(bread labour)'이란 개념입니다. 그것은 톨스토이 자신이 발견한 것은 아닙니다. 다른 작가가 러시아 시 문집에서 언급한 바 있습니다. 톨스토이는 자신의 이름을 세상에 알렸고 세상에 그의 관념을 제시했습니다. 이 세상에서 우리가 보는 불평등의 원인, 부와 가난의 차별의 원인은 우리가 삶의 법칙을 망각해 버렸다는 사실에 있습니다. 그 법칙이 바로 '생계를 위한 노동'입니다. 『기따』 3장의 권위를 빌려 그것을 야즈냐(yajna, 희생제사)라고 불러봅시다. 『기따』는 야즈냐를 지내지 않고 먹는 자는 도둑이고 죄인이라고 했습니다. 톨스토이도 같은 말을 했습니다. 우리는 '생계를 위한 노동'의 의미를 왜곡하지 말고 진정한 관념을 잊지도 맙시다. 그 간단한 의미는 자신의 허리를 굽혀 일하지 않는 자는 먹을 권리가 없다는 것입니다. 우리 모두가 자신의 양식을 얻기 위해 육체 노동을 한다면, 이 세상의 가난은 없어질 것입니다. 한 사람이 게으르면 두 사람이 굶주리게 됩니다. 왜냐하면 그의 일이 다른 사람에 의해서 수행되어야 하기 때문입니다. 톨스토이는 사람들이 박애주의적인 봉사를 하고, 그 목적을 위해 돈도 쓰고, 그 봉사의 대가로 칭호도 얻는다고 말했습니다. 그런데 톨스토이는 이런 일체의 행위 대신, 약간의 육체 노동을 함으로써 다른 사람들의 등골 빼는 일을 그만두는 것으로 충분하다고 말했습니다. 이것은 진정 사실입니다. 그 안에 겸손이 있습니다. 박애주의적 봉사를 하는 일, 그러면서도 자신의 사치품을 버리기를 거부하는 일은 아카 바가뜨[39])가 '모루를 훔치고 바늘을 선물하는 일'이라고 묘사했듯이 행동하는 일입니다. 우리가 그렇게 해서 비행기(viman)를 타고 하늘나라 가기를 바랄 수 있겠습니까?

톨스토이가 다른 사람이 말한 적이 없는 것을 말했다고 하는 것은 아닙니다. 하지만 톨스토이의 언어에는 마법이 있습니다. 설교한 대로 행동했기 때문입니다. 부의 안락함에 익숙했던 그가 육체 노동을 시작했습니다. 그는 하루 여덟 시간 농장에서 일하거나 혹은 다른 일을 했습니다. 그렇다고 해서 그가 문학 작업을 포기했다는 것은 아닙니다. 사실상 그가 육체 노동을 시작한 이후 문학 작품은 내면에 더 큰 생명을 갖게 되었습니다. 그의 말로 그의 가장 중요한 작품인 『예술이란 무엇인가?』를 쓴 것은 당시 야즈나(yajna) 기간의 여유 시간 동안이었습니다. 육체 노동은 그의 건강을 해치지 않았습니다. 그는 그것이 지성을 날카롭게 만들었다고 믿었습니다. 그의 작품을 공부하는 학도들이 그의 말이 옳았는지 증언해 줄 것입니다.

우리가 톨스토이의 삶에서 이익을 얻기를 원한다면, 우리는 다음 세 가지를 배워야 할 것입니다. 나는 지금 아메다바드청년회 회원들에게 연설하고 있습니다만, 여러분에게 인생의 두 길 가운데 하나를 선택해야 할 것이

---

39) Akha Bhagat, 구자라뜨 시인. (역주)

라는 점을 상기시키고 싶습니다. 하나는 자기 탐닉의 길이고 다른 하나는 자제의 길입니다. 여러분이 톨스토이가 잘 살고 잘 죽었다고 생각한다면, 만인을 위한 특히 청년을 위한 올바른 길은 오직 하나일 뿐임을 알게 될 것입니다. 그것은 바로 자제의 길입니다. 이것은 인도에서는 더더욱 사실입니다. 스와라즈(자치)는 정부로부터 얻어야 할 것이 아닙니다. 만일 여러분이 우리의 타락의 원인을 검토해 보면, 정부보다 우리 자신에게 더 큰 책임이 있음을 알게 될 것입니다. 그리고 나면, 여러분은 스와라즈로 가는 열쇠가 영국이나 심라(Simla)나 델리에 있는 것이 아니라 우리 손 안에 있음을 알게 될 것입니다. 그것은 여러분과 내 손아귀에 있습니다. 우리 사회의 타락과 굼뜸을 치유하는 일이 지체되는 것은, 우리의 무기력 탓입니다. 만일 우리가 무기력을 정복하면 지상의 어떤 권력도, 우리 자신을 고양하고 스와라즈를 확보하는 일을 막지는 못할 것입니다. 길을 가다가 무기력하게 드러눕고, 그 상태에서 우리 자신을 들어올리기를 거부하는 것은 우리 자신입니다.

나는 청년회 회원 여러분들에게는 황금기도 있고, 다른 관점에서 보면 시련기도 있음을 말해 주고 싶습니다. 여러분은 대학 시험에 합격하고 학위를 얻는 일로 충분하지 않습니다. 인생의 시험에 합격하고 고난과 난관의 테스트를 견딜 수 있을 경우에만 진정한 학위를 얻게 될 것입니다. 지금은 변동의 시기이고, 여러분에게는 황금기입니다. 여러분 앞에 두 개의 길이 있습니다. 하나는 북으로 가는 길이고, 다른 하나는 남으로, [혹은] 하나는 동으로 다른 하나는 서로 가는 길입니다. 여러분은 양자택일해야 합니다. 어느 길을 선택할지를 숙고해야만 합니다. 온갖 종류의 바람들—내 생각으로는 독을 품은 바람들—이 서양에서 우리나라 안으로 불어오고 있습니다. 물론 톨스토이의 삶과 같은 훈풍들도 있습니다. 그러나 항구에 당도하는 모든 배를 훈풍이 몰고 오는 것은 아닙니다. 배가 매일 봄베이나 캘커타 항구에 도착하고 있다고 해서, 여러분은 '모든 배' 또는 '매일'이라고 말할지도 모릅니다. 다른 외제품과 더불어 외국문학도 들어옵니다. 그 생각들이 사람들을 취하게 하고 자기 탐닉의 길로 이끌어 갑니다. 나는 이를 의심치 않습니다. 여러분의 생각이 유일한 진리라고, 또는 미성숙한 여러분이 책에서 읽거나 거기에서 이해한 것을 유일한 진리라고 믿지 마십시오. 오래된 것을 야만이나 미개(未開)로 여기지 말고 진리가 새롭게 발견된 것 안에만 있다고 믿지도 마십시오. 그렇게 믿는 것은 모두 공허한 일입니다. 만일 여러분이 그와 같은 헛된 생각에 사로잡혀 있다면, 여러분은 청년회에 어떤 이익을 가져다주지 못할 것입니다. 나는 여러분이 사라라 데비에게서 겸손·문화·중용을 배웠으면 하는 희망을 갖고 있습니다. 그 희망을 지금껏 들어주지 못했다면 앞으로는 그렇게 하십시오.

여러분이 행한 좋은 일에 대해 칭찬받았다고 해서 자만하지 마십시오. 칭찬을 멀리 하십시오. 그리고 많은 일을 했다고 생각하지 마십시오. 만일 여러분이 바르돌리를 위해 모금하고, 그 명분을 위해 땀 흘리며 열심히 일하고 그로 인해 여러분 중 몇 사람이 교도소에 갔다고 해도, 나는 경험자로서 여러분에게 "일을 많이 했습니까?"라고 물을 것입니다. 다른 사람들이 여러분이 일을 많이 했다고 말할는지 모르지만, 여러분이 한 일에 대해 자족하지 마십시오. 여러분은 내면생활을 정화해야 합니다. 그리고 진정한 증서가 있다면 여러분의 양심에서 얻어야 합니다. 진실을 말하자면 우리 아뜨만 역시 보통 어슴푸레 잠들어 있습니다. 띨락 마하라자는 우리말에 '양심'에 해당되는 말이 없다고 했습니다. 우리는 모든 사람들이 양심이 있다고 믿진 않지만 서양 사람은 그렇게 믿고 있습니다. 간통하거나 방탕한 사내에게 무슨 양심이 있겠습니까? 따라서 띨락 마하라자는 양심의 개념을 거부했습니다. 우리의 옛 현자와 성자들은 인간에게 내면의 소리를 들을 수 있는 내면의 귀가 있고, 마땅히 내면적 눈이 있어야 하는데, 이것들을 얻기 위해 자제심을 길러야 한다고 말했습니다. 따라서 요가에 대한 빠딴잘리의 글 안에 자기 실현을 갈구하는 요가 학도가 지켜야 할 첫 걸음은, 야마와 니야마(yama-niyama)[40]의 훈련의 준수입니다. 여러분, 나 그리고 타인에게 자제의 길 이외에 다른 길은 없습니다. 톨스토이는 자제의 긴 생애를 살아감으로써 이것을 보여주었습니다. 우리가 마치 햇빛처럼 분명히 볼 수 있도록, 그리고 톨스토이의 인생에서 자제의 교훈을 배우리라는 결심과 더불어 이 모임을 떠날 수 있기를 바라고 신에게 기도합니다.

우리 함께 진리 추구를 절대 포기하지 말기를 결의합시다. 진리를 따르는 길, 이 세상에서 유일하게 옳은 길은 비폭력의 길입니다. 비폭력은 사랑의 바다를 의미하는데, 그 바다의 광대함을 측량했던 사람은 아무도 없었습니다. 만일 사랑이 우리를 가득 채운다면, 우리 마음은 그 안에 세계 전체를 받아들일 만큼 넓은 마음이 될 것입니다. 나는 이것이 성취하기 어려운 줄 압니다만, 불가능한 일은 아닙니다. 우리는 이 집회를 기도로써 시작했습니다만, 기도문을 지은 시인은 집착과 혐오에서 자유롭게 된 자에게만 모든 욕망을 극복하고 비폭력, 다시 말해 사랑을 완전히 구현한 자에게만 예배하겠다고 했습니다. 그 분이 샹까라·비슈누·브라마·인드라, 또는 부처와 시다(Siddha) 중 어느 분이든 상관없습니다. 그와 같은 비폭력은 불구가 된 피조물에 대한 불살생에만 한정되지 않습니다. 그들을 죽이지 않는 것은 다르마일 것입니다. 하지만 사랑은 그것을 넘어 무한에까지 나갑니다. 만일 그가 그와 같은 사랑에 대한 비전이 없다면, 불구의 피조물의 생명을 구한다고 해도 무슨 이득이 있겠습니까? 신의 법정에서 그의 일은 거의 가치가 없습니다.

세 번째는 야즈냐라는 '생계를 위한 노동'입니다. 우리는 몸을 열심히 일하게 함으로써만, 육체 노동을 함으로써만 먹을 권리를 얻습니다. 야즈냐란 타인을 위한 봉사로서 행하는 일체의 일을 의미합니다. 우리가 육체 노동을 하는 것만으로는 부족합니다. 우리는 부도덕하고 세속적인 쾌락을 좇아 다녀서는 안 되고, 타인에게 봉사하기 위해서만 살아야 합니다. 만일 육신을 엄한 훈련으로 단련시킨 청년이 그런 신체적 운동에 하루 8시간을 사용한다면, 그는 '생계를 위한 노동'을 행한 것이 아닙니다. 나는 운동이

---

40) 금계(禁戒)와 권계(勸戒)로 각각 옮길 수 있다. (역주)

나 신체 단련을 경시하는 것은 아닙니다. 하지만 그와 같은 운동은 톨스토이가 권하고 또 『기따』 3장에서 기술된 야즈냐를 의미하는 것은 아닙니다. 금생이 야즈냐를 위한 것, 봉사를 위한 것이라고 믿는 자들은, 쾌락을 쫓아다니는 일을 매일 포기할 것입니다. 참된 인간의 노력은 이상을 실현하기 위해 노력하는 데에 있습니다. 이 일에 있어서 완전에 이르기까지 성공한 사람이 아무도 없다고 해도 괜찮습니다. 파르하드(Farhad)가 쉬린(Shirin)을 위해 했듯이 우리도 걸어서 돌덩이를 깨트려야 합니다.41) 우리에게 쉬린은 비폭력의 이상입니다. 이것은 분명히 우리의 작은 스와라즈를 붙들어 주고 다른 모든 것도 함께 붙들어 줍니다.

—톨스토이 탄생 일백 주년 기념 연설, 아메다바드 청년회(G.),
『나바지반』, 1928.9.16; 『전집』 43 : 3

8. 나오로지

60) 다다바이 나오로지의회 의원

영국의회 의원이 된 최초의 인도인은 다다바이 나오로지(Dadabhai Naoroji) 씨이다. 1825년 9월 4일 봄베이 시에서 태어난 그는 엘핀스톤학교와 대학

---

41) 충성·용기·정열을 대표하는 중동 지방의 전설적인 한 쌍. 청년 장인(匠人) 파르하드와 여왕의 동생 쉬린은 사랑에 빠졌다. 여왕 또한 파르하드를 몰래 사랑했다. 어느 날 여왕은 파르하드를 불러서 말했다. 내 동생을 진정 사랑하고 결혼하고 싶다면, 물이 없어 고생하는 백성을 위해 산 속에 갇혀 있는 물길을 트라고 명했다. 그는 이 말에 동의했고 수년 동안 밤낮으로 일해서, 마침내 물길을 텄으며 물이 쏟아져 나왔다. 온 백성이 파르하드를 칭찬했다. 그런데 그는 그만 바위에서 떨어져 죽고 말았다. 쉬린은 그 자리로 가서 자결했는데, 간디는 그 전설을 말하고 있다. *Azerbaizan International*, Autumn 1998.6.3. (역주)

에서 교육을 받았으며, 29세의 나이로 수학과 자연 철학 교수가 되었는데, 그는 그런 명예를 얻은 최초의 인도인이었다. 1855년 나오로지 씨는 영국에 설립된 인도 최초 기업의 동업자로서 영국을 방문했으며, 런던대학은 그를 구자라뜨어 담당 교수로 임명하는 영광을 베풀었다. 그리고 나오로지 씨가 인도를 위해 얻은 이익 중 하나는 1870년 인도인이 공무원이 될 수 있도록 한 것이다. 그는 1874년 바로다의 총리가 되었고, 1년 후 봄베이의 시자치체평의회 의원으로 선출되었다. 여기에서 그는 5년 간 귀중한 봉사를 했다. 나오로지 씨는 1885년에서 1887년까지 봄베이입법평의회의 일원으로 봉직했다. 그리고 인도 국민회의는 1886년, 1893년, 그리고 1906년 그를 의장으로 선출했다. 나오로지 씨는 1893년에서 1895년 런던 센트럴 핀즈베리에서 자유당 하원의원으로 있었다. 그리고 그는 인도 세출 담당 왕립위원회 등의 일원으로 조국을 위해 좋은 일을 했다. 그리고 1897년 그는 웰비위원회 앞에서 증언했다.

인도 국민회의의 영국위원회 시초부터 그는 근면한 위원이었고 열심히 일하는 자였다. 다다바이 나오로지 씨의 붓끝에서 나온 출판물로는 『인도에 대한 영국의 의무』, 『식자층 인도인의 인도 공무원 임용』, 『인도 재정』 등이 있고, 그의 저서 중 가장 잘 알려진 것은 『인도의 빈곤과 비영국식 통치』이다. 1906년 존경하는 다다바이는 인도 국민회의를 지도하기 위해 모국으로 떠났다. 이 과업은 그의 강철같은 기질과 견강불발의 정신에도 엄청난 긴장을 주는 일이었다. 1906년의 캘커타의회 이후 다다바이 씨는 공직생활에서 사실상 은퇴했고, 1907년 바르소와(Varsova)로 가서 살았다. 이 마을은 봄베이 관구(管區) 안의 작은 어촌으로서 거기에서 그는 인도에서 일어나는 여러 사건들 ― 인도의 미래를 만들 수도 있고 미래를 망칠 수도 있는 사건들 ― 의 전개를 예리하게 지켜보았다. 그는 인도의 위대한 노인이란 영광스런 칭호를 진실로 얻었다.

— 「인도의 위대한 노인」, 『인디언 어피니언』 1910.9.3; 『전집』 11 : 121

61) 나오로지의 단순성

다가오는 9월 4일은 다다바이 나오로지, 즉 인도의 위대한 노인의 탄생 기념일이다. 하지만 인도 여성평의회는 내가 당일에는 뿌나에 있어야 하기 때문에 내 편의에 맞춰 8월 30일에 행사를 갖기로 조정했다. 나오로지는 리쉬(rishi : 聖仙)의 삶을 살았다. 나는 그에 대한 많은 거룩한 기억이 있다. 인도의 위대한 노인은 내 인생을 형성해 온 위대한 분들 중의 하나였고 앞으로도 계속 그럴 것이다. 내가 자매들 앞에서 술회했던 기억들은 독자들에게 보도할 가치가 있을 것이다.

나는 1888년 처음으로 그를 볼 기회를 얻었다. 내 부친의 친구 중 한 분이 그에게 주는 소개 편지를 나에게 주었는데, 당시 부친은 다다바이 나오로지를 전혀 모르는 사람이었음을 언급해야겠다. 하지만 대중 가운데 누구라도 그와 같은 성자에게 편지를 쓸 수 있다는 점을 당연하게 생각했다. 다다바이가 모든 학생들과 접촉한다는 사실을 나는 영국에서 알았다. 그는 그들의 지도자였고 모든 집회에 참석했다. 그 이후, 나는 그의 인생이 마지막까지 동일한 리듬으로 흘러가는 것을 쭉 지켜보았다. 나는 20년 동안 남아프리카에 있었는데 그 기간 동안 다다바이와 수백 통의 편지를 교환했다. 나는 그가 정한 때에 답장을 보낸다는 점에 놀랐다. 나는 주로 타자를 쳐서 편지를 보냈는데, 타자 친 답장을 받은 기억이 없다. 답장은 모두 그가 손으로 쓴 것이었다. 더구나 후에 알게 된 일이지만 그는 스스로 편지의 복사본들을 티슈 페이퍼로 된 책에 베껴 두었다. 내 편지에 대한 대부분의 답장이 반신용(返信用)으로 보내진다는 점을 알 수 있었다. 내가 그를 만날 때마다, 나는 사랑과 달콤함 이외에는 다른 것을 맛볼 수 없었다.

다다바이는 나에게 아버지가 아들에게 하는 것과 똑같이 말하곤 했으며, 다른 사람들도 그들의 경험이 내 것과 같았다고 말해 주었다. 그의 마음에 항상 자리잡고 있는 가장 중요한 생각은 인도가 어떻게 일어서서 자유를 얻을 수 있을지 하는 것이었다. 내가 인도 빈곤의 범위를 처음 알게 된 것도 다다바이의 책[42]을 통해서였다. 나는 그 책을 통해 인도의 약 3천만 명의 사람들이 반기아 상태에 있음을 알았다. 오늘날 이 수는 증가했다. 그의 단순성은 한계가 없다. 1908년 누군가가 그를 비판하는 일이 발생했다. 그 비판은 지극히 참을 수 없는 것이었지만 그것이 틀렸다는 점을 증명할 수가 없었다. 나는 여러 가지 의심으로 괴로웠다.

나는 다다바이와 같이 위대한 애국자에 대해 의심을 품는 일은 죄악이라고 생각했다. 그래서 그를 비판하는 자의 동의를 얻어 방문 약속을 한 다음, 그를 만나러 갔다. 그때 나는 그의 개인 사무실에 처음 갔다. 그곳은 아주 작은 방으로 의자가 둘밖에 없었다. 내가 들어서자, 그는 나에게 의자에 앉으라고 권했지만, 나는 더 가까이 가서 그의 발 옆에 앉았다. 그는 내 얼굴의 번민을 보았고 나에게 물었다. 무엇이든 내 마음을 짓누르는 것이 있다면 그것을 토로하라고 했다. 망설이면서 나는 그에게 반대자들의 비판을 보고하며, 다음과 같이 말했다. "저는 이런 말들을 듣자 의심으로 괴로웠습니다. 그리고 당신을 숭배하므로 그 비판을 숨기는 일이 죄라고 생각합니다"라고. 그는 웃으며 나에게 물었다. "무슨 대답을 자네에게 줄까? 자네는 이런 말을 믿는가?" 그의 태도, 음성 그리고 말 속에 분명히 드러난 고통은 내 의심을 덜어주기에 충분했다. 나는 말했다. "더 이상 말씀해 주시지 않아도 됩니다. 저에게 일말의 의심도 남아 있지 않습니다." 그런데도 그는 이 문제에 연관된 많은 일들을 나에게 들려주었다. 그것을 여기에 반복하는 것은 불필요한 일이다. 이 사건 후 나는 그가 단순한 파끼르의 모습으로 살아가는 인도인이었음을 깨달았다. 파끼르의 모습은 사람이 동전 한 닢도 가져서는 안 된다는 것을 뜻하는 것은 아니다. 그런데 그는 당시 그와 같은 계층의 사람이라면 즐기고 있었던 사치와 생활 수준을 포기해버린 것이었다.

나 그리고 나와 같은 많은 사람들은 이 존경할 만한 분에게서 규칙성,

---

42) 『인도의 빈곤과 비영국식 통치』.

일편단심의 애국심, 단순성, 엄격함 그리고 쉼 없이 일하는 자세를 배웠다. 정부에 대한 비판이 반역으로 간주되어 아무도 진리를 말하려고 하지 않을 때, 그는 가장 신랄한 말로 정부를 비판하고 행정부의 결점들을 대담하게 지적했다. 인도가 세상에서 하나의 나라로 존속하는 한, 인도인들은 그를 따뜻하게 기억하리라는 점에 대해 나는 전혀 의심하지 않는다.

— 「다다바이 나오로지의 탄생 기념일」(G.), 『나바지반』, 1924.9.7; 『전집』 29 : 78

9. 고칼레

62) 고칼레의 메시지

[1915.2.20]

저의 오늘 저녁 바람은 내 심정이 여러분의 심정에 도달하여 우리 사이에 참된 하나됨(회개, at-one-ment)이 일어나게 하는 것입니다.

여러분 모두는 뚤시다스의 『라마야나』에 대해 무엇인가를 배웠습니다. 가장 감동적인 부분은 착한 자들 사이의 친교에 대한 부분입니다. 우리는 고통을 당하고 봉사하다가 죽은 사람들과 동지가 되기를 추구해야만 합니다. 그와 같은 사람 중에 하나가 고칼레(Gokhale) 씨입니다. 그는 돌아가셨습니다만, 그의 영혼은 살아 있으므로 그의 업적은 죽지 않았습니다.

사람들은 일을 처리하는 고칼레의 효율성을 알게 되었습니다. 모든 사람들이 고칼레가 살아간 행위의 삶을 압니다만, 그의 종교적 삶에 대해 아는 사람은 거의 없습니다. 그의 모든 행위의 원천은 진리입니다.

정치를 포함한 그의 모든 일 배후에 진리가 있습니다. 이 때문에 그는 인도하인협회를 창설했습니다. 그 협회의 이념은 사회적 삶만이 아니라 정치적인 삶까지 영화(靈化)하려는 것이었습니다.

그의 인생의 모든 행위들을 지배한 것은 무외(無畏)였습니다. 두려움도 없었지만 철저하기도 했습니다. 경전에서 그가 가장 좋아하는 시구는 다음과 같습니다. '참된 지혜는 어떤 일을 시작하는 것이 아니라, 그 일을 끝까지 통찰하는 것이다.' 이와 같은 철저한 성격은 다음의 사건에서도 볼 수 있습니다. 그는 한때 커다란 청중에게 연설을 해야 했습니다. 그는 이 집회를 위한 짤막한 연설을 준비하는 데 사흘을 보내고, 나에게 그를 위해 연설문을 완전히 다 써달라고 요청했습니다. 나는 연설문을 써주었습니다. 그는 그것을 받아들고 천진한 미소를 짓고는 나와 논의한 후에 다음과 같이 말했습니다. "나에게 좀더 나은 것을 주시오. 다시 써주시오"라고 그는 사흘 동안 그것에 대해 고민했습니다. 연설은 결국 청중 전체를 크게 감동시켰습니다. 그는 메모 없이 연설을 진행했습니다. 하지만 그가 너무 철저하여 우리는 그가 자신의 피로 연설문을 썼다고 말할 정도였습니다. 그는 철저했고 겁이 없으면서도 온유했습니다. 그는 모든 거래에 있어서 머리부터 발끝까지 인간적이었습니다. 그는 때로 성급했습니다. 그러나 그는 미소를 띠며 하인이든 신분이 높은 사람이든 그 사람에게 "나는 당신이 나를 용서해 줄 것을 압니다. 그렇게 해주지 않으실래요"라며 용서를 구하곤 했습니다.

그는 인생의 후반에 큰 갈등 곧 양심의 갈등을 겪었습니다. 그는 건강을 걸고서라도 투쟁에 계속 참여해야 할지를 결정해야 했습니다. 그의 양심은 삶의 모든 행위를 지배했습니다. 양심을 소맷자락에 걸친 것이 아니라 마음속 깊이 두었습니다. 그래서 그는 여전히 살아 있습니다. 우리 모두가 그의 유언을 집행할 수 있는 힘이 있기를 바랍니다. 그와 함께 한 인도하인협회 회원들에게 준 마지막 말은 다음과 같은 것이었습니다. "나는 어떤 기념비나 어떤 동상(銅像)도 원치 않습니다. 나는 사람들이 조국을 사랑하고 목숨 바쳐 나라에 봉사하기를 바랄 뿐입니다." 이것은 그들만을 위한 메시지가 아니라 전 인도를 위한 것이었습니다. 그가 자신의 본성과 조국을 알게 된 것은 봉사를 통해서입니다. 인도에 대한 그의 사랑은 진실했고, 그가 전 인류에게 원치 않았던 것은 그 어떤 것도 인도에 원치 않았습니다. 그의 두 눈이 인도의 잘못과 실패에 대해서도 열려 있었기 때문에, 그의 사랑은 맹목적인 사랑이 아니었습니다. 우리가 그가 인도를 사랑한 것과 같은 방식으로 인도를 사랑할 수 있다면, 인도를 위해 어떻게 우리의 삶을 살아야 하는지를 배우기 위해 샨띠니께딴으로 온 것은 잘한 일입니다. 그가 행한 모든 일에 대해 그가 보였던 열성을, 그의 삶의 법칙이었던 사랑을, 모든 행위를 인도했던 진실을 그리고 그의 모든 일의 특성인 철저함을 본받아야 합니다.

우리의 경전은 이 단순한 덕성들이 인생의 보다 높은 경지로 가는 징검다리라는 점을, 우리에게 가르쳐 준다는 것을 기억하십시오 그런 경지가 없다면 우리의 예배와 일이 전부 소용없게 될 것입니다.

나는 인도에서 참으로 진실된 영웅을 탐색하고 있었는데, 고칼레 안에서 그 영웅을 찾았습니다. 인도에 대한 그의 사랑과 존경은 진실로 순정품이었습니다. 그는 조국에 봉사하기 위해 모든 행복과 자기 이익을 철저하게 삼갔습니다. 병석에 누워 있는 동안에도 마음은 인도의 복리를 생각하는 일에 전념했습니다. 며칠 전 한밤중에 그가 고통스런 질병에 사로잡혀 있을 때, 그는 우리 중 몇 사람을 불러서 자신이 꿈꾸는 인도의 밝은 미래에 대해 말하기 시작했습니다. 의사들은 그에게 일에서 물러나라고 반복하여 충고했지만 그는 그 말을 듣지 않았습니다. 그는 말했습니다. "오직 죽음만이 나를 일에서 떼어놓을 수 있을 것이다"라고. 그리고 죽음은 마침내 그에게 평화로운 휴식을 주었습니다. 신이여 그의 혼을 축복하소서!

—고칼레의 서거의 즈음하여 샨띠니께딴에서의 연설, 『아슈람』, 1915.6~7;
『전집』14 : 309

63) 고칼레의 유산

[1916.2.4 이전]

그대가 무엇을 하든, 무엇을 먹든,
　　무엇을 공물로 바치든, 무엇을 보시하든,
무슨 고행을 하든,
　　그것을 나를 위한 봉헌으로 할지어다.[43](9 : 27)

내가 삶을 통해 미소짓고 놀이할 때
　　나는 하리가 자신을 드러내는 모습을 똑똑히 보았네.

그렇게 되면 나는 내 삶이
　　그 진정한 목표에 도달한 것으로 보네.
묵따난다의 주님, 우리와 함께 놀이하시네.
　　오 오다(Odha)! 그 분이 우리 삶의 실이시네.

슈리 *끄리슈나* 님이 아르주나에게 준 조언은, 마치 마하뜨마 고칼레가 인도라는 여성으로부터 받아서 가슴 깊이 새기고 있는 말과 같다. 이것이 바로 위대한 영혼, 떠나가신 혼의 삶의 태도였다. 그의 모든 행위, 그의 모든 기쁨과 그가 한 모든 봉사, 감내했던 모든 고통이 어머니 인도에 헌정되었다는 점은 모든 이에게 알려진 사실이다.

묵따난다가 묘사한 슈리 *끄리슈나* 님에 관한 오다바(Odhava)의 마음의 상태는 고(故) 고칼레의 인도에 대한 관계와 같다.

이와 같은 삶이 가지는 메시지는 무엇인가? 마하뜨마는 이것조차 침묵으로 남겨두지 않았다. 그는 죽을 때 당시 그곳에 임석해 있었던 인도하인협회의 회원을 불러 다음과 같이 말했다. "내 자서전을 쓰기 위해 여러분을 바쁘게 하지말고 내 동상을 세우기 위해 시간을 쓰지 마시오 만일 여

---

43) 길희성 역, 『바가바드 기타』, 현음사, 1988, 148면.

러분이 인도의 진정한 하인이라면, 우리 목적의 완성을 위해, 인도에 대한 봉사를 위해 여러분의 삶을 바치시오." 봉사의 의미에 대해 그가 심정에서 느꼈던 것을, 우리 역시 알고 있다. 국민회의는 물론 꼭 살아 남아야 하고, 나라의 진정한 사정을 연설과 글을 통해 사람들에게 제시해야 하고, 모든 인도인이 교육을 받을 수 있게 노력을 경주해야 한다. 이 모든 일의 배후에 있는 목적은 무엇이었던가? 목적은 어떻게 실현되었던가? 이런 질문들에 대답하면서 우리는 그의 관점을 알게 된다. 인도하인협회의 헌장을 기초하면서, 그는 회원의 의무가 인도의 정치적 삶을 영화시켜야 한다는 점을 제시했다. 이것은 만사를 포괄한다.

그의 삶은 종교인의 삶이었다. 내 혼은 그가 행한 모든 일에서 늘 전적으로 종교의 정신으로 행동했다는 점을 증거하고 있다. 20여 년 전 이 마하뜨마의 정서가 때로는 무신론자의 정서처럼 보였다. 그는 한 번은 "나에게 라나드[44]의 신앙이 없다. 내가 그것을 어떻게 가질까?"라고 말한 적이 있다. 하지만 그때에도 나는 그의 행동에 종교적 성향이 있음을 볼 수 있었다. 그의 의심 자체가 그런 성향에서 비롯되었다고 해도 틀리지 않을 것이다. 사두의 태도로 살아가는 자, 욕구가 단순한 자, 진리의 이미지 자체인 자, 겸양으로 가득한 자, 진리의 정수 자체를 대표하는 자, 에고를 전적

---

44) Mahadev Govind Ranade(1842~1901) : 인도인 판사, 사회개혁가, 작가, 인도 국민회의의 창시자 중의 한 사람. (원주) 인도 마하라슈뜨라 싯빠반 브라만 출신의 봄베이 고등법원 판사, 저명한 역사가, 사회경제 개혁운동에 적극 참여했던 활동가. 봄베이에서 7년 동안 판사로 있으면서 조혼, 과부의 재혼 및 여성의 권익 분야의 사회 개혁을 위해 일했다. 봄베이 엘핀스톤대학의 역사학 전임강사로 임명된(1866) 뒤, 마하라슈타의 독립 왕조(1674~1818)를 세운 호전적인 힌두 종족 마라타족의 역사에 관해 흥미를 갖게 되어 1900년 『마라타 세력의 융성(Rise of the Maratha Power)』을 펴냈다. 라나드는 인도 경제의 아버지로 불리는데, 그 이유는 그가 실패하기는 했지만 영국 정부에 산업화와 국가복지정책의 실시를 주장했기 때문이다. 그는 전통 힌두교의 인습을 개혁하려고 한 쁘라르타나 사마지(기도자협회)의 초기 회원이었다. 라나드는 인도의 많은 사회개혁가에게 영향을 주었는데, 특히 유명한 교육자이며 국회의원인 고빨 끄리슈나 고칼레는 그가 죽은 후 라나드의 개혁 작업을 계속했다.『브리태니커 CD EX 백과사전』, 한국브리태니커, 2002 참조 (역주)

으로 버린 자, 그런 사람이라면 자신이 알든 모르든 그는 거룩한 혼이다. 20년의 만남을 통해서 알 수 있었던 바로는, 그런 사람이 바로 마하뜨마 고칼레이다.

나는 1896년 인도에서 나탈의 계약 노동자들의 문제를 논의했다. 나는 그때 인도인 지도자들을 이름으로만 알고 있었다. 이때가 내가 캘커타·봄 베이·뿌나·마드라스의 지도자들을 만나는 첫 기회였다. 고 고칼레는 그때 라나드의 추종자로 알려져 있었다. 그는 이때 이미 그의 인생을 퍼그슨 대학에 바치고 있었다. 나는 아직 경험 없는 청년이었다. 우리 두 사람은 뿌나에서 처음 만났는데, 그 순간 우리의 유대감은 나와 어떤 다른 지도자 사이에서도 찾을 수 없는 것이었다. 마하뜨마 고칼레에 대해 내가 들었던 모든 것은 분명 내 자신의 경험으로 확인한 것이다. 특히 연꽃 같은 얼굴의 온유한 표정이 나에게 주었던 영향은 아직도 마음에서 사라지지 않았다. 나는 즉각적으로 그가 다르마의 현신(現身)임을 알 수 있었다. 나는 그때 라 나드 님도 접견했다. 그러나 나는 그의 심정에 대해서는 일별조차 할 수 없었다. 나는 그를 고칼레의 정신적 지주로만 볼 수 있었다. 라나드 님이 연령과 경험에 있어서 나보다 연장자여서 그런지, 아니면 다른 이유가 있었는지, 그 이유가 무엇이었는지는 모르지만, 고칼레를 이해한 것처럼 라나드 님을 이해할 수는 없었다.

1896년 고칼레와 만난 이후, 그의 정치적 삶은 나의 이상이 되었다. 바로 그때부터 그는 정치적인 사안에 있어서 내 마음을 차지해 버린 나의 구루가 되었다. 그는 계간지 『사르바자닉 사바』지를 편집했고, 퍼그슨대학 교수로서 대학을 빛냈다. 그는 웰비위원회45)에 출석하여 증언했고, 인도에 대한 그의 진짜 가치를 증명해 보였다. 그의 능력은 커즌 경46)에게 깊은

---

45) 그는 1894년 인도 세출 담당 왕립위원회 위원에 임명되어 영국과 인도 간의 군사비용의 할당에 대해 숙고했다.

46) 1859~1925 : 인도 부왕, 1899~1905. (원주) 1858년 빅토리아 여왕의 포고령에 의해 Viceroy라는 새로운 단어를 추가하여 Governor—General and Viceroy로 표기되었다고 한다. 간다나 인도사를 다루는 책들은 보통 양자 모두 ‘부왕’으로 번역하고 있지만, 『마하

인상을 심어주었다. 그래서 커즌 경은 아무도 두려워하지 않았지만 고칼레
는 예외였따. 그는 중앙 입법회의에서 업무를 수행함으로써 인도에 이익을
가져다 주었다. 그는 생명을 걸고 공공봉사위원회에서 봉직했다. 그는 여
기서 말하는 모든 일들을 했으며 그 이상을 해냈다. 그가 한 일에 대해서
는 나 자신이 설명하려고 했던 것보다 다른 사람들이 훨씬 더 나은 설명을
해왔다. 더구나 내가 여기에서 이해하고 정의하듯이, 그의 메시지가 그가
벌인 이와 같은 활동에서 분명히 도출된다고 주장할 수는 없을 것이다. 따
라서 나는 나 자신이 알아 왔던 것, 그의 메시지를 예시하는 사항을 언급
함으로써 이 기사의 결론을 내리고 싶다.

남아프리카의 사땨그라하 투쟁이 그의 마음에 매우 깊은 인상을 남긴
덕분에, 그는 건강에 큰 무리를 줄 수 있음에도 불구하고 그곳을 방문하기
로 했다. 그는 1912년 그곳에 갔다. 남아프리카의 인도인들은 합당하고도
성대한 환영식을 했다. 케이프 타운에 도착한 다음 날 그는 그 지역의 시
청 집회에 참석했다. 시장도 임석했다. 고칼레는 도저히 집회에 참석하거
나 연설할 형편이 못되었다. 그러나 그는 부담스런 수많은 약속, 이미 확
정된 약속을 조금도 저버리지 않았다. 그는 자신의 결정에 따라 시청 집회
에 참석했다. 첫 등장에서 그는 케이프 타운 거주 백인들의 마음을 사로잡
았다. 모든 사람들은 위대한 혼이 남아프리카를 방문하고 있음을 감지했
다. 남아프리카의 탁월한 지도자이고, 인격자이며 자유주의적 견해를 가진
매리먼 씨가 고칼레 씨를 만났을 때, "선생님, 당신의 방문은 우리의 땅에
한 줄기 신선한 공기를 가져 왔습니다"라고 말했다.

고(故) 고칼레 씨가 남아프리카를 여행하는 동안, 나의 첫인상은 더욱 강
화되었다. 그가 가는 곳마다 백인과 유색인종 사이의 차별은 일순 망각되
었다. 케이프 타운에서 열렸던 것과 같은 집회가 모든 장소에서 열렸는데,

뜨마 간디의 도덕 · 정치사상』 권1, 102번의 글에 따르면 이 양자가 뚜렷이 구분되고 있
다. 따라서 본 번역에서는 Viceroy는 왕의 대리로 타국을 통치한다는 의미의 '부왕(副
王)'으로 번역한다. 조길태, 『인도사』, 민음사, 1994, 418~419면 참조. (역주)

집회에서 백인들과 유색인종들은 같은 줄에 나란히 앉았고, 고 고칼레 씨에게 영광을 돌리듯이 그들도 유사한 영광을 얻었다. 요한네스버그에서 그에게 경의를 표하는 만찬회가 있었다. 거의 삼백 명에 달하는 지도자급 백인들이 참석했고, 시장이 주재했다. 요한네스버그의 백인들은 다른 누구에게도 쉽게 외경심을 느끼지 않는 자들이다. 그들 가운데 수백 만금을 가진 갑부도 있었고, 사람의 진가를 아는 자들도 있었다. 이들이 서로 앞 다투어 고칼레 씨와 악수하려고 했다. 여기에는 오직 하나의 이유가 있을 뿐이었다. 청중들은 그의 연설에서 자신의 모국에 대한 넘치는 사랑을 보았고, 동시에 공정성도 보았기 때문이다. 그는 조국이 완전한 존경과 영광으로 취급받기를 원했다. 하지만 그는 어떤 다른 나라도 모멸당하는 것을 원치 않았다. 그는 자신의 동포 모두의 권리가 지켜지기를 간절히 원했지만, 그 과정에서 다른 사람의 권리 또한 위험에 빠지지 않기를 간절히 원했다. 이 때문에 모든 사람이 그의 말에 진솔한 감미로움을 느꼈다.

고칼레 씨는 자신이 남아프리카에서 연설한 것 중 요한네스버그 연설이 최고였다고 믿었다. 그것은 45분이 넘는 긴 연설이었지만 청중 가운데 그 누구도 지루해하지 않았다고 단언한다. 그는 어떻게 이 연설을 했는가? 그는 엿새 전에 연설 준비를 시작했다. 연설에 필요한 만큼 그 문제의 역사를 알았고, 관련 수치를 알고, 전날 저녁 늦게까지 자신의 말을 준비했다. 결과는 내가 말한 대로였다. 그는 백인들과 자신의 동포 모두를 만족시켰다.

나는 살아 있는 한, 남아프리카의 수도 프레토리아에서 보타 장군과 스뫼츠 장군과의 만남을 위한 준비 과정에서 그가 겪었던 고통을 잊지 못할 것이다. 그는 면담 하루 전 칼렌바흐 씨와 나에게 상세하게 물었다. 그는 새벽 3시에 일어나 우리를 깨웠다. 그는 받았던 자료들을 다 읽었으므로, 그가 완전히 준비가 되어 있는지 확인하기 위해 나에게 엄하게 따져 물었다. 나는 그에게 예의바르게 다음과 같이 말했다. 그렇게 진을 다 빼버릴 필요가 없다는 것, 만일 우리가 아무 것도 얻지 못하면 최후까지 싸울 것이라는 것, 덧붙여 우리는 우리를 위해 그가 희생당하는 것을 원치 않는다는 것 등을 말했다. 모든 일에 자신의 심정과 혼을 바치는 것을 규칙으로 삼은 사람이 내 말을 듣겠는가? 나에게 엄하게 따져 묻는 그의 태도를 어떻게 묘사해야 할까? 그의 철저함을 어떻게 찬양해야 할까? 그런 고통은 오직 하나의 결과를 얻을 수밖에 없을 것이다. 내각은 고칼레 씨에게, 사땨그라히들의 요구를 인정하는 법안이 다음 회기에 상정될 것임을, 그리고 계약 노동자에게 부과되는 연간 3파운드의 세금이 폐지될 것임을 약속해 주었다.

그 약속은 앞에서 언급한 시간에 지켜지지 않았다. 그 이후 고칼레 씨는 자신의 평화를 유지했던가? 아니, 한 순간도……. 그가 그 약속을 지키기 위해 1913년에 쏟아 부은 노력이 그의 수명을 적어도 십 년은 단축시켰을 것이다. 의사들은 그렇게 믿고 있다. 그 해 그가 인도를 각성시키고 기금을 모으는 과정에서 겪었던 노고에 대해 한 마디로 말하기는 어렵다. 인도에서 남아프리카 문제를 둘러싸고 큰 소란이 일어나고 있었다. 이것을 일으킨 힘은 고칼레 씨의 힘이다. 하딩 경은 마드라스에서 역사에 기록될 만한 연설을 했다.[47] 이것 또한 고칼레 덕분이다. 최측근들은 그가 남아프리카 이슈에 대해 걱정하다가 영영 몸져눕게 되었다고 증언했다. 그런데도 마지막 순간까지 그는 쉬기를 거부했다. 그는 한밤중에도 편지뿐만 아니라 남아프리카에서 오는 전보를 받곤 했다. 그는 당장 그것을 읽고 그 자리에서 답장을 썼다. 동시에 하딩 경에게 전보를 치고 언론을 위한 성명을 준비했다. 그는 질문에 답하기 위해 식사와 취침을 연기하고, 밤낮을 가리지

---

47) 1913년 11월 24일 마드라스에서 마하잔 사바와 마드라스지방대회위원회 환영 연설에 대한 답변으로, 하딩 경은 다음과 같이 말했다. "최근 남아프리카에 있는 여러분의 동포는 자신들이 불공평하고 불공정한 법률로 간주하는 법률들에 대항하여 수동적 저항으로 불리는 것을 조직함으로써 자신들의 손으로 사안들을 처리해 갔습니다. 이런 견해는 이렇게 멀리 떨어져서 그들의 투쟁을 쳐다보는 우리로서는 공유할 수밖에 없는 것입니다. 그들은 의도적으로 그런 법률들을 위반했습니다. 그때 그들은 관련된 처벌에 대해 충분한 지식을 갖고 있었고, 온갖 용기와 인내로 그런 처벌을 감내할 각오가 되어 있었습니다. 그들은 이 모든 일에서 인도에 대해 깊고도 불타는 공감의 마음을 가졌습니다. 그들은 인도에 대해서 뿐만 아니라 나처럼 인도인이 아니면서도 이 나라의 민중에 대해 동정심을 갖고 있는 사람들 모두에 대해 공감했습니다."

않았다. 이와 같은 일편단심과 무사의 헌신은 고양된 혼에게만 가능한 일이다.

힌두·무슬림의 문제에 대해서도 그의 태도는 철저히 종교적이었다. 한 번은 사두와 같은 옷차림을 한 사내가 힌두교도를 대변한다고 하며 그를 만나러 왔다. 그는 무슬림을 저급한 것으로 힌두교도를 우월한 것으로 취급할 참이었다. 고칼레 씨가 이런 놀음에 놀아나기를 포기했을 때, 그는 힌두교도로서의 자부심이 없다는 비난을 받았다. 그는 미간을 찌푸리면서 폐부를 찌르는 듯한 목소리로 대답했다. "만일 힌두교가 당신이 말한 일을 하는 데 있는 것이라면, 나는 힌두교도가 아닙니다. 떠나 주시오"라고 그 산야시는 고칼레를 떠나 걸어서 사라졌다.

고칼레 씨는 무외의 자질이 탁월했다. 종교적 삶의 길에 도움이 되는 자질이 여럿 있겠지만 이것이 거의 첫째 자리를 차지한다. 란드 중위 암살 이후 뿌나에 공포가 지배했다. 고칼레는 당시 영국에 있었다. 그는 거기에서 뿌나를 옹호하는 유명한 연설을 했다. 그 연설에서 그가 한 발언 중에는 나중에 증명될 수 없는 것이 있었다. 얼마 후 그는 인도로 돌아왔다. 그는 그가 비난한 바 있던 영국 군대에게 사과했다. 이 행위는 일부의 인도사람조차 불쾌하게 만들었다. 어떤 사람들은 마하뜨마가 공적인 삶에서 은퇴해야 한다고 충고했다. 몇몇 무지한 인도인들은 서슴지 않고 그의 겁약(怯弱)을 비난했다. 그들 모두에게 그는 진지하고 부드럽게 "누구의 명령으로 한 일이 아닌 것은, 다른 사람의 명령으로 내 버릴 수도 없다. 내가 내 의무를 수행하면서 대중의 의견이 내 편이라면 행복할 것이다. 하지만 내가 그럴 만한 행운이 없다면 그것도 괜찮다." 그는 사람의 의무가 일하는 데 있다고 믿었다. 나는 그가 일을 하면서 자신의 사적 이익의 관점에서 여론에 미칠 영향력을 고려하는 것을 본 적이 없다. 나라를 위해 교수대에 오르는 것이 꼭 필요하다면, 그는 두려움 없이 그리고 얼굴에 미소를 띠면서 그 일을 할 수 있는 힘이 있다고 나는 믿는다. 그가 교수대에 오르는 일을 겪는 편이 더 나았을 경우가 여러 번 있었다는 것을 나는 알고 있다. 그는 여러 번 그와 같은 고통스런 상황 안에 있었지만 결코 포기하지 않았다.

이 모든 사례들이 다음과 같은 교훈을 가르치는 것 같다. 즉, 우리가 만일 이 위대한 애국자의 삶에서 뭔가를 배우려고 한다면, 그것은 그의 종교적 태도를 본받는 일일 것이다. 우리 모두는 중앙입법의회에 들어갈 수 없고, 그렇게 하는 것이 꼭 나라에 봉사하는 일이라고 볼 수도 없다. 우리 모두가 공공봉사위원회에 참여할 수 없고, 그리고 참여하는 모든 사람들이 애국자도 아니다. 우리 모두가 그의 학문을 얻지 못할 것이고, 모든 식자가 나라의 종이라고 할 수도 없다. 하지만 우리 모두는 무외·진실·견강불발·정의·솔직성·강한 목표의식과 같은 덕성들을 함양할 수 있고, 나라에 봉사하기 위해 그것들을 바칠 수도 있다. 이것이 종교의 길이다. 이것이 정치적 삶은 반드시 영화되어야 한다는 큰 말씀(마하바끄야, mahavakya)이 의미하는 바이다. 이 노선을 따르는 자는 자신이 가야 할 길을 항상 알게 된다. 그는 고 고칼레 님이 남겨 둔 유산을 공유하게 될 것이다. 이런 정신으로 활동하는 누구든 그가 필요로 하는 모든 다른 선물들을 얻게 될 것이고, 이는 신의 약속이다. 고 고칼레 님의 인생은 이것에 대한 반박할 수 없는 증명이다.

— 「고칼레의 삶이 주는 메시지」(G.), 『*Mahatma Gandhini Vicharsrishti*』; 『전집』 15 : 119

64) 고칼레의 봉사의 이상

[1918.2.19 이전]

고 마하뜨마 고칼레의 서거 기일(忌日)에 즈음하여 그의 연설을 번역하자고 내가 먼저 제안했으므로, 내가 권1의 서문을 쓰는 것은 어떤 면에서는 적절해 보인다. 고칼레 기일마다 계속 축하하는 것도 바람직할 것이다. 매번 헌신의 노래를 부르고 연설하고 그런 다음 해산하는 것은, 많은 시간의 낭비이고 누구에게도 득이 되는 일이 아니다. 사람들이 연설보다 행동에 더 큰 중요성을 부여하도록, 그리고 연례 축하에서 구체적인 효과를 도출하도록, 기일 기념의 조직자들은 기일에 맞춰서 모국어로 유용한 책을 출판하기로 작년에 결의했다. 그들은 출판해야 할 책을 동시에 정했는데, 고 마하뜨마의 연설을 출판하기로 선택했다. 이는 아주 자연스런 일이었다.

번역은 구자라뜨어 책으로 탁월한 작품이 되어야 하고, 마하뜨마의 원전에 있는 거룩한 말이 지닌 아름다움을 번역에 그대로 살리기 위한 온갖 노력이 경주되어야 한다는 것이 모든 사람들의 바람이었다. 이는 돈으로 보장되는 일이 아니라 자발적인 봉사로만 가능하다. 우리에게 돈과 봉사는 있었으나, 소망했던 결과가 얻어졌는지의 여부는 미래만이 말해 줄 것이다. 서문의 본체가 되는 부분은 마하데브 하리바이 데사이 님이 번역했다. 이와 같은 서언에서 역자에 대해 뭘 언급할 계제(階梯)는 아니다. 하지만 그가 구자라뜨어 문헌을 사랑하는 자라는 점은 언급할 수 있다. 그는 그 주제에 문외한이 아니다. 게다가 그는 고 마하뜨마의 수천 명에 달하는 신봉자들 중 한 사람이다. 그는 놀라운 열광과 헌신으로 자신의 과업을 수행했다. 따라서 이 번역이 구자라뜨어 책 가운데 한 자리를 차지할 것을 바란다고 해도 부당한 일은 아닐 것이다.

작년 고칼레 기일 추념식 동안 봄베이의 자치연맹은 이 책을 출판하기로 한 결정이 곧 선언될 것임을 알자, 연맹의 간사들은 전보로 아낌없는 도움을 제의해 왔고, 이 프로젝트를 위해 삼천 루삐 이상의 큰 돈을 재가해 주었다. 그래서 조직위원회는 기금 확보에 대해 거의 걱정하지 않았고, 이렇게 물가가 상승하는 시기에도 프린트와 일반 장정의 아름다움을 보증하려는 욕구가 충족되었다. 자치연맹은 관대한 도움에 대해 칭찬을 받을 만하다. 앞서 말한 대목은 서문 중의 서문이다. 서문 자체에서는 서거하신 혼에 대해 뭔가 써야 할 것이다. 하지만 제자가 스승에 대해 무엇을 쓸 수 있을까? 그것을 어떻게 쓸 수 있을까? 제자가 그렇게 한다는 것은 주제넘은 일일 것이다.

진정한 제자는 구루에 푹 빠져 있으므로 구루의 비판자가 결코 될 수 없다. 박띠 곧 귀의는 단점을 보지 않는다. 자기가 주제로 다루려는 사람의 장·단점을 분석하기를 거부하는 자의 찬사를 대중이 수용하지 않는다고 해도, 그것에 대해 불평할 이유는 없다. 제자 자신의 행위가 사실상 스승에 대한 주석이다. 나는 고칼레가 내 정치적 구루라고 자주 말해 왔기에 나는 그에 대한 글을 쓸 수 없다고 생각한다. 내가 무엇을 쓰든 내 눈에는 불완전하게 보일 것이다. 스승과 제자 사이의 관계는 순전히 정신적인 것이라고 믿는다. 그것은 산술적 계산에 근거하지 않는다. 그러한 관계는 말하자면 한 찰나에 자발적으로 형성되는 것이고 한 번 형성되면 절대로 무너지지 않는다.

우리의 관계는 1896년에 형성되었다. 당시에는 그 관계의 성격이 어떤 것일지 나는 전혀 몰랐다. 그도 몰랐다. 거의 같은 시기에 나는 스승의 스승인 마하데브 고빈드 라나드 판사,48) 로까만야 띨락, 페로제샤 메타 경,49) 바드루딘 뜨야브지 판사,50) 반다르까르 박사51)를 시중들 수 있는 행운이 있었는데, 모두 마드라스와 벵골의 지도자들이었다. 나는 겨우 햇병아리 청년이었다. 이들 모두가 사랑을 보여 주었다. 이런 것들은 내가 생전에는 결코 잊을 수 없는 사례들에 속한다. 그러나 내가 고칼레와의 만남으로 얻었던 마음의 평화는, 다른 사람들을 만났을 때는 얻을 수 없었다. 나는 고칼레가 나에게 특별한 애정을 주었다고는 기억하지 않는다. 내가 그들 모두에게서 받은 사랑을 헤아리고 비교하기라도 한다면, 반다르까르 박사만큼 나에게 사랑을 보여준 이는 아무도 없었다는 인상을 나는 갖고 있다. 그는 "나는 이제 공적인 일에 전혀 관여하지 않는다. 하지만 자네를 위해 나는 자네 마음에 있는 어떤 이슈에 대한 공공 집회가 있으면 그것을 주도할 생

---

48) Mahadev Govind Ranade(1842~1915) : 훌륭한 판사, 개혁가, 인도 국민회의의 창립자.
49) Pherozeshah Mehta(1845~1906) : 탁월한 인도 지도자, 두 차례 국민회의 의장 역임.
50) Badruddin Tyabji(1844~1906) : 판사, 입법가, 국민회의 의장.
51) R. G. Bhandarkar(1837~1925) : 동양학자와 개혁가.

각이 있다"라고 말했다. 하지만 고칼레만이 나를 그에게 붙들어 매었다.

우리의 새로운 관계는 한 순간에 형성된 것이 아니다. 그런데 1902년[52] 캘커타 국민회의에 참여했을 때, 나는 내가 제자의 자리에 있음을 충분히 깨달았다. 당시 나는 위에서 언급한 거의 모든 지도자들을 만날 기회를 얻었다. 고칼레가 나를 잊지 않았을 뿐 아니라 나를 실제 그의 책임하에 두었음을 알았다. 이것은 가시적인 결과를 낳았다. 그는 처소로 나를 불렀다. 의제위원회의 집회 동안, 나는 무기력함을 느꼈다. 여러 결의안들이 토의되는 동안 나는 마지막까지 내 손에 남아프리카에 대한 법안이 있다는 것을 선언할 용기를 내지 못했다. 그 날 밤이 나를 위해 멈춰 줄 것이라고 예상할 수 없는 일이었다. 지도자들은 즉석에서 일을 끝내기를 간절히 희망했다. 나는 그들이 언제라도 일어나서 떠나버릴 것이라는 두려움에 떨고 있었다. 나는 고칼레에게조차 나의 일을 상기시켜 드릴 수 있는 용기도 낼 수 없었다. 바로 그때 그는 소리쳤다. "간디에게 남아프리카에 대한 결의안이 있습니다. 우리는 그것을 당연히 다뤄야 합니다"고 나는 한없이 기뻤다. 이것이 국민회의에 대한 나의 첫 경험이었고, 그 국민회의가 통과시킨 결의안들을 아주 중시했다. 이후에 있었던 우리 모임의 회수는 셀 수 없이 많았다. 그것들 모두가 나에게 거룩했다. 하지만 현재로서는 내가 그의 삶을 지도했던 원리라고 믿었던 것을 말하고 이 서문을 종결짓는 것이 좋을 듯하다.

이와 같이 어렵고 타락한 시대에 종교의 순수정신은 어디에도 잘 보이지 않는다. 자신을 리시·무니·사두로 부르면서 세상을 활보하는 사람들이 스스로 이러한 정신을 보여주는 예는 거의 없다. 그들에게는 지킬 만한 종교정신이라는 위대한 보물이 없음이 분명하다. 신을 사랑하는 자들 가운데 최고인 나라싱 메타는 그 정신이 어디에 있는지를 다음과 같이 아름다운 구절로 보여주었다.

---

52) 실제로는 1901년이다.

헛되고도 헛되다 모든 영적인 노력이여
자아(Self)[53]에 대한 명상 없이는.

그는 이것을 자신의 폭넓은 경험에서 말했다. 그것은 종교가 반드시 위대한 고행자 안에 있는 것도 아니고, 요가(yoga)의 온갖 절차를 알고 있는 위대한 요기(yogi) 안에 있는 것도 아님을 우리에게 말해 주고 있다. 고칼레가 자아(Self)에 대한 지식에 있어서 현명했다는 점에 대해 나는 아무 의심이 없다. 그는 어떤 종교적 수행을 준수한다고 젠체한 적이 없었다. 하지만 그의 삶은 종교의 참정신으로 가득 차 있었다.

각 시대는 해탈을 얻기 위해, 최적의 영적인 노력이 취하는 주도적 모습이 있다고 알려져 있다. 종교적 정신이 쇠퇴할 때마다 그 정신은 시대에 적합한 노력을 통해 부활했다. 이 시대에 우리의 타락은 정치적 여건을 통해 드러났다. 우리는 사물을 포괄적으로 보지 않고, 정치적 여건이 향상되기만 하면 이 타락의 상태에서 벗어날 수 있을 것이라는 믿음을 가지면서 도망치고 만다. 이것은 오직 부분적으로만 사실이다. 우리의 정치적 여건이 개선되기 전에는 우리가 재기(再起)할 수 없음은 사실이다. 하지만 무슨 수단을 써서라도 정치적 여건을 변화시킨다고 해도, 우리가 반드시 진보할 것은 아니다. 동원된 수단이 불순하면, 변화는 진보의 방향이 아니라 퇴보의 방향으로 일어날 것이다. 순수한 수단이 가져다 주는 정치 여건의 변화만이 진정한 진보를 가져다 줄 수 있다. 고칼레는 공공생활의 첫 순간에 이것을 파악했을 뿐 아니라 원리를 행동으로 따랐다. 대중의 자각이 정치 행동을 통해서만 일어날 수 있다는 점을 누구든지 알고 있었다. 만일 그런 행동이 영적인 것이었다면, 그것은 해탈로 향한 길을 보여줄 수 있었다. 그는 이 위대한 이념을 그의 인도하인협회와 전국에 보여주었다. 그는 우리의 정치운동이 종교정신의 세례를 받지 않는다면, 알맹이가 없어질 것임을 힘차게 선언했다. 『타임즈 오브 인디아』지에서 그의 서거를 알게 된 필

___

53) 대문자 Self는 참자아 정도의 뜻일 것이지만 그렇게 번역하는 대신 영어를 밝혔다. (역주)

자는 고칼레의 사명 중 이 면에 특별히 주목했다. 그리고 필자는 정치적 산야시(political sannyasi)들을 창조하려는 그의 노력이 결실을 맺게 되었는지를 의심하면서 고칼레 자신이 유산으로 남겨 둔 인도하인협회가 깨어 있기를 경고했다.

우리 시대에 정치적 산야시(포기자)만이 산야사(포기)의 이상을 완성시키고 장엄하게 할 수 있다. 아마도 다른 사람들은 산야시의 황색 가사를 더럽히고 말 것이다. 참종교의 길을 따르기를 갈망하는 인도인이라면 누구라도 정치에서 동떨어져 있을 수는 없다. 다시 말하면 참으로 종교적인 삶을 갈망하는 자는 반드시 공공 봉사를 자신의 의무로 수행해야 한다. 그리고 우리는 정치 기제(機制) 안에 단단히 갇혀 있으므로 민중에 대한 봉사는 정치 참여 없이는 불가능하다. 옛날 우리 농민들은 비록 자신들의 통치자에 대해 무지했지만 두려움 없이 단순한 삶을 영위해 갔다. 그런데 그들은 더 이상 무관심한 채로 살아갈 수 없게 되었다. 오늘날의 상황 아래 그들이 종교의 길을 따르는 데에는 정치적 여건을 고려해야만 한다. 사두·리시·무니·마울비, 그리고 다른 성직자들이 이런 진리를 깨달았다면, 우리는 모든 촌락에서 인도하인협회를 볼 수 있을 것이고, 종교정신이 인도 각지를 뒤덮을 것이고, 혐오스러운 정치제도가 스스로 개혁될 것이고, 인도는 우리가 알기에 지난 과거에 향유했던 영적인 왕국을 다시 얻게 될 것이고, 인도를 종속시켰던 굴레가 단숨에 끊어질 것이고, 고대의 현자들이 불멸의 말로 기술하였던 이상 국가가 형성될 것이다. '철은 검이 아니라 챙기를 만들기 위해 사용될 것이고, 사자와 양이 친구가 되어 사랑 안에 함께 살아갈 것이다.' 고칼레가 일생 품었던 이상은 이런 상태를 얻기 위해 노력하는 것이었다. 그것은 참으로 그다운 메시지였고, 그의 저서를 열린 마음으로 읽는 이는 누구든 이 메시지를 그가 발언한 모든 말에서 확인하게 될 것이다.

— 고칼레 연설집 서문(G.), 『*Gopal Krishna Gokhalenan Vyakhyano*』 권1;
『전집』 16 : 164

10. 라즈찬드라

65) 심정의 문화

내가 레이찬드바이[54]를 소개받은 것은 1891년 7월 영국에서 돌아와 봄베이에 상륙하던 날이었다. 1년 중 이때 바다는 사나웠다. 그래서 배가 늦게 도착했을 때는 이미 밤이었다. 당시 나는 법정 변호사이고 지금은 저명한 보석상이 된 쁘란지반 메타 박사와 함께 머물고 있었다. 레이찬드바이는 메타의 형님의 사위였다. 박사가 나를 그에게 소개해 주었다. 같은 날 나는 메타의 또 다른 형님인 자베리 레바샹께르 자그지반다스를 소개받아 만났다. 박사는 레이찬드바이를 '시인'이라고 소개하고, "시인이긴 하지만 우리 일을 하고 있다. 그는 영적 지식의 사람이고 샤따바다니(shatavadhani),[55] 곧 한 순간에 일백 개의 일을 주목할 수 있는 자"라고 덧붙였다. 어떤 사람이 그의 면전에서 몇몇 단어를 말해보라고 나에게 제안했다. 그러면 그것들이 어떤 나라 말이든 내가 발언한 그 순서대로 반복할 수 있을 것이라고 했다. 믿을 수가 없었다. 나는 젊은 사람으로서 방금 영국에서 돌아오던 참이고, 언어들에 대한 지식에도 자부심을 갖고 있었다. 그 당시 나는 영어의 강력한 마법 아래에 있었다. 영국에 가본 경험은 사람으로 하여금 천국 태생이란 점을 느끼게 했다. 나는 내 모든 지식의 창고를 쏟아 내었다. 처음에는 다른 언어들에서 온 단어들을 다 적었다. 도대체 내가 어떻게 그 단어들을 순서대로 기억할 수 있었겠는가? 그 다음 나는 단어들을 큰 소리로 읽었다. 레이찬드바이는 단어들을 천천히 하나하나 같은 순서대

---

54) 라즈찬드라 라즈비바이 메타(1868~1901), 시인, 신비가, 진주와 다이아먼드 감정가. (원주) 꼭 번역해야 한다면 레이찬드 님 정도로 할 수 있을 것이다. (역주)

55) 함석헌은 일람철기(一覽輙記)라고 번역했다. 『간디자서전』(『함석헌 전집』 7), 한길사, 1976, 136면 참조. (역주)

로 반복했다. 나는 기뻤고 놀랐으며, 그의 기억력을 높이 평가했다. 나를 사로잡고 있었던 영어의 마법은 이 놀라운 경험으로 좀 부서지게 되었다.

시인은 영어를 전혀 몰랐다. 내가 여기에서 말하고 있는 그 당시는 그의 나이 스물다섯이 넘지 않았다. 구자라뜨어 학교교육도 그리 많이 받지 않았다. 그런데도 그는 그렇게 강력한 기억력과 지식을 가졌고, 주위의 모든 사람들에게서 존경을 받았다니! 나는 아주 감탄하고 말았다. 기억력은 학교에서 파는 것이 아니다. 사람이 지식을 원하거나 열망한다면 학교에 가지 않고서도 얻을 수 있다. 그리고 존경받기 위해 영국이나 다른 곳에 갈 필요가 없다. 덕성은 언제나 존경받기 때문이다. 나는 이런 진리를 봄베이에 상륙하던 바로 그 날 배웠다.

이와 같은 계기를 통해 시작되었던 시인과의 만남은 해를 거듭하면서 성장했다. 아주 기억력이 좋은 사람이 더러 있다. 그러나 그것으로 우리가 압도당할 필요는 없다. 경전(샤스뜨라)에 대한 지식을 풍부하게 가진 자 또한 많다. 하지만 그와 같은 사람들은 진정한 문화가 없다면, 우리에게 가치 있는 아무 것도 줄 수 없다. 강력한 기억과 경전에 대한 지식의 결합은, 심정의 진짜 문화와 더불어 존재할 경우에만 참가치가 있으며 세상에 득을 줄 것이다.

—『슈리마드 라즈찬드라』, 2장;『전집』36 : 534

66) 해탈로 가는 길

1926.11.5

나는 슈리 레바샹께르 자그지반을 형님으로 여긴다. 그 분이 슈리마드 라즈찬드라의 서신과 저작을 묶은 이 책의 서문을 부탁했을 때 그 청을 거절할 수 없었다. 내가 그 서문에서 무엇을 말할 수 있을지를 생각해 보았는데, 나는 예라브다 교도소에서 집필한 슈리마드 라즈찬드라에 대한 내 회고담 중에 서너 장을 담는다면 두 가지 목적을 달성할 수 있을 것이라고 느꼈다. 하나는 내 노력이 종교적 헌신의 정신으로 시도되므로 그것이 비록 불완전하다고 해도 나처럼 해탈을 추구하는 자, 즉 구도자(mumukshu, 무묵슈)를 도울 수 있을 것이라는 점, 그리고 생전의 슈리마드 라즈찬드라를 모르는 사람들이 그에 대해 좀 알게 되고 그의 저작의 일부를 이해하기가 쉬울 것이라는 점이다.

다음에 나오는 장들은 이야기의 끝을 맺고 있진 않다. 내가 그것을 완전하게 할 수 있으리라고는 생각하지 않는다. 나에게 시간이 있다고 해도 나는 멈춘 그 부분에서 더 이상 앞으로 나가고 싶지 않기 때문이다. 따라서 나는 미완성으로 남아 있는 마지막 장을 마치고 싶고, 그 안에 서너 가지 사항들을 포함하고 싶다.

내가 지금 쓰고 있는 여러 장에서 다루지 않았던 주제의 일면이 있는데 그것을 독자 앞에 꼭 제시하고 싶다. 어떤 사람들은 슈리마드 라즈찬드라가 25대 띠르탕까르[56]라고 단언하고, 다른 사람들은 그가 해탈을 얻었다고 믿는다. 나는 이 두 가지 신념들이 모두 적절치 못하다고 생각한다. 그런 생각을 품고 있는 자들은 슈리마드 라즈찬드라를 잘 모르거나, 띠르탕까르 곧 해탈한 영혼에 대한 그들의 정의가 보통 용인되는 정의들과 다른 것 같다. 우리는 우리가 매우 사랑하는 자들을 위해서라도 진리의 기준을 낮춰서는 안 된다. 해탈은 지고의 가치의 상태이다. 그것은 아뜨만의 최고의 경지이다. 그것은 얻기가 너무 어려운 상태이므로, 가령 풀잎 하나로 한 방울 한 방울씩 바닷물을 다 떠내는 일보다 훨씬 많은 노력과 인내가 필요하다. 그 경지에 대한 완전한 설명은 불가능하다. 띠르탕까르는 해탈 바로 전 단계에 속하는 힘들을 노력 없이도 자연스럽게 부릴 수 있을 것이다. 육신 속에서 살아가는 동안 자유를 얻은 자는 어떠한 육신의 질병도

---

56) 문자적으로 번역하면 여울을 만드는 자라는 뜻이다. 자이나교에서는 진나(Jina, 영적인 勝者)의 異名으로 이해되고 있다. (역주)

앓지 않을 것이다. 욕망으로 괴롭힘을 당하지 않는 육신에는 질병이 있을 수 없다. 집착이 없는 곳에 질병이 있을 수 없다. 욕망이 있는 곳에 집착이 있고, 집착이 있으면 해탈은 불가능하다. 슈리마드 라즈찬드라는 해탈한 인간(mukta purusha)의 자질인 집착에서의 완전 자유를 얻지 못했고, 띠르탕까르에 속하는 영적인 힘(vibhuti)을 얻지 못했다. 그는 보통 남자나 여자보다 훨씬 더 많은 자유와 힘을 가졌다. 그래서 우리는 보통 그를 집착에서 자유로운 사람으로 또는 초인간적 힘을 소유한 사람으로 설명할 수 있다. 하지만 그는 우리가 해탈한 인간에게나 있다고 여기는 집착으로부터 완벽한 자유를, 띠르탕까르가 현현할 것이라고 믿는 영적인 힘을 얻지 못했다고 나는 확신한다. 이렇게 말하는 데에 우리에게서 최고의 존경을 받을 만한 위대한 인격 안에 어떤 단점을 지적하려는 의도가 있는 것은 아니다. 나는 그 분과 진리라는 대의(大義), 양자 모두에게 공정하기 위해서 말하는 것이다. 우리 모두는 세속적인 피조물이지만 그는 그렇지 않았다. 우리는 존재에서 존재로 방황할 것이지만, 그는 오직 한 생애만 더 살면 될 것 같다. 우리는 해탈에서 도망가고 있는지 모르지만, 그는 바람의 속도로 해탈을 향해 날아가고 있었다.

이것은 작은 성취가 아니었다. 그렇다고 해도 나는 그가 그토록 아름답게 묘사했던 최고의 경지를 얻은 것은 아니라고 생각한다. 그는 자신의 여정에서 사하라 사막을 만났고 사막을 건너가는데 실패해 버렸다고 말했다. 하지만 그는 귀한 존재였다. 그의 저작은 그가 겪었던 경험의 정수이다. 그의 저작을 읽고 숙고하고 자신의 삶에서 따르는 자는, 해탈로 향하는 길을 좀 쉽게 찾을 것이다. 그리고 감각적 쾌락에 대한 열망은 점점 약해질 것이고, 세속사에 무관심하게 될 것이고, 육신의 생명에 집착하기를 멈출 것이며, 자신을 아뜨만의 복리에 바칠 것이다.

독자들은 내가 말한 것을 듣고 그의 저작이 공부할 자격을 갖춘 사람들만을 위한 것임을 알게 될 것이다. 모든 독자들이 그것이 흥미롭다고는 하지 않을 것이다. 비판하고 싶어하는 자들은 비판할 거리를 얻게 될 것이다.

하지만 신앙이 있는 자는 이런 글에서 여러분의 마음을 앗아가는 흥미를 찾아낼 것이다. 나는 그의 저작이 진리의 정신을 호흡하고 있음을 언제나 느껴왔다. 그는 자신의 지식을 자랑하기 위해서는 단 한 마디도 쓰지 않았다. 저작의 목적은 그의 내면의 지복을 독자들과 공유하는 일이었다. 내적 갈등에서 자유롭게 되기를 원하는 자, 그리고 인생의 의무를 간절히 알고 싶은 자는 그의 글에서 많은 것을 얻을 것이다. 독자가 힌두교도든 아니면 다른 신앙에 속하든지 간에 관계없다.

그의 삶에 대해 내가 적은 몇몇 회고담들이, 그의 글을 읽을 자격이 있는 독자를 도울 것을 바라면서, 여기에 서문의 일부로 그것들을 제시한다.

— 간디의 서문(G.), 『슈리마드 라즈찬드라』; 『전집』 36 : 534

67) 라즈찬드라와의 만남

오늘은 고 슈리마드 라즈찬드라의 탄신 기념일이다. 나는 그의 회상록을 쓰기 시작했는데, 지금은 까르띠끼 뿌르니마,[57] 삼바뜨 1979년이다. 나는 슈리마드 라즈찬드라의 전기를 쓰려고 하는 것은 아니다. 그런 시도는 내 능력을 넘어선 일이다. 전기 집필에 필요한 자료도 나에게 없다. 내가 그것을 쓰기를 원한다면, 바바니아 항구에 있는 그의 탄생지에서 시간도 좀 보내고 그가 살았던 집을 둘러보기도 하고, 그의 유년기의 놀이와 산책의 무대가 되었던 장소들을 보고, 그의 소년기의 친구도 만나고, 그가 다녔던 학교를 방문하고, 그의 친구와 제자, 친척들과 대담도 하고, 유용할 만한 모든 정보를 그들에게서 얻어야 할 것이다. 이 모든 일을 한 다음에라야 전기를 쓰기 시작할 수 있다. 그러나 나는 이런 장소들을 방문하지도 못했고 그런 사람들을 만나지도 못했다.

---

57) 힌두력에 따른 까르띠까 달의 보름날.

지금은 그의 회고록을 쓸 수 있는 내 능력조차 의심스럽다. 만일 나에게 시간이 있다면 그와 같은 회고록을 쓸 것이라고 한 번 이상 언급했던 기억이 난다. 그의 제자 중 내가 가장 존경하는 사람은 내가 이렇게 말하는 것을 들었다는데, 나는 주로 그를 만족시키기 위해 이 시도에 착수했다. 여하튼 내가 사랑과 존경에서 레이찬드바이 혹은 시인이라고 불렀던 슈리마드 라즈찬드라에 대한 회고록을 쓰고, 구도자(무묵슈: mumukshu)들에게 회고록의 의미를 설명하게 되면 나는 행복해질 것이다. 하지만 사실을 말하자면, 내 시도는 단지 친구 한 사람을 만족시키기 위한 것이었다. 시인에 대한 인생 회고록을 제대로 쓰기 위해서는 자이나의 길에 대해서도 잘 알아야 하는데, 내가 그러지 못함을 인정하지 않을 수 없다. 그래서 나는 매우 제한된 관점에서 그것을 써야 한다. 나는 그에 대한 내 기억의 기록, 그의 인생에서 일어난 사건들 중에서 나에게 인상을 남겼던 사건들의 기록, 그리고 그 사건들을 통해 내가 배웠던 교훈에 대한 논의로 만족할 것이다. 이렇게 해서 내가 얻은 이익과 그것과 유사한 것을 구도자 독자들도 이 회고록을 숙독함으로써 아마 얻게 될 것이다.

나는 일부러 구도자(무묵슈)라는 말을 사용해 왔다. 회고록을 쓰려는 내 시도는 모든 층의 독자들을 겨냥한 것은 아니다.

나에게 깊은 영향을 준 사람은 톨스토이·러스킨·레이찬드바이, 이렇게 세 사람이다. 톨스토이는 그의 책 한 권과 짧은 서신 교환을 통해 영향을 주었고, 러스킨은 그의 책 『이 최후의 사람에게』를 통해서였는데, 나는 이 책을 구자라뜨어로 『사르보다야(만인을 위한 향상)』라고 불렀다. 그리고 슈리마드 레이찬드바이는 친밀한 인간적인 관계를 통해 영향을 주었다. 내가 종교로서 힌두교에 대해 의심을 품기 시작했을 때, 그것을 해소하는 데에 나를 도와준 사람이 슈리마드 레이찬드바이였다. 나는 1893년 남아프리카에서 몇몇 기독교도 신사들과 가까운 만남을 갖게 되었다. 그들의 삶은 순결했고 기독교에 헌신적이었다. 그들 인생의 주요 과업은 다른 종교의 추종자들로 하여금 기독교를 수용하게끔 설득하는 일이었다. 비록 나는 실무적인 일과 관련하여 그들을 만났지만, 그들은 내 영혼의 평안에 대해 염려하기 시작했다. 나는 나에게 한 가지 의무가 있음을 자각했다. 내가 힌두교의 가르침을 공부하고 그것이 내 영혼을 만족시켜 주지 못함을 발견하기 전까지는 내가 태어난 종교를 버리지 않을 것이라는 의무를 자각했다. 그래서 나는 힌두교와 다른 경전들을 읽기 시작했다. 그리고 나는 기독교와 이슬람교에 대한 책들도 읽었다. 나는 런던에서 사귀었던 친구들에게 편지를 써서 내 의심을 제기했다.

나는 어느 정도의 신뢰를 가진 인도의 모든 사람들과 편지 교환을 시작했는데, 슈리마드 레이찬드바이가 그들 가운데 으뜸이었다. 그는 벌써 나를 알고 있었고 우리 사이에 친밀한 유대가 형성되었다. 나는 그를 존경했다. 나는 그가 나에게 줄 수 있는 모든 것을 받기로 했으며, 그 결과 마음의 평화를 획득했다. 그리고 힌두교가 나에게 필요한 것을 줄 수 있다고 다시금 확신하게 되었다. 이 결과에 대해 레이찬드바이가 책임이 있다. 바로 그 때문에 그에 대한 내 존경이 얼마나 커졌는지 독자들은 조금 알게 될 것이다.

나는 그렇지만 그를 내 구루로 받아들이지는 않았다. 나는 여전히 구루를 찾고 있었으며, 지금까지는 구루로 생각할 수 있는 누구를 만나도 '아니, 이분은 아니야'라는 마음을 가졌다. 완전한 구루를 만나기 위해서는 적합한 자격이 있어야 하는데, 나는 아직 그것을 갖추었다고 할 수 없었다.

—「라즈찬드바이에 대한 회고록」(G.), 『슈리마드 라즈찬드라』 1장;
『전집』 36 : 534

68) 집착에서의 자유

내가 언제 저 지고의 경지를 알 수 있을까?
안팎의 저 매듭을 언제 끊을 수 있을까?

나를 단단히 속박하고 있는 저 족쇄를 언제 부수고 현자와 영웅들이 걸어갔던
길을 따라갈까?

모든 이익에서 마음을 거둬들이고
이 육신을 오직 자제를 위해서만 사용하며
그는 자기 속에 숨어 있는 목적을 위한 어떤 것도 바라지 않는다.
무명이 가진 어둠의 자취를 가져 올 만한 것, 육신 안에는 일체 없다.

이것이 슈리마드 레이찬드바이가 나이 열여덟에 영감을 얻어 쓴 최초
의 두 구절이다.

내가 그와 긴밀한 관계를 유지하고 있었던 지난 2년 동안, 나는 이 구절
에서 빛나는 무욕(vairagya)의 정신을 매순간 느꼈다. 그의 저작에 드물게 보
이는 성격 중의 하나는, 그가 자신의 경험에서 느꼈던 바를 언제나 적는다
는 점이다. 그 안에는 허위의 흔적이 전혀 없다. 나는 그가 쓴 것 가운데
다른 사람에게 영향을 주기 위해 쓴 것을 단 한 줄도 읽어 본 적이 없다.
그는 언제나 종교적 주제에 대한 책과 백지 몇 페이지가 있는 공책을 옆에
두었다. 공책은 그에게 떠오르는 어떤 생각이든지 적어두기 위한 것이었
다. 때로는 그것이 산문이었고 때로는 시이기도 했다. '지고의 경지'에 대
한 시는 그런 식으로 쓴 시임에 틀림없다.

그가 어떤 순간에 무엇을 하든, 가령 식사를 하든, 쉬고 있든 침대에 누워
있든, 그는 세상의 사물들에 대해 늘 무욕의 태도를 취했다. 나는 그가 이 세상
에 있는, 쾌락의 대상이나 사치품에 의해서 유혹받는 모습을 본 적이 없었다.

나는 그의 일상사를 존경의 눈으로 지켜보았는데 그것도 지척(咫尺)에서
였다. 그는 식사 때에 주는 것이면 뭐든지 받아먹었다. 복장은 간편했는데,
도띠와 셔츠, 안가라쿤,58) 그리고 비단실과 무명실을 섞어 짠 터번이었다.
이런 복장(服裝)들이 아주 깨끗하거나 잘 다림질된 것인지는 기억이 안 난

---

58) 상의의 일종. 「용어해설」 참조 (역주)

다. 마당에 웅크리고 앉아 있거나 걸상 위에 앉아 있는 것은 그에게는 마찬가지였다. 상점에서는 그는 보통 가디(쿠션)에 앉았다.

그는 천천히 걷곤 했는데, 길 가던 사람들은 그가 걸으면서도 생각에 깊이 잠겨 있음을 알 수 있었다. 그의 눈에 기이한 힘이 있었다. 그의 두 눈은 지극히 맑고 조바심이나 불안의 표지가 전혀 없었고, 그가 한 가지 일에 몰두하고 있음을 보여 주었다. 그의 얼굴은 둥글고 입술은 가늘며, 코는 뾰족하지도 납작하지도 않고, 몸은 가벼운 체격으로 중간 크기였다. 피부는 검었다. 그는 평화의 화신이었다. 목소리는 감미로워서 사람들은 그저 그의 말을 계속 듣기를 원했다. 그의 얼굴은 미소를 띠고 있었고 명랑했으며, 내면적 기쁨의 빛으로 빛났다. 그는 언어구사 능력이 뛰어나서 자신의 생각을 표현하기 위해 단어 하나를 찾고자 머뭇거리는 것을 본 적이 없다. 그가 편지를 쓰면서 말을 바꾸는 것도 거의 보지 못했다. 그런데도 독자들은 생각이 불완전하게 표현되었다거나, 또는 문장 구조에 결함이 있다거나, 어휘 선택에 과오가 있다는 점을 결코 느끼지 못했을 것이다.

이런 자질들은 자제의 사람에게만 존재할 수 있다. 사람은 집착을 버렸다는 쇼를 보임으로써 집착에서 완전히 자유로울 수 없다. 그러한 경지는 아뜨만에게는 은총의 경지이다. 그것을 위해 노력하는 자라면 누구든, 수없이 많은 탄생에 걸친 부단한 노력 이후에라야 얻을 수 있음을 알게 될 것이다. 집착을 없애고자 노력하는 사람은 그 시도에서 성공하기가 얼마나 어려운지를 알게 될 것이다. 시인은 나로 하여금, 집착에서 해방된 자유의 경지가 그에게 자연발생적인 것임을 느끼게 했다.

해탈로 향한 첫 걸음은 집착에서의 자유이다. 우리 마음이 이 세상의 단 하나의 대상에 집착하는 한, 다른 사람이 해탈에 대해 말하는 것을 즐겁게 들을 수 있을까? 우리가 즐겁게 듣는 것처럼 보이는 순간이 있다고 해도 즐거워하는 것은 귀뿐이다. 달리 말하자면 어떤 음악의 의미를 이해하지 못하면서도 그 곡조만 즐거워하는 것과 같다. 귀의 탐닉이 해탈로 나가는 삶의 방식을 수용하게 되기까지는 오랜 시간이 흘러야 할 것이다. 우리의 마음에 진정한 무욕이 없다면 우리는 해탈에 대한 열망에 홀릴 수 없다.
시인은 그와 같은 열망에 홀려 있었다.

— 「무욕」, 『슈리마드 라즈찬드라』 3장; 『전집』 36 : 534

69) 일에서의 경각심

> 그는 절대 허위를 말하지 않는 진짜 바닉(vanik)[59]이다.
> 그는 절대 손쉬운 방법을 선택하지 않는 진짜 바닉이다.
>
> 그는 부친의 말씀을 존중하는 진짜 바닉이다.
> 그는 원금을 이자와 함께 돌려주는 진짜 바닉이다.
> 상식이 바닉의 방편이고, 왕의 방편은 신용이다.
> 바니아가 사업을 방치하면, 숲의 불이 퍼져 나가듯 고통이 멀리까지 넓게 퍼져
> 나갈 것이다.

— 샤말 바뜨

실제적인 업무나 사업 분야와, 영적인 추구 또는 다르마는 서로 엄연히 달라서 양립할 수 없다는 점, 다르마를 사업에 도입하려는 시도는 양자 어디에도 성공할 수 없으므로 미친 일이라는 점이 널리 믿어지고 있다. 만일 이런 믿음이 오류가 아니라면 우리에게 희망이 전혀 없다. 다르마가 들어가지 못할 어떤 관심사나 실제적인 업무의 영역은 하나도 없다.

슈리마드 레이찬드바이는, 만일 사람이 다르마에 헌신하게 되면 그 헌신이 모든 행위 안에 분명히 보인다는 점을 평생을 통해서 보여 주었다. 다르마는 매월 열하룻날(Ekadashi),[60] 빠르유산(Paryushan)[61] 기간, 이드의 날 또는

---

59) bania와 같다. 바니아는 상인과 농민 카스트이지만 여기에서는 상인을 가리키는 것으로 보인다. (역주)
60) 자기 정화의 날. 「용어해설」 참조 (역주)
61) 자이나교도의 가장 중요한 축제의 하나. 영적 갱생이 일어나고 신앙이 재생하는 날로

일요일, 사원이나 교회, 모스크에서만 준수되어야지 상점이나 왕의 법정에서는 준수되는 것이 아니라는 말은 전혀 사실이 아니다. 반대로 슈리마드 레이찬드바이는 그와 같은 믿음이 다르마의 본성에 대한 무지와 다름없다고 말하고 생각해 왔으며, 그 사실을 자신의 행위를 통해 증명해 왔다.

그가 해왔던 일은 다이아몬드와 진주(眞珠) 사업이었다. 그는 그 사업을 레바샹께르 자그지반 자베리와 동업을 했다. 그는 피륙 가게도 함께 운영했다. 나는 그가 거래에 있어서 철저하게 정직했다는 인상을 가지게 되었다. 나는 그가 상거래를 하고 있을 때 우연히 그 자리에 있기도 했다. 그가 제시하는 조건은 언제나 분명하고 확고했다. 나는 그 조건 안에 어떤 '영리함'도 본 적이 없었다. 만일 다른 편이 그런 영리함을 시도하면 그는 그것을 당장 꿰뚫어보고 그것을 용납하지 않았다. 그럴 때에 그는 분노로 미간을 찌푸리고, 눈에는 분노의 붉은 불꽃이 섬광처럼 이는 것을 볼 수 있었다. 그는 다르마 영역에서의 현자가 실제 인생 사업에서는 현명하지 못할 것이라는 일반화된 생각이 오류임을 입증했다. 그는 사업에서 고도의 경각심과 지성을 발휘했다. 그는 고도의 정확성으로 다이아몬드와 진주의 가치를 판단할 수 있었다. 그는 영어를 몰랐지만, 파리에 있는 대리인들이 보낸 편지와 전보의 개략적인 내용을 신속히 이해하고 그들의 속임수를 금방 알아보았다. 그의 추측은 보통 들어맞았다.

그는 사업에서 그와 같은 경각심과 지성을 발휘하면서도 사업에 대해 절대로 조바심을 내거나 걱정하는 법이 없었다. 그가 상점을 보고 있을 때에도, 옆에는 언제나 종교적 주제에 대한 책이 있었고, 고객과 거래가 끝나면 곧 그 책을 펴거나 또는 공책을 펴서 떠오른 생각을 그 안에 적어 두곤 했다. 매일 매일 그에게는 나처럼 진리를 찾아오는 사람들이 있었다. 그는 주저하지 않고 그들과 종교적 일을 논의했다. 시인은 사업을 하는 일과 다르마를 논의하는 일을 각기 적절한 때에 해야 한다는 규칙을, 한 번

간주된다. (역주)

에 한 가지 일만 해야 한다는 일반적이고도 아름다운 규칙을 따르지 않았다. 샤따바다니로서 그는 그런 규칙을 어길 수 있었다. 누구든 그를 본받으려 하는 자는 두 마리 말을 동시에 타려고 하는 사람과 같이 될지 모른다. 전적으로 다르마에 헌신하는 자, 집착에서 완전히 자유로운 자라고 해도, 자신이 그때 하고 있는 일에 집중하는 것이 늘 최선일 것이다. 사실로 말하면 그도 그렇게 하는 것이 옳은 일이었을 것이다. 그것은 그가 요가의 사람이라는 증거이기도 했을 것이다. 다르마는 그런 방식으로 행위할 것을 요구하고 있다. 사업이든 다른 일이든 그것이 행동할 가치가 있는 것이라면, 그것은 일편단심으로 행해져야 할 것이다. 구도자에게 자아(Self)에 대한 내면적 명상은, 호흡과 같이 자발적이고도 지속적인 것이어야 한다. 그것을 한순간이라도 멈추어서는 안 된다. 그는 자아를 명상하고 있으면서도 그가 하는 일에 온통 빠져 있어야 한다.

우리의 시인이 이런 식으로 살지 않았다고 말하려는 것은 아니다. 그는 사업에서 최고도의 경각심을 발휘했다고 앞서 말한 바 있다. 하지만 나는 감당할 수 있는 이상으로 그의 육신이 일을 한다는 인상을 받았다. 이것이 그의 요가가 불완전했음을 의미할 수 있을까? 자신의 의무를 수행함에 있어서 목숨마저 내어놓아야 한다는 것이 다르마의 원리이다. 자신의 능력 밖의 일을 수행하는 것, 그리고 그것을 자신의 의무로 간주하는 것은 집착의 하나이다. 시인이 이와 같이 아주 미묘한 집착을 지니고 있음을 나는 언제나 느껴 왔다.

사람은 영적인 동기에 의해 자신의 능력을 넘어가는 일을 수용했지만, 나중에는 그것의 처리가 어렵다는 것을 알아차리게 된다. 이런 일은 종종 일어난다. 우리는 그것을 덕으로 알고 존경한다. 그러나 영혼의 관점에서 보면, 즉 다르마의 관점에서 보면, 그와 같은 일의 배후에 있는 동기가 미묘한 형태의 무지에서 비롯되었을 가능성이 매우 높다.

우리가 만일 이 세상에서 단순한 도구에 불과하다면, 이 육신을 빌려서 입고 있고 우리의 최고 의무가 육신을 통해 가능한 한 빨리 해탈을 얻는 것이라면, 우리는 우리의 길에 방해가 되는 모든 것을 분명히 포기해야 할 것이다. 그것만이 참된 영적 태도이다.

내가 앞에서 개진했던 의견은, 슈리마드 레이찬드바이 자신이 놀랍고도 새로운 방식으로 나에게 설명해 준 적이 있었다. 그런데 그는 어떻게 걱정을 안겨 주고 중병을 가져다 준 과업을 스스로 떠맡게 되었을까?

나는 슈리마드 레이찬드바이조차 선행을 하려는 욕망의 형태를 빌린 영적 무지에 순간적으로 정복당할 때가 있었다고 믿는다. 그런 믿음이 옳다면, '모든 존재들은 본성을 좇은즉 억압해서 무엇하겠는가'[62]라고 하는 구절의 진리가 바로 그의 경우에 무척 잘 예시되어 있다. 이것이 바로 그 구절이 의미하는 바다. 자기 탐닉을 정당화하기 위해 *끄리슈나*의 이 말을 들먹이는 사람들이 있는데, 그들은 그 말의 의미를 전적으로 왜곡하고 있다. 슈리마드 레이찬드바이의 *쁘라끄리띠*(prakriti, 물질)는 그를 깊은 물 안으로 끌고 들어갔다. 자신이 끌려 들어가지 않으려고 했음에도 그랬다. 이런 방식으로 일을 수행하는 것은 과오이지만, 그것은 완전에 아주 가까이 접근한 사람의 경우에만 과오라고 간주될 수 있다. 우리와 같은 보통의 남녀는 명분에 대해 열광할 경우에만 명분을 정당하게 대접할 수 있다. 이 논의는 여기에서 마치고 싶다.

종교적 심성의 소유자들은 너무 단순해서 누구든지 그들을 속일 수 있고, 그들은 세상의 일에 대해 아무 것도 모른다고 사람들은 흔히 믿는다. 만일 이런 믿음이 사실이라면, 두 사람의 아바따르(화신), 즉 *끄리슈나찬드라*와 라마찬드라는 화신이 아니라 단순히 세상의 보통 사람들로 간주되어야 할 것이다. 시인은 완전한 영적 지식이 있는 자를 기만하기란 불가능하다고 말하곤 했다. 어떤 사람은 종교적 심성을 가질 수 있다. 즉, 그의 삶이 도덕적일 수 있다. 하지만 그에게 영적 지식은 없을지도 모른다. 해탈에 필요한 것은, 도덕적 인생과 자신의 경험이 낳은 결과로서의 영적 지식

---

62) 『바가바드 기타』 3 : 33(길희성 역, 현음사, 1988).

이 행복하게 결합하는 일이다. 그와 같은 지식을 갖춘 자가 있는 곳에는, 위선과 기만은 가면을 오래 쓰고 있을 수 없다. 진리의 면전에서 허위는 성행할 수 없다. 비폭력의 면전에서 폭력은 멈춘다. 정직의 빛이 비추는 곳에는, 기만의 어둠은 사라진다. 다르마에 헌신하는 영적 진리를 가진 사람이 사특한 사람을 보는 즉시 전자의 심정은 자비로 녹아 내릴 것이다. 자신 안에 자아(Self)를 본 자가 어떻게 다른 사람을 이해하지 못하겠는가? 시인이 이 진리를 일생 동안 언제나 증명해 왔다고는 말할 수 없다. 사람들이 종교의 이름하에 시인을 때때로 속인 것도 사실이다. 그와 같은 예증들은 원리의 결함을 증명하는 것이 아니라, 절대 순결한 영적 진리를 획득하는 것이 매우 어렵다는 점을 시사한다.

이와 같은 한계에도 불구하고 내가 시인에게서 목격했던 실천력과 다르마에 대한 헌신이, 그와 같이 아름답게 결합한 예를 나는 다른 사람에게서는 본 적이 없다.

— 「사업가의 인생」(G.), 『슈리마드 라즈찬드라』 4장; 『전집』 36 : 534

70) 종교에 대한 라즈찬드라의 견해

우리는 슈리마드 레이찬드바이가 살다간 다르마의 삶을 검토하기 전, 그가 설명한 다르마의 성격을 논의하는 것이 필요하다.

다르마는 어떤 특정한 교리 또는 도그마가 아니다. 그것은 경전으로 불리는 책을, 판에 박힌 방식으로 읽거나 배우는 것도 아니며, 그것이 말하는 바를 모두 믿는 것도 아니다.

다르마는 혼의 자질로서 보일 수도 있고 안 보일 수도 있지만, 모든 사람들 안에 현존한다. 우리는 다르마를 통해서 인생의 의무와 다른 혼들과의 진정한 관계를 알게 된다. 우리 안에서 자아(Self)를 알기 전에는 우리의 의무를 알 수 없음은 분명하다. 따라서 다르마는 우리 자신을 알 수 있게 해주는 수단이다.

우리는 다르마라는 수단을 인도·유럽·아라비아 중 어디에서 구하든 그것을 받아들일 수 있다. 다른 종교 경전을 공부해 본 사람이라면 누구든 그 경전이 설파하는 이 수단의 일반적 성격이 동일하다고 말할 것이다. 어떤 종교 경전도 우리가 허위를 말하거나 따르는 것이 좋다거나, 우리가 폭력을 범해도 좋다고 말하지 않을 것이다. 샹까라 선생은 모든 경전의 정수를 말하면서 '브라마 사땀 자간미트야(Brahma satyam jaganmithya)'[63]라고 했다. 코란─에─샤리프(Koran-e-Sharif)는 같은 것을 다른 식으로 말하는데, '신은 한 분이며, 그 분 이외에는 아무 것도 존재하지 않는다'라고 단언한 것이 바로 그것이다. 기독교 성경은 '나는 내 아버지와 하나다'라고 말한다. 이런 것들은 모두 동일한 진리의 다른 진술이다. 그런데 불완전한 인간들은 여러 가지 이해를 통해서 이 하나의 진리를 상설하면서 진짜 감옥을 건설했는데, 우리의 마음은 이것으로부터 도망쳐야 한다. 불완전한 인간인 우리는 우리보다 덜 불완전한 사람들의 도움을 받아 전진하기를 노력해야 하는데, 어떤 경지 이상은 나갈 길이 없다고 상상한다. 그런데 사실은 전혀 그렇지 않다. 일정한 경지에 도달한 뒤 경전은 아무 도움도 주지 않는다. 오직 경험만이 도와줄 따름이다. 따라서 슈리마드 레이찬드바이는 다음과 같이 노래했다.

> 완전지를 얻으신 지복의 분이 그의 비전에서 본 저 경지는
> 말로 묘사할 수 없다.
> 나는 저 지고의 경지를 목표로 삼아 주목했다.
> 그런데 현재 그것은 내 힘으로는 실현할 수 없는 소망이다.

따라서 궁극적으로 '아뜨만은 자신을 위해 해탈을 얻는다.'

---

63) '브라만만이 참이고, 현상의 세계는 허위이다.'

슈리마드 레이찬드바이는 이런 핵심 진리를 저작에서 여러 방식으로 설명했다. 그는 다르마를 다룬 여러 책을 깊이 공부했다. 그리고 산스끄리뜨와 마가디어를 아무 어려움 없이 해독할 수 있었다. 그는 베단따를 연구했으며, 『바가바따』와 『기따』를 공부했다. 자이나교에 대한 책의 경우에는 그는 자신이 입수한 모든 책을 읽곤 했다. 독서와 소화 능력은 무한정이었다. 그가 책 한 권의 골자를 파악하는데는 한번의 독서로서 충분했다.

그는 코란과 젠드 아베스타도 번역으로 읽었다.

그는 자이나 철학으로 경도되고 있다고 나에게 말한 적이 있다. 그는 『지나가마(Jinagama)』가 완전한 영적 지혜를 간직하고 있다고 믿었다. 내가 이와 같은 그의 견해를 말할 필요는 있다. 나는 그의 견해에 대한 나의 평가를 제시할 자격이 전혀 없다고 생각한다.

하지만 그는 다른 종교들에 대해 존경심이 없었던 것이 아니다. 베단따에 대해서는 존경심을 느꼈다. 베단띤이라면 자연스럽게 시인을 한 사람의 베단띤으로 여겼을 것이다. 그가 나와 논의하면서 만일 해탈을 얻기를 원한다면 어떤 특정 다르마를 따라가야지 다른 것을 따르면 안 된다고 말한 적은 한 번도 없었다. 그는 나에게 나 자신의 행위에 주목하라고만 권고했다. 내가 읽어야 할 책에 대해 논의한 적이 있었는데, 내 개인적 성향과 어릴 때 가족이 준 영향을 고려하여, 그 당시 내가 읽고 있었던 『기따』를 계속 읽기를 권면했다. 그가 제시했던 다른 책들로는 『빤치까란(Panchikaran)』, 『마니라뜨나말라(Maniratnamala)』, 『요가바시슈타(Yogavasishtha)』의 무욕(바이라그야)에 대한 장, 『까브야도한(Kavyadohan)』 1장 그리고 그 자신이 지은 『목샤말라(Mokshamala)』가 있었다.

그는 서로 다른 신앙들이 많은 벽들로 둘러 쌓인 장소와 같아서, 그 안에 수많은 남녀들이 갇혀 있다고 말하곤 했다. 삶에서 해탈을 목표로 가진 사람은, 특정 신앙에 배타적인 헌신을 바칠 필요가 없다.

원하는 대로 사시오

여하튼 하리에 도달하시오

이것은 아카[64]의 원리이기도 하지만 그의 원리이기도 했다. 그는 언제나 종교적 논쟁을 지겨워했고 거기에 좀처럼 관여하지 않았다. 그는 각 신앙의 우월성에 대해 공부하고 이해한 다음, 그것을 신앙의 추종자들에게 설명해 주었다. 내가 남아프리카에서 그와 나눈 편지를 통해 배운 교훈도 이것이다.

모든 종교는 그 종교의 추종자들의 관점에서 보면 완전하고, 다른 종교의 추종자들의 관점에서 보면 불완전할 것이라고 나는 믿는다. 제3의 독립된 관점에서 검토해 보면 각 종교는 완전하기도 하고 불완전하기도 하다. 어떤 경지를 넘어서면 모든 경전은 더 이상의 진보를 가로막는 족쇄가 된다. 그러나 그러한 경지란 구나(guna)들을 넘어선 사람들이 도달한 경지이다. 우리가 만일 슈리마드 레이찬드바이의 관점을 따른다면, 누구도 자신의 신앙을 포기하고 다른 신앙을 받아들일 필요가 없다. 각자 자신의 신앙을 따르면서, 자신의 자유, 즉 해탈을 얻을 수 있을 것이다. 해탈을 얻는다는 것은 탐착과 혐오에서의 완전 해방을 의미하기 때문이다.

모한다스 까람찬드 간디

—「다르마」, 『슈리마드 라즈찬드라』 5장; 『전집』 36 : 534

71) 아힘사에 대한 라즈찬드라의 신앙

나파, 1930.3.18

시인(Kavi)[65] 라즈찬드라는 까티아와르 바바니아로 불리는 장소에서 태

---

64) 아카 바가뜨(Akha Bhagat). 구자라뜨 출신의 시인 겸 성자. (역주)
65) 까비(kavi)를 시인으로 옮겼다. (역주)

어났다. 나는 1891년 런던에서 돌아오는 날 봄베이의 P. J. 메타 박사 댁에서 그를 만났다. 내가 주로 시인이라고 부르곤 했던 그는 메타 박사와 친척 관계에 있었다. 그는 나에게 샤따바다니로서 한 번에 백 가지 일을 기억할 수 있다고 소개되었다. 시인은 당시 꽤 젊었는데 당시 21살이었던 나보다 그다지 연령이 많지 않았다. 그런데 그는 자신의 힘을 공적으로 드러내는 일을 일체 그만두고 순전히 종교적 추구에만 쏟아 부었다. 나는 그의 단순성과 판단의 독립성에 크게 감동 받았다. 그는 맹목적인 정통성에서 오는 온갖 접촉에서 자유로웠다. 아마 나를 더 감동시킨 일은 사업을 종교적인 실천과 결합한 일이었다. 종교 철학의 학도로서 그는 믿는 것을 실천하려고 애쓰고 있었다. 자신이 자이나교도임에도 불구하고 다른 종교 교리에 대한 관용은 주목할 만한 것이었다. 영국으로 유학 갈 기회가 있었지만 가지 않았다. 그는 영어를 배우지 않았다. 그의 학교교육은 퍽 기초적인 것이었다. 그러나 그는 천재였고, 산스끄리뜨와 마가디어를 알았고 빨리어도 알았던 것 같다. 그는 종교 문헌을 왕성하게 읽었고 구자라뜨어 자료를 통해서 이슬람교·기독교·조로아스터교에 대해 자신의 목적에 충분할 만한 지식을 쌓았다. 그는 이와 같이 종교적인 문제에 있어서 내 마음을 사로잡은 사람인데, 지금까지 그런 사람은 없었다.

나의 내면생활을 형성함에 있어서 톨스토이와 러스킨이 시인과 겨루고 있음을 다른 데서 말한 적이 있다. 내가 그와 매우 절친한 개인적 접촉을 유지했다는 단지 그 하나의 이유만으로도, 시인의 영향이 분명히 보다 깊었다. 그의 판단은 거의 대부분의 경우에 내 도덕감을 충족시켰다. 그의 믿음의 기반이 아힘사였음은 묻지 않아도 알 수 있다. 그의 아힘사는 단지 늙은 소와 벌레의 생명을 구하는 일에만 주목하는 소위 아힘사 신봉자들 사이에서 우리가 목격하는 조잡한 형태의 아힘사가 아니었다. 그의 아힘사는 미물의 벌레도 포함하지만 전 인류를 포괄하는 것이었다.

하지만 나는 절대로 시인을 완전한 사람으로 간주할 수 없었다. 그러나 내가 알고 있는 모든 사람들 중에 그 누구보다도 완전에 근접한 사람으로 보였다. 아아 슬프도다. 그는 (서른 셋이라는) 너무나 젊은 나이에 죽고 말았다. 그때는 그가 진리를 분명히 직접 대면할 것이라고 스스로 느끼고 있었던 순간이었다. 그에게 많은 숭배자들이 있지만 반드시 추종자들은 아니었다. 주로 질문자에게 보낸, 혼이 담긴 편지들로 이뤄진 그의 저작물이 수집되고 출판되었다. 그것은 힌디어로 번역하려고 시도되고 있다. 그의 저작물은 영역도 갖게 될 것으로 안다. 그의 글은 주로 내면적 경험에 기초한다.

─「위대한 현자」, 『모던 리뷰』, 1930.6; 『전집』 48 : 484

11. 읽은 책

72) 에소테릭 기독교

나탈 더반

고(故) 안나 킹스포드 부인과 에드워드 메트랜드 씨가 지은 다음 책들을 출판 가격으로 팔 것인데, 그 목록은 다음과 같다. 그것들은 남아프리카에 처음 반입되었다.

『완벽의 길』 7 / 6[66]
『태양의 옷을 입고』 7 / 6
『해석에 대한 새 복음 얘기』 2 / 6
『해석의 새 복음』 1 / ─
『성경의 자기 설명』 1 / ─

---

66) 이 책의 완전한 제목은 *The Perfect Way : Or the Finding of Christ*이다. (역주)

이들 책에 대한 일부 서평은 다음과 같다.

"빛의 원천『완벽의 길』은 해석적이고 유화적이다. …… 거룩한 일에 대한 학도들의 필수품"

—『라이트(*Light*)』지, 런던

"금세기 모든 영어책 중 은총을 얻는 최상의 수단"

—『어컬트 월드(*Occult World*)』

같은 주제에 관련된 소책자들, 본 사무실에서 무료로 구입 가능.

M. K. 간디
에소테릭 기독교연합회 사무실
런던 채식주의자협회

—「서적 판매」,『나탈 머큐리』, 1894.11.28;『전집』1 : 53

73) 수피 신비주의자

우리는 영국에서 출판된『동양의 지혜(*The Wisdom of the East*)』라는 두 권짜리 책을 서평을 위해 받았다. 첫 권은『석존의 길(*The Way of the Buddha*)』이다. 둘째 권은『페르샤의 신비주의자』라는 책인데, 여기에서 저자는 잘라루딘 루미(Jalaluddin Rumi)[67]에게 최상의 지위를 부여했다. 수피들에 대한 유익한 설명에 이어서 잘라루딘의 삶에 대한 서술과 시에 대한 번역이 뒤따랐다. 저자의 관점에서 수피란 신을 사랑하는 자이다. 무엇보다도 수피들은 순수한 심정과 신의 사랑을 열망한다. 잘라루딘이 한 번은 장례식에서 열락에 빠져 춤추는 것이 목격되었다. 도대체 왜 그러느냐는 질문을 받자, 그 성자는 다음과 같이 대답했다. "인간의 영혼이 육신이라는 새장 겸 교도소에

---

67) 1207~1273 : 페르시아의 수피 시인.

수감된 지 수십 년 만에, 마침내 자유롭게 되어 날개를 펴고 온 근원으로 비상하게 되었다면 기뻐할 일이 아니겠는가"라고 아주 옛날에는 여성들도 그러한 삶의 길에 자유로이 참여했음을 우리는 알 수 있다. 라비아 비비 그녀 자신이 수피였다. 악마를 증오하느냐는 질문을 받자, 그녀는 "신을 사랑하기에 너무도 바빠서 그 누구도 미워할 시간이 없노라"고 되받아 쳤다. 수피의 관점에 따르면, 도덕에 기초한 종교라면 오류로 간주될 수 없다고 한다. 어떤 질문에 대해 잘라루딘은 "신의 길은 사람의 혼의 수만큼이나 많다"라고 했다. 다른 곳에서 그는 "신의 빛은 하나지만 빛줄기들은 다양한 색조들을 갖고 있다……. 우리는 어떤 길로도 신을 섬길 수 있다. 그 길이 진실되고 성실한 심정과 함께 하기만 하다면"이라고 했다.

잘라루딘은 참지식의 본성에 대해 언급하면서 "핏자국은 물로 씻어낼 수 있지만, 무지의 흔적은 신이 주시는 은총의 물만이 씻어낼 수 있다"고 말한다. 그리고 또 "참지식은 신에 대한 지식이다"라고도 했다. 신은 어디에서 찾을 수 있을까 하는 질문을 받자, 이 시인은 다음과 같이 대답했다. "나는 십자가와 기독교 신자들을 보았지만 십자가 위에서 신을 보지 못했다. 그 분을 찾아 사원으로도 가 보았으나 허사였다. 헤랏에서도 깐다하르에서도 보지 못했다. 산 위에도 동굴 안에도 보이지 않았다. 마침내 나는 내 심정을 들여다보고서야 그 분을 찾을 수 있었다. 오직 그곳일 뿐 다른 곳은 아니더라." 이 책은 읽기에 아주 좋은 책이다. 위와 같은 구절들을 끝없이 계속해서 인용할 수 있을 것이다. 우리는 그 책을 모든 사람들에게 추천하고 싶다. 그것은 힌두와 무슬림 모두에게 이익이 될 것이다. 영국에서 그 책은 2실링이다. 같은 출판사가 세이크 사디(Sheikh Saadi)의 『굴리스탄(Gulistan)』도 출판했는데 가격은 1실링이다. 그 다음 『코란의 정수』라는 제목의 책이 있는데 가격은 1실링이다. 『석존의 길』은 2실링이고 『조로아스터의 길』 역시 2실링이다. 다른 책들도 나올 것이다. 우리 독자들 중 누구라도 위에서 말한 책 가운데 한 권 이상 읽기를 원한다면, 우리에게 위에서 말한 가격의 돈을 부쳐주고, 권당 6펜스를 보내주면, 그 책을 구입해 줄 것이다. 부가된 6펜스는 우편료이다.

—「잘라루딘 루미」(G.), 『인디언 어피니언』, 1907.6.15; 『전집』 7 : 5

74) 구자라뜨어 책과 힌디어 책들

톨스토이 농장, [1911.5.27]

안녕, 하릴랄!

네가 델라고아 만(灣)을 떠나기 전에 보낸 편지를 받았다. 라미[68]는 엄격하게 인도적 사고 방식의 영향 아래 성장하는 것이 바람직할 것이다. 따라서 그녀에게 초콜릿을 보내지 않기로 한 것은 옳은 일이라고 여겨진다. 하지만 "바뿌가 이것을 원하시기 때문에 이 일을 해야만 한다"는 식은 안 된다는 점을 경고해야겠다. 내가 제안한 생각들 중에서 마음에 드는 것만을 실행에 옮겨야 할 것이다. 나는 네가 자유의 영역에서 성장하기를 원한다. 나는 너의 동기가 착하다는 점을 알고 있다. 따라서 너의 생각들이 잘못될 때마다 자동적으로 수정될 것이다.

수감자들이 아직 석방되지 않았지만 곧 석방될 것이다.

네가 등록을 신청하는 일에 대해 내가 너에게 보낸 전보가 아직 너에게 당도하지 않은 것으로 보인다. 나는 그것을 난지 둘라브다스 씨에게 보냈다.

너는 거기에 있는 동안 『인디언 어피니언』지를 자세히 읽어보아라.

다음에 적은 구자라뜨어 책들은 정말로 읽을 가치가 있다. 『까브야도한』, 『빠치까란』, 『마니라뜨나말라』, 『다스보드(Dasbodh)』, 『요가바시슈타』의 4장 — 이것은 힌디어 역(譯)도 있는데 —, 나르마다샹께르[69] 시인의 『다르

---

68) 장남 하릴랄의 딸. (원주) 그러니까 간디의 친손녀. (역주)

69) Narmadashanker Lalshanker Dave(1833~1889) : 시인이고 근대 구자라뜨어 문학의 선구자.

마 비세 비차르(*Dharma vishe Vichar*)』, 그리고 두 권으로 된 레이찬드바이의 저서가 그것들이다.

물론 『까란겔로(*Karanghelo*)』와 다른 책들도 있다. 『까란겔로』는 구자라뜨어의 성숙성을 보여주고 있다. 테일러의 문법서와 그 책에 대한 서론, 둘 다 모두 좋다. 서론이 서문이었는지, 아니면 구자라뜨어에 대한 별개의 논문이었는지에 대해서는 기억이 나지 않는다.

뚤시다스의 『라마야나』를 정기적으로 읽기를 권한다. 내가 『인도 자치』의 말미에 쭉 적어둔 대부분의 책들은 통독할 가치가 있다. 산스끄리뜨를 잘 배우기 위해서는 산스끄리뜨 독습은 언제나 『라마야나』에서 시작하기를 권한다. 그래야만 네가 그것을 기억하고 이해할 수 있을 것이다. 『라마야나』 권1을 제대로 읽고 난 뒤에는 어렵지 않을 것이다. 첫 권을 숙지하기 전에는 권2를 시작하지 말아라. 산스끄리뜨 게송을 만날 때마다 그것을 구자라뜨어로 이해하도록 노력해야 한다.

나에게 규칙적으로 자세한 편지를 써다오

모한다스가 축복을 보내며

— 하릴랄 간디에게 보낸 편지(G.), SN 9532; 『전집』 11 : 436

75) 교도소에서 읽은 책들(1922)

4월 21일 금요일

나는 오늘까지 다음과 같은 책들을 읽었다.[70]

---

[70] 간디는 1922년 3월 21일 예라브다 교도소에 끌려갔다. 그곳에 수감되어 있는 동안 간디는 종교·문학·사회과학·자연과학에 대해 약 150권의 책을 읽었다. 1924년 4월에서 동년 10월까지 『영 인디아』지에 실린 '내 교도소의 경험'이란 연재물에서 그는 이들 책 가운데 일부의 책에 대해 자세한 설명을 해주었다.

①『스승과 그의 가르침(*Master and His Teaching*)』
②『하느님의 팔(*Arm of God*)』
③『기독교 실천(*Christianity in Practice*)』
④『미지의 제자에 의해서(*By an Unknown Disciple*)』
⑤『사땨그라하 아우르 아사하요가(*Satyagraha aur Asahayoga*)』
⑥코란
⑦『인생을 시작하는 길(*The Way to Begin Life*)』
⑧『달로 가는 여행(*Trips to the Moon*)』
⑨『인도행정(*Indian Administaration*)』(타고르)
⑩『라마야나』-뚤시다스

어제부터 나는 차빠띠를 먹기 시작했다.

4월 22일 토요일

나는 『조류자연사(*Natural History of Birds*)』를 완독했다.
오늘 교도소 소장이 모든 정치범들을 소환해서 만났다.
나는 데슈빤데와 얘기했다.

4월 23일 일요일

『젊은 십자군(*The Young Crusader*)』을 완독했다.
오늘부터 레몬과 설탕을 포기했다.

4월 26일 수요일

어제 『스코틀란드사(*A History of Scotland*)』 권1을 완독했다.
로렌스 목사가 『세상에 대한 성경의 견해(*Bible View of the World*)』를 나에게
보내 주었다.

4월 29일 토요일

로렌스 목사가 반입한 책을 완독했다.

순교자들에 관한 책 한 권을 대략 훑어보았다.

5월 1일 월요일

『스코틀란드사』 권2를 완독했다. 그들은 오늘 10파운드의 밀가루를 보내주었다.

5월 5일 금요일

파라르(Farrar)의 『신을 구하는 자(*Seekers after God*)』를 완독했다. 어제부터 오렌지를 먹지 않았다.

5월 6일 토요일

『스코틀란드사』를 완독했다. 하낌지에게 보낸 내 편지가 그에게 전달될 수 없다는 내용의 정부 편지를 오늘 받았다.

『미사르 꾸마리(*Misar Kumari*)』를 완독했다.

5월 12일 금요일

『로마사 얘기』를 완독했다. 오늘 교도소 소장은 하낌지에게 보낸 내 편지를 압류하도록 요구하는 정부 명령 사본 한 부를 주는 것을 거절했다. 결국 나는 한 통의 편지를 정부에, 한 통은 하낌지에게 보냈다. 하낌지에게 편지를 보낸 것은, 정부가 내 편지를 검열 없이 그에게 전달해 주기를 거절했기 때문에 내가 분기별 편지를 쓰려는 의도를 포기했다는 점만을 알려주기 위해서였다.

5월 15일 월요일

오늘 방께르가 내가 있는 감방으로 이감되었다. 공식적으로가 아니라

개인적으로 소장에게 편지를 써서, 나에게 오렌지 공급을 다시 늘린 것을
내가 좋아하지 않는다고 말했다. 그는 나에게 오렌지와 차빠띠의 공급과
추가적인 우유 공급을 중단해야 한다.

5월 16일 화요일

그리피스 씨의 수석 비서인 제이콥 씨는 그리피스 씨 대신 나를 만나러
왔다. 교도소 소장은 오렌지 공급을 줄이기를 거절했고 대신 나에게 아홉
개의 오렌지를 공급할 것을 지시했다고 말했다.

> 그들은 종이지만 증오, 조롱, 학대를
> 선택하지 않을 것이네.
> 진리로부터 조용히 물러나기보다는
> 그들은 응당 다음과 같이 생각해야 하네 :
> 그들이 두세 사람과 더불어
> 옳은 곳에 서 있을 용기가 없는 종이라는 사실을.
>
> — 로웰(Lowell), 『탐 브라운의 학창시절』[71)]에서

5월 17일 수요일

『탐 브라운의 학창시절』을 완독했다. 그 중 일부는 아름다웠다.

> 성찬은 진정 보존되어 있네.
> 우리가 다른 사람의 궁핍을 공유하는 것 안에 ―
> 우리가 주는 것 안이 아니라, 우리가 공유하는 것 안에.
> 주는 자 없는 선물은 공허하기 때문이라네.
> 자신에게 보시하는 자는 셋을 먹인다.

---

71) 토마스 휴스(Thomas Hughes, 1822~1896)의 작품. 1857년 출판되었다. 휴스는 잉글랜
드 버크셔 어핑턴 출신이다. 영국의 법률가, 개혁가, 소설가. 1834~1842년에 럭비학교
에서 교육을 받았다. 이 학교의 교장 토머스 아널드에 대한 그의 애정과, 놀이를 즐기고
소년다운 진취적 기상을 펴던 럭비학교의 학창시절이 1857년에 발간된 걸작 『탐 브라
운의 학창시절(Tom Brown's School Days)』에 잘 나타나 있다. (역주)

그 자신, 배고픈 이웃, 그리고 나를.

—로웰, 『탐 브라운의 학창시절』에서

5월 20일 토요일

베이컨의 『고대인의 지혜(*The Wisdom of the Ancients*)』를 완독했다. 수요일부터 차빠띠를 포기했다. 나는 실험 삼아 우유 4시어,[72] 건포도 2온스, 오렌지 4개, 레몬 2개를 먹었다. 하지는 어제 어두운 감방에 수감되었다.

5월 28일 일요일

모굴 왕조까지 인도사를 읽었다. 모리스 문법을 통독했다.

5월 29일 월요일

『찬드라깐뜨』 2장과 빠딴잘리 『요가다르산』을 완독했다.

거의 넉 주가 흘러갔다.
발미끼의 『라마야나』 구자라뜨어 번역을 읽기 시작했다.

5월 31일 수요일

키플링의 『오개국(*The Five Nations*)』을 완독했다.

6월 4일 일요일

에드워드 벨라미(Edward Bellamy)의 『평등(*Equality*)』을 완독했다.

6월 6일 화요일

교도소 소장이 전화하여 정부가 『발뽀티(*Balpothi*)』[73]의 인쇄 허가를 거부

---

72) 인도의 중량 단위 : 약 2파운드 1온스, 0.933kg. (역주)
73) 구자라뜨어 초급 독본.

했음을 알려 왔다. 정부는 목록에 언급된 책들을 구할 수 있도록 허락해
주었다.

6월 7일 수요일
데이비스의 『희랍의 성 바울(*St. Paul in Greece*)』를 완독했다.

6월 9일 금요일
『지킬 박사와 하이드 씨(*Dr. Jekyll and Mr. Hyde*)』를 완독했다.

6월 14일 수요일
로즈버리 경의 『피트(*Pitt*)』를 완독했다.

진리는	허위는
금이고	놋쇠이고
은이고	주석이고
빛이고	지하이고
천국이고	지옥이고
하늘이고	저승이고
낮이고	밤이며
다이아몬드이고	조약돌이고
요조숙녀이고	창녀이고
순결이고	간통이고
신이고	사탄이고
오르무즈드이고	아흐리만이고
브라만이고	무명 속의 혼이고
생명 있고	생명이 없으며
힘차고	무기력하고
용기이고	비겁하고
라마이고	라바나이고

구원이고	속박이고
감로수이고	독이고
생명이고	죽음이고
선이고	악이고
존재이고	비존재이고

진리는 하나이고 허위는 많은 모습들이 있고

진리는 직선이고 허위는 곡선이고

직각이고	……
바다이고	사하라 사막이고
자제이고	탐닉이고
사랑이고	증오이다.

6월 17일 토요일

키플링의 『두 번째 정글 북(*Second Jungle Book*)』을 완독했다.

6월 21일 수요일

『파우스트』를 완독했다.

6월 24일 토요일

존 하워드의 인생을 완독했다.

어제 5파운드의 건포도 소포를 받았다.

6월 25일 일요일

발미끼의 『라마야나』를 완독했다. 1장 「산띠빠르바」[74] 1부를 읽기 시작
했다.

---

74) 빠르바란 총18권으로 이뤄진 『마하바라따』의 한 권이다.

6월 28일 수요일

쥘 베른[75]의 『구름에서 떨어지다(*Dropped from the Clouds*)』를 완독했다.

7월 1일 토요일

어빙(Irving)이 지은 컬럼버스의 삶을 완독했다. 아나슈야벤, 깐지, 디라즈랄이 샹께를랄을 면회하러 왔다. 바,[76] 하릴랄, 람다스, 마간랄, 마투라다스와 마누가 면회하러 왔다.

7월 5일 수요일

워너가 어제 면회와서 상자 하나와 책 몇 권을 주었다.

기르다르의 『라마야나』와 『십자군(*The Crusades*)』을 읽기 시작했다. 윌버포스의 『다섯 제국(*Five Empires*)』을 완독했다.

7월 10일 월요일

『고대로마의 담시(*Lays of Ancient Rome*)』[77]를 완독했다.

7월 12일 수요일

5와 2분의 1시어의 건포도 소포를 또 받았다.

7월 13일 목요일

『십자군』을 완독했다. 기번의 『로마』[78]를 읽기 시작했다.

---

75) Jules Verne(1828~1905) : 프랑스의 작가. 현대 공상과학소설의 기초를 다지는 데 크게 기여함. (역주)

76) 바는 아내 까스뚜르바이를 가리킨다. (역주)

77) 매콜리(Thomas Babington Macaulay, Baron Macaulay, 1800~1859)의 저서. 영국의 휘그당 정치가·수필가·시인·역사가. 그가 쓴 유명한 『영국사(*History of England*)』(권5, 1849~1861)는 1688~1702년의 영국을 다루고 있으며, 이른바 '휘그식 역사해석'의 창시자로서 그의 위치를 굳힌 책이다. (역주)

78) 『로마제국쇠망사』를 지칭한다. 자세한 것은 아래 주 참조. (역주)

7월 16일 일요일

「샨띠빠르바」 1부를 다 읽고 2부를 읽기 시작했다.

7월 18일 화요일

우르두 책을 처음으로 완독했다.

7월 22일 토요일

기르다르의 『라마야나』를 다 읽고, 『슈리마드 바가바뜨』를 읽기 시작
했다.

7월 23일 일요일

쟈베리의 『끄리슈나차리뜨라(*Krishnacharitra*)』를 읽기 시작했다.

7월 29일 토요일

끄리슈나랄 자베리의 『끄리슈나차리뜨라』를 완독했다.

8월 4일 금요일

바이드야의 『끄리슈나차리뜨라』를 완독했다.

8월 7일 월요일

기번의 『로마』 권1을 다 읽고, 권2를 읽기 시작했다.

8월 10일 목요일

띨락의 『기따』, 「샨띠빠르바」 2부, 『바가바뜨』 1부를 완독했다. 『바가바
뜨』 2부를 읽기 시작했다.

8월 22일 화요일

어제 정치범들이 유럽인 감방으로 이감되었다. 오늘 그들이 다시 원래의 감방으로 되돌아왔다.

8월 24일 목요일

「아디빠르바」[79]를 완독했다.

8월 27일 일요일

『바가바뜨』 2부를 완독했다. 금요일에 「사바빠르바」를 읽기 시작했다. 『사라스바띠찬드라(Sarasvatichandra)』를 읽기 시작했다.

8월 28일 월요일

『마누 스므리띠』를 완독했다. 「이샤 우빠니샤드」를 읽기 시작했다.

8월 30일 수요일

「사바빠르바」를 완독했다. 「바나빠르바」를 읽기 시작했다.

9월 1일 금요일

기번의 책 권2와 「이샤 우빠니샤드」를 완독했다.

9월 2일 토요일

기번의 책 권3을 읽기 시작했다.

9월 3일 일요일

『사라스바띠찬드라』 1부를 끝내고, 2부를 읽기 시작했다.

---

79) 이것은 『마하바라따』 첫 권에 해당한다. 그런데 간디는 권2인 「샨띠빠르바」부터 읽기 시작했던 것이다. 그에게 그것이 더욱 매력이 있어서일까. (역주)

9월 6일 수요일

『사라스바띠찬드라』 2부를 끝내고, 3부를 읽기 시작했다.

9월 9일 토요일

『사라스바띠찬드라』 3부를 끝내고, 4부를 읽기 시작했다.

9월 13일 수요일

나는 존스 소령의 동의를 얻어 오늘 오후 3시부터 화요일 오후 3시까지 묵수(默守)하기로 결정했다. 다음과 같은 경우는 예외로 한다.

① 다른 사람이나 내가 아플 때
② 외부에서 친구가 나를 보러 왔을 때
③ 내가 다르와르 친구들이 있는 감방으로 이감되었을 때
④ 헤이워드 씨와 같은 관리가 우리를 방문했을 때
⑤ 존스 소령이 나와 말하고 싶을 때

오늘 침대 틀이 들어왔다.

9월 20일 수요일

어제 묵수가 끝났다. 침묵의 기간 동안 지락(至樂)을 맛보았다. 『사라스바띠찬드라』 4부를 완독했다. 까비르 시를 완독했다. 야콥 뵈멘(Jacob Boehmen)을 읽기 시작했다. 상께를랄에게 사과의 편지를 썼다. 다시 묵수를 시작했다. 묵수는 화요일 오후 3시에 끝날 것이다.

9월 23일 토요일

뵈멘의 『초감각의 삶(Supersensual Life)』을 완독했다.

그대가 신을 보거나 듣지 못하게 방해하는 것은 당신 자신의 듣기와 의지 이외
에 다른 아무 것도 없다네. (14면)

그대가 만일 피조물을 당신 자신의 내면적 본성의 올바른 내적 토대에서가 아니
라 외면적으로만 다스린다면, 그대의 의지와 통치는 짐승 같은 것이거나 물질에만
있게 될 것이라네. (18면)

그대는 만물과 같다네, 당신과 같지 않은 것은 아무 것도 없다네. (19면)

만일 그대가 만물과 같이 되고 싶으면 만물을 버려야 할 것이네. (20면)

손이나 머리가 노동하게끔 하세. 그렇지만 당신의 심정은 신 안에 깃들어 있어
야 한다네. (65면)

천국이란 의지를 신의 사랑에 맡기는 일이라네. (83면)

지옥은 의지를 신의 분노에 맡기는 일이라네. (83면)

—뵈멘, 『초감각의 삶』

『프로 크리스토 에트 에크레시아(*Pro Christo et Ecclesia*)』80)를 읽기 시작했다.

9월 24일 월요일
「까타발리 우빠니샤드(*Kathavalli Upanishad*)」를 완독했다.

9월 25일 월요일
『프로 크리스토 에트 에크레시아』를 끝내고, 『사따르타 쁘라까사』를 읽
기 시작했다. 「바나빠르바」를 완독했다.

9월 26일 화요일
「비라따빠르바(*Virataparva*)」와 『갈릴리언(*Galilean*)』을 읽기 시작했다.

---

80) 『그리스도와 교회를 위하여』. (역주)

9월 27일 수요일

『즈나네슈와리(*Jnaneshwari*)』를 읽기 시작했다.

9월 30일 토요일

「비라따빠르바」와 기번의 권3을 완독했다.

10월 1일 일요일

기번의 권4와 「우드요가빠르바」를 읽기 시작했다.

10월 3일 화요일

『갈리리언』을 완독했다.

10월 6일 금요일

바, 잠나랄지, 람다스, 뿐자바이, 끼쇼렐랄이 수요일 면회하러 왔다. 어제 잠나랄지에게 람다스에 대해 편지를 썼다. 오늘 소장에게 가니[81]와 신문[82]에 대해 편지를 썼다. 『필로 크리스투스(*Philo Christus*)』와 네 번째 우르두 책을 읽기 시작했다.

10월 15일 일요일

「우드요가빠르바」를 완독했다.

10월 16일 월요일

「비슈마빠르바」를 완독했다.

---

81) Abdul Gani : 동료 죄수. 『전집』 권26, 416면. (역주)
82) 정치범에게는 신문이나 잡지가 금지되었다. 간디지는 여러 신문 중 하나를 허용해 달라는 것이었다. 『전집』 권26, 416면. (역주)

10월 18일 수요일

『사땨르타 쁘라까사』를 완독했다.

10월 22일 일요일

「비슈마빠르바」와 『필로 크리스투스』를 완독했다.

10월 23일 월요일

기번의 책을 완독했다. 「드로나빠르바」와 『쁘렘 미뜨라(Prem Mitra)』를 읽기 시작했다. 『즈나네슈와리』를 완독했다.

10월 24일 화요일

『쁘렘 미뜨라』를 완독했다.

10월 25일 수요일

『샤드 다르샨 사무츠차야(Shad-darshan-samuchchaya)』와 『복음과 쟁기(The Gospel and the Plough)』를 읽었다. 나투람 샤르마의 『기따』 주석을 읽기 시작했다.

10월 28일 토요일

『복음과 쟁기』를 완독했다.

11월 6일 월요일

「드로나빠르바」를 완독했다.

11월 7일 화요일

「까르나빠르바」를 읽기 시작했다. 상께를랄이 어제 병들었다. 토하기도 했다.

11월 11일 토요일

「까르나빠르바」를 완독했다.

11월 12일 일요일

「샬야빠르바」를 읽기 시작했다.

11월 17일 금요일

「샬야빠르바」를 완독했다. 오늘부터 실험 삼아 오렌지를 먹지 않았다.
「아누샤산빠르바」를 읽기 시작했다.

11월 22일 수요일

『샤드 다르샨 사무츠차야』를 완독했다.

11월 27일 월요일

『우르두어 독본』 권3을 완독했다. 『우르두어 독본』 권4를 읽기 시작했다.

11월 28일 화요일

「아누샤산빠르바」를 마쳤다. 「아슈바메디까빠르바」를 읽기 시작했다.

12월 2일 토요일

「아슈바메디까빠르바」를 완독했다. 『아슈람바시끄(*Ashramvasik*)』를 읽기 시
작했다.

12월 4일 월요일

『마하바라따』를 다 읽고, 시인 라즈찬드라의 저작을 읽기 시작했다. 『마
라바라따』를 읽기 시작한 것은 6월 25일이었다.

12월 5일 화요일

어제 심한 복통을 앓았고, 그래서 오늘 비버 기름과 오렌지를 먹기 시작했다. 거의 한 달만에 건포도를 먹기 시작했다.

12월 6일 수요일

J. 브리얼리(Brierly)의 『우리 자신과 우주(*Ourselves and the Universe*)』를 읽기 시작했다.

12월 9일 토요일

누구에 대해서도 나쁜 일을 원하거나 나쁜 일을 하거나, 그것을 말하거나 생각하는 일, 그런 모든 일을 우리는 해서는 안 된다. 여기에는 예외가 없다.
　　　　　　　　　　　　　—터투리언. J. 브리얼리, 『우리 자신과 우주』

금요일 이래 건포도와 오렌지를 포기했다.

12월 15일 금요일

브리얼리의 『우리 자신과 우주』를 완독했다.

12월 16일 토요일

리먼 애벗(Lyman Abbott)의 『기독교는 나에게 어떤 의미가 있는가(*What Christianity Means to Me*)』를 읽기 시작했다. 바(Ba)가 어제 오기로 되어 있었는데 오지 않았다.

12월 21일

소령이 마간랄과 다른 이들에게 허가를 거부했다는데, 그것에 대해 어제 소령에게 써두었던 편지를 오늘 와르느에게 건네 주었다.

12월 25일

『기독교는 나에게 어떤 의미가 있는가』를 완독했다. 아나수야벤이 보낸
건포도와 무화과를 먹었다.

—「교도소 일기, 1922」(G.), SN 8039M;『전집』 26 : 181

76) 교도소에서 읽은 책들(1923)

1월 3일 수요일

어제 『기독교로 가는 발걸음(*Steps to Christianity*)』을 완독했다. 트린(Trine)의
『나의 철학과 종교(*My Philosophy and Religion*)』를 읽기 시작했다. 오늘 소령[83]이
런던 인너템플 법학원이 명부에서 내 이름을 삭제했다는 통지문 사본을 나
에게 주었다. 라빈드라나트[타고르]의 『사다나(*Sadhana*)』와 『우빠니샤드 [쁘
라까슈]』를 읽기 시작했다.

1월 14일 일요일

어제 『사다나』를 완독했다.

2월 4일 일요일

라즈찬드라의 저작과 주석 있는 「이샤 우빠니샤드」를 완독했다. 「케나」[84]
를 읽었다. 우르두 권3의 재독을 마쳤다. 『자기 암시(*Auto-suggestion*)』를 완독했
다. 1월 27일 바가 나를 면회하러 왔다. 나는 샹께를랄을 자신의 1월 28일
서약에서 풀어주었다.

---

83) 존스 소령. 『전집』 권26, 441면 참조. (역주)
84) 케나 우빠니샤드.

2월 5일 월요일

『성경 공부 길라잡이(*Helps to Bible Study*)』를 완독했다. 막스 뮐러의 우빠니샤드의 번역과 함께 웰스[85]의 역사서를 읽기 시작했다.

2월 22일 목요일

막스 뮐러의 우빠니샤드의 번역과 『우빠니샤드 쁘라까슈』 3부를 완독했다. 그 책 4부와 웰스의 역사서를 읽었다.

2월 25일 일요일

『우빠니샤드 [쁘라까슈]』 4부를 끝내고, 5부 「까타발리 우빠니샤드」를 읽기 시작했다.

3월 2일 금요일

2월 28일 웰스의 역사서 2부를 끝내고 어제 성경을 읽기 시작했다. 비슈누 신 숭배에 대한 소책자를 완독했다. 웰스의 역사서 1부를 읽기 시작했다.

3월 11일 일요일

수요일 결막염으로 눈에 가성소다를 넣었다.

목요일 『우빠니샤드 [쁘라까슈]』 5부를 끝내고, 6부를 읽기 시작했다. 그날 물레질을 할 수 없었다. 우르두 책 권4를 끝내고, 권5를 읽기 시작했다.

3월 16일 금요일

어제 웰스의 역사서 1부를 완독했다. 오늘 바가반다스(Bhagwandas)의 『평화학(*Science of Peace*)』을 훑어보았다.

---

85) H. G. Wells(영국 소설가 · 역사학자, 1866~1946)를 지칭

3월 19일 월요일

키플링[86]의 『막사에서의 담시(*Barrack-room Ballads*)』를 완독했다. 게디스[87]의 『도시의 진화(*Evolution of Cities*)』를 읽었다. 베다 종교에 관한 소책자를 완독했다.

3월 21일 수요일

어제 게디스의 『도시의 진화』를 완독했다. 오늘 라마누자의 전기를 읽기 시작했다. 건포도 10시어를 받았다.

3월 22일 목요일

라마누자 선생의 전기를 완독했다. 시크 역사를 읽기 시작했다.

3월 26일 월요일

어제 미르자(Mirza)의 『이슬람 윤리(*Ethics of Islam*)』를 읽기 시작했다.

3월 31일 토요일

어제 시크 역사와 미르자의 『이슬람 윤리』를 끝내고, 벤자민 키드(Benjamin Kidd)의 『사회진화(*Social Evolution*)』를 읽기 시작했다. 불러(Buhler)의 『마누법전(*Manusmriti*)』의 번역을 읽기 시작했다.

4월 4일 수요일

어제 키드의 『사회진화』를 완독했다. 오늘 불러의 『마누법전』 서문을 완독했다. 고꿀찬드(Gokulchand)의 『시크 권력의 흥기(*Rise of the Sikh Power*)』를 읽기 시작했다.

---

86) Joseph Rudyard Kipling(1865~1936). 영국의 소설가·단편작가·시인. 영국 제국주의에 대한 찬양, 인도와 미얀마의 영국 군인들을 다룬 이야기·시·동화 등으로 유명하다. 1907년 노벨 문학상을 받았다. (역주)

87) Sir Patrick Geddes(1854~1932) : 스코틀랜드의 생물학자·사회학자. 도시 계획과 지역 계획 개념을 개척한 것으로 잘 알려져 있다. (역주)

4월 9일 월요일

고꿀찬드의 『시크 권력의 흥기』를 완독했다. 『까비르의 노래(*Kabir's Songs*)』
도 완독했다. 오늘 제임스(James)의 『우리의 희랍유산(*Our Hellenic Heritage*)』을 읽
기 시작했다. 다다찬드지의 『아베스타(*Avesta*)』와 오로빈도의 『기따니슈까르
샤(*Gitanishkarsha*)』를 뿌라니 번역으로 읽기 시작했다.

4월 17일 화요일

제임스의 『우리의 희랍유산』을 완독했다. 어제 데브다스가 면회하러 왔
다. 샹께를랄이 오늘 석방됐다.

4월 19일 목요일

수피샤 물라 샤, 그가 샤 제한의 분노에서 도망가라는 충고를 받았을 때
그는 다음과 같이 말했다고 한다.

> 나는 도망가서 안전을 도모해야 하는 사기꾼이 아니다. 나는 진리를 말하는 자
> 이다. 생사가 나에게는 같다. 내가 또 다시 태어나더라도 날 찌르는 창을 피로 물
> 들일 것이다. 나는 영원히 살아 있을 것이다. 죽음이 나에게서 뒤로 물러선다. 내
> 지식이 죽음을 이겼기 때문이다. 모든 색깔이 지워진 그곳이 나의 주처가 되었다.

만수리 할라즈가 말했다.

> 묶인 자의 두 손을 잘라내기란 쉽다. 하지만 나를 신과 묶는 고리를 절단하기란
> 정말 어려운 일일 것이리라.
>
> ─클로드 필드(Claude Field),
> 『이슬람의 신비주의자와 성자들(*Mystics and Saints of Islam*)』

오늘 5시어의 건포도를 받았다.

4월 26일 목요일

『우빠니샤드 쁘라까슈』7부에서 10부(「까타 우빠니샤드」)를 완독했다. 오늘 「쁘라슈나 우빠니샤드」로 시작하는 11부를 읽기 시작했다. 토요일 우르두어 독본 권1의 재독을 다 마쳤다. 토요일 심한 위통을 앓았다. 그 통증은 월요일에 가서야 잦아들었다. 소령이 나를 잘 돌봐주었다. 나는 심하게 앓았다. 토요일 통증에도 불구하고 나는 계획대로 계속 일하고 공부할 수 있었다. 일요일에서 화요일까지 일과 공부를 유보했다. 통증 때문에 나는 묵수를 하지 않았다. 통증의 원인이 토요일 이른 아침에 복용했던 비버 기름이 아직 효과를 내기 전, 여느 때처럼 오전 7시에 우유와 빵을 먹은 것 때문이라고 믿는다. 전에도 정확히 그렇게 먹었던 적이 있었다. 그때는 나에게 아무 해를 끼치지 않았지만 이번에는 해를 주었다. 여기에서 나는 두 개의 결론을 끌어냈다. 첫째, 이 병이 서서히 뿌리를 내리고 있음에 틀림 없다는 것. 둘째, 내 육신은 하제(下劑)가 효과를 발휘하기 전에는 음식을 먹는 실험을 견디지 못할 것이라는 점이다. 그 결과는 환영할 만한 것이고 또한 고통스런 것이다. 신은 나를 전면적으로 시험하고 계셨다. 그 분은 자신의 책에 기록해 오신 것을 읽어 볼 수 있게 나를 허락하지 않으셨다. 그의 지혜는 무한하다.

4월 28일 토요일

어제 나는 다다찬드지의 『아베스타』를 끝내고, 스펜스(Spencer)의 『사회학 기초(Elements of Sociology)』를 읽기 시작했다. 오늘 나는 매콜립의 『시크교의 역사(History of Sikhism)』를 읽기 시작했다.

5월 9일 수요일

매독 대령[88]은 지난 토요일 나를 진찰하고서는 내가 초기 이질을 앓고 있

---

88) 뿌나 사순 병원의 의무감(醫務監). (원주) 1924년 1월 12일 간디 맹장 수술을 하게 된다. 『전집』권26, 444면. (역주)

을 가능성이 매우 높다는 것을 알려 주었다. 존스 소령은 일요일 이래 최토제(催吐劑)를 주사하기 시작했다. 만자르 알리가 도착한 이후 거의 일주일이 되었다. 인두랄도 여기에 올 것이라는 소식을 오늘 들었다. 소령은 오늘 나에게 앤드루스의 편지를 전해 주었다. 어제 『기따니슈까르샤』를 완독했다.

5월 16일 수요일

인두랄이 어제 왔다. 매독 대령이 다시 한번 나를 진찰했다. 허버트 스펜스의 『사회학기초』를 완독했다. 쉬브람 페르와니(Shivram Pherwani)의 『사회적 효율성(Social Efficiency)』을 훑어보았다.

5월 19일 토요일

어제 나는 유럽인 감방으로 이감되었다. 바, 라다, 마니, 락스미(2세) 그리고 잠나다스가 어제 나를 면회하러 왔다. 어제 나는 와디아(Wadia)의 『마호메트의 메시지(Message of Mahomed)』를 다 읽고 『그리스도의 메시지(Message of Christ)』를 읽기 시작했다. 「쁘라슈나 우빠니샤드」를 완독했다.

5월 20일 일요일

「만두까 우빠니샤드」를 읽기 시작했다.

5월 21일 월요일

하산의 『이슬람의 성자』를 완독했다. 물톤(Moulton)의 『초기 조로아스터교』를 읽기 시작했다.

5월 27일 일요일

까까의 『히말라이노 쁘라바스(Himalayno Pravas)』와 『시크교의 역사』 3부를 완독했다. 『시크교의 역사』의 4부와 찬드라샹께르의 『시따하란(Sitaharan)』도 읽기 시작했다. 롤프 에버린(Rolf Evelyn)의 『법정과 그늘(Bars and Shadows)』를 읽었다.

5월 31일 목요일

화요일, 지난 13일 동안 제쳐 두었던 물레를 다시 돌렸다. 어제 찬드라샹
게르의 『시따하란』을 읽었다. 오늘 물톤의 『초기 조로아스터교』를 완독했다.

6월 1일 금요일

끼쇼렐랄의 책 『석존과 마하비라』와 『시크교의 역사』 5부를 완독했다.

6월 3일 일요일

끼쇼렐랄의 책 『라마와 끄리슈나』와 『시크교의 역사』 6부를 완독했다.

6월 6일 수요일

오로빈도의 투옥에 대한 얘기와 「만두까 우빠니샤드」를 완독했다.

6월 16일 토요일

어제 『인간과 초인간(*Man and Superman*)』을 완독했다. 오늘 『바그야노 바라
스(*Bhagano Varas*)』를 완독했다. 『마르깐데야 뿌라나(*Markandeya Purana*)』의 영역을
읽기 시작했다.

6월 30일 토요일

이번 주초 까까와 나라하리가 지은 『뿌르바 랑(*Poorva Rang*)』을 끝내고, 뿌
라따뜨바 만디르에서 행한 강연의 원고를 읽기 시작했다. 어제 우르두의
예언자 우스바에 사하바(*Usbae-Sahaba*)의 삶의 에피소드에 대한 책을 끝내고,
그 예언자의 동료들에 대한 기술을 읽기 시작했다.

어제 달지엘(*Dalziel*)과 소령과 함께 물쉬 뻬따의 수감자들에 대한 구타에
대해 논의했다.

7월 2일 월요일

어제『마르깐데야 뿌라나』를 끝내고「만두까 우빠니샤드」의 15장, 16장과 가우다빠다 선생의『까리까』의 17장을 읽기 시작했다.

버클의『문명사(*History of Civilization*)』1부를 읽기 시작했다.

7월 7일 토요일

뿌라따뜨바 만디르에서 행한 강연 시리즈의 원고를 완독했다.『자야−자얀뜨(*Jaya-jayant*)』를 읽기 시작했다. 월요일 저녁 큰 통증을 느꼈다. 과오는 전적으로 내 탓이다. 아나수야벤이 보내 준 무화과를 과식했기 때문이다. 신의 친절은 참으로 무한하다. 하지만 죄악에 대한 즉각적인 처벌보다 복리에 도움이 되는 것이 뭐가 있겠는가?

7월 10일 화요일

어제 뿌라따뜨바 만디르에서 행한 강연 시리즈의 원고를 끝내고 고대 문학에 대한 라빈드라나트의 책을 읽기 시작했다.

오늘부터 나는 단식을 시작한다고 소장에게 편지를 썼다. 그래서 그는 내게 와서 단식을 연기하도록 호소했다. 그는 오늘 아침 다시 방문하여 그를 위해 단식을 48시간 연기해달라고 청했다. 나는 그러기로 했다. 그리피스 씨가 오늘 오후 2시에 와서 2시간 동안 나와 면담한 다음 떠났다.

7월 12일 목요일

어제 그리피스 씨가 다시 주지사의 메시지를 가지고 나에게 왔다. 어제 고대 문학에 관한 책을 마쳤다.『유가다르마(*Yugadharma*)』를 다시 읽기 시작했다. 나는 소장과 그리피스 씨의 임석하에 다스따네와 데브 두 사람을 만났다. 그들은 관련되는 도덕적 문제들을 논의하고 난 다음 단식을 그만두겠다고 선언했다.

7월 13일 금요일

츠하간랄, 까시, 그 이외의 사람들이 나를 면회하러 오기로 되어 있는데 오지 못했다.

7월 22일 일요일

지난 월요일 바, 츠하간랄, 아미나, 람다스와 마누가 나를 면회하러 왔다. 주 중 톨스토이 백작의 자서전과 버클의 『역사(*History*)』 1부를 완독했다. 2부와 『깔라빠니 니 까타(*Kalapani-ni-katha*)』를 읽었다. 화요일 다스따네와 다른 사람들에 대해 그리피스 씨에게 편지를 썼다.

7월 30일 월요일

지난 주 『깔라빠니 니 까타』를 완독했다. 『삼빠띠샤스뜨라(*Sampati shastra*)』 1부를 다 읽고 2부를 읽었다. 어제 『주노 까라르(*Juno Karar*)』[89]를 완독했다. 오늘 『나보 까라르(*Navo Karar*)』[90]를 읽기 시작했다.

8월 8일 수요일

버클의 『역사』 2부와 『기따고빈드』를 완독했다.

8월 12일 일요일

『우빠니샤드 쁘라까슈』의 마지막 부분, 즉 「아이따레야 브라흐마나」와 「따이띠리야 브라흐마나」를 완독했다. 「찬도갸 우빠니샤드」를 읽기 시작했다. 목요일 제임스 교수의 『다양한 종교 경험(*Varieties of Religious Experience*)』을 읽기 시작했다. 『삼빠띠샤스뜨라』를 완독했다.

---

89) 구약성서 구자라뜨어 번역.
90) 신약성서 구자라뜨어 번역.

8월 15일 수요일

월요일 주지사가 방문했다. 오늘 특수분리에 대해 편지를 썼다. 오늘 『사하바(*Sahaba*)』를 완독했다. 그리고 『로마사 얘기(*Stories from the History of Rome*)』를 읽었다.

8월 19일 일요일

버클의 『역사』 3부를 완독했다. 홉킨스(Hopkins)의 『종교의 기원과 진화(*Origin and Evolution of Religion*)』를 읽기 시작했다.

8월 23일 목요일

홉킨스의 책을 다 읽고, 레키(Lecky)의 『유럽의 도덕(*European Morals*)』을 읽기 시작했다.

8월 26일 일요일

제임스의 『다양한 종교 경험』을 완독했다. 나흘 전 비노바의 『마하라슈뜨라 다르마(*Maharashtra-Dharma*)』 1부를 완독했다. 2부도 거의 완독했다.

소장이 어제 생유를 먹는 자는 과일이 필요 없다고 하고, 만자르 알리에게 과일 주는 것을 거부했다. 심지어 나에게도 과일이 필수적인 것이 아니라고 말했다. 그래서 나는 오렌지나 레몬 등등을 요구하지 않기로 했다. 오늘 만자리 알리의 할당량인 바나나를 먹었다. 그리고 생유를 마셨다.

8월 28일 화요일

『기따꼬샤(*Gitakosh*)』[91]를 다 썼다. 어제 홈스(Holmes)의 『자유와 성장(*Freedom and Growth*)』을 읽기 시작했다.

오늘부터 전적으로 생유만 먹고 지내기로 했다. 신이여 나를 도우도서.

---

91) 『기따』의 '용어해설'.

8월 31일 금요일

홈스의 『자유와 성장』을 끝내고 헤켈(Haeckel)의 『인간의 진화(*Evolution of Man*)』를 읽기 시작했다.

오늘 소령이 결막염을 앓고 있는 눈에 가성 소다를 발라 주었다.

9월 2일 일요일

어제 성경을 완독했다. 오늘 그림으로 보는 예수에 대한 해설을 읽기 시작했다.

지난 주 체중 3파운드가 빠졌다.

9월 9일 일요일

그림으로 보는 예수 해설을 끝내고 까비(시인)의 『묵따다라(*Muktadhara*)』와 『둡뜬 바한(*Dubtoon Vahan*)』[92]도 완독했다. 체중이 1파운드 불었다. 이제 101 파운드이다.

9월 16일 일요일

월요일 데브다스, 나란다스, 께슈[93]와 까쵸가 면회하러 왔다. 예언자 마호메트의 일생에 대한 마울라나 쉬블리의 글 제1부를 완독했다. 마호메트 알리 박사의 코란 서문도 읽었다.

9월 28일 금요일

이번 주 비베까난드의 『라자요가(*Rajayoga*)』와 참빠끄라이 자인(*Champakrai Jain*)의 『다르마니 에까따(*Dharmani Ekata*)』를 완독했다. 마울라나 쉬블리의, 예언자 마호메트의 일생을 오늘 완독했다.

---

92) 라빈드라나트 타고르의 희곡들.
93) 께샤브랄(Keshavral), 마간랄 간디의 아들. 『전집』 권26, 449면. (역주)

9월 30일 일요일

니콜슨(Nicholson)의 『이슬람의 신비주의자들』을 어제 읽기 시작하고 그것을 오늘 완독했다. 『기따꼬샤』를 정서하기 시작했다. 어제 『사하바 에끄람』 2부와 우르두어 독본 권5의 읽지 않았던 부분을 읽기 시작했다. 폴 카루스(Paul Carus)의 『석존의 가르침(Gospel of Buddha)』을 읽기 시작했다. 오늘 존스 소령이 나에게 작별 인사를 했다.

10월 7일 일요일

이번 주 중 폴 카루스의 『석존의 가르침』을 완독했다. 리즈 데이비즈(Rhys Davids)의 『힐버트 불교강의(Hibbert Lectures on Buddhism)』를 읽었다. 오늘 아메르 알리(Ameer Ali)의 『이슬람정신(Spirit of Islam)』을 읽기 시작했다. 『기따꼬샤』의 정서를 계속했다. 오늘 잠나랄지에게서 과일 한 바구니를 받았다.

오늘 「찬도갸 우빠니샤드」를 다 읽고 「브리하드아란야까」를 읽기 시작했다.

10월 14일 일요일

수요일 바, 아반띠까바이, 잠나랄지와 사바띠바이가 면회하러 왔다.

데이비즈의 『힐버트 불교강의』를 다 읽고, 올리브 라즈 경(Sir Oliver Lodge)의 『현대의 문제들(Modern Problems)』을 읽었다.

10월 21일 일요일

올리브 라즈 경의 『현대의 문제들』을 읽기 시작했고, 『뿌라따뜨바(Puratatva)』지의 이번 호를 읽기 시작했다.

10월 25일 목요일

오늘 만자르 알리를 쁘라야그로 데리고 갔다. 화요일 아메르 알리의 책을 완독했다. 어제 워싱튼 어빙(Washington Irving)의 『마호메트(Mahomed)』를 완독했다. 오늘 『스야드바다 만자리(*Syadvada Manjari*)』를 읽기 시작했다.

10월 26일 금요일

오늘 압둘 가니가 여기 감방으로 옮겨왔다.

11월 4일 일요일

수요일 압둘 가니가 물레질을 시작했다.

어빙의 『마호메트』를 완독했다.

아메르 알리의 『사라센 역사(*History of the Saracens*)』를 읽기 시작했다.

11월 11일 일요일

화요일 「브리하드아란야까 우빠니샤드」를 완독했다. 목요일 기조[94]의 『유럽문명사(*History of Civilization in Europe*)』를 읽기 시작했다. 오늘 『사하바』 2부를 완독했다. 그리고 내일 마울라나 쉬블리의 하스랏 오마르 전기를 읽기 시작할 것이다.

11월 12일 월요일

소장에게 편지를 써서, 그가 압둘 가니에게 가니가 선택한 음식을 공급하지 않기 때문에, 나도 수요일부터 오렌지와 건포도를 포기하겠다고 말했다.

11월 18일 일요일

지난 수요일 이래 오렌지와 건포도를 포기했다. 내가 오늘 3파운드의 체중이 줄었음을 알았다. 하지만 몸의 기운은 변함 없다.

---

94) Francois(-Pierre-Guillaume) Guizot(1787~1874) : 프랑스의 정치가 · 역사가. (역주)

11월 24일 토요일

오늘 아메르 알리의 『사라센 역사』를 다 읽고 『기따꼬샤』를 정서했다. 어제 기조의 『유럽문명사』를 완독했다. 오늘 기조의 『프랑스문명사』 2부를 읽기 시작했다.

11월 26일 월요일

어제 모틀리(Motley)의 『화란공화국의 흥기(*Rise of the Dutch Republic*)』를 읽기 시작했다. 오늘 나는 남아프리카에서의 사땨그라하(satyagraha : 진리파지)의 역사를 쓰기 시작했다. 리제(Reese)의 자서전을 다 읽고 라잠 이예르(Rajam Iyer)의 『베단따브라만(*Vedantabhraman*)』을 읽기 시작했다.

12월 9일 일요일

오늘 모틀리 책의 1부를 다 읽고 2부를 읽기 시작했다. 라잠 이예르의 『베단따브라만』을 완독했다.

수요일 기조의 『불란서문명사』 2부를 다 읽고 3부를 읽기 시작했다.

오늘 『스야드바드 만자리』를 완독했다. 『우따라드야얀 수뜨라(*Uttaradhyayan Sutra*)』를 읽기 시작했다. 과일을 먹지 않고 살아가는 실험이 지속되고 있다. 화요일부터 우유와 함께 빵을 먹고 있다. 체중이 2파운드 늘었음을 알았다. 현재 99파운드이다.

12월 15일 토요일

기조를 다 읽고 『장미십자회의 신비(*Rosicrucian Mysteries*)』[95]를 시작했다.

---

95) 薔薇十字會(Rosicrucian) : 고대부터 전해 내려온 비밀스런 지식을 알고 있다고 주장하는 세계적인 단체. 이 명칭은 이 단체의 상징인 장미와 십자가가 결합되어 있는 문양에서 나왔다. 이 회의 가르침은 여러 종교의 신앙과 관행을 연상시키는 신비주의 요소들을 결합하고 있다. (역주)

12월 16일 일요일

모틀리 책 2부를 다 읽고 3부를 시작했다.

12월 23일 일요일

화요일 바, 마투라다스, 람다스가 면회하러 왔다.

수요일 라마바이 라나드가 면회하러 왔다. 소장의 권유로 하릴랄에게 나를 면회하러 와 달라는 편지를 썼다.

화요일 저녁부터 다시 과일을 먹기 시작했다. 지난 일요일 내 체중이 최소 96파운드까지 감소되어 소장도 놀랐다. 목요일 이래 꿀을 먹기 시작했고 빵을 8온스나 먹었다.

오늘 내 체중이 99파운드였다. 수요일 『장미십자가의 신비』를 다 읽고 플라톤의 『대화편』을 시작했다. 오늘 하스랏 오마르의 전기를 다 읽고 마울라나 쉬블리의 『알 까람(Al Kalam)』과 우드로프(Woodroffe)의 『샥따와 샥띠(Shakta and Shakti)』를 읽기 시작했다. 모틀리의 책을 완독했다.

12월 30일 일요일

『우따라드야얀 수뜨라』를 끝내고 『바가바띠 수뜨라』를 시작했다. 우드로프의 『샥따와 샥띠』를 완독했다. 목요일 플라톤의 『대화편』의 첫 부분을 다 읽고 둘째 부분을 시작했다.

부록 책의 목록

157[96)] * 『자연사(Natural History)』
158 * 『고대인들의 지혜(The Wisdom of the Ancients)』
159 * 『인도의 자연의 모습들(Natural Features of India)』
178 * 『로마사얘기(Stories from the History of Rome)』

---

96) 별표의 의미는 알려져 있지 않다. 하지만 숫자는 목록의 번호를 의미한다.

1922년 4월 23일자 일기를 보시오

『슈리브리띠쁘라바까르(*Shrivritiprabhakar*)』
『차뚜흐 수뜨리(*Chatuh Sutri*)』
『보즈쁘라반드(*Bhojprabandh*)』
『비끄람차리뜨라(*Vikramcharitra*)』
『요가빈두(*Yogabindu*)』
『꾸마르빨차리뜨라(*Kumarpalcharitra*)』
『비다드딴다브(*Vivadtandav*)』

— 「교도소 일기, 1923」(G.), SN 8039; 『전집』 26 : 205

77) 교도소 내에서의 공부

소년 시절 나는 교과서 이외의 다른 책을 읽는 일을 별로 좋아하지 않았다. 교과서만으로도 생각할 자료를 충분히 얻었다. 학교에서 배운 것을 실천에 옮기는 것은 나에게는 자연스러운 일이었기 때문이다. 집에서 독서하는 것을 지독히도 싫어했다. 나는 의무감을 갖고 가정에서 공부에 애쓰곤 했다. 영국에서 학창시절 동안에도 시험을 위한 책 이외에는 아무 것도 읽지 않는 습관은 유지되었다. 하지만 인생을 시작했을 때 일반 지식을 얻기 위해 독서를 해야 한다고 느꼈다. 하지만 내 인생의 최초기는 질풍노도였다. 나의 인생은 당시 까티아와르의 정치 대리인이었던 자와 투쟁을 하면서 시작되었다. 따라서 나는 문학적 추구를 위한 시간이 없었다. 남아프리카에서 1년 동안 나는 내가 직면하고 있었던 자유를 위한 투쟁에도 불구하고 상당한 여가가 있었다. 나는 1893년을 종교적 구도에 바쳤다. 따라서 독서는 전적으로 종교적인 것이었다. 1894년 이후 지속적인 독서를 위한 시간은 모두 남아프리카의 교도소에서 얻었다. 나는 독서 취미를 길렀을 뿐 아니라 산스끄리뜨의 지식을 완수하고 따밀어·힌디어·우르두어를 공부할 마음을 내었다. 따밀어를 공부하게 된 것은 남아프리카에서 수많은 따밀인을 만나게 되었기 때문이고, 우르두어를 공부하게 된 것은 많은 회교도들[97])과 거래가 있었기 때문이다. 남아프리카의 교도소는 내 독서욕을 자극했는데, 지난번 수감 기간 동안 내가 시기상조로 석방된 것은 유감스러운 일이다.

인도에서 독서할 기회가 오자 나는 그것을 크게 환영했다. 나는 예라브다 교도소에서 엄격한 공부 프로그램을 수립했는데 6년의 기간도 충분치 않았다. 나는 인도가 때에 맞춰 일어서고, 외제 천의 불매운동을 완수하고 교도소 문을 열어제칠 것이라는 희미한 희망이 첫 3개월 동안 있었다. 그러나 사실이 그렇지 못함을 곧 깨달았다. 따라서 근면하고 조용한 조직화가 필요하다는 것, 그런 조직을 위해서는 우리나라가 적어도 5년 이상 필요하다는 것을 나는 당장 알았다. 내 시간이 오기 전에 교도소에서 석방되었으면 하는 바람은 전혀 없었다. 진정한 의미의 스와라즈까지는 아니더라도, 우리나라에 평화롭고 건설적인 행위가 일어났을 때는 예외이지만 말이다. 그래서 나는 망가진 몸을 지닌 쉰네 살의 노인 대신에 스물넷의 청년의 열의로 공부하기로 마음먹었다. 내 시간의 일분 일초라도 활용하여, 석방될 때면 상당한 정도의 우르두어와 따밀어 학자, 그리고 산스끄리뜨에 익숙한 자가 되어 있을 것으로 기대했다. 나는 산스끄리뜨 원전을 읽고 싶은 욕구를 충족시킬 수 있을 것이다. 그런데 사정이 그렇지 못했다. 내 공부는 불운한 질병과 조기 석방으로 갑자기 중단되고 말았다. 그렇지만 다음 목록은 독자에게 내 공부에 대한 아이디어를 보여줄 수는 있을 것이다.

『케임브리지 스코틀랜드사』; 『주님과 그의 가르침』; 『하느님의 팔』; 『기독교 실천』; 뚤시다스의 『라마야나』(H.); 『사땨그라하와 아사하요가』(H.); 코란; 『삶을 시작하는 길』; 『달로 향한 여행』(루시언); 『인도행정』(타꼬르); 『조류자연사』; 『젊은

십자군』;『세계 순교자에 관한 성경의 견해』; 파라르의 『신을 구하는 자들』;『미슈
라 꾸마리』(G.);『로마사 이야기』;『탐 브라운의 학창시절』;『고대인의 지혜』(베이
컨);『인도사』(G.)-찬드라깐뜨; 빠딴잘리의 『요가다르샤나』(카니아 역); 발미끼의
『라마야나』(구자라뜨어 역);『다섯 나라』(키플링);『평등』(에드워드 벨라미);『그리
이스의 사도 바울』;『지킬 박사와 하이드 씨의 이상한 얘기』; 로즈버리의 『피트』;
『정글 북』(키플링);『파우스트』;『존 하워드의 삶』;『마하바라따』(모두 구자라뜨어
역);『구름에서 떨어지다』(쥘 베른); 어빙의 『컬럼부스의 일생』; 기르다르의 『라마
야나』;『오대 제국』(윌버포스);『고대로마의 담시』;『십자군』; 기번의 『로마』;『우
르두 독본』;『바가바따』(구자라뜨어 역); 반낌의 『끄리슈나차리뜨라』(자베리 역);
바이드야의 『끄리슈나』(구자라뜨어 역); 띨락의 『기따』(구자라뜨어 역);『사라스와
띠찬드라』(구자라뜨어);『마누스므리띠』(구자라뜨어 역);「이샤 우빠니샤드」(오로빈
도 주석);『까비르의 노래』; 야콥 뵈멘의 『초감각적 삶』;『프로 크리스토 에트 에
크레시아』;「까타발리 우빠니샤드」(힌디어 주석);『갈리리 사람들』;『자네슈와리』
(구자라뜨어 역);『필로 크리스투스』;『사땨르타 쁘라까사』(힌디);『쁘렘 미뜨라』(영
어);『6파 철학』(구자라뜨어 역);『복음과 쟁기』; 나투람의 『기따 주석』; 샹까라의
『기따 주석』; 라즈찬드라의 편지와 저작;『우리 자신들과 우주』(J. 브리얼리);『기독
교는 나에게 어떤 의미가 있는가』(애벗);『기독교로 향하는 발걸음』;『나의 철학과
종교』(트린);『사다나』(라빈드라나트); 바누(Bhanu)의 『우빠니샤드 주석』; 막스 뮐러
의 『우빠니샤드』; 웰스의 『역사』; 성경;『평화의 과학』(바가반다스);『막사에서의
담시』(키플링);『도시의 진화』(게디스);『라마누자의 일생』; 커닝햄의 『시크교도』;
고꿀찬드의 『시크교도』; 매콜립의 『시크교도』;『이슬람의 윤리』;『사회 진보』(키
드);『마누법전』(불러);『우리의 희랍유산』(제임스);『아베스타』(다다찬드지);『기따』
(오로빈도);『사회학기초』(스펜스);『사회적 효율성』(페르와니);『마호메트의 메시
지』(와디아);『그리스도의 메시지』(와디아);『이슬람의 성자들』(하산);『초기 조로아
스터교』(물톤);『히말라야 여행』(구자라뜨어);『시따-하란』(구자라뜨어);『석존과
마하비라』(구자라뜨어);『라마와 끄리슈나』(구자라뜨어);『인간과 초인간』;『마르깐
데야 뿌라나』(구자라뜨어); 뿌르바 랑(구자라뜨어);『하스랏 우마르의 일생』(버클);
『예언자의 고백』(우르두어);『문명의 역사』(버클);『자야와 자얀뜨』(구자라뜨어); 라
빈드라나트의 에세이(구자라뜨어); 톨스토이 백작의 『방어』;『깔라빠니 니 까타』
(구자라뜨어);『경제학』(구자라뜨어);『기따고빈다』;『다양한 종교 경험』(제임스);
『종교의 기원과 진화』(홉킨스); 레키의 『유럽도덕』;『마하라슈뜨라 다르마』(마라티
어);『자유와 성장』(홈스);『인간의 진화』(헤켈); 묵따다라(구자라뜨어)-라빈드라나

트; 『침몰하는 배』(구자라뜨어)―라빈드라나트; 『예언자의 일생』(우르두어)―마울라나 쉬블리; 마호메트 알리 박사의 코란; 『라자요가』(비베까난다); 『종교들의 합류』(참빠끄라이 자인, Champakrai Jain); 『이슬람 신비주의자들』(니콜슨); 『석존의 복음』(폴 카루스); 리즈 데이비즈의 『불교강의』; 『이슬람정신』(아메르 알리); 『현대의 문제들』(로즈); 『마호메트』(위싱톤 어빙); 『스야드바다 만자리』; 『사라센의 역사』(아메르 알리); 『유럽문명』(기조); 『알 파루크』(시블리); 『화란공화국의 흥기』(모틀리); 『테레사 성인의 묵상』; 『베단따』(라잠 이예르); 『우따라드야얀 수뜨라』; 『장미 십자단의 신비』; 플라톤의 『대화편』; 『알 까람』(우르두어) 쉬블리; 우드로프의 『샥따와 샥띠』; 『바가바띠 수뜨라』(불완전).

그런데 독자들은 내가 이 책을 모두 선택하여 읽었다고 생각해서는 안 된다. 어떤 책들은 소용도 없고 교도소 바깥에서라면 읽지도 않았을 것이다. 어떤 책들은 알고 있는 또는 미지의 친구들이 보낸 것인데, 그들을 위해서 나는 통독해야 할 의무가 있다고 느꼈다. 예라브다 교도소는 나쁘다고는 말할 수 없는 영어 장서를 가졌다. 어떤 책들은 정말로 훌륭하다. 예를 들면 파라르의 『신을 구하는 자들』, 루시언의 『달로의 여행』, 쥘 베른의 『구름에서 떨어지다』인데, 이 책들은 모두 나름대로 훌륭한 책이다. 파라르의 책은 고무적인데 마르쿠스 아우렐리우스·세네카·에픽테투스의 삶의 최선의 면을 말해 주고 있다. 루시언의 책은 멋지고 교훈적인 풍자이다. 쥘 베른은 이야기의 형식으로 과학을 가르쳐 준다. 그의 방법은 비길 데 없이 훌륭하다.

대부분의 기독교도들은 나를 아주 주의 깊게 주시하고 있었다. 나는 미국·영국·인도에 있는 그들에게서 책을 받았다. 내가 그들의 착한 동기를 인정하면서도 그들이 보내 준 태반의 책들이 별 가치가 없었음을 고백하지 않을 수 없다. 나는 그 선물들에 대해 그들이 좋아할 뭔가를 말해 주고 싶었다. 하지만 내가 진정으로 좋다고 생각하지 않으면서도 그런 말을 하는 일은 불공정하고 진실되지 못할 것이다. 기독교에 대한 정통적인 책은 나에게 아무 만족감을 주지 않았다. 예수의 일생에 대한 내 존경심은 참으로 크다. 그의 윤리적 가르침, 그의 상식과 희생은 나의 외경을 자아낸다. 하지만 나는 예수가 보통 말하는 의미로 육화된 신이었고 또 지금도 신이라고 하는 정통 가르침, 그가 신의 독생자였고 또 지금도 독생자라고 하는 정통 가르침을 받아들이지 않는다. 나는 타인의 공로를 활용한다는 교리도 믿지 않는다.[98] 그의 희생은 우리에게 하나의 유형이고 본보기이다. 구원받기 위해서는 우리 각자가 '십자가에 달려야만 한다.' 나는 성부·성자·성신을 문자 그대로 이해하지 않는다. 그것들은 모두 비유적인 표현이다. 그리고 사람들이 산상수훈에 설정하려고 했던 한계란 것도 인정할 수 없다. 신약성서 안에 전쟁을 정당화하는 부분을 찾을 수가 없다. 나는 예수를 세상이 지금까지 본 선생이나 예언자 중에서 가장 걸출한 분으로 간주한다. 말할 것도 없이 나는 성서를 예수의 삶과 가르침에 대해 오류 없는 기록으로 간주하지 않는다. 그리고 신약성서 안에 있는 모든 말이 하느님 자신의 말이라고도 간주하지 않는다. 구약과 신약 사이에 근본적인 차이가 있다. 구약이 비록 상당히 깊은 진리를 포함하고는 있지만, 나는 신약성서에 주는 것과 같은 영광을 구약에 주지는 않는다. 나는 신약성서를 구약성서 가르침의 연장으로, 그리고 어떤 사안에서는 구약의 거부로 본다. 나는 신약성서를 하느님의 최종적인 말씀으로 간주하지 않는다. 이 우주 안의 만물을 지배하는 동일한 진화의 법칙에, 다른 것과 마찬가지로 종교적인 관념들도 종속되는 것이다. 오직 하느님만이 불변이고 그의 메시지가 불완전한 인간적인 매체를 통해서 전달되므로, 그것은 매체의 순수성 여부에 비례하여 언제나 왜곡될 수밖에 없다. 따라서 나는 기독교 친구들과 지지자들을 존경하면서도 그들에게 나를 있는 그대로 받아들이기를 촉구한다. 그들과 같은 생각을 가지고 그들과 같은 존재가 되기를 원하는 바람을 나는 존경하며 감사하게 여긴다. 그것은 내 무슬림 친구들이 보내는 바람을, 내가 존경하고 그것에 감사하는 것과 같다. 나는 이 두 종교가 나의 종교

---

98) 다시 말하면 간디는 대속사상을 믿지 않았다. (역주)

와 마찬가지로 참이라고 여긴다. 하지만 내 종교는 나에게 완전한 만족을 준다. 그것은 내가 성장하는 데에 필요한 모든 것을 갖고 있다. 나의 종교는 내가 믿는 것을 타인도 믿기를 기도하라고 가르치는 것이 아니라, 그들이 그들 자신의 종교 안에서 완전한 크기로 성장하기를 기도하라고 가르친다. 따라서 나는 기독교도나 이슬람교도가 보다 나은 기독교도, 보다 나은 이슬람교도가 되라고 부단히 기도한다. 내가 알기로, 신은 우리가 당신에게 부여한 이름이 무엇인지를 묻지 않을 것이고, 우리가 누구인지, 즉 우리가 무엇을 하는지를 물을 것임을 확신한다. 아니 신은 지금도 그렇게 묻고 있음이 분명하다. 그에게는 행위가 전부이다. 행위 없는 신념은 무이다. 그에게는 행위함이 곧 믿음이다. 독자는 내가 이런 여담을 하더라도 용서하길 바란다. 하지만 내가 교도소에 있을 때 기독교 친구들이 나에게 홍수처럼 많이 보내준 기독교 서책에서 내 영혼을 구해내는 것이 꼭 필요했다. 내 영적 복리에 대한 그들의 관심에 대해 감사를 표하기 위해서라도 말이다.

내가 놓치고 싶지 않았던 것은 『마하바라따』, 우빠니샤드, 『라마야마』와 『바가바따』였다. 우빠니샤드는 베다 종교의 원천을 탐구하는 일에 대해 내 욕구를 부추겼다. 우빠니샤드의 대담한 성찰은 날카로운 기쁨을 선사해 주었다. 우빠니샤드의 영성이 혼을 충족시켜 주었다. 나는 상까라의 주석 전체와 다른 사람들의 주석 내용을 받아들였던 바누 교수의 방대한 주해에서 도움을 받았다. 그러나 그런 도움에도 불구하고 이해할 수도 없고 진가를 알 수 없는 몇몇 우빠니샤드가 있었음을 고백해야 하겠다. 『마하바라따』, 나는 전에는 이것을 단편으로만 읽어보았다. 유혈참사에 대한 기록, 그리고 나를 잠들게 만드는 도저히 믿어지지 않은 긴 서술에 불과하다고 믿으며 그것에 대한 편견을 갖고 있었는데, 이제 그런 믿음이 잘못된 것임을 깨달았다. 빽빽하게 인쇄된 것으로 6천 페이지 이상의 두터운 책에 가까이 가는 것조차 나는 끔직한 일로 여겼다. 하지만 일단 읽기 시작하자, 그것을 끝내고 싶었고, 책은 일부를 제외하고는 넋이 나갈 정도였다. 나는 넉 달만에 읽기를 끝내면서, 그 책을 양과 질에 있어서 한정되고 잘 닦여진 보물이 들어 있는 보물상자가 아니라 깊이 파면 팔수록 더 귀한 것을 발견할 수 있는 무한의 광산에 비유했다.

나에게 『마하바라따』는 역사적 기록이 아니다. 그것을 역사로 여긴다면 전혀 쓸모 없는 기록일 것이다. 하지만 그것은 우화적 양식으로 영원의 진리를 다루고 있으며, 역사적 인물과 사건을 골라 그것들을 시인의 목적에 맞도록 천사 또는 악마로 변형하고 있는데, 시인의 주제는 선과 악, 정신과 물질, 신과 사탄 사이의 영원한 쟁투이다. 『마하바라따』는 흘러가며 수많은 냇물을 담는 웅대한 강과 같다. 그 가운데 어떤 냇물은 진흙탕 물이기도 하다. 『마하바라따』의 잉태는 한 사람의 머리 속에서 시작되었을 것이다. 그러나 그것은 시간의 경과와 함께 손상되고 다른 것이 첨가되어 마침내 무엇이 정전이고 무엇이 외전인지 말하기가 어렵게 되었다. 결말은 장엄하다. 지상 권력의 철저한 허망함을 증명한다. 결말 부분의 거창한 희생제사는, 자신이 가진 얼마 안 되는 마지막 살점까지 가난한 거지에게 바친 브라만이 심장을 바친 것에 비하면 효험 없는 것으로 드러났다. 고결한 빤다바 형제들에게 남은 일은 통한의 비애였다. 위대한 끄리슈나는 하릴없이 죽는다. 따르는 무리가 많고 강력했던 야다바들은 그들의 부패와 자신들 내부의 싸움으로 치욕의 죽음을 맞이한다. 불패자인 아르주나는 자신의 활 간디브에도 불구하고 도둑 떼에 굴복한다. 빤다바 형제들은 왕좌를 유아(幼兒)에게 몰려주고 은퇴한다. 천국으로 여행하다가 한 사람만 남겨놓고 모두 죽는다. 다르마의 화신이었던 유디슈트라조차 심리적 압박으로 어쩔 수 없이 했던 거짓말에 대한 대가로 지옥의 악취를 맡게 된다. 가차없는 인과 법칙은 예외 없이 자신의 공평한 길을 간다. 다른 책에 있을 법한 유용하거나 흥미로운 것, 그리고 다른 책에 발견되는 것이면 무엇이든 생략한 것이 없다는 주장은 이 경탄할 만한 시(詩) 안에 잘 견지되고 있다.

—「나의 교도소 경험―11」, 『영 인디아』, 1924.9.4; 『전집』 29 : 60

78) 이슬람, 영국사, 『마하바라따』

우르두어에 대한 내 공부는 『마하바라따』 독서만큼이나 흥미진진했다. 진행하면 할수록 우르두어는 내 마음에 점점 더 크게 자리잡았다. 나는 두 세 달이면 우르두어에 상당한 숙련자가 될 수 있으리라고 어리석게 상상하면서 가벼운 마음으로 이에 접근했다. 그러나 슬프게도 이 언어가 힌디어와는 전혀 별개의 언어가 되어 별도의 방향으로 성장해 왔다는 점을 발견했다. 하지만 그 발견 덕택에 나는 우르두어 문헌을 읽고 이해하고야 말겠다는 결심을 더욱 굳게 했다. 그래서 나는 우르두어를 읽는데 매일 세 시간씩 보냈다. 우르두어 저자들은 힌두교도와 회교도 사이에서 통용되던 단어들을 거부하고, 아라비아 말이나 페르시아 말을 의도적으로 사용하기까지 했다. 그들은 통상의 문법도 저버리고 아라비아어와 페르시아어 문법을 수입했다. 그래서 불쌍한 내셔널리스트가 회교도의 사유를 접하고 싶으면 우르두어를 별개의 새 언어로서 공부해야 하는 결과를 낳았다. 내가 알고 있는 힌두어 저자들이 한 일은 그 이상도 이하도 아니다. 악이 그리 깊이 뿌리박지 못했고, 분리주의 경향은 단순한 하나의 일시적인 단계이기를 바랄 뿐이다. 만일 우리가 힌디어와 우르두어의 혼합을 우리의 공통 국어로 삼아야 한다면, 지금 당장 서로 멀어져 가는 듯이 보이는 두 흐름의 만남을 위해 특별하고 지속적인 노력을 강구해야 할 것이라 생각한다. 어려움에도 불구하고 회교도가 문어체 힌디어를 알아야 하듯이, 힌두교도는 문어체 우르두어를 알기 위해 교육을 완수해야 한다는 의견을 나는 견지하고 있다. 조기에 시작하기만 하면 퍽 쉬울 것이다. 이 공부에 금전적 가치가 있지는 않을 것이고 서구 지식의 보고를 열어주지도 않을 것이다. 하지만 그것이 갖는 국민적 가치는 다른 것에 비할 바 아니다. 우르두어에 대한 정밀한 연구로 나는 더 풍요로워졌다. 원컨대 그것을 지금에라도 완수하고 싶다.

나는 2년 전보다 지금 현재 회교도인의 마음을 더 잘 안다. 내가 우르두어 문헌의 종교적 방면에 관심이 있었으므로, 여유가 생기자마자 곧 우르두어 종교 서적에 빠져들었다. 행운의 여신은 언제나 내 편이었다. 마울라나 하스랏 모하니(Maulana Hasrat Mohani)99)가 만사르 알리 씨에게 『예언자 동지들의 인생에서 얻은 단편들』을 보내 주었다. 알리 씨는 나에게 우르두어를 가르치면서 책들을 건네주었다. 그리고 나는 그것들을 아주 열심히 통독했다. 반복된 부분이 있어 요약하면 간단명료하지만, 그 책들은 나에게 마호메트의 수많은 동지들의 행위에 대해 통찰력을 주었으므로 깊은 흥미를 느꼈다. 그 책에는 마치 마법에 걸린 것처럼 그들의 삶을 변화시키는 방식, 저 예언자(마호메트)에게 바친 헌신, 세속의 부에 대해 철저히 무관심했던 일, 삶이 가진 지고의 단순성을 보이기 위해 권세 자체를 사용한 일, 황금에 대한 탐욕에 동요하지 않는 일, 거룩하다고 받드는 대의명분을 위해 자신의 생명까지 개의치 않은 일, 이 모든 일들이 매우 자세하게 서술되어 있어서 확신을 주고 있다. 그들의 삶 그리고 오늘날의 인도 이슬람 대표자들의 삶을 자세히 관찰한다면, 우리는 비탄의 눈물을 흘릴 정도다.

나는 예언자의 동지들로부터 예언자 마호메트 자신에게 갔다. 마울라나 쉬블리가 지은 두터운 두 권의 책은 믿을 만한 저술이다. 하지만 나는 동지들을 다룬 책들이 장황하다고 불만을 품었던 것과 마찬가지로, 그 두 권의 책에 대해서도 불만을 품게 되었다. 하지만 장황함이 서구에서 거의 욕설을 듣고 학대받아온 한 사람의 삶에서 일어난 여러 사건을 한 회교도가 어떻게 다루었는지 알고 싶은 내 관심을 방해하지는 않았다. 내가 둘째 권을 마쳤을 때 저 위대한 인생에 대해 더 읽을거리가 없어 서운했다. 거기에는 내가 이해 못하는 사건들이 있었고, 어떤 사건들은 설명할 수가 없었다. 하지만 나는 비평가나 조롱하는 사람으로 공부에 임했던 것은 아니다. 나는 오늘날 수백만의 인류의 마음을 의문의 여지없이 지배하는 그 사람의 일생 중 최선의 부분을 알고 싶었다. 그리고 나는 그것에 대한 설명을 충분히 찾아냈다. 당시 사람들의 삶의 구도(構圖)에서 이슬람교가 차지했던

---

99) 1875~1951 : 민족주의자, 무슬림 지도자.

자리가 결코 칼로 얻은 것이 아니라는 점을, 나는 그 어느 때보다 분명히 확신했다. 그 자리를 얻은 것은 엄격한 단순성, 예언자의 철저한 자기 무화(無化), 서약에 대한 사려 깊은 준수, 친구와 추종자들에 대한 강한 헌신, 대담 무쌍함, 무외(無畏), 그리고 신과 자신의 소명에 대한 절대적 신뢰였다. 검이 아닌 이런 것들이 그들 앞에 있는 만사를 움직였고 모든 장애를 극복했다. 나는 인간이라면 예언자든 아바따르(Avatar)든 그 누구도 절대로는 완전하다고 간주하지 않으므로, 검열관이 만족하게끔 저 예언자의 삶에 대해 세세한 모든 점을 설명할 필요는 없을 것이다. 그는 수백만 사람들 가운데 신에 대한 외경으로 삶을 살아가려 한 사람이고, 가난한 자로 죽었고, 가멸의 유해(遺骸)를 위해 거대한 능(陵)을 원치 않았고, 임종시 채무자들 중 가장 적게 빚진 자까지 잊지 않았던 사람이었다는 점, 나는 그것을 아는 것으로 족했다. 예언자 마호메트의 가르침이 오늘날 우리 주변에서 보이는 모욕적인 불관용이나 의심스런 선교의 방법들에까지 책임이 있는 것은 아니다. 그것은 힌두교가 오늘날 힌두교도들의 타락과 불관용에 대해 책임이 없는 것과 마찬가지이다.

나는 마호메트에 대해 읽고 난 다음 무적의 우마르[100]의 삶을 다룬 두 권

---

100) 우마르 1세를 지칭하는 것으로 보인다. 우마르 1세의 정식 이름은 Umar ibn al-Khatb(586 경~644). 제2대 이슬람세계의 칼리프(634~?). 그의 통치하에서 아랍군이 메소포타미아 와 시리아를 정복했으며 이란과 이집트에 정복전쟁을 시작했다. 메카의 쿠라이시 부족 에 속하는 아디 가문 출신으로 처음에는 마호메트에게 반대했지만 615년경 이슬람교도 가 되었다. 622년경 마호메트와 다른 메카 출신 이슬람교도들과 함께 메디나로 갔을 때 그는 아부 바크르와의 절친한 협력으로 마호메트의 주요 조언자들 중 한 사람이 되었다. 국가적인 그의 지위는 625년 마호메트가 그의 딸 하프사와 결혼한 것으로 잘 드러난다. 632년 마호메트가 죽자 우마르는 메디나의 이슬람교도들이 메카인 아부 바크르를 국가 의 우두머리(칼리프)로 받아들이게 하는 일에 기여했다. 아부 바크르(632~634 재위)는 그에게 크게 의존했으며 그를 자신의 후계자로 지명했다. 우마르는 칼리프로서는 처음 으로 자신을 '신도의 사령관(amr al-mu'minn)'으로 지칭했다. 그의 통치 기간 동안 이슬 람 국가는 아랍의 한 공국에서 세계적인 강대국으로 바뀌었다. 이런 두드러진 영토확장 기 동안 우마르는 줄곧 일반적인 정책들을 면밀하게 통제했으며, 정복지역들을 통치하 기 위한 원칙들을 제시했다. 법률적인 측면을 포함하여 이후 이슬람 제국의 통치 구조들 은 대부분 그가 창안한 것들이다. 그는 권좌에 오른 지 10년 만에 메디나에서 개인적인 이유로 한 페르시아 노예에게 암살당했다. 강력한 지도자로서 범법자들에 대해서는 엄

의 책을 읽었다. 내 마음의 눈에 그려진 그는, 예루살렘으로 걸어가며 이웃의 화려함을 모방했다는 이유로 일부의 추종자를 꾸짖는 자, 후세의 사람들이 기독교 교회를 이슬람의 모스크로 만들까 두려워 기독교 교회에서 기도하기를 거부한 자, 정복당한 기독교도들에게 가장 관대한 조건을 허용한 자이다. 그는 이슬람교 추종자의 말이라면, 아직까지 인정받지 못했던 자가 맹세한 말이라고 해도 그것을 위대한 칼리프 자신의 문서 칙령만큼이나 유효한 것으로 선언했다. 나는 그처럼 선언하는 모습을 그리면서 그를 존경하지 않을 수 없다. 그의 의지는 강철과 같았다. 그는 아주 낯선 자에게 실행하는 정의를 딸에게도 실행했다. 우상 파괴, 사원에 대한 부당한 모독, 우리 사이에 자행되는 힌두교도 음악에 대한 무분별한 불관용을 나는 알고 있다고 생각한다. 이와 같은 행위들은 칼리프들 중에서 가장 위대한 사람의 인생에 일어난 사건들을 철저하게 오해했기 때문이다. 이와 같이 위대하고 정의로운 자의 행위가 회교도 대중들에게 왜곡된 형태로 전달되고 있는 것이 아닐까, 그 점이 나는 염려스럽다. 만일 그가 무덤에서 되살아난다면 그는 이른바 이슬람교 추종자들이 벌이는 많은 행위들을 부인할 것이다. 그 행위들은 위대한 우마르 자신이 행한 행위들의 조야한 희화화에 불과하기 때문이다.

이와 같이 매력적인 공부에서 나는 『알 까람(*Al Kalam*)』이라 불리는 철학책들로 나갔다. 이것들은 이해하기 어렵고, 언어도 매우 전문적이었다. 하지만 압둘 가니 씨는 쉽게 접근할 수 있도록 나를 도와주었다. 그 책을 반밖에 끝내지 못했는데 병으로 공부를 중단한 일이 애석할 따름이다.

영어책 중에는 기번[101]의 책이 쉽게 첫 자리를 차지했다. 이 책은 이미

격했으며 심할 정도로 금욕적이었던 그는 대체로 정의롭고 권위 있는 인물로 존경받았다. 『브리태니커 CD EX 백과사전』, 한국브리태니커, 2002 참조. 간디 역시 우마르에게 아주 호의적인 평가를 내리고 있다. (역주)

101) Gibbon(1737~1794), 『로마제국의 쇠망사(*The History of the Decline and Fall of the Roman Empire*)』. (원주) 이 책은 2세기부터 1453년 콘스탄티노플의 멸망까지 로마 역사를 다루고 있다. (역주)

수년 전 많은 영국인 친구들이 추천해 주었다. 이번에는 교도소에서 기번의 책을 읽기로 결심했다. 나는 기뻤다. 나에게는 역사마저 영적인 의미를 가진 것이다. 저자는 한 도시에서 살았던 시민들 — 세계 제국을 건설했던 시민들 — 의 삶에서 일어난 사건들을 추적하지만, 독자는 혼의 역사를 따라갈 수 있을 것이다. 기번은 비록 사소한 일은 다루지 않지만 다른 사람이 흉내낼 수 없는 고유의 방식으로 무수한 사실들을 모으고 여러분 앞에 정렬시키기 때문이다. 그는 세 개의 문명, 즉 이교도, 기독교와 이슬람문명을 다루는데, 충분히 자세하게 다루고 있으므로 스스로 결론을 도출할 수 있을 것이다. 그 자신의 결론도 주목할 만하다. 하지만 그는 자신의 소명을 수행하기 위해 세심하게 애쓰는 자이고, 그가 가진 온갖 자료들을 여러분에게 다 제시해줄 만큼 충직하므로 여러분 스스로 판단할 수 있을 것이다.

모틀리[102]는 좀 다른 유형이다. 기번은 강력한 제국의 쇠망을 추적하고 있지만, 모틀리는 작은 공화국에서 자신의 영웅이 살아간 인생을 끄집어내고 있다. 기번의 영웅들은 강력한 제국의 이야기에 보조적이지만, 한 국가에 대한 모틀리의 얘기는 한 사람의 생애에 보조적인 역할을 하고 있다. 그 공화국은 침묵의 윌리엄[103]에게 흡수된다.

위 두 사람의 책에 보태어 로즈버리 경[104]의 피트 일생에 대한 책이 있다. 이런 책들을 보면 여러분은 나처럼 사실과 허구를 가르는 선은 진정 가늘며, 사실조차 적어도 두 면이 있다는 결론에 도달할 수 있다. 다시 말해,

---

102) Lothrop Motley(1814~1877) : 미국의 외교관·역사가. 『네덜란드공화국의 등장(*The Rise of the Dutch Republic*)』(1856)으로 잘 알려졌다. 이 책은 16세기 네덜란드인들이 스페인의 통치에 대항해 일으킨 반란 과정에서 벌어진 극적인 사건들을 알기 쉽게 쓴 것으로, 그 뒤 학자들의 연구를 통해 내용이 수정되기는 했으나 비(非)전문가가 쓴 역사책치고는 뛰어난 작품이다. (역주)

103) 또는 윌리엄 공(윌리엄 1세, 오렌지 왕자, 1533~1584), 네덜란드 정치가, 독립 네덜란드의 핵심 창시자. (역주)

104) Philip Primrose, 5th earl of Rosebery(1847~1929) : 영국의 총리(1894.3.3~1895.6.21 재임). 재임 기간에 상원과의 대립 및 내각 분열로 인해 별로 업적을 남기지 못했다. 정치가이면서도 대(大)피트 채텀, 소(小)피트, 나폴레옹, 랜돌프 처칠 경 등의 전기도 썼다. (역주)

변호사들의 말에 따르면 사실(fact)이란 것은 결국 의견(opinion)이다. 하지만 나는 역사의 가치를 우리 인류 진화의 도우미로 간주하지만 그런 생각에 독자의 관심을 끌고 싶지는 않다. 나는 역사가 없는 국가가 행복하다는 세인의 말을 믿는다. 우리 힌두 조상들은 오늘날 이해되고 있는 의미의 역사를 무시함으로써, 사소한 사건들 위에 그들의 철학적 구조물을 구축함으로써, 우리를 위해 그 문제를 해소했다는 것이 내 지론이다. 그런 것이 『마하바라따』이다. 나는 기번과 모틀리의 책들을 『마하바라따』의 열등판으로 간주한다. 『마하바라따』의 저자, 미지의 하지만 불멸의 저자는 초자연적 존재들을 풍부하게 그의 얘기에 끼워 넣음으로써 저자 자신을 글자 그대로 이해하려는 일에 대해 여러분에게 경고하고 있다. 기번과 모틀리는 그들이 사실, 오직 사실만을 제시하고 있다는 점을 말하는데 불필요하게 수고하고 있다. 로즈버리 경은 이 대목에서 여러분을 구원할 것인데, 피트가 말했다는 최후의 말조차 그의 집사가 논박하고 있다는 말을 여러분에게 할 것이다. 이 모든 얘기들의 핵심은 다음과 같다. 즉, 이름과 모습은 거의 문제가 되지 않고 그저 왔다가 간다. 영원한 것, 그래서 필연적인 것은 사건들을 다루는 사가들이 파악할 수 없다. 진리는 역사를 초월한다.

—「나의 교도소 경험－11」, 『영 인디아』, 1924.9.11; 『전집』 29 : 92

79) 신비주의자, 시크, 『기따』[105]

나는 절친한 친구가 보낸 책, 작지만 아주 귀한 책을 말하지 않을 수 없다. 그것은 야콥 뵈멘(Jacob Boehmen)의 『초감각적 삶』이다. 그 책에서 베껴낸 놀라운 문장들을 독자들과 좀 나누고 싶다. 그것들은 다음과 같다.

---

105) 번역 원전에는 집필한 날이 없지만 『전집』은 1924.9.17로 추정하고 있다. 『전집』 권 29, 161면 참조. (역주)

그대가 신을 보거나 듣지 못하게 방해하는 것은 당신 자신의 듣기와 의지 이외에 다른 아무 것도 없다네.[106]

만일 당신이 피조물을 외면적으로만 다스리고, 당신의 내적 본성이 갖고 있는 올바른 내면적 토대로부터 다스리지 못한다면, 당신의 의지와 통치는 짐승적인 것이고 물질적일 것이다.

그대는 만물과 같다네, 당신과 같지 않은 것은 아무 것도 없다네.

만일 그대가 만물과 같이 되고 싶으면 만물을 버려야 할 것이네.

손이나 머리가 노동하게끔 하세. 그렇지만 당신의 심정은 신 안에 깃들어 있어야 한다네.

천국이란 의지를 신의 사랑에 맡기는 일이네.

지옥은 의지를 신의 분노에 맡기는 일이네.

내 잡기장을 뒤적이는 동안, 내가 다른 책들을 읽으면서 모아두었던 구절들을 만났다. 다음은 사뜨야그라히(진리파지자)들을 위한 것이다.

그들은 종이지만 증오, 조롱, 학대를
선택하지 않을 것이네.
진리로부터 조용히 물러나기보다는
그들은 응당 다음과 같이 생각해야 하네.
그들이 두세 사람과 더불어
옳은 곳에 서 있을 용기가 없는 종이라는 사실을.
— 로웰, 『탐 브라운의 학창시절』에서 따옴

동일한 주제를 지닌 다른 구절은 클로드 필드(Claude Field)의 『이슬람교의 신비주의자와 성자들』에서 베껴 온 것이다.

수피 샤 물라 샤, 그는 샤 자한의 분노에서 도망가라는 충고를 받았을 때 그는

---

106) 이 인용은 『마하뜨마 간디의 도덕 · 정치사상』 권1, 75번에서도 나온다. 글 75번과 비교하면 이 부분의 번역 원전과 『전집』 모두 잘못 인용한 것으로 보인다. 그래서 글 75번에 따라서 바로 잡았다. (역주)

다음과 같이 말했다고 한다. "나는 도망가서 안전을 도모해야 하는 사기꾼이 아니다. 나는 진리를 말하는 자이다. 생사는 나에게는 같다. 내가 또 다시 태어나더라도 날 찌르는 창을 피로 물들일 것이다. 나는 영원히 살아 있을 것이다. 죽음이 나에게서 뒤로 물러선다. 내 지식이 죽음을 이겼기 때문이다. 모든 색깔이 지워진 그곳이 나의 주처가 되었다"고 만수리 할라즈는, "묶인 자의 두 손을 잘라내기란 쉽다. 하지만 나를 신에 묶어주는 고리를 절단하기란 정말 어려운 일일 것이리라"라고 말했다.107)

다음의 구절도 로웰에게서 베껴 온 것이다. 그것은 말라바르(Malabar)108) 피해자들에게 뭘 주고 싶은 자들에게 올바른 정신으로 주게 하는데, 자신들이 가진 최선의 것을 공유하는데 도움이 될 것이다.

성찬은 진정 보존되어 있네.
우리가 다른 사람의 궁핍을 공유하는 것 안에 —
우리가 주는 것이 아니라, 우리가 공유하는 것 안에.
주는 자 없는 선물은 공허하기 때문이라네.
자신에게 보시하는 자는 셋을 먹인다.
자기 자신, 배고픈 이웃, 그리고 나를.109)

다음 구절은 비폭력의 복음을 믿고 있는 사람에게 힘을 강화해 줄 것이다.

그 누구에 대해서나, 나쁜 것을 원하는 일, 행악하는 일, 욕설하는 것, 나쁘게 생각하는 일, 우리는 모두 이런 일을 해서는 안 된다.
—터투리언. J. 브리얼리의 『우리 자신과 우주』에서 따옴

내가 마지막으로 언급하고 싶은 책들은 커닝햄, 매콜립, 고꿀찬드 나랑의 시크교도들의 역사에 대한 것이다. 이런 책들 모두 나름대로 괜찮다.

---

107) 이 부분은 『마하뜨마 간디의 도덕·정치사상』 권1, 76번에도 나온다. (역주)
108) 인도 서남부 께랄라(Kerala) 주의 해안 이름. (역주)
109) 이 부분도 『마하뜨마 간디의 도덕·정치사상』 권1, 76번에도 나온다. (역주)

시크교도들의 역사와 구루의 삶을 알지 않고서는 현대 시크교의 투쟁을 평가하기란 불가능하다. 커닝햄의 책은 시크교도전쟁으로 이어지는 사건들에 대한 동정적인 기록이다. 매콜립의 책은 구루들의 인생담으로서 그들의 글에서 많은 것을 인용하고 있다. 이것은 공을 많이 들인 출판물이었지만, 영국 통치에 대한 집요한 찬양과 시크교를 힌두교와 아무 공통점이 없는 별개의 종교라는 점을 강조한 탓에 그 가치를 상실하고 말았다. 고꿀찬드 나랑의 책은 앞에서 언급된 두 책에는 없는 정보를 제공하는 모노그래피이다.

교도소에서 진행된 공부에 대한 성찰을 끝내면서, 학생인 여러 독자들의 관심을, 일을 규칙적으로 하는 것으로, 그리고 무미건조한 일을 재미있게 만드는 방법으로 돌리고 싶다. 나는 스스로 자신의 교양과 지침서로 『기따』의 용어색인을 만들고 싶었다. 용어와 출전을 적고 그것들을 두 차례 색인 작업하는 일은 특별히 재미있는 작업은 아니다. 나는 수감되어 있을 때 그 일을 해야 한다고 생각했다. 동시에 나는 그 일에 너무 많은 시간을 쓰는 것이 아까웠다. 내 시간표는 꽉 차버렸다. 그래서 나는 매일 20분 내에 할 수 있는 것을 하기로 결심했다. 그와 같이 짧은 시간 동안 하게 되니 그 일이 단조로운 고역이 되지 않았다. 고역은커녕 나는 매일 그 일을 즐겁게 기다렸다. 두 번째 색인 작업을 하게 될 때는 그 일에 몰두하게 되었다. 호기심 있는 자들은 까다로운 문제를 스스로 풀 수 있을 것이다. 첫 번째 색인 작업에서 나는 색인해야 할 용어들의 첫 문자를 알파벳순으로 정렬했다. 하지만 '알파벳'하에서 이런 용어들을 어떻게 배열해야 할지는 풀어야 할 문제였다. 나는 사전을 만들어 본 적이 없었다. 그래서 나는 내 자신의 방식을 고안해야 했고, 곧 그 방식을 찾아내자 기뻤다. 그것이 너무 좋아서 나는 그 일에 큰 흥미를 느꼈다. 그것은 깔끔하고 신속하고 무오류의 것이었다. 전체 작업을 마치는 데에는 거의 18개월이나 걸렸다. 나는 이제 용어색인을 이용함으로써 특정 단어가 『기따』에서 어디에 얼마나 자주 나타나는지를 알 수 있다. 용어색인은 단어들의 의미도 부가 되어 있다. 내가 만일 『기따』에 대한 내 생각을 글로 옮기는 일에 성공한다면, 나는 용어색인과 내 생각을 대중들과 나누기를 제안한다.

—「나의 교도소 경험−11」, 『영 인디아』, 1924.9.25; 『전집』 29 : 118

80) 교도소에서 읽은 책(1932)

1932.2.3~18

안녕, 나란다스!

바로 오늘 저녁 네가 보낸 소포꾸러미를 받았단다. 비탈다스 양, 바이뜨리베디, 비드야 힌고라니와 다모다르가 오후에 나를 면회하러 왔고, 샌들용 가죽도 받았다. 람다스·츠하간랄·수렌드라·소마바이를 비롯하여 모두 190명의 사람들이 여기에 도착했다고 들었어. 그들 중 몇몇은 거의 틀림없이 우리를 만나게 될 것이다.

너의 옴(개선, 疥癬)을 치료하기 위해 녹색 잎과 토마토를 먹어야 한다. 과망간산 칼륨 목욕을 하게 되면 분명히 도움이 될 것이다.

C. P. 스콧의 아들이 보낸 편지 하단부에, 너는 고 스콧의 전기를 서적우편으로 보냈다고 쓰고 있어. 그런데 책은 여기에 아직 도착하지 않은 것 같아. 그것을 보냈다고 기억한다면 나에게 편지를 다시 보내 주면 조사를 좀더 해볼게.

너는 「아슈람 사마차르」에서 내가 이틀 동안 500바퀴[110]의 실을 자아냈다고 했어. 그런데 나는 이틀 동안 500바퀴가 아니라 500야드의 실을 자아냈어. 그것은 375바퀴에 해당되지. 하루에 500바퀴 하는 것이 내 야망이야. 하지만 내가 바라는 대로 그렇게 빨리 완수할 수 있을 것이라고는 생각하지 않아.

---

110) 물레바퀴. (역주)

1932년 2월 6일 밤

딸라깜에게서 편지를 받았다. 음식이 그의 몸에 맞지 않는 것으로 보인다. 내 편지를 그에게 읽어주고, 그가 동의한다면 내 제안을 실천에 옮겨라. 두류는 육식에 익숙한 자와는 별로 어울리지 않는다. 만일 그들이 우유 마시기를 시작한다면 어려움이 전혀 없을 것이다. 그들은 보통 로뜨리 빵 등을 먹는데 심지어 고기와 함께 먹기도 한다. 그들은 육류 대신 보통 두류를 먹지만 고기에 익숙한 위장은 두류를 소화시킬 수 없다. 그런 사람들은 땅콩 등 어떤 견과류도 먹어서는 안 된다. 우유와 응유는 비채식주의자 음식의 순수한 모습일 따름이다.

1932년 2월 8일

너는 이 편지 안에 신의 존재라는 주제에 대한 기사를 볼 것이다. 그것은 『영 인디아』지에 게재되었던 기사 중의 일부 번역이다. 나는 그 부분을 음반을 위해 읽었는데, 음반은 지금 판매중이다. 아난드는 그것을 들었다. 그가 발췌문을 적고 번역을 위해 한 부를 나에게 보냈다. 번역은 지금 출판되어서는 안 된다. 아난드는 신드어(Sindhi)로 번역하는 일에 도움이 되도록 힌디어 번역을 원하고 있다. 번역을 보내 주고 당장은 출판하지 말라고 말해라. 아슈람 내 거주자들은 그것을 읽을 수 있을 것이다. 그것은 『아슈람 빠뜨리까』에 출판해도 괜찮다. 출판하게 되면 그것을 원래 기사로서 출판해라. 빠라스람으로 하여금 힌디어를 수정하게 해라. 『빠뜨리까』에 출판 여부의 문제는 네 판단에 맡겨 둔다. 만일 네가 출판하는 일이 오해를 받을 가능성이 있거나 누가 기사를 다른 곳에 다시 출판할 것 같으면 출판할 생각은 하지 마라. 그곳에 있는 아슈람 거주자들이 그것을 읽고, 다시 생각해보고 그 의미를 이해한다면 충분할 것이다.

나는 아슈람이 몰수당한 몇 가지 물건들에 대한 뉴스를 신문에서 읽었다. 나는 너로부터 좀더 상세하게 듣고 싶다.

나는 오늘 좀 한가해서 여기의 정해진 일과에 대해 몇 가지 자세한 점을 적고 싶다.

　우리 두 사람은 새벽 3시 40분에 일어난다. 양치를 하고 난 뒤 우리는 기도하고, 그 다음 꿀을 넣은 온수와 레몬 쥬스를 마시고 다섯 시 종칠 때까지 독서를 한다. 다섯 시에서 여섯 시까지 걸었고, 여섯 시에 변기가 있어서 그 일을 봤다. 다음 20분 정도 잠을 잤고, 6시 45분 감방 문을 여는 종이 울리자 기상하고 7시까지 독서했다. 사르다르(Sardar)는 변을 보고 난 다음 걸어다니다 우유가 나올 때까지 좌정했다. 그는 아침 식사를 하면서 배달된 신문을 읽었고, 나는 낮 동안 읽고 쓰고 물레를 돌렸다. 간간이 나는 두 번 낮잠을 잤다. 사르다르는 나보다 훨씬 오래 걸었다. 그는 우리에게 제공된 신문을 읽는다. 나는 하루에 두 번 식사한다. 사르다르는 때때로 샐러드를 먹고 12시에 그것과 비슷한 것을 먹는다. 꿀이 다 떨어지자 나는 야자즙 조당(粗糖)과 레몬 쥬스를 첨가했다. 미라벤이나 삐아렐랄은 내가 먹을 과일을 준비하곤 했다는 점을 말한 적이 있다. 이후 사르다르가 그 일을 도맡아 하고 있다. 그는 나를 위해 대추야자와 토마토를 준비해 준 사람이고, 그것도 큰 사랑으로 해준 사람이다. 나는 이 사랑의 봉사를 조금도 주저하지 않고 받았다. 미라벤과 삐아렐랄이 베푸는 봉사를 이미 말로 했으니, 내가 사르다르의 도움을 내 편에서 거부하는 일은 소용없는 짓일 것이다. 그는 아침에 우유와 빵을 먹는다. 그는 오후 네시에 빵, 응유, 채소를 먹는데 주로 샐러드를 먹는다. 나는 아침에 대추야자와 토마토에 곁들여 우유를 마시곤 했는데, 타커세이 부인이나 뜨리베디 교수가 보내준 과일, 즉 오렌지와 치꾸(chiku) 등도 먹었다. 지금 나는 대추야자와 토마토를 먹는다. 아침에는 반 파운드의 우유를 마시며 저녁에는 같은 양의 응유를 마신다. 하지만 나는 우유의 양을 더 줄여야 할 것으로 보인다. 내 건강은 물론 괜찮다. 내 체중이 불었는데 너는 알고 있느냐? 나에게 이제 영양가 높은 음식이 필요 없다고 본다. 특히 내가 고독과 마음의 평화를 누릴 때는 말이다. 이것이 작년의 경험이었다. 나는 교도소에 있을 때 우유 없이 살았고 체중도 유지할 수 있었다. 석방되고 난 다음 우유 부족으로 단기간에 체중을 잃었다. 그래서 우유를 다시 마시기 시작했다. 영국에서 내가 기운을 유지할 수 있었던 것은 오직 우유 덕분이었다. 여기에서 나는 우유가 필요 없을지도 모르겠다. 반대로 우유가 나에게 해를 줄 수도 있다. 물론 나는 내 신체에 아무 폭력도 행하지 않을 것이다. 우유에 대한 내 반감은 남아 있다. 그러나 나는 내 몸이 필요로 하므로 우유를 마실 것이다. 따라서 이 편지를 읽고 난 다음에 아무도 걱정을 하지 말길 바란다.

이제 사르다르가 해준 다른 일에 대해서도 언급하겠다. 네가 보낸 편지의 봉투를 손질하여 [다시 사용하기 위해] 준비한 자는 바로 그였다. 나는 그에 대해 행복하고도 상세한 얘기를 더 많이 말할 수 있다. 하지만 이런 것들로 충분하지 않을까? 우리가 오전 5시에서 6시 사이에 걷듯이 저녁에도 걷는다. 6시와 7시 사이에 나는 독서한다. 그동안 사르다르는 나를 위해 대추야자와 양치질 용 바불 고무나무 막대기 등을 준비한 다음 감방에 있는 나에게로 온다. 7시에는 기도가 시작된다. 기도 후에는 8시 반까지 읽기와 쓰기가 시작된다. 아홉시가 되면 잠자리에 든다. 우리 두 사람은 모두 실외에서 잔다. 신문 중에서 우리는 『타임스 오브 인디아』지, 『봄베이 크로니클』, 『트리뷴』, 『더 리더』, 그리고 『더 힌두』를 본다. 주간지로는 『사회개혁가』지를, 월간지 중에서는 『모던 리뷰』지를 본다. 책에 대해서 말하자면 어떤 것은 외부에서 얻고, 어떤 것은 내가 갖고 있다. 그들은 우리 두 사람에게 충분한 음식을 제공한다.

나는 여태까지 다음과 같은 책을 읽었다. 뒤랑의 『인도변호(The Case for India)』, 크로지어의 『간디에게 한 마디(A Word to Gandhi)』, 브레일스포드의 『반란자 인도(Rebel India)』, 알 하즈 살민의 『이맘 후세인(Imam Hussain)』과 『칼리파 동맹(Khalifa Ally)』, 사뮤엘 호어의 『네 번째 봉인(Fourth Seal)』, R. 맥도날드의 여행담인 『마따르 딸루까 통람(Survey of Matar Taluka)』, 라마나탄의 『카디에 대한 연설(Speech on Khadi)』, 윌 헤이스의 『힌두교의 정수(Essence of Hinduism)』, 러스킨의 『성 조지의 길드(St. George's Guild)』, 샤의 『연방재정(Federal Finance)』, 로텐슈타인의 『이집트의 패망(Ruin of Egypt)』, 헤이스의 『소에 대한 책(The Book of Cow)』, A. E.의 『비전의 촛

불(*Candle of Vision*)』, 킨리의 『돈(*Money*)』, 그리고 『샹크와 꼬디(*Shankh and Kodi*)』(구자라뜨어). 나는 지금 앤드루스가 지은 문쉬 자까 울라의 전기와, 샤의 책『인도경제행정 60년(*Sixty Years of Economic Administration of India*)』을 읽고 있다. 사르다르는 호어와 맥도날드의 책들을 읽었고, 지금은 이집트에 대한 책을 읽고 있다. 그는 신문 읽기에 많은 시간을 할애하고, 내가 앞에서 언급한 대로 걷기에 사용하는 두 시간 외에, 그는 다른 때 걷는 일에 두 시간을 더 사용해야 할 것이다.

이것 이외에 36통의 편지가 있다.

바뿌로부터 축복을.

— 나란다스 간디에게 보낸 편지(G.), CW 8207;『전집』 54 : 356

81) '천국의 사냥개'

1945년 3월 9일

안녕, 문나랄!

자네는 위의 글을 급하게 쓴 것으로 보인다네. 자네가 자네 마음을 평안하게 할 수 있도록 해보게나. 「하늘의 사냥개」[111]를 읽어보고, 그것에 대해 생각하고 그 의미를 이해하게. 자네가 만일 '사냥개'에게 등을 돌리는 한 어디에서도 행복할 수가 없을 것이네.

바뿌로부터 축복을.

— 문나랄 G. 샤에게 보낸 편지(G.), CW 5845;『전집』 86 : 44

---

111) 영국 시인 겸 비평가인 프랜시스 톰프슨(Francis Thompson, 1859~1907)의 책.『전집』 권86, 24면 참조.「하늘의 사냥개」라는 시는 그의 『詩集(*Poems*)』 가운데 백미로 일컬어진다. (역주)

12. 독서와 반성

82) 평화의 마음

예라브다 만디르,[112] 1930.5.26

안녕, 나란다스!

구자라띠어로 쓴 편지들은 지난 주 여기에 도착했다. 그런데 나에게 전달되지는 않고 있다. 미라벤와 매튜의 편지들은 영어로 쓴 것이기 때문에 받았다. 지금 돌아가는 상황은 이렇다. 하지만 이런 일은 여러 날은 계속되지 못할 것이다. 만일 신이 원하신다면…….

내 체중은 사실상 변하지 않았다. 아마 반 파운드 정도 불었을 테지만 ……. 식사량도 거의 같다. 이제는 끓이지 않은 우유에서 얻은 완전한 응유를 얻고 있다. 우유가 응유가 되는 데는 24시간이면 된다. 상당한 양의 응유를 우유와 섞었다.

『아시아의 빛』과 『이슬람의 성자들』이란 책을 다 읽었다. 그리고 친구가 보내 준 뻰자브 교도소의 감찰관이 지은 교도소에 대한 책을 읽고 있다. 하지만 솔직히 말해 독서할 시간이 없다. 물레질, 딱리(takli, 물레), 소모(梳毛)하는 데에 7시간이 든다. 수리가 필요하지 않은 날에는 물레질에 7시간 이하로 들지만, 어떤 날은 그것보다 더 많은 시간이 든다. 이것은 그다지 기분이 좋은 일은 아니지만 나는 좋아한다. 모든 일을 내 스스로 해야 하기 때문에 일에 대한 기술이 향상된다. 그리고 오직 아주 작은 흠만이 있다. 내가 딱리에서 뽑아낸 실의 질은 많이 향상되었고, 속도도 또한 빨라졌다.

외부의 일은 거의 생각하지 않는다. 내가 너무 바빠서 그것에 대해 생각

---

112) 만디르(mandir) 또는 만디라(mandira)는 힌두교 사원을 의미한다. 이제 교도소생활에 이골이 난 간디는 뿌나 소재의 예라브다 교도소를 사원이라고 부름으로써 이곳을 공부의 장소로 간주하고 있음을 천명하고 있다. (역주)

할 겨를이 없다. 나는 『기따』의 중심 가르침에 주목하고 있으며, 마음의 평화를 즐기고 있다. 만일 내가 그렇게 하지 않는다면, 내가 신문을 공급 받으면서 발생하는 온갖 사건들에 대해 신문을 읽는 일은 평화를 경험하는 것을 어렵게 했을 것이다. 하루 두 차례의 기도, 매일 『기따』 읽기는 나에게는 커다란 버팀목이 되었다.

끄리슈나 나이르, 수라즈반과 자이안띠 쁘라까슈에 대한 소식이 있는가? 사띠스 바부는 어떤가? 자네가 편지를 보내는 모든 이에게 편지를 써서, 그것들이 출판되어서는 안 된다고 말해라. 물론 친구들은 그것들을 읽을 수 있지만 말이다.

잠나의 건강은 어떠한가?

바뿌로부터 축복을.

— 나란다스 간디에게 보낸 편지(G.), CW 8112; 『전집』 49 : 303

83) 독서에서의 자제

1932.6.18

자네가 놀랄지도 모르지만, 나는 레이찬드바이의 책과 『기따』조차도 읽기를 그만두라고 자네에게 지금 권유하려 하네. 자네가 『기따』 게송에서 이해한 것이 무엇이든, 그리고 기도 시간에 음송(吟誦)하거나 불렀던 찬송가에 대해 곰곰이 생각해 보게. 이와 같은 자제는 실천하기가 어렵지만, 자네는 기적 같은 효과를 볼 것이라네. 지금은 독서가 자네 일이 되었다네. 시간이 있을 때마다, 유용한 일을 하게. 자네 이성으로 사물을 이해하려고 하는 일을 포기하게. 이것이 '한 걸음이면 나에게 족하리'라는 것의 의미라네. 어떤 도움이라도 굴레가 된다면 포기해야 한다네.

바뿌

추신 : 자네의 신문 읽기는 아무 해가 되지 않을 것이네.

— 바그완지 빤드야에게 보낸 편지(G.), CW 348;『전집』56 : 25

84) 독서의 동화작용

[1932년 7월 3일 이전]

소화된 음식이라고 해서 모두 피 등으로 변하는 것은 아니라네. 하지만 동화된 것은 우리 육신을 유지하거나 육신을 형성하는 여러 요소로 변한다네. 마찬가지 방식으로 우리가 읽은 것은 반드시 우리가 동화시켜야 할 것이네. 이것은 거름이 나무에 의해서 동화되고, 열매를 맺는 일과 같다네.

— 츠한간랄 조시에게 보낸 편지(G.),『마하데브바이니 일기』권1, 271면;
『전집』56 : 115

85) 독서와 사고

1932.7.10

우리들 중 읽고, 읽고, 또 읽어서 마침내 생각할 힘을 거의 잃고 마는 부류의 사람이 많이 있습니다. 그런 사람에게 나는 읽기를 그만두고 그들이 이미 읽었던 것을 곰곰이 생각해 보라고 권합니다.

— 편지(G.),『마하데브바이니 일기』권1, 284면;『전집』56 : 169

86) 반성 없는 독서

1932.8.14

우리는 학교에서 '생각(thinking) 없는 공부는 소용이 없다'고 배웠다. 이 것은 말 그대로 사실이다. 독서애는 괜찮다. 무기력 탓으로 독서와 공부를 하지 못하는 사람은 분명 아둔한 심성을 가진 자이다. 하지만 읽기만 하고 읽은 것을 반성하지 않는 자 역시 조금 아둔하다. 그들 중 몇몇은 덤으로 시력조차 잃고 만다. 반성 없는 독서는 정신병의 일종일 따름이다.

우리들 중 많은 사람이 그런 식으로 독서한다. 그들은 읽지만 읽은 것에 대해 결코 반성하지도 않고, 실행에 옮기는 일은 더 드물다. 따라서 우리 는 적게 읽어야 하고, 읽은 것을 반성하고 실행에 옮겨야 할 것이다. 경험 상 부적합한 것을 발견하게 되면 그것을 거부하고 나머지는 유지해 가도 좋다. 이 방식을 택하는 자들은 적게 읽더라도 자신들의 필요를 충족시킬 수 있고, 많은 시간을 절약하고, 창조적이고 책임져야 하는 일에 자격을 갖출 수 있다.

생각하기를 배우는 사람에게 생기는 또 다른 이익도 언급할 가치가 있 다. 우리는 항상 읽을 책을 구할 수 있거나, 읽을 시간이 있는 것이 아니 다. 독서가 습관이 되어 버린 자들은 뭔가를 읽을 수 없을 경우 미쳐 버린 다고들 한다. 하지만 만일 우리가 생각하는 습관을 기른다면 생각의 책은 언제나 구할 수 있을 것이다. 그렇게 되면 읽지 못할 경우에도 미치게 될 위험은 없어질 것이다.

나는 '생각하기를 배워라'는 구절을 의도적으로 사용해 왔다. 많은 사람 들은 저런 식으로 부주의하게, 이익도 없이 생각한다. 이것은 일종의 광기 에 불과하다. 어떤 사람은 허망한 사변에 빠지고 절망하게 되고 이윽고 자 살하기까지 한다. 내가 권하는 것은 이런 종류의 생각이 아니다. 여기에서 권면하는 것은 사람들은 읽은 것에 대해 반성해야 한다는 것이다. 가령 오

늘 찬송가(바잔, bhajan)를 듣거나 읽었다면, 우리는 그것을 반성해보아야 할
것이다. 그것의 보다 깊은 의미를 찾기 위해 노력해야 하고, 거기에서 받
아들일 것이 무엇이고, 거부해야 할 것이 무엇인가를 생각해보아야 한다.
찬송가 안에 있는 생각에 무슨 오류가 있는지를 살펴보아야 할 것이다. 만
일 우리가 그 의미를 미처 이해하지 못했다면, 그것을 이해하기 위한 노력
을 기울여야 할 것이다. 이것이 체계적 사유(systematic thinking)라는 것이다.
나는 아주 간단한 예를 제시했다. 각자는 그것을 자신의 경우에 비춰봐야
할 것이고 스스로 필연적인 결론을 끄집어내야 할 것이다. 그렇게 하면 진
보도 가능할 것이다. 이런 방식을 따르는 자는 크나큰 내면적 기쁨을 향유
할 것이고, 그가 읽는 모든 것에서 이익을 얻게 될 것이다.

바뿌

—「독서와 반성—1」(G.), MMU / II(마이크로필름);『전집』56 : 341

87) 의미의 발견

1932.8.21

> 오 여행자여, 깨어 일어나라, 벌써 아침이 되었다.
> 네가 잠자고 있을 밤이 아니다.[113]

만일 누구든 이 구절을 "오 여행자여, 일어나라. 지금은 아침이다. 네가
여전히 자고 있을 밤인가?"라는 뜻으로 이해한다면, 그는 이 구절을 읽긴
했으나 의미에 대해 반성하지 않은 것이다. 그와 같은 독자는 새벽에 일찍
일어나는 것으로 만족감을 느낄 것이기 때문이다. 하지만 생각하기를 원하
는 독자라면 이렇게 물을 것이다. "이 여행자는 누구인가? '지금은 아침'이

---

113) 힌디어로 된 대중적 바잔(찬송가),『전집』권56, 360면. (역주)

라는 말은 무슨 뜻인가? 이제 더 이상 밤이 아니라고 시인이 말했을 때 그는 무엇을 의미했을까? 잠잔다는 뜻이 무엇인가?” 그렇게 되면 그는 시구 하나 하나에서 매일매일 새로운 의미를 캐내고, 저 여행자란 모든 사람들을 가리키고 있음을 이해할 것이다. 신에 대한 신앙이 있는 자에게는 언제나 아침일 것이다. 밤은 무명(無明)을 의미할 수 있다. 이 구절은 게으른 모든 자에게 해당될 수 있다. 누구든 거짓을 말하는 자 역시 잠자는 자이다. 그 게으름이 아주 적더라도 말이다. 이 구절은 그런 사람을 깨우는 부름이다. 이런 식으로 우리는 그 구절에서 넓은 의미를 읽게 되고 그것을 통해 마음의 평화를 배울 것이다. 다른 말로 한다면 이 구절 하나에 대한 명상은, 영적인 여행을 떠나는 사람에게 충분한 채비를 마련해 줄 것이지만, 그렇지 못한 사람은 사(四) 베다를 다 외우고 그 의미를 연구한 자라고 해도 베다들이 쓸데없는 부담이 되고 말 것이다. 나는 여기에서 머리에 떠오른 하나의 사례만을 말하고 있을 따름이다. 만일 우리 모두가 진보해 나가고 싶은 방향을 결정하고 생각하기를 시작한다면, 우리는 인생에서 새로운 의미를 찾아낼 것이고 매일 새로운 열락을 경험할 것이다.

―「독서와 반성―2」(G.), MMU / II (마이크로필름); 『전집』 56 : 388

제 **4** 장
힌드 스와라즈, 현대문명과 도덕적 진보

1. 힌드 스와라즈[1]

88) 힌드 스와라즈[2]

『인디언 어피니언』지 독자들에게 제시하기 위해 감히 '인도의 자치'라는 주제에 대해 서너 장(章)을 써 보았습니다. 스스로 쓰지 않고서는 견딜 수 없어서 쓴 글이었습니다. 나는 트란스발 인도 대표단으로 런던에서 머무르는 4개월 동안 많은 것을 읽었고 많이 생각했습니다. 가능한 한 많은 동포들과 함께 여러 사안들에 대해 논의해 보았습니다. 나는 가능한 한 많은 영국인을 만났습니다. 이제 내가 해야 할 의무는 나에게 최종적인 것으로 보이는 결론을 『인디언 어피니언』지 독자들에게 제시하는 일입니다. 『인디언 어피니언』지 구자라뜨어 구독자들은 약 800명입니다. 개개의 독자에게 그것을 열렬하게 읽어 주는 사람이 적어도 10명은 된다는 점을 나는 알고 있습니다. 구자라뜨어를 읽을 줄 모르는 사람들은 다른 사람에게 신문을 소리내어 읽어 달라고 합니다. 그런 사람들이 인도의 상황에 대해 물어 오곤 했습니다. 런던에서도 비슷한 질문을 받았습니다. 그래서 내가 사적으로 피력한 견해들을 공론화한다고 해도 그것이 온당치 않은 일이라고 느끼지는 않았습니다.

그러한 견해들은 내 것이기도 하고 아니기도 합니다. 그것들은 내가 그 견해에 따라 행동하고자 하기 때문에 내 견해이고 또한 거의 내 존재의 일부분입니다. 그러나 그것들은 내 것이 아니기도 합니다. 독창성을 주장할 수 없기 때문입니다. 그와 같은 견해들은 여러 가지 책을 읽고 난 다음에 형성된 것입니다. 내가 어렴풋이 느끼고 있던 것들에 대해 나는 여러 책들로부터 도움을 얻었습니다.

---

1) 『힌드 스와라즈』에 관한 한, 우리는 아주 훌륭한 번역본을 이미 갖고 있다. 그것은 안찬수 역, 『힌두 스와라지』(서울, 2002)인데, 몇 군데 오역을 제외하고는 흠 잡을 데 없이 훌륭하다. 이 번역은 Anthony J. Patel ed., *Hind Swaraj and other writings*(Cambridge University Press, 1997)를 사용하고 있다. 이 영어본은 역자가 사용하는 영어 원전과는 달라서 곳곳에 미세한 차이점을 보이고 있다(번역 원전의 이본에 대해서는 다음 주를 참조할 것). 독자들은 『힌드 스와라즈』를 읽을 때 안찬수 역의 풍부한 주석을 참고하길 바라고, 본 역자 역시 여러 군데에서 주석을 참조했으며, 인도 사정을 이해하는 데 중요하다고 판단되는 주는 그대로 따온 것도 있음을 밝혀 둔다. 힌드 스와라즈의 '힌드(Hind)'는 힌두스따니(Hindustani)의 약어이고, 이것은 힌두스딴(Hindustan)의 형용사형이다. 그리고 'Hind'를 발음하면 '힌드'가 될 것이고, 'Swaraj'를 발음하면 '스와라즈'가 될 것이다. 우리에게 익숙한 '힌두', '스와라지'를 모두 포기했다. (역주)
2) 원래 간디가 영국 방문 후 귀국하는 동안 킬도난캐슬 호에서 구자라뜨어로 쓰고 1909년 12월 11일, 18일 『인디언 어피니언』지에 출판되었다. 1910년 1월 소책자로 발간되었다. 1910년 3월 24일 봄베이 정부가 금지 조치를 취했다. 이 일은 간디로 하여금 피닉스 소재의 인터내셔널 인쇄소, 마드라스 소재의 가네쉬 엔드 회사에서 영역 출판하려는 결정을 촉진하게 했다. 1919년 5월 28일자의 간디 서문을 붙여 1919년 최초의 인도판을 내게 된다. 1924년 제 6판이 발간되었다. 동년 『해상수훈(*Sermon on the Sea*)』이라는 제목으로 H. T. 마줌다르에 의해 미국판이 나왔다. 여기서 사용한 텍스트는 아메다바드 소재의 나바지반 출판사가 1939년 출판했던 수정신판이다. (원주) 『전집』은 수정신판을 채용하고 그것을 『인디언 어피니언』지에 발표된 구자라뜨어 텍스트와 비교하여 차이점을 주의 형식을 빌려 밝히고 있다. (역주)

내가 독자들에게 제시하고자 하는 견해들이 소위 문명과 접촉하지 않은 많은 인도인들이 간직하고 있었던 견해라는 점은 말할 필요도 없지만, 수천의 유럽인들도 그런 견해들을 갖고 있었다는 점을 독자들은 믿어주기 바랍니다. 더 깊이 알고자 하거나 여유가 있는 사람들은 스스로 책을 읽어야 할 것입니다. 시간이 허락된다면 나는 『인디언 어피니언』지 독자들을 위해 그 책들의 일부를 번역해 보고 싶습니다.

『인디언 어피니언』지 독자들과 이 책을 읽을 다른 독자들이 내 글에 비판을 해준다면 나는 고마움을 느낄 것입니다.

이 글을 쓴 유일한 동기는 조국에 봉사하는 것, 진리(Truth)를 찾는 것, 그리고 그 진리에 순종하는 것입니다. 따라서 만일 나의 견해들이 틀렸다는 것이 판명되면, 나는 그것들을 조금도 주저하지 않고 폐기할 것입니다. 만일 옳다는 것이 증명된다면, 다른 사람들도 조국을 위해 그것들을 수용해야 할 것이며 그렇게 하는 것이 당연한 일일 것입니다.

이 글은 독자들이 읽기 편하도록 각 장들을 독자와 편집자가 대화를 나누는 형식으로 썼습니다.[3]

모한다스 까람찬드 간디

—「킬도난캐슬 선상에서」(G.), 1909.11.22; 『전집』 10 : 16

1. 국민회의와 간부들

독자 현재 인도 전역에 자치(Home-Rule)의 물결이 일어나고 있습니다. 모든 동포들이 나라의 독립을 열망하는 듯이 보입니다. 이와 같은 정신이 남아프리카의 인도인들에게도 널리 퍼져 있습니다. 인도인들은 자신들의 권리를 획득하고자 간절히 바라는 듯합니다. 이 문제에 관련해서 당신의 견해

---

3) 『전집』에 따르면 여기까지 '서언(Preface)'으로 되어 있다. 『전집』 권10, 245면 참조.

를 설명해 주시겠습니까?

편집자 훌륭한 질문입니다만 답하기는 쉽지 않습니다. 신문의 목적 가운데 하나는 대중의 정서를 이해하고 그것을 표현하는 것입니다. 두 번째는 대중 사이에 바람직한 정서를 고취하는 일입니다. 셋째로는 대중의 결점을 두려움 없이 드러내는 것입니다. 이 세 가지 기능을 모두 수행하는 것이 귀하의 질문에 대답하는 일과 관련되어 있습니다. 민중의 의지는 어느 정도까지는 반드시 표현되어야 하고, 어떤 정서는 육성될 필요가 있습니다. 결점은 백일하에 드러나야 합니다. 여하튼 귀하가 질문했으니, 거기에 답변하는 것이 내 의무일 것입니다.

독자 그렇다면 당신은 우리가 자치를 욕구했다고 생각합니까?

편집자 예, 그러한 욕구가 국민회의(National Congress)를 탄생시켰습니다. '국민(national)'이란 단어가 선택된 것이 그런 뜻을 함축하고 있습니다.

독자 그러나 현실은 전혀 그렇지 않습니다. 청년 인도(Young India)4)는 국민회의를 무시하는 듯 합니다. 국민회의는 영국의 지배를 영속화하는 도구로 간주되고 있습니다.

편집자 그런 의견은 타당하지 않습니다. 인도의 대부5)가 토양을 마련해 주지 않았다면, 우리 청년들은 자치에 대해 아무 말도 할 수 없었을 것입니다. 흄6) 씨의 글을 우리가 어떻게 잊을 수 있겠습니까? 그가 국민회의의

---

4) 주로 런던에서 활동하던 인도의 혁명운동가를 가리키는 말. 이 명칭은 마치니가 이끈 '영 이탈리아(청년 이탈리아당)'라는 말을 원용한 것이다. 안찬수 역, 『힌두 스와라지』, 18면 주 15) 참조. (역주)
5) 다다바이 나오로지(1825~1917). (원주) 보다 자세한 내용은 『마하뜨마 간디의 도덕·정치사상』 권1, 60~61번을 참조하기 바란다. (역주)
6) A. O. Hume : 인도 국민회의의 창시자 중의 한 사람.

목표를 성취하기 위해 행동에 나서게 하려고 어떤 식으로 채찍질했는지, 그리고 우리를 일깨우기 위해 기울인 노력을 어떻게 잊을 수 있겠습니까? 윌리엄 웨더번 경[7]도 똑같은 명분을 위해 그의 심신과 돈을 바쳐 왔습니다. 그의 저작은 오늘날에도 숙독할 가치가 있습니다. 고칼레 교수[8]는 나라를 세우기 위해 가난을 무릅쓰고 20년의 인생을 바쳤습니다. 그는 지금도 가난하게 살고 있습니다. 고 부드루딘 뜨에브지 판사[9]도 의회를 통해 자치의 씨앗을 뿌린 자 중의 한 사람이었습니다. 유사하게 벵골, 마드라스, 뻔자브와 다른 장소에는 인도를 사랑하는 사람들, 영국의회와 인도 국민회의의 의원들이 있어 왔습니다.

독자 잠깐만, 잠깐만. 당신은 너무 빨리 나가고 있습니다. 당신은 내 질문에서 벗어났습니다. 나는 자치(Home-Rule, Self-Rule)에 대해 물었습니다. 그런데 당신은 외국인의 통치를 논하고 있습니다. 나는 영국인의 이름을 듣고 싶지 않은데, 당신은 영국인을 여러 명 거론하고 있습니다. 이런 식으로는 우리가 합의에 이를 것 같지 않습니다. 자치에 한정해서 말해 주면 좋겠습니다. 다른 이야기로는 나를 만족시키지 못할 것입니다.

편집자 성급하시군요. 나는 그렇게는 할 수 없습니다. 잠깐만 참으신다면 당신이 원하는 얘기를 들을 수 있을 것입니다. 나무는 하루아침에 자라지 않는다는 옛 격언을 떠올려 보십시오. 내 말을 가로막는다는 사실, 그리고 인도가 잘되기를 바라는 사람들의 말을 듣고 싶어하지 않는다는 사실은, 적어도 당신에게는 자치가 멀리 떨어져 있음을 보여주는 것입니다. 당신과

---

7) William Wedderburn(1838~1918) : 봄베이 인도 국민회의 의장(1889), 알라하바드 지회 의장(1910).

8) Gopal Krishna Gokhale(1866~1915) : 저명한 인도 지도자, 정치가, 교육자, 개혁가.

9) Buddrudin Tyebji(1844~1906) : 봄베이 고등법원 판사, 마드라스 인도 국민회의 의장 역임(1887). (원주) 이름의 철자로 영어 원전에는 Buddrudin Tyebj로 되어 있지만 『전집』 권 10, 248면에 따라 Buddrudin Tyebji로 고쳤다. (역주)

같은 사람이 많다면, 우리는 조금도 전진할 수 없습니다. 당신은 이런 지적에 주의를 기울여 주시길 바랍니다.

독자 자꾸 우회적으로 돌려 말하면서 나를 피하려는 듯이 보입니다. 당신이 인도가 잘 되기를 바라는 자들이라고 생각하는 사람들은, 내 판단으로는 그런 사람들이 아닙니다. 그런데 내가 왜 그들에 대한 당신의 말을 들어야 합니까? 당신이 국민의 아버지라고 여기는 그 분은 국민을 위해 무엇을 했습니까? 그 분은 영국의 총독들이 정의를 펼 것이고 우리가 그들에게 협력해야 한다고 말했습니다.

편집자 당신이 그렇게 위대한 사람에 대해 무례한 말을 하는 것은 우리 모두에게 수치가 아닐 수 없다는 것을, 아주 겸손한 태도로 말하지만 먼저 말하지 않을 수 없습니다. 그 분의 업적을 보십시오. 그 분은 인도에 봉사하기 위해 자신의 생명을 바쳤습니다. 우리는 그 분에게서 배웠습니다. 영국인들이 우리의 생명의 피를 빨아먹었다는 사실을 가르쳐준 분은 바로 존경하는 다다바이[10]였습니다. 오늘날 그가 영국을 여전히 신뢰하고 있다고 해서 그것이 무슨 문제가 됩니까? 우리가 청춘의 충일에서 전진할 준비가 되어 있기 때문에 다다바이가 덜 존경스러운 분이 됩니까? 그 때문에 우리가 그 분보다 더 현명합니까? 우리가 더 높은 곳으로 올라갈 수 있도록 해준 계단을 차버리지 않는 것이 지혜의 표시입니다. 계단에서 하나의 디딤판을 제거해버리면 계단 전체가 무너져 내릴 것입니다. 우리가 어린 시절을 거쳐 청년기로 성장한 다음에도 우리는 어린 시절을 경멸하지 않습니다. 아니 반대로 어린 시절을 애정을 갖고서 기억합니다. 만일 스승이 여러 해 동안 공부를 해서 내게 뭔가를 가르쳐주고, 그가 건설한 토대를 바탕으

---

10) 영국이 인도를 지배하면서 인도의 국부를 유출하고 있다는 주장은 다다바이 나오로지의 『인도의 빈곤과 비영국식 통치』를 통해 대중화되었다. 안찬수 역, 『힌두 스와라지』, 22면 참조. (역주)

로 내가 조금 더 성장할 수 있었다면, 내가 그 스승보다 현명하다고 할 수는 없을 것입니다. 나는 늘 그를 존경할 것입니다. 인도의 위대한 노인의 경우가 바로 그렇습니다. 우리는 그 분이 내셔널리즘의 창시자라는 점을 인정해야 합니다.

독자 잘 알겠습니다. 나는 이제 우리가 다다바이 씨를 존경해야 한다는 것을 이해할 수 있습니다. 다다바이 씨나 그와 같은 분들이 없었다면, 우리를 고무하는 정신이 없었을 것입니다. 고칼레 교수에 대해서도 같은 말을 할 수 있습니까? 그는 영국인들의 훌륭한 친구로 자처해 왔습니다. 그 분은 우리가 자치를 말하기 전에 영국인에게서 많은 것을 배워야 하며 영국인들의 정치적 지혜를 배워야 한다고 말합니다. 그의 연설을 읽고 있자면 이제 신물이 납니다.

편집자 만일 당신이 신물이 난다고 한다면 그것은 당신의 조급증을 드러낼 뿐입니다. 부모님의 느림에 불만을 느끼는 자식, 부모님이 자신들과 함께 달리지 못한다고 화를 내는 자식을 우리는 무례하다고 생각합니다. 고칼레 교수는 부모와 같은 위치에 있는 분입니다. 그가 우리와 함께 달릴 수 없다고 해서 무슨 문제가 있습니까? 자치를 획득하고자 하는 나라는 선구자들을 경멸할 수는 없습니다. 우리가 선배를 존경하지 않는다면 우리도 쓸모 없는 존재가 되고 말 것입니다. 성숙한 사상을 지닌 사람은 자기 자신을 다스릴 수 있지만 조급한 자들은 그렇게 할 수 없습니다. 더구나 고칼레 교수와 같이 인도 교육에 헌신하는 자가 몇 사람이나 있었습니까? 고칼레 교수는 무슨 일을 하든 순수한 동기로, 또 인도를 위해 봉사할 목적으로 일을 해왔다고 나는 진심으로 믿고 있습니다. 모국에 대한 그 분의 헌신이 위대하므로, 그 분은 필요하다면 인도를 위해 목숨도 바칠 것입니다. 그 분은 누군가에게 아첨하려고 이런저런 말을 한 것이 아니라, 진실이라고 믿었기 때문에 그렇게 말했던 것입니다. 그러므로 우리는 그 분에게 최대의 존경을 바치지 않을 수 없습니다.

독자 그렇다면 우리는 모든 면에서 그 분을 따라야 합니까?

편집자 그렇게는 말하지 않았습니다. 우리의 양심에 비추어 보아서 그와 다른 생각을 하고 있다면, 해박한 지식을 갖춘 고칼레 교수는 우리 양심의 명령에 따르라고 조언하셨을 것입니다. 우리의 주요 목표는 그의 업적을 비난하는 것이 아니라, 그가 우리보다 무한하게 위대하며, 인도를 위해 공헌한 그의 업적과 비교하면 우리의 업적이란 아주 보잘것없다는 점을 확인하는 데 있습니다. 몇몇 신문들이 그 분에 대해 무례한 글을 쓰고 있습니다. 우리가 해야 할 일은 그런 글에 대해 항의하는 것입니다. 우리는 고칼레 교수와 같은 분들이 자치의 대들보라고 생각해야 합니다. 다른 사람의 생각은 나쁘고 우리의 것만이 좋다고 말하거나, 우리와 다른 견해를 가지고 있다고 해서 조국의 적이라고 말하는 것은 나쁜 습관입니다.

독자 이제는 당신의 뜻을 좀 이해하겠습니다. 그 일에 대해 곰곰이 생각해봐야겠습니다. 하지만 흄 씨와 윌리엄 웨더번 경에 대한 언급은 이해할 수가 없습니다.

편집자 인도인에게 적용되는 말이라면 영국인에게도 적용됩니다. 모든 영국인이 나쁘다는 말에 나는 결코 찬동할 수 없습니다. 많은 영국인들이 인도의 자치를 바라고 있습니다. 영국인들이 다른 사람들에 비해 다소 이기적이라는 것은 사실입니다. 하지만 그것이 모든 영국인이 나쁘다는 증거는 못 됩니다. 우리가 정의를 추구한다면 타인들에 대해서도 정의로워야 합니다. 윌리암 경은 인도에 불운을 바라지 않습니다. 그것만으로도 우리에게는 충분합니다. 우리가 앞으로 나아가게 되면, 올바르게 행동한다면 인도도 좀더 빨리 자유로워지리라는 사실을 당신도 알게 될 것입니다. 모든 영국인을 적으로 돌린다면 자치는 그만큼 늦추어지리라는 사실도 알게 될 것입니다. 하지만 우리가 영국인들에게 올바르게 행동한다면, 자치의 목표를 향해 나아갈 때 그들의 지지를 얻을 수 있을 것입니다.

독자 현재로서는 이 모든 것이 나에게는 그저 비상식적인 것으로 들립니다. 영국인의 지지와 자치의 획득은 서로 모순되는 일입니다. 영국인들이 어떻게 우리의 자치를 허용할 수 있겠습니까? 하지만 이 문제에 대해 당신이 지금 당장 어떤 결론을 내리기를 바라는 것은 아닙니다. 이런 문제로 시간을 끄는 것은 소용없는 일입니다. 당신이 우리가 자치를 얻을 수 있는 방법을 일러준다면 아마도 나는 당신의 견해를 이해하게 될 것입니다. 당신은 영국인의 도움에 대해 말함으로써, 당신에 대해 편견을 갖도록 했습니다. 이 주제에 대해서는 더 이상 논의하지 말도록 합시다.

편집자 나도 그렇게 하고 싶지는 않습니다. 나에 대한 편견이 생겼다고 했는데, 나는 크게 염려하지 않습니다. 이야기를 나눌 땐 달갑지 않은 내용을 먼저 말하는 편이 낫습니다. 그 다음 나의 의무는 당신의 편견을 고쳐나가도록 끈질기게 노력하는 것입니다.

독자 마지막 말은 좋습니다. 그 말에 내 생각을 말할 용기가 생겼습니다. 내게 여전히 수수께끼가 하나 있습니다. 국민회의가 자치의 토대를 어떻게 닦아 왔는지, 그 점을 나는 이해하지 못하겠습니다.

편집자 자 봅시다. 국민회의는 인도의 각지에서 온 사람들이 모인 기구입니다. 우리는 국민(nationality)이라는 관념에 열광했습니다. 하지만 정부는 그것을 탐탁지 않게 여겼습니다. 국민회의는 국가(Nation)가 세입과 세출을 관장해야 한다고 늘 주장해 왔습니다. 국민회의는 캐나다의 모델을 따라 자

치를 늘 희망했습니다. 자치를 얻을 수 있는가 없는가, 우리가 자치를 희
망하는가 하지 않는가, 더 바람직한 것이 있는가 없는가 하는 것은 다른
문제입니다. 내가 지적하고자 하는 것은 국민회의를 통해 우리가 자치에
대해 미리 맛을 보게 되었다는 것입니다. 국민회의로부터 이런 명예를 빼
앗은 것은 온당치 않습니다. 우리가 그렇게 한다면 그것은 배은망덕한 일
일 뿐 아니라 우리의 목표 달성은 그만큼 지체될 것입니다. 우리가 하나의
국가로 성장하는 데 국민회의를 해로운 기관으로 여긴다면 우리가 그러한
조직체를 활용할 수 없을 것입니다.

2. 벵골 분할[11]

독자 당신이 말한 대로 문제를 생각해 본다면, 국민회의가 자치의 토대를
놓았다고 말해도 좋겠습니다. 하지만 그것을 진정한 각성이라고 생각할 수
없다는 사실은 당신도 인정할 것입니다. 진정한 각성은 언제 그리고 어떻
게 일어났겠습니까?

편집자 각성의 씨앗은 결코 눈에 보이지 않습니다. 그것은 땅 밑에서 작
동하다가 스스로 없어집니다. 우리는 땅 위로 자라는 나무만을 볼 수 있을
뿐입니다. 국민회의도 마찬가지입니다. 하지만 당신이 말한 진정한 각성은

---

11) 벵골은 인도 대륙 북동부 지역으로, 벵골 분할(1905~1911, 이슬람교 치하의 동벵골과
아삼, 힌두교 치하의 서벵골과 비하르 및 오리사로 분할)은 1905년 인도 부왕 커전이 반
영운동의 분열을 기도하며 취한 일종의 민족분단정책이다. 인도 민족운동의 중심이었
던 벵골의 운동을 약화시킨 동시에 힌두교도와 이슬람교도의 종교 대립을 유발하고자
했던 것이다. 이에 반대하는 투쟁이 인도 국민회의를 중심으로 활발하게 전개되어, 벵
골 분할정책은 1911년에 끝났으나 영국령 인도의 수도가 캘커타에서 뉴델리로 옮겨졌
다. 벵골 분할을 반대하는 투쟁을 통해 인도 국민회의는 자산 계급의 압력단체에서 전
국적인 대중운동 조직으로 탈바꿈했다. 이 사건은 이후 힌두교도와 이슬람교도가 분리
되는 원인을 제공했다. 벵골은 오늘날 인도의 서벵골주와 방글라데시 인민공화국으로
나뉘어 있다. 안찬수 역, 『힌두 스와라지』, 28면 주 참조. (역주)

벵골 분할 이후에 일어났습니다. 이 점에 대해 우리는 커전 경[12]에게 감사해야 할 것입니다. 분할의 시기에 벵골인들은 커전 경을 설득하려고 했지만, 그는 자신의 힘에 한껏 도취되어 그들의 모든 탄원을 무시했습니다. 그는 인도인들이 말로 떠들어대기만 할 뿐, 결코 한 발작도 효과 있는 발걸음을 내딛지 못할 것이라고 생각했습니다. 그는 모욕적인 언사를 하면서, 온갖 반대에서 불구하고 벵골을 분할했습니다. 그 날은 바로 대영제국이 분할된 날로 볼 수도 있습니다. 그 분할로 말미암아 야기된 충격은 영국의 권세가 예전에 다른 어떤 행위에서 받았던 충격과 비교가 되지 않았습니다. 그렇다고 해서 인도에 가한 다른 부당 행위들이 분할이 야기한 부당 행위보다 눈에 덜 거슬린다는 의미는 아닙니다. 소금세는 중대한 부당 행위입니다. 우리는 나중에 그와 같은 부당 행위들을 많이 보게 될 것입니다. 하지만 사람들은 분할에 저항할 각오가 되어 있었습니다. 분할에 즈음하여 감정은 한껏 고조되었습니다. 수많은 벵골의 지도자들은 모든 것을 잃어버릴 각오가 되어 있었습니다. 지도자들은 자신의 힘을 알고 있었습니다. 그래서 돌발 사태가 발생한 것입니다. 그것은 이제 거의 억누를 수 없는 형편이 되었고 제지할 필요도 없습니다. 분할은 사라질 것이고 벵골은 재통일될 것이지만, 영국이란 배에 생긴 균열은 남을 것입니다. 그리고 날마다 그 균열은 더 크질 것입니다. 각성한 인도는 다시는 잠들지 않을 것입니다. 분할 철폐 요구는 바로 자치에 대한 요구입니다. 벵골 지도자들은 이것을 알고 있습니다. 영국의 관리들도 깨닫고 있습니다. 바로 그 때문에 분할이 여전히 지속되고 있습니다. 시간이 흐르면서 하나의 국가(Nation)가 형성되고 있습니다. 국가는 하루만에 형성되는 것이 아닙니다. 국가의 형성에는 수년이 걸릴 것입니다.

독자 분할의 결과가 무엇일 것이라고 생각하십니까?

---

12) 1859~1925 : 인도 부왕(1899~1905).

편집자 지금까지 우리는 불만의 해소를 위해서는 군주에게 다가가야 하고, 만일 그 불만이 해소되지 않는다고 하더라도 계속 청원을 하는 것 외에는 다른 방도가 없다고 생각해 왔습니다. 그러나 분할이 이루어진 이후 청원에는 힘의 뒷받침이 있어야 한다는 것, 그리고 자신들이 고통을 견딜 수 있어야 한다는 점을 민중은 알게 되었습니다. 이 새로운 정신은 분할의 가장 주요한 결과라고 생각됩니다. 그 정신은 신문들에 발표되는 노골적인 글에서도 보입니다. 두려움에 떨면서, 비밀리에 말하던 것을 이제 공개적으로 말하고 쓰기 시작했습니다. 스와데시운동이 시작되었습니다. 남녀노소를 불문하고 영국인의 얼굴을 보면 도망치던 사람들이 이제 더 이상 그들을 경외하지 않습니다. 그들은 질책도 수감도 두려워하지 않습니다. 인도인들 가운데 가장 훌륭한 인사들이 현재 유형 중에 있습니다.[13] 이것은 단순한 청원과는 다른 것입니다. 이런 식으로 민중은 움직여 갔습니다. 벵골에서 일어난 정신은 북쪽으로 뻔자브 지역까지 그리고 남으로는 꼬모린 곳까지 퍼져 나갔습니다.

독자 주목할 만한 다른 결과는 없습니까?

편집자 분할은 영국이란 배에 균열을 만들었을 뿐 아니라 우리 배에도 균열을 만들었습니다. 중대한 사건은 언제나 중대한 결과를 낳습니다. 우리의 지도자들은 두 파, 즉 온건파와 강경파로 나뉘었습니다. 이것들은 '점진적인' 파와 '급진적인' 파라고도 말할 수 있습니다. 어떤 자들은 온건파를 아둔한 당이라 하고, 강경파를 대담한 당이라 부르기도 합니다. 모든 사람들은 선입견에 따라 이 두 단어를 해석합니다. 이들 사이에 증오심이 생겨난 것도 분명한 사실입니다. 한 편은 다른 편을 믿지 못하고 그 동기를 책망합니다. 수라뜨 국민회의가 열렸을 때[14] 거의 충돌이 일어날 뻔했습니

---

13) 발 강가다르 띨락이 이 당시 만달레이 교도소에 있었다. (원주) 『전집』에 따르면 그는 '인도 소요의 아버지'로 불렸다. 『전집』 권10, 252면.

다. 이런 분열은 나라를 위해 좋은 일이 아니라고 생각합니다. 하지만 분열이 오래 지속되리라고는 생각하지 않습니다. 그와 같은 분열이 얼마나 오래 가느냐 하는 것은 지도자들에게 달려 있습니다.

3. 불만과 불안

독자 그렇다면 벵골 분할이 각성의 계기가 되었다고 생각합니까? 그러면 분할이 야기한 소요를 환영합니까?

편집자 사람이 잠에서 깨어날 땐 수족을 뒤틀면서 불안해합니다. 완전히 깨어날 때까지는 시간이 좀 걸립니다. 마찬가지로 비록 분할이 우리를 깨어나게 했다고 하더라도 아직 비몽사몽의 상태에서 벗어난 것은 아닙니다. 우리는 여전히 수족을 뒤틀면서 여전히 불안해하고 있습니다. 수면 상태와 각성 상태 사이의 중간 상태가 꼭 필요하듯이, 현재 인도의 불안도 필수적인 것으로 정상적인 상태입니다. 불안이 있다는 것을 안다면 그 불안에서 벗어날 가능성은 아주 높습니다. 사람이 잠에서 깨어난 후, 계속해서 비몽사몽의 상태에 머무는 것은 아닙니다. 그렇지만 우리가 완전히 깨어나는 것은 능력에 따라 더 빨라지기도 하고 늦어지기도 합니다. 우리는 아무도 반기치 않는 현재의 불안에서 자유롭게 될 것입니다.

독자 불안의 다른 형태는 어떤 것입니까?

편집자 불안(unrest)은 실제 불만(discontent)입니다. 불만이 다시 불안으로 설명됩니다. 국민회의의 회기 동안 불안은 불만이라고 불렀습니다. 흄 씨는 인도에서 불만이 확산되는 것이 필요하다고 늘 말했습니다. 불만은 아주

---

14) 1907년.

유용합니다. 어떤 사람이 현재의 운명에 만족하고 있는 한 거기에서 빠져 나오라고 설득하기가 어렵습니다. 따라서 모든 개혁은 불만이 생긴 뒤에 일어납니다. 우리는 우리가 지닌 것을 좋아하지 않게 되었을 때에만 그것을 버립니다. 그런 불만은 우리가 인도인과 영국인의 위대한 저작[15]을 읽고 난 뒤에 생겨났습니다. 불만은 불안이 되었으며, 불안으로 말미암아 많은 사람들이 죽고, 수감되고, 추방당했습니다.[16] 그와 같은 상태는 여전히 계속될 것입니다. 그리고 그래야만 합니다. 이런 모든 것들은 상서로운 조짐으로 볼 수도 있지만, 나쁜 결과를 낳을 수도 있습니다.

4. 스와라즈란 무엇인가?

독자 국민회의가 어떻게 인도를 하나의 나라로 만들려고 했는지, 벵골 분할이 어떻게 각성을 야기했는지, 불만과 불안이 어떻게 전국으로 확산되었는지 알겠습니다. 이제 스와라즈에 대한 당신의 견해를 알고 싶습니다. 스와라즈에 대해 당신과 내가 다르게 생각하는 것이 아닌가 우려됩니다.

편집자 우리가 스와라즈라는 말에 같은 의미를 부여하지 않는다는 점도 충분히 가능합니다. 당신과 나, 그리고 모든 인도인들이 몹시 스와라즈를 획득하고 싶지만, 그것이 무엇인지에 대해 확실하게 단정하지는 못하고 있습니다. 인도에서 영국인을 몰아내야 한다는 데 대해서는 수많은 사람들이 이야기합니다. 그러나 그 이유에 대해서는 그들이 정확하게 고찰한 적이 없는 듯이 보입니다. 당신에게 질문이 하나 있습니다. 우리가 바라는 바를 모두 이루고자 한다면 영국인들을 꼭 몰아내야만 한다고 생각합니까?

---

15) 다다바이 나오로지와 R. C. 두뜨(Dutt), 앨런 옥타비언 흄 등의 저작을 말한다. 안찬수 역, 『힌두 스와라지』, 34면 주 참조. (역주)

16) 간디는 테러리스트들이 영국인과 인도인들을 암살한 것을 염두에 두고 있었을 것이다. 『전집』 권10, 253면 참조. (역주)

독자 나는 영국인들에게 오직 한 가지만을 요구할 것입니다. 그것은 "우리나라를 떠나시오"라는 것입니다. 그들이 이런 요구에 응한다면, 비록 그들이 인도에서 철수한다는 것이 여전히 인도 안에 남아 있음을 의미한다고 해도 나는 아무 이의도 제기하지 않겠습니다. 그렇다면 그들이 '물러간다'고 할 때 우리는 그 말을 '남아 있다'는 말과 같은 뜻으로 이해할 수 있을 것입니다.

편집자 그럼 영국인들이 물러갔다고 상정해 봅시다. 그 후에 당신은 무엇을 하겠습니까?

독자 현 단계에서는 그 질문에 대해 대답할 수 없습니다. 영국인들이 철수한 이후의 상황은 철수의 방식에 크게 좌우될 것입니다. 당신이 가정하듯이, 영국인들이 물러난 이후에도 우리는 그들의 헌법을 유지하고, 정부를 운영해 나갈 것으로 생각합니다. 만일 그들이 우리의 요청에 대해 순순히 철수한다면, 우리는 군대와 그 밖의 것을 준비해야 할 것입니다. 따라서 우리는 정부를 운용하는 데 아무 어려움이 없을 것입니다.

편집자 당신은 그렇게 생각할 수도 있겠지만 내 생각은 다릅니다. 하지만 나는 그 일을 여기에서 논의하지는 않겠습니다. 당신의 질문에 답을 해야 하는 입장이지만, 당신에게 몇 개의 질문을 던진다면, 대답을 잘 할 수 있을 것입니다. 당신은 왜 영국인을 몰아내고자 합니까?

독자 인도가 영국 정부 때문에 가난해졌기 때문입니다. 영국인들은 해마다 우리의 돈을 빼앗아 갔습니다. 가장 중요한 정부의 직책은 그들이 독차지하고 있습니다. 우리는 노예 상태에 빠져 있습니다. 영국인들은 우리에게 무례하게 행동하며 우리의 감정을 무시합니다.

편집자 영국인들이 우리의 돈을 빼앗아 가지도 않고, 친절하게 대해 주고, 책임 있는 직책을 넘겨준다면, 여전히 그들의 존재가 우리에게 해로울까요?

독자 그건 쓸데없는 질문입니다. 그런 질문은 호랑이가 본성을 바꾼다면 그 호랑이와 함께 지내는 것이 해로운가 아닌가 하는 질문과 유사합니다. 그런 질문은 시간 낭비일 뿐입니다. 호랑이가 본성을 바꾼다면 영국인도 본성을 바꿀 것입니다. 이것은 불가능합니다. 그리고 가능하다고 믿는 것은 인간 경험에 반대되는 일입니다.

편집자 우리가 캐나다인들과 남아프리카인들처럼 자치 정부를 갖게 된다면 그것으로 충분할까요?

독자 그런 질문도 쓸데없는 질문입니다. 우리가 그들과 동등한 힘이 있을 때 자치 정부를 획득할 수 있을 것입니다. 그런 뒤에야 우리의 국기를 게양할 수 있을 것입니다. 일본이 그랬던 것처럼 우리 인도도 그래야만 합니다. 우리는 우리의 해군, 우리의 육군을 그리고 위풍당당함을 가져야만 합니다. 그럴 때 인도의 목소리가 전 세계에 울려 퍼질 것이다.

편집자 전반적인 구도를 잘 말해 주었습니다. 사실 그것은 우리가 영국인 없는 영국 통치를 원한다는 것을 뜻합니다. 당신은 호랑이는 원치 않지만 호랑이의 본성을 원합니다. 다시 말하면 당신은 인도를 영국으로 바꾸려고 합니다. 그리고 인도가 영국이 될 때 그것은 힌두스딴이 아니라 엥글리스딴(Englistan)으로 불릴 것입니다. 이것은 내가 원하는 스와라즈가 아닙니다.

독자 스와라즈가 어떠해야 하는가에 대한 내 생각을 여러분에게 말한 것입니다. 만일 우리가 받아 온 교육이 유용한 것이라면, 스펜서와 밀 그리고 그 밖의 여러 사람의 저작이 중요하다면, 그리고 영국의회가 의회의 어머니라면, 우리는 당연 영국인을 본받아야 한다고 생각합니다. 본받는 정도는 다음과 같아야 합니다. 즉, 영국인들이 다른 나라 사람들이 자신의 나라에 기반을 마련하는 것을 용납하지 않듯이, 우리도 영국인들과 그 밖의 나라의 사람들이 우리나라에 기반을 마련하는 것을 용납해서는 안 됩니다. 영국인들이 영국에서 했던 일은 다른 나라에서는 이루어지지 않았습니다. 따라서 그들의 제도를 수입하는 것이 적절합니다. 이제 당신의 견해를 알고 싶습니다.

편집자 좀 참으십시오. 내 견해는 대화를 나누는 가운데 드러날 것입니다. 스와라즈의 참된 본성을 이해하는 일이 당신에게는 쉬운 일인 듯하지만 내게는 쉽지 않습니다. 따라서 당신이 말한 스와라즈는 올바른 의미의 스와라즈가 아니라는 점을 보여주려고 노력하는 데 만족하고자 합니다.

5. 영국의 상황

독자 당신의 말에 따르면 영국의 정치 체제는 우리에게 바람직한 것이 아니며 본받을 만한 것도 아니라는 결론이 나옵니다.

편집자 당신의 추론은 옳습니다. 영국의 현 상황은 측은합니다. 나는 인도가 절대 그런 곤경에 빠지지 않기를 신에게 기도합니다. 당신이 의회의 어머니라고 생각했던 영국은 불임 여성이나 매춘부와 같습니다. 불임 여성이나 매춘부 모두 가혹한 말이지만, 영국의회에는 꼭 들어맞는 말입니다. 영국의회는 자발적으로 선량한 일을 한 번도 한 적이 없습니다. 따라서 나는 그것을 불임 여성에 비교했습니다. 영국의회가 처한 상황을 보면, 외부 압력 없이는 아무 것도 할 수 없습니다. 영국의회는 수시로 바뀌는 장관들의 통제하에 있으므로 매춘부라고 할 만합니다. 오늘날에는 애스퀴스(Asquith)[17]

씨 아래 있지만, 내일은 밸푸어[18] 씨 아래 있을 것입니다.

독자 당신은 의회를 비아냥거리고 있습니다. '불임 여성'이란 말은 적당한 표현이 아닙니다. 의회는 민중이 선출하므로 민중의 압력을 받으며 일해야 할 것입니다. 이것이 의회의 특성입니다.

편집자 당신은 틀렸습니다. 좀더 면밀하게 검토해 봅시다. 가장 훌륭한 사람이 민중에 의해 선출된다고들 합니다. 의원은 보수를 받지 않고[19] 일을 하기 때문에 오직 공공 복리만을 위해 일하는 것으로 생각해도 당연합니다. 유권자는 교육을 받은 자들일 것이고, 그들은 선택에 있어서 일반적으로 오류를 범하지 않을 것이라고 우리는 추정해야 합니다. 그렇게 구성된 의회는 청원이나 다른 압력이 가해질 필요가 없습니다. 의회가 하는 일은 아주 부드러워 효과는 나날이 더욱 분명해질 것입니다. 하지만 사실 의원들이 위선적이고 이기적이란 점은 일반적으로 인정합니다. 의원들 모두 자기 자신의 쩨쩨한 이익만을 생각합니다. 그것이 의원들의 지배적인 동기가 아닐까 하는 우려도 듭니다. 오늘은 이 일을 했다가 내일 그것을 번복할지도 모릅니다. 의회가 하는 일이 어떻게 결말이 날 것인가를 예견할 수 있는 예를 떠올리기란 불가능합니다. 아주 중대한 의제를 논의할 때, 의원들은 기지개를 켜거나 졸기도 합니다. 어떤 때는 청중들이 지겨워 할 정도로 계속 떠들어댑니다. 칼라일은 의회를 '이야깃거리를 만들어내는 공장'이라고 부른 적이 있습니다. 의원들은 아무 생각도 없이 자신의 당을 위해 투표합니다. 이른바 당의 규율이 그들을 당에 묶어 둡니다. 어떤 의원이 예외적으로 독자적으로 투표하면, 그 의원을 변절자라고 간주합니다. 의회가 낭비한 돈과 시간을 소수의 착한 자들에게 위임했더라면, 오늘날 영국은 훨

---

17) Herbert Henry Asquith(1852~1928) : 대영제국의 수상, 1908~1916.
18) Arthur James Balfour : 대영제국의 수상, 1902~1905.
19) 의원들에 대한 보수의 지불은 1911년 시작되었다.

씬 더 높은 차원의 기반 위에 서 있을 것입니다. 의회는 단지 국가의 값비싼 장난감입니다. 이런 견해는 결코 나 혼자만의 것이 아닙니다. 영국의 몇몇 위대한 사상가들도 그런 견해를 피력한 바 있습니다. 최근 의원들 중 한 사람도 참된 기독교인이라면 의회 의원이 되지 않을 것이라고 말했습니다. 어떤 의원은 의회를 어린애라고 말했습니다. 만일 칠백 년이나 지속되었는데도 여전히 어린애로 남아 있다면, 언제 유치함을 벗어날 수 있겠습니까?

독자 당신의 말은 나를 생각하게 하는군요. 당신이 말한 모든 것을 내가 당장 인정하리라고 기대하지는 않겠지요. 당신은 내게 아주 진기한 견해들을 제시했습니다. 그것들을 곱씹어 보겠습니다. 당신은 이제 '매춘부'라는 말을 설명해 주어야 합니다.

편집자 내 견해를 당장 인정할 수 없다는 점은 너무나 당연합니다. 이 주제에 관련된 문헌을 읽게 되면, 좀더 알게 될 것입니다. 의회에는 진정한 주인이 없습니다. 수상 아래에서 의회의 움직임은 지속적이지 못하고 매춘부와 같이 희롱당하고 있습니다. 수상은 의회의 번영보다 자신의 권력에 더 관심이 많습니다. 그는 자신이 속한 당의 성공을 위해 힘을 집중합니다. 수상이 의회가 옳은 일을 하는지 항상 관심을 기울이는 것은 아닙니다. 수상은 오직 당리를 위해서만 의회가 움직이도록 한다고 알려져 있습니다. 이 모든 것들은 곰곰이 생각해 볼 가치가 있습니다.

독자 그렇다면 당신은 우리가 여태 애국적이고 정직하다고 생각해 온 사람들까지 정말로 공격하는 것입니까?

편집자 그렇습니다. 나에게는 수상들을 반대할 아무 이유가 없습니다만, 내가 목격한 바로는 그들이 진정으로 애국적이지 않다는 것입니다. 이른바 뇌물이란 것을 받지 않기 때문에 정직한 자로 여겨질 수도 있을 것입니다. 하지만 그들은 보다 미묘한 영향력 앞에 노출되어 있습니다. 그들은 목적을 달성하기 위해 분명히 명예를 미끼로 민중을 매수할 것입니다. 나는 그들에게 진정으로 정직함도, 살아 있는 양심도 없다고 주저 없이 말합니다.

독자 당신은 의회에 대해 견해를 피력해 왔습니다. 이제 나는 영국 민중에 대해 당신의 말을 듣고 싶습니다. 그러면 나는 그들의 정부에 대한 당신의 견해를 들을 수 있을 것입니다.

편집자 영국 유권자들에게는 신문이 일종의 성경입니다. 그들은 생각의 단서를 신문에서 얻지만, 그것들은 흔히 부정직합니다. 동일한 사실이 신문에 따라 달리 해석됩니다. 신문은 특정 당의 이익을 위해 편집되는데, 당이 다르면 사실 또한 다르게 해석됩니다. 가령 어떤 저명한 영국인에 대해 한 신문은 정직의 본보기라 보고, 다른 신문은 그를 부정직하다고 볼 것입니다. 신문들이 이런 식이라면 민중의 처지는 어떻겠습니까?

독자 어떤지 설명해 주십시오

편집자 민중은 자신들의 견해를 수시로 바꿉니다. 칠 년마다 바꾼다고들 합니다. 민중의 견해는 시계추와 같이 동요하며 결코 확고하지 못합니다. 민중은 강렬한 연설가, 혹은 잔치나 환영회 따위를 베풀어주는 사람을 좇아갑니다. 민중이 그러하듯이 의회 또한 그러합니다. 영국인은 아주 강하게 발전시켜 온 한 가지 자질이 있습니다. 그들은 조국이 패배하는 것을 결코 허용하지 않을 것입니다. 누군가가 조국에 대해 사악한 눈빛을 던지면, 그들은 그 눈동자를 뽑아낼 것입니다. 그러나 이렇게 말한다고 해서 그 국가가 일체의 다른 미덕을 가지고 있다거나, 또한 그 나라를 본받아야 한다는 것을 의미하지도 않습니다. 만일 인도가 영국을 본받는다면, 인도가 망할 것이라고 나는 확신합니다.

독자　영국이 이런 상태가 된 원인은 무엇입니까?

편집자　그것은 영국인에게 특정한 결함이 있기 때문은 아닙니다. 그 상황은 현대문명 탓입니다. 그것은 말로만 문명입니다. 그 아래에서 유럽 제국들은 날마다 타락하고 망해가고 있습니다.

6. 문명

독자　당신이 말하는 문명이 무엇을 의미하는지를 설명해 주어야 합니다.

편집자　나에게 문명이란 말이 무엇을 의미하는지, 그것은 문제가 아닙니다. 몇몇 영국인 작가들은 현재 그런 명칭으로 통용되는 것을 문명이라 부르기를 거부하고 있습니다. 사람들은 그런 주제에 대해서는 많은 책들을 썼습니다. 문명의 해악으로부터 국민을 구제하기 위해 여러 협회가 설립되었습니다. 어느 위대한 영국 작가[20]는 『문명 — 그 원인과 치유』로 불리는 책을 썼습니다. 그 책에서 그는 문명을 병이라고 불렀습니다.

독자　왜 우리는 보통 이런 사실을 모를까요?

편집자　답은 아주 간단합니다. 스스로 자기 자신에 반대하는 논의를 펼칠 사람은 거의 없기 때문입니다. 현대문명에 중독된 자들은 그 문명을 반대하는 글을 쓰지 않을 것입니다. 그들의 관심은 현대문명을 지지할 만한 사실과 논거를 찾는 데 있습니다. 그리고 그들은 현대문명이 참되다고 믿고

---

20) Edward Carpenter.

이런 일을 무의식적으로 합니다. 사람은 꿈을 꾸고 있는 동안에는 꿈을 믿습니다. 잠에서 깨어났을 때에만 그는 자신의 기만에서 깨어납니다. 문명의 해악 아래에서 일하는 사람은 꿈꾸는 자와 같습니다. 우리가 보통 읽고 있는 것은 현대문명을 옹호하는 사람들의 저작들인데, 그러한 저작들은 아주 똑똑한 사람들과 매우 선량한 사람들 사이에서도 지지를 얻고 있습니다. 우리는 이런 사람들의 글에 최면이 걸린 것입니다. 우리는 한 사람 한 사람씩 문명의 소용돌이 안으로 끌려 들어가고 있습니다.

독자 당신의 말은 아주 설득력 있어 보입니다. 이제 문명에 대해 당신이 읽은 것과 생각해 온 것을 좀 말씀해 주십시오

편집자 먼저 어떤 사태가 '문명'이란 말로 묘사되는지를 생각해 봅시다. 문명의 참된 시금석은 그 안에 사는 사람들이 육신의 복리를 삶의 목표로 삼는다는 사실에 있습니다. 몇 가지 예를 들겠습니다. 오늘날의 유럽 사람들은 일백 년 전보다 더 잘 지어진 집에서 삽니다. 이것이 문명의 상징으로 간주되고 있습니다. 이것 역시 육신의 행복을 증진하는 일입니다. 옛날에 그들은 가죽옷을 입었고, 무기로 창을 사용했습니다. 지금 그들은 긴 바지를 입고, 육신을 장식하기 위해 다양한 옷을 입습니다. 그리고 창 대신 그들은 다섯 이상의 약실이 있는 연발 권총을 갖고 다닙니다. 여태 많은 옷가지나, 구두 등을 입는 습관이 없었던 나라의 사람들이 유럽인의 복장을 수용하고는 이제 자신들이 야만 상태에서 벗어나 문명화되었다고 여깁니다. 옛날에 유럽 사람들은 주로 육체 노동으로 땅을 경작했습니다. 그러나 지금은 단 한 사람이 증기기관으로 광활한 땅을 경작하여 거대한 부를 축적할 수 있습니다. 이것이 문명의 표시로 불립니다. 옛날에는 소수의 사람들만이 가치 있는 책들을 지었습니다. 그러나 지금은 아무나 그가 좋아하는 것을 써서 인쇄함으로써 사람의 심성을 타락시킵니다. 예전에 사람들은 마차를 타고 여행했습니다. 그러나 이제 그들은 기차로 하루 사백 마

일 이상의 속도로 공중을 날아다니듯 여행합니다. 이것이 문명의 높이로 간주됩니다. 사람들이 진보를 거듭하면 비행기를 타고 몇 시간 내 세계의 어느 곳이든 도달할 수 있을 거라고 말합니다. 사람들은 자신들의 수족을 사용할 필요가 없을 것입니다. 단추를 누르면 바로 옆에다 옷을 구할 수 있고, 다른 단추를 누르면 신문을 얻을 수 있을 것입니다. 세 번째 단추를 누르면 자동차가 대기하고 있을 것입니다. 그들은 접시에 곱게 담긴 각종 음식을 먹을 것입니다. 모든 일이 기계로 이뤄질 것입니다. 옛날에 사람들이 서로 싸우고 싶을 때는 육신의 힘으로 겨루었습니다. 그렇지만 지금은 한 사람이 언덕 뒤에 숨겨둔 기관총으로 수천 명의 생명을 앗아갈 수 있습니다. 이것이 문명입니다. 옛날에 사람들은 원하는 만큼 들에 나가 일했습니다. 그러나 이제는 수천 명의 노동자들이 생계를 유지하기 위해 공장이나 탄광에 집결해서 노동합니다. 그들의 노동 조건은 짐승보다 못합니다. 그들은 백만장자를 위해 아주 위험한 직업에서 생명을 무릅쓰고 일하지 않을 수 없습니다.

옛날에는 사람들이 육체적인 강제 때문에 노예가 되었습니다. 이제 그들은 돈의 유혹과 돈으로 살 수 있는 사치품 유혹 등의 노예가 되었습니다. 옛날에는 꿈도 못 꾸었던 질병들이 생겨났고, 의사들이 치료법을 찾기 위해 골몰하고 있으며, 병원들이 수없이 증가했습니다. 이것이 문명의 시금석입니다. 옛날에는 편지를 보내려면 특별한 심부름꾼이 필요했고 비용도 많이 들었습니다. 오늘날에는 단 한 푼을 가지고 편지로 자신의 동료를 모욕할 수 있습니다. 물론 같은 비용으로 감사의 마음도 전할 수 있게 되었습니다. 옛날에는 사람들이 집에서 만든 빵과 야채로 두세 끼의 식사를 했습니다. 그러나 이제 사람들은 두 시간마다 먹을 것이 필요해졌고, 다른 일을 위한 여유를 거의 갖지 못합니다. 내가 무슨 말을 더 할 필요가 있겠습니까? 당신은 이 모든 것을 몇몇 권위 있는 책에서도 확인할 수 있을 것입니다. 이것들 모두가 문명의 실제적인 시금석입니다. 만일 누구든 그 반대로 얘기하면 그는 무지한 사람으로 치부됩니다. 이 문명은 도덕이나 종교에 대해서는 전혀 주목하지 않습니다. 이 문명의 지지자들은 그들의 일이 종교를 가르치는 일이 아니라고 냉정하게 말합니다. 어떤 자는 심지어 종교를 미신이 성장해 온 것이라고도 합니다. 다른 사람들은 종교의 옷을 걸치고 있으면서 도덕에 대해 재잘거립니다. 하지만 20년에 걸친 경험을 통해 나는 부도덕이 도덕의 이름으로 자주 가르쳐진다는 결론에 도달하게 되었습니다. 어린아이들조차도 앞서 내가 문명에 대해 묘사한 모든 것 안에 도덕으로 이끄는 것이 없음을 알 것입니다. 문명은 육신의 안락을 증진시키려 하지만 불행하게도 그것조차 실패했습니다.

이 문명은 반(反)종교(irreligion)적입니다. 이 문명이 유럽인들을 꽉 움켜쥐고 있으므로 그 속에서 사는 사람들은 반쯤 미친 것처럼 보입니다. 그들에게는 진정한 육신의 건강도 용기도 없습니다. 그들은 중독을 통해 에너지를 유지합니다. 그들은 혼자 있으면 거의 행복하지 않습니다. 가정의 여왕이 되어야 할 여성들은 거리에서 방황하거나 공장에서 뼈빠지게 일하고 있습니다. 약간의 임금을 위해 영국에서만 50만의 여성들이 가혹한 조건의 공장이나 그와 유사한 시설에서 노동하고 있습니다. 이러한 끔찍한 사실은 나날이 성장하는 여성참정권운동의 여러 원인 중의 하나입니다.

이 문명은 우리가 참기만 한다면 스스로 파멸하고 말 문명입니다. 마호메트의 가르침에 따른다면 이것은 사탄의 문명이라고 할 수 있습니다. 힌두교는 이것을 암흑시대(Black Age)라고 부릅니다. 나로서는 이런 문명에 대해 적절한 개념을 제시할 수 없군요. 여하튼 그것은 영국의 중추부를 잠식하고 있습니다. 이런 문명은 꼭 피해야 합니다. 의회는 진실로 노예 상태의 상징입니다. 당신이 이에 대해 충분히 숙고한다면 나와 같은 견해를 품게 될 것이고 영국인을 비방하지 않을 것입니다. 그들은 차라리 우리의 동정을 받을 만합니다. 내가 믿기에 그들은 현명한 나라이므로 악을 털어 버릴 것입니다. 그들은 진취적이고 근면합니다. 사유 방식이 본질적으로 부도덕했던 것은 아닙니다. 심성이 나쁜 것도 아닙니다. 그래서 나는 그들을 존경합니다. 문명은 치유 불가능한 질병이 아닙니다. 하지만 현재 영국인들이 그 질병을 앓고 있다는 사실은 결코 망각해서는 안 됩니다.

7. 인도는 왜 패배했는가?

독자 당신은 문명에 대해 많은 말을 주셨습니다. 그 말을 듣고 나는 그것에 대해 충분히 성찰하게 되었습니다. 그런데 나는 유럽의 어느 나라들로부터 어떤 것을 받아들이고 어떤 것을 피해야 할지 모르겠습니다. 하지만한 가지 질문이 떠오릅니다. 만일 문명이 질병이라면, 그리고 그 병이 영국을 공격했다면, 영국은 어떻게 인도를 점령했으며 지금도 여전히 보유할수 있는 것입니까?

편집자 그 질문에 답하기는 그리 어렵지 않습니다. 우리는 당장 스와라즈의 참된 본성을 검토할 수 있습니다. 그 질문에 대해 여전히 대답해야 한다는 것을 나는 알기 때문입니다. 하지만 먼저 어떻게 영국이 인도를 취할수 있었는가 하는 질문부터 답하도록 하겠습니다. 영국인은 인도를 점령한적이 없습니다. 우리가 그들에게 인도를 넘겨준 것입니다. 그들은 자신의힘으로 인도에 머물러 있는 것이 아니라 우리가 그들을 붙잡고 있는 것입니다. 이런 명제들이 입증될 수 있는지를 살펴보겠습니다. 영국인들은 원래 무역을 위해 우리나라에 왔습니다. 그 바하두르(Bahadur)[21] 회사[22]를 떠올려보십시오. 누가 그것을 바하두르로 만들었습니까? 그들이 그 왕국을건설할 당시에는 아무 의도도 없었습니다. 누가 그 회사의 직원들을 도와주었습니까? 누가 그들의 은을 보고 유혹을 느꼈습니까? 누가 그들의 상품을 샀습니까? 역사는 이 모든 일을 우리가 했다는 사실을 증언하고 있습니다. 우리가 당장 부자가 되고 싶어 그 회사의 직원들을 쌍수를 들어 환영

---

21) 문자적으로는 '용감한'의 의미, 여기에서는 '강력한', '위엄 있는'의 의미이다.
22) 동인도 회사.

했습니다. 그들을 도와준 것도 우리입니다. 만일 내가 인도대마 뱅(bhang)을 마시는 습관이 있는데 상인이 그것을 판다고 했을 때 내가 자신을 비난해야 할까요, 아니면 상인을 비난해야 할까요? 상인을 비난함으로써 내가 습관을 버릴 수 있을까요? 상인이 쫓겨난다고 해도, 다른 상인이 그 자리에 들어서지 않을까요? 인도의 참된 종이라면 문제의 근원을 파고 들어가야 합니다. 만일 과식을 해서 체했는데, 물을 탓한다고 체하는 걸 피할 수는 없을 것임은 분명합니다. 병의 원인을 엄밀히 찾는 사람이 진짜 의사입니다. 만일 당신이 인도의 병을 고칠 의사로 자처한다면, 당신은 올바른 원인을 찾아내야 할 것이다.

독자 옳은 말입니다. 당신의 결론을 납득시키기 위해 나와 더 이상 논란을 벌이지 않아도 될 것으로 보입니다. 좀더 진전된 견해를 간절히 듣고 싶습니다. 이제 우리는 아주 흥미로운 주제에 이르렀습니다. 그래서 나는 당신 생각에 귀를 기울이겠습니다. 의심이 생기면 물어보도록 하겠습니다.

편집자 당신의 그런 열의에도 불구하고 우리가 논의를 좀더 진전시키면 우리 사이의 이견이 드러날 것 같습니다. 하지만 질문을 던질 때에만 그 점을 논의하겠습니다. 우리는 스스로 영국 상인들을 부추겼으므로 그들이 인도에 기반을 닦을 수 있었음을 이미 알았습니다. 우리의 토호국왕들은 자기네들끼리 쟁투를 벌이면서 바하두르 회사에 도움을 청했습니다. 이 회사는 교역에도 전쟁에도 능했습니다. 그 회사는 도덕성에 관한 질문들로 방해받지 않았습니다. 회사의 목표는 교역을 증대하고 돈을 버는 일이었습니다. 회사는 우리의 도움을 받아들였고 창고의 수를 늘려나갔습니다. 창고를 지키기 위해 회사는 군대를 고용했는데, 우리도 그 군대를 사용했습니다. 그렇다면 당시에 우리가 행한 일에 대해 영국인을 비난하는 것은 소용없는 일이 아닐까요? 힌두교도와 이슬람교도는 서로 노려보며 대립하고 있었습니다. 이런 대립 역시 바하두르 회사에 호기를 제공했으므로, 그 회사에게 인도에 대한 통제권을 부여한 환경을 만든 것은 바로 우리 자신입니다. 따라서 영국이 우리를 패배시킨 것이 아니라, 우리 인도인이 인도를 그들에게 내주었다고 말하는 편이 더 진실입니다.

독자 그럼 이제 영국인이 어떻게 인도를 보유할 수 있게 되었는지를 말해 주어야 합니다.

편집자 인도를 영국인들에게 넘겨주었기 때문에 영국인들이 인도를 보유할 수 있었습니다. 어떤 영국인들은 칼로 인도를 점령하고 보유했다고 말합니다. 하지만 이 주장은 틀렸습니다. 칼은 인도를 보유하는 데 전혀 소용이 없습니다. 우리 자신이 그들을 붙들어 두었습니다. 나폴레옹이 영국인을 장사치의 나라라고 묘사한 적이 있었다고 합니다. 그 말은 맞습니다. 교역을 위해서라면 그들은 그들이 차지하고 있는 어떤 영토든 보유합니다. 그들의 육군과 해군은 교역을 보호하려고 존재합니다. 영국인들이 트란스발에서 아무 교역의 매력을 느끼지 못하자, 고 글래드스턴[23] 씨는 영국인이 트란스발을 보유하는 것이 정당하지 못하다고 보았습니다. 그런데 트란스발이 수지 맞는 곳이 되었을 때, 트란스발에 저항운동이 일어나 전쟁으로 치달았습니다. 챔벌린[24] 씨는 영국이 트란스발에 대한 종주권을 향유하고 있음을 곧 알아냈습니다. 다음과 같은 얘기도 있습니다. 어떤 사람이 고 크뤼에르[25] 대통령에게 달에 금이 있는지 없는지를 물었다고 합니다. 그는 그럴 가능성이 거의 없다고 대답했습니다. 만일 금이 있었다면 영국인이 복속시켰을 것이기 때문이라고 했습니다. 돈이 영국인의 신이라는 것을 떠올린다면 수많은 문제들을 풀 수 있습니다. 거기에 우리가 우리의 비천한 이익을 위해 영국인을 인도에 붙들고 있다는 결론이 도출됩니다. 우

---

23) William Ewart Gladstone(1809~1898) : 대영제국의 수상, 1868~1874, 1880~1885, 1886, 1892~1894.
24) Joseph Chamberlain(1836~1914) : 식민지 국무장관(1895).
25) Stephanus Johannes Paulus Kruger(1825~1904) : 보어 지도자 남아프리카공화국의 대통령.

리가 그들과 교역하는 것을 좋아한다는 것, 그들은 자신들의 교묘한 술책을 통해 우리를 유쾌하게 만드는 대신 그들이 원하는 것을 얻어 간다는 것이 우리의 결론입니다. 이런 이유로 해서 그들을 비난하는 것은 그들의 힘을 영속시키는 일입니다. 더 나아가 우리 사이의 반목이 그들의 장악력을 더욱 강화하고 있습니다. 만일 당신이 위에서 말한 내 주장들을 인정한다면, 영국인들은 교역의 목적으로 인도에 들어왔음이 증명된 것입니다. 그들은 같은 목적을 위해 인도에 남아 있고 우리는 그렇게 하도록 도와줍니다. 그들의 무기와 탄약은 아무 소용이 없습니다. 이것과 관련해서 나는 일본에 펄럭이고 있는 깃발은 영국기지 일장기가 아님을 당신에게 상기시켜 두고 싶습니다. 영국인들은 교역을 위해 일본과 조약을 맺고 있습니다. 그래서 영국인들이 조약에 따라 일을 처리할 수 있다면, 일본에서 교역이 크게 확장되리라는 것을 당신은 알게 될 것입니다. 영국인들은 전 세계를 자신들의 상품을 팔기 위한 거대한 시장으로 바꾸어 나가기를 바랍니다. 그 일이 가능하지 않다는 것이 사실이지만, 비난받을 사람은 그들이 아닐 것입니다. 그들은 자신들의 목적을 이루기 위해 온갖 수단을 강구할 것입니다.

8. 인도의 상황

독자 이제 영국이 인도를 장악하고 있는 모든 이유를 이해합니다. 우리나라의 상황에 대한 당신의 견해를 알고 싶습니다.

편집자 인도는 슬픈 지경에 처해 있습니다. 그것을 생각하면 눈에는 눈물이 고이고 목이 메입니다. 내 마음속에 있는 것을 충분히 설명할 수 있을지 커다란 의구심이 듭니다. 인도는 무너지고 있습니다. 영국의 발굽 아래에서가 아니라, 현대문명의 발굽 아래에서 무너지고 있다는 것이 나의 고심 끝에 나온 의견입니다. 인도는 엄청난 괴물의 무게에 짓눌려 신음하고 있습니다. 아직 피할 시간은 있습니다. 하지만 나날이 일은 어려워지고 있습니다. 종교는 나에게 소중한 것입니다. 인도가 무종교적으로 되어 간다는 것이 내가 처음 느낀 불만입니다. 여기에서 내가 생각하는 종교는 힌두교나 이슬람교, 조로아스터교가 아니라, 모든 종교의 토대를 이루는 종교입니다. 우리는 신을 외면하고 있습니다.

독자 어째서 그렇습니까?

편집자 우리는 나태한 백성이고 유럽 사람들은 근면하고 진취적이라는 비판이 있습니다. 우리는 그러한 비판을 받아들여서 우리의 상황을 바꾸고 싶어합니다. 힌두교·이슬람교·조로아스트교·기독교, 그리고 여타 모든 종교들은, 우리가 세속적인 가치의 추구에 대해서는 수동적이어야 하고 신성한 가치의 추구에 대해서는 능동적이어야 한다는 것, 그리고 우리가 세속적인 야망에는 한계를 설정해 두어야 한다는 것과 우리의 종교적 야망은 무한해야 한다는 것을 가르치고 있습니다. 우리의 행위는 두 번째 노선을 따라야 합니다.

독자 당신은 종교적 협잡을 조장하고 있는 것처럼 보입니다. 당신과 유사한 어투로 민중을 미혹에 헤매게 한 속임수가 많았습니다.

편집자 종교에 대해 부당한 비난을 하고 있군요. 속임수는 분명 모든 종교에 다 있습니다. 빛이 있는 곳이면 그림자도 있게 마련입니다. 나는 종교에서 사람을 속이는 것보다 세속의 일에서 사람을 속이는 것이 훨씬 더 나쁘다는 입장을 견지하는 바입니다. 당신에게 보여 주려고 했던 문명의 속임수는 종교에는 없습니다.

독자 어떻게 그런 말을 할 수 있습니까? 종교의 이름으로 힌두교도와 이슬람교도는 서로 싸웠습니다. 동일한 명분을 내걸고 기독교도들은 자신들 내부에서 싸웠습니다. 기독교의 이름으로 죄 없는 수천의 사람들이 살해당하고, 수천 명이 화형을 당하고 고문을 당했습니다. 이는 어떤 종류의 문명보다 단연코 더 나쁜 것입니다.

편집자 종교상의 고역(苦役)은 문명의 고역들보다 훨씬 더 견디기 쉽다는 점을 나는 분명히 말합니다. 당신이 언급한 잔혹 행위들이 비록 종교의 이름으로 행해졌다고 해도 종교의 일부가 아니라는 것을, 그래서 이들 잔혹 행위의 여파가 없다는 것을 우리 모두 알고 있습니다. 무지해서 잘 속기 쉬운 민중이 있는 한, 그런 잔혹 행위들은 언제나 발생할 것입니다. 하지만 문명의 불에 의해 파괴되는 희생자는 끝이 없을 것입니다. 문명의 치명적인 결과로 사람들은 문명을 아주 좋은 것으로 믿어서 활활 타는 그 문명의 불꽃에 몰려들고 있습니다. 그들은 완전히 반종교적으로 되었고, 실제로 세계에서 거의 이익을 얻지도 못합니다. 문명은 우리를 달래면서 쏘아대는 생쥐와 같습니다. 결과가 완전히 알려지면, 현대문명의 미신에 비하면 종교적 미신에는 해악이 없다는 것을 알게 될 것입니다. 나는 종교적 미신이 지속되기를 변호하는 것이 아닙니다. 우리는 분명 미신과 필사적으로 싸울 것입니다. 하지만 종교를 무시하고서 그렇게 할 수는 없습니다. 우리는 종교의 진가를 인정하고 보존함으로써만 그렇게 할 수 있습니다.

독자 당신은 영국이 지배함으로써 오는 평화(팍스 브리태니커, Pax Britannica)가 쓸데없는 방해물이라고 주장하는 것입니까?

편집자 당신이 원한다면 그 속에서 평화를 볼 수 있을지 모르지만, 나는 그렇게 볼 수 없습니다.

독자　당신은 터그 깡패,26) 삔다리 비적,27) 빌 족28)이 나라에 얼마나 큰 공포였다는 사실을 경시하고 있습니다.

편집자　문제를 좀더 살펴보면, 공포가 결코 그 정도로 엄청난 것이 아니었음을 알게 될 것입니다. 만일 공포가 매우 심각한 일이었다면, 사람들은 영국의 도래 이전에 이미 죽어 버렸을 것입니다. 더구나 현재는 명목상의 평화 상태입니다. 우리는 그 평화로 말미암아 무기력하고 비겁하게 되었기 때문입니다. 우리는 영국인이 삔다리 비적과 빌 족의 본성을 바꾸었다고 보지 않습니다. 따라서 다른 사람의 보호 덕분에 우리가 나약해지는 것보다 삔다리 비적이 주는 위험을 겪는 편이 더 낫습니다. 나는 사내답지 못한 보호를 받느니 차라리 빌 족의 화살을 맞아 죽겠습니다. 그와 같은 보호가 없었을 때, 인도는 훨씬 더 용감했습니다. 매콜리(Macaulay)가 인도인들은 실제 겁쟁이라고 비방했을 때 그는 커다란 무지를 드러냈습니다. 그들은 비난을 받을 이유가 결코 없었습니다. 강건한 산악인들이 사는 나라, 늑대들과 호랑이들이 들끓는 나라에 살아가는 겁쟁이는 빨리 죽을 자리를 꼭 찾아야 할 것입니다. 당신은 우리의 들판에 가 본 적이 있습니까? 인도의 농민들은 오늘날에도 두려움 없이 농장에서 잠을 자지만, 영국인, 당신과 나는, 그들이 자는 곳에 잠자기를 주저할 것입니다. 이것은 분명한 사실입니다. 힘은 두려움이 없는 곳에 존재하는 것이지 우리가 가진 육신의 살과 근육의 크기 속에 있지 않습니다. 무엇보다도 자치를 원하는 당신에게, 빌·삔다리·터그가 결국 우리나라 사람이라는 점을 상기시켜 주어야 하겠습니다. 그들을 정복하는 일이 당신과 나의 과업입니다. 동포를 두려워하는 한, 우리는 그 목표를 이루는 데 적임자가 될 수 없습니다.

---

26) 강탈하고 도둑질하고 사람을 죽이는 깡패 조직.
27) 17~18세기에 존재했던 기마 비적(匪賊).
28) 중부 인도와 구자라뜨 지방에 사는 부족.

9. 인도의 상황(계속) : 철도

독자 당신은 말을 듣고 있으니 인도의 평화에 대해 내가 예전에 갖고 있었던 위안이 없어지는군요.

편집자 종교적인 측면에 대해 나의 의견을 제시했을 뿐입니다. 하지만 인도의 가난에 관한 견해를 듣고 나면 당신은 나를 싫어하기 시작할 것입니다. 지금까지 당신과 내가 인도에 유익한 것으로 간주해 왔던 것이 내겐 더 이상 그렇게 보이지 않기 때문입니다.

독자 어떤 것이 그렇습니까?

편집자 철도·변호사·의사들이 이 나라를 너무 궁핍하게 만들었습니다. 그래서 우리가 제때 깨닫지 못한다면, 우리는 망하고 말 것입니다.

독자 여기에서 우리는 일치하기 어려워서 걱정입니다. 우리가 지금까지 좋다고 여겨온 기관을 공격하다니 말입니다.

편집자 좀더 들어보십시오 물론 문명의 악이라는 말의 참뜻을 이해하기가 어려울 것입니다. 폐병 환자는 막 죽을 지경이 되어서도 삶에 집착한다고 의사들은 분명 말합니다. 폐병은 겉에서 보이는 상처를 만들어 내지 않습니다. 그것은 심지어 환자의 얼굴에 유혹적인 색깔을 만들어 모든 것이 정상이라고 안심하게 합니다. 문명도 그와 같은 질병입니다. 우리는 아주 신중해야만 합니다.

독자 좋습니다. 그럼 철도에 대한 견해를 밝혀 주십시오

편집자 철도가 없었다면 분명 영국인들은 오늘날과 같이 인도를 장악할

수 없었을 것입니다. 철도는 선(腺) 페스트도 퍼트렸습니다. 철도가 없다면 사람들은 여기 저기로 이동할 수 없었을 것입니다. 하지만 철도는 역병을 일으키는 균의 매개체이기도 합니다. 예전에 우리는 자연적으로 격리되어 있었습니다. 철도는 잦은 기근도 불러왔습니다. 운송 수단이 편리하므로 사람들은 곡물을 내다 팔게 되고, 이것은 가장 비싼 값을 받을 수 있는 시장으로 보내지기 때문입니다. 사람들은 이런 점에 대해 주의하지 않으므로 기근에 대한 압박은 증대됩니다. 철도는 사람들의 사악한 성격을 강화합니다. 불량한 사람들은 더 신속하게 그들의 사악한 계획을 실행에 옮깁니다. 인도의 신성한 곳들이 신성하지 않은 곳으로 변해갔습니다. 옛날 사람들은 신성한 곳을 정말 힘들게 찾아갔습니다. 그래서 진정한 신자만이 이런 곳을 방문했었습니다. 오늘날에는 건달들이 못된 짓을 하려고 그곳을 방문합니다.

독자 당신은 한 쪽 측면만 언급하고 있습니다. 불량한 자들만이 아니라 선량한 자들도 이들 장소를 방문할 수 있습니다. 그들이 기차를 최대한 활용하면 안 되는 겁니까?

편집자 선(善)은 굼벵이처럼 가는 법입니다. — 그래서 선은 철도와는 아무 관계가 없습니다. 선을 행하려는 자들은 이기적이지 않으며 서두르지도 않습니다. 그들은 사람들에게 선을 고취하는 데에는 오랜 시간이 필요하다는 점을 알고 있습니다. 하지만 악에는 날개가 달려 있습니다. 집을 지을 때에는 시간이 걸리지만 집을 허무는 것은 순간입니다. 그래서 철도는 사악한 자들에게만 분배기관이 될 수 있습니다. 철도가 기근을 확산시킨다는 점에 대해서는 논란의 여지가 있습니다만, 철도가 악을 전파한다는 점에 대해서는 논란의 여지가 없습니다.

독자 그렇다고 칩시다. 철도 때문에 인도에서 내셔널리즘이라는 새로운 정신이 생겨났다는 사실은 철도로 말미암아 생긴 모든 약점들을 충분히 상쇄하고도 남을 것입니다.

편집자 나는 이 견해가 잘못된 것이라고 생각합니다. 영국인들은 우리가 예전에는 한 나라(nation)가 아니었으며 한 나라가 되기 위해서는 수세기가 걸릴 것이라고 가르쳐 왔습니다. 하지만 이것은 근거 없는 말입니다. 우리는 영국인들이 오기 전에 이미 하나의 나라였습니다. 우리는 한 가지 생각으로 고무되었습니다. 우리의 삶의 양식은 같았습니다. 영국인들이 인도에서 하나의 왕국을 건설할 수 있었던 것은 우리가 한 나라였기 때문입니다. 결국 우리를 분리한 것은 영국인들입니다.

독자 이 말에 대해 설명해 주십시오

편집자 우리가 한 나라였다고 해서 어떠한 차이점도 없었다는 말을 하고 싶지는 않습니다. 하지만 우리의 지도자들은 걸어서 또는 달구지를 타고 인도 방방곡곡을 여행했다고들 합니다. 그들은 다른 사람들의 언어를 배웠고, 상호간에 거리감이 없었습니다. 멀리 예견할 줄 아는 우리의 선조들이 순례지로서 남쪽에는 세뚜반다(라메슈와르), 동쪽에는 자간나트, 북쪽에는 하르드와르를 세웠던 의도가 무엇이라고 생각합니까? 그들이 바보가 아니었다는 사실은 당신도 인정할 것입니다. 그들은 고향에서도 신에 대한 예배를 잘 드릴 수 있음을 알았습니다. 심성이 정의로 불타는 자들은 갠지스강을 집으로 삼는다고 선조들은 우리에게 가르쳤습니다. 그러나 인도는 나눠지지 않는 하나의 땅, 자연이 그렇게 만든 땅이란 점을 알았습니다. 그래서 그들은 그것이 하나의 나라여야 한다고 논의했습니다. 이렇게 논한 다음, 그들은 인도 곳곳에 성지들을 세우고, 다른 나라에는 알려지지 않은 방식으로 민중의 가슴속에 국민(nationality)이라는 의식이 타오르도록 했습니다. 영국인 두 사람은 하나가 아니지만 우리 인도인들은 하나입니다. 오직 개

화되어 스스로 남들보다 우월하다고 생각하는 당신이나 나 같은 사람들만
이 인도가 수많은 나라로 이루어져 있다고 상상합니다. 우리가 구별된다고
믿기 시작한 것은 철도가 들어온 이후부터입니다. 그런데 당신은 철도 덕
분에 이런 구별을 없애기 시작했다고 마음대로 말하고 있습니다. 아편을
먹은 뒤에야 아편 중독의 악을 이해하기 시작했다는 사실을 들어서 아편쟁
이는 아편 먹는 일의 이점을 논할지도 모릅니다. 철도에 대해 내가 말한 것
을 당신은 다시 한번 성찰해보기를 바랍니다.

독자 기꺼이 그렇게 하겠습니다. 그런데 한 가지 질문이 지금 떠오릅니다.
당신은 마호메트시대 이전의 인도에 대해 묘사해 주었습니다만, 우리에게
는 현재 이슬람교도·파시교도·기독교도가 있습니다. 그들이 어떻게 하나
의 나라가 될 수 있겠습니까? 힌두교도와 이슬람교도는 서로 숙적입니다.
우리의 속담이 그것을 증명하고 있습니다. 이슬람교도들은 예배하기 위해
서쪽을 향하지만, 힌두교도들은 동쪽을 향합니다. 이슬람교도들은 힌두교
도를 우상숭배자라고 깔봅니다. 힌두교도들은 소를 숭배하지만, 이슬람교
도들은 소를 죽입니다. 힌두교도들은 불살생의 교의를 믿지만, 이슬람교도
들은 믿지 않습니다. 우리가 한 걸음 뗄 때마다 상호간의 차이를 만납니다.
인도가 어떻게 하나의 나라가 될 수 있을까요?

10. 인도의 상황(계속) : 힌두교도와 이슬람교도

편집자 마지막 질문은 진지한 것이지만, 잘 생각해 보면 쉽게 대답할 수
있음을 알게 될 것입니다. 이 질문은 철도·변호사·의사들의 존재 때문에
일어납니다. 우리는 이제 변호사와 의사를 검토해 볼 것입니다. 철도에 대
해서는 이미 검토해 보았습니다. 그런데 거기에 내가 덧붙이고 싶은 이야
기는, 인간은 본성상 자신의 수족이 이끄는 한도 내에서 움직이도록 만들

어졌다는 것입니다. 우리가 철도나 다른 광기의 수단들을 이용하여 이 장소에서 저 장소로 싸돌아다니지 않는다면, 지금 일어나고 있는 많은 혼란은 피할 수 있을 것입니다. 우리의 어려움은 우리 자신이 만들어낸 것입니다. 신은 육신의 구조를 통해 인간이 가진 이동 욕망에 제한을 가했지만, 인간은 그 제한을 넘어서는 수단들을 즉시 발견했습니다. 신은 인간에게 자신의 창조주를 알 수 있는 지성을 선물로 주었습니다. 그러나 인간은 그것을 남용하여 창조주를 망각하고 말았습니다. 우리는 아주 가까운 이웃에게 봉사하도록 만들어졌습니다. 하지만 우리는 몸으로 우주의 모든 사람들에게 봉사해야 한다는 진리를 알아낸 양 말하는데 이것은 자만입니다. 이렇게 인간은 불가능한 것을 시도함으로써 다른 자연과, 다른 종교와 접촉하게 되었고 전적으로 혼란에 빠지고 말았습니다. 이런 논의에 따르면, 철도는 아주 위험한 기관이라는 사실이 당신에게 분명해졌을 것입니다. 철도 때문에 인간은 그의 창조주로부터 멀리 떨어지게 되었습니다.

독자 하지만 내가 한 질문에 대한 대답을 무척 듣고 싶습니다. 마호메트 종교가 들어와서 우리나라를 파괴하지 않았습니까?

편집자 서로 다른 종교에 속한 사람들이 인도에 살고 있다고 해서 인도가 하나의 나라가 아니라고 할 수는 없습니다. 외국인들이 유입된다고 해서 꼭 나라가 파괴되는 것은 아닙니다. 그들은 그 나라에 흡수됩니다. 그런 조건이 성립되면 하나의 국가를 이루게 됩니다. 나라는 동화작용을 위한 능력이 있어야만 합니다. 인도는 언제나 그런 나라였습니다. 실제로, 개인의 수만큼이나 많은 종교가 있습니다. 하지만 국민정신에 대해 자각하고 있는 자들은 상대방의 종교에 대해 간섭하지 않습니다. 만일 그들이 상대방의 종교에 간섭한다면, 그들은 한 나라의 국민으로 간주될 수 없을 것입니다. 만일 힌두교도가 인도에서는 힌두교도만 살아야 한다고 믿는다면, 그들은 꿈속에서 사는 것입니다. 인도를 자신의 조국으로 받아들인 힌두교도·이슬람교도·파시교도·기독교도는 동포이며, 자신들의 이익을 위해서라도 일치 속에서 살아야만 합니다. 이 세상 어디에도 하나의 국민과 하나의 종교가 동일시되는 곳은 없습니다. 인도에서도 그런 적은 결코 없었습니다.

독자 힌두교도와 이슬람교도 사이에는 선천적인 적대감이 있지 않습니까?

편집자 그 말은 우리 공동의 적이 꾸며낸 것입니다. 힌두교도와 이슬람교도가 서로 싸울 때, 그들은 분명히 그와 같은 어조로 말했습니다. 그런데 힌두교도와 이슬람교도는 오래 전에 싸움을 그만두었습니다. 그런데 어떻게 선천적인 적대감이 있을 수 있겠습니까? 오직 영국의 지배 이후에 우리가 비로소 싸움을 중지한 것이 아니라는 점도 부디 기억하길 바랍니다. 힌두교도는 무슬림 군주 아래에서 번성했고, 무슬림도 힌두교도 아래에서 번성했습니다. 양편 모두 상호 투쟁이 자살 행위라는 것, 무력으로 다른 편에게 종교를 포기하도록 할 수는 없다는 사실을 인정했습니다. 그래서 양편 모두 평화롭게 살기로 결정한 것입니다. 영국인들이 들어오자 반목이 다시 시작되었습니다.

앞에서 당신이 인용한 속담은 힌두교도와 이슬람교도가 서로 싸우고 있는 동안 만들어졌습니다. 지금 속담들을 인용하는 것은 분명 해롭습니다. 많은 힌두교도와 이슬람교도는 같은 조상을 가지고 있으며, 그들 핏줄 속에는 같은 피가 흐르고 있다는 점을 우리는 기억해야 하지 않겠습니까? 종교를 바꾼다고 해서 사람들이 서로 적이 됩니까? 이슬람교도의 신은 힌두교도의 신과 다릅니까? 종교들이란 동일한 지점에 이르는 다른 길들입니다. 동일한 지점에 이른다면 우리가 다른 길로 가더라도 무슨 상관이 있겠습니까? 반목의 원인이 어디에 있습니까?

시바신 추종자와 비슈누신의 추종자들 사이에 치명적인 속담들이 있지만, 이 둘이 같은 나라의 사람들이 아니라고 말하는 사람은 아무도 없습니

다. 베다 종교와 자이나교는 다르다고 하지만, 두 종교의 추종자들은 다른
나라 사람들이 아닙니다. 사실을 말하자면, 우리는 노예가 되었기에 서로
반목하며, 제3자가 우리의 반목을 결정하기를 좋아하게 된 것입니다. 우상
파괴자 중에는 이슬람교도도 있고 힌두교도도 있습니다. 우리가 참된 지식
안에서 진보할수록 다른 종교를 믿는 자들과 전쟁을 할 필요가 없음을 이
해하게 될 것입니다.

독자 이제 소의 보호에 대해서는 어떻게 생각하는지 알고 싶습니다.

편집자 나는 소를 존경합니다. 소를 애정어린 경의(敬意)의 눈으로 봅니다.
소는 인도의 보호자입니다. 인도는 농업 국가로서 소에 의존하기 때문입니
다. 소는 수백 가지 이유를 들어 가장 유용한 동물이라고 할 수 있습니다.
우리의 이슬람교 형제들은 이 점을 인정할 것입니다.

　하지만 나는 소를 존경하는 것만큼 동포들도 존경합니다. 이슬람교도든
힌두교도든 상관없이 사람은 소와 마찬가지로 유익한 존재입니다. 그러니
소 한 마리를 구하기 위해 이슬람교도와 싸움하거나 그를 죽여야만 할까
요? 만약 그렇게 한다면 나는 소의 적만이 아니라 이슬람교도의 적이 될
것입니다. 그러므로 내가 아는 한 소를 보호하는 유일한 방법은, 이슬람교
형제들에게 다가가서 나라를 위해 소를 보호하는 일에 나와 협력하자고
권하는 일입니다. 만일 이슬람교도가 내 말을 듣지 않는다면, 이 문제는
내 능력을 넘어가는 일이므로 그와 같은 간단한 이유에서 소 문제를 내버
려두고 싶습니다. 만일 내 마음이 소에 대해 깊은 연민을 느낀다면 소를
구하기 위해 내 목숨을 바칠 것이지만 형제의 생명을 뺏지는 않을 것입니
다. 나는 이것이 우리 종교의 법칙이라고 생각합니다.

　사람이 완고한 태도를 취하면 사태는 어려워집니다. 만일 내가 이 길로
나가면 내 무슬림 형제는 다른 길로 갈 것입니다. 내가 뽐내면, 그는 찬사
를 보낼 것입니다. 내가 정중하게 절하면 그는 더욱 정중하게 절을 할 것

입니다. 만일 그가 그렇게 하지 않는다고 해도, 사람들은 내가 절을 한 것이 잘못이라고는 생각하지 않을 것입니다. 힌두교도가 완강했을 때, 소는 더 많이 죽었습니다. 소보호단체들은 실상 소를 도살하는 협회로 간주될 수 있습니다. 우리에게 그와 같은 협회들이 필요하다는 사실은 수치입니다. 그런 단체들이 필요하게 된 때는 우리가 소를 보호하는 방법을 망각하게 되었을 때라고 생각합니다.

나와 피를 나눈 형제가 소를 죽이려고 할 때 나는 어떻게 해야 할까요? 형제를 죽여야 합니까, 아니면 그의 발 밑에 엎드려 애원해야 합니까? 만일 내가 후자 쪽을 선택해야 한다고 당신이 인정한다면, 나는 무슬림 형제에게도 같은 행동을 해야 할 것입니다.

만일 힌두교도들이 소를 잔인하게 다룬다면, 누가 그 소를 도살하는 일에서 보호하겠습니까? 힌두교도들이 막대기로 무자비하게 송아지를 때린다면 누가 그들에게 따지겠습니까? 하지만 이 일이 우리가 하나의 나라로 살아가게 하는 일을 막지는 못합니다.

끝으로 힌두교도들은 불살생의 교의를 믿으나, 이슬람교도들은 믿지 않는 것이 사실이라면 힌두교도의 의무는 과연 무엇이겠습니까? 아힘사(불살생) 종교의 추종자가 동료를 죽여도 된다는 글은 어디에도 없습니다. 그가 가야 할 길은 곧습니다. 하나의 생명을 구하기 위해 다른 생명을 죽여서는 안 됩니다. 그가 할 수 있는 일은 애원하는 일일 뿐입니다. 바로 그것이 유일한 의무입니다.

그런데 모든 힌두교도가 아힘사를 믿고 있습니까? 문제의 근원으로 가 보면 우리는 생명을 죽이고 있으며, 실제로 아힘사 종교를 실천하는 사람은 단 한 사람도 없습니다. 생명을 죽이려는 경향에서 벗어나기 위해 우리는 그 종교를 따른다고들 합니다. 일반적으로 말해서, 수많은 힌두교도들이 육식하고 있으므로 아힘사의 추종자가 아니라는 사실을 우리는 보고 있습니다. 따라서 힌두교도는 아힘사를 믿지만 이슬람교도는 아힘사를 믿지 않기 때문에 둘이 우호적으로 살아갈 수 없다고 말하는 것은 터무니없는 얘기입니다.

　이런 생각은 이기적이고 거짓말하는 종교 지도자들이 우리 마음에 심어 놓은 것입니다. 그리고 영국인들이 이런 생각에 마지막 손질을 가했습니다. 영국인들에게는 역사를 기술하는 습관이 있습니다. 그들은 온갖 민족들의 관례와 관습을 연구하는 체합니다. 신은 우리 인간에게 제한된 지적 능력을 부여했습니다. 그런데 그들은 신의 권능을 빼앗고 진기한 실험에 몰두하고 있습니다. 영국인들은 자신의 연구를 극단적인 찬사로서 기록하며, 우리에게 최면을 걸어 믿도록 만듭니다. 우리는 무지했기 때문에 그들의 발 밑에 엎드렸습니다.

　사태를 제대로 알고 싶은 자들은 코란을 다 읽어도 좋을 것입니다. 거기에는 힌두교도들이 받아들일 만한 구절들이 수백 개나 있습니다. 『바가바드 기따』에는 어떤 이슬람교도라도 이의를 달 수 없는 구절들이 있습니다. 코란에서 내가 이해하지 못하거나 좋아하지 않는 구절이 있다고 해서 이슬람교도를 싫어해야 합니까? 싸움을 하려면 두 사람이 있어야 합니다. 만일 내가 이슬람교도와 싸움하기가 싫다면, 그는 나에게 싸움을 걸어올 수 없을 것입니다. 그리고 이와 마찬가지로 만일 이슬람교도가 분쟁을 거들기를 거절한다면, 나 또한 무력해지고 말 것입니다. 허공을 후려 패는 팔은 탈구(脫臼)되고 말 것입니다. 모든 사람들이 자신의 종교의 핵심을 이해하고 그것을 고수하면서, 거짓된 선생의 명령을 따르지 않는다면, 싸움이 일어날 여지가 없을 것입니다.

독자　하지만 힌두교도와 이슬람교도가 서로 손을 잡도록 영국인이 허용하겠습니까?

편집자　이런 질문은 당신의 아둔에서 생겨나며 우리의 천박함을 드러냅니다. 만일 형제가 평화롭게 살고자 하는데 제3자가 이 형제를 갈라놓을 수 있겠습니까? 형제가 만일 사악한 조언에 귀를 기울인다면, 우리는 그들이 어리석다고 할 것입니다. 이와 마찬가지로 영국인이 우리를 갈라놓도록 내버려둔다면, 우리 힌두교도와 이슬람교도는 영국인을 비난하기 전에 우리의 어리석음을 비난해야 할 것입니다. 진흙 항아리가 돌멩이 하나를 맞아서 부서지지 않더라도, 또 다른 돌멩이의 충격을 받고는 부서질 것입니다. 항아리가 깨지지 않도록 하는 길은 위험한 곳으로부터 멀리 치워두는 것이 아니라, 어떤 돌로도 깨뜨릴 수 없도록 불로 구워내는 것입니다. 그렇다면 우리는 마음을 완전히 구워진 진흙으로 빚도록 해야 할 것입니다. 그렇게 되면 우리는 어떤 위험에 처하더라도 끄떡없을 것입니다. 힌두교도라면 이런 일은 쉽게 할 수 있습니다. 그들은 수적으로 우월하고, 더 좋은 교육을 받았다고 여깁니다. 그래서 이슬람교도들과 자신들 사이의 우호적인 관계가 공격을 받더라도 자신들을 더 잘 보호할 수 있습니다.

힌두교사회와 이슬람교사회는 서로 불신하고 있습니다. 그래서 이슬람교도는 몰리(John Morley) 경에게 분리 선거구를 요구하고 있습니다.[29] 우리 힌두교도는 왜 여기에 반대해야 합니까? 만일 힌두교도들이 그 반대 행위를 중지한다면, 영국인도 이를 알아차릴 것이고 이슬람교도는 점차 힌두교도를 신뢰하게 될 것이며, 그 결과 우리에게 형제애가 생길 것입니다. 우리의 분쟁에 영국인을 개입시키는 일을 수치로 여겨야 할 것입니다. 힌두교도가 이슬람의 분리 선거구에 대해 반대 행위를 중지한다고 해도 잃을 게 없다는 사실은 모두 스스로 알 수 있습니다. 다른 사람에 대한 신뢰를 고취했던 사람들은 이 세상에서 잃은 게 아무 것도 없습니다.

힌두교도와 이슬람교가 결코 싸우지 않을 것이라고 말하는 것은 아닙니다. 함께 사는 형제들도 종종 싸웁니다. 우리는 때때로 머리가 깨지도록

---

29) 간디는 여기에서 몰리·민토개혁(Morley-Minto Reforms)에 대해 언급하고 있다. 이 개혁법은 부왕(Lord Minto, 1905~1910)이 본국의 인도상 존 몰리(John Morley)의 재가를 얻어 공포했다고 하여 이 개혁법을 보통 몰리·민토개혁이라고 불렀다. 이 개혁법은 부왕이 주관하는 제국입법참사회의 규모를 60명으로 확대했는데, 거기에는 6명이 무슬림분리 선거구에서 선출하도록 되어 있었다. 인도 민족주의자들은 이것을 인도 민중의 분열을 조장하는 정책으로 받아들였다. 조길태, 『인도사』, 민음사, 1994, 488면 이하 참조. (역주)

싸울 수도 있습니다. 그런 싸움이 꼭 필요한 것은 아니지만, 모든 사람들이 공정한 것은 아닙니다. 사람들이 화가 났을 때 어리석은 일을 많이 저지릅니다. 우리는 이런 일들을 견뎌내야 합니다. 하지만 우리가 분쟁중일 때 우리는 3자에게 조언을 구해서도 안 되고 영국인이나 법정에 호소해서도 안 됩니다. 두 사람이 싸워서 두 사람의 머리가 다 깨지거나 아니면 한쪽의 머리만 깨졌다고 해봅시다. 이런 상황에서 어떻게 제 3자가 개입해서 양편에 공정한 정의를 행사할 수 있겠습니까? 싸우는 사람들은 상처받을 각오가 되어 있어야 합니다.

11. 인도의 상황(계속) : 변호사

독자 당신은 두 사람이 다툴 때 법정에 가서는 안 된다고 말했습니다. 그건 놀라운 말입니다.

편집자 당신이 놀라운 것이라고 하든 말든 그것은 진실입니다. 그리고 당신의 질문을 받고 보니 이제 변호사와 의사에 대해 논의해야 하겠습니다. 변호사가 인도를 노예로 만들고, 힌두·이슬람의 불화를 악화시키고, 영국 권위를 인정했다는 것이 나의 지론입니다.

독자 이런 비난을 퍼붓는 일은 쉽지만, 입증하는 일은 어렵습니다. 변호사가 없었다면 누가 독립으로 나아가는 길을 보여주겠습니까? 누가 가난한 자를 보호하겠습니까? 누가 정의를 지킵니까? 가령, 고 마노모한 고세(Manomohan Ghose)[30])는 가난한 자를 위해 자주 무료 변론했습니다. 당신이 그토록 찬양했던 국민회의의 존재와 활동은 변호사의 노고에 의존하고 있습니다. 그와 같

---

30) 1844~1896 : 변호사와 의회 의원. 인도 최초 상급법원 법정 변호사, 『인도의 거울』의 설립자 겸 편집자.

은 존경할 만한 사람들을 비난하는 것은 부당합니다. 그리고 당신은 변호사를 공공연히 비난함으로써 언론의 자유를 남용하고 있습니다.

편집자 나도 한때는 당신처럼 생각했습니다. 변호사들이 착한 일을 결코 한 적이 없었다고 당신을 설득하고 싶은 생각은 조금도 없습니다. 나 역시 고세 씨를 존경합니다. 그가 가난한 자를 도왔다는 점은 전적으로 맞는 말입니다. 국민회의가 변호사의 힘에 일부 의존하고 있다는 말도 믿을 만합니다. 변호사들도 사람이고, 모든 사람들에게는 선량한 면이 있습니다. 그런 선행의 사례들이 제시될 때마다, 그것은 변호사로서 한 일이 아니라 사람으로서 한 일임을 알 수 있을 것입니다. 내가 말하려는 것은 변호사라는 직업이 부도덕성을 가르치고 있다는 것입니다. 그 직업은 유혹에 노출되어 있고, 유혹에서 구원받는 자는 거의 없습니다.

힌두교도와 이슬람교도는 지금까지 싸워왔습니다. 평범한 사람이라면 그것에 대해 모든 것을 잊으라고 쌍방에게 요구할 것입니다. 그는 쌍방이 모두 약간씩은 잘못을 범했음이 틀림없으므로 그들에게 더 이상 싸우지 말라고 말할 것입니다. 하지만 그들이 변호사에게 갔다고 해봅시다. 변호사들의 임무는 의뢰인의 편을 들어서, 그리고 흔히 문외한인 의뢰인을 위해 유리한 방법과 논거를 찾아내는 것입니다. 만일 변호사들이 그렇게 하지 않는다면, 그들은 자신들의 직업을 모욕한 것으로 간주될 것입니다. 따라서 변호사는 대개 분쟁을 무마하기보다는 부추깁니다. 더구나 그들이 직업을 선택하는 이유는 다른 사람을 돕기 위해서가 아니라 자신들이 부자가 되기 위해서입니다. 그 직업은 부자가 되는 길 중에 하나이고, 그들의 이익은 논쟁을 확대하는 데에 있습니다. 내가 알기로 그들은 사람들이 논쟁에 빠지는 것을 기뻐합니다. 쩨쩨한 변호사들은 실제로 논쟁을 날조하기도 합니다. 그들의 끄나풀들은 수많은 거머리와 같이 가난한 민중의 피를 빨아먹습니다. 변호사는 하는 일이 거의 없는 자들입니다. 게으른 자들이 사치를 즐기기 위해 그런 직업을 선택합니다. 이것은 참말입니다. 다른 말들은 모두 핑계일 따름입니다. 변호사라는 직업을 명예로운 직업으로 만든 자들은 바로 변호사 자신들입니다. 그들이 스스로 찬미하는 말을 만들어내듯이 법률을 만들어 냅니다. 그들은 받을 수임료의 액수를 스스로 결정합니다. 가난한 민중은 그들을 하늘에서 내려온 존재로 여길 정도로 그들은 지나치게 거드름을 피웁니다.

변호사들이 일반 노동자들보다 많은 수임료를 요구하는 이유가 무엇입니까? 그들은 왜 더 많은 것을 요구합니까? 과연 그들이 어느 면에서 노동자들보다 이 나라에 더 유익합니까? 선행을 하는 자는 더 많은 보수를 받을 자격이 있습니까? 그들이 돈 때문에 나라를 위해서 뭔가를 했다면 그것을 어찌 선한 행위라고 할 수 있습니까?

힌두·이슬람분쟁에 대해 뭘 아는 사람들은 그것이 종종 변호사들의 개입 때문에 일어났다는 사실도 잘 알고 있을 것입니다. 그들 때문에 망한 가정도 있습니다. 그들은 형제들을 원수로 만들기도 했습니다. 여러 토호국들이 변호사들의 힘 아래로 들어가자마자 빚더미에 앉기도 했습니다. 많은 변호사들이 그들의 전 재산을 도둑질했습니다. 이런 사례는 수없이 많이 있습니다.

그러나 무엇보다도 그들이 나라에 입힌 최대의 상처는 영국인의 장악력을 강화시켰다는 데에 있습니다. 당신은 법정이 없다면 영국인들이 그들의 정부를 과연 유지할 수 있다고 생각합니까? 법정이 민중의 이익을 위해 설립되었다고 생각하는 것은 잘못입니다. 자신의 권력을 영속시키고자 하는 사람들은 법정을 통해 목적을 이룹니다. 만일 민중이 스스로 자신들의 분쟁을 해결한다면, 제3자가 그들에게 어떤 권위도 행사할 수 없을 것입니다. 진실로 말하자면, 사람들이 분쟁이 있을 때 그것을 격투를 통해 해결하려고 하거나, 혹은 친지들에게 판정을 내려달라고 하는 것은 다소 나약한 태도일 수 있습니다. 그런데 그들이 법정에 호소한다면 그것은 훨씬 나약하고 비겁한 태도일 것입니다. 격투를 통해 분쟁을 해결하려고 할 때 그것은 분명 야만의 표지입니다. 만일 나와 당신의 논쟁을 내가 제3자에게 해결해

달라고 요구한다면 그것은 덜 야만적으로 보일까요? 삼자의 결정이 언제나 옳은 것도 아닙니다. 당사자들만이 누가 옳은지를 압니다. 우리가 단순하고 무지하기 때문에 낯선 자가 우리에게서 돈을 받아가면서 정의를 준다고 상상합니다.

그러나 기억해야 할 일 중 제일 중요한 것은, 변호사가 없다면 법정은 설립되지도 운영되지도 못했을 것이고, 법정이 없었다면 영국은 지배하지 못했을 것이라는 점입니다. 이 세상에 영국인 판사들, 영국인 변호사들, 그리고 영국인 경찰만 존재한다고 가정하면, 영국인은 영국인만을 지배할 수 있었을 것입니다. 인도인 판사와 인도인 변호사가 없다면 영국인은 아무 일도 할 수 없었을 것입니다. 인도인 변호사들이 1심에서 어떤 일을 수행하고, 어떤 편애를 받는지를 당신은 잘 알아야 합니다. 그렇게 되면 당신은 나만큼 그 직업을 혐오하게 될 것입니다. 만일 인도인 변호사들이 자신들의 직업을 매춘과 같이 비천한 것으로 간주하여 포기한다면, 영국인의 통치는 하루아침에 붕괴하고 말 것입니다. 마치 물고기가 물을 좋아하듯이 우리가 분쟁과 법원을 사랑한다고 비난하는데 도움을 주는 자는 바로 영국인이었습니다. 내가 변호사에 관련해서 말한 것은 반드시 판사들에게도 적용됩니다. 변호사와 판사는 사촌지간이고, 서로에게 힘을 실어주기 때문입니다.

12. 인도의 상황(계속) : 의사들

독자 변호사에 대해서는 알겠습니다. 그들이 베푼 선행은 우연적인 것입니다. 그 직업은 정말 가증스럽게 느껴집니다. 하지만 당신은 의사들마저도 비판의 대상으로 끌어들이고 있습니다. 왜 그렇습니까?

편집자 내가 제시한 견해는 다른 사람에게서 얻어온 것이지, 내 자신의 독창적인 것은 아닙니다. 서구의 작가들은 변호사와 의사에 대해 더 심한 말을 해왔습니다. 한 작가는 현대의 제도 전체를 우빠스 나무[31]에 견주었습니다. 나뭇가지는 법률과 의약까지 포함한 기생적인 직업을 표시하고, 참종교의 도끼가 나무 줄기를 찍으려 하고 있었습니다. 나무 뿌리는 부도덕입니다. 당신도 알게 되겠지만, 앞서 피력한 견해는 내 마음에서 곧바로 나온 것이 아니라 많은 사람들의 공통된 경험입니다. 나도 한때 의사라는 직업을 아주 좋아한 적이 있었습니다. 나라를 위해서 의사가 되려고 했던 적도 있었습니다. 이제는 더 이상 그런 생각을 하지 않습니다. 나는 의원(醫院, vaid)이 왜 우리 사이에서 그다지 명예로운 지위를 갖지 않는지 이제 알게 되었습니다.

영국인들이 우리를 장악하기 위해 의사라는 직업을 효과적으로 활용해 온 것은 분명합니다. 영국인 의사들은 정치적 이익을 얻기 위해 몇몇 아시아의 권세가들과 더불어 그들의 직업을 사용해 온 것으로 알려져 있습니다.

의사들은 우리를 거의 동요시켰습니다. 돌팔이 의사[32]가 소위 높은 자격을 갖춘 의사보다 낫다고 종종 생각합니다. 한번 곰곰이 생각해 봅시다. 의사의 일은 육신을 돌보는 일입니다. 보다 정확하게 말한다면 육신을 괴롭히는 병을 육신에서 실제 제거하는 것입니다. 이 질병들은 어떻게 발생합니까? 분명 나태나 탐닉으로 발생합니다. 내가 과식으로 소화불량에 걸리면 의사에게 갑니다. 의사가 내게 약을 지어주고 나는 치유됩니다. 나는 다시 과식합니다. 다시 그가 준 알약을 또 복용합니다. 처음 배 아팠을 때 그 알약을 복용하지 않았다면, 당연히 받아야 할 벌을 받았을 것이고, 다시는 과식하지 않았을 것입니다. 의사가 중간에 개입하여 나의 탐닉을 도와 주었습니다. 그래서 내 육신은 다소 편안해졌지만 내

---

31) 우빠스 나무. 자바산 쐐기풀과의 유독한 나무. (역주)

32) 영어 'quack'을 번역한 것이다. 안찬수는 여기에 자격증이 없는 의사, 즉 근대화된 의학 교육 과정을 거치지 않은 의사를 뜻한다고 보아 '민간의사'로 번역하고 있다"(안찬수 역, 『힌두 스와라지』, 91면). 일리 있는 설명이지만, 『전집』에 아무 주도 없고, '돌팔이 의사'로 번역해도 문맥은 잘 통한다고 본다. (역주)

마음은 허약해졌습니다. 계속해서 약을 복용하게 되면 마음에 대한 통제
는 상실하게 됩니다.

나는 악에 탐닉하여 병에 걸렸습니다. 의사가 나를 치료해줍니다. 나는
그 악을 반복할 공산이 큽니다. 의사가 개입하지 않았다면, 자연이 제 할
일을 했을 것이고, 나는 스스로 자신을 지배했을 것이고, 악에서 자유로워
지고 행복해졌을 것입니다.

병원은 죄악을 만연시키는 시설입니다. 사람들은 자신의 육신에 대해
덜 조심하게 되어 부도덕이 증대합니다. 유럽의 의사들이야말로 가장 나쁜
사람들입니다. 그들은 인간의 육신을 돌본다는 명목으로―그것도 잘못
돌보는 것이지만―매년 수천 마리의 동물들을 죽입니다. 즉, 생체해부를
자행합니다. 어떤 종교도 이것을 용인하지 않습니다. 사람들은 인간의 육
신을 위해 그렇게 많은 생명을 죽이는 것이 꼭 필요한 것은 아니라고 말하
고 있습니다.

의사는 우리의 종교적 본능을 거스릅니다. 그들이 만드는 대부분의 조
제품은 동물성 지방이나 알코올성 용액을 함유합니다. 이 둘은 모든 힌두
교도와 이슬람교도들이 금기로 치는 것입니다. 우리는 문명화된 체하며 종
교적 금령을 미신이라고 부르고 우리가 좋아하는 것에 탐닉하기를 원할
뿐입니다. 하지만 의사들이, 탐닉하도록 우리를 유인한다는 사실에는 변함
이 없습니다. 그 결과 우리는 자기 통제를 상실했고 나약해졌습니다. 이런
상황에서 우리는 나라에 봉사하기에 적절하지 않습니다. 유럽의 의학을 공
부하는 것은 예속의 처지를 더욱 심화하는 일입니다.

사람들이 왜 의사 직업을 택하는지는 생각해 볼 만합니다. 인류에게 봉
사하기 위해 선택하는 것은 분명 아닙니다. 우리는 명예와 부를 얻기 위해
서 의사가 됩니다. 내가 말하고 싶은 것은 의사라는 직업에 인류에 대한
진정한 봉사가 없다는 점, 그리고 인류에 해롭다는 점입니다. 의사들은 자
신들의 지식을 과시하면서 터무니없는 치료비를 청구합니다. 그들이 조제
하는 약은 실제 한 푼의 가치밖에 없는 데도 열 푼의 값을 매깁니다. 일반

대중들은 잘 속는 성격 탓에 그리고 질병을 좀 제거할 요량으로 속고 맙니다. 그렇다면 우리가 알고 있는 돌팔이 의사들이, 인간미가 있는 척 으스대는 의사들보다 더 낫지 않겠습니까?

13. 참된 문명이란 무엇인가?

독자 당신은 철도, 변호사 그리고 의사들을 공공연히 비난했습니다. 당신은 모든 기계류를 폐기하려 든다는 것으로 알고 있습니다. 그렇다면 문명이란 무엇입니까?

편집자 그 질문에 대답하기란 어렵지 않습니다. 나는 인도가 발전시켜 온 문명이 세계에서 패배 당하지 않을 것으로 믿습니다. 우리 선조들이 뿌려 놓은 씨앗에 필적할 만한 것은 없습니다. 로마는 사라졌고, 그리스도 같은 운명이었습니다. 파라호들의 권능은 무너졌고, 일본은 서구화되었고, 중국에 대해서는 말 할 것이 없습니다. 하지만 인도의 기초는 여전히 탄탄합니다. 유럽인들은 그리스인과 로마인의 저서에서 교훈을 얻고 있습니다. 그런데 그리스와 로마는 과거의 영광을 더 이상 누리지 못합니다. 유럽인들은 그렇게 배우는 가운데 그리스인과 로마인의 오류를 피할 수 있을 것으로 상상합니다. 이것이 그들의 가련한 처지입니다. 이런 와중에 인도는 전혀 동요하지 않고 있으며, 그것이 인도의 영광입니다. 우리 인도인들은 문명화되어 있지 않으며 무지하고 둔감해서, 어떤 변화도 수용할 수 없다고 비난 받고 있습니다. 그들이 비난하는 것은 실제 우리의 장점입니다. 우리는 경험의 모루 위에서 정련하여 발견한 참된 것을 감히 바꾸지 않습니다. 많은 사람들이 인도에 충고의 말을 불쑥 내던지지만 인도는 건재합니다. 이것이야말로 인도의 미이고, 우리 희망의 최후의 보루입니다.

문명은 인간에게 의무의 길을 가르쳐 주는 행동양식입니다. 의무 수행과 도덕 준수는 서로 맞바꿀 수 있는 말입니다. 도덕을 준수한다 함은 우리 마음(mind)과 정염에 대한 지배력을 얻는 일입니다. 그렇게 할 때 우리는 우리 자신을 압니다. 구자라뜨어에서 문명이란 말은 '선행'[33]을 뜻합니다.

이런 정의가 옳다면, 수많은 작가들이 언급한 것처럼 인도는 다른 사람에게서 배울 것이 없으며 배우지도 말아야 합니다. 우리는 사람의 마음이 쉴새 없이 날아다니는 새라는 점을 압니다. 그래서 얻으면 얻을수록 더 많은 것을 원하므로 늘 불만의 상태로 남아 있습니다. 우리가 정염에 탐닉하면 할수록, 그 정염에 재갈을 물릴 수가 없습니다. 그래서 우리의 선조들은 우리의 탐닉에 제한을 가했습니다. 그들은 행복이란 주로 정신적 상태임을 알았습니다. 사람이 부유하다고 해서 반드시 행복한 것도 아니고, 가난하다고 해서 꼭 불행한 것도 아닙니다. 부자도 불행한 때가 자주 있고, 가난한 자가 행복할 때도 자주 있습니다. 수백만 명의 사람들은 언제나 가난을 면치 못할 것입니다. 우리의 선조들은 이 모든 것을 보고 우리에게 사치와 쾌락에서 멀어지도록 권유했습니다. 우리는 수천 년 동안 동일한 종류의 쟁기로 일을 해왔습니다. 우리는 옛 모습 그대로 오두막을 유지하고 있으며, 고유한 교육도 예전과 달라진 것이 없습니다. 우리에게는 생명을 갉아먹는 경쟁 체제가 없었습니다. 각자는 자신의 생업이나 교역에 종사하면서 정상적인 대가를 요구했습니다.

우리가 기계를 발명할 줄 몰랐던 게 아니었습니다. 우리 조상들은 우리 마음이 그런 물건을 좇게 되면, 노예가 되고 도덕적 신경이 마비되고 말 것이라는 점을 알았습니다. 따라서 그들은 오랜 성찰 이후 우리가 손과 발로 할 수 있는 일만을 해야 한다고 결정했습니다. 진정한 행복과 건강은 수족의 적당한 사용에 달려 있다고 보았습니다. 그들은 더 나아가, 거대한 도시는 덫이고 쓸데없는 장애물이며, 그 도시에서는 사람들이 행복할 수

---

33) 『전집』의 각주에 따르면 이것은 "문자 그대로 '수, su'('좋음')와 '다로, dharo'('행')의 의미이다." 구자라뜨어 원본에는 "그 반대가 꾸다로(kudharo, 악행)다"라는 구절이 부가되어 있다. 『전집』 권10, 279면 참조 (역주)

없고, 도둑과 강도의 무리들이 있으며 매춘과 악이 창궐하고, 부자들이 가난한 자를 도둑질한다고 생각했습니다. 그래서 그들은 작은 촌으로 만족했습니다. 우리 선조는 왕과 왕의 검이 윤리의 검보다 저열한 것임을 알았습니다. 따라서 그들은 지상의 군주가 리쉬(rishi, 성인)와 파끼르(fakir, 고행승)보다 못하다고 생각했습니다. 이와 같은 구조를 지닌 나라는 다른 사람에게서 배우기보다 다른 이를 가르치는 데에 더욱 적합합니다. 이 나라에 법원·변호사·의사가 있었지만, 모두 도를 넘지 않았습니다. 이 직업들이 특별히 우월한 것이 아니라는 점은 모두 알았습니다. 더구나 바낄(vakil, 변호사)과 바이드(vaid, 의원)는 민중으로부터 강탈하지 않았습니다. 그들은 민중에 의지하여 살아가는 사람이지 주인이 아니었습니다. 재판은 제법 공평했습니다. 법정은 피하는 것이 통상적인 규칙이었습니다. 법정으로 민중을 꾀어 들이는 호객꾼 같은 자들도 없었습니다. 이런 악은 대도시와 그 주변에서만 볼 수 있습니다. 일반인들은 독립해서 살아가고 농사를 지었으며, 참된 자치를 누렸습니다.

이 저주받은 현대문명이 미치지 못한 인도는 옛날 모습 그대로 남아 있습니다. 이런 곳에서 살고 있는 인도인들은 새로운 유행을 좇는 당신의 생각을 당연히 비웃을 것입니다. 영국인은 그들을 지배하지 못하고, 당신도 결코 지배할 수 없을 것입니다. 우리는 우리 자신이 어떤 사람들을 대변한다고 하면서도 그들을 모르고, 그들도 우리를 모릅니다. 조국을 사랑하는 당신과, 당신과 같은 이들에게, 아직 철도로 오염되지 않은 저 내륙 지방으로 들어가서 6개월 동안 그곳에서 살아보기를 권합니다. 그런 연후에야 당신은 애국자가 될 수 있고, 자치에 대해 말할 수 있을 것입니다.

이제 당신은 내가 어떤 것을 진정한 문명으로 간주하고 있는지를 알게 되었을 것입니다. 내가 언급했던 상황을 바꾸기를 원하는 자들은 나라의 원수이고 죄인입니다.

독자 인도가 당신이 묘사한 대로의 모습이기만 하다면 괜찮을 것입니다. 하지만 인도에는 다음과 같은 일이 벌어지는 곳이기도 합니다. 즉, 수백 명의 어린 과부들이 있는 곳, 두 살 난 아기들이 결혼하고, 열두 살 먹은 소녀들이 엄마 겸 주부가 되며, 여성들이 일처다부제를 실행하고, 니요가(niyoga)[34]가 벌어지고 있으며, 소녀들이 종교의 이름으로 매춘부가 되어 있고, 종교의 이름으로 양과 염소를 죽이고 있습니다. 이런 것들도 모두 당신이 묘사했던 문명의 상징이라고 생각합니까?

편집자 당신은 잘못 말하고 있습니다. 당신이 보여준 결함은 결함일 뿐입니다. 결함을 고대문명으로 오인하는 사람은 아무도 없습니다. 고대문명이라도 그런 결함들은 남아 있습니다. 그런 결함을 제거하기 위한 시도가 있었고 앞으로도 있을 것입니다. 우리는 이와 같은 사악을 청소하기 위해 우리 안에 태어나는 새로운 정신을 활용할 수도 있을 것입니다. 하지만 내가 현대문명의 표상으로 묘사한 것은 그 문명의 신봉자들이 표상으로 수용하고 있습니다. 내가 묘사한 인도문명은 신봉자들이 그렇게 묘사한 것입니다. 이 세상 어디에도 어떤 문명 아래에서도 모든 인간이 완전성을 이룬 곳은 없습니다. 인도문명의 경향은 도덕적 존재를 고양하는 것이고, 서양문명의 경향은 부도덕을 보급시키는 일입니다. 서양문명이 신을 믿지 않고 있다면 인도문명은 신에 대한 믿음에 기초를 두고 있습니다. 그렇게 이해하고 믿으면, 인도를 사랑하는 사람은 모두 어린애가 엄마의 가슴에 매달리듯 인도 고대문명에 매달려야 할 것입니다.

14. 인도는 어떻게 해방될 수 있는가?

독자 문명에 대한 당신의 견해를 잘 알겠습니다. 나는 그것을 곰곰이 생

---

34) 남편이 아닌 다른 남자에 의한 수정.

각해 보겠습니다. 나는 모든 것을 한꺼번에 받아들일 수는 없습니다. 그렇다면 당신과 같이 그런 견해를 견지한다면, 당신은 인도를 해방하기 위해 어떤 것을 제안하려 합니까?

편집자 내 견해가 단번에 수용될 것이라고는 기대하지 않습니다. 내 의무는 그것을 당신과 같은 독자들 앞에 제시하는 것입니다. 나머지는 시간에 맡겨 두렵니다. 우리는 이미 인도를 해방하기 위해 인도의 상황을 검토한 바 있습니다. 하지만 간접적인 검토였습니다. 이제 직접적으로 검토할 것입니다. 병의 원인을 제거하면 병 자체를 제거할 것이라는 점은 세상이 아는 격률입니다. 마찬가지로 인도가 노예 상태에 놓이게 된 원인을 제거하면, 인도는 해방될 것입니다.

독자 당신이 말하듯이 인도문명이 최상이라면, 인도가 노예 상태에 빠지게 된 것을 어떻게 설명할 것입니까?

편집자 인도문명은 의심할 바 없이 최상의 문명입니다. 하지만 모든 문명들이 시험받아 왔다는 점을 알아야 합니다. 영속적인 문명은 그 시험을 통과할 것입니다. 인도의 후손들이 아둔하여 인도문명이 위기에 빠지게 되었습니다. 하지만 인도문명은 그런 충격에도 불구하고 살아 남을 수 있는 힘이 있습니다. 더구나 인도 전체가 충격에 노출된 것은 아닙니다. 서양문명에 감염된 자들만이 노예가 되었습니다. 우리는 우주를 우리 자신의 보잘 것없는 척도로 측정합니다. 우리가 노예일 때 우주 전체가 노예가 된다고 생각합니다. 우리가 비참한 처지에 빠져 있기 때문에 인도 전체가 그런 처지에 있다고 생각합니다. 사실은 그렇지 않지만 우리의 노예 상태를 인도 전체에 전가하는 것이 나을지도 모릅니다. 그러나 우리가 앞에서 언급한 사실을 염두에 둘 때, 우리가 해방되면 인도도 해방되리라는 점을 알 수 있습니다. 그리고 이런 생각을 바탕으로 당신은 스와라즈에 대한 정의를 구할 수 있을 것입니다.

우리가 자신을 다스리기를 배우는 것, 그것이 스와라즈입니다. 그래서 그것은 우리의 손에 달려 있습니다. 이런 스와라즈를 꿈이라고 생각하지 마십시오. 스와라즈는 조용히 앉아 있는 것이 아닙니다. 내가 그리는 스와라즈는, 일단 우리가 그것을 실현하게 되면 다른 사람도 같은 행동을 하도록 죽을 때까지 설득하는 노력을 기울이는 것입니다. 하지만 그와 같은 스와라즈는 각자 스스로 경험해야만 합니다. 물에 빠진 사람이 다른 사람을 구할 수는 결코 없습니다. 내 자신이 노예인 주제에 다른 사람들을 구하려고 생각하는 것은 가식일 따름입니다. 그래서 영국인의 축출을 반드시 목표로 삼을 필요가 없다는 점을 이제 알 수 있을 것입니다. 만일 영국인이 인도화한다면, 우리는 그들을 수용할 수 있을 것입니다. 만일 그들이 그들의 문명을 가진 채로 인도에 머물기를 원한다면, 그들을 위한 여지는 없습니다. 하지만 그런 상황을 만들어 올지의 여부는 우리에게 달려 있습니다.

독자 영국인들이 인도화한다는 것은 불가능합니다.

편집자 그런 말은 영국인에게 인간성이 없다고 말하는 것과 같습니다. 그들이 인도화할지의 여부는 문제의 핵심이 아닙니다. 만일 우리가 집을 질서 있게 유지한다면, 그 안에 살 만한 사람은 그곳에 남을 것이고, 그렇지 않은 사람은 자발적으로 떠날 것입니다. 그런 일들은 우리 모두의 경험 범위 내에서 일어납니다.

독자 하지만 그런 일은 역사상 일어난 적은 없었습니다.

편집자 역사상 과거에 일어난 적이 없었던 일이 미래에도 일어나지 않을 것이라고 믿는 것은 인간의 존엄에 대해 불신을 드러내는 것입니다. 여하튼 우리는 우리 이성에 합당한 일을 마땅히 시도해야 합니다. 모든 나라가 같은 상황에 있는 것은 아닙니다. 인도의 상황은 독특하고, 그 힘은 무한합니다. 그래서 다른 나라의 역사를 꼭 참조할 필요는 없습니다. 다른 문명들이 몰락했을 때에도 인도인은 많은 충격을 견디고 살아남았다는 사실에 대해 여러분의 주의를 환기한 바 있습니다.

독자 나는 이것을 이해할 수 없습니다. 무력으로 영국인을 축출해야 한다는 것은 거의 의심의 여지가 없습니다. 그들이 이 나라에 머물러 있는 한 우리는 편히 지낼 수가 없습니다. 우리의 시인 가운데 한 분[35]은 노예들은 행복을 꿈꿀 수조차도 없다고 노래합니다. 우리는 영국인들 때문에 나날이 약해지고 있습니다. 우리의 위대함은 사라지고, 우리 민중은 겁에 질린 사람처럼 보입니다. 영국인은 병충해와 같아서 우리가 온갖 수단을 통해 제거해야 합니다.

편집자 당신은 흥분한 탓에 우리가 줄곧 성찰해 왔던 것을 망각하고 말았습니다. 영국인을 데려오고 붙잡아 둔 것은 우리 자신입니다. 우리가 그들의 문명을 수용했으므로 그들이 인도에 출현할 수 있었다는 사실을 잊었습니까? 당신은 영국인들을 증오하는 대신 그들의 문명을 증오해야 할 것입니다. 그런데 영국인을 투쟁으로 몰아내야 한다고 한번 가정해봅시다. 어떻게 그런 일이 가능할까요?

독자 이탈리아가 했듯이 그렇게 해야 할 것입니다. 마치니[36]와 가리발디[37]가 해낸 일이라면 우리도 할 수 있을 것입니다. 당신은 그들이 위대한 인물이었다는 점을 부인할 수는 없을 것입니다.

---

35) 안찬수 역에는 이 시인이 뚤시다스(Tulsidas, 1543?~1623)로 되어 있다. 안찬수 역, 『힌두 스와라지』, 105면 참조. 그러나 『전집』에는 아무런 언급이 없다. (역주)

36) 주세페 마치니(Giuseppe Mazzini, 1805~1872).

37) 주세페 가리발디(Giuseppe Garibaldi, 1807~1882) : 이탈리아 군인, 애국자, 이탈리아 통일을 위한 투쟁의 지도자 중의 한 사람.

15. 이탈리아와 인도

편집자 이탈리아를 예로 든 것은 잘한 일입니다. 마치니는 위대하고 훌륭한 인물이었고 가리발디는 위대한 투사였습니다. 두 사람 모두 숭배할 만한 분들입니다. 그들의 삶을 통해 많은 것을 배울 수 있습니다. 하지만 이탈리아의 상황은 인도와는 달랐습니다. 우선 마치니와 가리발디의 차이점을 언급할 필요가 있습니다. 마치니가 이탈리아에 대해 품었던 야망은 그 당시에도 실현되지 않았고 지금도 실현되지 않았습니다. 마치니는 인간의 의무에 대한 그의 글에서, 모든 인간이 자신을 다스리기를 배워야 한다고 했습니다. 이것은 이탈리아에서 일어나지 않았습니다. 가리발디는 마치니의 이런 견해를 지지하지 않았습니다. 가리발디는 이탈리아인들에게 무기를 주었고, 모든 이탈리아인들은 무기를 들었습니다. 이탈리아와 오스트리아는 같은 문명을 갖고 있는데, 이런 점에서 그들은 사촌지간입니다. 두 나라 모두 같은 방법으로 보복했습니다. 가리발디는 이탈리아가 오스트리아의 굴레에서 벗어나기를 희망했을 따름이었습니다. 카보우르[38] 장관의 음모가 당시 이탈리아 역사를 더럽혔습니다. 그리고 결과는 어땠습니까? 만일 이탈리아인이 이탈리아를 통치한다고 해서 이탈리아 국민이 행복하다고 믿는다면, 그것은 어둠 속에서 헤매는 것과 같습니다. 마치니는 이탈리아가 해방되지 않았음을 결정적으로 보여주었습니다. 빅토르 엠마누엘[2세]이 해방이라는 표현에 어떤 의미를 부여했다면, 마치니는 다른 의미를 부여했습니다. 엠마누엘·카보우르, 그리고 심지어 가리발디에게도, 이탈리아는 왕과 그 졸개의 이탈리아를 의미했습니다. 마치니에 따르면, 이탈리아는 이탈리아 민중 전체, 즉 이탈리아의 농민을 의미합니다. 엠마누엘은 민중의 시녀일 따름이었습니다. 마치

---

38) Count Camillo Benso Cavour(1810~1861) : 저명한 이탈리아 정치가, 사르데냐 왕 빅토르 엠마누엘(1861년 이탈리아의 왕으로 선언했다)의 국무총리로서 이탈리아의 통일을 위해 많은 노력을 경주했고, 통일은 1870년에 이뤄졌다.

니의 이탈리아는 여전히 노예 상태에 놓여 있었습니다. 이른바 민족전쟁 시기에 전쟁은 이탈리아 민중을 인질로 삼은 채, 경쟁하는 두 왕이 벌이는 체스 게임이었을 뿐입니다. 이탈리아의 노동자 계급은 여전히 불행합니다. 그래서 그들은 암살을 기도하고 폭동을 일으키고, 반란도 언제든지 일으킬 수 있습니다. 오스트리아 군대가 철수한 뒤 이탈리아는 실제 어떤 이익을 얻었습니까? 성과란 명목상에 불과했습니다. 전쟁을 일으켜서라도 달성하려고 했던 개혁들은 아직 달성되지 않았습니다. 일반 민중의 상황은 전반적으로 변한 것이 없습니다.

당신이 인도에서 그런 상황이 재연되는 것을 바라지 않는다는 점을 나는 분명히 알고 있습니다. 당신은 수백만의 인도인들이 행복해지기를 바랄 뿐이지, 정권을 잡으려고 하는 것은 아니라고 나는 믿습니다. 만약 사실이 그러하다면 우리는 오직 한 가지 사실, 즉 수백만의 사람들이 자치를 획득할 수 있는 방안을 고려해야 합니다. 여러 인도 토호국왕들의 치하에서 민중이 으깨지고 있다는 점을 당신은 인정해야 합니다. 왕들은 민중을 무자비하게 짓밟고 있습니다. 그들의 폭정은 영국인들의 폭정보다 더 심합니다. 당신이 만약 인도에서 그런 폭정을 원한다면 우리는 결코 같은 의견을 가질 수 없습니다. 영국인들이 퇴각한 뒤 인도 민중이 왕들의 발치 아래에서 짓밟히는 것을 나의 애국심은 용납하지 않을 것입니다. 내게 힘이 있다면 영국인의 폭정만큼이나 인도 왕들의 폭정에 저항할 것입니다. 나에게 애국심이란 민중 전체의 복지입니다. 만일 영국인들의 손에 의해 민중의 전체 복지가 보장될 수 있다면 나는 그들에게 머리를 숙일 것입니다. 만일 어떤 영국인이라도 인도의 자유를 확보하기 위해 폭정에 저항하고 나라에 봉사하는 데에 자신의 생명을 바친다면, 나는 그 영국인을 인도인으로 환영하겠습니다.

다시 말하지만 인도는 무기가 있을 때에만 이탈리아처럼 투쟁할 수 있을 것입니다. 당신은 이 문제를 전혀 고려하지 않았습니다. 영국인들은 훌륭하게 무장하고 있습니다. 이 때문에 나는 놀라지 않습니다. 하지만 무장한 영국인들에 저항하기 위해서는 수천의 인도인들이 무장해야 한다는 점은 분명합니다. 그런 일이 가능하다고 해도 그렇게 하려면 몇 년이나 걸릴까요? 더구나 인도를 대규모로 무장한다는 것은 인도를 유럽화하는 것입니다. 그렇게 되면 인도의 처지는 유럽의 처지만큼이나 가련하게 될 것입니다. 한 마디로 이것은 인도가 유럽문명을 받아들여야 한다는 것을 의미합니다. 그리고 우리가 원하는 것이 유럽문명이라면, 가장 좋은 일은 우리가 그 문명에서 훈련받은 사람들과 함께 하는 것입니다. 그런 뒤 우리는 몇몇 권리를 위해서 투쟁하며 얻을 수 있는 것을 얻을 것이고, 그런 식으로 나날을 보낼 것입니다. 하지만 인도는 미래에 무장을 선택하지 않을 것이며, 현재에도 무장하지 않는 편이 낫습니다.

독자 당신은 사실을 과장하고 있습니다. 우리 모두가 무장할 필요는 없습니다. 맨 먼저 우리는 영국인 몇 명을 암살하여 공포로 떨게 만들 것입니다. 그러면 무장한 소수의 사람이 공개적으로 투쟁할 것입니다. 25만 명 정도 죽을 수도 있습니다. 하지만 우리의 국토를 되찾을 것입니다. 게릴라전을 벌여야만 영국인을 무찌를 것입니다.

편집자 말하자면 당신은 거룩한 인도를 거룩하지 않은 땅으로 만들고 싶다는 것이군요. 암살의 수단을 사용해서 인도를 해방시킨다는 생각이 두렵지도 않습니까? 우리가 해야 할 것은 자신을 희생하는 일입니다. 다른 사람을 죽이려는 생각은 겁쟁이의 생각입니다. 암살로 누구를 해방시키려고 합니까? 수백만의 인도인들은 그것을 바라지 않습니다. 저주받은 현대문명에 도취되어 있는 자들이 그런 일을 생각합니다. 살인으로 권력을 잡은 자는 국가를 행복하게 만들지 않을 것이 분명합니다. 딩그라39)의 행동 및 인

---

39) 마단랄 딩그라(Madanlal Dhingra) : 그는 1909년 7월 1일 런던에서 정치가 커전 와일리(Curzon Wyllie)를 암살했다. 체포되어 같은 해 8월 17일 교수형당했다. 안중근 의사의 행위를 떠올린다. 간디는 안중근의 행위에 대해서도 같은 비판을 했을까? 아니면 그 행위를 비판할 만큼 거룩한 사람이 우리에게는 없었을까? (역주)

도에서 행해진 그와 유사한 행동에 의해 인도가 이득을 얻었다고 믿는 자는 중대한 오류를 범하고 있습니다. 딩그라는 애국자였지만 그의 애국은 눈 먼 것이었습니다. 그는 그릇된 방식으로 몸을 바쳤습니다. 궁극적인 결과는 해로울 뿐입니다.

독자　하지만 영국인들이 이런 살인 행위에 겁을 먹었다는 사실, 그리고 몰리경[40]의 개혁은 공포에서 나온 것이라는 사실을 인정할 것입니다.

편집자　영국인은 어리석기도 하지만 용감한 백성이기도 합니다. 나는 영국이 화약의 사용에 영향을 쉽게 받는다고 믿고 있습니다. 몰리경은 공포 때문에 개혁정책을 허용했을지도 모릅니다. 하지만 공포 때문에 허용된 것은 그것이 지속되는 동안에만 유지될 것입니다.

16. 폭력

독자　공포 때문에 얻어진 것은 공포가 지속되는 동안에만 유지된다는 것, 이것은 새로운 교의입니다. 그런데 일단 주어진 것은 철회될 수 없을 것 아닙니까?

편집자　그렇지 않습니다. 1857년의 포고령[41]은 폭동[42]의 결과로서 그리고 평화를 유지할 목적으로 이루어진 것이었습니다. 평화가 확보되고 민중

---

40) 몰리는 영국 내각의 인도상을 맡고 있었다. 몰리·민토개혁은 1909년 11월 15일 발효되었다.

41) 1858년 빅토리아 여왕(재위 1837~1901)의 포고령. 동인도 회사의 인도지배권을 박탈하고 영국 정부가 직접 지배하기 위해 새로운 총독 정부를 선언했다. 여왕의 포고령에는 인도인의 권리와 권위, 명예를 존중하고 종교적 관용을 보장한다는 약속도 들어 있었다. 조길태, 『인도사』, 민음사, 1994, 418~419면 참조. (역주)

42) 세포이 대폭동(Sepoy's Mutiny, 1857)을 지칭한다. 조길태, 『인도사』, 399면 이하 참조. (역주)

의 마음이 단순하게 되자 포고령의 효력은 완전히 감소되었습니다. 만일 내가 처벌이 두려워서 도둑질을 그만둔다면, 처벌에 대한 두려움이 사라지자마자 도둑질을 재개할 것입니다. 이것은 거의 보편적인 경험입니다. 우리는 힘을 통해 사람을 움직일 수 있다고 생각해 왔고, 그래서 우리는 힘을 사용합니다.

독자 당신은 당신의 의견에 반대되는 주장을 펴고 있다는 것을 인정하지 않으시겠지요? 아시다시피 영국인들이 자국에서 얻은 것은 폭력으로 획득한 것입니다. 그들이 획득한 것은 소용없는 것이라고 당신이 논의해 왔다는 것은 알고 있습니다만, 그런 논의가 나의 주장에 영향을 미치는 것은 아닙니다. 그들은 소용없는 것을 원했고 그것을 손에 넣었습니다. 나의 요점은 그들의 욕구가 충족되었다는 점입니다. 그들이 무슨 방법을 동원했는지가 무슨 상관이 있겠습니까? 좋은 목적이라면 그것을 획득하기 위해 폭력을 포함한 무슨 수단이라도 사용하면 안 됩니까? 집에 침입한 도둑을 처치해야 할 때 수단에 대해 생각해야 할 필요가 있을까요? 나의 의무는 무슨 수를 써서라도 그를 몰아내는 일입니다. 우리가 청원을 이용하여 얻은 것도 없고 얻을 것도 없다는 점을 당신은 인정하는 듯합니다. 그렇다면 왜 폭력을 사용하면 안 됩니까? 그리고 손에 넣는 것을 유지하기 위해서, 우리는 필요한 만큼 폭력을 사용함으로써 공포를 유지해 나갈 것입니다. 어린애가 불 안으로 발을 들이미는 일을 막기 위해서 힘을 계속 써야 한다는 데는 당신도 비난할 수 없을 것입니다. 하여간 우리는 우리의 목적을 달성해야 합니다.

편집자 당신의 논법은 그럴 듯하여 많은 사람을 기만하고 있습니다. 나도 전에 비슷한 논의를 편 적이 있습니다. 하지만 이제 더 잘 알게 되었으므로, 당신을 깨우치기 위해 애쓸 것입니다. 먼저 영국인들이 자신의 목적을 달성하고자 폭력을 사용했기 때문에 우리 역시 폭력으로 목적을 달성하는 일이 정당하다는 논의가 있는데 이것을 검토해 봅시다. 영국인들이 폭력을 사용한 것이 사실이고, 우리도 폭력을 사용할 수 있다는 점은 전적으로 옳습니다. 그러나 비슷한 방법을 사용한다면 그들이 얻은 것과 똑같은 것만을 얻을 수 있을 뿐입니다. 당신은 우리가 바라는 것이 그런 것이 아니라는 점을 인정할 것입니다. 수단과 목적은 아무 관계가 없다는 당신의 믿음은 큰 착각입니다. 그 착각 때문에 종교적인 사람으로 간주되는 사람들조차 중대한 죄를 저질러 왔습니다. 당신의 논의는 해로운 잡초를 심어서 장미를 얻을 수 있다고 말하는 것과 같습니다. 우리가 바다를 건너려면, 배라는 수단을 이용해서만 건널 수 있습니다. 만약 그 목적을 위해 행여 마차를 타고 간다면 사람과 마차 모두 바다 속에 가라앉고 말 것입니다. '신이 그러하듯이 신봉자 또한 그러하다'라는 격률은 음미해 볼 만합니다. 그러나 그 의미는 왜곡되고 사람들은 타락했습니다.

수단은 씨앗에, 목적은 나무에 비유될 수 있습니다. 씨와 나무 사이에 침범할 수 없는 관계가 존재하듯이 수단과 목적 사이에도 존재합니다. 신에게 예배를 드려 얻는 결과는 사탄 앞에 부복(仆伏)함으로써 얻을 수는 없을 것입니다. 그래서 만일 누구든 "신에게 예배드리기 원하며 사탄의 방법을 통해서 신에게 예배를 드린다고 해도 상관없다"고 말한다면, 이는 무지에서 나오는 어리석은 말입니다. 우리는 뿌린 대로 거둡니다. 1833년 영국인은 폭력을 통해 더 큰 선거권을 획득했습니다. 그들이 폭력을 사용함으로써 자신들의 의무를 더 잘 인식하게 되었습니까? 그들은 선거권을 원했고, 그것을 물리력으로 얻었습니다. 하지만 참된 권리는 의무 수행의 결과에서 생겨납니다. 그들은 이 권리를 얻지 못했습니다. 그래서 영국에서는 각자 자신의 권리를 요구하고 주장하면서도 아무도 의무에 대해서는 생각하지 않는 소극(笑劇)이 벌어지게 되었습니다. 모든 사람들이 권리를 원한다면 누가 누구에게 권리를 줄 것입니까? 그들이 의무라면 아무 것도 수행하지 않는다고 말하려는 것이 아닙니다. 권리에 상응하는 의무를 수행하지 않습니다. 그들이 일정한 의무를 수행하지 않는다면, 즉 합당한 자격을 획득하지 않는다면, 그들의 권리는 그들에게 부담이 되고 말 것입니다. 달리 말하면, 그들이 얻어낸 것은 정확하게 그들이 채용한 수단의 결과입니다. 그들은 목적에 상응하는 수단을 사용했습니다. 만일 내가 당신의 시계를 빼앗으려고 한다면, 나는 분명 당신과 싸워야 할 것입니다. 만일 내가 당신의 시계를 사기를 원한다면, 돈을 지불해야 할 것입니다. 선물을 원한다면 말로 간청해야 할 것입니다. 내가 사용하는 수단에 따라서 그 시계는 도둑맞는 재산, 나의 재산 또는 기증품이 될 것입니다. 이렇듯 우리는 세 가지 다른 수단에서 세 가지 다른 결과를 얻을 수 있습니다. 그런데도 수단이 상관없다고 여전히 얘기할 수 있습니까?

이제 당신이 제시한 도둑을 쫓아내야 한다는 예를 검토해 봅시다. 무슨 방법을 써서라도 도둑을 쫓아낼 수 있다는 당신의 말에 동의할 수는 없습니다. 만약 도둑이 부친이라면 나는 한 가지 방법만을 사용할 것입니다. 아는 사람이 도둑이라면 다른 방법을 사용할 것입니다. 아주 낯선 자라면 제3의 방법을 사용할 것입니다. 그 도둑이 백인이라면 당신은 인도인 도둑의 경우와는 다른 방법을 사용할 거라고 말할 것입니다. 만일 그가 허약한 사람이라면, 나와 동일한 신체력을 가진 사람들을 다룰 때 사용하는 방법과는 다른 것이 될 것입니다. 도둑이 머리끝에서 발끝까지 무장한 자라면, 나는 단지 조용히 있겠습니다. 달리 말한다면, 도둑이 누구냐에 따라 다양한 방법이 있습니다. 도둑이 부친이거나 완전 무장한 자든 관계없이 자는 척하고 있어야 한다고 상상해 봅시다. 부친도 무장할 수 있고 그 사람이 누구든 그의 힘에 굴복해서 내 물건을 훔쳐가도록 내버려두어야 할 것이기 때문입니다. 부친의 힘에 대해서는 나는 연민으로 울 것이고, 무장 괴한의 힘에 대해서는 분노를 일으키고 서로 적이 될 것입니다. 이와 같이 기이한 상황에 빠질 수도 있습니다. 이런 사례들을 고려해보면, 우리는 각각의 경우 선택해야 할 수단에 대해 동의하지 않을 수도 있습니다. 나는 스스로 이 모든 경우에 무엇을 해야 할지를 분명히 알고 있지만, 당신은 나의 치유책에 대해 놀랄 수도 있습니다. 그래서 그것을 당신 앞에 제시하기가 망설여집니다. 당분간 당신이 그것을 짐작하도록 내버려두겠습니다.
만일 당신이 짐작하지 못한다면, 분명 각각의 경우에 다른 방법을 강구해
야 할 것입니다. 그리고 어떤 수단을 취하더라도 도둑을 쫓아내는 데 소용
이 없음을 알게 될 것입니다. 개개의 경우 적합한 수단을 강구해야 할 것
입니다. 따라서 당신의 의무는 당신이 좋아하는 아무 방법이나 골라서 도
둑을 쫓아내는 것이 아닙니다.

　얘기를 좀더 해봅시다. 무장한 사람이 당신의 재산을 훔쳤다고 해봅시
다. 당신은 그의 절도 행위를 잊지 않고 분노로 차 있을 것입니다. 당신을
위해서가 아니라 이웃의 선을 위해서 악한을 처벌하기를 바란다고 당신은
논할 것입니다. 당신은 무장한 자를 여러 명 모집해서 그의 집을 습격하기
를 원합니다. 악한은 소식을 듣고 도망갑니다. 그 역시 격노하게 되어 동
료 도둑을 모으고, 백주에 당신을 강탈할 것이라는 도전적인 메시지를 보
냅니다. 당신은 강력하기 때문에 두려워하지 않고 악당을 맞이할 준비를
할 것입니다. 그동안 강도들은 이웃 사람들을 괴롭힐 것입니다. 그들은 당
신한테 와서 불평을 늘어놓을 것입니다. 당신은 모든 일이 이웃 사람들을
위한 것이며, 당신 자신의 재산이 도둑맞는 것에 대해서는 괘념치 않는다
고 대답합니다. 당신의 이웃들은 전에는 강도에게 시달리지 않았는데, 당
신이 그에 대해 적대 행위를 선포한 다음에 비로소 강도질이 시작되었다
고 대답할 것입니다. 당신은 진퇴양난에 빠집니다. 당신은 저 불쌍한 자들
에 대해 강한 연민을 느끼고 있습니다. 그들이 말한 바는 옳습니다. 이제
어떻게 해야 합니까? 만일 당신이 강도를 내버려둔다면 당신은 치욕을 당
하게 될 것입니다. 그래서 당신은 불쌍한 사람들에게 말할 것입니다. “걱
정 마십시오. 여기에 오십시오. 내 재산은 여러분의 것입니다. 여러분에게
무기를 주고 그 사용법을 가르쳐 드리겠습니다. 여러분은 악당을 무찔러야
합니다. 악당을 내버려두지 맙시다.” 그래서 전쟁은 커집니다. 강도들의 수
는 늘어나고, 당신의 이웃들은 의도적으로 불편한 처지에 빠져 들어갔습니
다. 강도에 대한 복수심의 결과로 당신의 평화가 깨어지고 되었고, 강도를

당하고 공격당할지도 모른다는 지속적인 공포에 쌓여 있습니다. 용기는 사라지고 겁이 나기 시작합니다.

이 논의를 끈기 있게 검토한다면, 내가 그림을 과장하여 묘사한 것이 아님을 알게 될 것입니다. 이것이 강도에 대처하는 한 가지 방법입니다. 다른 방법도 검토해 봅시다. 이 무장 강도가 무지한 형제라고 해봅시다. 적절한 기회에 그와 의논할 것입니다. 당신은 강도도 결국 당신의 동료이고, 뭐 때문에 그가 도둑질하게 되었는지를 모른다고 말합니다. 따라서 가능하다면 도둑의 절도 동기를 없앨 결심을 하게 됩니다. 당신이 이렇게 스스로 헤아리는 동안, 그 사람이 다시 훔치러 옵니다. 당신은 화내는 대신 그에게 연민을 느낍니다. 절도벽이 그에게 병임에 틀림없다고 생각합니다. 따라서 당신은 대문과 창문을 열어 두고, 잠자리를 바꾸고, 물건도 그가 가장 잘 가져갈 수 있는 장소에 둡니다. 강도는 다시 옵니다. 그는 이 모든 것이 그에게 너무나 기이한 일이어서 혼란에 빠집니다. 하지만 그는 물건을 훔쳐갑니다. 하지만 그의 마음에는 동요가 일어납니다. 그는 마을에서 당신에 대해 물어보고, 당신의 관대하고 사랑하는 마음에 대해 알게 됩니다. 그는 뉘우치고 당신의 용서를 구하고, 당신 물건을 되돌려주고, 절도벽을 버립니다. 그 사람은 당신의 충복이 되고, 당신은 그를 위해 남부럽지 않은 직장을 찾아 줍니다. 이것이 두 번째 방법입니다. 이렇게 해서 취하는 수단이 다르면 전혀 다른 결과를 가져온다는 점을 알게 되었습니다. 여기에서 도둑들이 위의 방식으로 행동할 것이라거나 또는 모든 사람들이 당신처럼 동일한 연민과 사랑을 가질 것이라고 추론하는 것은 아닙니다. 하지만 나는 정당한 방법만이 정당한 결과를 낳을 수 있다는 점을, 그리고 모든 경우는 아니더라도 대다수의 경우 사랑과 연민의 힘이 무기의 힘보다 무한히 위대하다는 점을 보이고 싶을 뿐입니다. 폭력의 행사에는 해(害)가 있지만, 연민을 베푸는 데에는 절대로 해가 없습니다.

이제 청원이라는 수단을 검토해 봅시다. 힘의 뒷받침이 없는 청원은 소용이 없다는 점은 논쟁의 여지가 없습니다. 하지만 고 라나드 판사[43]는 청원이 민중을 교육하는 방식이기 때문에 유익한 목적에 사용될 수 있다고 말했습니다. 청원은 민중에게 상황을 깨닫게 하고 지배자들에게 경고를 보냅니다. 이런 관점에서 보면 청원은 전혀 무용의 것이 아닙니다. 힘이 동등한 자의 청원은 예의의 표시입니다. 노예가 하는 청원은 노예 신분의 표시입니다. 힘의 후원을 받는 청원은 동등한 자가 하는 청원입니다. 그가 자신의 요구를 청원의 형식으로 보낼 때, 그것은 그의 고귀함의 증거입니다. 두 가지 종류의 힘이 청원을 뒷받침할 수 있습니다. "이걸 주지 않으면 당신을 해칠 것이오"라고 하는 것도 일종의 힘입니다. 그것은 무기의 힘이고, 거기에서 나오는 사악한 결과들은 이미 검토한 바 있습니다. 두 번째 종류의 폭력은 다음과 같이 표현될 수 있습니다. "우리의 요구를 인정하지 않는다면, 우리는 더 이상 청원하는 자가 되지 않을 것이오. 우리가 피지배자로 남아 있는 한 당신은 우리를 지배할 수 있을 것이오. 우리는 당신과 더 이상 교섭하지 않을 것이오." 이 말에 함축되어 있는 힘은 사랑의 힘, 혼의 힘인데, 이것을 보다 대중적인 표현, 하지만 덜 정확한 표현을 빌린다면 수동적 저항(passive resistance)이라고 부를 수 있을 것입니다. 이 힘은 파괴될 수 없습니다. 그것을 사용하는 자는 자신의 위치를 완벽하게 이해합니다. 우리에게 다음과 같은 속담이 있습니다. "'아니오'라고 할 수 있는 태도 하나는 서른 여섯 개의 질병을 치유한다." 무기의 힘은 사랑의 힘이나 혼의 힘과 대결하면 철저하게 무력합니다.

이제 마지막 예를 봅시다. 즉, 자기 발을 불 속에 넣는 어린아이 얘기 말입니다. 이 얘기는 당신의 논지에 도움이 되지 않을 것입니다. 당신은 어린아이에게 실제로 무엇을 합니까? 어린아이가 아주 강한 힘을 내어서 당신을 무력하게 만들어버리고 불 속으로 뛰어 들어간다고 가정한다면, 당신은 아이를 제지할 수 없을 것입니다. 당신에게 오직 두 가지 해결방안이 있을 뿐입니다. 아이가 불꽃 속에서 스러지는 것을 막기 위해서는 당신이

---

43) 마하데브 고빈드 라나드(Mahadev Govind Ranade, 1842~1901) : 저명한 인도인 판사, 사회개혁가, 저자, 인도 국민회의의 창시자 중의 한 사람.

아이를 죽이든가, 아니면 당신 눈앞에서 아이가 죽어 가는 것을 보고 싶지 않기에 당신의 목숨을 바쳐야 합니다. 당신은 물론 아이를 죽이지는 않을 것입니다. 만일 당신의 마음이 연민으로 가득 차 있지 않다면, 아이에 앞장서서 불꽃 속으로 자신을 던지지 않을 수도 있습니다. 그래서 아이가 불꽃 속으로 들어가는 것을 어쩔 수 없이 허용하게 됩니다. 이런 식이라면 당신은 물리력을 사용한 것은 아닙니다. 어린아이가 불 속으로 뛰어드는 것을 힘으로 막을 때, 그 힘이 저급한 차원이긴 하지만 물리력이라고 생각하지 말기를 바랍니다. 그 힘은 다른 차원의 것이고, 우리는 그것이 무엇인지 분명히 이해해야 합니다.

이렇게 불 속에 뛰어드는 아이를 막을 때 전적으로 아이의 이익만을 염려한다는 점, 아이의 이익만을 위해 권위를 행사하고 있다는 점을 기억하십시오. 당신의 사례는 영국인에게는 적용되지 않습니다. 영국인에게 폭력을 행사할 때 당신은 전적으로 당신 자신의 이익, 즉 국가 이익만을 염두에 두고 있습니다. 여기에는 연민이나 사랑은 전혀 없습니다. 만일 당신이 영국인의 행위는 사악하므로 불을 대표하고, 영국인은 무지에서 행동하므로 아이의 입장과 같다고 말한 다음, 그런 아이를 보호하기를 원한다고 해 봅시다. 당신은 누가 범했든지 모든 종류의 사악한 행위를 막아야 합니다. 그리고 저 사악한 아이의 경우와 같이 당신은 자신을 희생해야 할 것입니다. 만일 당신에게 그런 무한한 연민이 있다고 한다면 그것을 잘 발휘할 수 있기를 바랍니다.

17. 사땨그라하-혼의 힘[45)

독자 당신이 혼의 힘 또는 진리의 힘이라고 불렀던 것이 성공을 거둔 사례에 대해 역사적인 증거가 있습니까? 혼의 힘을 통해 일어난 국가의 사례는 없는 것으로 보입니다. 사악한 행위를 하는 자들은 물리적 처벌이 없다

면 악을 행하기를 그치지 않을 것이라고 여전히 생각합니다.44)

편집자 뚤시다스 시인은 이렇게 노래했습니다. "육신의 뿌리는 이기주의이며, 종교의 뿌리는 자비와 사랑이다. 그래서 우리는 살아 있는 한 자비를 버려서는 안 된다." 이것은 나에게 과학적인 진리로 보입니다. 나는 둘 더하기 둘이 넷임을 믿듯이 이런 진리를 믿습니다. 사랑의 힘은 혼의 힘이나 진리의 힘과 같습니다. 이 힘이 걸음마다 작동한다는 증거가 우리에게 있습니다. 사랑의 힘이 없다면 우주는 사라지고 말 것입니다. 그런데도 당신은 역사적인 증거를 요구합니다. 그래서 역사가 무엇을 의미하는지를 알아야 합니다. 구자라뜨 말에서 역사란 '그런 일이 그렇게 일어났다'45)는 뜻입니다. 만일 역사의 의미가 그런 것이라면 증거를 풍부하게 제시할 수 있습니다. 하지만 역사가 만일 왕과 황제들의 행위를 의미한다면, 역사에서는 혼의 힘이나 수동적 저항에 대한 증거는 찾을 수 없습니다. 당신은 주석 탄광에서 은광석을 기대할 수 없습니다.

우리가 알기로는 역사는 세계에서 일어난 전쟁의 기록입니다. 그래서 영국인들 사이에는 역사, 즉 전쟁이 없는 나라가 행복한 나라라는 속담이 있습니다. 왕들이 어떻게 행위했고, 서로 어떻게 원수가 되었는지, 서로를 어떻게 살해했는지, 이런 것들이 역사에 정확히 기록되어 있습니다. 만약 세상에 이런 일들만 일어났다면, 세상은 오래 전에 종말을 고했을 것입니다. 만일 우주의 얘기가 전쟁과 더불어 시작했다면, 오늘날 단 한 사람도 살아 있지 않을 것입니다. 전쟁을 치른 백성들은 사라지고 말았습니다. 오

---

44) 『전집』 권10, 291면에 따르면, '사땨그라하―혼의 힘'은 1909년의 구자라뜨어 텍스트 소제목(satyagraha atmabal)이고, 1939년 나바지반 출판사 간행 텍스트 소제목은 '수동적 저항'이다. 안찬수 한글역의 영어본 편집자도 『전집』과 같은 견해를 갖고 있다(안찬수 역, 128면). 그런데 왜 본 번역 영어 원전 편집자인 이예르(Iyer)는 여기에서 구자라뜨어 텍스트의 소제목을 따랐을까? 간디가 운동 초기에 사용했던 '수동적 저항'이란 말을 버리고 '사땨그라하'라는 말을 새로 만들어 사용하게 된 사실을 감안했기 때문일까? 추측할 따름이다. (역주)

45) 글자 그대로 "Itihas[역사]는 '그런 일이 그렇게 일어났다'는 것을 의미한다."

스트레일리아의 원주민들이 그런 예에 속합니다만, 이 원주민들은 침입자들에 의해 거의 한 사람도 살아남지 못했습니다. 이 원주민들이 자신을 방어하는 데 영혼의 힘을 사용하지 않았다는 점을 부디 명심해 두십시오. 그리고 약간의 선견지명만 있더라도 오스트레일리아인들도 그들의 희생자와 동일한 운명을 가질 것임을 알 수 있습니다. '칼로 일어선 자들은 칼로 망하리라.'[46] 우리에게는 이와 비슷한 속담으로, 헤엄을 잘 치는 사람은 물에 빠져 죽는다는 말이 있습니다.

아직 이 세상에 수많은 사람이 살아 있다는 사실은 세상이 무력이 아니라 진리의 힘이나 사랑의 힘에 기초하고 있음을 보여 줍니다. 따라서 사랑의 힘과 진리의 힘이 성공한다는 가장 위대하면서도 반박할 수 없는 증거는, 여러 전쟁에도 불구하고 세상이 여전히 살아 있다는 사실입니다.

수천 수만 명의 사람들은 힘의 활발한 활동에 자신들의 생존을 의존합니다. 수백만의 가정에서 보통 일어나는 작은 시빗거리는 이 힘의 작용 앞에서 사라지고 맙니다. 수백 개의 나라들은 평화롭게 살아갑니다. 역사는 이런 사실을 기록하지도 않고 기록할 수도 없습니다. 사랑의 힘과 혼의 힘이 한결같은 작동을 중단할 때 그것을 모두 기록한 것이 바로 역사입니다. 형제 두 사람이 싸운다고 해봅시다. 그 중에 한 사람이 뉘우쳐서 자신 안에 잠자고 있던 사랑을 다시 일깨웁니다. 그리하여 형제는 다시 평화롭게 살기 시작합니다. 그렇다고 해도 이 사실에 주목하지 않을 것입니다. 그러나 이들 형제가 변호사의 개입이나 다른 원인을 통해 무기를 들거나 폭력의 다른 형식인 법률을 이용한다면, 그들의 행위는 곧장 신문에 알려지고, 이웃 사람들의 얘깃거리가 될 것이고 아마 역사에 기록될 것입니다. 가정이나 지역사회에 대해 진실인 것은 나라에 대해서도 진실입니다. 가정에 맞는 법이 따로 있고, 나라에 맞는 법이 따로 있을 것이라는 사실을 믿을 이유가 전혀 없습니다. 그래서 역사는 자연(nature)의 과정이 중단된 사실에

---

46) 「마태오복음」 26 : 52. (역주)

대한 기록입니다. 그러나 혼의 힘은 자연스런 것이므로 역사에는 기록되지 않습니다.

독자 당신의 말을 듣고 보니, 수동적 저항(passive resistance)의 사례들을 역사에서는 찾을 수 없다는 점이 분명합니다. 이런 수동적 저항에 대해 보다 완전히 이해할 필요가 있습니다. 그것에 대해 더 자세히 설명해 주면 좋겠습니다.

편집자 사땨그라하(Satyagraha)는 영어로는 수동적 저항이라고 부릅니다. 수동적 저항은 개인적 고통을 통해 권리를 확보하는 방법으로서, 무력을 이용한 저항에 반대되는 것입니다. 양심에 맞지 않는 일이라면 단 한 가지라도 거절할 때, 나는 혼의 힘을 사용하는 것입니다. 예를 들면, 현 정부가 나에게 적용될 수 있는 법률을 통과시켰는데, 나는 그것을 좋아하지 않습니다. 만약 내가 폭력을 사용하여 그 법률을 폐기하도록 정부에 강제한다면, 나는 육신의 힘이라고 부를 수 있는 것을 사용하는 것입니다. 만일 내가 법에 복종하지 않고 그 위반에 대해 처벌을 받아들인다면, 나는 혼의 힘을 사용하는 셈입니다. 그것은 자기 희생을 수반합니다.

자기 희생이 타인의 희생보다 한없이 우월하다는 점은 누구든 인정하는 사실입니다. 더구나 이런 자기 희생의 힘이 옳지 못한 명분 아래 사용된다면, 그것을 사용하는 사람만 고통을 당할 것입니다. 그는 자신의 실수 탓으로 다른 사람들에게 고통을 주지 않습니다. 사람들은 지금까지 결과적으로 잘못이었음이 드러난, 많은 일을 해왔습니다. 자신이 절대 옳다고 주장할 수 있는 사람은 없습니다. 그리고 특정한 일에 대해 자신이 잘못이라고 생각한다고 해서 그 일이 잘못이라고 주장할 수 있는 사람은 없습니다. 하지만 그런 주장이 그의 신중한 판단의 결과라면 그것은 그에게는 잘못입니다. 그래서 그는 자신이 잘못이라고 알고 있는 것을 행해서는 안 되고, 잘못을 행했을 때는 그 결과가 무엇이든지 감내해야 합니다. 이것이 혼의 힘을 사용할 때의 관건입니다.

독자 그것은 법률을 경시하는 행위입니다. 지독한 불충입니다. 우리나라는 항상 법률을 준수하는 국가로 간주되어 왔습니다. 당신은 극단주의자들보다 더 심해 보입니다. 극단주의자들은 통과된 법률에 반드시 복종해야 한다고 하면서도, 만약 법률이 악하다면 힘을 사용해서라도 입법가를 쫓아내야 한다고 말합니다.

편집자 내가 극단주의자들보다 더 심한가 그렇지 않는가는 우리 모두에게 별로 중요하지 않습니다. 우리는 옳은 일을 찾아내서 그에 따라 행동하기를 바랄 뿐입니다. 우리나라가 법률을 준수하는 국가라는 주장의 참의미는 우리가 수동적 저항자라는 뜻입니다. 우리가 특정 법률을 좋아하지 않을 때 입법자의 머리를 부수지는 않으며, 고통을 당하면서 법률에 불복합니다. 법률의 선악 여부와 관계없이 법을 준수해야 한다는 사실은 최근 새롭게 유행하는 관념입니다. 옛날에는 그런 일이 없었습니다. 민중은 과거 그들이 좋아하지 않는 법률을 무시하고 법률 위반에 대한 고통을 받았습니다. 양심에 어긋나는 법에 복종하는 일은 우리 인간성에 위배됩니다. 그런 가르침들은 종교에 반대되고 노예 상태를 의미합니다. 만일 정부가 우리더러 발가벗은 채로 돌아다니라고 요구한다면, 우리는 그렇게 해야만 합니까? 만일 내가 수동적 저항자라면, 나는 그런 법률과는 아무 관계가 없다고 말할 것입니다. 그러나 우리는 우리 자신을 망각하고 너무나 유순하여 우리를 모욕하는 법률에 대해서도 괘념하지 않습니다.
  자신의 인간성을 자각한 자는 신만을 빼놓고 아무도 두려워하지 않습니다. 인간이 만든 법이 반드시 구속력을 가진다고 할 수는 없습니다. 정부라고 해도 우리에게 그런 일을 기대할 수 없을 것입니다. 그들은 "당신은 이러 저러한 일을 해야 한다"고 말하지 않고, 오히려 "만일 당신이 이런 일을 하지 않는다면, 우리는 당신을 처벌할 것이오"라고 말합니다. 우리는

너무 심하게 기가 꺾여서 법률이 제시하는 것을 따르는 일이 우리의 의무
겸 종교라고 생각합니다. 부당한 법을 지키는 것이 인간답지 못하다는 사
실을 깨닫기만 한다면, 어떤 인간의 폭정도 우리를 노예로 삼을 수 없습니
다. 이것이 자치(self-rule, home rule)의 관건입니다.

　다수자의 행위가 소수자를 속박한다고 믿는 것은 미신이지 신을 믿는
행위가 아닙니다. 다수자의 행위가 틀리고, 소수자의 행위가 옳았음이 밝
혀진 사례는 수없이 많이 존재합니다. 모든 개혁은 다수자에 대항하는 소
수자의 선도에서 시작됩니다. 강도의 무리에서는 강도질에 대한 지식이 의
무라고 해도, 경건한 사람이 그런 의무를 수용하겠습니까? 부당한 법도 지
켜야 한다는 미신이 존재하는 한, 우리의 노예 상태는 지속될 것입니다.
수동적 저항자만이 그러한 미신을 제거할 수 있습니다.

　폭력과 화약을 사용하는 일은 수동적 저항에 반하는 행위입니다. 그것
은 우리는 원하지만 우리의 적수가 원치 않는 일을, 적수에게 힘으로 강제
한다는 것을 의미하기 때문입니다. 그런 힘의 사용이 정당화된다면, 우리
는 적수에게 힘을 사용할 수 있는 권한을 부여하는 셈입니다. 그 때문에
우리는 결코 일치에 도달할 수 없을 것입니다. 맷돌 주위를 뱅뱅 도는 눈
먼 말처럼 우리가 전진하고 있다는 상상만 하게 될 것입니다. 양심에 어긋
나는 법률에 복종하는 일을 의무로 믿지 않는 사람들에게는 수동적 저항
이라는 처방만이 열려 있습니다. 이것 이외의 다른 처방은 재앙으로 끝나
고 말 것입니다.

독자　당신의 말에서 나는 수동적 저항이 약자들의 탁월한 무기라는 점을,
하지만 약자들도 강하게 되면 무기를 들 것이라는 점을 추론할 수 있습니다.

편집자　이것은 엄청난 무지입니다. 수동적 저항, 즉 혼의 힘은 무적입니
다. 그것은 무력에 비해 우월합니다. 그런데 어떻게 그것이 약자의 무기로
만 간주될 수 있겠습니까? 수동적 저항자가 필수적으로 갖추어야 할 용기

는 물리력을 사용하는 사람에게는 낯선 것입니다. 겁쟁이가 자신이 싫어하는 법률에 불복할 수 있으리라고 믿을 수 있습니까? 극단주의자들은 폭력의 지지자로 간주됩니다. 그렇다면 그들은 왜 법의 준수에 대해 말합니까? 나는 그들을 비난하는 것은 아닙니다. 그들은 이런 것 이외에 말할 수 있는 것이 아무 것도 없습니다. 그들이 영국인을 쫓아내는 일에서 성공하면, 그들 스스로 총독이 되어 당신과 나에게 자신의 법을 준수하라고 요구할 것입니다. 그것은 그들의 체질에 어울리는 일입니다. 하지만 수동적 저항자는 비록 대포 앞에서 산산조각이 난다고 해도 양심에 반하는 법에는 순종하지 않을 거라고 말할 것입니다.

당신은 어떻게 생각합니까? 어느 쪽이 더 용기가 필요하다고 생각합니까? 대포 뒤에 서서 대포 앞으로 전진하는 사람들을 산산조각내는 쪽입니까, 아니면 웃는 얼굴로 대포에 다가서서 산산조각나는 쪽입니까? 어떤 사람이 진정한 전사입니까? 죽음을 항상 절친한 친구로 생각하는 사람입니까, 아니면 다른 사람의 죽음을 지배하는 사람입니까? 용기와 인간성이 결여되어 있는 사람은 결코 수동적 저항자가 될 수 없다는 내 말을 믿어 주십시오

육신이 약한 자라고 해도 수동적 저항을 벌일 수 있다는 점은 인정합니다. 수백만의 사람들과 마찬가지로 단 한 사람도 이 저항을 벌일 수 있습니다. 남녀 불문하고 모든 사람들이 저항을 벌일 수 있습니다. 수동적 저항에는 군대 훈련이 필요치 않습니다. 그것은 유술(柔術)과 같은 방어술도 필요 없으며, 마음에 대한 지배만이 필요합니다. 그리고 마음이 지배되면 사람은 숲 속의 제왕처럼 자유로워지며, 그가 흘끗 보기만 해도 원수는 위축되고 맙니다.

수동적 저항은 양날의 칼이므로 어떤 방법으로 사용해도 됩니다. 그 칼을 사용하는 사람과 그 칼을 맞는 사람도 축복을 받습니다. 그것은 피 한 방울 흘리지 않고도 커다란 결과를 낳습니다. 그것은 결코 녹슬지 않고 훔칠 수도 없습니다. 수동적 저항자들 사이의 경쟁은 끝이 없습니다. 수동적

저항이라는 칼은 칼집이 필요 없습니다. 당신이 그런 무기를 단순히 약자의 무기로만 생각하는 것은 참으로 이상한 일입니다.

독자 수동적 저항은 인도의 장기(長技)라고 말했습니다. 인도에 대포가 사용된 적이 전혀 없습니까?

편집자 분명 당신이 생각하는 인도는 몇몇 인도 토호국왕들을 지칭하고 있습니다. 하지만 나에게 인도는 인도를 가득 매운 수백만 인도인들을 의미하고, 토호국왕들이나 우리의 존재는 인도인들에게 의지하고 있습니다.

왕들은 언제나 당당한 무기들을 사용하려 합니다. 무력을 사용하는 데에는 익숙해져 있습니다. 그들은 명령을 내리고자 합니다. 하지만 명령에 복종해야 할 사람들은 대포를 원하지 않습니다. 그리고 이런 사람들이 세계 전역을 통해 다수를 차지합니다. 그들은 육신의 힘이나 혼의 힘 가운데 하나를 배워야만 합니다. 육신의 힘을 배운다면 지배자들과 피지배자들은 수많은 미치광이처럼 변합니다. 하지만 혼의 힘을 배우면 참된 사람들은 부당한 명령을 무시하기 때문에, 지배자들의 명령은 자신들의 칼끝을 넘어서지 못합니다. 농민들은 결코 칼에 의해 압도당한 적이 없었고 앞으로도 없을 것입니다. 그들은 칼을 사용할 줄 모릅니다. 다른 사람이 칼을 사용한다고 해도 놀라지 않을 것입니다. 죽음을 베개처럼 여기면서 그것에 머리를 누이는 나라는 위대합니다. 죽음을 거부하는 사람들은 모든 공포에서 자유로워집니다. 폭력의 기만적인 매력 아래서 수고하는 자들에게 이런 묘사는 과장이 아닙니다. 사실 인도에서는 사람들이 삶의 전 부문에서 일반적으로 수동적 저항을 사용해 왔습니다. 지배자들이 우리를 불쾌하게 만들 때 그들에게 협조하지 않았습니다. 이것은 수동적 저항입니다.

나는 작은 토호국에서 왕이 포고한 명령에 촌민들이 마음이 상했던 사례 하나를 기억합니다. 촌민들은 명령이 떨어지자 즉각 마을을 비우기 시작했습니다. 왕은 초조해졌고 백성들에게 사과하고 명령을 철회했습니다.

인도에는 이런 예는 숱하게 많습니다. 수동적 저항이 민중을 지도하는 힘이 될 경우에만 진정한 자치(Home Rule)가 가능해집니다. 그런 것 이외의 다른 지배는 모두 외치(外治)[47]입니다.

독자 그렇다면 당신은 육신을 단련할 필요가 전혀 없다고 말할 것입니까?

편집자 절대로 그런 말은 하지 않을 것입니다. 육신이 단련되지 않으면 수동적 저항자가 되기 어렵습니다. 일반적으로 너무 애지중지하여 약해 빠진 육신 안에 거하는 마음 역시 약하고, 마음의 힘이 없는 곳에서는 혼의 힘 또한 있을 수 없습니다. 우리는 조혼과 사치스런 생활을 버리고 우리의 체격을 향상해야 할 것입니다. 내가 만일 상한 몸을 가진 자에게 포문에 맞서라고 한다면, 나는 사람들에게 웃음거리가 될 것입니다.

독자 당신이 그렇게 말하는 것으로 보아, 수동적 저항자가 되는 것은 쉬운 일이 아닌 것 같습니다. 사실이 그렇다면 어떻게 수동적 저항자가 되는지를 설명해 주십시오.

편집자 수동적 저항자가 되는 일은 쉽기도 하고 어렵기도 합니다. 나는 14세 소년이 수동적 저항자가 되는 것을 본 적이 있습니다. 병자가 저항자가 된 경우도 보았습니다. 나는 신체적으로는 강하고 별탈 없이 행복하면서도 수동적 저항을 벌일 수 없는 사람들도 압니다. 나는 많은 경험을 쌓았습니다. 나의 눈에는 나라에 봉사하기 위해 수동적 저항자가 되고자 하는 사람들은, 완벽한 순결을 지켜야 하며, 가난을 수용하고, 진리에 순응하고, 무외(無畏)를 길러야 할 것으로 보입니다.

순결은 가장 위대한 훈련 중에 하나로 이것이 없다면 마음은 꼭 필요한

---

47) 안찬수 역의 주에는 외치의 구자라뜨어로는 ku-raj(잘못된 통치, 실정, 악정)라고 한다. 140면 참조. (역주)

견강불괴(堅剛不壞)를 얻을 수가 없습니다. 순결하지 못한 자는 기운을 잃고 거세한 듯 유약하게 되고 겁쟁이가 됩니다. 동물적 정염에 마음을 빼앗긴 자는 위대한 노력을 기울일 수 없습니다. 수많은 사례가 이것을 증명합니다. 그럼 기혼자는 어떻게 해야 하는가 하는 질문이 당연히 생깁니다. 하지만 그것을 질문할 필요가 없습니다. 남편과 아내가 자신들의 욕정을 만족시키는 것은 바로 그 점에서 동물적 탐닉과 다름없습니다. 그런 탐닉은 종족을 잇는 일을 제외하고 엄격히 금지되어야 합니다. 하지만 수동적 저항자는 그와 같이 제한적인 탐닉조차도 피해야 합니다. 그는 자손에 대한 욕망을 전혀 가질 수 없기 때문입니다. 그래서 기혼자들도 완벽한 순결을 지킬 수 있습니다. 이 주제는 길게 다룰 수는 없습니다. 여러 질문들이 생겨납니다. 즉, 어떻게 아내와 함께 지낼 수 있을까? 그녀의 권리는 무엇일까 등등 유사한 질문이 생겨납니다. 하지만 위대한 작업에 참여하기를 원하는 자들은 이런 수수께끼를 풀어나가야만 합니다.

순결이 필요하듯이 가난도 필요합니다. 금전에 대한 야심과 수동적 저항은 양립할 수 없습니다. 돈을 가진 자에게 돈을 버리라는 것은 아니지만, 그것에 대해 무관심하기를 바랍니다. 그들은 수동적 저항을 포기하기보다 모든 돈을 잃을 준비가 되어 있어야 합니다.

우리는 논의를 해오면서 수동적 저항을 진리의 힘으로 묘사하기도 했습니다. 진리는 꼭 순종해야 하는 것, 모든 희생을 바쳐서라도 순종해야 하는 것입니다. 이런 맥락에서 생명을 구하기 위해 거짓말을 해도 되느냐는 등의 현학적인 질문이 일어날 수는 있지만, 그것은 거짓을 정당화하려는 사람에게만 일어날 뿐입니다. 매순간 진리를 따르려는 자들은 그와 같은 수렁에 빠지지 않을 것입니다. 그들이 수렁에 빠진다고 해도, 잘못으로부터 구원을 받을 것입니다.

수동적 저항은 무외(無畏, 두려움 없는 마음) 없이는 한 걸음도 나갈 수 없습니다. 소유물, 거짓 명예, 친척, 정부, 신체의 상해, 죽음, 이것들 중 어느 것에 대해서건 공포에서 자유로운 자들만이 수동적 저항의 길을 따라갈 수 있습니다.

이러한 규율들이 지키기가 어렵다고 해서 포기해서는 안 됩니다. 자연은 인간에게 닥쳐올지도 모를 난관이나 고통에 맞설 능력을 인간의 가슴 안에 심어 주었습니다. 이런 자질들은 나라에 봉사할 마음이 없는 사람이라 하더라도 함양할 만한 가치가 있습니다. 무기를 사용하기 위해 훈련받기를 원하는 자들 역시 이러한 네 가지 자질들을 다소 갖추어야 한다는 점에 대해 오해가 없었으면 좋겠습니다. 원한다고 다 전사가 되는 것은 아닙니다. 예비 전사는 반드시 순결을 지켜야 하고 가난을 운명으로 받아들이고 만족해야 합니다. 무외 없는 전사는 상상조차 할 수 없습니다. 전사는 철저하게 진실해야 할 필요가 없다고 생각될 수도 있지만, 진실은 참된 무외에서 나옵니다. 사람이 진리를 버릴 때는 어떤 형태로든지 공포 때문에 그렇게 합니다. 그렇다면 위에서 말한 네 가지 자질을 보고 우리가 놀랄 필요는 없습니다. 물리력을 사용하는 사람은, 수동적 저항자라면 전혀 필요 없을 쓸데없는 자질들이 많이 있어야 한다는 점을 지적하고 싶습니다. 그리고 칼을 든 자가 특별한 노력을 별도로 요구하는 일은 무외의 결핍 탓이라는 점을 당신은 알게 될 것입니다. 만일 그가 무외심을 실현한다면, 바로 그 순간 칼을 손에서 놓아버릴 것입니다. 그는 칼의 도움이 필요 없습니다. 증오에서 자유로운 자는 칼이 필요 없습니다. 막대기를 든 자가 사자와 맞닥뜨리게 되면 자신을 방어하기 위해 본능적으로 그 무기를 치켜듭니다. 그는 자신의 내면에 무외의 자질이 없는데도 그것에 대해 수다를 떨었을 뿐이라는 점을 알았습니다. 그는 막대기를 떨어뜨리는 바로 그 순간 자신이 일체의 공포에서 자유롭다는 점을 발견했습니다.

18. 교육

독자 우리가 벌여온 토론 전체에서 당신은 교육의 필요성을 증명하지 못했습니다. 우리는 우리 사이에 교육이 없다고 언제나 불평해 왔습니다. 우리나라에 의무교육운동이 전개되고 있다는 점도 감지됩니다. 마하라자 게끄와르(Gaekwar)[48]는 교육을 자신의 영토에 도입한 바 있습니다. 모든 사람들이 그의 영토에 주목하고 있습니다. 우리는 마하라자의 운동이 성공하기를 기원합니다. 그런데 이 모든 노력이 소용이 없는 것인가요?

편집자 우리가 우리 문명을 최상의 것으로 간주한다면, 당신이 묘사했던 대부분의 노력이 쓸모 없다는 점을 유감스럽지만 말하지 않을 수 없습니다. 이런 방향으로 움직이는 마하라자 게끄와르 및 여타 지도자들의 동기는 티 없이 순결합니다. 그들은 분명 크나큰 칭송을 받을 만합니다. 하지만 우리는 그들의 노력에서 생겨날 결과도 숨길 수는 없습니다.

교육의 의미는 무엇입니까? 그것은 간단히 문자에 대한 지식을 의미하고, 수단에 불과합니다. 수단이라면 선용될 수도 있고 악용될 수도 있습니다. 환자를 치료하는 데 사용되는 수단은 생명을 앗아가는 데에도 사용될 수 있습니다. 문자에 대한 지식도 마찬가지입니다. 우리는 수많은 사람이 지식을 악용하고, 아주 소수의 사람만이 그것을 선용하고 있음을 거의 매일 목격합니다. 이런 말이 옳은 발언이라면 우리는 지식이 이익보다는 해를 더 많이 입혔음을 증명해 왔습니다.

교육의 일상적인 의미는 글을 배우는 것입니다. 아이들에게 읽기·쓰기·산술을 가르치는 것이 초등교육입니다. 농민은 정직하게 자신의 밥벌이를 합니다. 그는 세계에 대한 일상적인 지식은 있습니다. 농민은 부모, 아내, 자식과 이웃들에게 어떻게 행동해야 할지 상당히 잘 압니다. 농민은 도덕의 규범들을 이해하고 준수하고 있습니다. 하지만 그는 자신의 이름조

---

48) 당시의 이름으로는 바로다, 오늘날의 이름으로는 구자라뜨 왕의 이름이 모두 게끄와르로 불린다. 그 중 Farzand-i-Khas-i-Daulat-i-Inglishia Maharaja Sir Sayaji Rao III Gaekwar Sena Khas Khel Shamsher Bahadur, G.C.S.I.(1863년 출생, 재위 1875~1939)를 가르치는 것으로 보인다. (역주)

차 쓸 줄 모릅니다. 그런 그에게 글을 가르쳐 주어서 당신이 기대하는 것은 무엇입니까? 농민의 행복에 눈꼽만큼이라도 보태렵니까? 농민이 자신의 오두막이나 운명에 불만을 품게 만들고 싶습니까? 당신이 불만을 품게 만들고 싶어도 농민에게 그런 교육은 필요 없을 것입니다. 우리는 서구의 사조에 떠밀려 장단점을 따지기 전에 민중에게 이런 종류의 교육을 주어야 한다는 결론에 도달하고 말았습니다.

이제 고등교육을 생각해 봅시다. 나는 지리학·천문학·대수학·기하학 등을 배웠습니다. 그런데 그것들이 무슨 소용이 있단 말입니까? 내가 나나 주변 사람들에게 어떤 식으로 이익을 주었습니까? 나는 왜 이런 것들을 배웠습니까? 그래서 헉슬리 교수는 교육을 다음과 같이 정의했습니다.

> 다음과 같은 사람이 인문교육을 받은 사람이다. 청춘기에 아주 훈련을 잘 받아서 육신이 의지를 잘 따르는 사람, 육신이 하나의 기계 장치처럼 할 수 있는 모든 일을 쉬우면서도 기쁘게 잘 하는 사람; 지성은 맑고 차가운 논리를 갖춘 엔진과 같은 사람; …… 마음은 자연에 대한 근본적인 진리를 지식으로 저장한 사람; …… 강건한 의지로 정염을 잘 훈련시켜 순종하게 하고 부드러운 양심의 종복으로 만든 사람; …… 온갖 비열함을 증오하고 타인을 자신처럼 존중하도록 배운 사람; 오직 이와 같은 사람만이 인문교육을 받은 자로 여긴다. 그는 자연에 어울리기 때문이다. 그는 자연에서 가장 훌륭한 것을 도출해 내고, 자연도 그에게서 가장 훌륭한 것을 도출해 낼 것이다.

이것이 참교육이라면, 내가 위에서 언급했던 학문들은 내 감관을 통제하는 데 한 번도 사용할 수 없었다고 역설하지 않을 수 없습니다. 그래서 기초교육을 받았든 고등교육을 받았든, 그것은 가장 중요한 일을 위해 필요한 것이 아닙니다. 그와 같은 교육은 우리를 인간으로 만들지 않고, 우리로 하여금 의무를 수행하도록 만들지도 않습니다.

독자 그렇다면 다른 질문을 하겠습니다. 무슨 능력으로 이 모든 일들을 나에게 말할 수 있습니까? 만약 당신이 고등교육을 받지 않았더라면 어떻게 그런 설명을 할 수 있었겠습니까?

편집자 옳은 말입니다. 하지만 내 답변은 간단합니다. 내가 고등교육이나 기초교육을 받지 않았다면 내 인생을 낭비했을 것이라고는 한번도 생각하지 않았습니다. 내가 말을 할 수 있기 때문에 반드시 봉사한다고 여기지도 않았습니다. 하지만 나는 봉사하기를 진정 바라고 있고, 그 바람을 충족시키려고 하면서 내가 받은 교육을 활용하고 있습니다. 그리고 만일 내가 교육을 사용하는 경우에도 수백만의 민중들을 위해서가 아니라 당신 같은 사람들을 위해서만 그것을 사용할 수도 있습니다. 이 사실이 내 주장을 뒷받침해줍니다. 당신이나 나, 우리 모두는 아주 잘못된 교육의 해독에 노출되어 있었습니다. 나는 이미 교육의 나쁜 영향으로부터 벗어났다고 주장합니다. 나는 경험을 통해 얻은 이익을 당신에게 주려고 노력하고 있습니다. 그렇게 노력하면서 나는 이와 같은 교육의 부패를 증명하는 것입니다.

더구나 나는 무조건 문자 지식(a knowledge of letters)을 비방하지 않았습니다. 내 말은 우리 모두 문자 지식을 맹목적으로 숭배해서는 안 된다는 것입니다. 문자 지식은 요술방망이(Kamadhuk)[49]가 아닙니다. 문자 지식이 제 자리를 차지하면 쓸모가 있습니다. 제 자리를 차지한다는 말은 우리가 감관들을 통제하고 윤리를 튼튼한 토대 위에 두는 것을 말합니다. 그런 다음 우리가 교육을 받을 작정이면 우리는 지식을 선용할 수 있습니다. 하지만 문자 지식이 하나의 장식물이 되면 우리를 쉽게 깔아뭉갤 수 있습니다. 따라서 이러한 교육을 의무교육으로 만들 필요는 없습니다. 우리의 옛날 학교제도만으로 충분합니다. 그 안에서는 성격 형성이 최우선이며, 그것이 기초교육입니다. 그런 기초 위에 세워진 건물은 오래 갈 것입니다.

독자 그럼 자치를 얻기 위해 당신은 영어교육을 불필요한 것으로 여긴다

---

49) 전설의 소, 모든 소원을 들어준다고 한다. (원주) 여의주라고도 번역할 수 있다. (역주)

고 이해해도 됩니까?

편집자 내 대답은 그렇기도 하고 그렇지 않기도 합니다. 수백만의 인도인들에게 영어교육을 시키는 일은 그들을 노예로 만드는 일입니다. 매콜리(Macaulay)가 세운 교육의 기초로 말미암아 우리는 노예가 되고 말았습니다. 그것이 그의 의도였다는 것은 아니지만 결과적으로 그렇게 되었습니다. 우리가 외국어로 자치를 말하는 것은 슬픈 얘기가 아닙니까?

그리고 유럽인들이 폐기해 버린 체제가 우리 사이에서 유행하고 있다는 점은 특기할 만합니다. 유럽의 지식인들은 부단히 변화를 만들어 냅니다. 하지만 우리는 무식하게도 그들이 내버린 체제에 집착하고 있습니다. 유럽인들은 각 부문에서 자신들의 위상을 향상시키기 위해 노력하고 있습니다. 웨일스 지방은 영국의 작은 일부입니다. 웨일스 사람들은 웨일스어에 대한 지식을 부흥시키기 위해 큰 노력을 쏟고 있습니다. 영국 재무장관 로이드 조지50) 씨는 웨일스 어린이들에게 웨일스어를 가르치는 운동을 지도하고 있습니다. 그런데 우리의 처지는 어떻습니까? 우리는 엉터리 영어로 글을 주고받습니다. 우리의 학위 논문조차도 이런 일에서 자유롭지 못합니다. 우리의 가장 좋은 생각도 영어로 표현됩니다. 우리 국민회의의 의사 진행도 영어로 합니다. 가장 훌륭한 신문도 영어로 출판되고 있습니다. 만일 이런 사태가 장기간 지속된다면 후손들은 우리를 비난하고 저주할 것입니다. 이것이 나의 확고한 신념입니다.

영어교육을 받음으로써 우리가 나라를 노예로 만들어 버렸다는 점을 지적할 필요가 있습니다. 위선과 폭정 등이 증가했습니다. 영어를 아는 인도인들은 아무 주저 없이 민중을 속이고 공포 속으로 몰아넣었습니다. 이제 우리가 민중을 위해 할 수 있는 일이 있다면 그것은 그들에게 진 빚의 일

---

50) 로이드 조지(David Lloyd George, 1863~1945) : 웨일스 카나번셔 라니스툼뒤 근처 티뉴이드. 영국의 총리(1916~1922). 제1차 세계대전 후반기에 영국의 정치를 지배했다. 죽던 해에 작위가 수여되었다. (역주)

부라도 갚는 것입니다.

법원에 가고자 할 때 의사 소통의 도구로서 당연히 영어를 사용해야 하고, 법정 변호사로 변론을 할 때 모국어를 할 수 없어서 내 모국어를 제 3자가 영어로 통역해 주어야 한다면 고통스런 일이 아닙니까? 이런 일이야말로 정말로 황당한 일이 아닙니까? 이것은 노예 신분의 표시가 아닙니까? 이 일에 대해 나는 영국인을 비난해야 합니까, 아니면 나 자신을 비난해야 합니까? 인도를 노예로 만든 자들은 우리 자신, 즉 영어를 아는 인도인들입니다. 우리나라가 퍼붓는 저주는 영국인이 아니라 우리에게 쏟아져야 합니다.

영어교육이 불필요한가라는 당신의 마지막 질문에 대해 나는 그렇기도 하고 그렇지 않기도 하다고 대답했습니다. 앞에서는 영어교육이 왜 필요 없는지 설명했으니, 이제 왜 영어교육이 필요한지 말하겠습니다.

우리는 문명의 질병에 단단히 걸렸습니다. 영어교육 없이 아무 일도 못한다는 것을 보면 알 수 있습니다. 이미 영어교육을 받은 자들은 필요한 곳에서는 그것을 선용할 수 있을 것입니다. 우리가 영국인이나 우리 민중과 교섭함에 있어서 영어를 통해서만 의사 소통을 할 수 있는 경우, 영국인이 자신들의 문명에 대해 얼마나 깊이 혐오하고 있는지를 알기 위해서라면 우리는 영어를 사용하거나 배울 수 있을 것입니다. 영어를 배운 사람들은 후손들에게 모국어를 통해 도덕을 가르쳐 주어야 하고 다른 인도 언어 하나를 가르쳐 주어야 합니다. 그들이 성인이 되면 영어를 배울지도 모르지만, 궁극 목표는 우리에게 영어가 필요 없어지는 것입니다. 영어로 돈을 벌겠다는 목표는 반드시 피해야 합니다. 그와 같이 제한적으로 영어를 배우는 경우에도 우리는 영어를 통해 배워야 할 일, 배워서는 안 될 일을 고려해야 합니다. 우리가 어떤 학문을 배워야 할지에 대해서도 알아야 합니다. 조금만 생각해 보아도, 우리가 영국 학위를 선호하지만 않는다면 지배자들은 우리의 말을 경청하게 될 것이라는 점을 알 수 있습니다.

독자 그렇다면 우리는 어떤 교육을 해야 합니까?

편집자 이 점에 대해서는 앞에서도 약간 언급했지만 좀더 살펴봅시다. 우리는 모든 인도어를 향상해야 한다고 생각합니다. 인도어로 어떤 주제를 배워야 할 것인가는 여기에서 상술할 필요가 없습니다. 귀중한 영어 책들이 있다면 그것들을 여러 인도어로 번역해야 할 것입니다. 많은 학문을 배운다는 구실은 내버려야 합니다. 종교교육 곧 윤리교육이 최우선이 되어야 합니다. 자신의 지방어에 덧붙여 모든 교양 있는 인도인이 힌두교도라면 산스끄리뜨를 알아야 할 것입니다. 이슬람교도라면 아랍어를, 파시교도라면 페르시아어를 알아야 할 것입니다. 모든 인도인은 힌디어를 알아야 합니다. 일부 힌두교도들은 아라비아어와 페르시아어를 알아야 할 것입니다. 일부 이슬람교도와 파시교도들은 산스끄리뜨를 알아야 합니다. 북부 지역의 일부 사람들과 서부 지역의 일부 사람들은 따밀어를 알아야 합니다. 인도 전체를 위한 공용어는 힌디어여야 할 것입니다. 힌디어를 글로 쓸 때에는 페르시아문자나 나가리 문자를 선택할 수도 있을 것입니다. 힌두교도와 이슬람교도들이 좀더 친밀한 관계를 유지하자면 이 두 문자 모두를 알아야 할 것입니다. 그리고 이렇게 할 수 있다면 우리는 단시간에 영어를 우리 땅에서 몰아 낼 수 있을 것입니다. 노예로서 우리에게는 이 모든 일이 필수적입니다. 우리가 노예 상태이기 때문에 이 나라 역시 노예가 되었습니다. 우리가 자유롭게 된다면 우리나라도 자유롭게 될 것입니다.

독자 종교교육 문제는 매우 어렵습니다.

편집자 하지만 종교교육 없이는 우리는 아무 것도 할 수 없습니다. 인도는 결코 신이 없는 나라가 될 수 없습니다. 인도에서는 순전한 무신론이 번성할 수 없습니다. 우리의 과업은 참으로 어렵습니다. 종교교육을 생각하자마자 머리가 멍해집니다. 우리의 종교 스승들은 위선적이고 이기적입니다. 하지만 그들에게 다가가지 않을 수 없습니다. 물라,[51] 다스뚜르,[52] 그리고 브라만들은 손아귀에 해결의 열쇠를 쥐고 있지만, 만일 그들에게 건전한 상식이 없다면, 우리는 영어교육을 하던 에너지를 끌어내어 종교교육에 바쳐야 할 것입니다. 이것은 그리 어려운 일이 아닙니다. 오직 바닷가만 오염되었으므로 거기에 사는 자들은 청소를 해야 합니다. 우리 중에 이런 범주에 들어가는 사람이 있다면 스스로 청결하게 할 것입니다. 내 말이 수백만의 사람들에게는 적용되는 것이 아니기 때문입니다. 인도를 본래의 상태로 회복시키기 위해서는 우리가 그 상태로 복귀해야만 합니다. 우리 자신의 문명 내부에서도 물론 진보와 후퇴, 개혁과 반동이 있을 것입니다. 하지만 한 가지 노력, 서양문명을 밖으로 몰아내어 쫓아버리는 노력이 필요합니다. 그러한 노력이 이루어진다면 다른 것은 모두 따라 올 것입니다.

19. 기계

독자 나는 당신이 서양문명을 쫓아내야 한다고 했을 때, 우리는 어떤 기계도 원치 않는다는 말도 하리라고 생각했습니다만.

편집자 이 질문은 내가 받았던 상처를 들추고 있습니다. 나는 두뜨 씨의 『인도경제사』를 읽으면서 울고 말았습니다. 지금도 그 책을 생각하면 마음이 다시 아파집니다. 인도를 가난하게 만든 것은 바로 기계입니다. 맨체스터가 우리에게 가한 위해는 헤아리기조차 힘듭니다. 인도의 수공업이 사실상 사라지게 된 것은 맨체스터 때문입니다.

하지만 그렇게 말하는 것은 잘못입니다. 맨체스터를 어떻게 비난할 수 있겠습니까? 우리는 맨체스터 산 직물을 걸쳤습니다. 바로 그 때문에 맨체

---

51) 무슬림 종교 지도자. (역주)
52) 파시교 사제. (역주)

스터는 직물을 짜내었습니다. 나는 벵골의 용기53)에 대해 읽고 기뻤습니다. 벵골 관구(管區)에는 방직 공장이 하나도 없습니다. 그래서 그들은 원래의 수직업(手織業)을 복구할 수 있었습니다. 벵골이 봄베이의 방직산업을 고무하고 있다는 점은 사실입니다. 만일 벵골이 기계로 만든 **모든** 상품에 대한 불매를 선언했다면 더 좋았을 것입니다.

기계는 유럽을 황폐화하기 시작했습니다. 이제 파멸이 영국의 문을 두들기고 있습니다.54) 기계는 현대문명의 가장 주요한 상징이고, 크나큰 죄악을 대변합니다.

봄베이 방직공장55) 직공들은 노예가 되어 버렸습니다. 방직공장에서 일하는 여성들의 실태는 충격적입니다. 공장이 하나도 없었을 때 이 여성들은 굶주리지 않았습니다. 만일 기계에 대한 광기(craze)가 우리나라에서 성장한다면, 인도는 불행한 나라가 될 것입니다. 인도는 이단으로 간주될 수도 있겠지만, 나는 인도에 여러 방직공장을 건설하는 것보다 우리가 맨체스터에 돈을 보내 맨체스터산 얇은 직물을 사용하는 것이 더 나을 것이라고 말하지 않을 수 없습니다. 맨체스터 직물을 사용한다면 우리는 돈만을 허비하는 셈입니다. 하지만 인도에 맨체스터와 같은 도시를 재생하면 우리는 피를 팔아 돈을 버는 꼴이 될 것입니다. 우리의 도덕적 존재 자체가 서서히 파괴될 것이기 때문입니다. 방직공 자신들이 나의 주장을 지지하는 증거가 될 수 있을 것입니다. 공장을 통해 부를 축적하는 자들은 다른 부자들보다 나을 것이 없습니다. 인도인 록펠러가 미국인 록펠러보다 선할 것이라고 상정하는 것은 어리석은 일입니다. 빈곤한 인도는 해방될 수 있습니다. 그러나 부도덕을 통해 부자가 된 인도는 결코 자유를 회복하기 어려울 것입니다. 부자들이 영국 통치를 지지하게 되고, 그 사실을 우리가

---

53) 이것은 분명히 스와데시운동을 가리킨다. 『전집』 권10, 303면. (역주)
54) 『전집』 권10, 303면에 따르면 구자라뜨어 텍스트는 '인도의 문'으로 되어 있다. 안찬수 역의 영어본 편집자는 '인도의 문'이 옳을 것이라고 말하고 있다. (역주)
55) 영어단어 mill의 번역인데, 문맥을 보아서 공장 대신 방직공장으로 번역했다. (역주)

인정하게 될까 봐 두렵습니다. 부자들의 이익이 안정적인 영국 통치와 연계되어 있기 때문입니다. 돈은 사람을 무력하게 만듭니다. 돈만큼 해로운 일이 한 가지 더 있는데, 그건 성적인 악입니다. 둘 다 독입니다. 이 둘에 비교하면 뱀에 물리는 것은 독성이 덜합니다. 뱀한테 물리면 육신만을 파괴하지만, 돈과 성적인 악은 몸·마음·혼을 파괴합니다. 그래서 우리는 방직산업이 성장할 것이라는 전망에 대해 기뻐할 필요가 없습니다.

독자 그렇다면 방직공장은 폐쇄해야 합니까?

편집자 그건 어려운 문제입니다. 이미 세워진 것을 없애는 것은 쉬운 일이 아닙니다. 그래서 우리는 차라리 일을 벌이지 않는 것이 최고의 지혜라고 말하는 것입니다. 우리는 방직공장 소유주를 저주하는 것이 아니라 불쌍하게 여길 뿐입니다. 공장을 포기하는 것을 기대하기는 어렵지만 우리는 공장을 증설하지 말라고 간청할 수는 있을 것입니다. 만일 그들이 선량하다면 서서히 사업을 줄여나갈 것입니다. 그들은 수많은 가정에 옛날의 거룩한 손 베틀(手織機)을 설치하고, 그렇게 해서 짠 천을 전량 수매할 수 있을 것입니다. 방직공장 소유주들이 이렇게 하든 하지 않든 민중은 기계가 짠 상품을 사용하는 것을 중지할 수 있습니다.

독자 당신은 지금까지 기계가 짠 직물에 대해서 말했지만 기계가 만든 물건들은 무수히 많습니다. 물건들을 수입을 하거나 아니면 기계를 우리나라에 도입해야 할 것입니다.

편집자 실제 우리가 쓰는 물건 중에는 독일에서 만들어진 물건도 있습니다. 그렇다면 성냥과 핀, 그리고 유리 그릇 제품에 대해 말할 필요가 뭐 있겠습니까? 내 대답은 한결같습니다. 이런 물건들이 도입되기 전에 인도는 어떻게 했습니까? 오늘날도 똑같이 해야 할 것입니다. 기계 없이 핀을 만들 수 없다면 우리는 핀 없이 살아가야 할 것입니다. 유리 그릇의 번쩍이는 광채, 우리는 그런 것과는 아무 관계가 없습니다. 우리는 예전처럼 등잔불의 심지는 집에서 기른 목화로 만들고 받침대는 흙으로 만든 수공품을 이용해야 할 것입니다. 그렇게 하면 우리는 눈과 돈을 절약하고 스와데시운동을 지원하며, 따라서 자치를 획득할 것입니다.

모든 사람들이 이런 일을 단숨에 한다거나 일부 사람들이 기계가 만든 물건 일체를 단숨에 포기할 것이라고 생각해서는 안 됩니다. 그러나 생각이 건전하다면 우리는 포기가 가능한 물건을 언제나 발견할 수 있고, 그 사용을 서서히 그치게 될 것입니다. 단지 몇 사람이라도 시작한다면 다른 사람들도 본받을 것이고, 그 운동은 기하급수적으로 늘어나는 코코넛처럼 성장할 것입니다.56) 지도자들이 하는 일이라면, 민중은 그 다음에 기꺼이 할 것입니다. 사안은 복잡하지도 어렵지도 않습니다. 당신과 나는 다른 사람들이 우리와 함께 할 수 있을 때까지 기다릴 필요가 없습니다. 그것을 하지 않는 자들은 패배자가 될 것이고, 진리를 존중한다고 해도 행하지 않는 자들은 겁쟁이라고 부를 만합니다.

독자 그렇다면 전차와 전기는 어떻습니까?

편집자 이 질문은 이제 너무 늦었습니다. 아무 의미가 없습니다. 우리가 철도 없이 살아간다면 전차 없이도 살아가야 할 것입니다. 기계는 한 마리에서 백 마리까지 들어 있는 뱀굴과 같습니다. 기계가 있는 곳에는 대도시가 있고, 대도시가 있는 곳에는 전차와 철도가 있습니다. 거기에서 우리는 전기 불빛만을 보고 있습니다. 영국의 촌락들도 이런 것들 중 어느 것도 자랑하지 않습니다. 정직한 의사는 인위적 교통기관이 증가해서 사람들의

---

56) 직역하면 '수학 문제의 코코넛'이 되지만 구자라뜨어 텍스트에 따라 '기하급수적으로 늘어나는 코코넛처럼'으로 옮긴 안찬수 역을 따랐다. 『힌두 스와라지』, 160면 참조. 그런데 『전집』 권10, 304면에는 이 구절에 대해 아무 언급이 없다. (역주)

건강이 나빠졌다고 말할 것입니다. 유럽의 어떤 촌에서 돈이 궁하게 되어 전차 회사, 변호사, 의사들의 수입이 줄어들었는데, 일반인들의 건강은 악화되지 않았다는 사실을 기억합니다. 기계와 관련해 좋은 점은 단 한 가지도 떠올릴 수 없습니다. 반면에 그 악을 증명하기 위해서는 여러 권의 책은 쓸 수 있을 것입니다.

독자 당신이 말하는 전부가 기계를 통해 인쇄될 것이라는 점, 그것은 좋은 점입니까, 나쁜 점입니까?

편집자 이것은 때로는 독으로 독을 제거할 수 있다는 점을 증명하는 사례 중의 하나입니다. 그렇다면 이것은 기계에 대한 좋은 점이 아닐 것입니다. 기계는 죽어 가면서 우리에게 다음과 같이 말하는 것 같습니다. "조심하시오 나를 피하시오 나에게서 아무 이득을 얻지 못할 것이고, 인쇄에서 나올 만한 이득은 기계에 대한 광기에 사로잡힌 자들에게만 도움이 될 것이오"
　핵심 사항을 잊지 마십시오 기계가 나쁘다는 점을 자각하는 것이 중요합니다. 그렇게 되면 우리는 차차 그것 없이 살아갈 수 있을 것입니다. 자연은 우리가 바라는 목표를 곧장 달성할 수 있는 길을 주지는 않았습니다. 기계를 하나의 은혜로서 환영하는 대신, 악으로 간주하면, 그것은 결국 없어지고 말 것입니다.

20. 결론

독자 당신의 견해를 듣고, 나는 당신이 제3당을 결성하지 않겠는가 하는 결론을 내리게 되었습니다. 당신은 과격파도 온건파도 아닙니다.

편집자 그것은 잘못입니다. 나는 제3당을 전혀 고려하지 않습니다. 우리가 모두 같은 식으로 생각하는 것은 아닙니다. 온건파들이라고 해서 모두 동일한 견해를 가진다고 말할 수 없습니다. 봉사만 하려는 사람이 어떻게 당을 가질 수 있습니까? 나는 온건파나 강경파 모두에게 봉사할 것입니다. 내가 그들과 다른 점이 있다고 해도, 나는 존경심을 갖고 내 입장을 제시할 것이고 봉사를 지속할 것입니다.

독자 그렇다면 당신은 온건파와 강경파에게 무슨 말을 하겠습니까?

편집자 강경파에게는 다음과 같이 말하겠습니다. "여러분이 인도 자치를 원한다는 점을 알고 있다. 그러나 인도의 자치는 요청한다고 해서 얻을 수 있는 것은 아니다. 각자가 자기 힘으로 획득해야 한다. 다른 사람이 나를 위해 얻어준 것은 자치가 아니라 외치이다. 그래서 여러분이 영국인을 추방하는 것만으로 자치를 얻었다고 말하는 것은 적절치 못하다. 나는 이미 자치의 참된 본성을 묘사한 바 있다. 자치를 무력으로 얻을 도리는 없다. 폭력은 인도에 결코 어울리지 않는다. 그래서 여러분은 혼의 힘에 전적으로 의존해야 할 것이다. 당신은 폭력이 우리의 목표를 얻기 위해 모든 단계에서 필요하다고 생각해서는 못쓴다."

온건파들에게는 다음과 같이 말하겠습니다. "단순한 청원은 인격을 손상시키는 일이다. 왜냐하면 청원은 우리의 열등함을 고백하는 것이기 때문이다. 영국 통치를 없어서는 안 되는 것이라고 말하는 것은 신성을 부인하는 것과 거의 같다. 우리는 신을 제외하고는 사람이든 물건이든 없어서는 안 되는 것이 있다고 말할 수 없다. 더구나 인도에 영국인이 당분간 거주하는 일이 필수 사항이라고 선언하는 것은, 상식적으로 본다면 그들을 자만에 빠지게 하는 일이라고 말하지 않을 수 없다."

"만일 영국인이 살림살이를 모두 챙겨 인도를 떠난다면, 인도는 과부가 된다는 식으로 생각해서는 안 된다. 영국인의 압력 때문에 강제적으로 평화를 준수해야 하는 자들은 영국인이 철수한 뒤 투쟁할 수도 있다. 분출을 억압한다고 해도 거기에는 아무 이득이 없다. 분출은 반드시 분출구를 찾고 말 것이다. 그래서 우리가 평화롭게 살기 전에 서로 싸워야 한다면, 싸우는 편이 낫다. 제3자가 약자를 보호할 수 있는 경우는 없다. 이른바 보호란 것이 우리를 무기력하게 만들었다. 그런 보호는 약자를 더욱 약하게 만들 따름이다. 우리가 이런 사실을 깨닫지 못한다면, 자치를 획득하지 못할 것이다. 한 영국인 성직자의 생각을 풀어서, 나는 자치 아래의 무정부 상태가 질서 잡힌 외치보다 낫다고 말하고 싶다. 단지, 저 유식한 성직자가 자치에 부여한 의미는 내가 생각하는 인도의 자치와는 다르다. 우리는 영국인의 통치이든 인도인의 통치이든 폭정을 원치 않는다. 우리는 이 점을 배워야 하고 다른 자에게 가르쳐주어야 한다."

만일 이런 생각이 실행된다면 강경파와 온건파는 손을 잡을 수 있을 것입니다. 서로 두려워하거나 불신해야 할 이유가 없습니다.

독자 그럼 영국인들에게 뭐라고 말하겠습니까?

편집자 영국인들에게는 정중하게 다음과 같이 말하겠습니다. "당신들이 나의 통치자임을 인정한다. 당신들이 칼로 인도를 장악한 것인가, 우리들의 동의를 얻어 장악한 것인가를 토론할 필요는 없다. 나는 당신들이 이 나라에 거주하는 일에 대해 전혀 반대하지 않는다. 하지만 당신들은 지배자라고 할지라도 민중의 하인이 되어야 할 것이다. 우리가 당신들이 원하는 대로 움직여야 할 것이 아니라, 당신들이 우리가 원하는 대로 움직여야 할 것이다. 당신들은 지금까지 이 땅에서 앗아간 부를 간직해도 좋다. 하지만 더 이상 부를 앗아가지 말아라. 당신들이 원한다면 당신들이 해야 할 일은 인도의 치안을 유지하는 일이다. 우리에게서 상업적 이득을 얻어 갈 생각은 버려라. 당신들이 옹호하는 문명을 우리는 문명의 반대라고 생각한다. 우리는 우리 문명이 당신들의 것보다 훨씬 우월하다고 생각한다. 당신들이 만일 이러한 진리를 깨달으면 이익이 될 것이지만, 깨닫지 못한다면 당신네들의 속담대로, 당신들은 우리나라에서는 우리의 방식대로 살아가야 할 것이다. 우리 종교에 반(反)하는 행위를 절대로 해서는 안 된다. 힌두교도들을 위해 쇠고기를 피해야 하고, 이슬람교도들을 위해 베이컨과 햄을 피해야 하는 것은 지배자로서 당신들의 의무이다. 우리는 협박을 당해 왔으므로 여태 아무 말도 하지 않았다. 하지만 당신들의 행위로 우리의 감정이 다치지 않았다고 생각해서는 안 된다. 우리가 우리의 정서를 표출하는 것은 비천한 이기와 공포 때문이 아니라, 과감하게 외치는 일이 이제 우리의 의무이기 때문이다. 우리는 당신네 학교들과 법정을 쓸모 없는 것으로 간주한다. 우리는 우리의 옛날 학교와 법정이 회복되기를 바란다. 인도의 공용어는 영어가 아니라 힌디어이다. 당신들은 그것을 배워야 한다. 우리는 우리의 국어를 통해서만 당신과 의사 소통을 할 수 있다."

"당신들이 철도와 군대에 돈을 지출하고 있다는 생각을 하면 우리는 참을 수가 없다. 둘 중 어디에도 돈을 지출할 필요가 없다. 당신들은 러시아를 두려워할지 모르지만 우리는 아니다. 러시아가 오면 우리가 대처할 것이다. 만일 당신들이 우리와 함께 있겠다면 우리는 함께 러시아를 맞이할 것이다. 유럽의 천은 전혀 필요 없다. 우리는 우리나라에서 생산되고 제조된 물품으로 견딜 수 있다. 당신들은 한 눈으로 맨체스터를, 다른 한 눈으로 인도를 주시할 수 없을 것이다. 우리의 이익이 일치한 경우에만 함께 일할 수 있다."

"우리가 교만하기 때문에 이런 말을 하는 것은 아니다. 당신들은 엄청난 군사적 자원이 있다. 당신들의 해군력은 무적이다. 만일 우리가 당신들의 땅에서 싸우려고 해도 그렇게 할 능력이 없었을 것이다. 하지만 당신들이 우리의 제안을 수용할 수 없다면, 우리는 이제 피지배자의 역할을 그만둘 것이다. 만약 당신들이 원한다면 우리를 산산조각으로 낼 수 있을 것이다. 당신들은 포문(砲門) 앞에서 우리를 날려 버려도 좋다. 당신들이 우리 의지에 반해서 행동한다면 우리는 당신을 돕지 않을 것이다. 우리의 도움 없이 당신들은 한 걸음도 전진할 수 없다는 점을 우리는 안다."

"당신은 권력에 취해 이런 모든 것을 비웃을 수도 있다. 우리는 단번에 당신을 미망에서 깨우칠 수는 없을지 모른다. 하지만 우리에게 용기가 있다면, 당신은 당신의 도취가 자살 행위와 같다는 점과 우리의 희생에 대한 조롱은 지성의 도착이란 점을 곧 알게 될 것이다. 당신들은 마음 깊은 곳에서는 종교의 나라에 속한다고 우리는 믿는다. 우리는 종교들의 기원이 되는 땅에 살고 있다. 우리가 어떻게 지내 왔는지, 그건 고려할 필요가 없지만, 우리의 관계를 함께 선용할 수는 있다."

"인도에 온 영국인들은 영국의 좋은 표본은 못된다. 거의 반쯤 영국화된 우리 인도인들도 참된 인도의 좋은 표본이 될 수 없다. 만일 영국이 당신들이 자행했던 모든 일들을 알게 된다면, 당신들이 저지른 많은 행위들에 대해 반대할 것이다. 인도 대중들은 당신들과 거래가 거의 없다. 만일 당신들이 소위 문명을 내버리고 당신네 경전을 파고 들어가면, 당신들은 우리의 요구가 정당하다는 점을 발견하게 될 것이다. 우리의 요구가 완전히 충족된다는 조건 아래에서만 당신들은 인도에 머물러도 좋다. 그리고 만일 당신들이 그런 조건으로 머무른다면, 우리는 당신들에게서 여러 일을 배우게 될 것이고 당신들도 우리에게서 많은 점을 배우게 될 것이다. 그렇게 하면 우리는 상호 도움을 줄 수 있고 세계에 기여할 수 있다. 하지만 그런 일은 우리 관계가 종교적 토양에 뿌리를 내리는 경우에만 가능할 것이다."

독자 나라(nation)를 향해서는 어떤 말을 하겠습니까?

편집자 나라란 누구입니까?

독자 우리의 당면의 목적을 생각한다면, 나라란 당신과 내가 함께 생각해 온 나라일 것입니다. 당신과 나는 유럽문명의 영향을 받아 왔으며 자치를 몹시 바라고 있는 사람들입니다.

편집자 그들에게 나는 다음과 같이 말하겠습니다. "스스로 놀라지 않으면서도 위에서 말한 어투로 영국인들에게 말할 수 있는 자는, 참사랑으로 흠뻑 젖은 인도인들뿐이라고 말할 수 있을 것이다. 그런 인도인들이야말로 인도문명이 최선이고 유럽문명은 백일몽의 경이(驚異)란 점을 진심으로 믿는 자들이라고 말할 수 있을 것이다. 그와 같은 찰나의 문명들은 흔히 생겨났다 사라졌고, 앞으로도 그럴 것이다. 자신들의 내부에서 혼의 힘을 경험한 다음 폭력 앞에서 위축되지 않는 자들, 어떤 경우에도 폭력을 사용하려고 하지 않는 자들이야말로 참사랑에 흠뻑 젖은 자들로 간주될 수 있을 것이다. 이미 독이 든 잔을 마셨더라도 현재의 불쌍한 처지에 대해 강한 불만을 느끼는 자들만이, 참사랑에 흠뻑 젖어 있는 자라고 할 수 있다."

"그런 인도인이 한 사람이라도 있다면, 영국인들에게 앞서 언급했던 요구 사항을 말할 것이고 영국인들은 그의 말을 경청해야 할 것이다."

"이런 요구 사항들은 요구가 아니라 우리의 정신 상태를 보여주는 것이다. 우리는 요구함으로써 아무 것도 얻지 못할 것이다. 원하는 바를 거머쥐어야 한다. 그리고 노력을 위해서 우리는 반드시 힘이 필요하다. 그 힘은 다음과 같이 행동하는 자들에게만 주어질 것이다.

① 아주 드물게 영어를 사용하는 사람

② 법률가지만, 직업을 포기하고 손 베틀을 차고 앉은 사람

③ 법률가지만, 동포와 영국인을 계몽하는 일에 지식을 바치는 사람

④ 법률가지만, 파당들 사이의 다툼에 관여하지 않는 사람, 법정을 포기하고 그의 경험을 이용하여 다른 사람도 그와 같이 하도록 유도하는 사람

⑤ 법률가지만, 그 직업을 포기하고 판사가 되기를 거부하는 사람

⑥ 의사이지만, 의술을 포기하고, 육신이 아니라 혼을 치유해야 할 것임을 아는 사람

⑦ 의사이지만, 자신의 종교에 관계없이 유럽의 의과대학에서 실시되는 악마적인 생체해부라는 수단을 통해 육신을 치유하는 것보다 병든 채로

남아 있는 것이 낫다는 점을 이해하는 사람

⑧ 의사이지만, 손 베틀을 차고 앉은 사람. 그에게 환자들이 온다면 질병의 원인을 말해 줄 것이고, 쓸데없는 약을 공급함으로써 육신의 응석을 받아주기보다는 그 원인을 제거하라고 조언하는 사람. 만일 환자가 약을 복용하지 않아 죽더라도, 세상이 슬퍼하지 않을 것임을 이해하고 의사가 환자에게 참으로 자비로웠다는 점을 이해하는 사람

⑨ 부자지만, 부에도 불구하고 마음을 소리 높여 드러내고 아무도 두려워하지 않는 사람

⑩ 부자지만, 자신의 돈을 손 베틀을 설치하는 데 쓰고, 스스로 수제품을 착용함으로써 다른 사람들도 수제품을 사용하도록 장려하는 사람

⑪ 모든 인도인처럼, 지금은 회개·속죄·애도의 순간임을 아는 사람

⑫ 모든 인도인처럼, 영국인을 비난하는 것이 소용없는 짓이라는 것, 우리 때문에 그들이 인도에 왔고 우리 때문에 남아 있다는 것, 우리가 스스로 개혁할 때 비로소 그들은 떠나거나 그들의 본성을 바꿀 것임을 아는 사람

⑬ 다른 사람들처럼, 애도의 기간에는 탐닉이 있을 수 없고, 우리가 타락하게 되면 수감되거나 추방당하는 편이 훨씬 낫다는 것을 이해하는 사람

⑭ 다른 사람들처럼, 우리가 민중과 함께 하기 위해서는 투옥당하면 절대 안 된다고 생각하는 일이 미신임을 알고 있는 사람

⑮ 다른 사람들처럼, 말보다 행동이 더 낫다는 점, 우리가 생각하는 바를 정확히 말하고 결과를 직면하는 것이 우리의 의무라는 점, 그리고 그때 비로소 우리가 말로 다른 사람에게 인상을 남길 수 있다는 점을 이해하는 사람

⑯ 다른 사람들처럼, 우리가 오직 고통을 통해서만 자유롭게 될 것임을 이해하는 사람

⑰ 다른 사람들처럼, 안다만제도57)로 영구 추방당하는 것만으로는 유럽

---

57) Andaman : 안다만제도(諸島). 인도 안다만니꼬바르 연방직할주에 속한 제도 벵골 만 남동부에 있다. 안다만제도는 인도의 범죄자 수용소였다. 간디가 이 글을 쓰는 동안 많

문명을 고무한 죄에 대한 충분한 속죄가 되지 못함을 이해하는 사람

⑱ 다른 사람들처럼, 고난 없이 일어선 나라는 없다는 사실을 아는 사람, 심지어 물리적 전쟁에서조차도 참된 시험은 살인이 아니라 고난이라는 사실을 아는 사람, 수동적 저항으로 불리는 전쟁에서는 더더욱 그럴 것이라는 사실을 아는 사람

⑲ 다른 사람들처럼, 다른 사람이 그렇게 할 때는 우리도 그렇게 할 것이라고 말하는 것은 나태한 변명이라는 사실, 옳다고 여기는 바를 행해야 한다는 사실, 다른 사람들도 그 길을 보게 되면 그들도 그것을 행할 것이라는 사실, 내가 진미(珍味)의 음식을 상상할 때 다른 사람들이 그것을 맛볼 때까지 나는 기다리지 않는다는 사실,58) 국가적인 노력을 경주하고 수고하는 것은 진미의 성격을 갖고 있다는 사실, 그리고 억압 아래에서 고난을 당하는 것은 고난이 아니라는 사실을 아는 사람."

독자 이건 크나큰 주문입니다. 언제쯤이면 모든 사람들이 그것을 수행할 수 있을까요?

편집자 그런 말은 잘못된 것입니다. 당신과 나는 다른 사람들을 상관할 필요가 없습니다. 각자 자기의 의무를 수행합시다. 내가 내 의무를 수행한다면, 즉 나 자신에게 봉사한다면 다른 사람에게도 봉사할 수 있을 것입니다. 우리가 이야기를 끝내기 전에 나는 외람되지만 아래와 같이 반복하고 싶습니다.

① 진정한 자치는 자치이고 자제이다.
② 진정한 자치로 향하는 길은 수동적 저항, 즉 혼의 힘 또는 사랑의 힘

은 테러리스트들이 수감되어 있었다고 한다. 안찬수 역, 『힌두 스와라지』, 172면 참조. (역주)

58) 여기에서 진미는 비유적 표현, 국가적 노력에서 수고하는 일이 진미이다. 대의를 위해 고통당하는 일은 남 먼저 실천해야 한다는 뜻으로 보면 될 것이다. (역주)

이다.

③ 이 힘을 발휘하기 위해 전 방위에 걸친 스와데시가 필수적이다.

④ 우리는 하고 싶은 일을 행해야 한다. 이유는 우리가 영국인에게 반대해서도 아니고, 보복하고 싶어서도 아니며, 그렇게 하는 것이 우리의 의무이기 때문이다. 그러므로 영국인이 소금세를 폐지하고 우리 돈을 보상해주고 인도인들에게 최고위직을 주고 영국 군대를 철수한다고 해도, 우리는 그들의 기계가 만든 제품, 영어 그리고 그들 산업의 대부분을 분명히 사용하지 않을 것이다. 이런 것들은 그 자체로 해롭다. 따라서 우리는 그것들을 원치 않는다는 점을 지적할 필요가 있다. 나는 영국인에 대해 적대감이 전혀 없지만 그들의 문명에 대해서는 적대감이 있다.

나는 우리가 스와라즈라는 말을 그것의 진정한 의미를 이해하지 않는 채 사용해 왔다고 생각합니다. 지금까지 그것에 대해 내가 이해한 대로 설명하고자 노력했습니다. 그리고 지금부터 내 삶을 스와라즈를 얻기 위해 바치겠다고 내 양심을 걸고 엄숙하게 선언합니다.

〈부록〉

전거와 위인들의 증언

1. 추천도서

앞서 말한 것을 더 연구하고자 하는 사람들을 위해 다음의 책을 추천하니 숙독하길 바란다.

『천국이 당신 안에 있다』(톨스토이)
『예술이란 무엇인가?』(톨스토이)」

「우리 시대의 노예제도」(톨스토이)

「첫 걸음」(톨스토이)

「우리가 어떻게 도망갈까?」(톨스토이)

「어느 힌두교도에게 보내는 편지」(톨스토이)

『영국의 백인 노예(*The White Slaves of England*)』(쉐라드, Sherard)

『문명 : 그 원인과 치유책(*Civilization, Its Causes and Cure*)』(카펜트)

『속도의 오류(*The Fallacy of Speed*)』(테일러)

『신 십자군(*A New Crusade*)』(블라운트, Blount)

「시민불복종 의무에 대하여」(소로)

『무원칙의 삶(*Life without Principle*)』(소로)

『이 최후의 사람에게』(러스킨)

「영원한 지복」(러스킨)

『인간의 의무(*Duties of Man*)』(마치니)

『소크라테스의 변명과 죽음』(플라톤)

『문명의 역설(*Paradoxes of Civilization*)』(막스 노르도)

『인도의 빈곤과 비영국식 통치(*Poverty and Un-British Rule in India*)』(나오로지)

『인도경제사(*Economic History of India*)』(두뜨)

『촌락공동체(*Village Communities*)』(메인)

2. 위인들의 증언

다음은 앨프레드 웹(Alfred Webb) 씨가 소중하게 모은 글 가운데서 가려 뽑은 것인데, 고대 인도문명이 현대문명에서 배울 바가 거의 없다는 점을 보여준다.

인도에서 우리 입장이 야만족에게 문명을 전수한 문명인의 입장이 전혀 아니었다는 사실은 충분히 잘 이해되어야 한다. 우리는 인도 땅에 상륙했을 때 고색 창연한 문명을 발견했다. 그 문명은 수천 년 동안 진보해 오면서 높은 지성을 가진 종족들의 성격에 어울려 왔고, 그들의 요구에 부응해 왔다. 그 문명은 형식적인 문명이 아니라, 보편적이고 모든 사물에 두루 퍼져 있는 문명, 인도에 정치제도만이 아니라 아주 자세하게 분화된 표현을 지닌 사회제도·가족제도를 갖춘 문명이었다. 인도인의 특성에 끼친 영향력을 보면 이 제도들 전체의 자비로운 성격을 판단할 수 있을 것이다. 아마도 인도인만큼 자기네 문명의 긍정적인 영향을 자신들의 성격에 보여 준 종족은 세계 어디에도 없을 것이다. 그들은 사업에서는 영리하고, 이론 전개에서는 명민하고, 검소하고, 종교적이고, 신중하고, 관대하고, 부모에 게 효심이 있고, 노인들에게는 공손하고, 온화하고, 법을 준수하며, 힘없이 고통당하는 환자에게는 자비롭다.

—J. 세이무어 키(하원의원, 인도의 은행인, 인도 대리인), 1883년 씀

최근 유럽에서 확산되기 시작한 동양의, 특히 인도의 시적이고 철학적인 운동을 유의해서 읽어보면, 우리는 거기에서 아주 심오한 수많은 진리들을 발견할 수 있다. 이 진리들이 유럽의 천재가 때때로 가로막혀 중단했던 결과들의 천박함과 크게 대조를 이루므로 우리는 동양의 진리 앞에서 무릎을 꿇지 않을 수 없다. 우리는 인류의 요람인 인도에서 최고(最高)의 철학의 고향을 본다.

—빅토르 쿠쟁(Victor Cousin, 1792~1867. 철학에서 체계적 절충주의 창시자)

우리 유럽인들은 거의 전적으로 희랍인들과 로마인들의 사상에 의해서, 그리고 셈족의 한 갈래인 유대인들의 사상에 의해서 양육되어 왔다. 그런 우리가 내면적 삶을, 보다 완전하고 보다 광범위한 삶으로, 보다 보편적인 삶, 아니 사실상 보다 진실되게 인간적인 삶으로, 금생만을 위한 것이 아니라 변화되고 영원한 삶으로 만들기 위해 가장 필요한 치유책을 어떤 문헌에서 끌어 올 것인가를 자문한다면 나는 다시금 인도를 가리키지 않을 수 없다.

—프리드리히 막스 밀러(Friedlich Max Müller)

초기 인도인들은 참된 신에 대한 지식이 있었다는 점을 부인할 도리가

없다. 그들의 모든 저작들은 고귀하고, 명징(明澄)하고, 아주 장엄한 정서와 표현으로 가득 차 있다. 그 정서와 표현은 신에 대해 말한 바 있는 다른 어떤 인간의 언어에서처럼 사려 깊고 경건하게 표출되어 있다. …… 현재는 독일의 특징이고, 고대에는 그리스의 자랑스런 특징이었던, 자생적인 철학과 형이상학 그리고 그것들에 대한 타고난 호기심을 가진 민족 중에서 힌두스딴은 시간상으로 최초이다.

— 프레더릭 폰 슐레겔(Frederick von Schlegel)

1820.12. 세린가빠땀

인도인 집안에서 기혼 여성들은 자신들의 권위를 가정 구성원들 사이에서 정연(整然)한 질서와 평화를 유지하는 데에 주로 발휘한다. 기혼 여성들 대다수는 유럽에서는 거의 찾아볼 수가 없는 사려 깊음과 분별력으로 이와 같은 중요한 의무를 수행한다. 나는 삼십 명에서 사십 명, 아니 그보다 많은 숫자로 이뤄진 한 가족, 결혼해 아이도 낳아 기르는 장성한 아들, 딸들과 함께 사는 가족을 알고 있다. 이들은 모두 어머니 겸 시어머니인 한 분의 할머니의 감독 아래서 산다. 이 할머니는 훌륭한 관리를 통해, 그리고 자신을 며느리들의 기질에 잘 적응함으로써, 그리고 상황에 따라 확고부동한 결의 또는 관용을 발휘함으로써 모두 삐걱거리는 기질의 소유자인 많은 여성들 사이에서 여러 해 동안 평화와 조화를 유지하는 일에 성공했다. 나는 우리나라에서 같은 상황이라면 동일한 목적을 성취하는 일이 가능할지의 여부에 대해 당신에게 묻고 싶다. 우리나라에서는 한 지붕 아래 사는 두 여인이 합심하여 살아가는 것이 거의 불가능하지 않는가.

실제 인도 여성들은 이와 같이 훌륭한 직업을 갖고 있으면서도, 인도와 같이 문명화된 나라에서 정당한 대우를 받지 못했다. 이미 지적한 바와 같이 자신들이 통제하는 가정을 관리하고 가족을 배려하는 일 이외에도, 농민들의 아내와 딸들은 농사 짓는 남편과 아버지를 돌보고 돕는다. 도매 상인의 아내와 딸들은 장사를 하는 남편이나 아버지를 돕는다. 소매 상인들의 경우 여인들은 가게에서 남자들을 돕는다. 수많은 여성들은 나름대로 가게 주인이다. 그들은 **글자를 모르거나** 십진법을 몰라도 다른 방법을 통해 계산서를 탁월한 순서로 작성하고, 상업적 거래에서 남성들보다 영리하다고 한다.

—아베 J. A. 뒤브와(마이소르 지방의 선교사),
[「세린가빠땀에서 보낸 편지의 발췌문」(1820.12.15)]

저 종족들(도덕적 관점에서 본 인도인들)은 아마 이 세상에서 가장 놀라운 사람일 것이다. 그들은 우리의 감탄을 자아낼 수밖에 없는 대기, 도덕적으로 순결한 대기를 숨쉬고 있다. 이것은 특히 빈곤한 계층의 경우 사실이다. 이들은 비천한 운명으로 여겨지는 궁핍에도 불구하고, 행복해하고 만족하는 듯이 보인다. 그들은 자연의 진짜 자식으로서 하루하루 살아가고 내일을 염려하지 않고, 섭리가 그들에게 준 조촐한 운명에 대해 감사한다. 흔히 동틀 무렵부터 해가 질 때까지 지속되는 고된 일 끝에 땅거미가 내릴 때, 집으로 돌아가는 남녀 쿨리들의 장엄한 모습을 목격하는 일은 흥미롭다. 쉴새 없이 계속된 고된 노동 때문에 피로에 지쳐 있지만, 그들은 대부분 명랑하고 생기에 넘쳐 있다. 서로 즐겁게 담소하고, 때로는 흥겨운 노래 몇 가락 부르곤 한다. 그런데 그들이 집이라고 부르는 오두막으로 돌아오면 무엇이 그들을 기다리고 있는가? 먹을 것이라고는 밥 한 공기, 잠자리로는 마루 바닥이 고작이다. 가정의 지복은 토착민들에게는 하나의 상습(常習)인 것처럼 보인다. 부모들이 모든 것을 준비하는 결혼 풍습을 감안하면 가정의 지복은 더욱 기이하다. 수많은 인도 가정들은 최고로 완전한 상태의 결혼을 보여준다. 이것은 아마도 경전의 가르침 덕분이고, 그것이 결혼 의무에 관련하여 가르친 엄한 강제 명령 덕분일 것이다. 하지만 일반적으로 남편은 아내에게 헌신적으로 집착하고 있으며, 많은 경우 아내가 남편에 대한 자신의 의무에 대해 아주 고상한 생각을 품고 있다고 말해도 과언이 아니다.

—J. 영(Young)(최근 사본 기계 연구소 서기)

훌륭한 농업 체계, 타의 추종을 불허하는 제조 기술, 편리나 사치를 위해
서 뭔가를 생산할 수 있는 능력, 읽기·쓰기·산수를 교육하기 위해 촌락
마다 설립된 학교, 사회 구성원 간에 친절과 자선을 일반적으로 수행하는
것, 그리고 무엇보다도 여성에 대한 대우, 넘치는 자신감, 존경과 세련됨,
이런 것들이 문명화된 민족을 지칭하는 표시라면, 인도인들은 유럽인들에
비해 열등하지 않다. 만일 문명이 두 나라 사이에 교역 품목이 된다면, 우
리나라[영국]가 수입품에 의해 이득을 얻을 것임을 확신한다.

— 토마스 먼로(Thomas Munro) 대령(인도에서 32년 복무)

인도 촌락은 수세기 동안 정치적 무질서를 방지하기 위한 방파제였으며,
가족과 사회에서 필요한 소박한 미덕의 중심지였다. 그래서 철학자들과 역
사학자들이 고대제도인 촌락에 정겹게 살아 왔다는 점도 놀랄 일이 아니
다. 촌락은 자연적·사회적 단위이고 농촌생활 중 최선의 모습이다. 촌락
은 자족적인 곳이며, 근면하고, 평화를 애호하고, 가장 좋은 의미에서 보수
적인 곳이다. …… 우리가 인도 촌락의 사회적이면서도 가정적인 삶을 한
번 흘낏 보기만 해도, 그곳에 아름답고 매력적인 것이 많다는 내 말에 동
의하리라고 생각한다. 인도 촌락은 인간 존재의 무해하고 행복한 모습이
다. 더구나 그것은 유용한 결과도 내놓는다.

— 윌리암 웨더번(William Wedderburn) 준남작; 『전집』 10 : 160

2. 힌드 스와라즈에 대하여

89) 『힌드 스와라즈』의 불완전성

요한네스버그, 1910.3.20

『힌드 스와라즈』 번역본을 세상에 내 놓는 것을 주저하지 않는 것은 아니다. 이 책의 내용을 함께 논의한 유럽인 친구[59]는 이 책의 번역을 보고 싶어했고, 우리가 서로 여유가 있을 때 나는 급하게 구술하고 그 친구는 받아 적었다. 그것은 문자 그대로의 번역이 아니라 원본에 충실한 번역이 되었다. 영국인 친구 몇 명이 그것을 읽었다. 그 책을 출판할 것인지에 대해 여러 의견이 개진되는 동안, 원본이 인도에서 압수당했다는 뉴스를 들었다. 이 소식을 들은 우리는 지체 없이 번역본을 출판해야겠다고 신속하게 결정했다. 인터내셔널 프린팅 출판사에 있는 내 동료들도 같은 의견이었고, 그들은 내가 예상하지도 못했던 짧은 시간 안에 이 번역본을 세상에 내 놓을 수 있도록 야근—사랑의 노동—을 했다. 이 책은 실비만 받고 대중들에게 공급되고 있다. 자신이 읽거나 다른 사람들에게 배포하기 위해 책을 사주겠다고 약속한 많은 인도인들의 재정적인 도움이 없었다면 이 책은 결코 세상에 나오지 못했을 것이다.

원본에 불완전한 부분이 많다는 것을 나도 잘 알고 있다. 원본이 불완전할 뿐만 아니라, 원본의 정확한 의미를 옮길 수 없었던 나의 무능력 때문에 영어본에는 틀림없이 더 많은 잘못이 있을 것이다. 번역을 읽어 본 친구 가운데 몇 사람은 대화의 방식으로 주제가 다뤄졌다는 점에 대해 반대의견을 말했다. 이런 반대에 대해 나는, 구자라뜨어가 대화의 방식으로 잘 다뤄질 수 있다는 점과 어려운 주제를 다룰 때 그 방식이 최선책이라는 것

---

59) 헤르만 칼렌바흐(Herman Kallenbach).

외에는 달리 대답해 줄 말이 없었다. 처음부터 영어권 독자들을 위해 쓴 것이라면 주제는 다른 방식으로 다뤄졌을 것이다. 더구나 이 책에서 다룬 모습대로 실제로 친구들, 주로 『인디언 어피니언』지의 독자들과 나 사이에서 대화가 일어나기도 했다.

『힌드 스와라즈』 안에 표현된 견해는 내가 품고 있는 것이지만, 나는 거기에서 인도 철학의 여러 스승들 이외에도 톨스토이·러스킨·소로·에머슨, 그리고 여타 저자들을 겸손하게 따르고자 노력했다. 톨스토이는 여러 해 동안 내 스승 중에 한 분이었다. 이 책에 제시된 견해들을 확인하려는 자들은 위에서 언급한 스승들의 글에서 확증을 찾을 수 있을 것이다. 쉽게 구할 수 있는 참고도서는 부록에서 몇 권 언급해 놓았다.

나는 『힌드 스와라즈』가 인도에서 압수된 이유를 잘 모르겠다. 나는 이 책을 압수한 일이 영국 정부가 대변하는 문명을 비난할 또 다른 이유가 된다고 생각한다. 그 책에는 어떤 형태의 폭력이라도 폭력을 지지한 흔적이 없다. 영국 정부의 시책들은 분명히 혹독하게 비판받아야 마땅하다. 만약 그렇게 하지 않는다면, 나는 진리(Truth)의 배신자이며, 인도 그리고 내가 충성하겠다고 한 대영제국에 대한 배신자가 될 것이다. 충성에 대한 나의 관념은 정당성 여부에 관계없이 무조건 현재의 지배나 현 정부를 인정하는 것이 아니다. 또한 충성에 대한 나의 관념은 현재의 정의 또는 도덕성에 대한 믿음에 근거한 것이 아니라, 정부가 현재로서는 애매하고 위선적이고 이론적으로만 도덕의 기준을 믿지만 미래에는 그 기준을 실제로 수용할 것이라는 믿음에 근거하고 있다. 그러나 나는 내가 정말 관심이 있는 것은 제국의 영속성이 아니라 세계에서 가장 뛰어난 것으로 생각되는 인도 고대문명의 영속성이라는 점을 솔직히 고백해야겠다. 인도의 영국 정부는, 사탄의 왕국인 현대문명과 신의 왕국인 고대문명 사이에서 벌어지는 투쟁을 의미한다. 한 편은 전쟁의 신이고 다른 한 편은 사랑의 신이다. 내 동포는 현대문명의 사악을 영국인들 탓으로 돌린다. 따라서 그들은 영국인이 대표하는 문명이 나쁜 것이 아니라 영국인이 나쁘다고 믿는다. 그러므로 내 동포는 영국인을 몰아내기 위해서는 현대문명과 현대적인 폭력 수단을 수용해야 한다고 믿는다. 『힌드 스와라즈』는 동포들이 자살정책을 따르고 있다는 점, 그리고 만일 우리가 우리의 영광스런 문명으로 복귀하기만 하면, 영국인은 우리 문명을 받아들여 인도화되거나, 자신들의 인도 점령이 낡은 것이었다고 발견할 것임을 보여주기 위해 쓴 것이다.

당초에는 그 번역을 『인디언 어피니언』지의 일부로서 출판하기로 했었다. 하지만 원본이 압수당했기 때문에 그 방식을 따를 수가 없었다. 『인디언 어피니언』지는 트란스발의 수동적 저항 투쟁을 대표하며, 남아프리카에 거주하는 영국계 인도인의 불만을 표출하는 매체이다. 그래서 내가 개인적으로 갖고 있는 견해들, 심지어 위험하거나 불충(不忠)하다고 간주될 수도 있을 나의 견해들을 일종의 대표기구를 통해 출판하는 것은 바람직하지 않다고 생각했던 것이다. 나는 내가 벌인 위대한 투쟁이 그것과 아무 관련도 없는 나 자신의 행위에 의해 손상되지 않기를 열망했는데, 이는 당연한 일일 것이다. 내가 만약 남아프리카에서도 폭력의 방법이 대중화될 위험이 있다는 것을 몰랐다면, 그리고 만약 수명의 영국인 친구가 아니라 수백 명의 동포들이 나에게 인도의 내셔널리스트운동에 대한 견해를 피력하라고 요구하지 않았다면, 나는 내 견해를 글로 옮기는 일을 마다했을 것이다. 투쟁 자체를 위해서 말이다. 그러나 내가 처한 입장을 고려하면, 방금 언급한 정황 아래에서 출판을 연기하는 일은 나로서는 비겁한 일이 되었을 것이다.

—「『인도의 자치』의 서문」, 『인디언 어피니언』, 1910.4.2; 『전집』 10 : 287

90) 근본 원리 알기

요한네스버그, [1910.3.29]

안녕, 나란다스!

네 편지를 받았다.

네가 너의 부친 쿠샬바이[60]의 허락을 얻지 못해 여기 올 수 없다는 점을 충분히 이해한다. 그의 바람에 따라서 움직이는 것은 네 의무이다.

네가 비록 거기에 머물러 있다고 해도 여기에서 벌어지는 우리 투쟁의 목표를 도와줄 수 있다. 『힌드 스와라즈』가 금지되었다고 하니까 거기에서도 끈질긴 투쟁이 벌어져야 할 것으로 보인다. 그러기 위해서 네 인격을 도야해야만 한다. 너는 우리 종교의 근본 원리들을 아느냐? 너는 아마 『기따』 전편을 다 암송할 수 있고 그 의미를 알고 있는데도, 내가 왜 근본 원리들에 대해서 묻는지 의아해 할 것이다. 내가 『기따』를 이해하기로는, 근본을 안다는 것은 근본을 실행에 옮기는 것을 뜻한다. 거룩한 유산의 첫 자질은 무외(無畏)이다. 네가 그 구절[61]을 기억하기를 바란다. 너는 무외의 경지를 어느 정도까지 달성했는가? 너는 생명을 바쳐서라도 옳은 일을 두려움 없이 행할 것인가? 네가 성공할 때까지 무외를 실천하고, 그 경지에 이르도록 노력해라. 그것을 성취하면 너는 많은 일을 할 수 있을 것이다. 이런 맥락에서 너는 쁘라흘라드와 수단바를 비롯한 여러 사람의 삶을 기억해야 할 것이다. 이 사람들을 모두 전설이라고 생각하지 말아라. 그와 같은 행위를 한 많은 인도인들이 과거에 존재했기에 우리는 그들의 생애에 대한 얘기를 기억하고 있다. 쁘라흘라드 · 수단바 · 하리슈찬드라 · 슈라바나가 오늘날 인도에 존재하지 않는다고 생각해서는 안 된다. 우리가 자격을 갖추게 되면 그들을 만날 수 있을 것이다. 그들은 봄베이의 공동 주

---

60) 간디의 사촌, 수신자의 부친.
61) 『바가바드 기따』 16 : 1~3.

택(chawls)에는 없을 것이다. 돌밭에서 밀의 추수를 기대할 수는 없을 것이기 때문이다. 나는 더 이상 편지를 쓰지 않으련다. 거룩한 유산이 남겨준 자질들에 대해 다시 생각해 보아라. 그것들을 마음에 두면서 이 편지를 읽어라. 그런 뒤 그런 자질에 따라 행동하라. 『힌드 스와라즈』 안에 사땨그라하에 대한 장들을 다시 읽어보고 곰곰이 생각해 보아라. 질문하고 싶을 때는 언제든 해라. 네가 봄베이에서 살아도 되지만 봄베이는 정말 지옥이고, 전혀 쓸모 없는 도시라는 점을 분명히 명심하라.

모한다스로부터 축복을

— 나란다스 간디에게 보내는 편지(G.), CW 4925; 『전집』 10 : 295

91) 톨스토이에게 한 요청

남아프리카, 트란스발, 요한네스버그, 1910.4.4

사랑하는 선생님께,

당신은 제가 런던에 잠시 머물고 있는 동안 서로 서신을 교환했다는 것을 기억하실 것입니다. 당신의 겸손한 추종자로서 제가 쓴 소책자 한 권을 동봉합니다. 그것은 구자라뜨어로 쓴 것을 직접 번역한 것입니다. 이상한 일이지만 원서는 인도 정부에게 몰수당하고 말았습니다. 그래서 저는 번역본의 출판을 서둘렀습니다. 당신에게 절대 심려를 끼쳐드리고 싶지 않습니다만, 만일 건강이 허락하고 소책자를 통독할 시간이 있다면, 그 저서에 대한 당신의 비판을 들려주십시오. 저는 그것을 아주 귀하게 여길 것입니다. 출판을 허락해 주신 당신의 「어느 힌두교도에게 보내는 편지」의 복사본 서너 부를 보내 드립니다. 그것은 인도의 언어들 중 하나로 번역되었습니다.

당신의 순종하는 종
M. K. 간디

Count Leo Tolstoy

Yasnaya Polyana

Russia

— 톨스토이에게 보낸 편지, 『마하뜨마(*Mahatma*)』(D. G. Tendulkar) 권1;
『전집』 10 : 303

92) 『힌드 스와라즈』에 대한 패닉

지난 3월 24일자 봄베이 정부 관보는 인터내셔널 프린팅 출판사에서 출판된 『힌드 스와라즈야(*Hindu Swarajya*)』, 『만물의 새벽(*Universal Dawn*)』, 『무스타파 까멜 빠샤의 연설(*Mustafa Kamel Pasha's Speech*)』, 『소크라테스 변명 또는 진정한 전사의 얘기(*Defence of Socrates or The Story of a True Warrior*)』라는 책들이 '선동으로 판단되는 내용을 담고 있다'는 이유로 각하에 의해 몰수했음을 공지했다.

『힌드 스와라즈야』는 『인도의 자치』라는 이름으로 우리 독자 앞에 등장했다. 『만물의 새벽』은 러스킨의 『이 최후의 사람에게』의 구자라뜨어 번역이다. 『무스타파 까멜 빠샤의 연설』은 이집트 애국자 한 사람이 카이로의 대규모 청중 앞에서 죽기 직전에 한 연설을 구자라뜨어로 번역한 것이다. 『소크라테스 변명 또는 진정한 전사의 얘기』는 수동적 저항이라는 덕목과 그것의 참된 본성을 예시하기 위해 출판된 불멸의 플라톤 작품을 구자라뜨어로 번역한 것이다. 『힌드 스와라즈야』를 제외한 다른 책들은 모두 상당 기간 대중들 사이에 유포되었다. 이 책들은 고상한 도덕적 풍조(風潮)를 독자에게 전달하려는 것이고, 우리 의견으로는 어린애들 손에 들어가도 전혀 위험하지 않은 책이다.

그러나 우리에게는 불평할 권한이 전혀 없다. 우리는 인도 정부의 이런 행위를 일시적인 국면으로 간주한다. 그들은 패닉 상태에 빠져 있고 뭔가를 좀 하고 싶어서, 독립정신을 조금이라도 보이는 문헌의 배포를 중지시키려고 한다. 과도한 열정은 열정 자체를 죽이게 마련이다. 정말로 위험한 출판물들은 갖가지 수상하고 교활한 방법을 통해 배포될 것이므로, 정부가 출판물들을 읽지 말았으면 하는 바로 그 계층의 사람들이 읽게 될 위험이 있다. 우리가 정작 두려워하는 것은 그런 위험이다.

이런 상황에서 수동적 저항을 단호하게 지지하는 사람으로서 우리가 취할 수 있는 길은 단 하나뿐이다. 어떤 억압도 우리를 가로막을 수 없다. 우리는 우리의 관점을 한결같이 유지할 것이고, 적당한 기회가 오면 개인적인 결과에 관계없이 그 관점을 피력할 것이다.

인도 정부는 폭력적 수단의 확산이 중지되기를 바라고 있고, 우리는 그 바람에 공감하는 바이다. 우리는 폭력을 중지할 것이고 그러기 위해 많은 노력을 기울일 것이다. 그러나 우리가 알기로는 폭력이라는 질병을 제거하기 위한 유일한 길은 올바른 수동적 저항을 대중화하는 것이다. 그것 이외의 다른 종류, 예컨대 억압은 결국 실패하고 말 것이다.

—「우리의 출판물」, 『인디언 어피니언』, 1910.5.7; 『전집』 11 : 35

93) 『힌드 스와라즈』의 목표[62]

나는 『힌드 스와라즈』를 1909년 영국 방문 후 귀국하는 선상에서 집필했다. 봄베이 관구에서 책의 여러 부본(副本)이 몰수당했으므로 나는 1910년 그 번역본을 출판했다. 그 안에 담긴 생각이 대중 앞에 나타난 지 이제 5년이 흘렀다. 그 기간 동안 많은 사람들이 그것에 대해 나와 토론을 벌여왔다. 그런 생각에 대해 일부의 영국인과 인도인들은 이의를 제기하는 편지를 보내기도 했다. 이런 토론과 이의제기 등의 일이 끝나자, 나는 이 책에서 진술된 확신들이 더욱 강화되었음을 알았다. 시간이 있었더라면, 나

---

62) 『힌드 스와라즈』(구자라뜨어 제2판)의 「서문」. 이것은 1914년 5월에 출판되었다.

는 동일한 생각이라도 더 상세하게 개진했을 것이고, 논증과 예증들을 덧붙였을 것이다. 그것들을 개정할 이유는 전혀 없다.

『힌드 스와라즈』 재판에 대해 수많은 요청들이 쇄도하여, 피닉스 농장 거주자들과 학생들이 시간을 들여 그것을 인쇄했는데, 그건 사랑의 노동이라고 해야 할 것이다.

나는 한 가지 일에 대해서만 언급해야 하겠다. 『힌드 스와라즈』는 소기의 목적을 달성하기 위해, 어떤 때나 어떤 상황에서도 물리력이 아니라 혼의 힘을 사용하기를 언제나 옹호해 왔다. 그런데도 나는 이 책의 가르침이 결국 영국인들에 대한 증오심을 불러일으키고, 무장 투쟁이나 다른 종류의 폭력을 통해서 그들을 축출해야 할 것을 암시한 것이 아닌가 하는 인상을 받았다. 이런 사실을 알고 마음이 아팠다. 내가 『힌드 스와라즈』를 집필한 목표는 결코 그런 것이 아니었다. 그리고 그 책을 읽고 앞에서 말한 결론을 도출한 자들은 그 책을 조금도 이해하지 못했다는 점만을 말하고 싶다.

나로서는 영국인에 대해서든 아니면 특정 민족이나 특정 개인에 대해서든 어떤 악의도 품고 있지 않다. 바다의 물방울들이 모두 동일한 실체로 이뤄져 있듯이, 살아 있는 일체의 피조물은 같은 실체로 이뤄져 있다. 이 영혼의 바다에 살고 있는 우리 각자의 개인적 혼들은 모두 동일하고, 우리 사이에 아주 친밀한 연대가 있다고 나는 믿는다. 바다에서 떨어져 나간 물 한 방울은 곧 증발하고 말 것이고, 다른 혼들에게서 떨어져 있다고 믿는 혼은 파멸하고 말 것이다. 개인적으로 말하자면 나는 유럽의 현대문명에 대해 확고한 적이다. 나는 『힌드 스와라즈』에서 내 생각을 개진하기를 힘썼고, 인도의 불행에 대한 책임은 영국인들이 아니라, 현대문명에 굴복한 우리 자신에 있다는 점을 보이고자 했다. 우리가 현대문명에 등돌리고, 올바른 윤리적 원리를 구현하는 우리의 옛날 생활 방식으로 돌아가는 바로 그때에야 인도는 해방될 수 있다.

『힌드 스와라즈』를 이해하는 열쇠는 세속적 추구가 아니라 윤리적 삶을 따라 살아가야 한다는 생각 안에 있다. 이런 삶의 길은 흑인이든 백인이든 인간에 대해 어떤 형태로든 폭력을 허용하지 않는다.

—『힌드 스와라즈』 서문(G.), 『인디언 어피니언』, 1914.4.29;『전집』 14 : 136

94) 갱생(更生)으로 가는 방법

봄베이, 1919.5.28

나는 이 소책자를 한 번 이상 읽어보았다. 현재의 모습 그대로 재판(再版)을 내는 것은 가치가 있을 것이다. 하지만 내가 그것을 개정해야 한다면, 단어 하나는 꼭 고쳐야 하는데, 그것은 한 영국 친구와 한 약속 때문이다. 그녀는 내가 의회를 논하는 자리에 '매춘부'라는 단어를 사용한 일에 대해 불평해 왔다. 그녀는 섬세한 감지력을 지닌 여성이었으므로 그 표현의 부적절함에 대해 혐오하고 있었다. 나의 의도는 이 소책자를 통해 원어 구자라뜨어의 자유분방한 번역서를 내는 데에 있었다. 바로 이 점을 나는 독자에게 상기시키고 싶다.

나는 이 책에서 표현된 견해들을 수년 동안 실행하고자 했다. 그 결과 이제 그 안에 제시된 길이 스와라즈로 가는 단 하나의 옳은 길이었음을 느낀다. 사뜨야그라하—사랑의 법칙—는 생명의 법칙이다. 거기에서 벗어나게 되면 파멸로 나아갈 것이다. 하지만 그것을 확고하게 고수하면 갱생으로 나아갈 것이다.

M. K. 간디

—서문, 『인도의 자치』(가네쉬 사, 4판);『전집』 18 : 56

95) 보다 높은 단순성과 포기

나의 소책자가 널리 주목을 받는 것은 분명 행운이다. 원어는 구자라뜨어이다. 그것은 얼룩덜룩한 역사를 갖고 있으며, 남아프리카에서 『인디언 어피니언』지의 고정란을 통해 처음 출판되었다. 그것은 1908년[63] 내가 런던에서 남아프리카로 귀환하는 여행을 하는 동안 쓴 것이다. 그것은 인도 폭력파에 대한 응답이었는데, 그 파의 원형은 남아프리카에 있었다. 나는 런던에 거주하는 저명한 모든 인도인 무정부주의자들과 접촉하면서, 그들의 용기에서 많은 감명을 받았지만 그들의 열정이 잘못 흘러갔다고 느꼈다. 나는 폭력이 인도의 질병을 위한 치유책이 아니라는 점을, 그리고 우리가 스스로 인도문명을 보호하기 위해서는 보다 고상한 무기를 사용해야 한다는 점을 느꼈다. 남아프리카의 사땨그라하는 아직 2살도 채 되지 못한 유아였다. 하지만 그것은 내가 어느 정도 자신감을 갖고 그것에 대해 글을 쓸 수 있을 정도의 수준까지는 성장했다. 그것에 대한 평판은 아주 좋아서 소책자로 출판되었다. 인도에서도 약간 주목을 받았다. 봄베이 정부는 유포를 금지했다. 번역본을 출판함으로써 그 행위에 응수했다. 봄베이 정부 측 사람들이 책의 내용을 알아야 한다는 사실을 말해 준 것은 영국인 친구들이었다고 생각한다. 그 책은 어린애 손에 쥐어주어도 괜찮은 책이라고 생각한다. 그것은 증오의 복음 대신 사랑의 복음을 가르친다. 또한 폭력을 자기 희생으로 대체했고, 폭력에 대해 혼의 힘으로 맞서고 있다. 그것은 여러 판을 거듭했는데, 나는 그것을 일독하고 싶은 분에게 추천하는 바이다. 책에서 다른 것은 모두 그대로 두고 딱 한 단어만 삭제했는데, 한 여성 친구에 대한 존경심에서 그렇게 했다. 나는 인도판 서문에서 수정에 대한 이유를 제시한 바 있다.

소책자는 '현대문명'에 대한 혹독한 저주이다. 그것은 1908년에 쓴 것이

---

63) 1909년의 잘못이다. 이것이 다음 문단에서도 반복되고 있다.

다. 오늘날 내 확신은 여느 때보다도 더 강하다. 만일 인도가 현대문명을
내버리면, 인도는 그 일로 얻을 것은 이익뿐이다.

그러나 독자들은 그 안에 묘사된 스와라즈를 내가 오늘날 당면 목표로
삼고 있다고 생각할 수도 있다. 하지만 나는 그렇게 생각하지 말라고 경고
한다. 나는 인도가 아직 스와라즈에 도달할 만큼 성숙하지 못했음을 안다.
이렇게 말하는 것이 건방진 일일 수 있다. 하지만 나는 그것을 확신한다.
나는 그 안에 그려진 자치를 위해 개인적인 차원에서 노력하고 있다. 하지
만 오늘날 내가 인도 민중의 소망에 부응하여 의회 스와라즈를 얻는 일에
온갖 노력을 기울이고 있음은 의심할 나위 없이 분명하다. 나는 철도나 병
원의 파괴를 목표로 삼지 않는다. 그것들이 저절로 파괴되면 분명히 환영
할 것이지만 말이다. 철도나 병원은 모두 고상한 문명, 순수한 문명의 시
금석이 아니다. 그것들은 최선이 필요악이다. 두 가지 모두 우리나라의 도
덕적 위상에 조금이라도 보태주는 것이 없다. 나는 법정을 '열망해 마지않
는 궁극 목표'로 간주하지도 않지만, 법정의 영구적인 파괴를 겨냥하고 있
지도 않다. 하물며 내가 모든 기계와 공장을 파괴하려고 하겠는가. 스와라
즈는 보다 높은 단계의 단순성과 포기가 필요한데, 오늘날의 인도 민중은
아직 거기까지는 준비가 되어 있지 않다.

소책자가 말한 프로그램 중 현재 전면적으로 실행되고 있는 부분은 비
폭력이다. 하지만 그 부분조차도 책에서 서술한 정신대로 실행되지 않고
있음을 유감스럽지만 고백하지 않을 수 없다. 만일 비폭력이 비폭력의 정
신대로 실행되고 있다면 하루아침에 당장 인도에 스와라즈가 확립될 것이
다. 만일 인도가 사랑의 가르침을 인도 종교의 능동적인 부분으로 수용하
여 정치에 도입한다면, 스와라즈가 하늘에서 인도에 강림할 것이다. 헌데
나는 그런 일이 멀리 떨어져 있음을 가슴 아프게 자각하고 있다.

내가 이런 논평을 가하는 이유는 사람들이 현재 진행중인 운동에 손해
를 입히고자 소책자에서 많은 부분을 인용하고 있기 때문이다. 나는 심지
어 내가 은밀한 게임을 하고 있다는 글, 내가 인도에 대한 유별난 취미를

숨기기 위해 현재 혼란을 이용하고 있다는 글, 그리고 내가 인도를 제물 삼아 종교 실험을 하고 있음을 암시하는 글을 읽은 일조차 있다. 내가 말할 수 있는 것은 사땨그라하는 그보다도 훨씬 견고한 자료로 이뤄져 있다는 것뿐이다. 그 안에는 따로 숨겨둔 것도 없고 비밀스런 것도 없다. 『힌드 스와라즈』에 묘사된 인생론 전체가 부분적으로 실행되고 있음은 분명하다. 그것 전체를 실행한다고 해도 거기에 아무 위험도 따르지 않을 것이다. 내 글에서 현안과 관계도 없는 구절들을 뽑아서 나라 앞에 제시함으로써 사람들에게 겁을 주어 쫓아버리는 일은 옳지 않다.

—「『힌드 스와라즈』 또는 '인도의 자치'」, 『영 인디아』, 1921.1.26;
『전집』 22 : 134

96) 상식으로의 회귀

간디지　내가 미국으로 가기만 한다면 애정으로 휩싸일 것임을 압니다. 하지만 내가 다른 친구들에게 이미 설명한 바와 같이, 여기 내 일을 마무리짓지도 않고 거기로 갈 생각은 아직 없습니다. 나는 언제나 나의 민중 가운데에서 일해야 하고, 내 길에서 벗어나면 안 됩니다. 나의 방문이 현재 상황에서는 그리 도움이 되지 않을 것이라고 생각합니다. 지난번 워드(Ward) 박사가 나에게 편지를 쓰면서 그런 생각에 전적으로 공감한다고 말했습니다. 그가 옳다고 생각하지 않으십니까? 군중이 내 말을 듣기 위해 내 주위에 몰려들 것이라는 것, 내가 어디 가든 환영을 받을 것이라는 점을 알고 있습니다만, 그 외에는 내 방문이 아무런 효과도 얻지 못할 것입니다.

켈리(Kelly)　간디 씨, 우리가 당신의 메시지를 받을 준비가 되어 있다고 여기지 않습니까? 종교우화회의 후원 아래 모이는 집회를 보십시오. 적어도 10개 이상의 종파가 대표로 나와 있습니다. 그리고 당신에 대한 강연이 방송되었을 때 수백만 명의 사람들이 열렬한 관심을 갖고서 청취했습니다. 존 헤인즈 홈스(John Haines Holmes) 씨는 당신이 방문해 줄 것을 간절히 바라고 있습니다. 우리는 지금 성장하고 있으며, 그 성장을 촉진하고자 합니다.

당신들이 성장하고 있다는 것을 압니다. 그러나 부드럽지만 지속적인 성장은 강연 캠페인이나 불꽃놀이가 부추기는 성장보다 그 생명이 더 오래 갑니다. 현재로서는 여러분이 내 글을 통해 나의 메시지를 공부해야 하고, 그 메시지가 마음에 들면 충실히 실행하도록 애써야 합니다. 내가 만일 인도인들이 그것을 충실히 실행하게끔 하지 못한다면 여러분이 그것을 충실히 실행하기를 바랄 수 없을 것입니다. 그러므로 여기에서는 내 시간의 매 순간이 유용하게 이용되고 있습니다. 만약 내가 일을 그만두고 미국으로 간다면 나의 내적 존재에게 폭력을 행사하는 일이 될 것입니다.

켈리 부인과 랑거로쓰 부인은 납득한 것으로 보이지만 떠나기 전에 질문 한두 개를 던졌다. "간디 씨, 당신이 반동주의자라는 것은 사실입니까? 당신네 사람들 중의 일부가 그렇게 말하는 것을 들었습니다."

그들은 반동주의자란 말로 무엇을 뜻합니까? 만일 그 의미가 시민적 저항자나 범법자라면 나는 최근 여러 해 동안 쭉 그런 사람이었습니다. 만일 그들이 반동주의자라는 말로 내가 다른 모든 방법을 버리고 물레로 상징되는 비폭력을 받아들였음을 의미한다면, 그들은 옳습니다.

켈리 부인은 발설할 수는 없었겠지만, 나는 다음에 제기된 여러 질문을 보고 그녀의 심중에 무엇이 흐르고 있었던가를 충분히 짐작할 수가 있었다. 헨리 포드 씨는 놀라운 자서전에서 일단의 개혁가들을 '반동주의자'라고 부르고 있는데, 그 말의 의미는 사물의 옛 질서로 회귀하고자 하는 자를 의미하고 있었다. 켈리 부인의 다음 질문은 다음과 같았다. "당신이 철도, 증기선, 그리고 여타 신속한 이동 수단에 대해 반대한다는 것이 사실입니까?"

그것은 사실이기도 하고 아니기도 합니다! 이와 관련하여 내 견해를 상술한 책 『인도의 자치』를 실제 구해 읽어 봐야 할 것입니다. 이상적인 조건 아래에서라면 우리가 그런 것들을 필요로 하지 않을 것이라는 의미에서 그 말은 사실입니다. 하지만 오늘날 우리 자신을 그런 것들로부터 분리하는 일이 쉽지 않다는 점에서 그 말은 사실이 아닙니다. 그러나 그와 같은 신속한 이동 수단 덕분에 세상이 더 나아집니까? 이런 수단들이 어떻게 인간의 영적 진보를 향상시킵니까? 그런 것들이 결국 그 진보를 방해하지는 않습니까? 인간의 야망에 도대체 한계가 있습니까? 과거에는 우리가 시속 수 마일로 여행하는 일에 만족했지만, 오늘날에는 시속 수백 마일을 상회하길 원하는데, 나중 언젠가는 공간을 가로질러 비행하기를 원할 것입니다. 그 결과가 무엇일까요? 혼란입니다. 우리는 서로를 짓밟게 될 것이고, 그저 질식하고 말 것입니다.

그러나 대중들이 그런 것들을 원하는 것이 아닙니까?

그렇습니다. 나는 대중들이 일요일과 휴일에 거의 미쳐 날뛰는 것을 보았습니다. 런던에서 모든 길모퉁이에 끊일 줄 모르는 자동차 대열은 이제 상당히 일상적인 모습이 되었습니다. 그런데 온갖 고생과 치명적인 분주는 무엇을 위한 것입니까? 어떤 목적을 위한 것입니까? 만일 갑작스런 재앙으로 말미암아 이런 모든 수단들이 파괴된다고 해도, 나는 눈물 한 방울 흘리지 않을 것임을 말씀드립니다. 그렇게 되면 나는 그것이 시의적절한 폭풍우이고 청소 작업이라고 말할 것입니다.

당신이 캘커타로 갈 필요가 있다고 해봅시다. 기차가 없다면 어떻게 갈 것입니까?

분명 기차로 갈 것입니다. 그런데 내가 왜 캘커타로 가야 합니까? 내가 말씀드린 대로 이상적인 조건이라면 그렇게 장거리를 이동할 필요가, 그것도 가능한 한 짧은 시간 동안에 그럴 필요가 없을 것입니다. 내 입장을 설명해 보겠습니다. 오늘 두 사람이 친절과 사랑의 메시지를 가지고 미국에서 왔습니다. 그러나 이 두 사람과 함께 온갖 동기를 가진 이백여 명의 사람들이 왔습니다. 잘은 모르지만 그 중에 많은 사람들은 착취할 방법을 더 찾으려고, 바로 그것을 위해 올 수도 있습니다. 그것이 인도에 신속한 이동 수단이 주는 이익입니까?

알겠습니다. 하지만 우리는 어떻게 사태의 이상적인 조건을 회복할 수 있습니까?

쉽게는 회복할 수 없을 것입니다. 우리는 엄청난 속도로 움직이고 있는 급행열차를 탄 셈입니다. 갑자기 열차 밖으로 뛰어내릴 수는 없습니다. 단 한 차례 뛰어 내린다고 해서 이상적인 상태로 되돌아 갈 수는 없습니다. 하지만 우리는 미래 언젠가 거기에 도착하기를 기대하고 있습니다.

간단히 말해 만약 반동적인 움직임이 있다면, 그것은 상식으로의 회귀를 뜻하고, 상식의 눈으로 보아 현재의 비자연적 질서와 구별되는 자연적 질서로 보이는 것의 복구를 뜻합니다. 한 마디로 하면 모든 것을 전복하거나 모든 것을 화석화하는 것이 아니라, 만물을 합당한 처소로 회귀시키는 것입니다.

하지만 친구들이 논의의 흐름을 제대로 보았다고 생각하지 않습니다. 그들 역시 공간을 가로지르며 서둘렀기 때문입니다. 그들 역시 기차를 타야 했고, 너무 늦게 역에 도착할까 봐 염려했기 때문입니다.

— 랑거로쓰 부인과 켈리 부인과의 대담, 『영 인디아』, 1926.1.21; 『전집』 33 : 319

97) 『힌드 스와라즈』의 시의적절성

세가온, [1938.7.14]

나는 당신이 『힌드 스와라즈』가 옹호했던 원리들을 높이 드러내는 일을 환영한다.64) 영어판은 구자라뜨어 원전의 번역이다. 그 소책자를 개정한다면 여기 저기에서 말을 바꿔야 할지도 모른다. 하지만 그 이후에 폭풍 같은

30여 년이 흐른 뒤, 그 안에 상술된 견해를 변경하도록 하는 어떤 것도 나는 본 적이 없다. 이 책은 내가 노동자들과 나눴던 대화를 충실히 기록한 것임을 독자가 명심해 주었으면 좋겠다. 노동자 중에 한 사람은 공공연한 무정부주의자였다. 독자는 이 책이 남아프리카 일부 인도인들 사이에 침투하려고 했던 부패를 방지해 주었다는 점도 알아야 할 것이다. 독자는 이 말을 불행하게도 지금 이 세상에 없는 친애하는 한 친구의 의견 ─ 이 책은 어떤 바보가 쓴 것이었다는 의견 ─ 을 참고하여 균형을 잡기를 바란다.

M. K. 간디

─「'아르얀의 길'에 보내는 메시지」, 『아르얀의 길(Aryan Path)』, 1938.9;
『전집』 73 : 355

---

64) 『힌드 스와라즈』만을 다룬 『아르얀의 길(Aryan Path)』 특집호는 9월에 나왔다. 투고자들 중에는 다음과 같은 서양의 타월한 사상가들이 포함되어 있다. 소디(F. Soddy) 콜(G. D. H. Cole), 번즈(D. Burns), 머리(J. M. Murry), 포셋(H. Fausset), 허드(G. Heard)와 래쓰본(I. Rathbone)이다. 이들 중 그 누구도 『힌드 스와라즈』에서 제시된 주장에 전적으로 동의하지는 않지만, 이 책의 중요성을 알아차렸다. 예를 들면 프레더릭 소디는 간디에 동의하진 않았지만 "누구든 이 세상을 개조하기를 원한다면 [이 책을] 잘 공부해야 할 것"이라는 점을 시사했다. 콜에게는 서구를 거부하는 간디의 입장이 "서구의 찰나적 문명이 서구인의 눈에 안정적으로 보였던" 1908년에 그랬던 것보다 [1930년대에] "무한히 더 강력하게" 보였다. 번즈는 『힌드 스와라즈』의 최고 이점을 "도덕적 이슈들을 강조한 데에서 그리고 사적 부와 권력의 추구를 반대한 데"에서 보았다. 머리는 『힌드 스와라즈』를 "위대한 책" "세계의 정신적 고전 중의 한 권"으로 간주하고, 진정한 스와라즈에 대한 간디의 비전을 천국에 대한 기독교의 비전에 비견했다. 제럴드 허드는 『힌드 스와라즈』가 루소의 『사회계약론』이나 칼 마르크스의 『자본론』보다 더 위대한 것으로 여겼다. 그것이 한 시대의 종언이 아니라 새 질서의 시작을 포착했다는 사실 때문이었다. 아이린 래쓰본은 그 책을 "엄청나게 강력한" 것으로 보았다. 그 책의 언어는 "너무나 정직해서 내 속에서 정직을 추구하도록" 강요했다. 그녀는 그 책이 "간명하고 논리적이고 경제적이고 압축되어 있으며, 시적"이라고 생각했다. 휴즈 포셋은 『힌드 스와라즈』를 요약하여 그 목적이 "인도를 영국인에게서 구하는 것이 아니라, 서구의 중추를 갉아먹는 현대문명에게서 구하는 것"이라고 말했다. 포셋은 인간정신이 자신을 영구적으로 기계로 만들어 버리지 않을 정도로 불가멸의 생명력이 있다는 점에 대해 충분히 신뢰했다. 기계는 성실성을 잃어버린 사람들과 국가들에 응당 발생하고 말 결과들을 가차없이 폭로하고 있었다. 『힌드 스와라즈』는 인간의 진정한 지위를 회복하려는 시도였다. 이런 이유로 이 책은 "만일 우리가 생명의 창조적인 목표를 달성하려고 할 때 우리 모두 안에 일어나야 할 진정한 혁명에 대한 최고의 현대 지침서 중의 하나였다."

98) 경계선 긋기

빤츠가니, 1945.6.14

안녕, 끄리슈나찬드라!

나그뿌르에서 보낸 자네의 장문 편지를 받았네. 발꼬바에 대해 말할 수 있는 것은 빠르빠띠(parpati)[65]로부터 지속적인 이득을 얻지 못했다는 것이네. 이제 그가 어떻게 힘을 회복할 수 있는지를 보아야 하네. 빠르빠띠가 너무 뜨거워 방안으로 다시 들여갈 수 없게 되지나 말았으면 좋겠네.

『힌드 스와라즈』에서 철도 등에 대해 뭐라고 말하건 그 입장을 여전히 견지하고 있다네. 하지만 그것은 이상적인 상태에 적용되는 것이네. 우리는 결코 이상에 도달하지 못할 수도 있네. 그 일에 대해 걱정하지 마세. 만일 철도 및 여타 다른 시설이 없다고 해서 우리가 불행하다고 느껴서는 안된다고 말한 것은 바로 그 때문이네. 우리는 그런 시설을 증설하는 일을 의무로 삼아서는 결코 안 되네. 동시에 우리는 이런 시설들을 포기하는 일을 의무로 삼아서도 안 되네. 그런 문제들에 대해 우리는 자유롭고 편안한 태도를 취해야 하네. 우리는 이 수단들을 가능한 한 적게 이용해야 하네. 우리 사회에는 온갖 부류의 사람들이 있게 될 것이네. 오늘날도 분명 그러하네. 우리는 그들과 더불어 살아야만 하네. 이런 상황에서는 무집착이 유일하고 적절한 다르마이네. 우리가 유의해야 할 점은 우리 자신을 기만하지 말아야 한다는 것뿐이네. 기차 등이 도둑질·간통·거짓말과 같은 기피 대상이라는 당신의 주장은 옳지 않다네. 이렇게 말하는 중요한 이유는 일반 사회조차도 도둑질 등을 비도덕적이라고 간주하기 때문이네. 기차 등은

---

65) 본 원전에도 『전집』에도 빠르빠띠에 대해 아무 설명이 없다. www.ayurvedic.org(2003. 9.19)에 따르면 빠르빠띠는 까잘리(kajjali : 순수 수은과 순수 유황을 섞어서 만든 흑색 복합물)를 주성분으로 하여 조제한 약으로서, 주로 신진대사를 원활하게 하고 장을 돕는 효능이 있다고 한다. 간디는 아유르베다에 따른 전통적 치료법에도 상당한 관심이 있었다. (역주)

그렇게 생각되지 않았고, 그럴 필요도 없다네. 우리가 할 수 있는 모든 말은 기차 등을 향락의 수단으로 생각해서는 안 된다는 것이라네. 나는 경계선을 그어야 할 곳을 반복하여 지적해 왔다네. 그것들을 읽고 조금만 생각해 보면 쉽게 경계선을 그을 수 있을 것이네.

『자본론』 연구의 도우미로서 짧은 책 여러 권이 쓰여졌네. 그것들을 읽으면 도움이 될 것이라네.

의무 이행에 대해서는 염려하지 말게나. 순결(브라마차르야) 규칙을 현명하게 준수한다면 걱정은 사라질 것이네.

바뿌로부터 축복을

— 끄리슈나찬드라에게 보내는 편지(H.), GN 4515; 『전집』 87 : 218

99) 핵심 사항에 대한 강조

1945.10.5

안녕, 자와할랄!

오래 전부터 자네에게 편지를 쓰려고 마음먹었지만 오늘에야 쓸 수 있게 되었네. 영어로 써야 할지 아니면 힌두스따니어로 써야 할지에 대해서도 줄곧 생각해 왔지만, 힌두스따니어로 쓰기로 결정했네.

먼저 우리 사이에서 일어났던 날카로운 견해의 차이를 먼저 언급해야 하겠네. 만일 그런 차이가 실제로 존재한다면 다른 사람들도 그것에 대해서 알아야 할 것이네. 차이가 어둠에 묻혀 버린다면 스와라즈 과업이 손상당하고 말 것이네. 『힌드 스와라즈』에서 내가 묘사했던 그런 종류의 통치를 지금도 전적으로 견지하고 있다고 말한 바 있네. 그것은 단지 어법상의 문제가 아니네. 1909년에 내가 글로 쓴 것이 진리라는 점을 나의 경험이 확증해 주었네. 그것을 믿는 사람이 나 혼자뿐이라고 해도 섭섭하게 여기지 않을 것이네. 나는 내가 목격한 진리를 증언할 뿐이기 때문이네. 나에게 『힌드 스와라즈』가 없다네. 그 그림을 오늘 내 자신의 언어로 다시 그려보는 것이 낫겠네. 오늘의 그림이 1909년의 그림과 일치하는지의 여부는 나에게도 자네에게도 문제가 되어서는 안 되네. 나는 내가 이전에 말한 것을 확증할 필요는 없네. 알아야 할 것은 오늘 내가 말해야 할 것뿐이네.

만일 인도가, 그리고 인도를 통해 세계가 진정한 자유를 얻을 것이라면, 우리는 조만간 촌락에서, 궁전에서가 아니라 오두막에서 살아야 할 것이라고 나는 믿는다네. 수백만 명의 사람들이 도시와 궁전에서 안락하고 평화롭게 살아가는 일은 결코 없을 것이네. 그리고 그들은 상대방을 살해함으로써 다시 말하자면 폭력과 허위를 사용함으로써 살아 갈 수도 없다네. 진리와 비폭력, 이 둘이 없었다면 인류는 파멸하고 말 것이라는 점에 대해 조금도 의심치 않네. 우리는 촌락에서 단순한 살림을 살아감으로써만 진리와 비폭력에 대한 비전을 가질 수 있네. 단순성은 물레 안에 그리고 물레가 함축하고 있는 것에 놓여 있네. 세상이 반대 방향으로 진행해 간다고 해도 나는 전혀 놀라지 않네. 말이 났으니 말이지, 나방 한 마리가 종말에 다가가면 점점 빨리 돌다가 마침내 불 속에 타고 마네. 인도는 이와 같은 나방의 회전에서 도망가지 못할 수도 있네. 나의 의무는 마지막 숨을 거둘 때까지 그런 파멸로부터 인도를 구하고 인도를 통해 전 세상을 구하기 위해 노력하는 일이라네. 내가 말하고자 하는 것의 골자는 한 개인은 자신의 생명 유지에 필요한 것들을 통제할 수 있어야 한다는 것이네. 만일 통제할 수 없다면 살아갈 수가 없을 것이네. 궁극적으로 보면 세계는 개인들로만 구성되어 있네. 만일 물방울들이 존재하지 않는다면 바다는 곧 없어질 것이네. 이것은 개략적인 주장이고, 여기에 새로운 것은 아무 것도 없네.

나는 『힌드 스와라즈』에서도 이 모든 것을 다 말하지는 않았네. 내가 현대사상의 진가를 인정하면서도, 현대사상의 안목으로 예전의 일을 비춰보면 그것이 아주 달콤해 보인다는 점을 알게 되네. 내가 오늘날의 촌락에 대해 말하고 있다고 자네가 생각한다면 나를 이해하지 못한 것이네. 나의

이상적인 촌락은 오직 상상 안에서만 여전히 존재하네. 결국 모든 인간은
자신의 상상 안에서 살아가는 것이 아니겠는가. 내가 꿈꾸는 촌락에서 촌
민들은 어리석지 않고 활짝 깨어 있을 것이네. 그는 짐승과 같이 오물과
어둠 속에서 살지 않을 것이네. 남녀는 자유롭게 살 것이고 온 세계에 대
해 용감하게 맞설 각오가 되어 있네. 그리고 콜레라나 천연두와 같은 전염
병도 없을 것이네. 누구도 나태하거나 사치에 빠지도록 허용되지 않을 것
이네. 모든 사람들이 육체 노동을 해야 할 것이네. 나는 모든 것을 인정하
면서도 대규모의 조직이 필요한 여러 가지 일을 여전히 그리고 있다네. 철
도, 우편 그리고 전신국조차 존재할 것이네. 무엇이 남게 되고 무엇이 없
어질지는 모르겠네. 그리고 그런 일에 번민하지도 않네. 내가 핵심 사항만
을 분명히 해두면, 다른 일들은 때가 되면 따라 올 것이네. 그러나 만약 내
가 핵심 사항을 포기한다면 만사를 포기하는 셈이네.

운영위원회가 만난 마지막 날, 우리는 바로 이 일을 해결하기 위해 2~3
일 동안 위원회를 소집하자는 취지의 결정을 내린 바 있네. 위원회가 소집
된다면 나는 만족할 것이네. 하지만 소집되지 않는다고 해도 나는 우리 두
사람이 상대방을 완전히 이해하기를 원하네. 다음과 같은 두 가지 이유 때
문이네. 우리의 유대는 단순히 정치적인 것이 아니고 그것보다 훨씬 깊네.
나는 유대의 깊이를 측량할 길이 없네. 이런 유대는 절대로 부서질 수 없
네. 그래서 나는 우리가 정치 분야에서도 상대방을 철저히 이해하길 바라
네. 두 번째 이유는 우리 둘 다 자신을 가치 없는 사람이라고 여기지 않는
다는 점이네. 두 사람은 모두 인도의 자유만을 위해 살고 있고, 그것을 위
해서 죽어도 행복할 것이네. 우리는 세상 어디에서 오는 칭찬이든 그런 것
에 괘념치 않네. 칭찬이든 욕설이든 우리에게는 마찬가지네. 그런 것들이
봉사의 사명에 들어갈 자리가 없네. 내가 봉사하면서 125살까지 살고 싶어
한다고 해도, 나는 노인이고 자네는 비교적 젊은 사람일세. 그 때문에 자
네가 내 후계자라고 말한 것이네. 내가 최소한 후계자를 이해하고, 또 후
계자가 나를 이해하는 것은 지당한 일이 아니겠는가. 그런 다음에라야 나

는 마음이 평안해진다네.

한 가지 더 말할 것이 있네. 까스뚜르바 기금과 힌두스따니어에 대해 자네에게 편지를 쓴 적이 있네. 자네는 그 사안들에 대해 곰곰이 생각한 다음 답장을 보내겠다고 했네. 자네 이름이 벌써 힌두스딴인(人)의 집회에서 두각을 나타내고 있음을 안다네. 나나바띠는 자신이 자네와 마울라나 사힙에게 접근했다는 점, 그리고 자네가 서명을 했다는 점을 나에게 알려 주었네. 그것은 1942년의 일, 아주 오래 전의 일이었네. 자네는 오늘날 힌두스따니어(語)의 위상을 알고 있네. 자네가 만일 오늘 여전히 그 서명을 지지한다면, 이런 점에서 내가 자네의 일을 좀 가볍게 해주고 싶네. 그것은 분주하게 돌아다닐 일은 아니지만, 약간의 작업은 필요하다네.

까스뚜르바기념 기금 사업은 꽤 복잡하네. 위에서 내가 말한 것이 앞으로 자네의 기분을 상하게 하거나 현재 상하게 하고 있다면, 자네는 까스뚜르바 기금에 대해서도 편치 않을 것이네.

마지막으로 해둘 말은 사라뜨 바부(Sarat Babu)와 충돌하여 튀어 오른 불꽃에 관한 것이네. 나는 그 사건으로 괴로웠네. 뿌리가 어디에 있는지를 추적할 수가 없었네. 자네가 나에게 말한 것이 사건의 전모이고 더 이상 할 말이 없다면, 나는 더 이상 조사하고 싶지는 않네. 하지만 설명이 필요하다면 나는 그것을 정말로 듣고 싶네.

우리가 이런 모든 사안들을 철저히 토의해야 한다면, 시간을 내어 만나야 할 것이네.

자네는 매우 열심히 일을 하고 있네. 자네는 건강하고 인두66) 역시 잘 지내길 믿네.

바뿌로부터 축복을

―자와할랄 네루에게 보낸 편지(H.), 『간디―네루 페이퍼스(Gandhi-Nehru Papers)』;
『전집』 88 : 255

---

66) 인디라. 수신자 네루의 딸. 『전집』 권88, 120면. (역주)

3. 문명

100) 파멸적인 물질주의

M. K. 간디
에소테릭 기독교연합회(Esoteric Christian Union, ECU)와
런던 채식주의자협회(London Vegetarian Society, LVS) 대리인

더반, 1895.1.21

『더 나탈 에드버타이저』 편집자에게

선생님 귀하

귀하의 신문 광고란에 에소테릭 기독교연합회(ECU)와 런던 채식주의자협회에 대한 '알림'이 있습니다만, 이에 대해 귀하의 독자에게 주의를 환기시켜 주시면 대단히 고맙겠습니다.

에소테릭 기독교연합회가 대변하고 있는 체계는, 세계의 모든 위대한 종교들 사이의 일치와 공통의 원천을 확립하고 있습니다. 그리고 그 체계는 광고한 책들이 충분히 보여줄 것이지만, 물질주의가 아주 부적절하다는 점을 지적하고 있습니다. 물질주의는 전대 미문의 문명을 세계에 주었다고 자랑하고 있으며, 인류에게 가장 위대한 선을 수행했다고 주장합니다. 그런데 물질주의는 가장 끔찍한 살상 무기를 발명한 일, 무정부주의의 섬뜩한 성장, 자본과 노동 간의 무시무시한 분쟁, 순진하고 말 못하는 산 동물들에게 과학의 이름으로—'잘못 붙여진 이름이지만'—가해지는 부당하고 악마적인 잔인성 등이 최대의 업적이란 사실을 편리하게도 망각하고 있습니다.

하지만 반동의 여러 징표가 생겨나는 것 같습니다. 그런 징표로 신지학회의 거의 놀랄 만한 성공, 성직자들이 점차 성(聖)의 이론을 수용한다는 점, 나아가서『완벽의 길』에서 아주 결정적으로 증명된 환생(reincarnation) 이론을 막스 뮐러 교수가 수용한 일, 환생 이론이 영국이나 여타 장소에서 생각하는 심성들 사이에 뿌리를 내리고 있다는 뮐러 교수의 발언,『예수 그리스도의 미지의 삶』의 발간 등이 있습니다. 이런 책들은 남아프리카에서 구할 수가 없습니다. 그래서 그 책들에 대한 나의 지식은 책들에 대한 논평에서 얻은 것입니다. 여기서 말하는 모든 사실과 이와 유사한 다른 많은 사실들은, 우리를 아주 잔인하게 이기적으로 만들어 버린 물질주의적 성향으로부터 예수 그리스도만이 아니라 석존, 조로아스터, 마호메트가 행한 순수한 비전(秘傳)의 가르침(esoteric teaching)으로 복귀하는 명백한 표시라고 나는 주장합니다. 이들은 문명세계에서는 더 이상 일반적으로 거짓 선지자로 부정되지 않고, 이들과 예수의 가르침은 상호 보완적인 것으로 인정되기 시작했습니다.

나는 아직 채식주의에 대한 책을 광고할 수 없어서 유감입니다. 책이 잘못 인도로 보내졌으므로 더반에 도착하려면 시간이 좀 걸리게 되었기 때문입니다. 하지만 채식주의의 효능에 관해 한 가지 유익한 사실을 언급하고자 합니다. 알코올 중독보다 더 강력한 악의 수단은 없습니다. 술에 대한 갈증으로 고통을 겪는 사람들, 그렇지만 그런 저주에서 진정 벗어나고 싶은 자들은 그 갈증에서 완전한 자유를 얻기 위해 주로 갈색빵 그리고 오렌지 혹은 포도로 이뤄진 섭생을 최소 한 달 정도 실시하기만 하면 된다는 점, 이런 점을 내가 말하고 싶습니다. 스스로 여러 차례 실험한 바에 따르면, 즙이 많은 신선한 과일의 풍부한 공급으로 이뤄진 채식, 양념을 하나도 안친 채식을 함으로써 나는 여러 날을 계속하여 편안하게 살아 왔음을 증언할 수 있습니다. 그때는 차, 커피, 코코아, 심지어 물조차 마시지 않았습니다. 영국에 있는 수백 명의 사람들은 이 이유로 채식주의자가 되었는데, 한때 고질적 술꾼이었던 자들이 이제 그로그 주 또는 위스키 냄새만 맡아

도 이것이 미각에 거슬리게 된 단계에 도달했습니다. B. W. 리처드슨 박사
는 『인간을 위한 음식(*Food for Man*)』에서 알코올 중독의 치료책으로서 순수
채식주의를 권고하고 있습니다. 나탈과 같이 비교적 날씨가 더워서 과일과
채소가 충분히 공급되는 지방에서는 채식을 하게 되면, 그것이 육식보다
과학적 · 위생적 · 경제적 · 윤리적 · 영적인 바탕에서 무한히 우월하다는 점
이외에도 모든 방면에서 매우 유익하다는 점을 알게 될 것입니다.

ECU 서적의 판매가 돈벌이를 위한 것이 아니라는 점은 물론입니다. 어
떤 경우에는 이 책들이 무료로 배포되기도 했습니다. 때로는 부담 없이 빌
려주기도 합니다. ECU 또는 LVS에 관해 더 상세한 정보를 원하거나, 또는
이와 같은 (적어도 나에게는) 매우 중요한 문제들에 대해 조용히 대화하고
싶은 귀하의 독자는 언제라도 연락해 주십시오.

나는 신학 박사 존 펄스포드 목사가 ECU의 가르침에 관해 한 말로 이
글을 종결짓고자 합니다.

영적으로 현명한 독자라면 이들 가르침이 성기체(星氣體)[67]의 베일 안에서 이루
어졌다는 점을 의심할 수 없을 것이다. 그 가르침들은 거룩한 천국들과 신에 대한
응축되고 간결한 지혜로 가득 차 있다. 기독교인들이 자신들의 종교를 안다면, 아
주 귀중한 여러 문서에서 그리스도 주님과 그의 역동적인 움직임이 풍부하게 예화
된 모습을 확인할 수 있을 것이다. 신과 교통이 가능하다는 점, 교통이 세상에 주어
지도록 허용된다는 점, 이런 점이 우리 시대의 징표, 그것도 가장 전도유망한 징표
이다.

그럼 이만
M. K. 간디

— 「물질주의의 부적절성」, 『나탈 에드버타이저』,[68] 1895.2.1; 『전집』 1 : 57

---

67) 성기체 또는 영체(靈體, astral body)란 신지학의 용어로서 모든 공간에 두루 존재하여,
각 개인의 제2의 육체의 실체로서 한 평생 그 사람을 따라 다니며 죽은 후에도 살아남
는 초감각적인 실체. (역주)

101) 문명의 불안정성

파리에서 일어난 대재앙[69] 소식은 그것이 퍼진 모든 곳을 슬픔으로 채웠을 것이다. 우리는 희생자들과 유족들의 감정을 짐작하고도 남는다. 이런 불행한 사건은 우리에게 단순한 사고가 아니다. 우리는 그것을 신이 주는 천벌로 본다. 마음만 먹으면 그 천벌에서 풍부한 교훈을 얻을 수가 있다. 그러한 사건은 현대문명의 눈부신 광휘 배후에 존재하는 우울한 비극을 폭로한다. 우리는 쉼 없이 돌진하면서 살고 있으므로 당분간 파리를 애도로 몰아 넣은 그 사건의 완전한 결과를 성찰할 시간적 여유가 없다. 죽은 자는 금새 잊혀질 것이고 파리는 마치 아무 일도 일어나지 않았던 것처럼 일상의 명랑함을 금방 되찾을 것이다. 하지만 우리가 사건이라고 부르는 그것에 대해 깊이 생각해 보는 자라면, 모든 광휘와 눈부신 외양 배후에 아주 진실한 어떤 것이 완전히 잊혀지고 있다는 것을 자각하지 않을 수 없을 것이다. 우리에게 그 의미는 아주 분명하다. 즉, 우리 모두는 훨씬 분명하고 참된 미래를 위한 준비 단계로서만 금생을 살아야 한다는 것이다. 현대문명이 우리의 안정을 위해 제공하는 어떤 것도 본래 불확실한 것을 더 확실한 것으로 바꿀 도리가 없다. 여기에 생각이 미치게 되면, 과학의 놀라운 발견과 신기한 발명에 대한 자랑은, 발견과 발명이 아무리 그 자체로는 의심 없이 좋은 것이라고 해도, 결국에는 헛된 자랑이 되고 말 것이다. 그런 발견과 발명은 허둥대는 인간에게 견고한 것을 결코 제공하지 않는다. 앞서 말한 신의 천벌에서 우리는 내생과 참된 신성이 존재한다는 이론을 굳건하게 믿어서가 아니라, 존재한다는 사실을 굳건하게 믿으므로 유일한 위로를 받을 수 있다. 그런 믿음만이 가질 만한 것이고 기를 만한 것인데, 그런 믿음 덕분으로 우리는 창조주를 자각하고, 지구 위의 우리는

---

68) *Natal Advertiser*는 1936년 *Natal Daily News*로 개명된다. (역주)
69) 1903년 8월 지하철에서 발생한 비참한 화재사건, 여기에서 84명이 죽고 수많은 사람이 부상당했다.

결국 일시적 체류자일 뿐이라는 사실을 느끼게 된다.

— 「사고라고?」, 『인디언 어피니언』, 1903.8.20; 『전집』 3 : 134

102) 현대문명과 고대 지혜

[런던], 1909.10.14

친애하는 헨리 씨께,

당신이 마드라스에서 친 전보를 받았습니다. 도크 씨의 책이 아직 준비되지 않아서 죄송합니다. 방금 예비 출판된 두 부를 받았지만, 그 중 한 권을 당신에게 꼭 보내야 한다고 생각하지 않습니다. 그 책들이 준비되는 대로 쿠퍼 씨에게 요청하여 나떼산 씨에게 250부를 보내도록 하겠습니다.

마스라스 집회를 보도한 『더 타임즈(The Times)』지 신문기사를 오려 동봉합니다. 당신은 프레토리아에서 온 전보도 보게 될 것입니다. 그것이 무슨 뜻인지는 모르겠습니다. 스뫼츠의 퇴임 이후 협상이 진행되어 왔습니다. 하지만 우리는 협상이 수포로 돌아갔다고 간주하고 일을 해야 할 것입니다. 인도이민위원회의 보도는 현 대목에서는 좋습니다. 당신이 캘커타에 있을 때 전인도 대표단이 민토 경70)을 알현하도록 한 번 시도해 보아야 한다고 생각합니다. 매우 어려울 것으로 생각합니다만, 찰스 터너 경을 동참시켜도 될 것입니다. 그의 동참 여부와 관계없이 사절단을 보내는 일에는 어려움은 없을 것이고, 대표 한 사람이 마드라스·봄베이·알라하바드·라호르 등의 지역을 여행해도 괜찮을 것입니다. 나는 국민회의와 이슬람대회 대표의 일원으로 당신이 임명된 일에 관해 편지를 쓰고 있습니다.

---

70) 1845~1914 : 인도의 부왕 겸 총독(1905~1910). (원주) 부왕은 Viceroy의 역어이고 총독은 Governor-General의 역어이다. 『마하뜨마 간디의 도덕·정치사상』에서는 이 구분에 따라 번역한다.

국민회의와 이슬람대회는 거의 동시에 열릴 것으로 생각합니다만, 만일 같은 날이라면, 이슬람대회에 참석해야 할지 아니면 국민회의에 참석해야 할지는 당신이 판단해야 할 것입니다. 수동적 저항의 선상에서 보면, 이슬람대회에 참석하는 것이 최선일 것으로 보입니다. 나는 당신이 알리가르흐에도 갈 것으로 믿습니다.

나는 여전히 기다시피 움직이고 있습니다. 크루어(Crewe) 경이 내 편지에 대해 곧 답장을 보낼 것으로 생각했습니다만, 이 편지를 구술하는 바로 지금까지(목요일 아침), 아무 소식이 없습니다. 나는 협상의 최종 결과를 출판하라는 그의 허락이 떨어지기 전 까지는 아무 일도 할 수 없다고 생각합니다. 이번 주 그에게서 답장이 온다고 해도, 내가 이 달 30일까지 교육 사업을 끝낼 수 있을지가 문제입니다. 당신은 내가 여태까지 누려보지 못한 특권, 즉 인도 전체를 실제로 볼 수 있는 특권을 누리겠지만, 내가 여기에서 더 찬찬히 관찰한 다음 거의 확실하게 도달했던 결론들을 글로 써야만 한다고 여깁니다.

그 일이 내 마음에 일어나기 시작하고 있습니다만 분명한 빛은 보이지 않습니다. 내가 '동양과 서양'이란 주제에 대해 연설해달라는 '평화와 중재협회'의 초청을 받은 다음 내 심정과 두뇌는 더욱 활발하게 움직입니다. 그것은 어제 저녁에 끝이 났습니다. 이 모임은 놀라운 성공을 이뤘다고 여깁니다. 그들은 진지한 사람들이었지만, 남아프리카의 실정에 대해 무례한 질문들을 몇 개 던졌습니다. 당신은 심지어 헴프스테드71)에서도 남아프리카의 비극을 두둔하여, 인도 무역상들이 해독이 된다는 등 인기에 영합하는 말을 하는 사람들이 있다는 점을 알게 되면 놀랄 것입니다. 점잖아 보이는 할머니 한 분이 일어나 내가 불충한 마음을 토로했다고 말했습니다. 나는 어제 저녁 친우회(퀘이커) 모임 집에서 우상숭배자들을 대면했습니다. 이것은 우리가 남아프리카에서 우상숭배자들을 대면한 것과 같았습니다.

---

71) 북부 런던의 지명. (역주)

두 번째 집단은 지문 채취와 같이 형식과 피상적인 일에 대해 생각하고 거기에 집착하는 자들입니다. 나에게 던져진 모든 질문을 보니 나의 주요 의도는 망각되었고, 시시콜콜한 부분들은 우호적으로 다뤄지고 논의되었습니다. 결론은 아래와 같습니다.

① 동·서양 사이에 넘지 못할 장벽은 없다.

② 서양문명이나 유럽문명과 같은 것은 존재하지 않으며 현대문명만이 존재한다. 그것은 순전히 물질주의적이다.

③ 유럽인은 현대문명으로 감염되기 전에는 동양인과 많은 공통점이 있었다. 여하튼 오늘날에도 인도 민중은, 현대문명의 자식들과 화합하기보다는 현대문명의 감염을 받지 않은 유럽인들과 훨씬 더 잘 화합할 수 있다.

④ 인도를 통치하는 것은 영국 민중이 아니라 현대문명이고, 통치 수단은 철도, 전보, 전화 그리고 현대문명의 승리로 주창되어 온 거의 모든 발명품이다.

⑤ 봄베이, 캘커타 및 기타 인도 주요 도시들은 진짜 역병으로 감염된 지역이다.

⑥ 만일 영국 통치 대신에 내일 인도 통치가 들어선다고 해도, 현대적 방식에 토대를 둔 것이라면 인도는 조금도 나아지지 않을 것이다. 그때 영국으로 빠져나갈 일부의 돈을 보유할 수는 있을 것이지만, 그렇게 되면 인도인들은 유럽이나 미국의 복사판의 복사판이 되고 말 것이다.

⑦ 서구가 현대문명을 거의 전면적으로 바다에 처넣을 경우에만 서양과 동양은 참으로 만날 수 있다. 동양이 현대문명을 받아들이는 경우에도 동·서양은 겉으로는 만날 수 있다. 그러나 그 만남은 독일과 영국 사이에 있는 것과 같은 무장 상태의 휴전일 것이다. 이들 두 나라는 하나가 다른 하나에게 먹히는 일을 피하기 위해 죽음의 전당(殿堂)에서 살아간다.

⑧ 어떤 개인이나 단체가 세상 전체의 개혁에 착수하거나 그것에 대해 생각하는 일은 간단히 말해 주제넘은 일이다. 지독히 인위적이고 신속한

이동 수단을 사용함으로써 그런 개혁을 시도하는 것은 불가능한 일을 시도하는 것과 마찬가지다.

⑨ 물질적인 안락의 증진이 도덕적 성장에 어떤 방식으로도 도움이 되지 못한다는 것은 일반적으로 주장되는 바이다.

⑩ 의학은 흑색 마법이 응축한 정수이다. 고도의 의술로 불리는 것보다 돌팔이 의사의 수법이 비할 바 없이 낫다.

⑪ 병원은 악마가 자신의 왕국에 대한 장악력 유지라는 목적을 달성하기 위해 사용해 온 수단들이다. 병원은 악, 불행, 타락, 진정한 노예 신분을 영속화시킨다.

⑫ 내가 의술 훈련을 받아야 한다고 생각했을 때 나는 전적으로 잘못된 길에 들어선 것이었다. 병원에서 진행되고 있는 가증스러운 행위에 내가 어떤 방식으로든 참여하는 것은 죄짓는 일이었을 것이다. 성병이나 심지어 폐병을 치료하는 병원이 없었다면, 폐병은 더 적을 것이고, 성적인 사악함도 줄어들 것이다.

⑬ 인도는 지난 50년 동안 배운 것을 내버림으로써 구원받을 수 있다. 철도, 전보, 병원, 법률가, 의사 그리고 이와 유사한 것들은 모두 사라져야 한다. 이른바 상층 계급들은 소박한 농민의 삶이 참된 행복을 주는 삶으로 여겨 양심적으로, 종교적으로 그리고 의도적으로 그런 삶을 살아가는 것을 배워야만 한다.

⑭ 인도인들은 기계로 만든 옷은, 유럽 공장의 제품이든 인도 공장의 제품이든 입어서는 안 된다.

⑮ 영국은 이 일에 있어서 인도를 도울 수 있을 것이고, 그렇게 되면 영국의 인도 지배가 정당화될 수 있다. 오늘날 이렇게 생각하는 영국인이 다수 있는 것으로 보인다.

⑯ 옛날의 현자들은 민중의 물질적 상태를 제한하는 방식으로 사회를 규제하려고 했는데, 거기에 참된 지혜가 있었다. 오늘날의 농민은 오천 년쯤 전에 사용된 투박한 쟁기를 그대로 사용할 것이다. 바로 거기에 구원이

있다. 민중은 그런 상태에서 상대적으로 평화롭게 장수했는데, 그 평화는 유럽인들이 현대적 활동을 벌인 다음 향유하는 것보다 훨씬 더 큰 것이다. 그리고 분명 모든 영국인, 모든 계몽된 사람들이 선택하기만 한다면 이 진리를 배우고 그에 따라 행할 것이라고 생각한다.

더 많이 쓸 수 있지만, 위에 쓴 것만으로도 반성을 위한 자료로 충분할 것입니다. 잘못을 발견하면 지적해 주시길 바랍니다.

위에서 언급한 거의 확실한 결론으로 나를 이끌어 준 것이 수동적 저항 속에 있는 진정한 정신이란 점도 당신은 알아차릴 것입니다. 수동적 저항자로서 나는 거대한 개혁이라고 부를 만한 개혁이, 현재 바쁘게 살아가는 일(rush)에 만족하는 민중 사이에 실현될 수 있을 것인지의 여부에 대해 괘념치 않겠습니다. 내가 개혁 속에 있는 진리를 자각한다면, 흔쾌히 그 진리를 따를 것입니다. 그래서 나는 민중 전체가 시작할 때까지 기다릴 수가 없었습니다. 이와 같은 생각을 하는 우리 모두는 필요한 발걸음을 내디뎌야 할 것입니다. 만일 우리가 옳다면 나머지 사람들도 따라와야 할 것입니다. 이론은 저 만치 멀리 떨어져 있으므로, 우리의 실천은 가능한 한 가까이 접근해야 할 것입니다. 우리가 바쁘게 살다 보면 우리 자신에게서 모든 해독을 떨쳐낼 수 없을 것입니다. 나는 기차를 타거나 버스를 이용할 때마다 나의 정의감에 대해 스스로 폭력을 행사하고 있음을 압니다. 나는 그런 기본적인 생각에서 생기는 논리적 결과를 두려워하지 않습니다. 영국 방문은 나쁘고, 쾌속선으로 남아프리카와 인도 사이를 교통하는 것도 나쁜 일입니다. 이런 식입니다. 당신과 나는 현재의 육신을 갖고도 그런 것들을 극복할 수 있을 것입니다. 하지만 가장 중요한 일은 이론을 올바르게 정립하는 일입니다. 당신은 거기에서 온갖 종류의 인간과 그들의 처지를 목격하게 될 것입니다. 그래서 나는 스스로 정신적으로 취했던 방식, 진보적 방식이라고 부른 것을 더 이상 당신에게 숨겨서는 안 된다고 느낍니다.

당신이 내 말씀에 동의한다면, 혁명가들에게 그리고 다른 모든 이에게 다음과 같이 말해 주는 것이 당신의 의무입니다. 즉, 그들이 원하는 자유, 또는 그들이 원한다고 생각하는 자유는, 살인하거나 폭력을 행함으로써는 얻을 수 없고, 자신들을 올바르게 세움으로써 그리고 진정한 인도인이 됨으로써 얻을 수 있다는 점을 그들에게 말해 주어야 합니다. 그렇게 되면 영국 통치자들은 주인이 아니라 하인이 될 것입니다. 폭군이 아니라 수탁자가 될 것입니다. 그들은 인도의 거주민 전체와 완전히 평화로운 관계에서 살아갈 것입니다. 그래서 미래는 영국인이 아니라 인도인 자신들에게 달려 있습니다. 만일 그들이 충분히 자제하고 검소하다면, 바로 이 순간에 자신들을 자유롭게 할 수 있을 것입니다. 그리고 수년 전까지 전적으로 우리의 것이었던 소박함, 그리고 여전히 대체로 우리의 것인 소박함에 도달하게 되면, 가장 선량한 인도인들과 가장 선량한 유럽인들이 인도의 전국 도처에서 상대방을 쳐다보게 될 것이고, 마치 효소처럼 활동하게 될 것입니다. 과거 신속한 이동 수단이 없었을 때 상인과 설교가들은 이 땅의 이 끝에서 저 끝까지 맨발로 걸으며 온갖 위험을 무릅썼지만(비록 도보 여행에서 오는 온갖 어려움에도 불구하고) 이 여행은 쾌락을 위한 것도 아니었고, 건강 회복을 위한 것도 아니었습니다. 단지 인류를 위해서였습니다. 그때 베나레스를 비롯하여 여타 거룩한 순례 도시가 있었습니다. 지금 그 도시들은 혐오의 장소일 따름입니다.

당신은 내가 자식들에게 구자라뜨어로 말하는 것에 대해 나를 책망하곤 했음을 기억하실 것입니다. 나는 이제 영어로 말하기를 거부했던 일이 절대로 옳았음을 점점 더 확신하고 있습니다. 한 구자라뜨인이 다른 구자라뜨인에게 영어로 편지 쓰는 것을 상상해 보십시오 당신이 제대로 말할 수 있는 영어를 그들은 잘못 발음하고 문법에 틀리게 글을 쓸 것입니다. 나는 영어로 말하거나 쓸 때에 바보 같은 실수를 범하더라도, 구자라뜨어로 할 때에는 결코 범하지 않아야 합니다. 나는 인도인에게나 외국인[72]에게 영

---

72) 영어를 사용하지 않는 외국인. (역주)

어로 말할 때는 영어를 어느 정도 잃어버리게 된다고 생각합니다. 내가 만일 영어를 잘 배우기를 원하고, 내 귀를 영어에 익숙하게 만들기를 원한다면, 나는 영국인에게 말하고 영국인의 말을 들어야 할 것입니다.

나는 당신에게 엄청나게 많은 양의 약을 주었다고 생각하는데, 당신이 그것을 잘 흡수하기를 바랍니다. 당신은 훌륭한 상상력과 건전한 상식과 함께, 그곳에서 얻는 다양한 경험에 의해 아마 나와는 다른 결론에 도달할 가능성이 높습니다. 결국 결론은 새로운 것이 아니고 이제 구체적인 모습을 얻어 나를 단단히 사로잡고 말 것입니다.

방금 요한네스버그에서 다음과 같은 전보를 받았습니다.

스뫼츠는 자신의 제안에 대해 국무장관의 대답을 기다린다고 신문에 발표했다. 런던위원회는 당분간 지속된다.

이 전보는 문제가 요한네스버그에서 다소 심각해졌음을, 그리고 스뫼츠가 수동적 저항을 진압하는 일에 대해 성공할 자신이 없음을 의미합니다. 그것은 만일 크루어 경이 최상의 노력을 경주했다면 해결할 수 있었음을 보여줍니다. 하지만 우리는 계속 싸울 수 있습니다. 그리고 런던위원회도 지속될 것입니다. 이것은 상황을 변화시키는 것이 아니라, 리치(Ritch)의 입장을 편하게 해줍니다.

가련한 리치 부인은 또 한 차례, 아니면 여러 번 수술을 받아야 할 것입니다. 살아남지 못할지도 모릅니다. 죽음과 같은 삶을 마감하고 진짜 죽음을 맞이하는 것이 그녀에게 더 큰 위안이 될 것입니다.

추신: 이 편지의 앞 부분을 쓴 뒤 밀리(Millie)가 여기에 왔습니다. 매우 중요하다고 생각했으므로 그녀에게 그것을 읽어주었습니다. 이것은 유익한 논의로 이어졌습니다. 이건 당신이 상상할 수 있는 일일 것입니다.

알리 이맘 씨는 여전히 여기에 머물러 있습니다. 그는 월요일에 떠날 것 같습니다.

귀하의 신실한 친구

M. K. 간디 드림

— H. S. L. 폴락(Polak)[73]에게 보낸 편지, SN 5127; 『전집』 10 : 110

103) 문명과 양심

1910.5.10

존경하는 와이버거[74] 씨께,

인도의 자치에 관한 소책자에 대해 아주 완전하고도 귀중한 비판을 해주셔서 지극히 감사합니다. 저는 매우 기쁜 마음으로 당신의 편지를 『인디언 어피니언』지에 보내 출판하게 할 것이고, 이 답장도 그렇게 할 것입니다.

저는 당신 편지의 마지막 부분에서 드러냈던 감정에 대해 전적으로 동감합니다. 저는 제 견해가 가장 절친한 제 친구들, 제가 존경하는 사람들의 견해와는 다르리라는 점을 잘 알고 있습니다. 하지만 제 입장에서 보면 이런 차이점이 있다고 해서 존경심이 줄어들지도 않고 친구 관계에 영향을 주지도 않습니다.

당신이 편지에서 지적한 대로 제 불완전함과 결점을 저는 고통스럽지만 인식하고 있습니다. 소책자에서 다뤄진 정말로 중요한 문제들을 다루기에는 제가 너무나 하찮은 존재라는 점도 압니다. 상황 때문에 저는 어쩔 수 없이 정치평론가(publicist)가 되었지만, 그 입장에서 『인디언 어피니언』지 독자들을 위해 글을 써야 한다고 느꼈습니다. 저는 양자택일을 할 수밖에 없었습니다. 『인디언 어피니언』지 독자들이 아무리 간절히 길잡이를 원하더

---

73) 간디는 1904년 당시 요한네스버그에서 『비평』지 부편집장이었던 폴락을 만났고, 두 사람은 금방 친구가 되었다. (역주)

74) 트란스발 의회 의원.

라도 저는 현재 인도에 만연된 미친 폭력에 그들이 휩쓸려 가게 내버려두던가, 아니면[75] 아무리 하찮을지라도 그들이 요구했던 지침을 제공하던가 해야 합니다. 폭력을 완화하는 유일한 길은 소책자에 요약된 길밖에 없습니다.

천박한 독자들은 소책자를 불충의 산물로 간주할 것이라는 당신의 견해에 동의합니다. 그리고 사람과 수단, 현대문명과 그 옹호자를 구별하지 않는 사람들도 그런 결론에 도달할 것이라는 것 역시 인정합니다. 그리고 당신은 제가 폭력을 단념시키려고 하는 이유가, 폭력은 잘못이고 동시에 효과가 없다고 생각하기 때문이지, 얻고자 하는 목적이 잘못이기 때문이 아니라고 주장하고 있습니다. 저는 그와 같은 당신의 주장을 인정합니다. 다른 말로 하면 어떤 사람들은 수단에서 목적을 분리하는 일이 도대체 가능하다고 생각할지 모릅니다만 저는 불가능하다고 생각합니다. 폭력으로 얻은 자치는 제가 제안한 비폭력의 방법으로 얻은 자치와는 전혀 다른 종류의 것이라고 생각합니다.

저는 현대문명의 정신이 사악하다고 생각해서 현대문명을 비판하고자 혼신의 노력을 기울여 왔습니다. 현대문명의 어떤 면모들은 선량하다는 점을 보여줄 수는 있을 것입니다. 하지만 저는 현대문명의 성향을 윤리의 잣대로 검토해 보았습니다. 저는 기독교와 현대문명을 구별하고, 현대문명과 환경을 딛고 우뚝하게 일어선 개인들의 이상을 구별했습니다. 현대문명의 활동은 결코 유럽에 국한된 것이 아닙니다. 그 폭발적인 영향력은 일본에서 완전하게 발휘되고 있습니다. 그리고 이제 인도를 집어삼키려고 위협하고 있습니다. 소용돌이 안에 있는 인간은 개개인의 경우를 제외하고는, 그 안에서 자신의 운명을 개척해야 할 것이라는 점을 역사는 우리에게 가르치고 있습니다.[76] 그러나 여전히 현대문명의 영향 외부에 있는 사람들, 그

---

75) 『전집』 권11, 38면에서 '아니면(or)'은 '그리고(and)'의 착오라고 하고 있는데, 이 각주가 영 이해되지 않았다. (역주)
76) '개개인의 경우를 제외하고는'이라는 구절을 왜 써 넣었는지 역자는 이해하기가 어려

리고 충분히 시험해 본 문명, 길잡이가 될 만한 문명을 가진 자들은 도움을 받아서 자신들이 서 있는 그 자리에 그대로 머물 수 있도록 해야 할 것입니다. 그 자리에 머물러 있다는 것이 사려 깊음의 산물이라고 해도 말입니다. 저는 현대문명이 준다고 하는 삶을 고대문명의 삶으로 이미 시험해 보았습니다. 그리고 '경쟁의 채찍과 지성적 자극을 비롯한 물질적이고 감각적인 자극'에 의해 인도 민중을 일깨워야 할 필요가 있다는 생각이 있는 모양인데, 저는 그 생각에 아주 강력하게 도전하지 않을 수 없습니다. 이런 것들이 인도 민중의 도덕적 위상에 한 치라도 보탤 수 있을 것이라는 점을 인정할 수 없습니다. 제가 사용해 온 해탈(liberation)이라는 말이 온 인류의 당면 목표라는 점에 대해서는 의심의 여지가 없습니다. 그러나 그렇다고 해도 인류 전체가 거기에 동시에 도달할 수 있을 거라는 결론이 나오는 것은 아닙니다. 하지만 해탈이 인류가 얻을 수 있는 것 중에 최선의 것이라면 누구에 대해서도 이상을 낮추는 것은 잘못이라고 주장하는 바입니다. 분명 인도의 모든 경전들은 해탈이 당면 목표라고 부단히 그리고 분명히 설교해 왔습니다. 그렇다고 해서 이런 설교가 '저급한 세계에서의 행위'를 포기하게 하는 것은 아니라고 우리는 알고 있습니다.

'수동적 저항'이란 용어는 잘못된 이름임을 인정합니다. 일반적으로 말해 우리가 의미를 알고 있기에 그 이름을 사용해 왔습니다. 그것은 대중적 용어이므로 쉽게 대중의 상상력에 호소합니다. 기초 원리는 폭력의 원리에 전적으로 반대되는 것입니다. 그래서 '전투가 물리적인 영역에서 정신적인 영역으로 옮아갔다'고 할 수는 없습니다. 폭력의 기능은 외면적인 방법으로 개혁을 얻는 것이고, 수동적 저항의 기능, 즉 혼의 힘이 보여주는 기능은 내면의 성장에 의해 개혁을 얻는 것이며, 내면의 성장은 다시 자기 고통, 자기 정화에 의해 얻어집니다. 폭력은 언제나 실패하고 수동적 저항은

였다. 집단으로서의 인간과 개체로서의 인간을 구별하여 개체로서의 인간은 소용돌이에서 도망갈 수도 있음을 의미하는 것인지, 간디의 분명한 뜻을 알 수 없었다. 그리고 『전집』에 별도의 각주도 없었다. (역주)

늘 성공합니다. 수동적 저항자의 투쟁은 투쟁이지만 영적인 것입니다. 이기기 위해 싸우기 때문입니다. 그는 이기기 위해, 극기를 위해 싸워야 할 의무가 정말로 있습니다. 수동적 저항은 늘 도덕적이고, 결코 잔인하지 않습니다. 그리고 정신적 행위든 다른 행위든 그 행위가 이 시험에서 실패한다면 그것은 명백하게 수동적 저항이 아닙니다.

당신의 주장은 한편으로는 정치, 다른 한편으로는 종교 또는 영성, 이 둘이 완전히 분리되어야 한다는 점을 보여주는 듯합니다. 현대의 조건 아래에서 살아가는 우리는 그런 분리를 일상적 삶에서 목격하고 있습니다. 그러나 수동적 저항은 정치와 종교를 재결합하려 하고, 우리의 행동 일체를 윤리적인 원리에 비춰 검토하려고 합니다. 예수께서 돌덩이를 빵으로 만들기 위해 혼의 힘을 사용하기를 거절하신 일이 있는데 이는 제 주장을 지지해 줍니다. 현대문명은 지금 그와 같이 불가능한 재주를 부리려고 합니다. 돌덩이를 빵으로 바꾸기 위해 혼의 힘을 사용한다면 그것은 과거에도 흑색 마법으로 간주되었을 것이고 오늘날도 그렇게 생각되었을 것입니다. 동기만 보아서 특정 행위의 옳고 그름을 늘 결정할 수 있다는 당신의 의견에는 동조할 수 없습니다. 무지한 어머니가 지고의 순수한 동기에서 자식에게 아편 한 봉지를 줄 수도 있습니다. 그녀의 동기는 그녀의 무지를 치유할 수 없을 것이고, 도덕적 세계에서 제 자식을 살해했다는 죄에 대해 자신을 속죄할 수도 없을 것입니다. 수동적 저항자는 이러한 원리를 인정하고 자신의 동기의 순수성에도 불구하고 자신의 행위가 완전히 잘못될 수 있다는 점을 알고, 판단을 지고의 존재에게 맡겨둡니다. 그리고 수동적 저항자는 그 자신이 그릇된 일이라고 생각하는 것에 저항하면서 직접 고통을 감수합니다.

'행위의 기관들'[77]만을 통제할 수 있고 '마음을 감각 대상에서 거둬들일 수 없는' 자는 마음 역시 통제 아래에 두기 전까지는 행위기관을 더 잘 사

---

77) 주로 사지를 가리킨다. (역주)

용할 수 있을 것이라는 주장이 있는데, 저는 이런 주장에 대한 타당한 근거를 『바가바드 기따』 전체를 보아도 찾을 수가 없습니다. 일상적인 실천에서 행위기관들을 그렇게 사용한다면 우리는 그것을 탐닉이라고 부를 수 있을 것입니다. 그리고 만일 우리의 영혼이 약한데도 영혼 역시 강하기를 늘 기대하면서 육신을 통제할 수 있다면, 우리는 분명 올바른 조응에 도달할 것입니다. 당신이 인용했던 텍스트는 과시할 목적으로 행위기관들을 통제하는 듯 보이는 사람, 하지만 감각의 대상에 의도적으로 마음을 둔 사람을 지칭한다고 저는 생각합니다.

순수한 수동적 저항자는 자신이 순교자로 간주되는 것을 허용해서도 안 되고, 교도소 내의 고생 또는 여타 다른 고생에 대해 불평해서도 안 되고, 부정의(不正義) 또는 부적절한 대우로 보이는 것을 이용하여 정치적 자산을 만들어서도 안 된다는 점에 대해 저는 당신의 견해에 전적으로 동의합니다. 하물며 수동적 저항의 어떤 사안도 널리 광고해서는 더더욱 안 될 것입니다. 하지만 불행하게도 모든 행위들은 섞여 있습니다. 지순한 수동적 저항은 이론적으로만 존재합니다. 당신이 지적하는 일탈 행위들은, 트란스발의 인도인 수동적 저항자들이 결국은 오류를 쉽게 범하는 인간, 그러면서도 약한 인간이라는 사실을 강조하고 있습니다. 그러나 그들의 목적은 자신들의 실천을 순수한 수동적 저항에 가능한 한 가깝게 일치시키는 것임을, 그리고 투쟁이 진전되면 순수한 영혼들이 우리 가운데 분명히 부상(浮上)할 것임을 당신에게 보장할 수 있습니다.

모든 수동적 저항자들이 사랑이나 진리의 정신으로 불타는 것은 아니라는 점 또한 기꺼이 인정합니다. 우리들 중 몇 사람은 의심할 나위 없이 복수심과 증오심에서 해방되어 있지 못합니다. 그러나 우리들 모두 속에 있는 욕구는 증오와 적대감에서 우리 자신을 치료하는 것입니다. 운동의 진기함이 주는 황홀한 매력이나 이기적 이유에서 수동적 저항자가 된 자들은, 중도 하차한다는 점도 알아차렸습니다. 위장된 자기 고통은 오래 갈 수 없습니다. 그런 사람들은 한 번도 수동적 저항자가 아니었습니다. 수동적 저항이란 주제를 다소 비인격적인 말로 논의해야 할 필요가 있습니다. 당신이 군인들의 육체적인 고통이 트란스발 수동적 저항자들의 고통을 훨씬 상회했다고 말한다면, 그 말에 전적으로 동의합니다. 그러나 화장용 장작더미 안이나 끓는 가마솥 안으로 일부러 걸어들어 가는 사람, 이와 같이 세상에 널리 알려져 있는 수동적 저항자들의 고통은 군인의 고통에 비하더라도 비교되지 않을 정도로 위대합니다.

제가 톨스토이를 대변하는 것처럼 보일 수는 없습니다. 하지만 제가 그의 글을 읽어본 결과 그 글이, 힘에 근거하여 조직된 정부와 같은 제도를 냉혹하게 분석하고 있음에도 불구하고, 온 세상이 철학적 무정부 속에서 살아갈 수 있다는 것을 어떤 방식으로든 예상하지 않으며, 고려하지도 않는다는 것을 알았습니다. 제가 보기에 그가 설교한 것은 세계의 다른 스승들과 마찬가지로, 모든 인간이 자신의 양심의 소리에 순종해야 하고, 각자가 자신의 주인이 되어야 하며, 내면에서 천국을 구하라는 것입니다. 톨스토이에게는 사람들 개개인의 재가(裁可)를 얻지 않고서는 그들을 통제할 수 있는 정부란 있을 수 없습니다. 그런 인간은 어떤 정부보다 우월합니다. 무지하여 자신들이 단순히 양이라고 여기는 다수의 다른 사자들에게, 한 마리의 사자가 그들은 양이 아니라 사자라는 사실을 말하는 것이 도대체 위험한 일이겠습니까? 아주 무식한 사자 몇 마리가 현명한 사자의 주장에 도전할 것임은 분명합니다. 바로 그러한 이유로 분명히 혼란 또한 있을 것입니다. 그렇지만, 무식이 아무리 엄청난 것이라고 해도, 현명한 사자가 조용히 앉아 있기만 하고 동료 사자들에게 그가 얻은 위엄과 자유를 공유하자고 요구해서는 안 된다고 제안한다면, 그 제안은 틀렸습니다.

반아시아연맹은 순수하지만 전적으로 오도된 동기에서 아시아인들을 악으로 간주하고 트란스발에서 추방하길 바라고 있습니다. 연맹이 이런 목적을 달성하기 위해 폭력을 사용할 경우, 사실 그 행위는 연맹 자체의 관점에서 보면 분명히 정당화될 수 있을 것이라는 생각이 저에게 떠올랐습니다. 만약 수동적 저항자들이 약하지 않다면, 그들의 눈에 강압적인 행위로 보이는 것에 대해 불평해서는 안 됩니다. 오히려 그들에게는 추방과 그보다 더 지독한 것이야말로, 양심에 어긋나는 행위에 대한 굴복에서 해방시켜 주는, 환영할 만한 위로임에 틀림없을 것입니다. 당신 자신의 사례에서 수동적 저항의 아름다움을 놓치지 마시길 바랍니다. 저항자들이 강제적인 추방에 대항하여 물리적 폭력을 행사할 능력은 있었지만, 추방에 저항하기보다는 추방되기를 순수하게 선택했다고 가정해 봅시다. 그것은 그들 속에 있는 탁월한 용기와 탁월한 도의심을 보여주는 것이 아니겠습니까?

귀하의 신실한 친구

M. K. 간디

—W. J. 와이버그에게 보낸 편지, 『인디언 어피니언』, 1910.5.21; 『전집』 11 : 38

104) 인도문명에 대한 믿음

인도르, 1918.3.30

우리는 종종 다음과 같이 생각합니다. 유럽에서 일어나고 있는 변화와 같은 종류의 변화가 인도에서도 일어날 것이고, 거대한 전환이 일어나게 될 때 전환에 대해 미리 대비하는 자들은 승리할 것, 전환을 알아차리지 못하는 자들은 파멸할 것, 그리고 단순한 운동은 진보이고, 우리의 진전은 그 안에 있다고 말입니다. 우리는 유럽 대륙에서 만들어진 위대한 발견들을 통해 진보할 수 있을 것이라고 생각합니다. 하지만 이것은 환상입니다. 우리는 우리 자신의 문명을 가지고 오랫동안 생존해 온 나라에서 사는 사람들입니다. 유럽의 많은 문명들은 파괴되었으나, 우리 인도는 살아남아 자신의 문명을 증언하고 있습니다. 현대의 인도문명이 수천 년 전의 인도문명과 동일하다는 점에 대해 모든 학자들이 이구동성으로 증언하고 있습니다. 그러나 이제 우리가 더 이상 우리 문명을 믿지 않는 것은 아닌가 하고 의심할 이유가 있습니다. 우리가 매일 아침 예배하고 기도하고, 선조들이 지은 게송들을 음송하는 것은 사실입니다. 그런데도 우리는 그 의미를 모릅니다. 우리의 믿음은 다른 방향으로 옮겨지고 있습니다.

이 세상이 지속되는 한, 빤다바 형제와 까우라바 형제들 사이의 전쟁 역시 계속될 것입니다. 거의 모든 종교 서적들은 신과 사탄 사이의 전쟁이 영원히 계속될 것이라고 말합니다. 문제는 우리가 어떻게 대비하느냐에 달려 있습니다. 내가 여기에 온 것은 여러분이 여러분의 문명에 대해 믿음을 갖고 그것을 굳건히 지켜나가야 한다는 점을 말해 주기 위해서입니다. 만일 여러분이 그렇게 한다면, 인도는 전 세계를 지배할 것입니다. (박수)[78]

우리 지도자들은 서구와 싸우기 위해서는 서구의 방식들을 수용해야 한다고 말합니다. 하지만 그것은 인도문명의 종말을 의미한다는 것을 꼭 명심하십시오. 인도의 얼굴은 여러분이 따르는 현대의 조류를 외면하고 있습니다. 인도의 그런 모습을 여러분은 알지 못합니다. 나는 여행을 많이 하면서 인도의 심성을 알게 되었고, 그것이 인도 고대문명에 대한 믿음을 간직해 왔음을 발견했습니다. 우리가 지금 스와라즈에 대해 듣고 있습니다만 그것은 우리가 채택한 방식을 통해서는 획득되지 않을 것입니다. 국민회의 연맹 계획 또는 그보다 더 좋은 계획이 있더라도 우리에게 스와라즈를 주지 않을 것입니다. 우리는 삶을 살아가는 방식을 통해서 스와라즈를 얻을 것입니다. 스와라즈는 요구한다고 해서 얻어지는 것이 아닙니다. 우리가 유럽을 모방한다고 해서 그것을 얻을 수 있는 것은 결코 아닙니다.

유럽문명이 악마와 같다는 점은 우리 스스로 잘 알고 있습니다. 이에 대한 명백한 증거는 현재 진행중인 격렬한 전쟁입니다. 그것은 너무나 끔찍해서 마하바라따전쟁은 그것과 비교하면 아무 것도 아니었습니다. 이것은 우리에게 경종을 울려줍니다. 그리고 행위가 반드시 거룩해야 하고 다르마에 기초해야 한다는 불변이며 불가침의 원리를, 우리는 우리의 현자에게서 받

---

78) 『전집』 권16, 377면. (역주)

았다는 점을 상기해야 할 것입니다. 우리는 이 원리만을 따라야 합니다. 우리가 다르마를 따르지 않는다면, 어떤 거창한 계획을 세우더라도 우리의 소원은 성취되지 않을 것입니다. 몽테규 씨가 오늘날 스와라즈를 제시한다고 해도 우리는 그러한 스와라즈로부터는 아무 이익을 얻지 못할 것입니다. 우리는 리시와 무니들이 우리에게 남겨준 유산을 이용해야 합니다.

고대 인도에서 실천되었던 고행(tapasya)이 다른 곳에서는 전혀 발견되지 않는다는 점은 전 세계가 알고 있습니다. 우리가 인도를 위해 왕국을 원한다고 해도, 우리는 왕국을 다른 방법이 아니라 자제의 방법으로만 얻을 수 있을 것입니다. 자제의 정신이 우리 삶을 지배하게 되면 원하는 것은 무엇이든 얻을 수 있을 것임을 우리는 확신할 수 있을 것입니다.

우리의 목적은 진리와 비폭력입니다. 비폭력은 지고의 다르마인데, 이보다 더 중대한 의미를 발견한 적은 없습니다. 우리가 세속적인 행위를 하는 한, 그리고 혼과 육이 함께 존재하는 한, 일정한 정도의 폭력이 우리의 행위를 통해 지속적으로 일어날 것입니다. 하지만 우리는 적어도 우리가 포기할 수 있는 폭력은 최대한 포기해야 합니다. 종교가 허용하는 폭력이 적으면 적을수록 종교 안에 더 많은 진리가 들어 있다고 이해해야 합니다. 만약 우리가 인도의 구원을 보증할 수 있다면, 그것은 오로지 진리와 비폭력을 통해서만 가능합니다. 봄베이 주 지사인 윌링든 경은 인도인을 만나면 크게 실망한다고 말했습니다. 그 이유는 인도인이 자신의 마음속에 있는 것을 드러내는 것이 아니라 윌링든 경의 마음에 맞는 것만을 표현함으로써, 그들의 입장을 결코 알 수 없기 때문이라는 것입니다. 많은 사람들이 중요한 사람의 면전에서는 자신들의 감정을 숨기고, 그의 비위에 맞춰 말하는 습관이 있습니다. 그들은 얼마나 잔인하게 스스로 기만하고 진리를 해치고 있는지를 깨닫지 못합니다. 사람은 반드시 자신이 느낀 바를 얘기해야 합니다. 자신의 이성을 거스르는 것은 무례한 행위입니다. 사람은 상대방이 정부 고관이든 심지어 더 높은 지위의 사람이든 그에게 자신이 느낀 바를 말하기를 조금도 주저해서는 안 됩니다. 진리와 비폭력으로서 모든 사람들에게 대하십시오.

사랑이란 철천지원수조차 친구로 만드는 진귀한 약초이며, 이 약초는 비폭력에서 자라납니다. 잠자고 있던 비폭력이 깨어나면 사랑이 되는 것입니다. 사랑은 악의를 파괴합니다. 우리는 영국인이나 무슬림을 가리지 않고 모든 사람들을 사랑해야 합니다. 우리가 소를 보호해야 하는 것은 분명하지만 무슬림과 싸움을 벌이면서까지 그렇게 할 수는 없습니다. 우리는 무슬림을 죽임으로써 소를 구할 수는 없습니다. 사랑을 통해서만 행위해야 합니다. 그래야만 우리는 성공할 것입니다. 우리가 진리·사랑·비폭력에 대해 부동의 믿음이 없다면, 진보를 이룰 수 없습니다. 만약 우리가 이런 것들을 내버리고 유럽문명을 모방한다면, 우리는 파멸하고 말 것입니다. 나는 인도가 자신의 문명을 외면하지 않도록 수르야나라얀(Suryanarayan)[79]에게 기도합니다. 두려워 마십시오. 여러분이 갖가지 종류의 공포 아래 사는 한 결코 진보하거나 결코 성공할 수 없습니다. 부디 우리의 고대문명을 잊지 마십시오. 진리와 사랑을 절대로 포기하지 마십시오. 모든 적수와 친구들을 사랑으로 대하십시오. 만일 당신이 힌디어를 국어로 제정하기를 원한다면 진리와 비폭력이라는 원리를 통해 단시간 내에 그렇게 할 수 있을 것입니다.

— 인도문명에 대한 연설(H.), 『마하뜨마 간디(*Mahatma Gandhi*)』; 『전집』 16 : 247

105) 고대의 영광과 현대의 무기력

편집자들은 신문에 공란에 생기게 되면 그것을 채우기 위해서 이런 저런 글들을 흔히 마련해 둔다. 영어로는 이것을 '상록수(evergreen)'라고 부른다. 언제나 싱싱하다는 의미이다. 당신은 그 사안을 언제라도 출판할 수

---

79) 태양의 모습을 빌린 주님. 『전집』 권16, 378면. (역주)

있다. 나는 우연히 이와 유사한 것을 『봄베이 크로니컬』지에서 보았다. 거기에는 다음과 같은 정보가 있었다.

> 인도인들이 십진법을 창안했다. 기하학과 대수학은 인도에서 처음 전개되었고, 삼각법도 마찬가지였다. 세상에 건립된 최초 다섯 개의 병원은 인도에 세워졌다. 고대 유럽의 의사들은 인도의 약을 사용했다. 인도인들은 기원 전 6세기에 인체해부(解剖)를 연구했고, 거의 같은 시기에 수술의 기술을 얻었다. 고대 인도인들은 그들이 현재 하고 있는 것과 같은 철주(鐵柱)의 주조술을 알았다. 인도는 동굴 조각에 전문적 재주가 있었다. 알렉산더가 인도를 침략했을 때 뻰자브와 신드 지방에 공화국들을 발견했다. 고대 인도의 여성들은 유럽 여성이 현재 쟁취하려는 권리를 향유했다. 지방 공국(共國)들이 찬드라굽따시대에 존재했다. 문법학을 완성시킨 자는 인도인이었다. 『라마야나』와 『마하바라따』에 필적할 만한 것은 아직 없다.

나는 이런 주장들이 어느 정도 사실인지를 모른다. 하지만 만일 고 라나드 판사가 오늘날 생존하여 과거의 인도 영광에 대한 이런 말을 들었다면, 그가 분명 '그래서 어쨌단 말이냐'라고 물었을 것이라는 점만큼은 안다. 그는 과거의 영광에 안주하기만 한다면 어떤 민족도 진보할 수 없다고 말하곤 했다. 만일 우리가 과거의 영광에 안주한다면, 그것은 우리가 거기에 무엇인가를 보탤 수 있을 경우에만 그렇게 해야 할 것이다. 오늘날 『라마야나』를 지을 수 있는 사람이 어디에 있는가? 고대의 도덕은 어디에 있는가? 과거의 능력은 어디에 있는가? 의무에 대한 헌신은? 우리는 수천 년 전에 발견된 약에 아무 것도 보탠 것이 없다. 우리는 심지어 고문서에 언급된 약들에 대한 적절한 지식조차 없다. 우리는 위에서 언급한 다른 모든 천부의 재능의 면에서도 마찬가지로 결핍되어 있다고 생각하므로, 유럽에서 모든 것을 빌리고 있다. 우리가 과거의 영광을 오늘날에 되살리지 않는다면, 그것에 대해 아예 언급조차 않는 것이 지혜라고, 나는 적어도 그렇게 생각한다. 교환가치가 전혀 없는 부, 세상이 인정해 주지도 않는 부는 명성이 아니라 오직 치욕만을 가져 올 따름이고 본성상 짐이 될 뿐이다.

우리가 지금 믿고 있듯이 이런 재능들이 고대에 우리에게 있었다면, 오늘
날에도 그것들에 대한 증거를 다시 제공할 수 있어야 할 것이다. 우리는
진정 용감한 민족의 후예들이다. 하지만 동시에 우리가 그 유산을 감당할
능력이 없다고 고백한다고 해서 얻을 것은 전혀 없다. 우리는 그런 능력이
어떻게 생길지 앞으로 보아야 할 것이다.

—「과거를 먹고 살아가기」(G.), 『나바지반』, 1920.6.20

106) 인도에서의 비겁과 위선

자식이 아버지의 명성으로 오래 살아갈 수 없듯이, 인도 민중은 고대 인
도의 영광에만 힘입어 번영을 유지해 나갈 수 없다. 우리는 지난 주 오늘
날의 인도에는 번영 대신에 빈곤이 있음을 목격했다.

우리는 이런 사태에 대한 원인과 처방에 대해 곰곰이 생각해 보아야 한다.
아끄바르의 후계자들은 아끄바르시대의 무굴 제국의 광휘를 잃었다. 왜
냐하면 아끄바르의 자질들을 하나씩 잃어갔기 때문이다. 자한기르는 자질
하나를 잃었고, 샤흐제한은 하나 더, 아루랑제브는 또 하나를 잃었고, 아루
랑제브의 후계자들은 거의 모든 자질을 잃고 말았다. 그 결과 그들은 인도
제국을 영국인에게 잃고 말았다. 현대의 인도 민중은 아끄바르의 계승자처
럼 행동해 왔다.

우리는 이런 사실을 인정하려 하지 않고 모든 것에 대해 영국인을 비난
한다. 우리는 그들의 간교함 때문에 쓰러졌다. 그들은 우리의 부를 빼앗아
갔고, 우리를 거지로 만들었고, 그들의 허락 없이는 숨도 쉴 수 없다. 그런
데 어떻게 우리 자신을 비난하겠는가?

이런 비판에 많은 과장이 있긴 하지만 그 안에 진실이 담겨 있는 것도
사실이다. 영국인이 우리를 지배하게 되었던 원인은 무엇인가? 그것은 우

리 자신의 잘못이 아닌가? 동인도회사의 돈에 유혹을 느끼는 사람은 누구였던가? 만일 그 회사가 나름의 방식대로 장사를 했다면, 잘못이 그 회사에 있는가? 만일 술장사가 술을 판다면, 소비자가 술장사에게 책임을 전가할 수 있을 것인가? 만일 내가 고리대금업자에게 원금과 같은 액수의 이자를 지불한다면, 그것이 어째서 고리대금업자의 잘못인가? 여하튼 나는 그를 욕할 수는 없다. 속아넘어가는 사람들이 존재하는 한 속이는 사람이 존재할 것이라고 어느 작가는 말한 바 있다.

영국인을 욕하고 미워한다고 해서 우리가 진보하는 것은 아니다. 영국인이 우리를 장악할 수 있게 한 결점들을 제거하지 않는다면, 우리는 노예로 남을 것이다.

하지만 우리는 늘 영국인들의 잘못을 그들에게 지적해 주고 있고 앞으로도 그렇게 할 것이다. 국민의회가 했던 일은 주로 이런 일이다. 그렇게 지적해 주는 연사들은 나무 잎새처럼 많을 것이다. 그래서 나는 영국인들의 잘못을 천착(穿鑿)하기보다는 우리 자신의 잘못을 보려고 하는 편이 소득이 더 클 것이라고 믿는다. ‘우리가 착하다면 전 세상이 착할 것이다’라는 격언은 가볍게 내칠 것이 아니다. 그 안에 상당한 힘이 있다. 우리가 곧추 서 있기만 하다면 어느 누구도 우리를 부패시킬 수 없을 것이다. 우리의 피가 불결에서 자유롭기만 하다면 외부의 독성 있는 대기가 우리 피에 아무 영향력을 행사할 수 없다는 것이 의학의 원리다. 바로 그 때문에 역병이 돌 때, 어떤 자들은 공격을 당하고 어떤 자들은 공격을 당하지 않는다. 마찬가지 이치로 만일 우리가 청렴결백했다면 동인도회사는 아무 것도 못했을 것이고 현재 마이클 오도여(Michael O'Dwyer)와 같은 장교들은 직업을 잃었을 것이다.

우리를 무기력하게 만들고, 외부로 부(富)가 과도하게 유출되는 것을 막지 못하는 우리의 단점은 무엇인가? 이런 단점 때문에 우리의 아이들은 우유를 먹지 못하고, 삼천만 민중들이 하루 한 끼밖에 먹지 못하고, 케다 구역에서는 백주에 불법적인 폭행이 발생한다. 다른 나라에서는 박멸할 수 있는 페스트와 콜레라와 같은 역병을 우리나라에서는 박멸할 수 없다. 저 거만한 마이클 오도여 경과 무례한 다이어 장군이 우리를 벌레처럼 짓밟고 있다는 것, 심라 지역의 사제가 우리에 대해 비열한 내용을 담은 글을 쓴다는 사실은 또 어떤가? 뻔자브 지방에서 참을 수 없이 부당한 일이 자행된 일은 왜 그런가? 킬라파뜨 이슈에 대해 영국 수상은 자신의 말을 어겼다. 이 두 가지 사안에서 우리는 무기력함을 느낀다.

그 이유는 우리의 고질적인 이기심 때문이고, 나라를 위해 자신을 희생할 능력이 없기 때문이며 우리의 부정직·아둔함·위선·무지 때문이다. 모든 사람들은 다소간 이기적이다. 하지만 우리는 다른 사람에 비해 더 이기적인 것으로 보인다. 우리는 가족의 일에서는 조금 희생한다. 하지만 국가의 일을 위해서는 거의 희생하지 않는다. 도로와 도시 그리고 열차를 보아라. 우리는 이 모든 곳에서 우리나라의 실정을 볼 수 있다. 도로에서, 그리고 마을 전체와 기차에서 다른 사람의 편의를 거의 고려하지 않는다. 우리는 서슴없이 우리 마당에 있는 쓰레기를 도로 위로 던져버린다. 우리는 발코니 위에서 통행인에게 불편을 끼치는지의 여부에 대해 단 한 순간도 생각하지 않고 쓰레기를 버리거나 침을 내뱉는다. 집을 지을 때 이웃이 겪을지도 모를 불편에 대해서는 거의 생각하지 않는다. 도시에서는 수도꼭지를 계속 틀어놓고, 흘러내리는 물은 우리 물이 아니라고 생각하면서 낭비되도록 내버려둔다. 같은 일이 기차에서도 일어난다. 우리는 무슨 짓을 해서라도 앉을 자리를 잡으려고 한다. 그리고 가능하다면 다른 사람이 객차 안으로 들어오는 것을 막는다. 다른 사람이 아무리 불편을 겪더라도 우리는 담배를 피운다. 바나나 껍질과 사탕수수 껍질을 우리 이웃의 면전에 버리기를 주저하지 않는다. 수도에서 물을 기를 때도 타인을 거의 고려하지 않는다. 이와 같이 우리의 이기심을 드러내는 수많은 사례들을 열거할 수 있다.

이기심이 이렇게 깔려 있는데 어떻게 우리가 자기 희생을 기대할 수 있을까? 기업인은 나라를 위해 자신의 기업에서 부정직을 척결하는가? 그가 자신의 이익을 버리는가? 그는 나라를 위해 무명옷을 입고 머리 굴리기를 멈추는가? 우유 값을 저렴하게 유지하기 위해서는 우유 수출에서 얻는 이익을 포기해야 하는데, 그러기 위해 어떤 노력을 기울이는가? 나라를 위해 필요하다면 얼마나 많은 사람들이 직장을 포기할까? 사치를 줄이고 검소한 생활을 받아들여 나라를 위해 돈을 모으는 사람들이 어디 있을까? 만일 나라를 위해 교도소에 가야 한다면 얼마나 많은 사람이 앞으로 나올까?

눈 있는 사람이면 누구든 우리의 부정직을 볼 수 있다. 우리는 결코 정직하게 사업을 벌일 수 없다고 믿는다. 기회를 포착한 사람들은 결코 뇌물을 거절하지 않는다. 우리는 철도에서 최악의 부패를 경험한다. 철도 경찰, 차표 판매원, 차장에게 뇌물을 주는 경우에만 일이 된다. 기차표를 구하기 위해서도 우리는 부정직한 수단을 사용해야 하거나, 그 수단에 대해 눈감아 줘야 한다. 철도화물의 경우, 아주 잘 포장되어 있지 않기 때문에 조금이라도 열릴 수 있다면, 내용물을 분명히 도난당할 것이다.

우리의 위선은 영국인의 위선에 비해 약간 덜 한 정도이다. 우리는 매순간 위선을 경험한다. 우리는 집회 혹은 다른 일체의 행위에서 우리의 본 모습이 아닌 다른 자신들을 보여주려고 한다.

비겁은 우리에게 더욱 심각한 문제가 되어 버렸다. 비협조운동과 관련하여 유혈을 바라는 사람은 아무도 없다. 그런데도 유혈에 대한 공포에 사로잡혀 우리는 아무 일도 하지 않으려고 한다. 우리는 정부의 무력(武力)에 대한 공포에 휩싸여 감히 한 걸음도 떼지 않으려고 한다. 그래서 우리는 모든 사안에 있어서 힘에 순종하고, 강도 떼들이 백주에 우리를 약탈하도록 내버려둔다.

우리의 위선에 대해 내가 무엇을 말할 수 있을까? 위선은 모든 분야에서 성장해 왔다. 허약한 경우에는 반드시 위선이 따라온다. 더구나 사람들이 바로 서기를 원하면서도 그렇게 할 수 없을 경우 위선은 자연스레 증가한다. 만일 바르지 못하다면 우리는 그렇게 보이도록 안달할 것이고, 그래서 우리는 우리에게 이미 있는 도덕적 약점에 또 하나의 약점을 보태게 된다. 위선은 종교에도 들어왔다. 그것도 아주 철저하게 들어온 탓에 이마에 찍는 표시, 묵주 및 그와 유사한 것들이 더 이상 경건함의 표시가 아니라 불경의 증표가 되었다.

모든 것의 연원은 무지임이 분명하다. 우리가 자신들의 능력에 대해 무지하기 때문에 약점이 성장하는 것이다. 우리는 우리 안에 있는 아뜨만의 존재마저 의심하고, 그 힘에 대해 아무 믿음이 없다. 이런 무지는 교육을 받는다고 해서 사라지지 않을 것이다. 그것은 우리의 사유 방식의 변화와 더불어 비로소 없어질 것이다. 읽고 쓰는 능력은 우리의 사고력을 증진시키는 정도만큼, 선과 악의 분별을 가르치는 정도만큼 필요하다.

따라서 우리가 이기심을 포기하고 타인의 이익을 배려하기를 배우지 않는 한, 자기 희생을 배우지 않는 한, 그리고 진리에 피난처를 구하여 공포를 피하고 용감한 사람이 되어 위선을 떨쳐버리고 무지를 날려버리지 않는 한, 우리나라는 진정한 의미의 번영을 이루지 못할 것이다.

—「과거를 먹고 살아가기」(G.), 『나바지반』, 1920.6.27; 『전집』 20 : 176

107) 문명과 교육

1925.2.15

타꼬르 사힙(Thakore Saheb)[80]은 교육에 관한 훌륭한 이념을 상세히 설명했으면서도 이와 같이 작은 주에서 그것을 실행에 옮기는 일에 대해서는 비관적이었습니다. 그러나 이러한 비관주의에는 정당한 근거가 하나도 없습니다. 작은 주는 실제로 많은 이점을 누립니다. 라즈꼬뜨 민중에게서 협력을 얻기는 수월할 것입니다. 스웨덴·노르웨이·스위스와 같은 작은 나라들은 지난번 세계대전에 연루되지 않았기에 세상에 별로 알려진 적은 없지

---

80) 인도 서북부 라즈꼬뜨 소 공국의 전제 군주. (역주)

만, 큰 나라들에 비해 결코 열등하지 않은 문명을 가지고 있음을 자랑스러워합니다. 그 나라들은 교육 분야에서 수많은 성공적인 실험을 수행해 왔습니다. 큰 나라에서 일어나는 문제 역시 큽니다. 리딩 경과 같은 입장에 처해 있는 사람이 일반적으로 직면할 수밖에 없는 난점들을 나는 잘 이해할 수 있습니다. 고려해야 할 분파와 이익이 다양하고, 일의 분야가 매우 광범위하다면 우리가 어떤 효과적인 일을 할 수 있겠습니까? 그래서 전망 있는 계획들이 쉽게 실시될 수 곳은 오직 작은 나라뿐입니다. 구자라뜨 비드야삐트(Vidyapith : 교육기관)는 어떤 면에서 보면 타꼬르 사힙이 설명한 것을 쭉 실천해 왔습니다.

만약 우리가 이상적인 학생들을 가진 하나의 모범기관을 운영한다면, 거기에서 동종(同種)의 보다 많은 기관들이 자라날 것입니다. 영(零)은 아무것도 산출할 수 없습니다. 영은 곱할 수 없기 때문입니다. 반면 하나는 다수로 성장할 수 있습니다. 그러므로 낙망해야 할 이유가 없습니다. 낙망의 이유는 주로 사람 자신에 달려 있습니다. 아뜨만은 아뜨만 자신의 친구이며 원수입니다.[81] 우리는 인간의 노력이 성취할 수 있는 것에 대해 어떤 한계를 설정해서도 안 됩니다. 수직 비행을 함에 있어서 머리 위에 어떤 장애물을 목도할 경우에만 그런 한계가 있을 수 있습니다. 수직 비행의 유일한 한계는 하늘입니다. 아래로 떨어지는 데에도 한계가 있습니다. 신 자신이 그러한 한계를 땅·바위·물 등의 모습으로 창조했습니다. 따라서 우리는 낙망할 필요가 없습니다. 나는 민중에게 통치자로부터 완전한 이익을 얻을 것을 충고하고, 통치자에게는 그가 많은 일을 해왔지만 더 많은 일을 해야 한다고 말하고 싶습니다.

통치자와 신민(臣民)은 최고로 완전한 이해와 신뢰를 발전시켜야 합니다. '통치자가 하는 대로 신민이 따라한다'는 말이 옳다면, '신민이 하는 대로 통치자가 따라한다'는 말도 옳을 것입니다. 하지만 여러분 스스로 아무 일

---

81) 『바가바드 기따』 6 : 5.

도 하지 않는다면, 통치자가 많이 도와주고 싶어도 아무 것도 할 수 없을 것입니다. 만일 위선·아첨·사악이 여러분의 삶을 지배하도록 내버려둔다면 통치자의 삶은 그런 악을 반영할 수밖에 없습니다. 이 말을 할 수밖에 없는 이유는, '소금이 꿀보다 더 낫다'는 말이 여전히 진실이기 때문입니다.

— 자이나 학생 호스텔에서의 연설, 라즈꼬뜨(G.), 『나바지반』, 1925.3.1;
『전집』 30 : 136)

108) 과학과 문명

1925.3.13

인도 사람들은 내가 과학의 적대자나 원수라고 믿습니다만, 이는 일반적으로 미신입니다. 이 미신은 인도 외부에서는 더욱 강한데, 유럽과 미국에 있는 사람들과 내가 주고 받은 편지에서 본 적이 있습니다. 그런데 이런 종류의 비난보다 진리에서 더 멀리 떨어진 것은 없을 것입니다. 그렇지만 내가 과학의 순진한 숭배자가 아닌 것은 분명한 사실입니다. 따라서 나는 여러분에게 다음과 같이 말씀드립니다. 우리가 과학에 적절한 위치를 부여한다는 조건에서라면, 과학 없이는 살 수 없을 것이라고 나는 생각합니다. 그러나 나는 세상을 돌아다니면서 과학의 오용에 대해 많이 배웠습니다. 그것을 자주 언급해 왔으므로, 세상 사람들은 내가 실제 과학의 적대자라고 믿게 된 것 같습니다. 나의 소견으로는 과학 연구에도 한계가 있습니다. 내가 과학 연구에 부과하는 한계는 인간성이 우리에게 부과하는 한계입니다.

나는 며칠 전 과학의 이용에 대해 친구와 토론을 벌였습니다. 그때 나는 그에게 내 인생담을 말해 주었는데, 그것을 여러분에게 반복하려고 합니다. 나의 인생에서 의학을 직업으로 선택할 뻔 한 적이 있었고, 내가 그 직업을 택했다면 아마 훌륭한 내과의 아니면 외과의, 아니면 둘 다 되었을 것이라고 말했습니다. 나는 두 분야를 애호하는 사람이었기에, 그 분야에서 위대한 봉사를 할 수 있었을 것이라고 생각합니다. 하지만 현재 탁월한 의사가 된 나의 의학도 친구에게서 생체해부를 해야 할지도 모른다는 것을 알았을 때, 나는 전율하며 그 직업에서 물러났습니다.

여러분 중에 몇몇은 나의 전율에 대해 비웃을 수도 있지만, 그렇게 하지는 마십시오 내가 진심으로 말하고 있는 바를 유의하여 숙고해 주시길 바랍니다. 우리가 이 지상에 온 목적은 창조주를 섬기기 위해, 그리고 자신을 알기 위해, 다른 말로 하면 자신을 실현하기 위해, 그래서 우리의 운명을 자각하기 위한 것이라고 느낍니다. 생체 해부는 우리의 도덕적 위상에 한 치도 보탬이 될 수 없다고 생각합니다. 해부는 아마 육신이 아픈 사람들에게 약간의 도움을 줄 수도 있을 것입니다. 내가 "아마"라고 말을 했음에 주목하십시오 해부가 병자에게 약간의 도움을 줄 수 있다는 주장도 많은 의학도들이 절대적으로는 옳은 것은 아니라고 합니다. 나는 육신을 계속 살려두는 치료술에도 한계가 있어야 한다는 점을 믿고 있다고 정직하게 고백하겠습니다. 결국 육신이란 우리가 기대기에는 너무나 연약한 잡초가 아닙니까. 그것은 어느 순간이든 우리 손을 빠져나갈 수 있습니다. 나는 매독[82] 대령이 베푼 능숙한 수술 솜씨 덕분에 회복되었습니다. 하지만 내가 회복한 이후, 벼락 한 방이나 어떤 다른 사건으로 쓰러지지 않을 것이라고 아무 것도 보증할 수 없습니다. 사실이 이럴진대, 우리는 자신들을 붙들어야 할지, 또는 죽도록 내버려둬야 할지를 검토해 보아야 합니다.

나는 과학 연구와 과학의 사용에 대해 설정하고 싶은 한계와 관련하여 한 가지 사례만을 여러분에게 제시했습니다. 나는 인도의 수많은 학생들에게 말해 왔듯이 간단히 말하고 싶습니다. 나에게는 학생계가 보내주는 신뢰를 향유하는 행운, 그리고 인도 전국에서 수천 명의 학생들과 접촉할 행운이 있습니다. 그래서 나는 그들이 인생에서 적어도 한 가지 일에 대해

---

82) 그는 뿌나 사순 병원의 외과의로서 1924년 정월 간디의 맹장염 수술을 담당했다.

결심해야 하고, 이 세상에 그들이 어떤 목적을 위해 존재하는지를 깨달아야 할 것을 결심해야 한다고 그들에게 거침없이 말할 수 있습니다. 나는 참으로 겸손하게 동일한 견해를 교수나 교사 앞에서도 개진합니다. 바로 그런 이유로 나는 현대문명의 물질주의적인 경향에 대해, 그리고 그것에 반대하는 글을, 자주 쓰기도 하고 연설도 해왔습니다. 서양문명과 현대문명이란 말은 현재 동의어로 사용하지만, 서양문명이라고 부르지는 않겠습니다. 하지만 내가 여러분에게 제시하고 싶은 것이 또 하나 있습니다. 많은 학생들이 과학 공부를 전공함에 있어서 지식을 위해서가 아니라 공부가 제공해 줄 수 있는 생계를 위해서 합니다. 이 말은 자연과학대학 소속 학생들에게만이 아니라 다른 대학 소속의 학생들에게도 똑같이 사실입니다. 그러나 과학이란 여러분이 사고의 정확성, 솜씨의 정확성을 위해 선택할 수 있는 몇 안 되는 직업 중에 하나라는 점을 감안하면, 내가 여러분에게 주고 싶은 경고를 다른 사람들에 비해 여러분 스스로 더 절실하게 느낄 수 있을 것입니다.

나는 여러분이 사랑하는 조국이 낳은 다음 두 사람을 탁월한 모범으로 간직하기를 원합니다. 그 두 사람은 J. C. 보세[83]와 P. C. 레이[84] 박사입니다. 적어도 과학도들에게 그들은 익숙하고도 흔한 이름이어야 할 것입니다. 그리고 교육받은 인도인 전체에게 익숙한 이름이라고 믿습니다. 그들은 과학 자체를 위해 과학을 직업으로 택했고, 그들의 업적은 우리에게 잘 알려져 있습니다. 그들은 과학이란 직업이 얼마나 많은 돈이나 명성을 가져올지 전혀 생각하지 않았습니다. 그들은 과학을 과학 자체를 위해 연마했습니다. 우리의 마음을 어떻게 과학에 적용해야 할지 내가 단 한 마디도 하기 훨씬 전에 보세 경은 스스로 과학의 한계를 인정했노라고 나에게 말한 적이 있습니다. 그리고 나는 그의 모든 연구가 우리가 창조주에게 보다 가까이 갈 수 있도록

---

83) 1858~1937 : 식물학자, 왕립협회위원, 캘커타 인근에 보세 연구소(Bose Institute)를 설립했다.
84) 1861~1944 : 화학자이며 애국자.

헌신해 왔노라고 그의 권위를 빌어 말하고 싶습니다.

인도 학생들은 하지만 아주 심각한 무능력 아래에서 일하고 있습니다. 이와 같은 과학교육이나 그보다 고급교육을 업으로 삼는 자들은 중산층 출신들입니다. 우리와 우리나라에 불행한 일이지만, 중산층은 손을 거의 사용하지 않게 되었습니다. 나는 소년이 손을 사용할 각오가 되어 있지 않다면, 즉 소매를 걷어붙이고 길거리의 일상 노동자들과 같이 노동할 준비가 되어 있지 않다면, 과학의 비밀을 이해하거나 과학적 탐구가 줄 수 있는 쾌락과 즐거움을 이해하기란 절대 불가능할 것이라고 생각하는 바입니다.

나는 내가 화학 수업을 받았던 것을 잘 기억합니다. 그때 그것은 나에게 가장 따분한 과목 중에 하나였습니다. (웃음)[85] 지금은 그것이 아주 흥미로운 과목인 줄 압니다. 내가 비록 나의 모든 선생님들을 흠모하지만, 비난받을 자는 내가 아니라 내 선생님이었음을 여러분에게 고백해야겠습니다. 그분은 나에게 뜻도 모를 기괴하게 들리는 모든 이름들을 암기하도록 요구하셨습니다. 그는 내 앞에 다른 종류의 금속들을 두는 일조차 허락하지 않으셨습니다. 나는 그저 외우기만 했습니다. 그는 자신이 꼼꼼히 작성한 엄청난 노트를 가지고 오셔서 우리에게 읽어 주셨습니다. 우리는 그 노트들을 베끼고 기억해야 했습니다. 나는 반발했고 그 과목에서 낙제했습니다. (웃음)[86] 그는 대학 입학시험을 치를 수 있는 증명서를 발급해 주시지 않으려고 했을 정도였는데, 다행스럽게도 내가 몸이 아프게 되자, 나를 가엾게 여겨 증명서를 발급해 주셨습니다. 화학 시험에서 내가 통과하지 못했다면 그는 자신을 비난하시는 것만큼 정말로 나를 비난하셨을 것입니다.

그래서 교수와 선생들―나는 여러분과, 여러분과 같은 부류의 사람들을 그 범주에서 제외합니다만―인도인 선생, 교수들, 인도인 학생들은 모두 같은 배를 타고 있습니다. 과학은 성격상 이론만으로는, 즉 여러분이

---

85) 『전집』 권30, 412면. (역주)
86) 『전집』 권30, 412면. (역주)

실제적인 지식이 없거나 실제적인 실험을 하지 않는다면 아무 가치가 없는 분야 중의 하나입니다. 나는 여러분이 실제적인 실험을 실시하는지, 그것에서 얼마나 짜릿한 환희를 맛보고 있는지 의심스럽습니다. 만일 여러분이 올바른 정신으로 과학에 종사한다면, 사고와 행동에 있어서 우리를 정확히 만드는 데에 과학만큼 위대하고 가치 있는 것은 아무 것도 없을 것입니다. 손과 머리가 함께 가지 않는다면 우리는 아무 것도 하지 못할 것입니다.

불행하게도 대학에서 교육받은 우리는 인도가 읍이나 시가 아니라 촌락에서 살고 있다는 점을 망각합니다.

인도에는 70만 개의 촌락이 있고, 촌민들은 인문교육을 받은 여러분이 그 교육이나 그 교육의 열매들을 촌락으로 가져다 주기를 기대합니다. 여러분은 과학 지식으로 촌민들을 어떻게 감화시킬 것입니까? 그렇다면 촌락의 입장에서 과학을 배웁니까? 훌륭한 건물과 훌륭한 시설을 갖춘 대학에서 여러분이 얻은 지식을 촌민들의 이익을 위해 사용할 수 있을 만큼 여러분이 그들 가까이 있고 실제적입니까?

그렇다면 마지막으로 나는 여러분의 과학 지식을 응용할 수 있는 도구 하나를 제시하겠습니다. 보잘것없는 물레가 바로 그것입니다. 인도의 70만 개의 촌락들이 오늘 이 간단한 도구를 갈망하고 있습니다. 그것은 1세기 전만 해도 인도의 모든 가정, 모든 오두막집에 있었습니다. 그때 인도는 오늘날처럼 나태한 나라가 아니었습니다. 인도 인구의 85%를 차지하는 농민들은 1년에 적어도 4개월 동안 나태를 강요받지 않았습니다. 그것은 내가 여러분에게 하는 말도 아니고 내 자신의 증언도 아닙니다. 그것은 다른 과학자의 증언, 즉 히긴바뜸(Higginbottom)[87]이라는 과학자의 증언입니다. 그는 최근 조세위원회에 출석하여, 수백만 인도인들에게 부업이 없으면 심화되고 있는 빈곤은 줄어들기는커녕 더욱 심화될 것이라고 증언했습니다. 이

---

87) 알라하바드 농업연구소 소속. 『전집』 권30, 413면. (역주)

제 여러분은 남북으로 3,000킬로, 동서로 2,400킬로의 땅에 흩어져 있는 70만 개의 촌락의 수요를 충족시킬 수 있는 부업으로 뭐가 있을 것인지를 과학적 방법을 통해 알아보십시오 내가 확신하건대 여러분도 내가 도달했던 것과 같은 불가피한 결론에, 즉 물레만이 그 일을 할 수 있을 것이라는 결론에 도달할 것입니다.

사람들은 더 이상 물레를 사용하지 않게 되었습니다. 나는 어디로 가든 물레를 보여달라고 요구합니다만, 물레 대신 장난감 같은 것밖에 보지 못했습니다. 어린애 장난감과 같은 것으로부터 양질의 카다르[수직(手織)천]를 짤 수 있는 실을 얻을 수 없습니다. 물레가 윙 소리내며 돌아가게 할 사람은 바로 여러분입니다. 나는 여러분에게 벵골 화학 공장의 설립자인 P. C. 레이 박사의 귀중한 사례를 제시할까 합니다. 우리에게 점점 우려할 만한 사안이 생겨났고, 그 사안은 수백 명의 학생들에게 직업을 제공해 주었습니다. 그런데 레이 박사는 과학자 중의 과학자이고, 그의 과학 지식의 이점을 인도의 촌민들에게 제공하고자 했습니다. 그는 쿨나 기근(khulna famine) 시에 일을 하고 있었으므로 물레의 비밀을 목격했습니다. 그는 물레 선전 운동에 자신의 생애를 바치고 있으며, 그의 아래에 있는 고상한 과학자 한 팀이 물레와 물레에 필요한 모든 부속품을 완전한 것으로 만들기 위해 노력하고 있습니다. 이런 사실은 여러분이 익히 알고 있는 바입니다. 그것은 고귀한 소명이고, 과학자들에게 어울리는 일입니다. 여러분의 마음속에 물레가 한 자리를 차지하기를 바랍니다. 끈기 있게 내 말씀을 들어주셔서 감사합니다. (박수)[88]

— 학생에게 한 연설, 뜨리반드룸, 『더 힌두』, 1925.3.19; 『전집』 30 : 244

---

88) 『전집』 권30, 413면. (역주)

109) 산업주의와 인도

다음은 카다르(수직의 천)를 열렬히 애호하는 사람의 편지에서 발췌한 것인데, 여러분에게 흥밋거리가 될 것이다.

저는 카다르를 믿고 있습니다. 카다르의 사명은 수정처럼 맑다고 봅니다. 그것은 인생을 단순하게 하고 정결케 하고, 봉사라는 끈으로 우리를 가난한 사람들에게 묶어 줍니다. 그것은 국가의 육신과 혼을 죽이는 가난에 대항하는 유일한 보증입니다. 수백만 문맹자들에게는 육신 없는 혼이란 있을 수 없기 때문입니다. 요가를 실현한 자와 신봉자들은 요가에 대해 떠들 수 있지만, 수백만 사람들에게 혼은 육신 없는 조롱일 따름입니다. 마지막으로 말하지만 결코 무시할 수 없는 것으로서 차르카(charkha : 물레)라는 것이 있습니다. 이것은 피와 정열로 현재 유럽을 휩쓸고 있는 폭력적 사회 봉기에 대항하는 유일한 보증입니다. 차르카는 대중을 묶고 계급들을 하나로 묶어 주며, 인도가 그것을 수용하는 한 볼세비즘과 그와 유사한 폭력의 분출은 불가능할 것입니다. 이런 것들로 인해 저는 차르카가 반드시 필요하다는 점을 확신합니다. 하지만 여기에 하나의 난점이 있습니다. 그것이 작동할까? 그것이 성공할까? 우리가 다시 각 가정의 오랜 성소에 차르카를 다시 설치할 수 있을까? 너무 늦지는 않은지? 당신이 수감되기 전에는 저는 이렇게 묻지 않았을 것입니다. 희망의 여지가 있었습니다. 그런데 이제 그것은 희망이 아닙니다. 그리고 버트란드 러셀(Betrand Russell)은 산업주의(industrialism)가 자연의 힘과 같아서 우리가 원하든 원치 않든 인도 역시 산업주의에 휩싸이게 될 것이라고 말합니다. 그런 사람들은 산업주의에 대한 우리의 해결책을 스스로 강구해야 할 것이라고 말합니다. 그들이 말하는 내용에 진실이 있습니다. 산업주의는 온 세상에 넘쳐 흐르고, 홍수 뒤에 그들은 자신의 해결책을 찾고 있습니다. 유럽을 보십시오 저는 유럽이 멸망할 것으로는 보지 않습니다. 저는 인간의 본성을 깊이 믿고 있고, 그 인간성은 조만간 치유책을 찾을 것입니다. 인도가 원한다고 해서 자신을 고립시키고 산업주의의 손아귀에서 빠져나올 수 있겠습니까?

카다르를 애호하는 이 투고자가 별수 없이 빠져 들어간 논의는 사탄의 해묵은 계책이다. 사탄은 언제나 길의 절반은 우리와 함께 간다. 그런 다음 더 이상 가는 것이 좋은 일이 아니라고 갑자기 암시하고, 더 이상의 진보는 겉으로 보기에는 불가능하다는 점을 지적한다. 사탄은 덕을 찬양한다. 하지만 그것이 인간에게 주어져 있지 않기 때문에 그것을 얻을 수 없다고 금방 말한다.

이 친구에게 발생한 난점은 개혁가가 한 발자국 뗄 때마다 만나는 난점이다. 허위와 위선이 사회 전체에 널리 꽉 차 있지 않았던가? 하지만 진리의 궁극적 승리를 믿는 자들은, 성공에 대한 절대적인 희망을 간직한 채 진리를 고수한다. 개혁가는 시간이 자신을 거슬러 흘러가는 것을 결코 허용하지 않는다. 왜냐하면 그는 해묵은 적수를 거부하기 때문이다. 물론 산업주의는 자연(Nature)의 힘과 같다. 하지만 자연을 지배하고 자연의 힘들을 정복하는 것은 인간의 몫이다. 인간의 위엄은 엄청나게 불리한 여건에 직면하여 스스로 결단을 요구한다. 우리의 일상사가 바로 그러한 정복이다. 농민이라면 그것을 너무도 잘 알고 있을 것이다.

소수가 다수를 통제하는 것, 바로 그것이 산업주의가 아닌가? 산업주의에 대해 매력적인 것은 아무 것도 없고 그 안에 불가피한 것도 없다. 만일 다수가 소수의 아첨에 대해 '아니'라고 외치기만 한다면, 소수는 그런 해독을 입힐 수 없을 것이다.

인간성(human nature)에 대해 믿음을 갖는 것은 좋은 일이다. 그런 믿음이 있기에 나는 살아간다. 그런데 내가 그런 믿음을 갖고 있다고 해서, 궁극적으로 만사가 잘 풀릴 것이라고 해서, 개인이나 국가로 불리는 집단들이 자신들의 비행 탓으로 과거에 멸망해 버렸다는 역사적 사실을 나는 간과할 수는 없다. 로마·그리스·바빌론·이집트와 다른 많은 국가들은 자신들의 비행 때문에 과거에 망했다는 사실을 증명하는 산 증거이다. 유럽이 자신이 가진 섬세하고도 과학적인 지성을 이용하여 자명한 사실을 자각하고, 유럽이 걸어온 길을 소급 추적함으로써 도덕을 파탄시키는 산업주의에서 빠져나올 수 있는 출구를 찾아가기를 나는 바라고 있다. 그것이 반드시 옛날의 절대적 검박(儉朴)으로 복귀하는 것일 필요는 없다. 하지만 그것은 기존 사회를 재구성한 것이어야 하는데, 거기에는 촌락의 삶이 지배적이어야 하고 폭력적이고 물질적인 힘이 영혼의 힘에 순종할 수 있어야 한다.

마지막으로 우리는 잘못된 유추에 의해 함정에 빠져서는 안 된다. 유럽 작가들은 경험과 정확한 정보가 없어서 병신이 되고 말았다. 만일 그들이 인도 상황에 완전히 부합하지도 않는 유럽 사례를 일반화하더라도, 그들은 러시아를 포함한 유럽에서 인도 상황과 같은 것을 경험하지 못하기 때문에 우리를 일정 지점 이상으로 안내할 수 없다. 그래서 유럽에서 진실인 것이 반드시 인도에서 진실인 것은 아니다. 우리는 각국이 나름의 성격과 개성이 있다는 것도 안다. 인도 역시 나름의 성격과 개성을 갖고 있다. 그리고 우리가 만일 인도의 수많은 질병에 대한 올바른 치유책을 찾아야 한다면, 우리는 인도를 구성하고 있는 모든 특이점까지 고려해야 할 것이고 그런 다음 치유책을 처방해야 할 것이다. 인도를 유럽과 같은 방식으로 산업화하려는 것은 불가능한 일을 시도하는 것이다.

인도는 수많은 폭풍에도 살아남았다. 폭풍 하나 하나가 흔적을 남긴 것은 사실이다. 하지만 인도는 불요불굴의 정신으로 여태 자신의 개성을 유지해 왔다. 인도는 스스로 손해를 입지 않고 수많은 다른 문명의 몰락을 지켜본 지상의 몇몇 나라 중 하나이다. 인도는 자신의 옛 제도들 중 일부 —그것이 비록 미신과 오류로 덮여 있다고 해도—를 유지해 온 지상의 몇몇 나라 중의 하나이다. 그러나 인도는 여태 자신에게서 오류와 미신을 제거할 수 있는 내재적인 능력을 보여 주었다. 수백만 인도 민중들이 직면한 경제적인 문제를 해결할 수 있는 인도의 능력에 대한 나의 믿음이 오늘날과 같이 강한 적은 없었다. 특히 벵골의 처지를 연구하고 난 다음에 더욱 그러했다.

—「사탄의 덫」, 『영 인디아』, 1925.8.6; 『전집』 32 : 162

110) 과학정신

미국에서 대학원 과정을 밟고 있는 한 학생이 아래와 같은 편지를 보냈다.

저는 인도의 빈곤을 치유하기 위한 하나의 방법으로 인도의 자원을 활용하는 일에 지극히 강한 관심을 갖고 있는 사람 중의 한 사람입니다. 금년으로 이 나라에 온 지 6년째입니다. 제 전공 분야는 목재 화학(wood chemistry)입니다. 저는 만일 인도의 산업 발전의 중요성에 대해 깊이 확신하지 못했더라면 행정 업무나 의학 공부를 하게 되었을 것입니다. …… 당신은 제가 펄프와 제지 등의 산업에 들어가는 것을 허용하시겠습니까? 인도를 위해 건전하고 인간주의적인 산업정책을 도입하는 문제에 대한 당신의 일반적인 태도는 무엇입니까? 당신은 과학의 진보를 찬성하십니까? 제가 의미하는 것은 프랑스 파스퇴르의 작업이나 토론토의 벤팅(Benting) 박사의 일과 같은 것, 즉 인류에게 축복을 가져온 그런 종류의 진보입니다.

나는 세상에 산재한 학생들이 많은 질문을 물어 오면 이에 대해 공개적으로 대답한다. 이번 질문에 대해서도 그렇게 하겠다. 과학에 대한 나의 견해와 관련하여 많은 오해가 있는 것이 사실이다. 나는 이 학생이 염두에 둔 산업에 대해 조금도 반대하지 않는다. 한 가지만 말하자면, 나는 그것을 반드시 인간주의적인 것이라고는 부르지 않을 것이다. 인도를 위한 인간주의적인 산업정책은 나에게는 손으로 하는 물레질의 영광된 부활을 의미한다. 그것만이 현재 이 땅의 오두막집에서 수백만 명의 인간들의 생명을 고사시키고 있는 가난을 즉각 제거할 수 있기 때문이다. 이 나라의 생산력을 증대하기 위해 다른 모든 것은 그 다음에 추가할 수 있을 것이다. 그래서 나는 과학 훈련을 받은 모든 청년들이 물레가 인도의 오두막집에서 더 효과적인 생산 수단이 될 수 있도록 그들의 기술을 활용해 주기를 바란다. 그런 일이 가능하다면 말이다.

나는 과학의 진보 자체에 반대하지 않으며, 반대로 서구의 과학정신에 대해 경탄해 마지않는다. 그런데 나는 이 경탄에 어떤 제한을 두고 싶은데, 그 이유는 서구의 과학자들이 신의 저급한 피조물, 즉 인간 이하의 피조물에 대해 주의를 기울이지 않기 때문이다. 나는 나의 온 혼으로 생체해부를 혐오한다. 나는 과학과 소위 인류의 이름으로 죄 없는 생명을 죽이는 용서할 수 없는 살생을 지극히 싫어한다. 나는 무고한 피가 묻어 있는 일체의 과학적 발견을 조금도 중시하지 않는다. 만일 혈액 순환론이 생체해부를 통해서만 발견될 수 있었다면, 인류는 혈액 순환론 없이도 잘 살아갈 수 있었을 것이다. 그리고 나는 서구의 정직한 과학자들이 지식을 추구하는 현재의 방법 위에 한계를 설정하는 그 날이 동터올 것을 분명히 보고 있다. 미래의 방도는 인간 가족만이 아니라 살아 있는 모든 생명을 중시할 것이다. 우리는 인도인들이 자신들의 1/5에 해당되는 사람들의 퇴락 위에서 번영할 수 있다고 상정하는 것, 그리고 서양인들이 동양과 아프리카에 있는 국민들에 대한 착취와 퇴락 위에 흥기하고 살아갈 수 있다고 상정하는 것, 이런 것들이 잘못이라는 점을 서서히 그러나 확실하게 알아 가고 있다. 그와 마찬가지로 우리는 시간의 완성 안에서, 저급한 피조물에 대한 지배가 그들을 살상하기 위해서가 아니라, 우리의 이익을 위한 것이듯 그들 자신의 이익을 위한 것임을 알아가야 할 것이다. 나는 내가 혼을 갖고 있듯이 저급한 피조물도 혼을 갖고 있다고 확신하기 때문이다.

같은 학생이 아래와 같이 묻는다.

저는 기독교 선교사들이 인도에서 벌이는 사업에 대한 당신의 솔직한 평가를 듣고 싶습니다. 기독교가 우리나라의 삶에 상당한 기여를 했다고 믿습니까? 기독교 없이 우리는 살 수 없습니까?

나는 기독교 선교사들이 간접적인 방식으로는 우리에게 많은 선행을 해 왔다고 생각한다. 그러나 그들의 직접적인 기여는 이롭다기보다는 해로운 편이다. 나는 현대의 선교 방법에 대해 반대한다. 나는 남아프리카와 인도에서 선교에 대해 다년간 경험을 얻었는데, 그 경험에 근거하여 나는 선교가 개종자들의 일반적인 도덕적 자질을 향상시켜 주지 않음을 확신했다. 그들이 유럽문명의 겉모양만 받아들이고 예수의 가르침은 놓쳐 버렸기 때문이다. 내가 여기에서 특별난 예외가 아니라 일반적 경향을 언급하고 있다는 점을 이해해 달라. 반면에 간접적으로 기독교 선교사들이 기울인 노력이 기여한 바는 크다. 그것은 힌두교도와 무슬림의 종교 연구를 자극했다. 또한 우리들의 집에 질서를 부여하도록 강요했다. 나는 기독교 선교사들의 위대한 교육기관들과 의료기관들도 간접적 결과에 속하는 것으로 본다. 그것들이 자체를 위해서가 아니라 선교 사업의 보조로서 설립되었기 때문이다.

세계와 우리는 예수의 가르침 없이는 존재할 수 없다. 이것은 우리가 마호메트의 가르침이나 우빠니샤드의 가르침 없이 살 수 없는 것과 마찬가지다. 나는 이것들 모두가 상호보완적인 것이고, 어느 경우에도 배타적인 것은 아니라고 생각한다. 그것들의 참된 의미, 상호관련성, 상호 관계는 앞으로 우리에게 드러날 것이다. 우리는 우리가 흔히 믿는 개별적인 신앙의 평범한 대표자일 뿐이다.

위의 학생이 제기한 세 번째 문제는 다음과 같다.

인도 연방에서 우리는 현재의 토착적인 주(州)들을 그대로 둘 것입니까? 아니면 거기에 민주주의가 들어설 것입니까? 정치적 통합을 얻기 위해 우리의 공용어는 무엇이 되어야 할까요? 왜 영어를 공용어로 삼을 수 없습니까?

인도의 여러 주는 눈에 띄지는 않지만 지금도 성격을 바꾸는 중이다. 인도 대부분이 민주화되는데 주들이 전제적인 것으로 남아 있을 수 없다. 하지만 인도의 민주주의가 어떤 모습이 될지는 아무도 알 수 없다. 영어가 우리의 공용어가 된다면 인도의 민주주의의 미래를 예견하기란 쉽다. 그럴 경우 극히 소수의 민주주의가 될 것이기 때문이다. 그러나 우리가 절대 다수의 인도 대중의 정치적 통일을 실현하기를 원한다면, 우리는 미래를 예견할 수 있는 예언자여야만 할 것이다. 그리고 우리는 통일을 실현해야 할 것이다. 절대 다수의 대중의 공용어로 영어가 선택되어서는 결코 안 된다. 공용어에 대해 한 번 말해 본다면 당연히 힌디어·우르두어·힌두스따니어의 합성물일 것이다. 우리가 하는 영어 연설은 우리를 수백만 우리 동포들로부터 분리하고 말았다.

우리는 우리나라에서 외국인이 되고 말았다. 영어가 인도의 정치적 성향을 지닌 사람들을 파고든 일은, 나의 소견으로는 나라에 대한 죄, 아니 참으로 인류에 대한 죄이다. 우리가 나라의 진보, 인류의 진보에 장애물이기 때문이다. 한 대륙에서 진보는 결국 인류의 진보를 의미하는바, 그 역도 마찬가지일 것이다. 영어교육을 받은 자로서 촌락에 파고 들어간 인도인은, 내가 그러하듯이 이 중대한 진리를 자각하고 있다. 나는 영어와 영국인이 가진 고귀한 여러 자질들에 대해 깊은 존경심을 가지고 있다. 하지만 나는 영어와 영국인이 우리 인생에서 한 자리를 차지하게 되면 그들의 진보만이 아니라 우리의 진보마저도 지연시킬 것이라는 점을 확신한다.

— 「어느 학생의 질문」, 『영 인디아』, 1925.12.17; 『전집』 33 : 213

111) 민주주의적 스와라즈[89]

올바른 행위는 유크리드의 직선과 같은 것이 아니라, 수백만 개의 다른 나뭇잎을 가진 아름다운 한 그루의 나무와 같다. 그래서 그 나뭇잎들은 하나의 씨앗에서 왔고 같은 나무에 속하지만, 나무의 어떤 부분들도 동일한

---

89) 『전집』 권28, 258면. 여기에서는 '몇 가지 반대에 답변함'이라는 제목을 달고 있다. (역주)

기하학적인 모습을 가진 것은 없다. 그렇지만 우리는 씨앗, 가지와 나뭇잎들이 모두 동일하다는 것도 안다. 어떤 기하학적 도형도 미와 장엄함에 있어서 완전히 꽃핀 나무와 비교할 수 없을 것이다.

그래서 투고자는 나의 인생에서 불일치를 본다고 하지만, 나는 거기에 모순이나 광기를 전혀 보지 못한다. 사람이 자신의 등을 볼 수 없듯이 자신의 실수나 광기를 볼 수 없다는 것은 사실이다. 하지만 현자들은 흔히 종교적인 인간을 광인(狂人)에 비유했다. 나는 내가 미친 사람이 아니라 참으로 종교적인 사람이라는 신념을 품고 있다. 내가 실제로는 종교적인지, 미친 것인지, 이 둘 중에 무엇인지는 죽은 다음에라야 정해질 수 있을 것이다.

나는 청중더러 묵주를 내려놓고 그 대신 물레를 잡으라고 요구한 적이 한 번도 없다. 그들이 '나라야나'라는 이름을 외면서 동시에 물레질을 할 수 있다는 점을 상기시켜 주었을 뿐이다. 오늘날 나라 전체가 화재에 휩싸여 있으므로, 우리는 물레라는 물통에 실이라는 물을 채우고서 입술로는 '나라야나'라는 이름을 외면서 불을 진화하는 것이 우리의 의무라고 생각한다.

나는 모든 곳에서 물레를 보고 싶다. 모든 곳에 빈곤이 있기 때문이다. 우리가 인도의 뼈대에 해당하는 민중을 먹이고 입히기 전까지, 그리고 그렇지 못하는 한, 그들에게 종교는 아무 의미가 없을 것이다. 그들은 오늘날 소 돼지처럼 살아가고 있으며 우리는 그것에 대해 책임이 있다. 그래서 물레는 우리에게 참회이다. 종교는 무력한 자에 대한 봉사다. 신은 무기력하고 짓눌린 사람들의 모습으로 자신을 우리에게 현현하신다. 하지만 우리 이마 위의 점에도 불구하고 우리는 그들을 못 본 채, 즉 신을 못 본 채한다. 신은 베다 안에 있기도 하고 없기도 하다. 베다의 정신을 읽는 자는 그 안에서 신을 본다. 베다의 문자에 매달리는 자는 베디아(vedia) 곧 문자주의자다. 나라싱 메타는 정말로 묵주 찬양을 노래하는데, 그것은 거기에서 충분히 가치가 있다. 하지만 동일한 나라싱은 다음과 같이 노래했다.

떨라까90)와 뚤시91)가 무슨 소용인가? 묵주와 그 분의 이름을 중얼대는 것이 무슨 소용인가? 베다에 대한 문법적인 해석이 무슨 소용인가? 문자를 통달한다는 것이 무슨 소용인가? 이 모든 것들은 밥통을 채우는 수단이고, 지고의 브라만(Parabrahm)92)의 실현에 도움이 되지 않는다면 아무 소용이 없다.

무슬림은 따스비흐(tasbih) 염주알을 돌리고, 기독교도들은 그네들의 묵주알을 돌린다. 만일 그들의 따스비흐 염주와 기독교 묵주가 뱀에 물려 괴로워하고 있는 사람을 돕는 일을 방해한다면, 무슬림과 기독교도 모두 스스로 종교에서 타락했다고 여길 것이다. 베다에 대한 단순한 지식이 있다고 해서 브라만들이 영적인 스승이 되는 것은 아니다. 만일 그렇다면 막스 뮐러가 스승이 되었을 것이다. 오늘날의 종교를 이해한 브라만은 베다 학습에 제2등의 자리를 부여할 것이다. 대신 물레의 종교를 보급하여 수백만 명의 굶주린 동포들을 기아(飢餓)에서 구제하는 경우에만, 자신을 베다 연구에 바칠 것이고, 그때가 오지 않는다면 절대 그렇게 하지 않을 것이다.

나는 분명히 물레질을 분파주의적 종교들의 수행보다 우월한 것으로 보았다. 하지만 이 말은 종교를 포기해야 한다는 말은 아니다. 모든 종교의 추종자들이 준수해야 할 다르마는 종교들을 초월한다는 점을 의미할 뿐이다. 그래서 나는 봉사의 정신에서 물레질을 한다면, 브라만은 좋은 브라만으로, 무슬림은 좋은 무슬림으로, 바이슈나바(비슈누 신의 신자)는 더 좋은 바이슈나바로 될 것이라고 말한다.

나의 최후가 가까이 왔음을 느꼈다고 해서 내가 라마 신의 이름을 반복하여 외거나 염주알을 돌린 것은 아니었다. 하지만 그때 나는 너무 쇠약해서 물레를 돌릴 수 없었다. 라마에 집중하는 일에 도움이 될 때에는 나는

---

90) 이마 위의 상서로운 점.

91) 바실(basil) 식물. 방향이 있는 초본의 총칭. (역주)

92) 『전집』 권28, 406면에는 'Parabrahma'로 되어 있다. 마지막 모음 'a'는 흔히 생략되는 것으로 보인다. 여기서 말하는 브라만은 다음 대목에 나오는 사제 브라만과는 구별되어야 한다. (역주)

늘 염주를 돌린다. 하지만 내가 집중의 정점에 도달하여 염주가 도움이 아니라 방해물이 되면 그것을 놓아버린다. 내가 침대에 누워서 물레질을 할 수 있었다면, 또한 그것이 신에 대해 집중하는 일에 도움이 된다고 느꼈다면, 나는 분명 염주를 옆으로 제쳐주고 물레를 돌렸을 것이다. 내가 물레질을 할 수 있을 만큼 건강했다면, 그리고 염주알 돌리기와 물레질 사이에서 양자택일을 해야 한다면, 나는 가난과 기아가 이 땅에 만연한 것을 목격하는 한 분명 물레질을 선택하여, 그것을 나의 묵주로 만들었을 것이다. 나는 라마 신의 이름을 외는 일도 방해가 되는 때가 오기를 기대해 마지않는다. 라마가 언어마저 초월한다는 점을 내가 깨닫게 되면 그 이름을 외울 필요조차 없을 것이다. 물레질·염주·라마남(Ramanam)93)은 모두 나에게 같은 것이다. 그것들은 동일한 목표에 도움이 되고, 봉사의 종교를 나에게 가르쳐 준다. 나는 봉사의 종교를 실행하지 않고서는 아힘사를 수행할 수 없고, 아힘사의 종교를 수행하지 않고서는 진리를 발견할 수 없다. 진리 이외의 종교는 없다. 진리는 라마·나라야나·이슈와라·쿠다·알라·하느님이다. 나라싱이 말하듯 '금을 두들겨 생기는 갖가지의 형상들은 다른 이름과 모습을 만들어 낸다. 그러나 그것들은 결국 모두 금이다.'

『인도의 자치(Indian Home Rule)』94)에서 기계에 대해 말한 것, 거기에서 철회할 것이 아무 것도 없다. 참조문을 보면 내가 기계 안에 인쇄기도 포함하고 있음을 알게 될 것이다. 그 책에서 묘사된 인도 자치는 내가 인도 앞에 제시한 것이 아님을 기억해야 할 것이다. 나는 의회, 즉 민주주의적 스와라즈 앞에 그것을 제시하고 있다. 나는 오늘날 모든 기계의 파괴를 제시하는 것은 아니지만 물레를 최고의 기계로 삼고 있다. 『인도의 자치』는 이상적 국가를 묘사하고 있다. 그 안에 제시된 사물들의 이상적 상태에 내가 도달할 수 없다는 사실은, 나의 단점 때문이라고 해야 할 것이다. 나는 아힘사보다 위대한 종교가 없다고 믿는다. 그런데도 나는 힘사를 피할 수 없

---

93) 또는 라마나마. (역주)
94) 『힌드 스와라즈』. (역주)

다. 먹고 마시는 과정에서도 힘사가 불가피하게 개입하기 때문이다. 하지만 아힘사의 이상은 언제나 내 앞에 있다. 그래서 이런 과정에서조차도 나는 자신을 자제하도록 진정으로 노력하고, 먹고 마시는 기능조차도 최소화하기 위해 매순간 노력한다.

내가 병원에 대해 말했던 것 역시 진실이다. 하지만 내가 육신에 대해 최소한의 집착이라도 가지게 되면, 나는 내가 정당한 약으로 간주하는 몇 가지의 약을 사용할 것이라고 생각한다. 나는 죄수로서 병원에 갔다. 나는 석방되자마자 병원에서 도망가지는 않았다. 나를 예의와 친절로 치료해 주었던 사람의 보살핌 아래 남아 있는 것이 내 의무라고 생각했기 때문이다.

하지만 나는 사람은 결코 병들어서는 안 된다고 믿는 만큼 내 병 자체가 부끄럽다. 어떤 약이라도 복용하는 것은 나에게 모욕적인 일이다. 내가 꼭 입원해야 했을 경우에는 더구나 그렇다.

나는 강도가 있다면 죽이기보다는 사랑으로 그의 마음을 얻는 것을 항상 선호해 왔다. 하지만 그만한 사랑을 벨 수 없는 자, 그런 행위가 요구하는 모든 사랑을 촉발할 수 없는 자는 강도를 죽여서라도 그의 피보호자와 재산을 보호할 권리가 있다.

영국인을 강도에 비유하는 것은 크나큰 실수다. 강도는 순전한 폭력으로 당신을 약탈하지만 영국인은 주로 우리를 유혹함으로써 약탈해 간다. 그러므로 양자의 방법에 있어서 커다란 차이가 있다. 술 판매상도 술을 팔아서 나의 혼을 앗아간다. 내가 그를 죽여야 할까 아니면 비협조해야 할까? 하지만 영국인 한 사람이 당신을 잔인하게 공격하거나 술장사가 강제적으로 술을 당신의 목구멍으로 흘려 보낸다면, 그리고 당신이 사랑으로 두 사람의 마음을 얻을 수 없다면 그들과 무장 투쟁을 벌일 자격이 있다. 그 관련 공격자가 하나든 다수든, 약하든 강하든, 그 점에 대해서는 조금도 괘념하지 말아야 한다.

나는 위의 편지에 대해 답장을 시도해 보았다. 하지만 그렇게 하는 일이 적절한지 의심스럽다. 나는 투고자의 목적이 순수하다고 믿는다. 따라서 나는 힘써 그에게 대답하려고 했다. 그러나 독자들은 내 답장을 통해 그런 편지에는 크게 잘못된 생각이 흔히 있을 수 있다는 것을 알았으리라.

교육받은 많은 사람의 인생에는 반성이 결핍되어 있는 것으로 보인다. 사람이 하나의 원리에서 귀결을 도출할 수 없다면, 그 사람은 원리에 대해 아무 지식이 없다고 간주할 수 있다. 만일 투고자가 그 주제로 깊이 들어가 곰곰이 생각했다면, 내가 준 모든 대답을 스스로 도출할 수 있었을 것이다. 진실을 말하자면, 이 모든 대답들은 내 초기 저작의 글에 이미 들어 있다. 하지만 나는 투고자들의 편지를 읽고 그들의 나태한 생각이 공통된 잘못임을 알았기 때문에, 나는 이렇게 답변할 수밖에 없다. 그러나 나는 모든 독자와 투고자들에게 각 주제에 대해 깊이 생각할 것을 충고하는 바이다. 그렇게 함으로써 그들은 수많은 오해에서 자신을 구원할 것이기 때문이다.

'반성 없는 독서는 쓸모가 없다.'

—「염주인가 물레질인가」(G.), 『나바지반』, 1924.8.10; 『영 인디아』, 1924.8.14

4. 동양과 서양

112) 동양과 서양의 통합

[런던, 1909.10.13]

간디[95] 씨는 동양과 서양이란 질문은 광범위하고 복잡한 문제를 제기한다고 말했다. 그는 동양과 서양 사이의 접촉에 대해 18년 간의 경험으로 그

---

95) 간디는 헴프스테드 '평화와 중재협회'의 후원 아래 퀘이커 모임 집에서 열린 집회에서 '동양과 서양'에 대해 연설했다. G. E. 모리스가 사회를 맡았다.

문제를 연구해 왔다. 그리고 그는 지금 모인 청중에게 자신이 한 관찰의 결과를 제시할 수 있겠다고 느꼈다. 그러나 그는 그 주제에 대해 생각하자 크게 낙담했다. 그는 청중의 비위에 거슬릴 수 있는 많은 것들을 말해야 하고, 심한 말을 해야 하기 때문이었다. 그리고 그는 자신을 길러낸 제도에 반대하는 말도 해야 할 것이었다. 그가 그들의 기분을 다치게 하더라도 그들이 참아주기를 바랐다. 그는 자신과 동포가 숭배해 왔던 많은 우상들, 그의 청중이 숭배해 왔을지도 모를 우상들을 파괴해야 할 것이다. 그런 다음 그는 키플링(Kipling)의 시에서 '동양은 동양, 서양은 서양, 이 쌍둥이는 결코 만나지 못할 것'이라는 구절에 대해 언급했다. 그런 다음 그는 그런 교의가 낙망의 교의이고 인류의 진보에 맞지 않는 교의라고 생각했다.

그는 그런 류의 이론을 받아들이기가 절대 불가능하다고 느꼈다. 테니슨이라는 다른 영국 시인은 자신의 '비전(Vision)'에서 동양과 서양의 결합을 분명히 예견했다. 그리고 강사인 간디가 그 비전을 믿었기 때문에 엄청난 고난 속에서 살아가던 남아프리카의 민중과 운명을 같이 할 수 있었다. 그가 남아프리카에 간 것은 두 민중들이 완전한 '평등'하에서 함께 살아갈 수 있다고 생각했기 때문이다. 만일 그가 키플링의 교의를 믿었다면, 그는 절대로 그곳에서 살지 않았을 것이다. 영국인들과 인도인들이 같은 통치 아래에서 다툼 없이 함께 살아간 개인적 사례들이 있긴 있었다. 그리고 개인들에 적용되는 것은 국가들에 대해서도 적용될 수 있다. 문명들이 조우하는 장소가 없었다는 말은 어느 정도까지는 진실이다. 일본인이 유럽문명을 흡수하고 있기 때문에, 일본인과 유럽인 사이의 장벽은 나날이 사라지고 있었다. 간디의 눈에 비친 현대문명의 주요 특성은, 그것이 영혼보다 육신을 섬긴다는 것, 육신을 찬미하기 위해 모든 것을 바친다는 것이었다. 철도·전보·전화가 사람들이 도덕적으로 고양되도록 도와주었던가? 간디가 인도를 볼 때, 영국 통치하의 인도를 오늘날 대표하고 있는 것은 무엇인가?

현대문명이 인도를 통치했다. 무슨 일을 저질렀는가? 간디는 현대문명이 인도에게 베풀어 준 이익이 없다고 말하면서, 이 말에 청중이 놀라지 말라고 했다. 거기에 철도·전보·전화로 이뤄진 연결망이 있었다. 그와 같은 연결망을 중심으로 캘커타·마드라스·봄베이·라호르·베나레스와 같은 대도시들이 생겨났다. 이것들은 자유의 상징이 아니라 노예의 상징이었다. 그는 이와 같은 현대의 여행 수단들이 성소(聖所)를 부정(不淨)한 장소로 타락시켰음을 알았다. 그는 문명의 광기어린 질주가 있기 전의 옛날 베나레스를 스스로 그릴 수 있었다. 오늘날의 베나레스, 부정한 도시를 직접 목격했다. 그는 동일한 사태를 여기 영국에서도 목격했다. 광기의 행위가 우리를 혼란시켰다. 그는 비록 동일한 제도 아래 살아갔지만, 청중들에게 그런 방향에서 말하는 것을 바람직한 일로 보았다. 그는 영국인들이 삶의 방식을 바꾸기 전에는 두 민족이 인도에서 함께 살아가기가 불가능하다는 점을 알았다. 우리는 인도인들의 성소에서 유희함으로써 힌두교도들의 종교적 감수성에 상처를 주었다. 이런 광기의 질주가 변화하지 않으면 재앙이 반드시 오고야 말 것이다. 인도인들이 갈 수 있는 길 중에 하나는 현대 문명을 수용하는 일일 것이다. 하지만 간디는 인도인들이 그것을 수용해야 한다고 절대로 말하지 않을 것이다. 그때에는 인도는 세계의 골칫거리가 될 것이고, 두 국가는 상대방을 향해 달려들 것이다. 인도는 아직 망하지 않았지만 무기력에 빠졌다. 이해될 수 없는 많은 것들이 있지만, 그 일에 대해 우리들은 인내해야 한다. 하지만 한 가지 일은 분명했다. 육신의 찬미와 더불어 이런 광기의 질주가 지속되는 한, 내면의 혼은 불가멸의 것이지만 반드시 쇠약해지고 말 것이다.

— 햄프스테드 친우회(퀘이커) 집에서의 연설, 『인디아』, 1909.10.22; 『전집』 10 : 108

113) 문명의 시험

[1931.12.1]

질문 기독교도 평화주의자와 국제주의자들이 어떻게 인도를 도울 수 있습니까?

답변 우선 그 문제에 대한 철저한 과학적인 연구를 통해 도울 수 있습니다. 그렇게 되면 사건들이 그들을 난처하게 만들지 않을 것이고 그들은 동요하지도 않을 것입니다. 사람들은 때로는 나를 껴안고 때로는 욕합니다. 그들은 순간에 좌우됩니다. 나는 그들이 인도의 운동이 갖고 있는 진리에 동화되어 쉽게 바뀌지 않기를 바랍니다. 만일 그런 사람들이 있다면 운동은 안전합니다. 그렇지 않으면 그 운동은 아무 뿌리가 없습니다. 이번 연구는 그들이 흡수 소화했던 진리에 근거한 집단적 행동으로 이어져야 합니다.

평화는 투쟁에서 일어날 수도 있습니다. 모든 투쟁이 반(反)평화적인 것은 아니기 때문입니다. 수수방관하면 개혁은 얻을 수 없습니다.

내가 스스로 고통을 겪음으로써 반대자들의 감정을 해친다는 말을 들은 적이 있습니다. 그렇습니다. 내가 그들의 감정을 해치는 것은 사실입니다. 그것이 내가 하고 싶은 것입니다. 여러분은 여러분의 적수들이 너무 몰인정하여 다른 사람들이 겪고 있는 고통에 대해 무관심하게 되기를 분명히 원치 않을 것입니다. 물론, 고통은 자의적(恣意的)이어서는 안 되며 고통을 위한 고통이어서도 안 됩니다. 그것은 끔찍한 일입니다. 나는 고통을 겪어야 할 경우에만 고통을 겪습니다. 고통이 있다면 그 고통은 견뎌내야 합니다. 고통은 필수입니다.

이것은 개심(改心)의 과정이 아닙니까? 여러분의 적수를 전복하거나 항복받거나 멸망케 하는 대신, 여러분 스스로 전복되거나 고통을 겪도록 허용하는 것입니다. 만일 여러분이 고통당하는 것을 그가 목격해서 상처를 받는다면 그것은 여러분이 바라는 바입니다. 이 나라의 평화주의자들은 평화라는 근본 법칙에 대해 믿지 않습니다. 그들은 고통당하는 사람과 함께 고통을 겪을 준비가 되어 있어야 합니다.

누군가 나에게 이렇게 말한 적이 있었습니다. "이런 고통을 우리 자신에게 강요하는 것이 꼭 필요한 일이 아니라는 것은 분명하지 않은가요? 그 목표가 왜 협상으로 달성될 수 없을까요?" 나는 대답했습니다. "논의가 사람에게 확신을 준 적은 결코 없습니다. 반대로 확신은 논의를 앞섭니다." 만일 확신이 논의를 앞서지 않는다면, 모든 책은 모든 사람들에게 같은 정도의 호소력을 가질 것입니다. 수백만 명의 사람들에게 아무 호소력도 없는 책들이 나를 감동시킨 적이 있습니다. 내 속에 이미 확신이 있었기 때문입니다.

나의 채식주의를 예로 들어 봅시다. 나는 채식주의자로 태어났고, 모친 앞에서 맹세한 서약으로 채식주의자가 되었습니다. 그 다음 나는 솔트의 『채식주의를 위한 탄원』[96]을 읽고 확신을 얻었습니다. 하지만 그 확신은 이미 내 안에 있었습니다. 러스킨의 『이 최후의 사람에게』도 마찬가지였습니다. 나는 그 책에 그려진 삶을 따라 살고자 노력하고 있었는데, 그 삶을 내 자신의 인생 안에 진실한 것으로 만든 사람은 러스킨이었습니다. 그가 그것을 변화시킨 것입니다. 그에 대한 확신은 이미 있었습니다. 하지만 그러한 확신이 미리 없었던 사람들에게는 같은 책이라도 아무 호소력이 없을 것입니다.

질문 간디 씨. 사땨그라하를 원리로서가 아니라 하나의 방법으로서 따른다면 효과가 있을 수 있습니까?

답변 사땨그라하는 진리를 철저하게 고수하는 것을 의미합니다. 사람이 진리를 고수하면 진리는 그에게 힘을 줍니다. 만일 참된 인식 없이 진리의 힘을 사용하면, 그 이름을 헛되게 하는 것입니다. 나는 관련된 어떤 원리 때문에 도로 규칙을 거부할 수 있습니다. 다른 사람은 도로 규칙이 불편하

---

96) 솔트에 대해서는 본 『마하뜨마 간디의 도덕·정치사상』 권1, 49번을 참조 (역주)

다고 해서 거부할 수 있습니다. 두 사람이 모두 동일한 행위를 하고 있지만, 한 경우는 행위에 대한 도덕적 지지가 있고 다른 경우에는 없습니다. 우리 두 사람 중 한 사람은 시민적 저항자이고 다른 한 사람은 범죄적 저항자입니다. 그러나 고통을 겪는 자는 궁극적으로 여러분 자신이고, 불순한 동기에서라면 많은 사람들이 고통을 자초하지 않을 것이라는 점에서 사땨그라하에 담겨 있는 위험 자체가 하나의 구제 수단입니다.

진정한 양심적 병역 거부자는 자신의 행위에 있어서 옳습니다. 그에게는 영적 지지가 있기 때문입니다. 하지만 그 행위는 영적 지지의 유무와 관계없이 옳습니다. 차이가 있다면 한 경우의 행위는 처음부터 끝까지 옳고, 다른 경우는 일정 정도까지만 옳다는 것입니다.

질문 당신은 서양문명이 악마적이라고 자주 말해 왔습니다. 악마의 요소들은 무엇입니까? 그 요소들 중 인도문명에 존재하는 것은 없습니까?

답변 서양문명은 물질적, 아주 물질적입니다. 그것은 철도, 질병의 정복, 공간의 정복 등 물질의 진보를 진보로 간주합니다. 서구의 척도에서 보면 이것들이 바로 문명의 승리입니다. "이제 사람들이 보다 진실해지고 보다 겸손해졌다"고 말하는 사람은 아무도 없습니다. 나는 현대문명을 스스로 시험해 보았고, 그것을 '악마적'이란 말로 묘사합니다. 여러분은 일시적인 사물들, 외부적인 사물들을 중시합니다. 동양문명의 정수는 영적이고 비물질적이라는 데에 있습니다. 동양은 서양문명의 열매들에 접근할 때 탐욕을 가지고 하지만 일종의 죄책감을 가지고 접근할 수 있습니다. 여러분의 생각에 따르면 여러분은 더 많은 것을 원하면 원할수록 더 선량해진다고 합니다. 그리고 여러분은 이와 같은 신념에서 그리 멀리 떨어져 있는 것도 아닙니다. 여러분의 문명은 한 단계에서 다음 단계로 진척되었습니다. 거기에는 끝이 없습니다. 여러분은 자연에 대한 정복에 자부심을 느끼지만, 나는 이에 조금도 흥미가 없습니다. 내가 내일 비행기를 탈지도 모르지만 나는 이에 대해 죄책감을 느낄 것입니다. 누군가가 여러분이 사는 런던의 모든 지하철과 버스를 빼앗아 갔다고 해봅시다. 나는 이렇게 말할 것입니다. "하느님 감사합니다. 바우(Bow)에 있는 제 거처까지 도보로 갈 수 있습니다. 세 시간이 걸리더라도 말입니다."

간디 씨에게 던져진 마지막 질문은 그가 서양의 종교 서적 어디에서 그가 찾고 있던 영혼을 발견했는지에 대한 것이었다.

그렇습니다. 예를 들면 몇 년 전 내 친구 헨리 폴락은 나에게 토마스 아 켐피스의 『그리스도를 본받아』를 주었습니다. 나는 그 자리에서 통독했습니다. 그리고 내가 동양책을 읽고 있다고 생각했습니다.

질문 하나의 보편적인 책을 의미합니까?

답변 글쎄요. 내가 사용하는 '동양적'이란 용어는 '보편적'이란 뜻을 의미합니다. 그 말은 나에게 작은 척도를 뜻합니다.

―「언론인들과의 대담」, 『친우(The Friend)』, 1931.12.11;
『우화(友和, Reconciliation)』, 1932.1; 『전집』 54 : 132

114) 만사를 그 장점에서 보자

1945.3.8

우리는 동양이니 서양이니 하는 것을 잊어버리고 만사를 고유의 장점에서 생각해야 할 것이다.

― 고뻬 구르북샤니(Gope Gurbuxani)에 보낸 메모(H.), GN 1324

5. 현대문명

115) 에소테릭 기독교와 현대문명

더반, 1894.11.26

『더 나탈 머큐리』지 편집자에게

안녕하십니까?

귀하의 신문 광고란에 실린 에소테릭 기독교연합회에 대한 광고에 제가 귀하의 독자들의 관심을 환기시키는 일을 허락해 주신다면 정말 고맙겠습니다. 광고한 책들이 상세하게 설명하고 있는 사상 체계는, 결코 새로운 체계가 아니라 옛 것의 재발견, 즉 현대의 심성에 알맞은 형태로 제시된 것입니다. 더구나 그것은 보편성을 가르치는 종교의 체계이고, 단순히 현상이나 역사적 사실에 근거한 것이 아니라 영원한 진실성에 근거한 것입니다. 그것은 예수의 우월성을 증명하기 위해 마호메트나 석존을 욕하지도 않습니다. 도리어 그것은 기독교를 다른 종교들과 화해시키고 있는데, 저자들의 생각으로는 기독교는 동일하며 영원한 하나의 진리가 나타난 여러 양상 중 하나에 불과합니다. 구약에 나오는 수많은 수수께끼 같은 것들도 여기에서는 당장 완전하고 만족스런 해결책을 얻게 됩니다.

귀하의 독자들 가운데에는 현재의 물질주의와 물질주의의 모든 광채가 혼의 요구에 불충분하다고 보는 사람, 보다 나은 삶을 갈망하는 사람, 현대문명의 눈부시게 빛나는 표면 아래에서 살면서 그 이면(裏面)에 보고 싶지 않은 것을 많이 발견하는 사람, 그리고 무엇보다도 현대의 사치와 끊임없이 이어지는 열정적인 행위에서 아무 위로를 얻지 못하는 사람 등이 있을 것입니다. 나는 그런 독자들에게 앞에서 언급한 책들을 추천하고자 합니다. 그런 사람들은 앞에서 언급한 책들을 한번 정독하게 되면 가르침과 자기 자신을 철저하게 일치할 수는 없다고 해도, 보다 나은 사람들이 될 것입니다.

그 주제에 대해 나와 담소를 나누고 싶은 사람이 있다면, 서로의 생각을 조용히 나누는 일은 나에게 커다란 기쁨이 될 것입니다. 그럴 목적으로 나에게 개인적으로 편지를 쓰는 분이 있다면 그에 대해 감사드릴 것입니다. 이런 책들의 판매가 금전적인 관심에서 하는 것이 아니라는 것은 언급할 필요조차 없을 것입니다. 에소테릭 기독교연합회 회장이신 매트랜드 씨, 그리고 여기에 주재(駐在)하는 연합회 대리인들은 그 책들을 무료로 배포할 수만 있었다면 기꺼이 그렇게 했을 것입니다. 많은 경우 그 책들은 원가보다 싸게 판매되었습니다. 드문 경우이긴 하지만 무료로 배포되기도 했습니다. 한 푼도 받지 않은 체계적인 배포는 불가능한 일이었습니다. 경우에 따라서는 대여할 수도 있습니다.

나는 고 아베 콩스땅(Abbé Constant)이 저자들에게 보낸 편지의 한 구절을 인용하면서 이 글을 마치려고 합니다. "인류는 언제나 어디서나 다음 세 개의 지고한 질문들을 스스로 물어 왔습니다. 우리는 어디에서 왔는가? 우리는 누구인가? 우리는 어디로 가는가?" 이런 질문들에 대한 완전하고, 만족스럽고 위로가 될 만한 답변들은 『완벽의 길』안에서 충분히 얻게 될 것입니다.[97]

그럼 이만

M. K. 간디

— 「에소테릭 기독교연합」, 『더 나탈 머큐리(*The Natal Mercury*)』, 1894.12.3;

『전집』 1 : 54

---

97) 72번 '에소테릭 기독교'를 참조할 것. (역주)

116) 폭력과 문명

[런던, 1909.10.30]

각하

저는 동포가 벌이는 민족주의운동에 잠시 참여해 보았습니다. 거기에서
얻은 저의 관찰의 결과를 각하 앞에 제시하고 싶은 생각을 한 동안 품고
있었습니다.

외람된 말씀인지 모르지만, 저는 각하의 솔직함·성실성·정직함에 깊
이 감명 받았다는 점을 말씀드리고 싶습니다. 이제 그와 같은 자질들은 거
물(巨物)이라고 하는 우리의 공인들 사이에서는 찾아볼 수 없습니다. 각하
의 제국주의는 명백한 정의(正義)를 간과하지는 않는다는 점, 그리고 인도
의 대한 각하의 사랑이 진실되고 위대하다는 점을 알았습니다. 이런 사실
때문에 트란스발 투쟁과 직·간접적으로 관계되어 있는 인도 관련 사항들
에 대한 제 자신의 행위에 대해 각하에게 모든 것을 말씀드리고 싶은 욕구
를 느낍니다. 그리고 이런 사실이 저에게 기운도 줍니다. 그 욕구가 제가
목격한 것을 각하께 전달할 것을 요구하지는 않습니다만 말입니다.

저는 다양한 의견을 가진 현지 인도인을 만나는 일을 중시해 왔습니다.
저는 모든 형태의 폭력에 대해 반대하므로, 폭력당이라고 묘사해도 좋을
극단주의자들로 불리는 자들과 접촉하는 일에 특별한 노력을 경주했습니
다. 그 목적은 가능하다면 그들이 가는 길에 있는 오류를 그들에게 확신시
키기 위한 것이었습니다. 이 당의 일부는 진지한 정신의 소유자이고, 높은
수준의 도덕성과 위대한 지적 능력 그리고 고상한 희생정신이 있는 자들
임을 알았습니다. 그들은 여기에 있는 인도 청년들 사이에 확실하게 영향
력을 행사하고 있습니다. 그들은 청년들에게 자신들의 확신을 심어주는 일
에 아낌없는 노력을 기울이고 있었습니다. 그들 가운데 한 사람이 다음 두
가지 점에 대해 확신을 심어줄 의도로 저에게 왔습니다. 제 방법이 잘못이

라는 점, 그리고 암암리든 공개적이든 아니면 둘 다이든 간에 폭력의 행사
만이 그들이 당하고 있는 부당한 행위를 시정할 수 있으리라는 점에 대해
서 말입니다.

국민의식(national consciousness)이 깨어나고 있다는 것은 명백합니다. 하지만
인도인 대다수 사이에서 그 모양은 아직 거칠고, 거기에 상응하는 자기 희
생의 정신이 없습니다. 어디 가든지 나는 영국 통치를 참을 수 없어 하는
모습을 봅니다. 어떤 경우에는 영국민 전체에 대한 증오심이 악화되어 있
습니다. 거의 모든 경우 영국 정치가들에 대한 불신이 그들의 마음을 크게
차지하고 있습니다. 그들(정치가들)98)은 어떤 일도 이기심에서 행해서는 안
됩니다. 폭력에 반대하는 자들은 당분간만 반대할 따름입니다. 폭력을 비
난하지도 않습니다. 그러나 그들은 너무 겁이 많거나 이기적이어서 자신들
의 의견을 공개적으로 피력하지는 않습니다. 어떤 자들은 폭력의 때가 아
직 도래하지 않았다고 여깁니다. 저는 인도가 폭력을 사용하지 않고 자유
롭게 될 것이라고 믿는 자를 실제로 만나 본 적이 없습니다.

저는 인도인을 탄압해도 효과가 없을 것으로 믿습니다. 영국 통치자들은
관대하게 그리고 적당한 때에 뭔가를 줄 것 같지도 않습니다. 영국민은 상
업적 이익에 사로잡혀 있는 것 같습니다. 잘못은 인간의 것이 아니라 제도
의 것이고, 현재의 문명이 제도를 대표하는바, 그 문명은 여기 영국인과 인
도인들에게 폭발적인 영향력을 행사해 왔습니다. 인도는 외국 자본가들의
이익을 위해 착취당하고 있는 만큼 더 많은 고통을 당하고 있습니다. 제 소
견을 말씀드린다면, 진정한 치유책은 영국이 현대문명을 버리는 것입니다.
현대문명이 이기심과 물질주의의 정신으로 휩싸여 있고, 헛되고 무목적적
이며 기독교정신을 부정하고 있기 때문입니다. 하지만 이것은 크나큰 요구
입니다. 그런 다음에라야 인도에 있는 영국의 통치자들은 적어도 인도인이
행하듯이 행할 것이고, 인도인에게 현대문명을 강요하지 않을 것입니다. 철

---

98) 『전집』 권10, 201면. (역주)

도, 기계 그리고 이에 따라 일어나는 탐닉의 습관들이 유럽인의 노예 상태
를 보여주는 증거이자, 인도인의 노예 상태를 보여주는 증거이기도 합니다.
그래서 저는 지배자들과 싸우고 싶지 않습니다만, 그들의 방식에 대해서는
철저히 싸울 것입니다.

매콜리 경이 작성한 교육 초안에 따르면 그는 분명히 후원자였습니만,
저는 그 분에 대해 예전에 가졌던 신뢰가 이제는 없습니다. 팍스 브리태니
커로부터 너무 많은 것을 뽑아내고 있다는 것이 제 생각입니다. 캘커타와
봄베이와 같은 도시들의 흥기가 저에게는 축하할 일이 아니라 슬퍼해야 할
일입니다. 인도는 촌락제도의 일부를 해체한 탓에 망하고 말았습니다. 저는
이런 견해를 갖고 있으면서 국민정신을 공유하고 있지만, 극단주의자의 것
이든 온건주의자의 것이든 그들의 방법에서는 철저하게 멀리 떨어져 있습
니다. 양쪽 모두 결국 폭력에 의존해 있기 때문입니다. 폭력적인 방법은 반
드시 현대문명을 수용한다는 것, 따라서 우리가 여기에서 목격하고 있는
것과 동일한 파괴적인 경쟁을 수용한다는 것, 결과적으로 진정한 도덕성의
파멸을 수용한다는 것을 차례로 의미합니다. 저는 누가 지배하는가 하는
문제에 대해서는 관심이 없습니다. 지배자들이 저의 소망대로 다스리기를
기대할 따름입니다. 그렇지 않다면 저는 그들이 저를 통치하는 일을 도울
수가 없습니다. 저는 그들에 대항하여 수동적 저항가가 됩니다. 수동적 저
항은 물리력에 대항하는 혼의 힘, 다시 말해 증오를 정복하는 사랑입니다.

제가 저를 얼마나 제대로 설명했는지, 그리고 각하께서 제 논법을 얼마
나 따라 왔는지 모르겠습니다. 하지만 저는 제 동포들에게도 앞서 말한 것
과 같이 실정을 말해 왔습니다. 제가 각하께 편지를 쓰는 목적은 두 가지
입니다. 첫째, 제가 시간이 있을 때마다 국민 갱생의 일에 제 역할을 다하
고 싶다는 것을 각하께 말씀드리기 위함이고, 둘째, 저에게 혹시 더 큰 일
이 닥칠 경우 각하의 협력을 얻거나 각하의 비판을 듣기 위함입니다.

각하께 제가 드린 정보는 상당히 비밀스런 것이므로 제 동포에게 편파
적으로 사용되어서는 안 됩니다. 저는 진리가 알려지고 선포되지 않는 한

어떤 유용한 목적도 달성될 수 없다고 느낍니다.

만일 각하께서 사안을 더 검토하시다가 부딪히는 문제가 있다면, 그것이 어떤 문제라도 저에게 물어주시면 기꺼이 답변해드리겠습니다. 리치(Ritch) 씨는 이 편지의 내용을 잘 알고 있습니다. 만일 논의가 필요하시다면, 저는 언제든 좋습니다.

마지막으로, 제가 과도하거나 부당하게 각하의 호의와 관심에 편승하지 않았기를 희망합니다.

그럼 이만

— 엠프틸 경에 보낸 편지, SN 5152; 『전집』 10 : 133

117) 폭압과 위선

우리는 『힌드 스와라즈』에서 영국의 통치로부터가 아니라 서양문명으로부터 자신을 구원해야 한다는 것을 살펴보았다. 만일 영국인들이 인도인들처럼 인도에 정착한다면 그들은 더 이상 외국인이 아닐 것이다. 만일 그들이 스스로 그렇게 할 수 없다면, 그들이 인도에 정착할 수 없는 상황을 만드는 것이 우리의 임무가 될 것이다.

영국인 자신들의 글은 서양문명이 얼마나 사악한 가에 대해 종종 말하고 있다. 페레르(Ferrer)를 처형했던 스페인 당국이 저질렀다는 소위 폭압 사태에 대해 영국인들은 빗발치는 항의를 보냈다. G. K. 체스터턴[99]이라는 유명한 작가가 10월 22일자 『데일리 뉴스』지에 보낸 편지는, 영국인의 항의가 순전히 위선임을 지적했는데, 오늘날에도 요약할 가치가 있다. 체스터턴 씨는 다음과 같이 말하고 있다.

---

99) 체스터턴(G. K. Chesterton, 1874~1936) : 영국의 비평가 · 시인 · 수필가 · 소설가 · 단편 작가. 호탕한 성격과 육중한 체구의 소유자로도 유명하다. (역주)

우리가 스페인이 저지른 일에 대해 신경질적으로 항의했지만, 그것은 위선일 뿐이다. 우리가 그런 태도를 취하는 것은 자만심에서 나오는 것이다. 실재로는 우리는 스페인만큼이나 나쁘다. 어떤 면에서는 더 나쁘다. 우리 영국에서는 정치적 처형은 없다. 그 이유는 우리나라에 정치적 반란이 없기 때문이지, 우리가 종교적 민족이기 때문은 아니다. 우리는 반란이 일어날 때마다 처형을 하게 될 것이다. 그것도 페레르의 처형보다 훨씬 비열하고, 무모하고 야만적인 것이 될 것이다. 맨체스터의 페니언들을 교수형에 처한 일을 두고, 모든 변호사들은 그들이 논리와 법을 모욕했다는 이유로 그 처형을 인정했다. 남아프리카에서의 세퍼들의 학살은 지금은 제국주의자들조차도 수치스러워하는 일이다. 덴샤와이(Denshawai)[100]에 거주하는 소수의 순진한 농민들이 자신들의 재산을 약탈해가는 것을 반대했다. 그들은 고문당하고 교수형에 처해졌다. 우리의 통치자들이 작고 별것 아닌 지방 봉기에 대해 그와 같이 잔인하고 비열하게 대응한다면, 스페인에서 일어난 봉기와 유사한 봉기가 런던에서 일어난다면 어떻게 행동할까? 우리는 평화를 지키고 있다. 이유는 우리가 종교를 활용하기 때문이 아니라 우리가 지배자들의 통치 아래에서 침묵에 빠져 있기 때문이다. 만일 우리에게 반란이 없다고 해도 우리는 페레르의 죽음보다 더 나쁜 범죄를 범하는 것이 된다. 전날 병사 한 사람이 태형을 피하기 위해 자살했다. 이러한 자살은 흥분의 시기에 극도로 심한 감정의 압박 아래에서 행해진 페레르의 처형보다 더 극악무도한 일이다. 하지만 그 사건은 영국에서 아무 주목을 받지 못했다. 우리가 유럽에서 성공적으로 억압당하고 있는 민족이기 때문이다.

우리를 이다지도 어지럽히는 문명, 영국인들의 문명 안에 있는 단점을 보고, 우리는 인도에서 그 문명을 감내해야 할지 아니면 아직 시간적 여유가 있을 때 그것을 추방해야 할지 심사숙고해야 한다. 그 문명은 대중을 밟아 뭉개는 것이고, 그 안에서는 소수가 민중의 이름으로 권력을 장악하고 남용한다. 이들이 민중의 이름으로 행동하기 때문에 민중은 기만당하고 있다.

—「서양문명의 단점」(G.), 『인디언 어피니언』, 1910.1.22; 『전집』 10 : 224

---

100) 이집트의 지명. 여기에서 영국군 장교 한 사람이 피살되었다는 이유로 네 사람의 이집트 농민들이 처형당했다. 『전집』 권10, 394면. (역주)

118) 자연과 문명

자연은 자신의 법칙에 따라 부단히 움직이는데 인간은 늘 그 법칙을 어긴다. 자연은 수시로 여러 가지 방식으로 이 세상에서 변하지 않는 것은 아무 것도 없다는 점을 인간에게 말해 준다. 예를 들 필요도 없다. 말라바리101) 씨가 그의 시에서 말했듯이 '그들은 떠나기 위해 온다.' 우리는 시(gazal)로 다음과 같이 노래한다. '요정 같은 피조물들이 얼마나 많이 존재했는지, 청춘으로 장식한 자들, 떠나간 인간들이 얼마나 위대한지.' 그런데도 모든 비상한 사건이 우리를 놀라게 하고 반성하게 한다. 그런 사건의 하나가 파리에서 발생했다. 큰 홍수(洪水)로 파리의 강물이 범람하여 거대한 건물들을 쓸어버리고 말았다. 미술관102)도 임박한 위험에 처해 있었다. 수백만 파운드의 돈을 쏟아 부은 튼튼하게 건설된 길도 곳곳에서 붕괴되었다. 사람들은 익사했다. 익사를 피한 자들의 일부는 산채로 매장되었다. 먹을 것이 궁해진 쥐들은 어린애들을 공격했다. 왜 이런 일이 일어났는가? 파리 사람들은 영원히 지속 가능한 도시를 건설했다. 자연은 파리 전체가 파괴될 수도 있다는 경고를 주었다. 홍수가 하루 뒤에 잦아들지 않았다면 분명히 그렇게 되었을 것이다.

물론 파리 시민들은 궁궐 같은 건축물들을 재건하는 일이 헛되다는 점을 깨닫지 못할 것이다. 그들의 새 건축물조차도 다시 무너질 것이라는 생각은 결코 머리에 떠오르지 않을 것이다. 기술자들은 자만심에서 보다 거창한 계획을 가지고 돈을 물 쓰듯이 쏟아 부을 것이고, 자신들과 다른 사람이 모두 홍수에 대해 망각하게 할 것이다. 그런 것이 현대문명의 중독이다.

우리도 같은 식으로 행동해야 할까? 우리는 그와 같이 거칠고 분별 없는 사람들을 모방해야 할 것인가? 신을 잊은 자들만이 그런 허세를 부릴 것이

---

101) 베흐람지 말라바리(Behramji Malabari, 1863~1912) : 파시교도의 언론인, 시인, 사회개혁가.
102) 루브르 미술관.『전집』권10, 409면. (역주)

다. 그렇다면 우리가 왜 트란스발 입법에 저항해야 하는지, 그리고 모든 사람들에게 염주알을 돌리라고 충고하지 않는지 하는 문제가 일어난다. 이런 질문을 하는 자라면 누구에게든지, 우리가 여태 그런 충고를 주었고 지금도 같은 충고를 줄 것이라고 대답할 것이다. 우리는 경건한 사기행각과 같이 허세부리는 염주알 돌리기를 충고할 수는 없다. 동화 속의 두루미와 같이 행동하라고 충고할 수는 없다.[103] 우리는 자연이 연출하고 있는 드라마의 의미를 깨닫고 있다. 바로 그 때문에 우리는 우리가 동원할 수 있는 모든 힘을 다해 트란스발 인도인과 남아프리카 인도인에게 다음과 같이 호소하는 바이다. "자연의 목적을 이해하고 그것에 대해 성찰하라. 그러면 당신이 온갖 허장성세를 부리더라도 아무 데도 갈 수 없을 것이다. 정부가 여러분의 고결함을 공격하고 여러분을 노예로 만들려고 할 때에 염주알을 돌리는 것은 아무 응답이 되지 못할 것이다. 신의 종은 자신이 어떤 사람의 노예가 되는 것도 허락하지 않을 것이다. 정부의 독재적인 법률을 두려워 말라. 만일 여러분이 여러분의 부에 부당하게 집착하지만 않는다면 두려워해야 할 이유가 없을 것이다. 만일 여러분이 진리를 고수한다면, 진리는 늘 함께 있을 것이고 결코 여러분을 버리지 않을 것이며 홍수에 쓸려가지도 않을 것이다. 홍수가 쓸어갈 수 있는 것이면 어떤 것도 믿지 말라. 사람이 기댈 수 있는 유일한 지주인 진리 안에서 여러분이 확고부동하기를 바란다. 진리에 대해 항상 충성을 바칠 수 있다면 무엇이든 즐겨도 좋다. 그렇다면 후회할 이유가 없을 것이다. 그렇게 되면 쾌락은 찰나적이고 진리는 영원하여 함께 영원토록 거할 수 있다는 점을 알게 되므로 무슨 대가를 지불하면서까지 쾌락을 추구하지 않을 것이다. 이렇게 살아가는 것은 종교의 길을 따라가는 것이다. 정부가 폭정으로 그런 시도를 반대하기 때문에 우리는 정부를 반종교적이라고 한다. 이것이 모든 종교의 정수이므로, 이것이

---

103) 두루미는 귀의와 금욕의 삶을 살고 있다는 확신을, 그래서 접근해도 안전할 것이라는 확신을 물고기에게 심어주기를 기대하면서 강둑에서 계속 한 다리로만 서 있었다. 『전집』 권10, 410면. (역주)

없다면 어떤 종교도 그 자신에게 진실할 수 없다."

—「파리의 대혼란」(G.), 『인디언 어피니언』, 1910.2.5; 『전집』 10 : 238

119) 문명의 덫

[1910.4.2]

안녕, 마간랄![104]

자네의 편지를 받았다네. 자네가 내 답장을 이해할 수 있도록 자네 편지를 자네에게 되돌려주네.

자네가 제기한 문제들에 대답하도록 노력할 것이네. 하지만 자네는 충분히 이해하지 못할 것 같네. 자네가 『힌드 스와라즈』 책을 한두 번만 다시 읽게 되면 찾고자 했던 설명을 발견할 수 있을 것이네.

우리가 현대문명을 흡수한 정도만큼 과거로 거슬러 가야 한다는 점은 분명하네. 우리의 과업 중 이 부분이 가장 어려운 것이지만 반드시 실행해야만 하네. 우리가 틀린 길에 접어들었을 때는 돌아가는 일 이외에 다른 대안은 없네. 우리가 향유하는 사물들에 대한 집착에서 우리 자신들을 해방시켜야 하네. 이를 위해 우리는 먼저 그것들에 대해 혐오감을 느껴야 하네. 우리에게 유익하게 보이는 어떤 수단이나 도구도 포기하기가 쉽지 않을 것이네. 특정 사물이 주는 외면적인 이익보다 해가 더 많다는 점을 깨닫는 자만이 그것을 포기할 것이네. 편지를 빨리 보낼 수 있다는 사실에서 얻는 이익은 조금도 없다고 나는 믿는다네. 우리가 철도와 여타 방법을 포기한다면 우리는 애써 편지를 쓸 필요가 없네. 잘못에서 진정으로 자유로운 사물들은 어느 정도까지는 사용될 수 있을 것이네. 이 문명에 의해 삼켜져 버린 우리는 그 문명 속에 남아 있는 한, 우편제도와 다른 편의시설

---

104) 간디 사촌. (역주)

을 이용할 것이네. 만일 우리가 이것들에 대한 지식과 이해를 갖고 그것들을 사용한다면 그것들에 대해 열광하지는 않을 것이네. 우리는 집착을 강화하는 대신 점차 감소시킬 것이네. 이런 점을 이해하는 사람은 철도나 우편이 없는 마을에 이런 것들을 설치하려는 유혹에 빠지지 않을 것이네. 우리는 이런 것들이 당장 폐지되지도 않고 모든 사람들이 포기하지 않을 것을 두려워하여, 수동적으로 행동하거나 증기선과 여타 사악한 수단들의 이용을 늘려서는 안 될 것이네. 단 한 사람이라도 그것들의 사용을 줄이거나 중지한다면 다른 사람들도 그 행위를 배울 것이네. 그렇게 하는 것이 좋다고 믿는 사람이라면 다른 사람과 관계없이 그렇게 할 것이네. 이것이 진리를 확산시키는 유일한 길이네. 이 세상에 다른 길은 없다네.

의회에 대한 우리의 애정을 버리기는 아주 어렵네. 사람의 가죽을 벗겨내고 산채로 불태우고 귀나 코를 베는 일은 야만적인 일임에는 분명하지만 의회의 폭정은 징기스칸, 태머레인(Tamerlane)[105]이나 다른 폭정보다 훨씬 심하다네. 우리는 의회의 덫에 걸려 있네. 현대의 폭정은 유혹의 덫이어서 보다 더 큰 해독을 끼친다네. 우리는 한 개인이 저지른 무자비한 행위를 견딜 수 있네. 하지만 민중의 이름으로 자행된 민중에 대한 폭정은 대항하기가 힘드네. 과거에 어떤 위정자들은 바보 왕과 같았고, 다른 왕들은 현명한 왕이었던 같네. 에드워드 왕이 우리의 위정자였다면 그렇게 반대하지 않아도 될 것이네. 그런데 모든 영국인들이 자네와 나를 통치한다네. 이 말의 의미에 대해 깊이 생각해 보게. 내가 이 세상에 대한 민중의 애정을 거론하는 것은 아니네. 인도의 보통 사람들은 의회가 한낱 장난이라고 믿는다네. 아주 영리한 사람들조차 이 문명의 덫에 걸려 의회에 대해 정상적인 판단을 잃고 있네.

---

105) 티무르(Timur) : Timour라고도 한다(1336~1405). 이슬람교를 신봉하는 투르크인 정복자. 중국 이름은 첩목아(帖木兒)이다. 주로 인도에서 러시아를 거쳐 지중해까지 정복하는 과정에서 행한 야만적 행위와 그가 세운 왕조의 문화적 업적으로 널리 알려져 있다. (역주)

자네는 온정이 삔다리(Pindari)에 아무 영향력을 미치지 못한다고 말하고 있는데 그것은 혼의 본질 자체 또는 핵심적 성질을 거부한 것이네. 빠딴잘리106) 님은 온정 등이 갖는 위대함을 아주 강조했는데, 우리가 그런 품성을 생각하기만 해도 즐거워진다고 말할 정도였네. 그런데 두려움이 우리 안에 깊이 뿌리를 내린 나머지 진리, 온정 그리고 여타 품성들이 성장하지 못하고 있는 것이 우리의 실정이라네. 그런 다음 우리는 온정이 잔인한 자들에게 아무 효과가 없다고 생각하네. 만일 우리가 우리에게 온정을 보이는 자들에게 같은 온정을 보인다면 그것은 온정이 아니라 온정을 되돌려 주는 일에 불과하네.

어떤 사람이 공짜로 우리를 지켜주거나 아니면 우리가 그 일 때문에 돈을 지불한다고 하면, 우리는 유약하다고 간주되어야 할 것이네. 우리가 삔다리의 공포로부터 자유롭기 위해 외부의 도움을 구해야 한다면, 그것은 스와라즈에 부적합하네. 우리가 만일 그들을 물리력으로 정복해야 한다면 우리는 그 힘을 우리 안에서 길러야 할 것이네. 그렇게 되면 우리는 공납금이나 공물(貢物)을 바치지 않아도 될 것이네. 여성은 남편이 자신을 보호해 줄 것을 권리로 요구하네. 하지만 그녀는 결국 아발라(abala, 유약한 자)로 간주되네.

스와라즈는 그것을 이해하는 사람을 위한 것이네. 자네와 나는 오늘날 그것을 나날이 즐길 수 있네. 다른 모든 사람들은 우리와 같이 행위하기를 배워야 할 것이네. 다른 사람들이 우리를 위해 확보해 준 것은 스와라즈가 아니라 빠라라즈(pararaj) 곧 타치(他治)이네. 다른 사람들이 인도인이든 영국인이든 말이네.

내가 소 보호협회를 소 도살협회라고 불렀는데, 이는 진리를 말했을 뿐이네. 이런 협회의 목적이 무슬림들에게 압력을 가함으로써 소를 구하거나 보호하는 것이기 때문이네.

---

106) 요가 다르샤나(철학)를 체계화한 성자.

돈을 지불함으로써 소를 구하는 것은 소를 보호하는 것이 아니네. 그것은 도살업자에게 우리를 기만하도록 가르치는 것이네. 만일 우리가 무슬림에게 강요한다면 그들은 소를 더 많이 도살할 것이네. 하지만 우리가 그들을 설득하거나 그들을 대상으로 사땨그라하를 전개한다면 그들은 소를 보호할 것이네. 이런 일을 하기 위해서는 소 보호협회가 일체 필요 없다네. 그런 단체는 힌두교도에게 힌두교를 가르쳐야 할 것이네. 소를 굶기거나, 막대기로 찌르거나 혹사시켜 고문함으로써 죽이는 일보다 단칼에 죽이는 편이 낫다네.

슈리 라마찬드라와 다른 사람들의 사례를 문자 그대로 받아들이는 일은, 아주 혼란스런 일이라네. 나는 라바나와 같은 이가 열 개의 머리와 스무 개의 손을 가진 인간의 모습으로 나타날 가능성을 생각해 본 적이 없네. 하지만 그가 거대하고 사납고 무분별한 짐승이고, 신의 정수를 대표하는 슈리 라마찬드라에 의해 죽임을 당했다고 상상하는 것은, 우리의 지성에 호소할 수는 있네. 뚤시다스지[107)]는 라마찬드라지를 태양의 힘으로 묘사했는데, 여기에서 태양은 자만과 미혹의 파괴자 그리고 과도한 집착의 밤이 갖고 있는 암흑의 파괴자를 의미한다네. 우리가 교만·미혹·집착을 깡그리 제거했을 때, 타인을 파괴하고 싶은 아주 작은 욕망이 우리에게 남아 있다고 자네는 생각하는가? 이에 대한 대답이 '남아 있지 않다'면, 자만·미혹·집착으로부터 자유로운 라마찬드라지, 온정의 대해(大海)인 그가 어떻게 라바나를 파괴할 수 있었겠는가? 하지만 먼저 그의 경지를 얻고 락슈마나처럼 수면을 포기하고 청정행을 14년 동안 실시해보게나. 그런 다음 어디에서 물리력이 사용될 수 있는지를 보게나.

나는 만사가 겸손에 의해 이뤄질 수 있음을 말하고 싶네. 트란스발에 대해 자네가 제시한 사례는 꽤 적합한 것이네. 위에서 말한 정서를 입으로 고백하는 것만으로는 충분치 않고 품성은 때가 오면 시험을 견디어야 한

---

107) 『라마차리따마나사(*Ramacharitamanasa*)』, 즉 『라마야나(*Ramayana*)』 힌두어판의 저자.

다네. 하리슈찬드라가 진리에 대한 귀의를 증명하기 위해 겪었던 무수한 역경에 대해 생각해 보게. 수단바가 자신의 박띠(bhakti)가 진실한 것임을 증명하기 위해 겪었던 고통에 대해 생각해 보게. 이것들이 단순히 전설이라고 생각해서는 안 될 것이네. 이름과 모습은 다를 수도 있을 것이네. 하지만 이 얘기들을 지은 작가들은 이들을 통해 자신들의 경험을 제시한 것이네. 트란스발에서조차 나 같은 사람이 지껄이는 것도 시험을 치르고 있다네. 사땨그라히로 간주된 사람들 중 많은 사람들이 진실하지 못한 선동가로 드러났음을 명심하게. 그렇다면 누가 참된 사땨그라히로 간주되어야만 하는가? 물론 자비와 같은 품성을 가진 사람일 것이네. 고통을 겪을 필요가 없다는 말은 어느 책에도 없다네. 고통은 결국 무엇을 의미하는가?『기따』에 따르면 마음은 우리의 자유의 원인이면서 동시에 속박의 원인이라네. 수단바는 끓는 기름 속으로 던져졌다네. 그를 기름 속으로 던져 넣은 사람은 수단바에게 고통을 준다고 생각했지만, 그에게는 자신의 귀의의 강도를 증명해 보일 수 있는 좋은 기회였네.

모든 사람들이 동시에 한결같이 부자이거나 한결같이 가난한 일은 절대 일어나지 않을 것이네. 하지만 우리가 [다양한 직업들의] 선한 면과 악한 면을 고려해 보면, 세상은 농민에 의해 지탱되는 것으로 보이네. 농민들은 물론 가난하네. 만일 변호사가 자신의 애타주의나 영성을 뽐내고 싶다면, 그는 육체 노동을 통해 생계를 꾸려나가고 변호사 업무를 수행함에 있어서 아무 것도 요구해서는 안 될 것이네. 자네는 변호사가 게으르다는 점을 쉽게 알아챌 수는 없을 것이네. 감각적인 사람이 정염의 탐닉에 빠져 기진맥진하더라도 감각적인 쾌락을 계속 탐닉하듯이, 변호사도 기진맥진하지만 부와 위대함을 얻을 희망을 품으며, 나중에는 사치와 안락의 여생을 보낼 희망을 품기도 하고, 그의 업무를 처리함에 있어서 거의 한계점에 달할 때까지 신경을 써야 한다네. 이것이 그의 목표라네. 이런 말에 약간의 과장이 있음을 나는 알고 있네. 하지만 앞에서 말한 것은 대부분 진실이네.

의사들이 우리나라에 어떤 봉사를 하는가? 그들은 사체를 해부하고, 동물을 죽이고, 5년에서 7년 동안 쓸데없는 금언(金言)을 머리 속에 쑤셔 밖아 넣음으로써 어떤 위대한 일을 성취하려는가? 우리나라는 육신의 질병을 치유하는 능력으로 무엇을 얻을 것인가? 그 능력은 육신에 대한 우리의 집착을 단순히 증가시킬 뿐이네. 우리는 의학에 대한 지식이 없어도 질병의 성장을 막을 계획을 세울 수 있네. 그렇다고 해서 박사나 의사가 전혀 없어야 한다고 말하는 것은 결코 아니네. 그들은 언제나 우리와 함께 있을 것이네. 내 말의 요점은 수많은 젊은이들이 이 직업에 과도한 중요성을 부여하고, 자격을 얻기 위해 수년 동안 수백 루삐를 탕진하고 있는데 그래서는 안 된다는 것이네. 우리는 대증요법(對症療法)으로 치료하는 의사로부터 조그마한 이익을 얻지 못하고 있으며, 앞으로도 그럴 것이라는 점을 알아야 하네.

이것으로 자네의 모든 질문에 대한 답변이 되었기를 바라네. 자네의 머리가 불필요하게 인도를 해방시키겠다는 짐을 지지말기를 제발 바라네. 자네 자신을 해방시키게. 그런 짐조차 매우 크다네. 모든 일을 자네 자신에게 적용하게. 혼의 고상함은 자네 자신이 인도라는 점을 자각하는 데에 달려 있네. 자네의 해방 안에 인도의 해방이 있네. 다른 모든 것은 거짓이네. 이런 일에 관심이 있다면 굴하지 말고 노력하게나. 자네와 나는 다른 사람에 대해 걱정할 필요가 없네. 만일 우리가 다른 사람에 대해 고민한다면 우리 자신의 과업을 망각할 것이고 모든 것을 잃게 될 것이네. 이기주의의 관점이 아니라 애타주의의 관점에서 이 말을 심사숙고하게. 더 묻고 싶은 것이 있으면 물으시게.

모한다스로부터 축복을

— 마간랄 간디에게 보낸 편지(G.), R. 빠뗄(*Gandhiji ni Sadhana*);
『전집』10 : 300

120) 위선과 문명

『신시대(*The New Age*)』라는 영어 잡지가 본 주제에 대해 만화 한 컷을 그린 것이 있어서 그것을 이번 호에 게재한다. 그것은 행군중인 군대 그림이다. 그 배후에는 기괴한 장군의 모습을 그려 두었다. 이 끔찍한 형상의 몸통에는 사방으로 연기를 내뿜는 총 한 자루와 피가 뚝뚝 떨어지는 여러 개의 칼이 달려 있고, 머리에는 대포 일문이 그려져 있다. 한 편에 달려 있는 휘장에는 해골이 그려져 있다. 더구나 팔뚝에는 십자가가 있다. 입에는 피가 뚝뚝 떨어지는 단검을 물고 있다. 어깨에는 사용하지 않은 탄약통 달린 벨트가 보인다. 그림의 제목은 '문명의 행진'이다. 이 만화의 묘사를 읽는 자는 누구든 진지하게 되지 않을 수 없다. 반성해 보면, 우리는 서양문명이 만화에 등장하는 인물의 끔찍한 표정만큼이나 잔인하거나 아니면 그보다 더 잔인하다고 느끼지 않을 수 없다. 더더욱 분노케 하는 것은 피를 뚝뚝 흘리고 있는 무기 한 가운데 있는 십자가의 모습이다. 여기에서 신문명의 위선 같은 것은 그 정점에 달하고 있다. 예전에도 피의 전쟁들이 있었지만, 거기에 현대문명의 위선은 없었다. 우리는 독자의 시선을 만화에 끌면서, 동시에 독자에게 사땨그라하(진리파지)가 가진 거룩한 빛의 편린을 보여주고 싶다. 한편으로는 앞에서 묘사한 문명의 그림을 보라. 이 문명은 부에 대한 허기와 세속적 쾌락으로 향한 탐욕적인 추구 때문에 늑대와 같이 끔찍한 모습으로 자라났다. 한편 사땨그라히(진리파지자)의 모습을 보라. 그는 진리에 대한 충성과 영적인 존재로서 자기 본성에 대한 충성에서, 그리고 신의 명령에 복종하려는 욕구에서, 사악한 자가 가한 고통에 순종하고 있다. 그의 가슴은 불요불굴을 품고 얼굴에는 미소를 띠고 두 눈에는 눈물 한 방울 없다.

독자는 두 그림 중 어디에 더 매력을 느낄까? 우리는 사땨그라히의 비전이 인류의 심성에 감동을 줄 것이란 점, 그의 고통이 증대하는 만큼 그 효과도 커질 것이라는 점을 확신한다. 이 만화만 본다면, 사땨그라하가 인류에게 자유와 기운을 줄 수 있는 유일한 길임을 마음으로 느끼지 않을 사람이 누가 있겠는가? 다른 사람을 죽이려다가 총에 맞아 죽거나 교수형 당하는 것이 사람의 꿋꿋함을 검증한다는 점을 우리는 물론 인정한다. 하지만 다른 사람을 죽이려다가 자신이 죽는 일은, 상대방에게 총알을 발포하지 않고 그것에 직면하여 조용히 감내하는 고문 때문에, 장기간 서서히 다가오는 고문 때문에, 사땨그라히가 겪어야 할 고통에 내재한 꿋꿋함과 용기의 1백분의 1도 요구하지 않는다. 그 누구도 사땨그라하의 힘을 굴복시키기에 충분할 만큼 강력한 검(劍)을 휘두를 자는 없다. 반대로 강철의 검을 휘두르는 사람은 자신의 검보다 더 날카로운 검을 만나게 되면 굴복한다. 바로 이런 이유로 사땨그라히의 얘기를 읽을 때는 존경심을 갖게 된다. 힘이 부족하여 사땨그라하를 실행하지 못하는 자는 자연스럽게 폭력에 호소하려는 유혹을 느낀다. 폭력은 비교적 사용하기가 쉽다. 어떤 인도인들은 인도의 자치에 대해 광적으로 집착한다. 이들은 사땨그라하에 당연히 폭력이 수반돼야 한다고 생각하는 듯하다. 즉, 이들에게 사땨그라하는 자신을 폭력의 광신적 행위로까지 끌어올리기 위한 노력의 한 걸음에 불과한 것으로 보인다. 그런 소견을 품은 자를, 바다를 커다란 우물 정도로 생각하고 있는 개구리에 비교하더라도 잘못된 것이 아닐 것이다. 여기에서 진실은 사땨그라하에 필요한 인내력을 끝까지 참아내지 못한 사람은 조급해서 폭력으로 가게 될 것이다. 그리고 그는 점점 낙망하게 되어 자신의 고통을 빨리 종결지으려는 노력에서 맹목적으로 도약하게 된다. 그런 사람은 결코 사땨그라히가 아니며, 사땨그라하의 의미가 무엇인지를 이해하고 싶어하지도 않는다.

—「서양의 끔찍한 문명」(G.), 『인디언 어피니언』, 1910.4.2; 『전집』 10 : 299

121) 문명의 마술

[1925.8.28]

여러분은 오늘 저녁 연사인 나에게 약간의 찬사를 보낼 의무가 있었고, 그것을 솜씨 있게 해치웠습니다. 나도 여러분을 본받아 한 마디도 하고 싶지 않습니다. 여러분이 나를 칭찬해 주셨고 그것이 나에게 격려가 되기를 바랐습니다만 그러지 못했습니다. 하지만 나는 여러분이 이번 행사 절차[108]를 진행하는 방식을 보고, 또 여러분이 이 어린 소녀[109]에게 화환을 걸어주는 것을 보고, 적어도 여러분은 인종간의 증오라는 죄로부터 완전 무죄라는 점을 확신했습니다.

그러나 현재 인도의 젊은 세대는 이 문제에 직면하고 있습니다. 어떤 나라가 있는데 우리는 그 나라의 지배를 원치 않을 뿐 아니라 그 나라를 우리 마음속 깊이 싫어한다고 해봅시다. 조국을 사랑하는 사람이 조국을 지배하는 사람들을 증오하지 않을 수가 있겠습니까? 조국을 사랑하면서 조국의 지배자들을 증오하지 않기란 불가능하다는 대답이 수많은 젊은이들의 마음속에서 들려옵니다. 그들 중 어떤 자들은 자신들의 생각을 백일하에 드러냈고, 일부는 그 생각을 행동으로 옮겼습니다. 하지만 많은 사람들은 자신들의 생각을 비밀에 부치고 그것을 먹고 삽니다.

나 자신이 바로 이 문제를 물었던 학생이었습니다. 1915년 내가 인도에 돌아온 후가 아니라, 1894년 공적 생활과 공공 봉사에 투신한 뒤로 늘 문제가 되었습니다. 하지만 나는 조국애 곧 내셔널리즘이라는 것이 우리가 좋아하지 않는 통치와 지배를 하고, 좋아하지 않는 방식을 도입한 자들에 대한 사랑과 완벽하게 부합한다는 결론에 신중하게 도달했습니다. 나는 남아프리카 정부, 보다 정확히 말한다면 당시 나탈 정부와 관계하면서 그리

---

108) 참가료를 내고 모이는 이 집회는 오버툰 홀(Overtoun Hall)에서 열렸다. 수익금은 전 벵골 데샤반두 기념 기금에 보내졌다. T. E. T. 쇼가 의장을 맡았다.
109) 간디는 여기에서 다섯 살박이 소녀를 가리키고 있다.

고 후에는 트란스발 정부와 더 나중에는 영연방 정부와 관계하면서, 그 문제에 직면하게 되었습니다.

우리 동포들은 법적 자격 없이 남아프리카 아(亞)대륙에서 노동하며 살아갑니다. 대다수의 여러분은 저들 동포가 명백히 법적으로 자격이 없다는 것을 알고 있습니다. 그것으로 충분합니다. 법적 무자격은 만일 우리가 온전한 정신 상태를 유지하지 않는다면, 우리로 하여금 같은 인간을 증오하게 하는 데 충분합니다. 여러분은 같은 피부색이 아니라는 단 하나의 이유만으로 부정의(不正義)가 거기에 횡행하고 있음을 목격합니다. 백인과 유색인 사이에 평등은 없다—이렇게 영연방 정부 헌법은 말하고 있습니다. 그것은 한때 트란스발 정부 헌법의 한 조항이었지만, 그 헌법은 오늘날 영연방 정부에 의해 수용되고 있습니다. 여러분이 인도에 올 때 늘 동일한 것은 아니지만 아주 유사한 것을 볼 것이고, 두 가지 사항, 즉 조국에 대한 사랑과 여러분이 호랑이로 간주하는 자들에 대한 사랑을 조화시키기가 매우 어렵다는 점을 자주 목격하게 될 것입니다. 여러분의 짐작이 옳고 정확한지 부정확한지의 문제가 아닙니다. 하지만 여러분은 여러분이 가장 지독한 형태의 폭정 아래에서, 가장 지독한 형태의 부정의(不正義) 아래에서 수고하고 있다는 인상을 갖게 될 것입니다. 그렇다면 여러분은 어떻게 호랑이를 사랑하시렵니까?

그것을 다른 방식으로 한 번 말해 보겠습니다. 여러분이 호랑이를 반드시 사랑해야 한다는 것은 아닙니다. 하지만 사랑이란 능동적인 힘이며, 오늘 저녁의 주제는, '호랑이를 마땅히 증오해야 합니까? 내셔널리즘에 증오가 필수적인 것입니까?'라는 것입니다. 여러분이 사랑하지 않을 수는 있습니다. 그러나 꼭 증오해야 합니까? 내가 앞서 말한 대로 수많은 사람들의 마음에 있는 대답은 분명 증오해야 한다는 것입니다. 내가 알기로는 어떤 사람들은 호랑이를 증오하는 일을 자신들의 의무로 간주합니다. 이런 태도를 옹호하기 위해, 그들은 현대의 헌법을 인용하고, 때로는 유럽에서 일어난 최근의 파멸적인 전쟁을, 그리고 역사에서 배운 전쟁들을 인용합니다.

그들은 법률도 인용하며, 사회가 살인죄를 저지른 자를 교수대에서 처형한다고 말합니다. 그것은 증오의 표시가 아니겠습니까? 거기에 분명히 사랑은 없습니다.

부친을 비롯하여 우리에게 가장 사랑스런 사람들이 비록 잘못하더라도 우리는 그들을 사랑하지 않을 수 있습니까? 우리는 그들이 교수대에서 처형되기를 원합니까? 우리는 그들의 개선을 위해 기도할 수는 있지만 처벌을 위해 기도하지는 않을 것입니다. 하지만 만일 법적 재가(裁可) 아래 처벌이 철회, 폐지 또는 유보된다면 사회가 산산조각이 날 것이라고 합니다. 여기에는 아마 상당한 정도의 정당성이 있긴 합니다. 청년들은 이런 사례들을 보고, 내셔널리즘에 증오가 필수적이 아니라고 하는 자들은 잘못 생각하는 것이라는 결론을 성급하게 내립니다. 나는 그들을 비난할 생각은 없습니다. 연민을 갖고 보아야 합니다. 그들은 나의 동정심을 자아냅니다. 하지만 그들이 엄청난 망상 아래에서 수고하고 있다는 사실에 대해서는 추호도 의심하지 않습니다. 그들이 그런 태도를 견지하는 한, 남녀의 큰 무리가 그런 태도를 견지하는 한, 이 나라와 세계의 진보는 지체될 것입니다. 내가 여러분에게 제시했던 모든 사례들이 그들의 행위를 정당화하기 위해 인용될 수 있다고 하더라도 개의치 않습니다.

세상은 그런 일을 지긋지긋하게 여깁니다. 우리는 그런 피로(疲勞) 현상이 서구의 여러 국가를 정복하고 있음을 봅니다. 우리는 이와 같은 증오의 노래가 인류에게 이익을 주지 못했음을 압니다. 생활을 일신하고 세상에 교훈을 주는 것을 인도의 특권으로 삼읍시다.110) 삼억의 인도 민중들이 십만의 영국인을 증오할 필요가 있습니까? 내가 오늘 저녁의 주제를 구체화한다면 그런 말이 될 것입니다. 내 소견으로는 한 순간이라도 영국인들을 즐겨 증오한다면 그것은 인류의 존엄성에 또 인도의 존엄성에 상처를 주는 것입니다. 그렇다고 해서 여러분이 영국 지배자들이 인도에서 범한 과도한

---

110) '찬성이오', '찬성이오'라는 외침. 『전집』 권32, 352면. (역주)

행위들에 대해 눈감아야 한다는 것은 아닙니다. 나는 악과 행악자를 특별히 구분해 왔습니다. 악은 미워하되 사람은 미워하지 마십시오 우리 자신들, 우리 각자는 악으로 가득합니다. 그리고 우리는 세상이 우리에 대해 인내하기를, 우리를 용서하고 관대하기를 원합니다. 나는 영국인들에게도 동일한 대접을 해주기를 원합니다. 영국 지배자들이 저지른 수많은 비행에 대해, 또한 우리를 통치하고 있는 제도의 부패 구조에 대해 인도에서 나만큼 격렬하게 그리고 겁없이 외쳐 온 사람이 아마 없을 것이라는 점은 하늘도 다 아는 사실입니다. 나 자신을 위해 개인적으로 다음 주장을 펼 정도까지 나가고 싶습니다. 내가 증오심으로부터 자유롭다고 해도, 즉 스스로 내 적수라고 생각하는 자들을 내가 사랑한다고 해도, 그것이 나를 저들의 잘못에 대한 장님으로 만들지는 않습니다. 어떤 심덕(心德)이 사랑하는 자에게 있다고 상상하거나, 실제로 존재한다는 단순한 이유로 확장되는 사랑은 사랑이 아닙니다. 내가 나 자신, 인류, 인간성에 진실하다면, 인간의 육신이 물려받은 모든 잘못을 이해해야 합니다. 나는 내 적수들의 약점을, 그들의 악덕을 이해해야 합니다. 하지만 이런 악덕에도 불구하고 미워해서는 안되고 사랑해야 합니다. 그것은 자체로 힘입니다. 폭력은 세대와 세대를 통해 우리에게 전해졌습니다. 우리는 그것을 사용해 왔고, 폭력이 유럽과 세상에 어떤 일을 했는지를 알고 있습니다. 유럽문명의 마술은 우리의 눈을 어지럽게 할 수는 없습니다. 그 문명의 표면을 긁어 보십시오 그러면 여러분은 거기에서 취해야 할 것이 거의 없음을 알게 될 것입니다.

내가 서양의 모든 것을 저주한다고 한 순간이라도 생각하지 마십시오 나는 당분간 현대문명의 주도적인 성격을 다룰 것인데, 그것을 서양문명이라고 부르지 마십시오 현대문명의 주도적인 성격은 지상의 약소 민족들에 대한 착취입니다. 현대문명의 주도적인 성격은 신을 폐위시키고 물질주의를 왕좌에 앉히는 것입니다. 나는 주저 없이 '악마(사탄)'란 말을 사용해 왔습니다. 나는 우리를 고생스럽게 살아가도록 만드는 이 정부제도를 주저 없이 '악마적'인 것이라고 불러왔습니다. 그리고 나는 내가 한 말에서 단

한 마디도 철회하지 않았습니다. 하지만 나는 오늘 저녁 그것을 다루지는 않을 것입니다. 내가 행악자를 처벌할 방법을 고안하고자 한다면, 그것은 그들을 사랑하는 것이고 인내와 온유로 그들을 개심시키는 일입니다. 따라서 비협조 또는 사땨그라하는 증오의 찬가(讚歌)가 아닙니다. 나는 자칭 사땨그라히 또는 비협조자로 부르는 많은 사람들이 그 이름에 합당하지 않음을 알고 있습니다. 그들은 자신들의 교의에 폭력을 가했으므로, 이 원리의 진정한 대변인이 아닙니다.

진정한 비협조는 악과의 비협조이지 행악자와의 비협조가 아닙니다. 악과 행악자를 구별하는 것이 때때로 어렵다는 것을 나는 압니다. 하지만 여러분은 어떻게 악에 대해서는 협조하지 않으면서 행악자에 대해서는 협조할 수 있습니까? 나는 복잡한 교의 전체로 들어가고 싶지 않고, 지난 5~6년 동안 진행되어 온 일에 대해 간단히 말씀드리려고 합니다. 만일 우리가 이 교의의 비밀을 이해하고, 악을 미워하는 일과 행악자를 미워하지 않는 일 사이에 있는 아름다운 일관성을 이해한다면, 오늘날 우리에게 필요한 일은 우리가 가족 관계에 적용하는 법칙들을 정치 분야로, 그래서 통치자와 피치자의 관계로 확장하는 일이고, 그렇게 되면 여러분은 올바른 해결책을 찾게 될 것이라는 점을 나는 말해 왔습니다. 아들이 악을 범할 성향을 갖고 있고 부패했다면 아버지는 아들을 어떻게 하겠습니까? 그는 아들에게 악을 범하라고 조장하지도 않을 것이고 처벌하지도 않을 것이며, 단지 아들을 교정하려고 할 것입니다.

여러분의 비협조는 악을 조장하지 않을 것을 겨냥합니다. 그것이 바로 그 의미입니다. 만약 세상이 악을 조장하기를 멈춘다면 악은 영양실조로 죽을 것이라고 가장 위대한 작가 중의 한 사람이 말한 바 있습니다. 만약 우리는 우리가 오늘날 사회에 존재하는 악에 대해 어디까지 책임이 있는지를 알기만 한다면, 사회에서 악이 사라지는 것을 곧 보게 될 것입니다. 하지만 우리는 잘못된 사랑으로 그것을 용인하고 있습니다. 나는 잘못을 저지른 아들에게 홀딱 빠져 그가 잘못하는 동안 등이나 토닥거려 주는 맹

목적인 사랑을 말하는 것이 아닙니다. 잘못된 효심에서 아버지가 저지른 악을 용인하는 아들에 대해 말하는 것도 아닙니다. 나는 그것을 말하는 것이 아닙니다. 나는 분별력 있고, 이지적이며, 단 하나의 오류에 대해서도 눈감지 않는 사랑에 대해 말하고 있습니다. 그것이 개혁하는 사랑입니다. 우리가 그 사랑의 비밀을 깨치는 순간, 바로 그 순간에 악은 우리 눈앞에서 사라지고 말 것입니다.

나는 두 인종의 관계에 대해 말해보겠습니다. 우리가 오늘날 힌두사회에서 겪고 있는 수많은 악에 대해 생각해 봅시다. 무슬림, 기독교도, 파시교도, 그리고 다른 사람들은 일단 내버려둡시다. 우리 대다수는 힌두교도들입니다. 우리는 힌두교 내부에서 횡행하는 악을 어떻게 취급해야 합니까? 불가촉천민제도를 힌두교의 본질적인 부분으로 간주하고 그것을 옹호하기 위해 경전을 인용하는 사람들을 우리가 미워해야 할까요, 아니면 우리의 지속적인 행위를 통해 불가촉천민제도를 폐지해야 할까요? 그렇다면 비밀은 고통입니다. 행악자를 고통에 빠지게 하는 것이 아니라, 고통을 우리 어깨에 걸머지는 일입니다. 만일 우리가 힌두교 안으로 스며들어온 수많은 폐습을 제거하여 개혁하려고 한다면, 우리는 바이꼼(Vaikom)[111]의 사례를 보아서 그렇게 해야 할 것입니다. 여러분이 이미 완료된 사례를 보는 것은 찬양을 통해 보는 것이기 때문에 바이꼼 사례가 자연스럽게 나에게 떠올랐습니다. 나는 저 용감한 청년들을 다 알고 있습니다. 내가 생각하기에는 바이꼼에 있는 모든 사람들은 아주 엄청난 역경에서 일하고 있습니다. 저들은 내가 여기에서 짧은 시간 안에 도저히 묘사할 수 없을 만큼의 고통을 겪었습니다. 하지만 나는 이 젊은이들이 털끝만큼의 잘못을 범하지 않았다는 점을 감히 증언합니다. 나는 바이꼼의 청년들을 두고 말하는 것입니다. 개개인에게 잘못이 없었다는 것이 아니라, 그들이 하나의 집단으로 자신들의 기록을 아주 깨끗하게 유지해 왔다는 것입니다. 그 결과 그들

---

111) 인도공화국 반도 서쪽의 있는 께랄라(Kerala) 주 꼬따얌(Kottayam) 소재의 지명. 1947년 인도가 독립한 후 께랄라 지역은 뜨라방꼬르꼬친 주로 알려졌다. (역주)

이 악폐 전체를 제거한 것은 아닙니다. 하지만 오늘날 뜨라방꼬르에서 불가촉천민제도는 토대를 상실했다는 점에 대해 내 마음에 의심이 전혀 없습니다. 그 제도는 이제 자신들을 바이꼼의 한 복판에 던지고 스스로 고통을 감수했던 소수 청년들의 결의 덕택에 급속히 사라지고 있습니다. 그것이 진짜 비밀입니다. 내 소견으로는 증오는 내셔널리즘에 필수적인 것이 아닙니다. 인종간의 증오는 진정한 국민정신을 죽일 것입니다.

내셔널리즘이 무엇인지를 이해해 봅시다. 우리는 우리나라를 위해 자유를 원합니다. 우리는 다른 나라의 고통을 원하지도 않고 다른 나라에 대한 착취도 원치 않습니다. 우리는 다른 나라의 쇠락도 원하지 않습니다. 내 입장을 말씀드리면, 인도의 자유가 영국인의 소멸과 절멸을 의미한다면, 나는 그것을 원치 않습니다. 내가 우리나라의 자유를 원하는 것은 자유로운 우리나라로부터 다른 나라들이 뭔가를 배울 수 있게 되기를 바라기 때문입니다. 내가 우리나라의 자유를 원하는 것은 우리나라의 막대한 자원이 인류의 이익을 위해 활용될 수 있을 것이기 때문입니다. 이것은 오늘날 애국의 예찬이, 개인이 가족을 위해 죽어야 하고, 가족은 촌락을 위해, 촌락은 지역을 위해, 지역은 주(州)를 위해, 주는 나라 전체를 위해 죽어야 한다는 점을 가르쳐 주는 것과 같습니다. 우리가 지역주의에 빠지게 되면, 이를테면 구자라뜨인으로서 나는 구자라뜨어를 첫째로, 벵골과 다른 주를 그 다음으로 칠 것입니다. 거기에 내셔널리즘은 전혀 없습니다. 반대로 내가 구자라뜨에 산다면 구자라뜨로 하여금 대비하게 할 것입니다. 즉, 나는 구자라뜨의 막대한 자원이 벵골의 처분, 아니면 나라 전체의 처분에 맡겨지도록 준비시킬 것입니다. 구자라뜨가 인도 전체를 위해 죽을 수 있도록 할 것입니다. 따라서 내셔널리즘에 대한 내 사랑, 즉 내셔널리즘에 대한 내 이념은, 인류 전체가 살 수 있도록 우리나라가 자유로워지는 것입니다. 부득이 하다면 우리나라가 죽을 수도 있어야 할 것입니다. 여기에 인종간의 증오가 들어설 여지가 없습니다. 그것을 우리의 내셔널리즘으로 삼읍시다.

이 연설의 마지막 부분에서 제국도서관 사서(司書) 채프먼 씨가 질문을 하나 던졌는데, 간디지는 감동적인 대답을 했다. '인도인들이 스스로 자신들을 다스릴 수 없으면서도 정치적 자유와 정치적 평등을 고수한 일은 인종간의 증오를 부추기지 않았을까?' 이것이 채프맨 씨의 질문의 취지였다.

만일 앞서 말씀드린 데에서 우리가 우리 일을 처리할 수 없다면, 여러분의 지배를 용인해야 한다는 추론을 도출해낸다면, 그것은 잘못된 것입니다. 우리는 그런 처리 능력을 제도에 저항하는 일을 통해서만 배양할 수 있습니다. 질문자는 인도인들이 스스로 통치할 수 없다고 말함으로써 무의식적으로 자신의 인종적 편견을 드러내고 있습니다. 그러한 편견의 배후에는 우월성의 개념, 그리고 영국인들이 세계의 일을 처리할 목적으로 태어났다는 오만함이 있습니다. 나는 내 전 생애를 바쳐 그런 생각과 싸워왔습니다. 영국인들로 하여금 그 입장을 버리게 하지 않는다면, 인도에는 평화가 없고, 지상의 약한 민족들에게 아무 평화가 없을 것입니다. 인도가 스스로 잘못 다스리는 것도 인도의 절대적 권한입니다. 내 심정은 여기에서 팍스 브리태니커로 불리는 평화를 우리나라에 강요하는 어떤 외국인들에 대해서도 저항합니다.

—메카노 클럽 연설, 캘커타(G.), 「서언」, 1925.8.29, 『영 인디아』, 1925.9.10;
『전집』 32 : 223

122) 대중에 대한 호소

유럽에 사는 친구 한 사람이 다음과 같이 쓰고 있다.

서구의 기아 선상에 있는 수백만 명의 사람들을 위해 무엇을 할 수 있습니까? 무엇을 할 수 있으리라고 당신은 생각합니까? 내가 말하는 기아 선상에 있는 수백만 사람들이란 유럽과 미국의 무산자 대중(proletariat)을 말하는데, 이들은 나락으로 몰려가고 있고, 삶도 아닌 삶을 살아가며, 극심한 궁핍에 시달리고, 어떤 형태의 스와라즈를 갖고서라도 미래 구제에 대한 아무런 꿈을 갖지 못하고 있습니다. 그리고 그들은 신에 대한 신앙, 종교의 위안 대신 오직 증오심만으로 가득 차 있기에 아마 수백만의 인도인들보다 더 절망적일 것입니다.

인도를 탄압하는 강철같은 손이 서구에서도 작동하고 있습니다. 이들 독립국 하나 하나에 악마적인 제도가 작동하고 있습니다. 탐욕의 끈끈한 유대로 인해 정치란 별 의미가 없습니다. 무슨 대가를 치르더라도 꼭 인생의 지옥에서 벗어나려고 발버둥치는 대중을 악덕이 덮치고 있습니다. 그들은 현재의 지옥을 더 큰 지옥으로 만드는 대가를 치르기도 합니다. 이들에게는 종교적인 희망의 출구도 더 이상 없습니다. 기독교가 수세기 동안 힘있는 자와 탐욕을 가진 자들과 한 패가 됨으로써 모든 신뢰를 상실했기 때문입니다.

물론 나는 마하뜨마지가 다음과 같이 답변하기를 기대합니다. 즉, 만일 이들 대중을 구원하는 길이 있다면, 만일 서구세계 전체가 이미 패망할 운명에 처해 있지 않다면, 구원의 유일한 길은 훈련된 비폭력 저항을 대규모로 벌이는 길일 것이라는 답변 말입니다. 하지만 유럽의 토양과 마음에는 아힘사의 전통이 전혀 없습니다. 아힘사 교의를 전파하는 일만해도 엄청난 난관에 봉착하게 될 것인데, 아힘사에 대한 올바른 이해와 적용은 더 말할 나위도 없을 것입니다.

이 친구가 이렇게 진지하게 제기한 질문 배후에 있는 문제는 내 소관 사항이 아니다. 그래서 나는 질문자와 나 사이의 우정을 정중하게 인정하는 정도로만 대답하려고 한다. 나의 대답은 심사숙고한 모든 논의가 갖는 정도의 가치만 있을 뿐임을 고백한다. 나는 인도의 질병에 대한 진단과 처방에 대해 안다고 주장할 수는 있어도, 유럽의 질병에 대한 진단과 처방을 안다고 할 수는 없다.

유럽의 여러 나라에서는 민중이 정치적 자치를 향유하고 있다고 해도, 나는 그 질병이 근원적으로 인도와 유럽에서 동일하다고 느낀다. 비록 내가 인도에서 정치 권력의 이동이 인도의 국민적 삶에 절대 불가피하다고 주장하더라도, 그와 같은 정치 권력의 단순한 이동으로 나는 만족할 수 없다. 유럽 민중이 정치 권력을 장악한 것은 분명하지만, 그들에게 스와라즈

는 없다. 유럽 민중의 불공평한 이익 때문에 아시아인들과 아프리카인들은
착취당한다. 민주주의라는 성스러운 이름 아래에서, 유럽 민중은 지배 계
급 곧 지배 카스트에 의해 착취당하고 있다. 그래서 그 질병은 원인에서
본다면 인도의 것과 같은 것으로 보인다. 동일한 처방이 적용 가능하리라
고 본다. 모든 위장을 제거해 버린다면, 유럽 대중에 대한 착취가 폭력에
의해 지탱되고 있음을 알 수 있다.

대중은 폭력으로는 앞서 말한 질병을 결코 제거할 수 없다. 지금까지의
경험에 비춰보면 폭력의 성공은 단명(短命)했다. 그리고 그것은 보다 더 큰
폭력을 낳았다. 여태까지 시도된 것은 다양한 종류의 폭력과, 주로 폭력적
인 사람들의 의지에 근거한 인위적인 저지책들이었다. 치명적 순간에는 이
런 저지책들이 자연스럽게 무너져 내렸다. 그러므로 나는 유럽 대중들이
스스로 구원하자면 조만간 비폭력으로 가야 할 것이라고 생각한다. 그들이
몸소 그리고 당장 비폭력으로 갈 희망은 없지만 그 사실이 나를 당혹하게
만들지는 않는다. 수천 년의 세월도 광대한 시간 순환에서는 오직 한 점에
불과하다. 누군가가 확고한 신념을 가지고 시작해야 할 것이다. 나는 유럽
대중 역시 반응을 보일 것이라는 점에 대해 의심하지 않는다. 하지만 보다
시급한 일은 광범위한 비폭력 실험보다는 구원의 의미를 명확하게 파악하
는 일이다.

대중은 무엇으로부터 구원받아야 하는가? 애매하게 일반화하여 '착취와
쇠락으로부터'라고 대답해서는 안 될 것이다. 대중은 오늘날 자본이 차지
한 자리를 점유하고 싶다고 대답하지 않을까? 사실이 그러하다면 그 자리
는 오직 폭력으로 쟁취해야 한다. 그러나 그들이 자본의 악을 피하기를 원
한다면, 다른 말로 해서 자본의 관점을 수정한다면, 그들은 노동 생산물이
보다 정의롭게 분배되도록 노력해야 할 것이다. 우리가 자본의 악을 피하
기 위해 노력하기로 한다면, 우리는 당장 그리고 자발적으로 자족과 검소
함을 받아들이게 된다. 이와 같은 새로운 관점에서는 물질적 수요의 증대
가 아니라, 오히려 안락에 맞추어서 수요를 제한하는 일이 인생의 목표가

될 것이다. 우리는 우리가 얻을 수 있는 것에 대해 그만 생각하게 되고, 만인이 얻을 수 없는 것을 받기를 거절할 것이다.

유럽 대중에게 경제의 이름으로 호소하는 일에 있어서 성공을 거두는 일이 그다지 어려울 것이 없겠다는 생각이 나에게 떠올랐다. 그리고 그런 실험이 상당한 성공을 거둔다면, 반드시 막대하고 무의식적인 영적 결과로 이어질 것이다. 나는 영혼의 법칙이 자체의 분야에서 작동할 것으로는 믿지 않는다. 그와 반대로 그 법칙은 삶의 일상적인 행위들을 통해서만 자신을 표현한다. 그 법칙은 그런 방식을 통해 경제적·사회적·정치적 분야에 영향을 준다. 만일 내가 제안한 견해를 수용하도록 유럽 대중을 설득할 수 있다면, 그들은 목표를 이루는 데 폭력은 전적으로 불필요하며, 비폭력의 명백한 귀결을 따라감으로써 자신들의 역량을 발휘할 수 있음을 알게 될 것이다. 인도에 자연스럽고 알맞아 보이는 것이, 능동적인 유럽 대중보다 활발치 못한 인도 대중을 파고드는 데 시간이 더 걸릴 수도 있다. 그러나 나의 논의 일체는 상정과 가정에 근거를 두고 있으므로, 가치가 있는 만큼만 수용되어야 한다는 고백을 반복하지 않을 수 없다.

—「서양의 무엇을」, 『영 인디아』, 1925.9.3; 『전집』 32 : 23

123) 무절제의 통제

덴마크인 친구 한 사람이 『가즈 단스케 마가진(*Gads Danske Magasin*)』지에 게재된 기사 하나를 발췌 번역하여 보내 주었다. 그 발췌에 붙인 제목은 '유럽문명과 간디'였다. 나는 기사를 『영 인디아』지에 출판하면서 그가 붙인 제목은 받아들이면서도, 기사에서 나의 견해에 대해 언급하지도 않았고 내 이름도 삭제했다. 『영 인디아』지의 독자에게는 나의 견해가 새로울 것이 아무 것도 없기 때문이다. 내가 받은 번역은 아래와 같다.

이 발췌문은 무시무시한 그림을 제시하고 있지만, 실제의 내용은 아마 사실일 것이다. 내가 생각하기에 유럽 여러 나라의 행위들의 총합이 산상수훈의 가르침을 부정한 것이라고 한 말은 반박할 수 없을 것이다. 우리는 유럽 무기의 눈부심과 광휘에 의해 우리 존재가 공중에 붕 뜨게 되는 것에 대해 꼭 경계를 해야 하는데, 그것을 강조하기 위해 발췌문을 게재한다. 만일 앞서 말한 그림이 유럽의 전부라면, 전 세계와 유럽을 위해 슬픈 일일 것이다. 전쟁 열기와 싸우기 위해, 그리고 물질적 부와 쾌락을 향한 숨막힐 듯한 추구와 싸우기 위해 자신들의 에너지 전부를 사용하는 일단의 유럽 남녀는 상당한 숫자에 달한다. 그것은 퍽 다행스러운 일이다. 이 단체가 그 숫자와 영향력에 있어서 날마다 성장하고 있다는 점을 믿을 만한 충분한 이유가 있다. 유럽에서 가장 훌륭한 사람들은 유럽의 무절제를 신랄하게 비난하고, 무절제를 효과적으로 통제하기 위해 굳세게 싸우고 있다. 그런데 그와 같은 유럽의 무절제에 굴종함으로써 새로운 자각을 방해하는 대신 그 자각에 참여하고 그것을 강화시키는 것이 바로 인도의 특권이 되도록 하자.

─「유럽문명」, 『영 인디아』, 1925.10.15; 『전집』 32 : 58

124) 내면으로부터 평화

보라 다다(Bora Dada)[112]는 독일에서 편지를 한 통 받았는데, 그것을 아래에 인용한다.

부패가 천지에 진동합니다. 나쁜 사람은 모두 부자로 살아가는데 착한 사람은 모두 끝까지 싸우기 위해 어렵게 투쟁하고 있습니다. 모든 사람들 가운데 가장 빈곤한 자들은 우리 읍사무소 서기들입니다. 월급이 매우 적어서 35불에 불과하기

---

112) 드위젠드라나트 타고르(Dwijendranath Tagore). 『전집』 권33, 236면. (역주)

때문입니다. 우리의 삶은 영속적인 기아 상태에 있습니다.

저는 이따금씩 인도에 가보고 간디 씨 발 아래 한 번 앉아보기를 열렬히 원했습니다. 저는 정말 외톨이입니다. 처자식도 없습니다. 혈육이라고는 저 밖에 없는 불쌍한 질녀가 제 집을 돌봅니다. 그녀가 없었더라면 저는 사제가 되었을 것입니다. 저는 그녀를 불행 속에 내버려둘 수가 없었습니다. 하지만 저는 학자입니다. 고전어와 현대의 외국어들을 배웠고 신비주의와 불교도 배웠습니다. 저는 더 좋은 장소도 더 높은 봉급도 찾을 수가 없었습니다. 이것이 바로 오늘날 독일에서의 제 처지입니다.

15년 전 끔찍한 전쟁이 발발하기 전 저는 독립적인 인간이었고, 조사원이었습니다. 지금, 우리의 기준 화폐의 가치가 엄청나게 하락한 다음, 저는 독일의 수천 명의 다른 학자들과 마찬가지로 거지가 되었습니다. 이제 제 나이 45세, 제가 얼마나 절망하고 얼마나 무력해 하는지, 그리고 유럽에 대해 얼마나 커다란 혐오감을 느끼고 있는지를 당신은 상상할 수 없을 것입니다. 여기 인간들은 혼이 없고, 상대방을 삼켜버리는 야만적인 짐승입니다. 제가 인도에 갈 수 있을까요? 제가 인도의 철학자가 될 수 있을까요? 저는 인도를 믿고 있습니다. 인도가 우리를 구원하기를 바랍니다.

이 편지의 첫 부분은 인도인 서기라면 누구라도 쓸 수 있을 정도이다. 인도인 서기의 입장이 독일인 서기의 것보다 나을 것이 없다. 인도에도 "나쁜 사람은 모두 부자로 살아가는 데 착한 사람은 모두 끝까지 싸우기 위해 어렵게 투쟁하고 있다." 그래서 이 독일인의 경우는 거리 때문에 마법에 걸린 경우이다. 독일인 필자와 같은 친구들에게, 독일을 비롯한 다른 나라보다 인도를 더 좋은 나라로 간주해서는 안 된다고 경고해야 한다. 부가 선성(善性)의 시금석이 아님을 깨닫게 하자. 가난이야말로 유일한 시금석이다. 착한 사람은 자발적으로 가난을 포용한다. 필자가 한때 풍요한 환경에서 살았다면, 독일은 그 당시 다른 나라들을 착취하고 있었을 것이다. 치유책은 모든 나라의 개인에게 있다. 각자 자기 내면에서 평화를 찾아야 한다. 진정한 평화는 외부의 상황에 의해 영향을 받아서는 안 된다. 이 필자는 불쌍한 질녀가 없었다면 사제가 되었을 것이라고 말했다. 이것은 나에게 틀린 견해로 보인다.

필자의 현 처지가 상상 속의 사제의 처지보다는 조금 더 나을 것 같다. 현재 그는 돌보아야 할 불쌍한 사람이 적어도 하나는 있기 때문이다. 사제 증명서가 있다면 그는 돌보아야 할 사람이 하나도 없게 되는 것이 아닌가! 하지만 사실은 진정한 사제라면 돌보아야 할 수백 명의 질녀, 아니 조카들도 있게 될 것이다. 사제라면 그의 책임 영역은 우주의 영역만큼이나 광대할 것이다. 당장 그는 자신과 조카를 위해 뼈빠지게 일하고 있지만, 사제가 된다면 곤궁에 처한 전 인류를 위해 뼈빠지게 일해야 할 것이다. 그래서 나는 이 친구와 그와 같은 부류의 사람들에게, 그들이 성직자 복장을 하지 않고도 자신들을 곤궁에 빠진 모든 사람들과 일치시키라고 감히 충고하는 바이다. 그렇게 되면 그들은 사제직이 갖는 온갖 끔찍한 유혹에 노출되지 않고서도 사제직의 소명에서 오는 모든 이점을 갖게 될 것이다.

이 독일인 친구는 인도 철학자가 되고 싶어한다. 나는 그에게 철학에는 어떤 지역적 구분이 없다는 점을 확신시켜 주고 싶다. 인도 철학자는 유럽 철학자처럼 좋기도 하고 나쁘기도 하다.

내 생각에 위의 필자는 한 가지는 다소간 올바르게 생각하고 있는 것 같다. 비록 인도에 야만적이며 혼 없는 짐승들, 두 발 달린 짐승들이 있긴 하겠지만, 평균적 인도인의 심성이 가지고 있는 경향은 자신들 안에 있는 야수성을 버리는 것이다. 만약 인도가 1921년 선택한 길을 견지해간다면, 유럽이 인도에 많은 것을 바라더라도 괜찮을 것이라는 점을 나는 분명히 확신한다. 그때 인도는 정말로 심사숙고하여 진리와 평화의 길을 택했고, 차르카를 수용하고 모든 악한 것과의 비협조를 수용하면서 그 길을 상징적으로 표현했다. 인도에 대해 내가 아는 모든 것으로부터 판단하면, 인도는 아직 그 길을 거부하지 않았고 앞으로도 거부하지도 않을 것으로 보인다.

—「독일에서 온 절규」, 『영 인디아』, 1925.11.19; 『전집』 32 : 129

125) 도시의 소란

영국인 한 사람이 뉴욕에 48시간 체재한 후 런던에 있는 친척에게 편지를 보내 자신의 감정을 아래와 같이 토로하고 있다.

마천루, 얼음을 채운 물, 25층용 고속 승강기, 지하철, 흑인들, 나는 전에는 이런 것들을 결코 믿지 않았지만 모든 것들이 사실이었습니다. 하지만 이것이 내가 아는 전부입니다. 나는 여기에 48시간 있었는데, 예전의 48시간과 전혀 달랐습니다. 나는 더 이상 참을 수가 없었습니다. 나는 돌아다녀야 했고, 말을 해야 했고, 저녁 식사와 점심을 먹어야 했으며, 극장에 가야만 했습니다. 너무나 지치고 기운이 빠져 사물을 거의 볼 수가 없을 지경이었습니다. 믿을 수가 없고 생각할 수도 없는 일이었습니다. 내 시간표는 분 단위까지 정해졌습니다. 상대방은 내가 다음 약속 장소로 이동하고 있는지를 확인하기 위해 내가 어디로 가든 전화를 했습니다. 나는 핑계를 대고 도망쳤습니다. 나는 한 시간 정도 이후에는 저녁 식사를 위해 외출해야 합니다. 당신은 그림 엽서 이상의 것을 기대하지 마십시오. 실내는 매우 더운데도 바깥은 몹시 춥습니다. 이와 같은 온도의 차이는 내 머리를 뒤죽박죽으로 만듭니다.

위에서 말한 필자가 뉴욕에 도착하여 불안했다고 했듯이, 내가 난생 처음 런던에 도착했을 때 불안했다고 말하면 영국인들은 나에게 공감할 것이다. 그리고 농촌 사람이 봄베이에 가게 되면 봄베이의 소란과 야단법석 속에서 비슷하게 당황하게 되며 자신을 찾는다고 정신 없어 할 것임을 나는 알고 있다.

—「그것은 뭣 같을까」, 『영 인디아』, 1926.4.15; 『전집』 35 : 108

126) 간소함과 인위

사바르마띠, 사땨그라하 아슈람, 1928.3.21

사랑하는 친구에게,

이렇게 오랜만에 당신의 편지를 받아보아 기뻤습니다. 저는 당신이 언급한 책 두 권에다 제가 책 한 권을 보태 모두 세 권을 보냅니다. 물레질에 대한 글, 『건강지침』 그리고 『딱리 선생』이 그것들입니다.

이제 두 번째 문단에 대해 말씀드려보겠습니다. 제가 간소한 삶에 대한 정열적인 예찬자이지만, 간소함(simplicity)의 울림이 내면에서 나오지 않는다면 간소함이 무가치하다는 사실도 알아냈다는 점을 꼭 말씀드리고 싶습니다. 이른바 문명화된 삶이라는 현대사회의 조직적인 인위성은 심정의 참된 간소함과는 전혀 어울리지 않습니다. 양자가 서로 조화하지 않는 곳에는 엄청난 자기 기만이나 위선 둘 중에 하나가 늘 있습니다.

귀하의 신실한 친구

T. de 맨지어리

— 맨지어리에게 보낸 편지, SN 14267; 『전집』 41 : 350

6. 도덕적 진보와 물질적 진보

127) 경제적 진보와 도덕적 진보

[1916.12.22]

M. K. 간디 씨는 금요일 저녁 물리학 극장에 있었던 무이르 중앙대 경제협회 모

임에서 '경제적 진보가 진정한 진보와 충돌하는가?'라는 주제에 대해 계몽적인 강연을 했다. 마단 모한 말리비야 빤디뜨 님께서 사회를 맡았다. …… 간디 씨의 강연 내용은 다음과 같다.

제가 오늘 저녁의 주제에 관해 여러분에게 말씀해 달라는 까삘데바 말라비야(Kapildeva Malaviya) 씨의 초청을 수락했을 때, 저는 자신의 한계에 대해 통렬히 자각하지 않을 수 없었습니다. 여러분은 경제협회 회원들입니다. 금년과 내년의 강연계획표에 포함된 여러 주제에 관해 여러분은 훌륭한 전문가들을 선택하셨더군요. 주어진 과업에 자격 없는 유일한 연사가 바로 제가 아닐까 싶습니다. 솔직하고 진실하게 말씀드리면 저는 여러분이 자연스럽게 이해하고 있는 경제학에 대해 거의 아는 바가 없습니다. 바로 며칠 전 저녁 식사시간에 어떤 민간인 친구 한 분이 제 자신의 괴짜 성향에 대해 일련의 질문을 퍼부었습니다. 저는 자발적인 희생양이 되었고, 그는 반대 심문을 진행해 나가는 동안 경제 문제들에 대해 제가 엄청나게 무지하다는 점을 쉽게 알아냈습니다. 저는 그에게 자신의 무지를 모르는 사람에게나 어울릴 법한 독단성을 갖고 문제를 다루는 사람으로 비쳤을 것입니다. 제가 밀, 마샬, 아담 스미스와 같이 잘 알려진 권위자들의 경제학 저서들, 그리고 다른 저자들의 저서를 읽은 적도 없었음을 알고 그는 아주 혐오했을 것이고 분통을 터트렸을 것입니다. 그는 낙망한 나머지 저에게 대중을 희생하면서 경제 문제들을 실험하기 전에 이런 저작들을 읽어보라고 충고하는 것으로 끝을 맺었습니다. 그는 제가 구제할 수 없는 죄인이라는 점에 대해 거의 알지 못했습니다.

제 실험은 저를 믿어주는 친구들을 희생하면서 진행됩니다. 우리가 살아가는 동안 어떤 일에 대해 외부의 어떤 증명도 필요 없는 순간이 우리에게 닥쳐오기 때문입니다. 우리 내면의 작은 목소리가 우리에게 "너는 올바른 길로 들어섰다. 왼편으로도 오른편으로도 움직이지 말고 오직 곧고 좁은 길을 계속 유지하라"고 말해줍니다. 우리는 그런 도움을 받아서 전진합니다. 아주 완만한 속도이긴 하지만 확실하고 끈기 있게 전진합니다. 그것이 제 입장입니다. 그 입장이 저에게는 만족스러울 수는 있습니다만, 결코 여러분 협회와 같은 단체의 요구에 답변할 수는 없습니다. 하지만 까삘데바 말라비야 씨와 싸워보았지만 허사였습니다. 저로 하여금 하루 저녁 여러분의 주목을 끌어 보라는 것이 그의 의도라는 점을 알았습니다. 아마도 여러분은 제 침입을 잘 닦여진 길에서 벗어난 고마운 우회로 정도로 간주할 수 있을 것입니다. 기름진 잔치 음식을 여러 번 먹은 다음에 때때로 단식하는 것은 흔히 필수입니다. 육신에 해당되는 것은 지성에도 해당될 것이라고 생각합니다. 오늘 저녁 여러분의 지성이 잔치를 즐기는 대신 단식을 택하게 되면, 지성은 라오 바하두르 빤디뜨 찬드리까 쁘라사드 씨가 여러분을 위해 1월 12일에 베풀 잔치를 보다 더 큰 욕망으로 즐길 수 있을 것이라고 저는 확신하는 바입니다.

제가 여러분을 제 경험과 실험의 분야로 모시기 전에, "경제적 진보가 진정한 진보와 충돌하는가?"라는 금일 저녁 연설 주제에 대해 상호 이해를 갖는 것이 최우선일 것입니다. 경제적 진보라는 말은 무한정의 물질적 향상을 의미한다고 저는 생각합니다. 하지만 진정한 진보란 도덕적 진보를 의미하는 것으로 우리 안에 있는 항구적인 요소가 진보한다는 것을 뜻합니다. 그렇게 되면 우리의 주제는 "물질적 진보에 비례하여 도덕적 진보가 이뤄지는가?"라는 것이 됩니다. 나는 이 질문이 앞의 질문에 비해 보다 포괄적인 명제임을 알고 있습니다. 하지만 우리가 작은 명제를 앞에 두고도 항상 더 큰 명제를 뜻하고 있다고 저는 감히 생각하고 싶습니다. 우리가 사는 가시적 우주에는 완전한 정지 또는 휴지와 같은 것이 없다는 점을 자각할 만큼 우리는 과학을 충분히 알기 때문입니다. 그래서 만약 물질적 진보가 도덕적 진보와 충돌하지 않는다면, 전자는 단연코 후자를 진전시킬 것입니다. 때로 자신들의 주장을 담고 있는 커다란 명제를 방어할 수 없는 자들이 동원하는 엉터리 방식에 대해서도 우리는 만족할 수 없습니다. 고 윌리암 윌슨 헌터 경이 인도에서는 3천만 명이 하루 한끼를 먹고 산다는 구체적인 사례를 든 적이 있습니다만, 그들은 그 사례에 너무 집착하는 듯합니다. 그들은 우리가 저들 3천만 명의 도덕적 복리에 대해 생각하거나 말하기 전에 응당 일용의 필요를 충족시켜야 한다고 말합니다. 그렇게 하면 물질적 진보가 도덕적 진보를 가져 올 것이라고 말입니다. 그런 다음 갑작스럽게 비약하면서, 3천만 명에 대해 사실인 것은 우주 전체에 대해서도 사실이라고 합니다. 그들은 구체적 사례들이 악법을 만든다는 점을 망각하고 있습니다. 이와 같은 결론 도출이 얼마나 황당한 것인지 여러분에게 말씀드릴 필요조차도 없을 것입니다. 지독하게 심한 가난이 사람을 도덕적 타락으로 이끈다는 말은 누구라도 하는 말입니다. 모든 인간은 살 권리가, 따라서 먹을 자금, 필요하다면 옷을 입고 거처를 마련할 수 있는 자금을 얻을 권리가 있습니다. 하지만 이와 같은 간단한 행위를 위해 경제학자들이나 그들의 법칙은 필요 없습니다.

'내일을 위해 염려하지 말라'[113]는 말은 세상의 거의 모든 종교 경전에서 반향을 찾을 수 있는 명령입니다. 훌륭하게 질서 잡힌 사회에서 사람의 생계를 보장하는 일은 세상에서 가장 쉬운 일이고 또 가장 쉬운 일이어야 합니다. 한 사회의 질서정연함은 사회의 백만장자의 수로 검증받는 것이 아니라 대중 속에 기아가 부재함을 통해 검증받습니다. 우리가 검토해야 할 유일한 명제는, 물질적 증진이 도덕적 진보를 의미한다는 주장을 보편적으로 적용할 수 있는 법칙으로 제시할 수 있는가 입니다.

이제 몇몇 사례를 검토해봅시다. 로마는 높은 물질적 풍요에 도달하자 도덕적 타락을 경험했습니다. 이집트도 그러했는데, 역사적 기록을 갖고 있는 대부분의 나라들도 그랬을 것입니다. 왕족이며 거룩한 끄리슈나의 후손들과 친척들도 재물 안에서 뒹굴 때 망했습니다. 우리는 록펠러 가문과 카네기 가문들이 평범한 수준의 도덕성을 지녔다는 것을 부인하지는 않습니다만, 그들을 기꺼이 관대하게 보아줍니다. 다시 말하자면, 우리는 그들

---

113) 「마태오복음」 6 : 34.

이 최고 수준의 도덕성을 충족시키리라고 기대하지도 않습니다. 그들에게 있어서 물질적 이득이 반드시 도덕적 이득을 의미하지는 않습니다. 저는 남아프리카에서 수천 명의 우리 동포들과 아주 긴밀한 관계를 갖는 특권을 누려왔지만, 더 큰 부를 소유한 사람일수록 도덕적으로 더 비열하다는 것이 거의 예외 없이 사실이란 점을 보아 왔습니다. 최소한을 말한다면, 가난한 자들은 수동적 저항이라는 도덕적 투쟁을 진전시켰습니다만, 부자들은 그러지 못했습니다. 부자들의 자존심은 극빈자들의 자존심만큼 상처 받지도 않았습니다. 제가 심하다는 비난을 받을 각오를 한다면 저는 보다 정곡을 찌르는 말, 즉 부의 소유가 진정한 성장에 방해가 되어 버렸다는 말까지 할 수 있었을 것입니다. 저는 감히 세상의 경전들이 경제 법칙을 제시하는 수많은 현대의 교과서들보다 훨씬 더 안전하고 훨씬 더 건전한 것이라고 생각합니다.

우리들이 오늘 저녁 자문하고 있는 질문이 새로운 것은 아닙니다. 이런 질문은 2천 년 전 예수에게도 던져졌습니다. 성 마르코[114]는 그 장면을 생생하게 묘사했습니다. 예수는 엄숙했고, 진지했으며, 영원에 대해 말씀하셨습니다. 그는 자기 주변의 세계에 대해 알고 계셨고, 당대의 가장 위대한 경제학자이셨습니다. 그는 시간과 공간을 경제화하는 일에 성공하셨고, 결국 시공을 초월하셨습니다. 예수의 전성기에 어떤 사람이 그에게 달려와 무릎 꿇고 물었습니다. "선하신 선생님, 제가 무엇을 해야 영원한 생명을 얻겠습니까?" 예수께서는 이렇게 대답하셨습니다. "왜 나를 선하다고 하느냐? 선하신 분은 오직 하느님뿐이시다. '살인하지 말라', '간음하지 말라', '도둑질하지 말라', '거짓 증언하지 말라', '남을 속이지 말라', '부모를 공경하라'고 한 계명들을 너는 알고 있을 것이다." "그 사람이 '선생님, 그 모든 것은 제가 어려서부터 다 지켜 왔습니다" 하고 대답했습니다. 예수께서는 그를 유심히 지켜보시고 대견해 하시며 이렇게 말씀하셨습니다. "너

---

114) 「마르코」 10 : 17−31. (원주) 이하 『공동 번역 성서』(대한성서공회, 1977)에서 인용.
　　(역주)

에게 한 가지 부족한 것이 있다. 가서 가진 것을 다 팔아 가난한 사람들에게 나누어주어라. 그러면 하늘에서 보화를 얻게 될 것이다. 그러니 십자가를 지고 나를 따라라." 그러나 그 사람은 재산이 많았기 때문에 이 말에 울상이 되어 근심하며 떠나갔습니다. 예수께서는 제자들을 둘러보시며 "재물을 많이 가진 사람이 하느님 나라에 들어가는 것은 얼마나 어려운 일인지 모른다" 하고 말씀하셨습니다. 제자들은 이 말씀을 듣고 놀랐습니다. 그러나 예수께서 다시 이렇게 말씀하셨습니다. "여러분, 부를 믿는 자들이 하느님 나라에 들어가기는 참으로 어렵다. 부자가 하늘 나라에 들어가는 것보다는 낙타가 바늘귀로 빠져나가는 것이 더 쉬울 것이다."

바로 여기에 영어가 만들어 낸 것 중에 최고로 고상한 말로 표현된 인생의 영원한 법칙이 있습니다. 그러나 오늘날 우리가 그러하듯이 제자들은 믿지 못해 고개를 저었습니다. 오늘날 우리가 그러하듯 그들도 예수에게 이렇게 말합니다. "하지만 보십시오. 그 법칙은 실천될 수 없습니다. 우리가 다 팔아 가진 것이 없게 되면 우리는 먹을 것이 없게 됩니다. 우리는 돈이 있어야 합니다. 그렇지 못하면 우리는 어느 정도 도덕적일 수조차 없습니다." 그렇게 그들은 자신들의 형편을 말합니다. 제자들은 깜짝 놀라 "그러면 구원받을 사람이 어디 있겠는가?" 하며 서로 수군거렸습니다. 예수께서는 제자들을 똑바로 보시며 '그것은 사람의 힘으로는 할 수 없으나 하느님은 하실 수 있는 일이다. 하느님께서는 무슨 일이나 다 하실 수 있다' 하고 말씀하셨다. 그때 베드로가 나서서 "보시다시피 저희는 모든 것을 버리고 주님을 따랐습니다" 하고 말했습니다. 예수께서는 이렇게 말씀하셨습니다. "나는 분명히 말한다. 누구든지 나를 위해서 또 복음을 위해서 집이나 형제나 자매나 아버지나 어머니나 아내나 자녀나 토지를 버린 사람은 현세에서는 박해받겠지만 집과 형제와 자매와 어머니와 자녀와 토지의 축복도 백 배나 받을 것이며 내세에서는 영원한 생명을 얻을 것이다. 그런데 첫째가 꼴찌가 되고 꼴찌가 첫째가 되는 사람이 많을 것이다." 여러분이 법칙을 따르는 데서 오는 결과 또는 보상이 여기에 있습니다. 여러분이 원하신다면 결과라는 말 대신 보상이란 말을 사용할 수도 있습니다.

저는 다른 비힌두교 경전에서 비슷한 구절을 일부러 인용하지 않겠습니다. 예수께서 말씀하신 법칙을 옹호하기 위해 제가 우리 성자들의 글과 말씀을 인용한다면 여러분을 모욕하는 일이 될 것입니다. 그 중에 어떤 구절들은 제가 여러분의 주의를 이끈 성경 구절보다 강한 것들도 있습니다. 우리 앞에 있는 질문, 즉 '경제적 진보는 진정한 진보와 충돌하는가?'라는 질문에 대해, 충돌한다는 답변을 옹호하는 여러 증언 중 가장 강력한 증언은 세상의 위대한 스승들의 삶일 것입니다. 예수·마호메트·석존·나낙·까비르·차인타야·샹까라·다야난드·라마끄리슈나 등은 수천 명의 성격에 막대한 영향력을 행사하고 그 성격을 빚어내기도 했던 인물들입니다. 그들이 이 세상에 살았다는 사실로 세상은 보다 풍요로워졌습니다. 그리고 그들은 모두 의도적으로 가난을 자신들의 운명으로 받아들였습니다.

저는 우리가 현대의 물질적인 광기를 목표로 삼는 한 진보의 여정에서 타락한다고 믿습니다. 제가 이런 점을 믿지 않았다면 제가 했던 대로 요점을 상세히 논하지 않았을 것입니다. 저는 제가 말한 의미에서 경제적 진보가 진정한 진보에 적대적이라고 생각합니다. 그래서 고대의 이상은 부를 증대하는 행위를 제한하는 것이었습니다. 이런 이상이 물질적 야망 전부를 종식시킨 것은 아닙니다. 예전처럼 지금도 우리 가운데에는 부의 추구를 인생의 목표로 삼고 있는 사람들이 있을 것입니다. 하지만 우리는 그것이 이상의 타락이란 점을 언제나 인정해 왔습니다. 우리 가운데 최고의 부자들이 자발적으로 가난하게 되는 일이 보다 높은 경지라고 종종 느꼈다는 것은 아름다운 일입니다. 하느님과 맘몬을 동시에 섬길 수 없다는 것은 최상의 경제적 진리입니다. 우리는 양자택일해야 합니다. 서양에 있는 국가들은 오늘날 물질주의라는 괴물 신의 발굽아래 신음하고 있습니다. 그들의 도덕적 성장은 방해받아 왔습니다. 그들은 자신들의 진보를 파운드·실링·페니로 헤아립니다. 미국의 부가 표준이 되었습니다. 미국이 다른 국가들의 선망의 대상입니다. 저는 많은 인도인들이 미국의 부를 얻으면서도 그 방법은 피할 수 있다고 말하는 것을 들은 바 있습니다. 저는 그런 시도가 이뤄진다고 해도 그것이 실패하고 말 것임을 감히 말씀드립니다.

우리는 같은 순간에 '현명하고, 절제 있으며, 격노할'[115] 수 없습니다. 저의 바람은 우리의 지도자들이 우리가 이 세상에서 지선(至善)이 되기를 가르치는 것입니다. 우리가 살아가는 이곳은 한때 신들의 거주처(居住處)였다고들 합니다. 우리는 제작소 굴뚝과 공장에서 나오는 연기와 소음으로 아주 더러워진 땅에 신들이 거주하리라고 생각할 수 없습니다. 신이 살 수 없는 땅에 나 있는 여러 길을, 수많은 자동차를 몰고 가는 요동치는 엔진들이 가로지릅니다. 자동차는 대체로 자신들이 무엇을 추구하는지도 모르는 사람들, 흔히 멍청한 상태의 사람들로 꽉 차 있습니다. 그들은 상자 속의 정어리 같이 불편하게 빽빽이 들어 차 있음으로써, 그리고 철저한 이방인들 한 가운데 살아감으로써 성질이 좋아지지도 않습니다. 이런 이방인들은 할 수만 있다면 그들을 쫓아낼 것이고, 그들도 비슷하게 이런 이방인들을 쫓아낼 것입니다. 내가 이런 일들을 언급한 것은 이것들이 물질적 진보의 상징으로 간주되기 때문입니다. 하지만 그것들은 우리의 행복에 일점일획도 보태는 바가 없습니다. 이와 관련하여 위대한 과학자인 월러스(Wallace)는 자신의 신중한 판단을 다음과 같이 말하고 있습니다.

> 과거가 우리에게 물려준 최초의 기록 안에는 일반적인 윤리적 고려와 개념들, 공인된 도덕성의 기준, 이것들로부터 도출되는 행위들이 존재하는데, 이런 것들이 오늘날 만연되어 있는 것들과 비교해서 조금도 열등하지 않았다는 점에 대해 충분한 증거를 갖고 있다.

월러스는 이어서 여러 장에 걸쳐 영국이 만들어 낸 부의 증대 아래에서 영국의 입장을 검토하고 있습니다. 그는 말합니다.

---

115) "누가 한 순간에 현명하며 망연자실하고, 절제 있으며 격노하고, 충성스럽고 중립적일 수 있을까? 그럴 사람은 아무도 없다." (『맥베드』 II, iii)

부의 신속한 성장과 자연에 대한 우리 힘의 증가는 우리의 조잡한 문명에, 우리의 피상적인 기독교에 커다란 긴장을 야기했다. 그리고 이러한 성장과 증가는 여러 가지 유형의 사회적 부도덕을 야기했는데 그것은 놀랄 만하고 전례가 없을 정도이다.

이어서 그는 공장들이 남자와 여자, 그리고 애들의 사체(死體) 위에 세워지는 과정과, 나라가 부에 있어서는 급속히 성장했지만 도덕의 면에서는 후퇴하는 과정을 보여주었습니다. 그는 이것을 비위생, 생명을 파괴하는 교역·불순·뇌물·도박을 다룸으로써 보여주었습니다. 그는 부의 증대와 함께 정의가 부도덕하게 되고, 알코올 중독과 자살에 의한 죽음이 증가하고, 조숙아의 탄생과 선천적인 질병의 평균치가 증가하는 과정과 매음이 하나의 제도로 정착하는 과정을 보여줍니다. 그는 다음과 같은 의미심장한 말로 자신의 검토를 끝맺고 있습니다.

이혼법정의 절차는 부와 여유가 초래한 결과의 또 다른 면모들을 보여준다. 런던 사회에 상당히 오랫동안 살았던 친구 한 사람이, 시골과 런던에 있는 집에서 갖가지 종류의 광란의 파티들이 때때로 열린다는 점, 그리고 이런 광란의 파티들은 가장 방탕한 황제들이 살던 시기에도 흔하지 않았다는 점을 확실히 말해 주었다. 전쟁에 대해서는 말할 필요가 없다. 전쟁은 로마제국의 흥기 이래 다소 상습적인 것이 되고 말았다. 하지만 이제는 모든 문명화된 민족들 사이에서 전쟁에 대한 염증이 분명히 나타나고 있다. 그런데 무장화(武裝化)에 따른 엄청난 부담은, 평화를 옹호하는 가장 경건한 선언들과 함께, 지배 계급들 가운데 도덕성이라는 지도 원리가 거의 전적으로 부재해 있다는 사실을 보여주는 것으로 생각되어야 할 것이다.

우리는 영국의 보호 아래 많은 것을 배웠습니다. 하지만 고유한 도덕성의 면에서는 영국에서 얻을 것이 거의 없다는 것, 그리고 우리가 조심하지 않으면 물질주의의 질병 때문에 영국을 제물로 삼았던 모든 악덕들을 도입하게 된다는 것이 제 확고한 신념입니다. 우리는 우리의 문명과 도덕을 곧추 세울 때에만 영국과의 관계에서 이익을 얻을 수 있을 것입니다. 다시 말씀드리자면 우리는 영광스런 과거를 자랑하는 대신 고대의 도덕적 영광을 우리 삶 안에 표현하고 우리의 삶이 과거의 증인이 되도록 해야 합니다. 그러면 우리는 영국과 우리 자신에게 이익을 줄 수 있습니다. 만약 영국이 우리에게 지도자들을 제공한다고 해서 그들을 모방한다면, 그들과 우리는 모두 타락을 면할 수 없습니다. 우리는 이상(理想)에 대해 그리고 그것을 극단에까지 실천으로 옮기는 일에 대해 두려워할 필요가 없습니다. 우리가 금보다는 진리를, 권력과 부의 장관(壯觀)보다는 위대한 무외(無畏)를, 자애(自愛)보다는 더 위대한 자선을 보여줄 때, 우리나라는 비로소 진정으로 영적인 국가가 될 것입니다. 만일 우리가 우리의 집·궁전·사원으로부터 부를 이루는 요소들을 청산하고, 그 안에 도덕의 자질들을 보여주기만 하면, 중무장한 민병대의 부담을 떠 안지 않고도 적대적인 여러 힘의 어떤 조합에 대항해서도 투쟁할 수 있을 것입니다. 우선 먼저 하느님의 나라와 의를 구합시다. 그렇게 되면 만사가 우리에게 주어진다는 것이 폐기할 수 없는 약속입니다. 이런 것들이 진정한 경제학입니다. 여러분과 제가 이것들을 보배처럼 아끼고 일상적 삶 속에서 실천합시다.

> 강연에 이어 흥미로운 토론이 벌어졌고 여러 학생이 연사에게 질문을 했다. ……
> 제봉 교수는 경제학은 반드시 있어야 한다고 했고, 최종적 목표가 무엇이어야 하는 가를 제시하는 것은 경제학자들의 일이 아니라, 철학자들의 일이라고 했다. ……
> 협회의 회장이신 기드와니 교수는 연사에게 연설에 대해 감사를 표했다.
> 히긴바쁨 교수는 어떤 경제적 문제도 도덕적 문제에서 분리될 수는 없다고 말했다.

간디 씨는 발언 도중 경제학자가 필요하다는 제봉 씨의 말을 언급하고, 먼지란 장소를 잘못 택한 물질과 같다고 말했다. 마찬가지로 경제학자가 자리를 잘못 잡으면 사회에 해로운 것이다. 간디는 경제학자가 자신을 위해 만들어진 겸손한 영역을 점유한다면 자연의 경제학에서 한 자리를 차지할 수 있다고 분명히 생각하고 있었다. 만일 경제학자가 신의 법칙을 탐구하지 않고, 빈곤이 없어지도록 부를 분배하는 방식을 적시(摘示)하지 못한다면, 인도 땅에서 가장 환영받지 못하는 침입자가 될 것이다. 그는 영국이나 미국에 옳은 것이 반드시 인도에 옳을 것이 없다는 점을 시사하기도 했는데, 이런 시사점은 경제학도와 교수들이 한 번 성찰해 볼 만하다. 간디 씨는 도덕 법칙들과 일맥상통하는 대부분의 경제 법칙들이 보편적인 적용력을 가진 것이지만, 제한적인 적용에서 일정한 정도의 차별이나 차이가 있을 것이라고 생각했다. 그래서 그는, 인도 상황이 어떤 면에서는 영국과 미국 상황과는 본질적으로 다르기 때문에 경제학자들에게 새로운 시각을 낳게 하는 사안들에 유의해야 할 것이라는 경고성의 발언을 하곤 했다. 만일 경제학자들이 유의했다면, 인도인들과 경제학자들 모두 이익을 얻었을 것이다. 간디는 또 히긴바뜸 씨가 인도에 꼭 필요한 진정한 경제학을 연구하고 있으며, 자신의 연구를 한 걸음 한 걸음씩 실행으로 옮기고 있다고 했으며, 그와 같은 진정한 경제학만이 학생이든 교수든 따르기에 가장 안전한 지침이라고 말했다. 학생의 질문에 대해 언급하면서 간디는 이기적 목적을 위해 금전을 축적해서는 안 된다고 말했지만, 만약 수백만 인도인들의 수탁자의 자격으로 금전을 축적하기를 원한다면, 가능한 한 많은 부를 소유할 수 있을 것이라고 말했다. 경제학자들은 보통 부자들을 위해 법칙을 만든다. 간디는 그와 같은 경제학자들에 대항해서 항상 외쳤던 것이다.

촌락 산업이 공장을 대체하면 안 되는가라는 질문에 대해, 간디 씨는 대체해도 된다는 식으로 말했지만, 경제학자들이 먼저 토착적인 제도를 끈기 있게 검토해야 할 것이라고 말했다. 토착적인 제도가 부패했다면 당연히 폐기되어야 하고, 그것을 향상시킬 수 있는 처방이 제시될 수 있다면 경제학자들이 그것을 증진시켜야 한다.

다른 국가와의 관계에 대해서는, 간디는 자국 국민들이 다른 나라 국민들과 만나게 된다고 해도 도덕적으로 조금도 성장하지 않을 것으로 생각한다고 말했다. 그 예로 남아프리카의 인도인을 가리켰다. 증기선, 기차 그리고 다른 신속한 운송 수단들은 그들의 많은 이상을 전복시키고 크나큰 폐해를 낳았다.

한 사람이 소유해야 할 부의 최소치와 최대치가 어느 정도인가 하는 질문에 대해 간디는, 예수, 라마끄리슈나 및 그 이외의 다른 사람들의 말인 '무'라고 대답했을 것이다.

존경하는 빤디뜨 마단 모한 말라비야는 결론을 내리면서 간디 씨의 훌륭한 연설에 대해 진심어린 감사 결의를 그에게 해주었다. 간디 씨가 그들 앞에 제시했던 이념들은 너무 고상하여 그들 모두가 이념들 전부에 대해 찬성할 준비가 되어 있다고는 기대할 수 없다고 그는 말했다. 하지만 그는 그들이 간디 씨가 제시한 주요 목표에 대해서는 동의할 것, 다시 말하자면 인간의 복지를 모든 경제적 물음의 시금석으로 삼아야 한다는 점에 대해서는 동의할 것이라는 점은 확신했다.

— 알라하바드 무이르대학 경제협회에서의 연설, 『더 리더(*The Leader*)』, 1916.12.25; 『전집』 15 : 208

128) 도덕적 성장과 물질적 번영

여러분의 관대함에 대해 내가 말하고 싶은 것은, 수개월 전 어뱅크 씨가 협력의 원리를 직공들에게 설명해 주려고 그들의 집회에 참석했을 때 내가 그와 동반했다는 것뿐이다. 그들이 거주하는 촐(chawl : 공동 주택)로 불리는 가옥은 말할 나위 없이 불결했다. 최근에 내린 비가 사태를 더욱 악화시켰다. 그리고 어뱅크 씨가 자신의 대의명분에 바친 크나큰 열정이 없었다면, 나는 그 과업에서 손을 뗐을 것이라는 점을 솔직하게 고백한다. 하지만 우리는 상당히 낡은 차르빠이(charpai : 끈으로 달아맨 침대) 위에 앉아, 남녀노소에 의해 빙 둘러싸여 있었다. 특별히 순진한 표정도 아닌 사람이 앞으로 걸어나오자 어뱅크 씨는 그에게 공격을 가하기 시작했다. 그는 앞으로 걸어 나온 사람과 그의 주변에 있던 다른 사람들과 구자라뜨어로 말을 주고 받은 다음, 나에게 연설해 달라고 요청했다. 맨 먼저 말을 건넸던 사람의 수상쩍은 눈치 때문에, 나는 자연스레 협력운동의 도덕성에 대해 아주 충분히 말했다. 나는 어뱅크 씨가 그 주제를 다루는 내 방식을 좋아할 것으로 생각했다. 그래서 나는 그가 여러분에게 인내를 무리하게 요구하는 일이기도 하지만 도덕적인 관점에서 협력운동을 검토해 달라는 의미로 나를 초청했다고 믿었다.

협력운동의 전문성에 대한 나의 지식은 거의 무에 가깝다. 내 데브다르[116] 형제는 그 일을 자신의 것으로 만들었다. 그가 하는 일이면 무엇이든 자연스럽게 내 흥미를 유발했고, 그 안에는 뭔가 훌륭한 것이 있으며 그것을 다루는 일은 꽤 어려울 것이라고 믿게 만드는 경향이 있었다. 어뱅크 씨는 매우 친절하게도 그 주제에 대한 문헌을 나에게 주었다. 그리고 나는 참빠란에서 협력적 노력의 결과를 지켜볼 수 있는 유일한 기회를 가졌다. 나는 십계명과 같은 어뱅크 씨의 10개 조항을 일일이 검토했고, 베하르에 사는 콜린스 씨의 12개 조항도 자세히 검토했는데 이것은 12표법[117]을 상기시켰다. 참빠란에는 다수의 소위 농업은행이란 것이 존재한다. 농업은행을 만일 협력운동의 성공에 대한 증명으로 이해해야 한다면, 그 은행들은 나에게 실망스런 노력이었다. 이와 반대로 동일한 방향에서 호지 씨가 조용하게 진행하는 작업이 있다. 이 사람은 선교사였으며, 그와 접촉하는 사람은 누구든지 그의 노력에 강한 인상을 받았다. 협조적인 정열가인 호지 씨는 그의 노력에서 흘러나오는 결과를 협력운동의 발동의 덕분으로 간주하는 듯 했다. 이 두 가지 노력을 지켜볼 수 있었던 본인은, 개인의 인자(因子)가 한 사례에서는 성공으로 간주되고, 다른 사례에서는 실패로 간주된다는 점을 주저 없이 추론할 수 있었다.

나는 열광자이다. 하지만 25년의 실험과 경험은 나를 조심스러우면서도 분별력 있는 열광자로 만들었다. 대의명분을 위해 일하는 자들은 반드시 의

---

116) 간디의 육친의 형제는 아니다. (역주)
117) 로마 최고(最古)의 법전. (역주)

식적으로는 아니더라도 그 명분의 장점을 과장하고 단점을 장점으로 전환하는 일에 종종 성공을 거둔다. 나의 경계심에도 불구하고, 나는 아메다바드에서 운영하고 있는 작은 기관118)을 이 세상에서 가장 훌륭한 것으로 간주한다. 그것만이 나에게 충분한 영감을 부여한다. 비판자들은 아슈람이 혼 없는 혼의 힘을 대변하고 있으며, 그 기관의 엄격한 훈련이 그것을 거의 기계처럼 만들어 버렸다고 나에게 말한다. 비판자나 나, 모두가 잘못이라고 나는 생각한다. 아슈람은 남녀 인간들이 우리나라의 천재들을 본받아 자유롭고 거침없이 인격을 발달시킬 수 있는 공간이었는데, 이제 공간을 나라의 손에 맡긴다는 것은 잘해야 겸손한 시도에 불과하다. 만일 그 아슈람의 관리자들이 인격의 바탕이 되는 훈련을 돌보지 않는다면, 그들은 눈앞에 있는 목표 자체를 좌절시킬 것이다. 그래서 나는 협력의 열광자들에게 거짓 희망을 품지 말라고 경고하고 싶다.

다니엘 해밀턴 경의 손에서 협력운동은 종교가 되어 버렸다. 지난 1월 13일 그는 스코틀랜드 교회 대학의 학생들에게 연설했다. 그는 도덕적 교훈을 적시하기 위해 200년 전의 스코틀랜드의 가난을 예시하고, 이 위대한 나라가 가난의 상태에서 풍요의 상태로 일어난 과정을 보여주었다. 그는 말했다.

> 우리나라를 일으켜 세운 힘에는 두 가지가 있습니다. 스코틀랜드 교회와 스코틀랜드 은행입니다. 교회는 사람을 제조했고, 은행은 삶을 시작할 수 있게 사람들에게 돈을 제조해 주었습니다. …… 교회는 지혜의 단초에 해당하는 신을 경외하도록 나라를 훈련시켰습니다. 교구(敎區)학교에서 생도들은 인간 삶의 주요 목표가 신을 영광되게 하고, 신을 영원히 즐기는 것이라는 점을 배웠습니다. 사람들은 신과 자신들을 믿도록 훈련받았습니다. 그렇게 해서 형성된 믿을 만한 인격 위에 스코틀랜드 은행제도가 수립된 것입니다.

다니엘 경은 이어서 그렇게 형성된 인격 위에 비로소 경탄할 만한 스코

---

118) 사따그라하 아슈람. 『전집』 권16, 23면. (역주)

틀랜드 은행제도를 수립할 수 있었음을 보여 주었다. 여기까지는 다니엘 경과 나 사이의 완전한 합일 이외에는 다른 것이 있을 수가 없다. '인격 없이는 협력도 없다'는 것이 건전한 격률이기 때문이다. 하지만 그는 우리를 더 전진시켰다. 그는 협력에 대해 점점 달변이 되어 갔다.

인도의 미래에 대한 여러분의 꿈119)이 무엇이든 간에, 인도를 하나로 묶어 인도로 하여금 세계에서 합당한 위상을 얻도록 하는 점, 영국 정부가 여기에 있다는 점, 정부 손에 있는 용접 망치는 협력운동이라는 점을 망각해서는 안 됩니다.

그의 의견에 따르면 협력운동이 지금 인도를 덮치고 있는 온갖 사악들에 대한 만병통치약이다. 확장된 의미에서 협력운동은 여기에 언급할 필요조차 없는 하나의 조건에 대한 주장을 정당화할 수 있다. 다니엘은 협력이란 말을 협소한 의미로 사용했는데, 그런 의미로는 협력운동이 열광자의 과장이라고 나는 감히 생각하는 바다. 그의 결론을 유의해 보자.

세상에 있는 돈의 힘이 점점 신용(Credit)이 되고 있습니다. 신용이란 신뢰(Trust) 겸 신앙(Faith)일 뿐인데도 말입니다. 산(山)도 없애 버린다는 신앙이 새겨져 있는 양피지의 검은 점 속에서, 인도는 승리와 평화를 찾을 것입니다.

여기에 사고의 명백한 혼란이 있다. 세상에 있는 돈의 힘으로 표시되는 신용은 도덕적 토대가 거의 없으며, 순전히 도덕적 자질에 해당되는 신뢰나 신앙과는 동어의가 아니다.

남아프리카에서 은행과 거래하던 수백 명의 사람들을 20년 동안 경험한 뒤, 내가 매우 자주 들었던 한 마디의 말이 내 속에 깊이 뿌리박고 있는데, 그것은 파렴치한이 크게 놀면 놀수록 그가 향유하는 신용은 커진다는 말이다. 은행은 그의 도덕적 성격을 살피지 않고, 그가 당좌 대월액과 약속어음을 기간 내에 채워주기만 하면 그것으로 만족한다. 신용 체계가 이 아

---

119) day-dreams(백일몽)을 문맥에 따라 꿈으로 옮겼다. (역주)

름다운 지구를 뱀의 똬리처럼 감싸버렸다. 이를 내버려둔다면 그것이 우리를 부수고 숨통을 끊어버릴 가능성이 충분히 있다. 나는 그 제도를 통해 많은 가정이 파멸된 것을 보았다. 신용이 협력적인 것이든 아니든 아무 차이가 없었다. 이 치명적인 똬리는 유럽에서 파멸적인 광경을 연출하는데, 우리는 그 광경을 별수 없이 바라보고만 있다. 법에서건 전쟁에서건 가장 두툼한 지갑이 이긴다는 것이 오늘만큼 진실이었던 때가 없었을 것이다. 신용제도에 대한 현대의 신념을 부각시키고자 했던 이유는, 협력운동이 종교적 열정으로 불타는 자들에 의해 엄격하게 지도되는 경우에만 인도에 축복이 될 것이라는 점을 강조하기 위해서였다. 그러므로 이런 점에서 협력이 도덕적으로 올바르기를 원하는 사람들에게 국한돼야 한다는 사실이 도출되지만, 실은 그렇게 되지 못하고 있는데, 그 이유는 가혹한 가난 때문이거나 마하잔(mahajan)120)들의 통제 때문이다. 상당한 이자를 주고 돈을 대출받는 기관이, 비도덕적이고 부도덕한 사람을 도덕적으로 만들지는 않을 것이다. 하지만 국가의 지혜 또는 박애주의자들의 지혜에 따르면 선하기 위해 노력하는 사람들이 전진할 수 있도록 국가와 박애주의자들은 그들을 도와주어야 한다.

우리는 너무나 자주 물질적 번영이 도덕적 성장을 의미한다고 믿는다. 인도에 그렇게 많은 선을 가져오는 운동이 단순히 저리(低利) 대출을 진작하는 운동으로 타락해서는 안 될 것임은 당연하다. 그래서 나는 '인도의 협력운동위원회 보고서'에서 다음과 같은 추천 내용을 읽고 매우 기뻤다.

그들은 대중의 향상을 위해 정부가 문제의 도덕적 측면을 인정하는 진실한 협력운동만을 추구해야 한다는 자신들의 의견을 분명히 표현하고 싶어한다. 즉, 협력운동 원리에 대한 무지에 근거하여 건설된 사이비 협력 체계가 아무리 근사해 보여도 그것을 추구해서는 안 된다는 의견을 표현하고 싶은 것이다.

---

120) 본 번역의 영어 원전의 「용어해설」에는 '지도자'로 되어 있지만 『전집』 권16, 25면에는 '고래 대금업자(moneylender)'로 각주하고 있다. (역주)

　이제 우리 앞에 이런 기준이 마련되었다면, 그 운동의 성공은 결성된 협력단체의 개수로서가 아니라 협력자들의 도덕적 실태에 의해 가늠해야 할 것이다. 그렇게 되면 등록관들은 기존의 협력단체의 개수를 늘리기 전에 그 단체들의 도덕적 성장을 보장해야 할 것이다. 정부는 협력단체들을 장려함에 있어서 등록한 협력단체의 숫자를 조건으로 삼을 것이 아니라 기존의 협력단체들의 도덕적 성공을 조건으로 삼아야 할 것이다. 이것은 회원들에게 빌려준 단 한 푼의 돈의 흐름도 추적한다는 것을 의미한다. 이는 곧 협력단체들의 적법한 행동을 책임지는 자들이, 빌린 돈이 토디주(酒)를 파는 사람의 현금서랍이나, 도박소굴의 운영자들의 주머니에 들어가지 않도록 조심해야 한다는 것을 의미한다. 만일 마하잔의 탐욕이 도박 주사위나 토디술이 소작인들의 집에 들어오지 못하게 막는 일에 성공한다면 그 탐욕은 봐줄 수도 있을 것이다.

　마하잔에 대해 한 마디 해두는 일이 쓸데없는 일이 아닐 것이다. 협력운동은 새로운 방책은 아니다. 소작인들은 자신들의 농작물을 망치는 원숭이나 새들을 북 쳐서 쫓아내는 일에 협력하고, 공동의 타작마당을 사용하는 일에 협력한다. 나는 그들이 가축들에게 풀을 먹이기 위해 최고 양질의 땅을 바쳐가면서까지 가축들을 보호하는 일에 협력하는 것을 본 적이 있다. 그리고 특별히 탐욕스런 마하잔에 대항하여 서로 협력하는 것이 목격되곤 했다. 소작인들에 대한 마하잔의 통제가 너무 엄격하므로 협력운동의 성공에 대해 의혹이 제기되기도 했다. 나는 그런 우려에 공감하지 않는다. 가장 강력한 마하잔이라고 해도 사악한 힘을 대변한다면, 본질적으로 도덕적인 것으로 간주되는 협력운동 앞에 굴복해야 할 것이다. 하지만 참빠란의 마하잔에 대한 나의 제한된 경험 이후에 나는 마하잔의 '파멸적인 영향력'에 관한 일반적으로 인정된 견해를 수정하게 되었다. 그는 늘 무자비하지는 않았으며, 최후의 빵 조각까지 강제로 거두지는 않았다. 그는 때때로 자신의 소작농에게 여러 방식으로 봉사하고, 심지어 곤경에 빠진 이들에게 구원의 손길을 뻗치기도 했다. 나의 관찰이 제한되어 있으므로 여기에서 감히 어떤 결론을 끌어내지는 않겠다. 하지만 나는 마하잔 속에 있는 선을 끌어내기 위해서나, 그의 내부에 있는 악을 버릴 수 있도록 돕거나 권유하기 위해서 진지한 노력을 기울일 수 없는지 정중하게 한 번 조사하고 싶다. 그가 협력운동의 군대에 가담할 수 있게 권유할 수 없을까, 그는 기도해도 소용없다는 사실이 경험으로 이미 입증되었을까?

나는 협력운동이 모든 토착산업에 주목하고 있음을 알았다. 천 짜는 사람들의 처지를 개선하기 위해 기울인 나의 보잘것없는 노력에 정부가 나를 도와준 일에 대해 공개적으로 감사를 표하고 싶다. 내가 수행하고 있는 실험은, 이 방향으로 해야 할 일이 아주 광범위하다는 것을 보여준다. 인도의 행운을 비는 자이거나 애국자라면 어느 누구도 손 베틀로 천 짜는 자들의 임박한 몰락을 평안한 마음으로 좌시할 수는 없을 것이다. 맨(Mann) 박사가 말했듯이, 이 산업은 농민에게 추가적 생계 수단과 기근에 대한 보험을 제공해 주곤 했다. 이 중요하고도 고귀한 산업을 보살펴 생명을 되돌려 줄 모든 등록관은 인도로부터 감사의 말을 듣게 될 것이다. 나의 보잘것없는 목표는, 첫째 정통 손 베틀에 간단한 변형을 가할 수 있을지의 여부에 대해 연구하는 데에 있다. 나의 두 번째 목표는 교육받은 청년이 공무(公務)나 여타 업무에 대한 탐욕을 버리는 것, 교육이 그들을 독립적 직업에 부적합하게 만들었다는 느낌을 버리는 것, 그리고 천짜기 직업이 변호사나 의사의 직업만큼이나 명예로운 직업임을 받아들이도록 권유하는 것에 있다. 세 번째는 자신의 직업을 버린 자들이 그 직업으로 복귀하도록 돕는 일이다. 나는 위에서 언급한 실험의 첫 두 부분에 대해 부연 설명함으로써 청중을 지루하게 만들고 싶지 않다. 세 번째 목표는 우리 면전의 주제와 직접 관련이 있으므로 몇 마디는 보탤 수 있을 것이다. 나는 이 일을 6개월 전에야 착수할 수 있었다. 자신의 직업을 버리고 떠났던 다섯 가족들이 되돌아 왔고, 그들은 지금 유익한 사업을 운영하고 있다. 아슈람은 그들이 필요로 하는 원사를 그들 집에 직접 공급한다. 아슈람은 그들이 짠 천을 자발적으로 인수하러 가는데, 그들에게 시장가격을 지불한다. 아슈람은 원사를 구입하기 위해서 미리 빌린 대출금의 이자만 쓰면 되고, 여태까지 어떤 손실도 입지 않았으며, 대출금을 일정액으로 한정함으로써 손실을 최소화할 수 있다. 장차 모든 거래는 엄격하게 현금으로만 할 것이다. 인수된 천은 당장 팔 수 있다. 그러므로 거래에서 발생하는 이자 손실은 무시할 수 있다. 나는 청중이 처음부터 끝까지 이 운동이 가지고 있는, 순전히 도덕적 성격에 주목하기를 희망한다.

아슈람의 존재는 친구들이 제공하는 도움에 의존한다. 그래서 우리는 이자를 요구할 권한이 없다. 천 짜는 사람들은 이자를 감당할 수 없었다. 산산조각나버린 전 가족이 이제 다시 합친 것이다. 대출금의 이용은 미리 결정되어 있다. 그리고 중개인 겸 자원봉사자인 우리는 이들 가족의 삶 속에 들어갈 수 있는 특권을 얻게 되었다. 그 특권은 나와 그들의 향상을 위해 내가 바라던 바이다. 우리는 자신이 우뚝 들어올려지기 전에 그들을 우뚝 높이 들어올릴 수 없다. 최종적인 관계는 아직 전개되지 않았지만, 우리는 빠른 시일 안에 이들 가족의 교육에 대해서도 책임을 떠맡기를 희망하며, 매사에 그들을 돌볼 때까지 만족하지 못할 것이다. 이것은 그리 야심찬 꿈은 아닐 것이다. 신이 원하신다면 언젠가는 현실로 나타날 것이다. 내가 의미하는 협력운동이 무엇인지 보여주기 위해, 그래서 그것을 다른 사람들의 본보기로 제시하기 위해, 나는 작은 실험을 상술해 보았다. 이상에 대해 확신을 갖도록 하자. 우리가 그것을 영영 실현하지는 못하더라도, 노력을 중지해서는 안 된다. 그러면 러스킨이 그토록 진지하게 우려했던 '깡패들 사이의 협력'에 대해 공포를 느낄 필요가 없을 것이다.

—「협력의 도덕적 토대」, 『인디언 리뷰(*Indian Review*)』, 1917.10; 『전집』 16 : 15

편자 라가반 이예르(Raghavan Iyer, 1930~1995)는 인도 마드라스 출생이다. 봄베이와 옥스퍼드대학에서 교육받았으며, 18세 최연소 봄베이대학 강사가 되었으며, 1950년 옥스퍼드 맥달런대학에서 박사학위를 취득하였다. 1956년 옥스퍼드에서 8년 동안 도덕·정치 철학을 가르쳤으며, 옥스퍼드 성 안토니대학에서 정치학 펠로우 겸 강사를, 오슬로대학, 가나대학, 시카고대학에서 교환교수를 역임하였다. 그는 1965년 산타 바바라에 영구 정착하고, 캘리포니아대학 산타 바바라 캠퍼스에서 1986년 퇴임할 때까지 정치학 교수를 역임하였다. 1971년에서 1982년까지 로마클럽 회원, 미국 법·정치철학회 회원, 국제간디학회와 신플라톤학회 회원 등을 역임하기도 한다. 1975년에서 1989년까지 『헤르메스(Hermes)』지 편집장을 역임하면서, 인간성의 영적인 재생에 대한 절대적 헌신 그리고 지혜의 스승들의 존재에 대한 불굴의 확신을 전파하였다. 신지학회 운동 그리고 부상하는 '인간의 도시'를 위해 50여 년간 헌신한 다음 그는 1995년 6월 20일 산타 바바라에서 영면했다. 저서로는 본 번역의 텍스트를 포함하여 『마하뜨마 간디의 도덕·정치사상(The Moral and Political Thought of Mahatma Gandhi)』(1973), 『초(超)정치학—인간 도시를 향하여(Parapolitics —Toward the City of Man)』(1977), 『미래의 사회(The Society of the Future)』(1977), 『신지학회 교과서(Theosophical Texts)』(1984) 등이 있고, 이외에도 수많은 단편적인 글을 남겼다.

역자 허우성(許祐盛, 1953~)은 서울대 철학과 및 동 대학원 철학과를 졸업하였다. 미국 하와이대학 대학원에서 철학전공 박사학위를 취득(1988)하였으며, 미국 뉴욕 주립대 객원 교수(학술진흥재단 강의파견 교수, 1998), 일본 경도대 종교학 세미나 연구원(1986), 동경대 외국인연구원(2004) 등으로 활동했다. 현재 경희대 철학과 교수로 재직중이다. 저서로는 『근대일본의 두 얼굴—니시다 철학』, 논문으로 「니시다 기타로 비판적 해명」, 「무아설—자아해체와 세계지멸의 윤리설」, 「불(佛)이냐 돈이냐?—불교와 자본주의 인간이해의 상충」, 「정보사회의 사이비성—불교적 비판」, 「만해의 불교이해」, 「만해와 성철을 넘어서—새로운 불교이념의 추구」, "The philosophy of history in "later" Nishida : A Philosophic Turn", "Gandhi and Manhae : 'Defending Orthodoxy, Rejecting Heterodoxy' and 'Eastern Ways, Western Instruments'" 등이 있으며, 역서로는 『인도사회와 신불교운동』, 『인도인의 인생관』, 『인도인의 길』 등이 있다.

마하뜨마 간디의 도덕·정치사상 권1

문명·정치·종교 (상)

1판 1쇄 발행 2004년 11월 30일
1판 2쇄 발행 2008년 3월 25일

엮은이 / 라가반 이예르(Raghavan Iyer)
옮긴이 / 허우성
펴낸이 / 박성모
펴낸곳 / 소명출판
등록 / 제13-522호
주소 / 137-878 서울시 서초구 서초동 1621-18 (란빌딩 1층)
대표전화 / (02) 585-7840
팩시밀리 / (02) 585-7848
somyong@korea.com / www.somyong.co.kr

ⓒ 2004, 한국학술진흥재단

값 34,000원

ISBN 978-89-5626-112-6 03800
ISBN 978-89-5626-111-9 (전6권)